DE KLEINE DINGEN

Van Erica James verschenen eerder:

ERICA JAMES

De kleine dingen

 DE KERN

Oorspronkelijke titel: *It's the Little Things*
First published in 2008 by Orion Books, an imprint of The Orion Publishing Group Ltd
Copyright © 2008 by Erica James
The moral right of Erica James to be identified as the author of this work has been asserted
by her in accordance with the Copyright, Designs and Patents Act 1988
Copyright © 2009 voor deze uitgave:
Uitgeverij De Kern, De Fontein bv, Postbus 1, 3740 AA Baarn
Vertaling: Milly Clifford
Omslagontwerp: Wil Immink Design
Omslagillustratie: PhotoAlto / Alamy
Auteursfoto omslag: Bill Morton
Opmaak binnenwerk: V3-Services, Baarn
ISBN 978 90 325 1157 9
NUR 302

www.dekern.nl
www.uitgeverijdefontein.nl

Zoals altijd voor Edward en Samuel, met liefs.

Maar ook voor allen die de tsunami op tweede kerstdag 2004 hebben overleefd. Laten we dankbaar zijn dat we leven, maar nooit degenen vergeten die niet zijn teruggekomen of die nog steeds worstelen met het verlies van een dierbare.

1

DOKTER CHLOE HENNESSEY had sinds lang de kunst onder de knie om een volkomen neutrale uitdrukking op haar gezicht te bewaren. 'Hoeveel groter wil je ze eigenlijk, Chelsea?' vroeg ze.

Chelsea Savage bracht haar handen voor haar borst – die ongeveer dezelfde omvang leek te hebben als die van Chloe – maar voor het meisje haar mond kon openen, sprak haar moeder: 'Ze wil een cupmaat 75E.' Mevrouw Savage, een gezette vrouw van halverwege de veertig, gekleed in een wijde bloes, werkte parttime achter de bar van de Fox and Feathers en stond bekend om haar vermogen potentiële barruzies in de kiem te smoren. Ze stond er ook om bekend dat ze zelf vroeger enkele ruzies was begonnen en haar naam meer dan eer aandeed. Niet voor niets werd ze in de praktijk de pitbull genoemd.

'En welke maat heb je nu, Chelsea?' vroeg Chloe aan haar patiënte. Ze gaf de schuld van het toenemende aantal vrouwen en jonge meisjes die een borstvergroting wilden, aan al die metamorfoseprogramma's op de televisie. Je kon die tegenwoordig niet aanzetten of je zag wel de een of andere zielige vrouw wier lichaam in een zogenaamd betere vorm werd geflanst.

'Ze heeft nu 75A,' antwoordde mevrouw Savage ongevraagd. 'En ze wordt er depressief door. Af en toe is ze onuitstaanbaar, neem dat maar van mij aan. Altijd thuis rondhangen met een gezicht als een oorwurm.'

Chloe bleef opzettelijk naar het zestienjarige meisje voor zich kijken. Ze was wel knap, op een middelmatige, onopvallende manier, maar zoals bij veel tienermeisjes was haar gezicht onhandig en te sterk opgemaakt. 'Ben je depressief, Chelsea?' vroeg ze indringend.

Chelsea verschoof haar kauwgom van de ene kant van haar mond naar de andere en knikte, terwijl ze met een grote oorring speelde. 'Af en toe, ja.'

Ja, dacht Chloe. Laat mij een tiener zien die dat niet is.

'De kwestie is,' kwam mevrouw Savage weer tussenbeide, 'dat ze ze groter moet laten maken als ze model wil worden.'

Sinds Chelsea vorig jaar tot meikoningin van Eastbury was gekroond en door het dorp werd gereden in een kanariegele Smart met open dak, had mevrouw Savage tegen iedereen die het maar wilde horen, lopen opscheppen dat dit nog maar het begin was. Haar dochter zou beroemd worden; ze zou op de voorkant van elk tijdschrift en elk roddelblad staan dat je maar kon bedenken.

'Als ik me niet vergis, mevrouw Savage,' zei Chloe geduldig, 'hebben de meeste mannequins geen E-cup. Integendeel zelfs.'

'Ik heb het niet over die idioten met maat nul, die geen eten binnen kunnen houden,' zei de vrouw. 'Chelsea wordt een glamourmodel.' Ze draaide zich om naar haar dochter en glimlachte trots naar haar. 'Zo is het toch, schat?'

Weer knikte Chelsea en friemelde ze aan haar oorring. 'Wat denkt u, dokter? Kan ik geopereerd worden? Gratis?'

'Zo eenvoudig is het niet, Chelsea. Je bent namelijk pas zestien en we moeten beslissen of je echt...'

De pitbull hief een zwaar beringde hand op en ontblootte haar tanden. 'Ho! Klaar, uit. Ik ga hier niet zitten luisteren naar zoetsappig terugkrabbelen.'

'Mevrouw Savage, ik probeerde alleen maar...'

'Nee, luister nu maar eens naar mij, dokter. Ik ken mijn rechten. En die van Chelsea. Als ze niet gelukkig is met haar lichaam en het haar geestelijke problemen geeft, dan heeft ze recht op implantaten via het ziekenfonds. Geef ons de formulieren of wat we ook nodig hebben om de bal aan het rollen te brengen voor de verwijzing, en dan gaan we. Over tien minuten hebben we een afspraak in een zonnestudio. En ik wil u niet beledigen, maar als ik het mag zeggen, kunt u zelf ook wel implantaten gebruiken. Met een stel mooie tieten hoeft u misschien niet zoveel nachten in uw eentje door te brengen.'

Fijn, dacht Chloe. Na al die jaren studie, ploeteren en slapeloze nachten word je verbaal in elkaar geslagen en vertellen ze je hoe je je werk moet doen.

Nu het middagspreekuur voorbij was en ze maar een paar minuten te laat was voor haar huisbezoeken, glipte Chloe ongemerkt weg naar het parkeerterrein aan de achterkant van het gebouw, voor de praktijkmanager haar in de kraag kon grijpen. Het was Chloe's eerste dag terug na een week skiën in Oostenrijk, maar ze twijfelde er niet aan of Karen vond wel iets om over te zeuren. Meestal over haar tijden. Ze werd vaak gewaarschuwd dat ze veel te veel tijd aan haar patiënten besteedde. De andere artsen konden zich aan hun schema houden, waarom zij dan niet?

Ze wilde graag denken dat het kwam doordat ze een individualist was, die op de wereld was gezet om te verrassen en te frustreren, maar eigenlijk kwam het doordat ze gewoon ouderwets grondig was en graag veel tijd doorbracht met haar patiënten. Ze had er een hekel aan om oudere en verlegen patiënten van streek te maken door hen onbeleefd tot haast te dwingen. Er waren echter uitzonderingen. Sommigen verwarden vriendelijkheid en begrip met medelijden, en zij hadden een veel krachtiger aanpak nodig.

Met haar zevenendertig jaar was Chloe de jongste arts in de praktijk van Eastbury, en misschien, zoals de andere artsen vaak plagend zeiden, nog steeds de meest idealistische. In de afgelopen tien jaar was de praktijk in grootte verdubbeld doordat het dorp was gegroeid, omdat het binnen pendelafstand van Manchester lag. Boerenland dat al generaties in handen van families uit Cheshire was geweest, was verkocht om plaats te maken voor woningen, variërend van huisjes voor starters tot luxe huizen met vijf slaapkamers met sauna's en vloerverwarming. De nieuwste rage voor die dure woningen was een jacuzzi in de tuin.

Chloe had zolang ze zich kon herinneren dokter willen worden. Waarschijnlijk omdat haar vader arts was geweest en ze hem de knapste en dapperste man had gevonden die er bestond. Maar als je zes jaar bent denk je dat iedereen een genie is als die je kan genezen van oorpijn, en je moest wel heel moedig zijn als je naar een dode kon kijken zonder te gillen of in tranen uit te barsten. Nu wist ze natuurlijk wel beter: het was allemaal schone schijn.

Haar eerste huisbezoek was op nog geen vijf minuten rijden, Chapel Hill op en dan naar Lark Lane. Ron Tuttle woonde in een van de oorspronkelijke zandstenen landarbeidershuisjes. In Lark

Lane had al meer dan honderdzeventig jaar een Tuttle gewoond. Maar dat zou niet lang meer duren, tenzij Ron, de laatste van de lijn Tuttles, beter voor zichzelf ging zorgen.

Ze parkeerde op de weg voor het huisje en liep met haar tas in de hand het korte pad op waar aan weerskanten narcissen bloeiden; ze waren sterk en duurzaam en ze leken wel op wacht te staan. Ze gaf een harde slag met de deurklopper en nam haar resoluutste houding aan. Anders zou het als betutteling worden beschouwd en Ron een reden geven om haar met zijn wandelstok te bedreigen.

Minuten gingen voorbij, en ze nam het risico om nog eens met de klopper op de deur te slaan. 'Ik heb je de eerste keer al gehoord!' werd binnen nijdig geschreeuwd, en de deur werd van het slot gehaald en geopend. 'Wie denk je wel dat ik ben, Roger Bannister of zo?'

'Roger wie?'

'De eerste man die in minder dan vier minuten een mijl rende. Weet je dan helemaal niets, mens?'

'Ik weet een heleboel. Kan ik binnenkomen, of moet ik je prostaat hier op de drempel onderzoeken?'

'Je bent de bastaard van moeder Teresa!' schreeuwde hij.

'Dat is al beter dan twee weken geleden, toen ik de bastaard van Harold Shipman was. Je moet ophouden met die lieve woordjes van je, anders gaan de mensen nog roddelen.'

Er blonk iets van een glimlach in de ogen van de oude man, en zwaar leunend op zijn wandelstok ging hij opzij om haar binnen te laten. Het viel haar op dat hij zoals gewoonlijk een poging had gedaan om zich op te doffen voor haar huisbezoek. Ze zag ook dat de kraag van zijn overhemd iets losser om zijn hals zat, een teken dat hij nog steeds afviel. Hij deed de deur achter haar dicht en zei: 'Met je vader heb ik nooit problemen gehad. Hij gaf me nooit een grote mond. Hoe gaat het met hem?'

'Aan het genieten met mijn moeder. Ze zijn bijna nooit thuis tegenwoordig. Als ik langsga of opbel staan ze steeds op het punt om ergens naartoe te gaan. Net een stel kleine kinderen.'

'Wat had je dan gewild? Dat ze thuis gaan zitten wachten tot ze doodgaan? Doe de dokter mijn groeten als je hem weer ziet. Een kop thee voor we aan de slag gaan?'

'Misschien een andere keer, maar bedankt voor het aanbod.'

Ron Tuttle snoof minachtend. 'Je vader had altijd wel tijd voor een kop thee.'

Toen ze klaar was met haar laatste huisbezoek besloot Chloe een uurtje naar huis te gaan voordat ze aan het avondspreekuur begon. Enkele patiënten die ze deze middag had bezocht, waren bejaard, en ze hadden hoofdzakelijk vol heimwee gesproken over die aardige dokter Hennessey senior. Chloe vond het niet erg om te aanvaarden dat aan haar vader moeilijk te tippen viel of dat ze altijd met hem zou worden vergeleken. Of dat sommige mensen haar niet serieus namen omdat ze zich haar herinnerden als kind toen ze op haar fiets met haar broer Nick door het dorp scheurde. Dat interesseerde haar niet, omdat de meerderheid van haar patiënten nieuwkomers waren die haar vader nooit hadden ontmoet of haar hadden gekend toen ze klein was. Ze werd ook aangemoedigd door haar vaders eigen verklaringen. Deze zelfde patiënten die nu beweerden dat hij geen kwaad kon doen, hadden ooit voortdurend geklaagd dat hij niets meer was dan een mooi pratende parvenu die niet eens het verschil kende tussen een eeltknobbel en een botfractuur.

Pap was vijf jaar geleden met pensioen gegaan nadat hij een praktijk had gehad sinds hij zo oud was als Chloe nu. In die tijd gold het woord van de huisarts als het woord van God. Wat was het nu anders, nu de Savages van deze wereld hun rechten konden eisen en konden voorschrijven hoe ze behandeld wilden worden. Chloe was nooit van plan geweest om terug te verhuizen naar Newbury, maar ze was ook nooit van plan geweest om bijna haar leven te verliezen en de man met wie ze dacht te trouwen.

Toen dat was gebeurd en haar leven overhoop lag, had de aantrekkingskracht van haar kinderjaren hét antwoord op haar crisis geleken, en als door een wonder was alles op zijn plaats gevallen. In de praktijk van Eastbury was een nieuwe huisarts nodig en Pocket House, een hoekhuis met uitzicht op het dorpsplantsoen, kwam op de markt. Het lag op een steenworp afstand van haar ouders en haar beste vrienden, Dan en Sally. Gelukkig had niemand het gewaagd om de woorden 'zo heeft het moeten zijn' te uiten; anders was Chloe misschien in de verleiding gekomen om hun een dodelijke injectie te geven. Tegen Pasen van 2005, bijna vier maanden nadat ze een van de ergste natuurrampen van de wereld had overleefd, was ze van Nottingham teruggegaan naar Cheshire en had haar leven weer wat normaals gekregen. Net als het leven van Dan en Sally, want ook zij waren, op vakantie met Chloe en Paul, betrokken geraakt bij de ramp die voor altijd bekend zou zijn als de tsunami op tweede kerstdag.

Ze deed haar auto op slot en liep naar de achterkant van het huisje. Het was een mooie middag in maart, en het was duidelijk te voelen dat de lente in aantocht was. Haar kleine maar dierbare tuin krioelde van nieuw leven. De magnoliaboom, de forsythiastruiken en de camelia's baadden in de namiddagzon tegen de stenen muur van de garage, en stonden in volle bloei. Net als de narcissen en hyacinten die haar moeder de afgelopen herfst had helpen planten. In het weekend was de klok weer een uur vooruitgegaan en tot Chloe's grote vreugde waren de dagen langer en lichter. Dit was haar favoriete tijd van het jaar, als tegen alle verwachtingen in er altijd hoop gloorde.

Ze ging naar binnen en liep naar de serre die ze tegen de keuken had laten aanbouwen. Daardoor was de ruimte heel mooi geopend en had ze nu een lichte en grote woonruimte met niet alleen uitzicht op de achtertuin, maar ook op het plantsoen aan de voorkant. Het was haar favoriete kamer geworden door de houtkachel die ze in de haard had laten zetten, die de vorige bewoners hadden dichtgetimmerd.

Met nog maar vijfenveertig minuten te gaan voor ze terug moest zijn op het werk, maakte ze een kop koffie en keek naar de berichten op haar antwoordapparaat. De eerste boodschap was van haar broer, die zich verontschuldigde omdat haar skihandschoenen per ongeluk in zijn koffer terecht waren gekomen, en hij zou ze opsturen.

De volgende boodschap was van haar moeder, die hoopte dat ze een leuke vakantie had gehad met Nick en zijn vrienden, en die haar eraan herinnerde dat pap vrijdag jarig was. 'Hij wil per se de nieuwe recepten uitproberen die hij tijdens dat kookweekend heeft geleerd, dus wees gewaarschuwd. Tot vrijdag om acht uur.'

De derde boodschap was van haar vader. 'Ik wil alleen even zeggen dat ik op bevel van je moeder zaterdag haar geliefde risotto met schelpdieren moet koken. Tot dan, om zeven uur.'

Haar ouders blonken uit in het geven van verkeerde informatie. Ze deden het zonder enige moeite en met grote gevolgen. De een wist bijna nooit wat de ander van plan was.

De vierde boodschap was van...

Chloe zette haar koffiekopje neer en deinsde terug van het apparaat alsof het op het punt stond te ontploffen. Ze voelde haar ingewanden tekeergaan toen ze die stem, zíjn stem hoorde. Vroeger zou dat door verlangen naar hem zijn gekomen. Nu niet.

'Hallo, Chloe, met Paul. Ja, ik weet dat dit waarschijnlijk wel de laatste stem ter wereld is die je verwachtte te horen. Wat ik wilde zeggen...' Er klonk een ritselend geluid en het schrapen van een keel. 'Jezus, ik wist niet dat dit zo moeilijk zou zijn; wat ik wil zeggen is... ik...' Weer keelgeschraap. 'Is er misschien een kans dat we kunnen praten? Waar en wanneer het jou uitkomt. Dat mag je helemaal zelf uitmaken. Je kunt me bereiken op mijn mobiele telefoon. Het nummer is...'

Maar Paul – Die vent! Die adder onder het gras! – zoals haar moeder hem had genoemd, had zo lang over zijn boodschap gedaan dat de tijd voor zijn boodschap voorbij was Hij had ook niet teruggebeld om het nummer door te geven. Waarschijnlijk had hij aangenomen dat ze zijn boodschap in zijn geheel had gekregen.

En dat was ook gebeurd, luid en duidelijk, precies drie weken nadat ze waren teruggevlogen naar Nottingham na die rampzalige vakantie op Phuket. Toen ze in de ziektewet zat met haar been in het gips, een gebroken sleutelbeen en talloze snijwonden en blauwe plekken, had hij aangekondigd dat hij niet meer van haar hield. 'Toen we de tsunami overleefd hadden, drong tot me door dat we maar één kans krijgen in het leven,' had hij gezegd. Vervolgens kwam hij met alle mogelijke clichés over dat er geen generale repetitie was, dat dit leven het enige was dat je werd geboden, en dat je een kans op geluk met beide handen moest aangrijpen. Hij had zelfs gezegd dat ze hem op een dag dankbaar zou zijn dat hij de moed had om bij haar weg te gaan.

Het bleek dat hij al wie weet hoelang een verhouding had, en doordat hij aan de dood was ontsnapt, had hij een besluit kunnen nemen met wie hij verder wilde. Vanaf toen werd Paul Stratton, ooit de aanstaande schoonzoon van Jennifer en Graham Hennessey, 'Die vent! Die adder onder het gras!'

Nu, drie jaar en acht maanden later, wilde hij met haar iets gaan drinken en praten.

Dacht hij echt dat ze zou instemmen?

2

HET WAS DE avond om haren te wassen in Corner Cottage.

Dan en zijn zoon Marcus hadden er een hekel aan. Marcus vond het vreselijk om schuim in zijn ogen te krijgen en Dan vond het vreselijk om zijn zoon te zien huilen. Terwijl Dan over de rand van het bad leunde met een plastic kan in de vorm van een kikker in zijn linkerhand en het hoofd van zijn zoontje tegen zijn rechterhand, zei hij zoals altijd: 'Ik beloof dat ik je niet loslaat. Doe je ogen dicht en je hoofd achterover. Klaar?'

Marcus kneep zijn ogen dicht, huiverde en zette zich schrap. 'Koud!' gilde hij toen het water over zijn babyzachte haar golfde en het schuim wegspoelde. 'Koud, koud, KOUD!'

'Dat komt omdat we er zo lang over hebben gedaan. Sorry.'

'Meneer Piep, meneer Piep!'

Dan pakte het washandje – dat meneer Piep heette omdat het ooit een piepend geluid had gemaakt toen hij het uitkneep – en gaf het aan Marcus, die zijn ogen ermee bedekte. Dan vulde de kan opnieuw en spoelde het laatste schuim weg.

'Klaar, vriend,' zei Dan terwijl hij salueerde. 'Weer een gevaarlijke missie volbracht. Morgen vliegen we steuntroepen in en dan doen we een aanval op je teennagels. Dat is gevaarlijk werk, maar we vormen een prima team en we kunnen het makkelijk aan.'

Marcus keek twijfelend naar zijn tenen terwijl zijn haar nat en glanzend tegen zijn hoofd plakte, waardoor hij een vreemd wijs en edel uiterlijk kreeg. Toen glimlachte hij en gaf het washandje aan Dan. 'Laat hem piepen.'

Dan gehoorzaamde met plezier en opperde toen dat het tijd was om de stop eruit te trekken. Marcus krabbelde overeind. Sinds hij de fout had gemaakt om op het afvoerputje te gaan zitten en het leek of hij door dat kleine donkere gat werd meegezogen, bleef hij nooit treuzelen zodra het water gorgelend begon weg te lopen.

In Dans geheugen waren bepaalde geuren opgeslagen die hem zo scherp en duidelijk bijstonden als foto's in een fotoalbum. De geur van pijptabak deed hem denken aan toen hij nog klein was en vol verwondering toekeek terwijl de tuinman van zijn ouders met een zakmes een stuk hout bewerkte, dat als door een wonder veranderde in een dier dat Dan had uitgekozen. De dennengeur van een lucht-verfrisser bracht hem terug naar zijn eerste auto, een tweedehands Ford Escort, en Camilla Dawson-Bradley. Met zomervakantie thuis en een week nadat hij zijn rijexamen had gehaald, had hij de moed verzameld om Camilla mee uit te vragen. Ze was twee jaar ouder dan hij en het opwindendste meisje van het dorp in de Cotswolds, waar hij was opgegroeid. De hele middag had hij de auto van binnen en van buiten schoongemaakt, en vervolgens had hij zo'n luchtver-frisser in de vorm van een dennenappel aan de achteruitkijkspiegel gehangen. Hij had Camilla mee naar de film genomen en daarna waren ze naar een afgelegen plek gereden om te doen wat hij al sinds het begin van de vakantie van plan was.

Een andere geur die fijne herinneringen bracht, was de geur van anijszaad. Het deed hem denken aan ouzo en Sally, aan het exacte moment tijdens een zwoele zomeravond op het terras van een vis-restaurant in Paxos, waar hij haar ten huwelijk had gevraagd. Op van de zenuwen – hij wist werkelijk niet hoe Sally zou reageren – had hij gezegd dat hij van haar hield en de rest van zijn leven met haar wilde doorbrengen. Vervolgens had hij haar een ring gegeven en gevraagd of ze met hem wilde trouwen. Terwijl ze amper een blik op de ring wierp, had ze haar arm uitgestrekt over de tafel, een koele hand op die van hem gelegd, hem met haar lichtgrijze ogen aangekeken en ja gezegd. Toen de andere gasten, meest plaatselijke inwoners, beseften dat er iets gedenkwaardigs was gebeurd, ging de eigenaar van het restaurant langs de tafels en vulde ieders glazen bij opdat op het gelukkige paar geproost kon worden. Toen was het dansen begonnen en kwamen ze pas tegen vier uur in de ochtend terug bij hun vakantiehuis.

Maar de geur en de aanraking van zijn pas gewassen, in pyjama gestoken zoon ontroerde Dan het meest. Dan moest hij altijd den-ken aan de keer dat hij Marcus voor het eerst in zijn armen had gehouden, en dat zijn hele wezen een ingrijpende verandering had ondergaan. Het leek alsof hij voorheen alleen maar wat had aangerotzooid in zijn leven, Maar opeens had hij een hoofdrol gekregen met een heel nieuw en beangstigend script dat hij moest leren. Zelfs nu, als hij terugdacht aan de dag waarop hij op de stoel naast Sally's ziekenhuisbed zat met Marcus vredig liggend in zijn armen terwijl zijn verfomfaaide gezichtje naar de wereld tuurde, herinnerde Dan zich hoe gelukkig hij zich had gevoeld. Een geluk dat hij nooit eerder had ervaren. En ja, hij was helemaal van slag geweest en hij had gehuild. Dat had hij kunnen wijten aan opluchting en uitputting – tenslotte had Sally zesendertig uur zware weeën achter de rug – maar het was veel meer dan dat. Hij was overweldigd door het wonder van de geboorte van zijn kind.

Zo voelde hij zich nog steeds. En vooral als het bedtijd was voor zijn zoon.

Marcus, nu tweeënhalf, was dol op bedtijd. Hij had een ritueel: eerst zette hij zijn hele leger van knuffels tegen de muur langs de rand van zijn bed, maar aan weerskanten van zichzelf hield hij ruimte voor zijn speciale knuffels, Rory Beer en Rumpus Rode Beer, en dan ging hij rechtop zitten met zijn armen om de twee grote beren terwijl hij gretig wachtte tot Dan hem ging voorlezen.

Toen ze zich deze avond voorbereidden op de verrukkingen van de altijd hongerige Rupsje Nooitgenoeg, dacht Dan aan Sally. Het was kwart voor zeven en ze zou waarschijnlijk pas over een uur thuiskomen. Ze werkte te hard. Toch kon hij dat nooit tegen haar zeggen. Niet nu hij besefte dat hij in het voordeel was en zich er af en toe schuldig over voelde.

Als iemand hem tijdens die volmaakte avond in Paxos had gezegd dat Sally uiteindelijk de kostwinner van het gezin zou worden en hij huisman, zou hij die persoon hebben uitgelachen. Zijn carrière opzijzetten? Hoe kon je het verzinnen? Nee, daar peinsde hij niet over! En toch was hij nu een goddelijke huisman, zoals Chloe hem noemde, die niets leuker vond dan stempels snijden in een aardappel en daarmee verftekeningen maken, pizza's bakken, naar de eendenvijver wandelen en over het algemeen plezier hebben. Hij had nog geen dag spijt gehad dat hij zijn carrière opzij had gezet. Zijn vroegere collega's hadden gewed dat hij binnen zes maanden terug zou zijn. Die weddenschap hadden ze verloren. Zijn nieuwe leven was ontegenzeglijk beter dan veeleisende cliënten te woord staan en onuitstaanbare hogergeplaatste partners van een groot accountantsbedrijf. Met Marcus viel er elke dag wel weer iets nieuws te genieten. Er waren mijlpalen zoals de eerste tand die doorkwam, een eerste stapje dat werd genomen, een eerste woordje dat werd gezegd, of gewoon plezier toen Marcus een amusante en obsessieve voorkeur kreeg voor augurken en die bij het ontbijt, tussen de middag en bij het avondeten wilde hebben.

Natuurlijk kon Dan Sally niet onder de neus wrijven hoe hij genoot, net zoals hij ook andere dingen niet aan haar kon toegeven. Hij zou nooit aan Sally kunnen uitleggen hoe kwetsbaar hij zich voelde door het vaderschap. Het was een grote schok voor hem geweest om te beseffen dat zoiets puurs en eenvoudigs als zijn liefde voor Marcus, plus de aangeboren behoefte om hem tegen de wereld te beschermen, ervoor zorgde dat hij een makkelijk doelwit was voor angst. Door de tsunami had hij beseft hoe vergankelijk het leven was, en nu als vader was dat besef vlijmscherp geworden.

Maar daar zei hij niets over tegen Sally. En ook niet dat hij af en toe midden in de nacht nog wakker werd met een bonzend hart en zich angstaanjagend bewust van de gebeurtenissen op de tweede kerstdag van iets meer dan drie jaar geleden. De nachtmerrie was onlangs echter veranderd. Heel lang had het dezelfde droom geleken, een kristalheldere herhaling van wat er was gebeurd: de ontzagwekkende, niet tegen te houden kracht van het water, het oorverdovende gebulder ervan, het gegil, en zijn falen. Maar nu had de droom een nieuwe en veel ergere wending gekregen. Een wending waardoor hij buiten adem uit bed strompelde en de deur van de kamer van zijn zoon opende om te kijken of alles in orde was. De vorige nacht had hij zichzelf extra moeten overtuigen dat alles goed was met Marcus, en hij had op de vloer geknield en geluisterd naar zijn gestadige ademhaling om zijn eigen angst te bedwingen. Twee uur later was hij verstijfd en koud wakker geworden en was hij teruggeslopen naar zijn eigen bed, terwijl hij zich nogal dwaas voelde. Sally had zich even bewogen toen hij naast haar in bed glipte, maar hoe aanlokkelijk het ook was, hij had niet egoïstisch zijn armen om haar heen geslagen om zich aan haar te warmen en zich gerustgesteld te voelen. Hij was in het donker aan zijn kant van het bed blijven liggen terwijl hij zich heel alleen en nutteloos voelde. Stel dat hij nooit die nachtmerrie zou kwijtraken en het schuldgevoel dat ermee gepaard ging? Destijds werd hij een held genoemd omdat hij het leven van een vijfjarig meisje had gered, maar haar broertje dan, het jongetje dat hij niet had kunnen redden?

'Papa nu lezen.'

'Sorry,' zei Dan terwijl hij zich vermande. 'Ik was even heel ver weg in mijn gedachten.'

Marcus raakte glimlachend het boek op zijn schoot aan. Het was een glimlach die een grote tederheid in Dan wist op te roepen. Die alles goed leek te maken. Hij klampte zich eraan vast.

3

OMDAT HAAR TIJD geld kostte, maakte Sally Oliver duidelijke en nauwkeurige aantekeningen, en zorgde ze ervoor om op de juiste momenten te knikken en neutrale geluiden te maken.

Adamson versus Adamson had alle kenmerken van een langdurige, vreselijke strijd die weinig te maken zou hebben met de twee betrokken advocatenkantoren. Julia en Murray Adamson zorgden ervoor dat er geen eind kwam aan deze zaak. Sally had het allemaal al eens meegemaakt. Twee strijdende partijen die zich zo vastbeten op 'Ik heb gelijk en jij niet!', dat ze zich er zo op blindstaarden dat ze geen redelijke uitweg meer konden zien. Wees toch eens realistisch! wilde ze vaak zeggen tegen mensen die bij haar kwamen in de hoop dat de wet de pijn zou wegnemen en alles weer in orde zou maken. Besef wat er gebeurt; dit wordt een akelig, bloeddorstig gevecht als jullie niet tot bezinning komen. Ze werden natuurlijk gedreven door de behoefte aan wraak. Zelden had een vrouw of man die onrecht was aangedaan, aan de andere kant van haar bureau gezeten zonder op wraak uit te zijn. Als ze niet fysiek de zogenaamde schuldige partij konden pijndoen – en enkele cliënten hadden dat wel geprobeerd, met diverse maten van succes – wilden ze wat er het dichtste bij in de buurt kwam: een grootscheepse, felle, venijnige aanval op de portefeuille van degene die hen ooit het meest dierbaar waren.

Toen Sally pas bij de firma McKenzie Stuart was, waren haar meeste cliënten vrouwen geweest, en meestal huilende, verbijsterde vrouwen van middelbare leeftijd, wier man hen had ingeruild voor jongere, nieuwere exemplaren. Maar nu ze partner was geworden, stond ze aan het hoofd van een afdeling die uitsluitend te maken had met echtscheidingen regelen waaraan veel publiciteit werd besteed en waar veel geld mee was gemoeid. Veel van haar cliënten waren mannen, en niet degenen die onrecht was aangedaan. Het kwam steeds vaker voor dat mannen voor de tweede keer gingen scheiden en dus dubbel zo graag hun bezittingen wilden behouden, omdat ze de eerste keer al veel op tafel hadden moeten leggen.

'Uit ervaring weet ik dat dit me geld gaat kosten. En dan heb ik het niet alleen over uw honorarium.'

Sally legde haar pen neer en keek haar cliënt, Murray Adamson, aan. Als man die zich had opgewerkt, zou hij best op zijn plaats zijn geweest bij dat absurde programma, *Dragon's Den*. Hij had een keuken- en badkamerimperium opgebouwd en dat eind jaren negentig voor een vermogen verkocht. Nu hield hij zich bezig met kleine beginnende bedrijven. Hij wekte graag de indruk dat hij een veel onbaatzuchtiger zakenman was dan hij vroeger was geweest. Zijn privéleven was niet zo'n toonbeeld van succes. Hij was eenenvijftig en pas in de steek gelaten door echtgenote nummer twee nadat ze had ontdekt dat hij haar op dezelfde manier bedroog als hij echtgenote nummer een had bedrogen. 'Ja,' zei Sally eerlijk. 'Dit zal duur worden. Het heeft geen zin om te doen alsof dat niet zo is. Maar ik zal natuurlijk mijn best doen om de schade zo klein mogelijk te houden.'

'En u denkt waarschijnlijk: de sukkel. De inkt is amper droog van zijn vorige echtscheiding en daar heb je hem weer. Leert hij het dan nooit?'

'U betaalt me niet om dat te denken.'

'Maar het ging wel door uw hoofd, nietwaar?'

Nee, dacht Sally terwijl ze naar het verkeer beneden op straat luisterde. Door mijn hoofd gaat dat ik nooit had moeten instemmen om je na de gewone kantooruren te ontvangen, alleen omdat je door je drukke werkschema niet eerder kon. Ze zei: 'Volgens de statistieken gaan tweede huwelijken vaker mis dan eerste.'

Hij schonk haar een van zijn niet te overtreffen glimlachjes, die ze herkende van toen hij de eerste keer om hulp kwam bij haar. Ongetwijfeld gebruikte hij die om te krijgen wat hij wilde van vrouwen. 'Ik weet dat het geen excuus is,' zei hij, 'maar ik kan gewoon geen weerstand bieden aan de charmes van een mooie vrouw. Ik ben een ongelukkige romanticus, denk ik.'

Ze zette een streep onder haar aantekeningen, deed de dop op haar vulpen en keek nadrukkelijk op haar horloge. 'Goed, ik heb alle informatie die nu nodig is,' zei ze. 'Als ik van de andere kant hoor, neem ik weer contact op. Belt u me maar als u nog iets wilt bespreken.'

'Ik stel het op prijs dat je tijd voor me vrijmaakt, Sally. Dat betekent veel voor me.'

Ze probeerde geen spier te vertrekken. Ze had er een hekel aan als mannelijke cliënten haar bij haar voornaam noemden. Vooral cliënten van het type Murray Adamson. Ze zag dat hij zijn benen naast elkaar zette en opstond. Ze stond zelf ook op en begon haar bureau op orde te brengen, hoewel alles op zijn plaats lag. Volgens Chloe was ze obsessief netjes en hoorde ze daar eigenlijk voor in therapie te gaan. Chloe zei vaak voor de grap dat ze gedwongen moest worden om in een huis te wonen waar nooit werd opgeruimd of schoongemaakt, dat ze met een dosis gezonde rommel alles weer in het juiste perspectief zou zien. Chloe wist niet dat Sally precies in zo'n huis was opgegroeid. Daarom wilde ze alles zo schoon en netjes om zich heen hebben.

'Kan ik je overhalen om iets te gaan drinken?'

Ze keek op, maar zonder verbazing. Het zou haar meer verbaasd hebben als er geen drankje werd voorgesteld. 'Het spijt me,' zei ze. 'Als ik nog later thuiskom, krijg ik met een boze echtgenoot te maken. Waarschijnlijk is hij op dit moment al een verpieterde maaltijd in de vuilnisbak aan het schrapen.' Ze kreeg meteen spijt van haar woorden, omdat ze Dan net had weggezet als de typische zure, vittende huisvrouw met een deegroller in zijn hand en een sigaret in zijn mondhoek. Tijdens al die vele keren dat ze laat was thuisgekomen, had Dan nooit geklaagd of kritiek geleverd op de lange uren die ze maakte. Hij zei wel eens dat ze laat was, maar hij klaagde nooit.

'Een aanbod voor een etentje lijkt in dit geval een beter idee,' zei Murray Adamson.

Sally werd een antwoord bespaard toen er op de deur werd geklopt. Ze verwachtte dat het een van de schoonmakers zou zijn, maar tot haar verbazing zag ze Tom McKenzie binnenkomen. 'O, sorry, Sally,' zei hij vriendelijk. 'Ik wist niet dat er iemand bij je was.'

'Het geeft niet,' zei ze, dankbaar voor de onderbreking. 'Je komt op het juiste moment. We zijn net klaar.'

De twee mannen begroetten elkaar hartelijk. Murray Adamson was een zeer gewaardeerde cliënt – echtscheidingen vormden slechts een deel van de diensten die de firma hem verleende – en als gevolg kreeg hij altijd de volle aandacht.

'Kan ik je nog even spreken voor je naar huis gaat?' vroeg Tom aan Sally.

'Natuurlijk. Ik zal meneer Adamson even uitlaten.'

Sally bracht hem kordaat door de met tapijt beklede gang naar de verlaten receptie en drukte op de knop om de lift te laten komen. Terwijl ze wachtten, stak Murray Adamson een hand uit. 'Dan hoor ik nog wel van je.'

'Ja, ik neem contact op zodra ik iets te melden heb,' antwoordde ze, terwijl ze haar hand geen moment langer dan nodig was in de zijne liet liggen.

Het zoemen van een stofzuiger in de verte viel samen met de komst van de lift, en ze liep al weg voor de deuren zich hadden gesloten. Terwijl ze terugliep naar het kantoor, strekte ze de spieren van haar schouders. Ze was moe. Ze was al heel vroeg wakker geworden toen Marcus om drinken had gevraagd. Nadat Dan hem wat water had gegeven, had hij hem mee naar hun kamer gebracht en hem tussen hen in laten liggen. Binnen de kortste keren waren Dan en Marcus weer diep in slaap, maar zij was klaarwakker geweest, met in gedachten al wat haar die dag te wachten stond. Toen ze niet meer kon slapen, stapte ze zachtjes uit bed, kleedde zich aan en vertrok stilletjes naar haar werk. Dat deed ze vaak.

Tom zat boven op haar bureau de aantekeningen te lezen die ze tijdens het gesprek met Murray Adamson had gemaakt. 'Hier staat in je angstwekkend nette handschrift dat de man een onverbeterlijke rokkenjager is en het verdient om elke cent van zijn onrechtmatig verkregen winst kwijt te raken.'

Sally glimlachte en pakte haar aantekenblok af. 'Dat staat er helemaal niet. Wilde je me echt spreken?'

'Natuurlijk niet. Bill vertelde wie er bij je zou komen en omdat de reputatie van deze cliënt hem vooruit is gesneld, besloot ik te blijven en mezelf nuttig te maken.'

Dat vermoedde Sally al. Als oudste vennoten waren Bill en Tom vijftien jaar ouder dan zij, en Tom was van karakter absurd galant, bijna op een ontroerende manier. 'Ik ben oud genoeg om op mezelf te kunnen passen, hoor,' zei ze.

'Geen gemopper, Oliver! Niet zo'n hoge toon aanslaan! Ik heb je alleen maar een handig excuus gegeven om van de man af te komen.'

'Op een dag zal ik dat ook voor jou doen.'

Hij glimlachte. 'Daar verheug ik me op.'

'En als je er een warm, doezelig gevoel door krijgt, je kwam precies op het juiste moment. Hij had me net gevraagd voor het verplichte drankje.'

'Ik hoorde iets zeggen over een etentje.'

Ze lachte. 'Hoe lang heb je met je oor tegen de deur gestaan?'

'Lang genoeg om te weten wanneer de hulptroepen nodig zijn. En ga nu maar naar huis voordat je man de politie belt om je als vermist op te geven.'

Het voordeel van zo laat vertrekken was dat er geen files meer waren op de weg uit Manchester; binnen een mum van tijd was ze op de M56. Ze was weliswaar fysiek weg van haar werk, maar geestelijk bleef het altijd bij haar. Ze kon het niet in een apart vakje stoppen en in haar kantoor laten. Ze hield van haar werk. Het hoorde nu eenmaal bij haar. Het karakteriseerde haar. Maar als je dit te duidelijk opbiechtte, werd je meteen veroordeeld. Zeggen dat ze haar werk makkelijker vond dan thuis zijn bij haar zoon was bijna net zo misdadig als wanneer ze bij een schoolhek drugs zou leveren aan kinderen van tien jaar.

Sommige mensen zouden haar harteloos vinden. Haar moeder bijvoorbeeld. 'Niemand zal ooit van je houden,' had ze Sally voor de voeten geworpen toen die een puber was. 'Om de eenvoudige reden dat je een steen hebt op de plaats waar je hart hoort te zitten.'

Toen Dan voor het eerst zei dat hij van haar hield, dacht Sally er in eerste instantie niet aan om meteen te antwoorden dat ze ook van hem hield, maar zag ze haar moeders gezicht voor zich en wilde ze tegen haar zeggen: 'Zie je wel, mam, iemand houdt van me! Je had het mis!'

Ze had Dan op de achtentwintigste verjaardag van Chloe ontmoet, in Nottingham, waar Chloe destijds woonde. Sally was dat weekend uit Londen gekomen, vergezeld door haar vriendje van toen, met wie ze pas een paar weken een relatie had. Dan was met de broer van Chloe gekomen, maar toen ze naar de keuken ging om Chloe te helpen met het eten – pizza's, gekruide kippenpootjes, geroosterde aardappelen en salade – maakten ze pas echt kennis. Hij stond in zijn eentje kaas te raspen en toen hij haar zag, hield hij meteen op. 'Hallo,' zei hij. 'Als je Chloe zoekt, die is zich boven aan het verkleden. De een of andere sukkel heeft rode wijn op haar jurk gemorst. Ik ben trouwens Dan.'

'Ik ben Sally,' zei ze.

'Ik weet precies wie je bent,' had hij geantwoord. Hij telde een denkbeeldige lijst af op zijn vingers. 'Je bent de beste vriendin van Chloe sinds ze hier in Nottingham studeerde. Jullie zijn tijdens de kennismakingsweek bevriend geraakt en jij hield haar haren uit haar gezicht terwijl zij in de wc-pot overgaf nadat ze te veel had gedronken. Hoewel ze beweerde dat ze niet dronken was, maar last had van voedselvergiftiging. Maar ja, daar was je student medicijnen voor. Je bent ook de vriendin met wie ze een huis deelde, met nog enkele muizenfamilies.'

Geamuseerd zei Sally: 'Je bent in het voordeel. Ik weet niets van jou.'

Dat was een leugen. Ze had de afgelopen maanden heel veel gehoord over Dan Oliver. Hij werkte bij dezelfde accountantsfirma als Nick, de oudere broer van Chloe. Nick woonde bij Dan in terwijl hij wachtte tot het huis dat hij had gekocht, werd opgeleverd. Chloe had gezegd dat hij heel knap was en dit werd bevestigd door haar eerste indruk van hem. Sally nam hem even in zich op. Hij was lang, meer dan een meter tachtig, met kort, donker haar dat al begon terug te trekken bij de slapen. Hij had donkere, innemende ogen en een net zo innemende glimlach. Dat was allemaal de pluskant. De minzijde was dat hij een vale, bruine corduroybroek droeg, een groen met wit geruit overhemd en een beige trui. Zijn schoenen waren heel boers, gemaakt om fazanten opzij te schoppen. Hij zag eruit als de belichaming van provinciale chic. Helemaal niet haar type. Maar Chloe had gezegd dat hij slim en ambitieus was, en dat was juist wel haar type.

'Meen je dat?' zei hij. 'Heb je helemaal niets over mij gehoord? Geen woord? Wat erg. Ik had gehoopt dat Chloe je toch minstens had verteld dat ik zo knap en charmant ben, en wat een aanwinst ik zou zijn. Om het nog niet eens te hebben over hoe goed ik ben met een kaasrasp. Doe me een plezier en zeg dat je helemaal alleen naar hier bent gekomen.'

'Mijn nieuwe vriend is mee.'

'Kun je hem niet dumpen?'

Hij was zo overredend en hij klonk zo gezaghebbend, dat Sally deed wat hij had gevraagd.

Een maand nadat ze elkaar hadden leren kennen, werd Dan overgeplaatst naar een kantoor van zijn firma in Manchester, en begonnen ze een relatie op afstand. Dat ging twee jaar zo door en toen verhuisde Sally naar het noorden om bij hem in te trekken. Dan had aangeboden om zich terug naar Londen te laten overplaatsen, maar Sally was al heel lang tot het besef gekomen dat ze afwisseling nodig had. Ze was Londen beu en ze wilde weg. Haar collega's verklaarden haar voor gek en beschuldigden haar dat ze haar veelbelovende carrière vergooide door naar Manchester te verhuizen. Ze deden net of het een uithoek van het universum was. Sommigen zeiden zelfs dat het er uiteindelijk waarschijnlijk niet toe deed, omdat zij en Dan zouden trouwen en een gezin stichten, dus kon je beter vroeger dan later de handdoek in de ring gooien.

Maar geen van beiden wilde al een gezin stichten. Sally was nog nooit zo gelukkig geweest en ze schrok terug voor een derde persoon in hun relatie. Ze hield zo veel van Dan, dat ze niet durfde te geloven dat ze net zoveel van een kind zou kunnen houden.

De twee spontaanste dingen die ze als volwassene had gedaan, was verliefd worden op Dan en in verwachting raken van Marcus. Al het andere was nauwkeurig uitgewerkt, en de voors en tegens waren zorgvuldig overdacht. Maar door extreme omstandigheden kan iemand heel anders handelen, en Sally wist dat zij en Dan de grootste beslissing van hun leven hadden genomen nadat ze de tsunami op tweede kerstdag in Thailand hadden overleefd. Ze deden het die avond vlak na de ramp. In de duisternis van de hotelkamer die ze hadden betrokken – hun vorige kamer was verwoest – hadden ze zich uitgeput, in tranen en in shock aan elkaar vastgeklampt. Of het nu kwam door opluchting of om de afschuwelijke dingen te verdringen die ze hadden meegemaakt, ze begonnen te vrijen. 'Het kan niet,' zei ze toen hij op haar ging liggen. 'Ik heb geen...'

Hij had haar met een kus het zwijgen opgelegd. 'Laten we een baby maken,' had hij gefluisterd. 'Anders is alles zo zinloos.'

Toen Dan in haar was klaargekomen, had ze hem dicht tegen zich aan gehouden, in het besef dat wat ze net hadden gedaan, een wanhopige poging was om een leven te scheppen als vervanging van de vele levens die met het water waren meegevoerd.

Sally was net tien minuten van huis toen haar mobiele telefoon ging in de houder op het dashboard. Ze kon op het schermpje zien wie het was en ze nam met een glimlach op. 'Hallo, Chloe,' zei ze. 'Hoe was je vakantie?'

'Fantastisch. De sneeuw was perfect. Je hebt geen idee hoe graag ik er nu weer zou willen zijn.'

'Geen goede eerste dag op het werk, neem ik aan?'

'Goed geraden. En over werk gesproken, je weet toch wel dat het al over halfnegen is?'

'Heel leuk, maar ik heb al leren klokkijken toen ik nog klein was. Maar ik snap wat je bedoelt.'

'Mooi. En bereid je nu maar voor, want je raadt nooit wie een boodschap op mijn voicemail heeft ingesproken. Paul!'

'Dat meen je niet. Wat had die in godsnaam te melden?'

'Hij wil me spreken.'

'Dat kan hij wel willen, maar dat doe je toch niet?'

'Natuurlijk niet.'

Ze praatten nog wat over ditjes en datjes, beloofden dat ze elkaar binnenkort zouden zien en verbraken de verbinding toen Sally net langs het plaatsnaambord van Eastbury reed. Ze had het dorp voor het eerst gezien tijdens de paasvakantie in haar eerste jaar in Nottingham. Toen waren Chloe en zij dikke vriendinnen geworden en Chloe had haar uitgenodigd om het weekend te komen logeren. Zelfs nu nog herinnerde Sally zich hoe schoon en helder en volslagen onwerkelijk alles had geleken. De zon had uit een helderblauwe lucht geschenen, in het plantsoen stonden narcissen in bloei, in de vijver kwaakten eenden, ruiters reden in draf langs op de weg, en het meest onwerkelijke was dat Chloe's ouders zo hartelijk en gemoedelijk waren geweest, het tegenovergestelde van wat Sally gewend was. Niemand schreeuwde tijdens het eten, niemand kleineerde een ander en werkelijk niemand at met zijn mond wijd open of boerde luid voor hij een leeg bierblikje door de kamer gooide. Toen het weekend voorbij was en Chloe's vader haar naar het station reed, waar Sally de trein terug naar Hull zou nemen, had ze gezworen dat ze ooit in zo'n plaatsje zou wonen. Waar geen telefooncellen werden vernield door vandalen, waar in de voortuintjes geen roestende auto's en uit elkaar gehaalde motorfietsen stonden. Waar geen stenen door ramen werden gegooid en geen hatelijke boodschappen op voordeuren waren geschreven.

En hier was ze dan, dacht ze terwijl ze de oprit van Corner Cottage op draaide en naast de Saab van Dan parkeerde. Ze keek op naar het huis. De degelijke buitenkant zonder tierelantijnen had ze altijd mooi gevonden, en al zes jaar waren de ruime vijf slaapkamers, twee badkamers, serre en tuin van ruim tweeduizend vierkante meter alles en meer geweest dan ze had kunnen verlangen. Haar hart sprong nog steeds op van blijdschap door de wetenschap dat zij zo'n huis had.

Ze ging naar binnen via de voordeur, iets wat Dan altijd grappig vond omdat hij altijd via de achterdeur kwam en ging, de leveranciersingang, zoals hij die noemde. Ze zou nooit aan hem toegeven dat ze zo'n heerlijk gevoel van bezit kreeg als ze de sleutel in het slot van zo'n grote voordeur stak.

4

HET WAS CHLOE'S vrije dag. Ze bracht de ochtend door met de administratie die zich had opgestapeld tijdens haar afwezigheid, en ging toen strijken en schoonmaken. Als beloning voor dit lofwaardige gedrag trakteerde ze zichzelf op een uitgebreid bezoek aan de sportschool waarvan ze sinds het begin van het jaar lid was geworden. De school met de belachelijke naam 'Rejoovin8' was een luxueus gezondheids- en fitnesscentrum in Cartwright Hall, het hotel en vergadercentrum. Het lag op tien minuten rijden aan Crantsford Road en Chloe ging er zo vaak als ze kon naartoe. Als tiener had ze in de eetzaal van het hotel gewerkt, in de tijd dat 'net zo vaak opscheppen als je wilt' populair was.

Ze had negen kilometer gerend op de loopband, grotendeels heuvelopwaarts, terwijl ze op haar iPod luisterde naar Snow Patrol, toen ze een bekend iemand uit de herenkleedkamer zag komen. Hij zag haar op hetzelfde moment en lachte vriendelijk naar haar. Echt iets voor haar dat de knapste kerel die ze sinds tijden had gezien, haar altijd zag als het zweet van haar af gutste en haar gezicht zo onaantrekkelijk rood als een biet zag. Hij was voor het eerst hier gekomen in de week voor ze op vakantie ging. Of in elk geval had ze hem toen voor het eerst gezien. Destijds had ze gedacht dat hij in het hotel logeerde en gebruikmaakte van de faciliteiten. Maar nu was hij er weer. Misschien was hij een vertegenwoordiger die door het land reisde en verbleef hij regelmatig in Cartwright Hall. Ze kon er natuurlijk helemaal naast zitten. Voor hetzelfde geld woonde hij in de buurt en was hij ongeveer gelijk met haar lid geworden, maar bezocht hij de school op andere tijdstippen. Hoe dan ook, hij was hier de fitste persoon. En dan bedoelde ze niet alleen zijn sterke spieren. Hij had het lichaam van een zwemmer, met brede schouders, een slank middel en lange benen. Hij zag er heel goed uit in een korte broek, en goddank droeg hij niet zo'n ordinair hemd, maar een normaal T-shirt. Hij was evenmin zo'n ijdel type dat door de sportschool paradeerde en de boodschap uitstraalde: 'Hé, wil je me?' en die alleen voor een spiegel oefeningen wilde doen.

Ze had gezworen dat ze nooit meer met een ijdele man uit zou gaan. Daar had ze sinds Paul meer dan genoeg van. Toen hij bij haar was ingetrokken, werd haar huisje in Nottingham opeens bedolven onder toiletartikelen voor mannen, talloze edities van GQ en zo veel pakken, overhemden en stropdassen dat je er een winkel mee kon beginnen. Ze hadden een nieuwe kledingkast in de logeerkamer moeten plaatsen voor al zijn spullen, en zelfs toen klaagde hij nog dat zijn pakken niet genoeg ruimte hadden. Nee, ze had het helemaal gehad met uitslovers zoals Paul.

Ze dacht aan Sally's advies toen ze haar tijdens het telefoongesprek had verteld dat Paul haar had gebeld. 'Neem niet eens de moeite om hem terug te bellen,' had haar vriendin vastberaden gezegd. Niet dat Chloe dat had gekund, want ze had zijn nummer niet.

Maar zou ze hem bellen als ze zijn nummer wel had? Ze wilde dat haar antwoord ook een vastberaden nee zou zijn, maar ze vermoedde dat ze geen weerstand zou kunnen bieden aan de verleiding om hem weer te spreken, om hem en misschien zichzelf te bewijzen dat ze verder was gegaan met haar leven en dat hij tot het verleden behoorde.

Nog terwijl ze dit bedacht, wist ze dat het niet helemaal waar was. Ja, ze was verdergegaan met haar leven, maar heel eerlijk gezegd was ze nog steeds kwaad. Een boosheid die diep in haar smeulde. De boosheid die de leemte vulde waar ooit een leven net vorm begon te krijgen.

Een van de redenen waarom Paul bij haar was weggegaan, was omdat hij zich onder druk gezet voelde omdat zij zo graag een baby wilde. Niet te geloven! Ze had het er alleen een paar keer over gehad en vervolgens werd ze ervan beschuldigd dat ze wanhopig was.

Sinds haar achtentwintigste verjaardag waren ze samen geweest. Een vriend had hem meegenomen naar een feestje van haar en vlak nadat hij aan haar was voorgesteld, had iemand tegen zijn arm gestoten en had hij een glas rode wijn op de voorkant van haar jurk gemorst. De volgende dag had hij haar als verontschuldiging een bos bloemen gestuurd, met zijn telefoonnummer erbij. 'Als je het me hebt vergeven,' had hij geschreven, 'dan mag ik je misschien mee uit winkelen nemen om een nieuwe jurk voor je te kopen. Misschien kunnen we daarna ergens gaan eten terwijl jij de nieuwe jurk draagt.' Zo doorzichtig, maar welke vrouw had weerstand kunnen bieden aan zo'n aanbod?

Net zoals Sally en Dan waren zij en Paul algauw een stel, alleen was er in hun geval geen afstand omdat Paul heel dichtbij woonde, en dat was gemakkelijk. Binnen tien maanden was hij bij haar ingetrokken en begon Chloe's moeder grapjes te maken over het feit dat ze te jong was om oma te worden. Chloe trapte er niet in; ze wist dat haar moeder ernaar snakte om een volmaakt kleinkind in haar armen te houden. Als alles anders was gegaan, dan had haar moeder haar wens in vervulling zien gaan, want Paul had zonder het te weten Chloe zwanger achtergelaten toen hij bij haar wegging. De zwangerschap had echter kort geduurd en Chloe had niemand er iets over verteld. Haar ouders en zelfs Dan en Sally niet.

Voor Pauls vertrek waren er al tekenen dat alles misschien niet in orde was, maar iedereen wil niets liever dan dingen ontkennen, en Chloe had de waarschuwingstekenen genegeerd: het extra werk waardoor hij steeds moest overwerken, het feit dat hij weinig zin had om uit te gaan. Ze had zichzelf wijsgemaakt dat hij gewoon te hard werkte. En ze had zichzelf wijsgemaakt dat hun kerstvakantie naar Phuket met Dan en Sally zou uitlopen op een huwelijksaanzoek van hem. Ze was niet de enige die dat had gedacht. Sally was er ook van overtuigd geweest, en tijdens de lange, twaalf uur durende vlucht naar Bangkok hadden ze betekenisvolle blikken gewisseld. 'Ik wed om vijftig pond dat hij je op eerste kerstdag een ring geeft,' had Sally tegen haar gefluisterd. Ietwat aangeschoten bij het vooruitzicht van de vakantie en te veel flesjes drank hadden ze zitten giechelen als schoolmeisjes en tegen Dan en Paul gezegd dat het een grapje van meisjes onder elkaar was, dat ze toch niet leuk zouden vinden.

Maar Chloe was degene die voor schut stond. De hele eerste kerstdag wachtte ze tot Paul zou knielen en haar een ring zou geven. Toen ze naar bed gingen bleef ze langer dan anders in de badkamer, ervan overtuigd dat hij in de slaapkamer moed verzamelde om haar ten huwelijk te vragen. Ze deed parfum op en glimlachte bij de gedachte dat hij aan het oefenen was wat hij moest zeggen. Maar toen ze eindelijk uit de badkamer kwam, lag hij al te slapen terwijl de televisie aan stond op CNN. Ze was zo teleurgesteld geweest, dat ze in de verleiding kwam om de kamer te doorzoeken en zelf de ring te vinden die hij haar niet had gegeven. Maar ze had zich met grote moeite beheerst en was tot de conclusie gekomen dat hij misschien wachtte tot oudejaarsavond. Ja, dat was hij beslist van plan. Klokslag twaalf uur, op het strand in het maanlicht, zou hij haar ten huwelijk vragen. Veel romantischer dan een huwelijksaanzoek op eerste kerstdag. Terwijl ze in bed ging liggen en een kus op Pauls wang gaf, bedacht ze hoe erg het zou zijn geweest om hem voor te zijn en het grote moment te bederven.

Hoewel ze meestal goed kon slapen en nooit veel droomde, werd ze die nacht meerdere malen wakker na dezelfde droom: dat ze in een vliegtuig zat en heen en weer werd geschud door turbulentie. Toen ze de slaap uit haar ogen wreef en zag dat Paul nog in diepe slaap was, besloot ze naar de fitnessruimte van het hotel te gaan. In die tijd was Dan net zo gek op fitness als zij, en toen ze de zaal binnen kwam, zag ze dat Dan haar voor was geweest en al op de loopband stond te rennen. Sally moest hem hebben verteld over haar weddenschap, want zijn blik gleed over haar linkerhand. Hij maakte er echter geen opmerking over en zei alleen: 'Fijne tweede kerstdag! We hebben de zaal weer voor onszelf.' Ze was net goed op gang gekomen toen de wereld opeens kantelde en ze werd bedolven.

Ze schrok op toen ze merkte dat de loopband naast haar in gebruik was genomen. Het was de knappe man met dat fantastische lijf, en hij zei iets tegen haar. Ze was zo verbaasd dat ze uit haar ritme raakte en struikelde. Ze greep de veiligheidsstang vast om niet te vallen, en zette de koptelefoon af.

'Sorry,' zei hij verontschuldigend. 'Ik wilde je niet storen. Ik wilde alleen even hallo zeggen, en dat ik je vorige week niet heb gezien. Je was toch niet ziek, hoop ik?'

'Ik was op skivakantie,' zei ze terwijl ze haar gezicht afveegde met een handdoek. 'Ga jij ook wel eens skiën?'

'Tegenwoordig niet meer zo vaak als ik zou willen. Met nieuwjaar was ik in Oostenrijk.'

'Daar ben ik net geweest.'

'O ja? Waar?'

'Obergurgl. Ken je dat?'

Hij schonk haar een verblindende glimlach. Zo verblindend dat het halve land erdoor verlicht kon worden. Die moest wel in zijn genen zitten. 'Daar was ik ook,' zei hij. 'Wat toevallig.'

Ze depte haar gezicht weer terwijl ze heimelijk naar zijn linkerhand keek. Geen ring. Tenzij hij natuurlijk getrouwd was zonder een trouwring te dragen. Niet dat het haar iets kon schelen. Ze waren alleen maar aan het praten, verder niet. Hij probeert je niet te versieren, hield ze zichzelf voor. Helemaal niet. Denk aan de regel: als je hem meteen leuk vindt, dan krijg je hem niet. Dan is hij verboden terrein. Laat je verstand spreken, en niet je hart.

Die regel was in het leven geroepen omdat ze heel erg op zoek was gegaan sinds Paul bij haar weg was. Ze schaamde zich nog dood als ze dacht aan de rampzalige relaties waarin ze zich had gegooid. Ze had zich gestort op elke knappe man die ze was tegengekomen. Ze kende zo iemand amper, of ze ging bij wijze van spreken al naar de uitzetafdeling van een groot warenhuis. En als ze daar uiteraard voor terugschrokken, ging ze weer op jacht naar iemand die de leemte moest vullen die Paul had achtergelaten. Uiteindelijk kwam ze weer bij zinnen en besefte ze dat ze niet Paul wilde vervangen, maar de baby die ze had verloren.

De man met de stralende glimlach was nu net zo hard als zij aan het rennen. Ze vond het leuk hoe zijn dikke, zwarte krullen op zijn hoofd meedansten. Heel sexy.

Laurel House was ongetwijfeld een van de mooiste huizen in het dorp. Het was in de negentiende eeuw opgetrokken uit zandsteen, en met als dichtstbijzijnde buur de Normandische St.-Andrewkerk bood het eindeloze mogelijkheden voor schilders en fotografen om de idyllische charme van het dorpsleven vast te leggen.

Maar opgroeien in Laurel House was helemaal niet idyllisch of vol charme geweest. Toen Chloe's ouders het kochten, moest er van alles aan worden gedaan. Nick en Chloe hadden hun jeugd vrijwel geheel doorgebracht op een bouwterrein. Doorgebroken muren, betonmolens, steigers, grote gaten, blootliggende kabels, stof en tijden dat er geen water of elektriciteit was, hadden allemaal onderdeel uitgemaakt van het werk dat hun ouders op zich hadden genomen. Ze hadden jaren beknibbeld en gespaard om het huis op te knappen, en Chloe zou de eerste zijn om te zeggen dat het alle moeite waard was geweest.

Uit gewoonte liep ze om het huis heen naar de achterkant. Ze kon Jennifer en Graham Hennessey al horen voor ze hen zag. De stem van haar moeder, schril en verdedigend, sneed door de koele avondlucht. 'Je hoeft me niet zo aan te vallen. Ik zei alleen maar dat je vaak erg royaal bent met het kruiden.'

'En ik zei alleen maar dat...'

'Ik weet heel goed wat je zei, Graham. Je mompelde binnensmonds dat ik me met mijn eigen zaken moet bemoeien.'

'En zou dat zo erg zijn? O, hallo, Chloe. Je bent vroeg.'

'Nee, pap, ik ben op tijd. Wat doe je op die ladder als je op je verjaardag bezig hoort te zijn met koken?'

'Dat heb ik zelf nog geen tien minuten geleden ook al tegen hem gezegd, Chloe. Maar nee, hij wilde per se de vensterbank van onze slaapkamer schoonmaken. Hij is niet goed bij zijn hoofd.'

'Dat had ik niet hoeven doen als de glazenwasser om te beginnen zijn werk had gedaan. Blijkbaar kost het tegenwoordig extra om je vensterbanken te laten schoonmaken.'

Chloe ging naar haar moeder, die op de houten tuintafel uitgelopen zaadjes aan het sorteren was. 'Stokrozen,' beantwoordde haar moeder de onuitgesproken vraag. 'Ik geef je er wel een paar als ik denk dat ze sterk genoeg zijn om jouw verwaarlozing aan te kunnen.'

Chloe's vader klom de ladder af met een emmer water en een spons, en hij gaf Chloe een zoen op haar wang. 'Je ziet er goed uit,' zei hij.

'Jij ook. Gefeliciteerd met je verjaardag.' Ze hield het cadeau op dat ze had meegebracht. 'Nu je je handen vol hebt, zal ik het dan maar mee naar binnen nemen?'

'Ja, en help dan meteen mee om het eten af te maken.'

'En hou hem weg van het zout!' riep haar moeder hen na. 'Mijn bloeddruk is toch al torenhoog!'

'Ik heb je al duizend keer gezegd dat er niets mis is met je bloeddruk.'

Chloe lachte. 'Stil, jullie, anders laat ik de politie komen wegens al dat overdrijven.'

Sinds Chloe's vader met pensioen was gegaan en haar moeder met plezier de huishoudelijke touwtjes uit handen had gegeven, had haar vader de verantwoording voor het koken in Laurel House op zich genomen. Na wat beginnersfouten – een kerrieschotel waarbij het glazuur bijna van je tanden vloog – had hij het algauw onder de knie gekregen en vond hij het heerlijk om met zijn kookresultaten te pronken. De keukenkastjes puilden uit van de nieuwste hebbedingetjes voor de keuken. Haar vader had alles wat de televisiekoks ook hadden. Haar moeder kon vroeger ook goed koken, maar ze was meer van de dagelijkse keuken. Gebraad op zondag, koud vlees en salade op maandag, een ovenschotel met aardappelpuree en groenten op dinsdag. Als ze pap ooit op zijn plaats moest wijzen, en dat hij de fijne keuken niet had uitgevonden, dan hoefde ze alleen maar een vruchtencake te maken. Hoe pap ook zijn best deed, bij hem zakte het fruit altijd naar de onderkant van de cake. Hij had mam gesmeekt om hem haar geheim te vertellen, maar dan zei ze alleen met een lachje: 'Oefening baart kunst, schat.'

Nu Chloe naar hen keek terwijl ze in de eetkamer zaten en de avondzon door het raam naar binnen scheen, bedacht ze dat ze hen ondanks hun onnozele gekibbel benijdde om hun huwelijk. Ze waren gelukkig. Na meer dan veertig jaar huwelijk waren ze gelukkig en gingen ze steeds op pad als een stel genotzoekers van in de twintig. Het kostte haar moeite om hun hectische levensstijl bij te houden; ze waren altijd weg. Hun dagen waren gevuld met bezoeken aan landhuizen, tuinen, galerieën, tentoonstellingen en avondcursussen. Vervolgens waren er de weekends weg, de bustochten en de vakanties in het buitenland. Goedkope vluchten en het internet hadden de wereld van het reizen voor hen geopend.

Ze leefden zo anders tegenwoordig. Al die jaren dat ze het huis hadden opgeknapt, hadden ze obsessief op het geld gelet. Familievakanties waren beperkt tot één keer per jaar in augustus, en de twee weken werden meestal drassig doorgebracht ergens in het

Lake District of Schotland. Niets werd weggegooid dat kon worden hergebruikt voor iets anders of dat naar een liefdadigheidsinstelling kon worden gestuurd. Doppen van melkflessen werden zorgvuldig gewassen en gespaard voor blindengeleidehonden, oude boeken werden gestuurd naar verre oorden waar zulke dingen nauwelijks te kopen waren, en hetzelfde gold voor schoenen en brillen. Als Chloe ergens uit gegroeid was, werd het meteen uit elkaar gehaald en werd de stof gebruikt om er rokken en jurken van patchwork van te maken. Ze had een felgekleurde droomjas gehad, lang voor Andrew Lloyd Webber die van Joseph zo beroemd maakte. De meest legendarische recycleklus van haar moeder was een oud paar geruite gordijnen in stukken knippen en er drie stel vakantiekleren van maken: een rok voor Chloe en twee korte broeken voor Nick en haar vader. Ergens in de familiearchieven bevond zich het fotografisch bewijs dat het echt gebeurd was en geen nachtmerrie-achtig hersenspinsel was. Nick grapte dat hij nog steeds in therapie was om over de afschuwelijke ervaring heen te komen dat hij door Ambleside liep en iedereen naar hem staarde. 'Maar het kostte me helemaal niets om ze te maken,' had haar moeder ter verdediging geroepen.

'Hoeveel?' was de favoriete uitdrukking van Chloe en haar broer geweest als ze de afschuw van hun ouders imiteerden over het bedrag van gymschoenen, schoolblazers of de prijs van een kop thee bij een tankstation. 'Hoeveel?! Ik bestel maar één kopje, hoor, niet een hele theeplantage!'

Maar sinds ze werkelijk in angst hadden gezeten dat Chloe tijdens de tsunami om het leven was gekomen, was hun kijk op de wereld veranderd door hun opluchting dat ze het had overleefd. Het leven moest geleefd worden, was hun nieuwe credo. Ze zetten zich nog steeds in voor anderen, maar nu ook voor zichzelf. Ze hadden besloten dat, omdat de dood elk moment kon toeslaan – vreemd dat een arts daar zo laat pas achter kwam – ze de verloren tijd zouden goedmaken en genieten.

'Als ik jullie nu iets vertel, beloof dat jullie niet overdreven zullen reageren,' zei Chloe terwijl haar vader een stuk citroentaart voor haar afsneed; de bovenkant was perfect gekaramelliseerd.

'Dat heb ik nog nooit gedaan,' zei haar moeder verontwaardigd.

Haar vader snoof. Maar voor ze van het onderwerp konden afdwalen, zei Chloe vlug: 'Toen ik weg was heeft Paul een boodschap
ingesproken op mijn antwoordapparaat.'

Haar ouders staarden haar allebei aan.

'En wat wilde die adder onder het gras?' De stem van haar moeder klonk zacht en heel beheerst.

'Hij wil afspreken om eens te praten.'

'En ga je dat doen, denk je?'

'Natuurlijk niet, Graham! Daar is ze veel te verstandig voor.'

'Eigenlijk,' zei Chloe, 'denk ik dat ik hem gebeld zou hebben als
hij niet was blijven kletsen en de verbinding werd verbroken voor
hij zijn nummer kon zeggen. Wat kan het voor kwaad?'

Het was moeilijk in te schatten wie van hen het meest geschokt
waren, Chloe's ouders of Chloe zelf. Zoiets kon je wel denken, maar
het hardop zeggen was iets heel anders.

5

DAN WAS ER al snel achter gekomen dat omgaan met de hiërarchie in de peuterspeelzaalmaffia van Eastbury weinig verschilde van een conflict aangaan met een kantoor vol machiavellistische carrièrejagers. De kunst was, zoals hij op zijn werk had ontdekt, om je eigen weg te gaan en je verre te houden van onruststokers. Daardoor zorgde hij ervoor dat ze de drie keer per week dat Marcus naar de peuterspeelzaal ging, pas op het laatste moment kwamen en Marcus nog maar net tijd had om zijn jas uit te doen en Dan vlug een afscheidszoen te geven. Het afhalen werd met dezelfde precisie geregeld. Iets te vroeg, en Dan kon aangesproken worden door een van de mamzilla's. Je moest vooral uitkijken voor Diane Davenport, Annette Bayley en Sandra McPhearson, ofwel Spekkie Pervers, zoals Dan haar in gedachten noemde. Ze was een akelig, bemoeiziek mens dat aspiraties had om op een dag over het universum te regeren. Ze had bijna in alle opzichten de touwtjes in het dorp in handen, en aarzelde niet om mensen zo te intimideren dat ze haar zin kreeg.

Goddank had hij een goede steun aan Rosie Peach. Ze was getrouwd met Dave, de plaatselijke aannemer, en hun zoon Charlie was Marcus' beste vriend, als zoiets al mogelijk was voor kinderen van tweeënhalf. Rosie was net zo vastbesloten als Dan om een flinke afstand te bewaren tussen haar en de mamzilla's. Er werden vaak opmerkingen gemaakt over haar tegenzin om te nauw betrokken te raken. Net als over die van Dan. 'Toe nou, Daniel,' had Spekkie Pervers een keer tegen hem gezegd. 'Je hoeft je niet afzijdig te houden met de smoes dat je een man bent. Er is genoeg waaraan je mee kunt doen.' Wie had gedacht dat het je als ouder zoveel moeite zou kosten om je kind op een peuterspeelzaal te doen? Er leek geen einde te komen aan geldinzamelingen en bijeenkomsten.

Voordat Marcus naar de peuterspeelzaal ging, was er een korte periode van moeder-peuteromgang waar hij doorheen moest, en

toen Dan voor zijn eerste sessie met Marcus in het gemeenschaps-
huis kwam, waren de reacties verdeeld geweest. Degenen die hem
kenden – hij en Sally woonden al enkele jaren in het dorp – hadden
hem behandeld als een nieuwkomer in hun midden. Ze hadden
overdreven veel aandacht aan hem geschonken, vonden het 'schattig' dat een man bij zijn zoon wilde blijven en hadden heel voorspelbaar de nodige grappen gemaakt dat hij risico liep met al die
oestrogenen in de lucht. Maar degenen die hem niet kenden, waren
op hun hoede. Hij had hen erop betrapt dat ze hem gadesloegen
en hem voortdurend in de gaten hielden, vooral als hij te dicht in
de buurt van hun eigen kinderen kwam. De boodschap had niet
duidelijker kunnen overkomen als ze voor Cottage Corner hadden
gedemonstreerd met borden waarop de beschuldiging stond dat hij
een pedofiel was.

Niemand had het ooit rechtstreeks tegen hen gezegd, maar Dan
en Sally wisten dat de dorpelingen over het algemeen vonden dat
ze maar een raar huwelijk hadden met grootsteedse opvattingen.
Waarschijnlijk waren ze tot de conclusie gekomen dat Sally de
broek aanhad en dat hij geen echte vent was. Hem deed het niets
wat ze van zijn mannelijkheid vonden, maar Sally ergerde zich.
'Het lijkt wel of we in de middeleeuwen leven,' klaagde ze. 'Een heleboel mensen doen zoals wij. Het is echt niets nieuws dat de rollen
zijn omgedraaid.'

Dat was precies wat hij tegen haar had gezegd toen haar zwan-
gerschapsverlof bijna was afgelopen. Volgens hun oorspronkelijke
plan zouden ze een kindermeisje in dienst nemen als Sally weer
aan het werk ging. Maar Dan schrok terug voor de realiteit van die
situatie, van het feit dat hij zijn zoon aan iemand moest toevertrou-
wen die geen echte binding met hem had. Als Sally niet zo popelde
om weer aan de slag te gaan, zou hij misschien hebben voorgesteld
dat zij thuisbleef om voor Marcus te zorgen. Maar daar was geen
sprake van.

In de maanden na de geboorte van Marcus had Sally een slo-
pende periode van postnatale depressie doorgemaakt. Dan was
niet bij machte om haar te helpen, alleen met praktische dingen,
en hij was erin geslaagd om vaderschapsverlof te krijgen. Hij had
het grootste deel van de zorg voor Marcus op zich genomen en

tijdens die periode begon hij te denken dat het gewoon niet in hem zat om zijn zoon aan iemand anders toe te vertrouwen. Toen die twijfel eenmaal wortel had geschoten, was het een logische stap om aan Sally voor te stellen dat hij zijn werk voor een langere periode zou onderbreken om thuis voor Marcus te zorgen. Sally, al verteerd door schuldgevoelens omdat zij het niet had aangekund, wilde er niet van horen; maar toen Dan bij zijn plan bleef, begon ze er serieus over na te denken. Ze namen alles in overweging. Waren ze bereid om het met minder inkomsten te doen? Zou het wel het beste zijn voor Marcus? Vonden ze het erg als anderen hen maar raar vonden? Zou Dan zich minder man voelen? Zou het invloed hebben op hun huwelijk? Zouden ze als maatschappelijke verschoppelingen worden beschouwd? En zo gingen ze door tot de cirkel rond was en ze besloten dat er maar één manier was om erachter te komen: ze zouden het een kans geven.

Toen het besluit eenmaal was genomen en Sally precies wist wanneer ze weer aan het werk zou gaan, verdween de depressie die haar maandenlang had geplaagd. Dat was hét bewijs voor Dan dat ze de juiste beslissing hadden genomen.

Vandaag was dat echter niet het geval. Nu stond hij op Marcus te wachten, alleen omdat Rosie kou had gevat en zich niet lekker voelde, en hij had aangeboden om Charlie voor haar van de peuterspeelzaal te halen. Als hij verantwoordelijk was voor een ander kind dan Marcus, was hij vreemd genoeg extra toegewijd. Dat gold ook als Charlie bij hen in de auto zat, dan reed hij veel voorzichtiger. Hij wist niet waarom, want werkelijk niemand was hem zo dierbaar als Marcus.

Zijn toewijding was in dit geval echter een grote fout geweest. Want daar kwam Spekkie Pervers op hem af met haar volle een meter vijfenzestig, gevormd als een versperringsballon. Wat zou het deze keer zijn? Een verzoek dat iedereen iets ging bakken om geld in te zamelen voor nieuwe benodigdheden? Of waren er handtekeningen nodig voor een nieuwe petitie? De laatste ging over het verwijderen van de zandbak in de biertuin van de Fox and Feathers omdat die een gevaar voor de gezondheid zou vormen. Of misschien was het iets persoonlijks. Misschien bleek Marcus de nieuwste bron van hoofdluis te zijn.

'Aha, Daniel, daar ben je,' zei ze. Op zijn moeder na was Spekkie Pervers de enige die hem met zijn volledige naam aansprak. 'Ik hoopte je al te zien. Heb je even?'

Om hen heen hielden moeders op met praten en spitsten hun oren. Ze wisten allemaal dat 'even' uit de mond van Spekkie Pervers iets heel anders was. Hij zag de verschillende blikken – vol medeleven, nieuwsgierigheid, maar hoofdzakelijk vol opluchting dat zij niet het doelwit waren van een eventuele uitbrander – en hij forceerde een glimlach. 'Natuurlijk,' zei hij. 'Zullen we even naar buiten gaan?' Hij gaf haar geen tijd om te antwoorden, duwde de dubbele deuren open en ging haar voor, terwijl hij zichzelf voorhield dat hoofdluis niets was om je voor te schamen. Dat kwam bij de beste families voor. 'Waar kan ik je mee van dienst zijn?' vroeg hij toen ze van de trap af was geschommeld en bij hem stond.

'Hoor eens, Daniel, je moet het niet verkeerd opvatten en ik zeg het alleen omwille van Marcus. En je zult het met me eens zijn dat het welzijn van Marcus het belangrijkste is.'

Dan was meteen op zijn qui-vive. Als hij zich niet vergiste, stond Spekkie Pervers op het punt om kritiek te leveren op zijn zoon. In gedachten laadde hij een geweer en begon te mikken. 'Ga verder,' zei hij.

'Annette stond erbij en ze was net zo geschrokken als ik.'

Hij haalde de trekker een beetje over. Ga je gang, maak mijn dag goed.

'We hebben het allebei Marcus heel duidelijk horen zeggen.'

'Wat?'

'Hij zei dat Rupert een dikke smoel had.'

Kaboem!! De hersens van Spekkie Pervers spatten uiteen op de muur achter hen.

Dan wist niet hoe hij zijn gezicht in de plooi had kunnen houden. Dikke smoel! Goed zo, jongen!

'Papa, je lacht.'

'Zeker weten,' zei Dan terwijl hij de deur van Corner Cottage opende. Marcus keek naar hem op met zijn wenkbrauwen komisch opgetrokken alsof hij lijdzaam de rare grillen van zijn vader onderging. Dan was zelfs onderweg naar huis niet opgehouden met grinniken. Hij had de laatste anekdote over Spekkie Pervers verteld aan Rosie toen hij Charlie thuisbracht, en het had Rosie de grootste moeite gekost om niet in het bijzijn van de jongens in lachen uit te barsten. Joost mocht weten waar Marcus die uitdrukking vandaan had, maar het typeerde dat rotkind van Spekkie Pervers helemaal met zijn mopsneus.

Binnen ging de telefoon. Het duurde even voor Dan begreep wie hij aan de lijn had. Het was lang geleden dat hij iets van Andy Hope had gehoord. Ze hadden samen aan de universiteit van Durham gestudeerd en door de jaren heen hadden ze sporadisch contact gehouden, maar de vriendschap was onvermijdelijk verwaterd. 'Andy, hoe gaat het?'

'Best. Maar ik had graag onder betere omstandigheden van me laten horen. Herinner jij je Derek Lockley nog?'

Nu Dan ver genoeg terug was in de jaren, kon hij zich Derek duidelijk herinneren. Ze noemden hem altijd Del Boy. Een magere, pezige jongen die aan het hoofd stond van de klimmersclub. Hij kon binnen seconden een wand beklimmen. Werd gearresteerd toen hij in de kamer van het verkeerde meisje klom. Hij was dronken en vergiste zich in het studentenhuis van zijn nieuwe vriendin. 'Ik herinner me hem nog heel goed,' zei Dan. 'Wat doet hij tegenwoordig?'

'Het spijt me dat ik slecht nieuws breng, maar hij is dood. Hij heeft zelfmoord gepleegd. De begrafenis heeft in besloten kring plaatsgevonden, maar er wordt een herdenkingsdienst gehouden. Ik ben alle vroegere vrienden aan het bellen om te zien wie kan komen. Dat zouden we moeten doen, vind je ook niet?'

Geschokt stemde Dan meteen in dat hij aanwezig zou zijn. Het leek niet gepast om hierna nog over ditjes en datjes te praten, en nadat hij de datum van de herdenkingsdienst op de keukenkalender had geschreven, hing hij op.

Voor zover Dan wist, was Derek de eerste van zijn leeftijdgenoten die was overleden. Niet net eraan ontsnapt. Maar die het echt had afgelegd. Er niet meer was. Het was een angstaanjagende gedachte.

6

TWEE WEKEN NA Pauls boodschap op haar antwoordapparaat
kwam Chloe thuis van haar avonddienst en hoorde ze dat hij weer
een boodschap had ingesproken. Deze keer was hij erin geslaagd
om het nummer van zijn mobiele telefoon achter te laten.

Ze drukte op de herhalingsknop en luisterde weer naar zijn
stem. 'Hallo, Chloe, met Paul. Ik weet hoe onbetrouwbaar deze
apparaten kunnen zijn, dus ik neem aan dat je mijn vorige boodschap niet hebt gehoord. Hoe dan ook, ik wil je graag zien. Ik weet
dat het je misschien verbaast, maar het leven is immers vol ver-
rassingen? Dus wat vind je ervan? Volgende week ben ik toevallig bij jou in de buurt.' Vervolgens sprak hij het nummer van zijn
mobiele telefoon in.

Er kwamen twee dingen bij Chloe op toen ze nadacht over zijn
boodschap. Deze keer klonk zijn stem helemaal niet aarzelend,
zoals de eerste keer; hij klonk beheerst. Ook ging hij er blijkbaar
van uit dat ze hem niet had teruggebeld omdat ze zijn boodschap
niet had gehoord. Typisch Paul. Het was waarschijnlijk niet eens
bij hem opgekomen dat ze hem niet had gebeld omdat ze hem de
grootste slappeling vond die er bestond.

Ze schreef zijn nummer op en ging naar boven om haar fitness-
spullen te pakken. Een uur op de loopband zou haar tijd geven om
na te denken. En ze moest nadenken over hoe ze zou reageren.

Het was druk in de sportschool, en op de loopband naast die waar
zij altijd op liep, was Hij met het Donkere Krulhaar al. Ondanks dat
ze nu al enkele malen naast elkaar hadden hardgelopen, waren ze
nooit verder gekomen dan de beleefdheden die de meeste mensen
tijdens fitness uitwisselen, en dus wist ze niet eens hoe hij heette.
Niet dat ze alles over hem hoefde te weten. Het was niet moeilijk
om naast zo'n aantrekkelijke spetter van een vent te sporten zonder
iets van hem af te weten. Helemaal niet moeilijk.

Hij glimlachte vriendelijk naar haar toen ze naar haar loopband liep. 'Hallo,' zei hij terwijl zijn haar op zijn hoofd danste. 'Ik dacht al dat je niet zou komen vanavond. Goede dag gehad?'

'Gaat wel,' zei ze terwijl ze het programma intoetste op het apparaat en van start ging met een drafje om op te warmen. 'En jij?'

'Druk. Belachelijk druk. Gelukkig heb ik morgen een vrije dag.'

'Wat toevallig,' zei ze, terwijl ze zag dat hij al bijna zes kilometer had hardgelopen en amper buiten adem was. 'Morgen is ook mijn vrije dag.'

'Ga je iets speciaals doen?'

'Ik had geen plannen. En jij?'

'Ook niet.'

Toen hij niets meer zei, schroefde ze haar snelheid op en vroeg zich af wat voor werk hij deed. Maar ze peinsde er niet over om het hem te vragen. Dat was uit den boze. Net zo erg als wanneer ze hem zou vragen of hij hier vaak kwam. En daarbij zou het misschien een verkeerd signaal afgeven. Als ze te veel vragen stelde zou hij misschien denken dat ze hem probeerde te versieren. Je moest zo voorzichtig zijn in deze situaties. Het leven was veel eenvoudiger als je een partner had; dan kon je gezellig met iemand van de andere sekse praten zonder je zorgen te maken dat je woorden verkeerd werden opgevat. Vrijgezel zijn op haar leeftijd was net een mijnenveld. Het was zo gemakkelijk om beschouwd te worden als iemand die uit was op een prooi. En nog wel een wanhopig iemand, wier lichaam smeekte om bevrucht te worden. En wel nu! Dat deed haar denken aan Paul, waarop haar benen de boodschap kregen om nog sneller te rennen. Binnen een mum van tijd had ze haar snelheid aangepast aan die van Hem met het Donkere Krulhaar, en toen sloeg haar prestatiedrang toe en probeerde ze hem te overtroeven. Als kind had ze nooit kunnen hebben dat haar broer haar fysiek of geestelijk overtrof, en dat trekje had ze altijd gehouden. Zelfs een ogentest bij de opticien was een competitie voor haar; ze zou zich niet laten verslaan door die kleine letters onder aan het bord.

Uit haar ooghoek zag ze dat Hij met het Donkere Krulhaar vaart minderde. Toen hij die had teruggebracht tot wandelstand om te ontspannen, draaide hij zich naar haar toe. 'Ik vroeg me af,' zei hij, 'omdat je zei dat je geen plannen had voor morgen, of je zin hebt om met me te gaan lunchen. Of misschien wil je het zekere voor het onzekere nemen en het bij een drankje houden?'

Juist de attente beleefdheid van zijn uitnodiging vond ze zo aantrekkelijk.

Er waren vier dagen voorbijgegaan sinds Andy Hope had gebeld met het nieuws over de dood van Derek Lockley, en Dan had sindsdien niet meer goed kunnen slapen. Elke nacht schrok hij wakker uit dezelfde afschuwelijke droom. Afgelopen nacht had hij zelfs geschreeuwd, waardoor Sally wakker was geworden. 'Wat is er?' had ze gevraagd terwijl ze het verwarde dekbed rechttrok waarin hij had liggen woelen. 'Voel je je niet goed?' Ze had een hand op zijn voorhoofd gelegd, net zoals hij bij Marcus deed als zijn gezicht rood zag en hij koortsig leek. 'Je voelt zo warm aan.'

'Er is niets aan de hand,' zei hij. 'Ik ga even een glas water pakken. Ga maar slapen.'

Nu lag hij weer wakker. Hij kon niet slapen en zijn gedachten tolden door zijn hoofd. Niet in staat om zich in te houden, en voorzichtig om Sally niet te storen, ging hij bij Marcus kijken. Die was net als zijn moeder diep in slaap, met zijn gezicht op de donzige buik van een van zijn knuffelbeesten.

Omdat hij niet terug naar bed wilde, in de wetenschap dat hij toch niet zou kunnen slapen, ging Dan naar beneden om iets te drinken. Terwijl hij wachtte tot het water kookte, staarde hij naar zijn spiegelbeeld in de ruit. Zijn haren stonden overeind en hij zag er vreselijk uit. Wat was er met hem aan de hand? Waarom droomde hij na al die tijd nog steeds over iets wat meer dan drie jaar geleden was gebeurd? En dat niet alleen, maar waarom werden de dromen steeds erger? En waarom kon hij niet aan Sally vertellen wat hij doormaakte? Wat hield hem tegen?

O, hij wist heel goed wat hem tegenhield. Hij schaamde zich voor die verterende angst die hij nog steeds met zich meedroeg. Hij voelde zich erdoor gekleineerd. Minder man. Zeker niet de man die Sally en Marcus nodig hadden in hun leven.

Of de man die hij door de opvoeding van zijn ouders had moeten zijn.

Dans vader stamde af van geharde mensen uit Gloucestershire, die gevaren recht in de ogen keken en bevalen dat die moesten ophoepelen, anders zouden ze wat beleven! Een van Ronald Olivers beruchtste heldendaden was dat hij midden in de nacht een bende inbrekers had verjaagd. De drie mannen waren al bij de trap, gewapend met touw en messen om hun slachtoffers te boeien, toen ze opeens in de dubbele loop van een geweer keken. 'Ik heb dat tuig een lesje geleerd dat ze niet snel zullen vergeten.' Aldus werd Ronald Oliver, respectabel kantonrechter, de week erop in de plaatselijke krant geciteerd. Hij was echt iemand van 'niet goedschiks, dan kwaadschiks' als het aankwam op het naleven van de wet.

Glynis Oliver, de moeder van Dan, had dezelfde instelling en ze vertelde trots over haar eigen vader, die talloze onbeschrijfelijke wreedheden door de Japanners had ondergaan tijdens de Tweede Wereldoorlog. Hij was weliswaar vel over been en bijna waanzinnig teruggekeerd, maar hij had die Jappen wel eens even laten zien hoe je moest overleven.

Het was dus geen wonder dat Dan altijd het gevoel had gehad dat hij niet aan hun verwachtingen voldeed. Wat had hij de familiegeschiedenis te bieden? Behalve dat hij wel zo flink was geweest om tegen de conventies in, zich door zijn hart te laten leiden? Zijn grootste daad van ongehoorzaamheid was dat hij met Sally trouwde. Dat Sally niet bepaald de echtgenote was die Ronald en Glynis Oliver voor hun zoon hadden gewenst, was nog zwak uitgedrukt. Maar ondanks alles – haar jeugd in een huurhuis van de gemeente, haar openbare school en studie aan een universiteit buiten Oxford of Cambridge – accepteerden ze Sally beleefd en pochten over haar tegen hun vrienden. 'Zo'n knap en slim meisje,' zeiden ze. 'En ze maakt Daniel zo gelukkig. Wat kun je als ouder nog meer willen?'

Eigenlijk een kleinkind. Liefst twee, drie of vier, om hun tekort op dat gebied goed te maken. Ronald Oliver mocht dan goed kunnen mikken met een geweer, maar na verscheidene bezoeken aan een specialist in Harley Street werd hem tactisch meegedeeld dat hij te veel losse schoten afvuurde en dat die met een explosieve lading hun doel misten. Dus dat was dat: ze moesten het doen met Daniel Ronald Oliver.

Je moest hun nageven dat zijn ouders heel blij waren toen Marcus op de wereld kwam, en een week na zijn geboorte kwamen ze in hun Land Rover Discovery naar Corner Cottage met de achterbak vol cadeaus. Dat waren grotendeels oud speelgoed en schimmelig ruikende babykleertjes van Dan, en tevens zijn antieke doopkleed dat al twee generaties was doorgegeven. Geschiedenis en traditie daargelaten was het een verkleurde hoop troep die alleen geschikt leek voor de vuilnisbak. En die daar ook in terechtkwam op een dag dat Sally heel depressief was.

Het was dus niet vreemd dat zijn ouders geschokt waren toen Dan zijn carrière uitstelde om thuis voor Marcus te gaan zorgen. Ze hadden van dat soort dingen gehoord, net zoals ze hadden gehoord over transseksuelen en een vrouw die hoofd van het bestuur werd, maar dat was toch niet normaal? Normaal was volgens hen dat ze hun enige zoon naar kostschool stuurden zodra het hun uitkwam, zonder ook maar ooit enige emotie te tonen. En hij mocht al helemaal niets tonen dat op echte emotie leek.

In de nacht van tweede kerstdag 2004, toen Dan eindelijk een telefoon had gevonden die het deed en naar zijn ouders had gebeld om te laten weten dat hij en Sally ongedeerd waren – hij had niets gezegd over wat ze allemaal hadden meegemaakt – was de reactie van Ronald en Glynis heel lauw, zoals te verwachten was. 'Goed,' had zijn vader gezegd. 'Mooi zo. Ja, heel fijn. Goed gedaan. Het ziet er nogal beroerd uit volgens de beelden die we op de televisie hebben gezien. Zal ik je moeder even geven?'

Nogal beroerd. Ja, zo kon je het wel omschrijven. Dat krijg je als een zeebeving de energie opwekt die te vergelijken is met zo'n drieëntwintigduizend atoombommen op Hiroshima, en een reeks tsunami's teweegbrengt die de levens van een kwart miljoen mannen, vrouwen en kinderen wegvaagt.

Hij huiverde bij de gedachte aan al die doden. Vooral bij de dood van een jongetje dat net zo oud was geweest als Marcus nu.

'Dan?'

Hij draaide zich vlug om. Sally stond in de deuropening, in haar blauwgroene zijden peignoir die los om haar middel was gebonden. Haar korte donkere haar zat aantrekkelijk in de war en verleende haar gezicht een kwetsbare zachtheid die anderen zelden mochten zien.

47

'Sorry, zei hij, en hij bedacht hoe mooi ze eruitzag in het zwakke licht, en dat ze niets aanhad onder die tere zijde. 'Heb ik je wakker gemaakt?'

'Nee, dat niet. Ik moest aan mijn werk denken. Je weet hoe ik ben: ik kan het nooit helemaal loslaten.' Ze kwam naar hem toe en zette een beker naast de andere waar hij al een theezakje in had gedaan.

Hij sloeg een arm om haar heen en drukte haar tegen zich aan. Dat ken ik, dacht hij, terwijl hij wenste dat hij zoiets gewoons als werk had om over te piekeren.

7

HET WAS EEN mooie, zonnige dag. Een volmaakte dag om te gaan lunchen met een volmaakt knappe man. Een man wiens naam Chloe nog steeds niet kende.

Het was niet te geloven dat ze de vorige avond bij de fitnessclub afscheid hadden genomen zonder deze zo belangrijke informatie uit te wisselen. Ze hadden net afgesproken waar en hoe laat ze elkaar zouden ontmoeten, toen hij een mobiele telefoon uit de zak van zijn sportbroek had gepakt. Hij moest hem op de trilstand hebben staan, want ze had hem niet horen overgaan. Hij bracht de telefoon naar zijn oor en stapte van de loopband. 'Tot morgen,' zei hij geluidloos tegen haar, met een verontruste uitdrukking op zijn gezicht. En toen was hij weg naar de kleedkamers, alsof zijn leven ervan afhing. Alleen slecht nieuws kan zo'n reactie veroorzaken, had ze geconcludeerd. Of misschien was hij wel brandweerman en werd hij opgeroepen om meteen naar de brandweerkazerne te komen.

Nu, terwijl ze nog een laatste keer in de spiegel keek – haar blonde haar was mooi glad en glanzend en haar blauwe ogen werden benadrukt door wat mascara – hoopte ze heel egoïstisch dat het slechte nieuws van de vorige avond hem er niet van zou weerhouden om met haar te gaan lunchen.

Niet dat deze lunch iets bijzonders zou zijn, hield ze zichzelf voor terwijl ze haar tas en sleutels pakte en zich probeerde voor te stellen hoe hij eruit zou zien in gewone kleren. Ze waren gewoon twee mensen van de fitnessclub die samen iets gingen eten op hun vrije dag.

Een spijkerbroek. Ze durfde te wedden dat hij er fantastisch zou uitzien in een spijkerbroek, met de blauwe stof mooi gespannen om die gespierde dijen...

Nee, dat was niets om je over op te winden.

Met een overhemd met open hals waardoor je een glimp opving van borsthaar...

Al helemaal niets om op dingen vooruit te lopen en te denken waar het toe kon leiden. Helemaal niets.

Ze was al bijna de deur uit toen de telefoon ging. Laat gaan, dacht ze. Laat ze maar een boodschap inspreken.

Maar als het Paul eens was?

Des te meer reden om niet op te nemen!

Toen ze de vorige avond terugkwam van fitness, was ze zo opgevrolijkt dat ze de moed vatte om het nummer te bellen dat Paul haar had gegeven. Alleen werd ze doorverbonden met zijn antwoordapparaat.

Ze nam op met een opgewekte stem vol zelfvertrouwen. 'O, hallo, pap,' zei ze met een mengeling van teleurstelling en opluchting. 'Ik kan niet lang praten, want ik sta op het punt om weg te gaan. Zeg het eens?'

'O, niets bijzonders. We wisten dat je een vrije dag had en we wilden je uitnodigen voor de lunch, dat is alles. Ga je naar iets leuks?'

'Alleen naar de Bells of Peover.'

'Daar is het een mooie dag voor. Wat doe je trouwens met Pasen?'

'Dat weet ik nog niet. Ik denk dat ik oproepdienst heb. Zijn mam en jij thuis, of gaan jullie weer de hort op?'

'Nee, we zijn thuis. Is er nog, eh... nieuws van je weet wel wie?'

'Heb je het over Paul, pap? Kunnen we daar dan een andere keer over praten?'

'Natuurlijk. We wilden alleen weten dat hij je niet nog meer ellende bezorgt.'

Chloe hoorde de bezorgdheid in zijn stem, en ze zei: 'Ik weet het, pap, en misschien voel je je beter als ik zeg dat ik ga lunchen met een heel leuke man. En Paul is het niet.'

'Nou, veel plezier in dat geval. Zal ik het aan je moeder vertellen?'

Chloe lachte. 'Waarom niet? Dan kan ze zich weer op iets nieuws storten. Dag!'

Ze kwam precies op tijd bij de Bells of Peover, en na even binnen te hebben gekeken, ging ze weer naar buiten. Het was warm genoeg om aan een van de tafeltjes te zitten die een mooi uitzicht boden op de kerk van St.-Oswald aan de overkant.

Goed, hij was er dus nog niet. Geen reden om in paniek te raken. Geen reden om te denken dat hij niet kwam opdagen.

Tien minuten later, terwijl ze heel geconcentreerd het menu bestudeerde, stelde ze zichzelf nog steeds gerust met dezelfde raad.

Twintig minuten later, nadat haar voor de tweede keer was gevraagd of ze al iets wilde bestellen, nam ze slokjes van haar glas tomatensap en deed ze erg haar best om niet te lijken op een zielig persoon die door iemand was laten zitten. Ze zocht in haar tas naar het meest gezichtreddende apparaat dat er bestond: je was nooit alleen met een mobiele telefoon in je hand!

De vorige avond had ze twee keer gebeld, naar Paul en naar Sally. Ze had niets over Paul gezegd tegen haar vriendin, maar wel over Hem met het Donkere Krulhaar. *Vreselijke situatie!* sms'te ze. *Denk dat hij me heeft laten zitten! Advies graag.*

Sally's antwoord volgde bijna direct. *De schoft! Geen zorgen. We sporen hem op en hij zal boeten!*

Chloe glimlachte, en toen voelde ze een schaduw over zich heen vallen. Ze keek op, recht in het knappe gezicht van de man met wie ze had afgesproken.

'Het spijt me ontzettend,' zei hij. 'Ben je erg kwaad op me?'

Kwaad, dacht ze terwijl ze hem bekeek. Alle ruim een meter tachtig van hem. Hoe kon je kwaad zijn op iemand die er zo adembenemend knap uitzag? De spijkerbroek was precies zoals ze zich had voorgesteld, net als het overhemd met de open kraag; een blauw met wit geruit hemd dat de gekste dingen deed met zijn hemelsblauwe ogen.

'Ik zweer dat ik niet altijd zo onbetrouwbaar ben,' zei hij toen ze niet antwoordde. 'Maar er kwam iets tussen dat ik moest oplossen, en door mijn stommiteit had ik je gisteren natuurlijk geen nummer gegeven. Mag ik?'

Ze haalde haar tas van de houten bank zodat hij naast haar kon zitten. 'We hebben niet alleen geen telefoonnummers uitgewisseld,' zei ze terwijl ze haar mobiele telefoon in haar tas deed. 'Ik weet niet eens hoe je heet. Wat vind je, zullen we doorgaan met dubbelzinnig doen?'

Hij glimlachte. Mooie, rechte, witte tanden blonken haar tegemoet. 'Die vergissing besefte ik toen je gisteren weg was.' Hij stak zijn hand uit. 'Laten we doen zoals het hoort. Ik ben Seth Haw-thorne en ik ben heel blij dat je niet bent weggegaan voor ik er was.'

'Hallo, Seth,' zei ze terwijl ze hem een beetje verlegen een hand gaf. 'Ik ben Chloe Hennessey.'

'Wilt u nu bestellen?' De jonge serveerster die Chloe eerder had lastiggevallen, stond weer bij de tafel. Ze wierp een meer dan be-langstellende blik op Seth. Eerlijk gezegd kon Chloe het haar niet kwalijk nemen.

'Ik denk dat we nog wat tijd nodig hebben,' zei Chloe tegen de serveerster terwijl ze het menu naar Seth schoof.

'Nee, ik weet al wat ik wil,' zei hij. 'Bestel jij maar eerst, Chloe.'

'Voor mij een kaassandwich en een glas witte huiswijn.'

'Voor mij hetzelfde, en een Budweiser, graag.'

'We hebben blijkbaar over het algemeen dezelfde smaak,' zei hij toen ze weer alleen waren. Maar toen kromp hij ineen. 'Sorry, dat was wel een heel flauwe opmerking. Kun je doen alsof ik het nooit gezegd heb?'

'Wat niet?'

Hij glimlachte. 'Dank je. En bedankt dat je op me hebt gewacht.'

'Het was op het nippertje. Vijf minuten later had je me hier niet meer gezien. Mijn beste vriendin en ik waren net aan het overleggen wat we zouden doen om je te straffen omdat je niet kwam opdagen.'

Hij keek om zich heen naar de andere tafels. 'Is je beste vriendin hier ook?'

'Nee. We waren elkaar aan het sms'en.'

'Aha, en tot welke conclusie waren jullie gekomen?'

'Gelukkig voor jou kwam je net op tijd.'

Hun eten en drankjes werden opgediend en na die bedrijvig-heid, waarbij Chloe merkte dat de serveerster nogmaals een niet al te subtiele blik op Seth wierp, waren ze weer alleen. 'Je ging gister-avond zo vlug weg,' zei ze. 'Was alles in orde?'

Er kwam een ernstige uitdrukking op zijn gezicht. 'Ja, sorry, maar ik moest weg.'

'Het geeft niet,' zei ze luchtig, terwijl ze wenste dat hij nadere uitleg zou geven. 'Ik kreeg opeens het idee dat je brandweerman was en werd opgeroepen om meteen naar de brandweerkazerne te komen.'

'Brandweerman, dat is nieuw voor me. Vind je dat ik eruitzie als een brandweerman?'

'Je hebt er de bouw voor.'

'Aha, dus het gaat om een stereotype? Moet ik dat als een compliment beschouwen? Ik weet dat vrouwen iets hebben met brandweermannen. Daar heb ik zelf nooit iets van begrepen. Maar dat komt misschien doordat ik geen vrouw ben.'

'Ik ben een vrouw, en eerlijk gezegd begrijp ik ook niets van die aantrekkingskracht. Dat is niets voor mij. Ik ben niet geïnteresseerd in uniformen en halfnaakte mannelijke pin-ups.'

'Waarin dan wel?'

'Een man die me aan het lachen kan maken,' zei ze.

'In dat geval: klop, klop?'

'Wie is daar?'

'Een heel kleine man die niet bij de bel kan.'

Ze lachte. 'Dat is vreselijk.'

'Ik weet het. Dus vertel me eens wat je doet als je niet op de fitnessclub bent en me het gevoel geeft dat ik volslagen onbeholpen ben. Jij kunt er wat van, van hardlopen.'

Ze probeerde niet te blij te zijn met die vleiende opmerking, en ze zei: 'Ik ben huisarts, net als mijn vader vroeger. Hij is nu met pensioen en ik werk in de praktijk waar hij jarenlang heeft gewerkt.'

'En waar is dat?'

'Waar ik woon, in Eastbury. En jij? We weten inmiddels dat je geen branden blust voor de kost, dus wat doe jij?'

'Wat denk je?' Hij glimlachte, maar er was iets achter die glimlach. Was hij haar aan het plagen? Of probeerde hij haar uit? Om de verborgen vooroordelen uit te roeien?

'Ik denk niet dat je leraar bent,' zei ze, besluitend om het spelletje mee te spelen. 'Leraren hebben al zo veel vakantie dat ze niet ook nog eens een doordeweekse dag vrij hoeven te krijgen.'

'Ik had invalkracht kunnen zijn. Maar dat ben ik niet. Je hebt nog vier kansen.'

'Ho, je hebt niet gezegd dat er een limiet was aan het raden. Geef eens een hint?'

Hij pakte een stengel selderij van zijn bord en zwaaide met het bladuiteinde naar haar. 'Zo'n intelligent meisje als jij heeft geen hint nodig.'

Ze voelde de wedijver weer opkomen en concentreerde zich nu helemaal. 'Accountant,' zei ze, terwijl ze zich een heel saai etentje herinnerde waarbij Dan had gedaan alsof hij acteur was, in plaats van toe te geven dat hij accountant was.

'Nog drie keer raden. En omdat ik een goede bui heb, zal ik alvast de advocatuur en medicijnen voor je uitsluiten.'

'Hm... een eigen zaak? Iets met computers? Programmeur?'

'Nee, ik werk voor een grote organisatie. Nog twee kansen.'

'Ik weet het! Je bent bij de politie.'

'Nog één keer raden.'

Een zoemtoon weerklonk in Chloe's tas.

'Dat is waarschijnlijk je vriendin, die wil weten of ik het fatsoen had om te komen opdagen. Neem maar op, dan ga ik op zoek naar het toilet.'

Chloe keek hem na en klapte toen haar mobiele telefoon open. *En?* had Sally geschreven. *Is hij gekomen of moet ik op weg naar huis een nietpistool kopen?*

Hij is er. Alles ok, toetste Chloe vlug in. *Spreek je vanavond.*

Pas laat terug, was Sally's bliksemsnelle antwoord. *Spreek je morgen.*

Teleurgesteld deed Chloe haar mobiele telefoon terug in haar tas. Ze kon zich niet herinneren wanneer ze Sally een avond had gezien waarop ze met hun tweeën eens ouderwets hadden bijgekletst. Waarschijnlijk zag ze Dan tegenwoordig vaker dan Sally.

'En hoe luidt het vonnis? Heeft je vriendin het me vergeven of moet ik op mijn hoede zijn?'

'Ze had het over een nietpistool,' zei Chloe terwijl Seth weer naast haar ging zitten. 'Maar je mag blij zijn dat ik haar ervan heb weerhouden.'

'Ze klinkt als een goede vriendin, iemand die om je geeft.'

'Dat is ook zo. Sally en ik kennen elkaar van de universiteit. Haar man, Dan, is ook een goede vriend. We hebben allemaal een heel goede band. Vooral sinds...' Chloe zweeg. Waarom zou ze dat aankaarten? Het was niet bepaald een goed onderwerp voor een eerste afspraakje. Als dit al een eerste afspraakje was.

'Sinds wat?' vroeg hij terwijl hij haar aankeek.

'Niets bijzonders.' Ze pakte haar glas wijn en nam een slok ter afleiding.

'Is dat een teken dat ik mijn mond moet houden?' vroeg hij.

'Dat is misschien beter. Het zou jammer zijn om een prettige lunch te bederven door te serieus te worden. Ik wil niet dat je het verkeerde idee krijgt dat ik een hoop ellende ben.'

'Ik zou liever de werkelijke jij willen kennen door te praten over wat je belangrijk vindt.'

Dat had vreselijk goedkoop kunnen klinken, maar hij had het op een zachte, oprechte toon gezegd. Ze liet haar glas zakken en keek of de uitdrukking op zijn gezicht gekunsteld was.

'Misschien doe je jezelf onrecht,' hield hij vol. 'En onderschat je wat ik belangrijk kan vinden.'

Bingo! 'Nu weet ik het. Menselijk gedrag. Je bent psycholoog. Therapeut misschien?'

'En dat,' zei hij terwijl hij de toeter van een televisieshow nadeed als er een verkeerd antwoord werd gegeven, 'was je laatste kans. Slordig, hoor, aangezien we medicijnen al hadden uitgesloten.'

Ze glimlachte. 'Het is niets bijzonders. Sally, Dan en ik hebben een hechte band doordat we samen een extreme situatie hebben meegemaakt.'

'Wat dan?'

'We waren met Kerstmis op Phuket en we hebben de tsunami daar meegemaakt.'

'Hoezo, meegemaakt?'

'We dachten dat we doodgingen.'

Hij keek haar peinzend aan. 'Dat lijkt me verschrikkelijk. En iets wat je niet snel van je af kunt zetten. Als je dat al ooit zou kunnen.'

'Wat ik nooit zal vergeten is dat Dan en ik een jongetje probeerden te redden...' Ze zweeg, weer in het besef dat ze hem meer vertelde dan ze van plan was. 'Sorry,' zei ze. 'Maar ik heb je gewaarschuwd dat het deprimerend zou zijn.'

'Verontschuldig je alsjeblieft niet. Wat is er met het jongetje gebeurd?'

'Hij ging dood.'

'Maar in elk geval hebben jullie geprobeerd hem te redden. Dat is belangrijk in een dergelijke situatie.'

'Ik denk niet dat Dan het met je eens zou zijn.'

'Sorry, ik wil niet bagatelliseren wat jullie hebben doorgemaakt. Vertel me wat er is gebeurd.'

'Wil je het echt weten?'

'Ja.'

'Het begon voor Dan en mij toen we in de fitnessruimte van het hotel waren. We waren de enigen daar en toen de eerste golf kwam, stortte het gebouw om ons heen in als een kaartenhuis. Toen het water terugtrok, met ons erin, klampten we ons in wanhoop aan elkaar vast. We dachten allebei hetzelfde: als we dood zouden gaan, dan samen. Niet alleen. Toen werden we tegen een boom geworpen en klampten we ons daar uit alle macht aan vast. Terwijl we eerst hadden geaccepteerd dat we zouden sterven, begonnen we te denken: verdomme, nee, we zullen doen wat we kunnen om te overleven!

'Toen het water tot een veilige afstand was teruggetrokken, lieten we los en toen kwam een vrouw, die de leiding had over de crèche van het hotel, gillend om hulp naar ons toe rennen. Er was niets meer over van de crèche en ergens in het puin waren haar twee kinderen. Ze had hen die ochtend meegenomen naar haar werk, iets wat ze nooit eerder had gedaan. Inmiddels wist ik dat ik een gebroken been had en niets kon doen, maar Dan was fantastisch. Hij vond een van de kinderen en haalde haar uit het puin, maar haar broertje lag dieper onder de rommel. We hadden meer hulp nodig, maar het hotel was zwaar getroffen en overal heerste chaos. Toen begon iedereen te schreeuwen dat er weer een golf kwam. Mensen renden weg en klommen op daken en in bomen, alles wat de eerste golf had doorstaan. Zelfs de moeder, wier andere kind we probeerden te redden, was gevlucht. De tweede golf was beduidend groter en sterker dan de eerste en ik probeerde Dan weg te trekken, maar hij wilde niet luisteren. Hij was ervan overtuigd dat hij het jongetje kon redden. En dat lukte hem wonderbaarlijk genoeg ook; hij slaagde erin om het stuk beton weg te schuiven waaronder het jongetje vastzat, maar het was te laat. De golf raakte ons met zo'n kracht dat we tegen god mag weten wat werden gesmeten. Ik herinner me dat een vissersboot door de lucht vloog, vlak over onze hoofden heen.'

Ze knipperde met haar ogen en staarde in de verte. 'Dan was er helemaal kapot van dat hij dat jongetje niet had kunnen redden. De volgende dag werd zijn lichaam aan de kustlijn gevonden. Hij was zo jong, ongeveer van dezelfde leeftijd als het zoontje van Dan en Sally nu is.' Ze pakte haar glas. 'Weet je zeker dat je niet de een of andere therapeut bent? Het is heel lang geleden dat ik er zo veel over heb verteld.'

Hij schudde zijn hoofd. 'Volgens sommige mensen kan ik goed luisteren. En Sally? Waar was zij toen die golven kwamen?'

'Het was vreselijk voor haar. En voor Paul.'

'Paul?'

'Met hem had ik toen een relatie. Ze lagen nog te slapen toen de eerste golf kwam. Ze werden wakker toen ze glas hoorden verbrijzelen. Sally en Paul zeiden dat het leek alsof ze opeens in een wasmachine terecht waren gekomen. Ik had tenminste nog Dan bij me toen die eerste golf kwam; zij waren allebei alleen. En al waren ze niet ernstig gewond, maar alleen geschokt en hadden ze wat oppervlakkige snijwonden en blauwe plekken, denk ik vaak dat het voor hen erger moet zijn geweest omdat ze alleen waren.'

Ze dronk haar glas leeg. 'Zo,' zei ze op een geforceerd luchtige toon. 'Nu ik alles bedorven heb, moet jij maar iets zeggen om ons allebei op te vrolijken.'

Het duurde even voor hij iets zei. 'Ik weet niet of het jou zou opvrolijken, maar mij wel. Zullen we weer afspreken? En niet alleen op fitness.'

8

HET PAASWEEKEND VERLIEP niet goed voor Sally.

Het was zaterdagochtend, ze had een bonkende hoofdpijn en hoewel ze blij was dat Dan naar de supermarkt in Crantsford was gereden om boodschappen te doen – een klus die ze verafschuwde – vond ze het niet zo leuk dat hij Marcus bij haar had achtergelaten met de belofte dat zij met hem de eendjes zou gaan voeren. Als gevolg daarvan liep Marcus al tien minuten door de keuken met een paar gele huishoudhandschoenen aan zijn voeten – een trucje dat Dan hem had geleerd – terwijl hij luid kwaakte.

'We gaan zo,' zei ze tegen hem. 'Mama moet eerst nog iets belangrijks doen.' Voordat Marcus werd geboren, had Sally altijd een hekel gehad aan ouders die het in de derde persoon over zichzelf hadden, maar op een gegeven moment was ze ook in die val getrapt. 'Ik weet het!' zei ze opgewekt, op een toon die suggereerde dat ze had ontdekt hoe er vrede kon komen op de wereld. 'Ga jij even naar een van je favoriete dvd's kijken?'

Alsof Marcus aanvoelde dat hij werd afgescheept, dacht hij na over haar voorstel. 'Met dinkie en koekie?' bedong hij.

Ze gaf maar al te snel toe. 'Ja, met drinken en een koekje,' verbeterde ze hem.

Toen hij eenmaal in de speelkamer blij naar *Finding Nemo* zat te kijken, nog steeds met de huishoudhandschoenen aan zijn voeten, ging ze naar de werkkamer en deed haar laptop aan. Ze had Dan beloofd dat ze dit weekend niet zou werken, maar dit was niet echt werk; het was een artikel voor de *Gazette* van de beroepsorganisatie van advocaten, en ze moest eind volgende week een kopie ervan naar hen sturen. Van de drieduizend woorden die ze van haar verwachtten, had ze er nog maar honderdvijftig geschreven.

Ze had net het desbetreffende document geopend, toen de telefoon op haar bureau ging. Haar lichaam verstrakte toen ze de stem aan de andere kant van de lijn hoorde. Het was haar broer, Terry. Hij belde vast niet om haar fijne paasdagen te wensen.

'Ik dacht dat je het wel zou willen weten,' zei hij nors en zonder enige omhaal. 'Mam heeft te horen gekregen dat ze geopereerd moet worden.'

'Wat voor operatie?' vroeg Sally.

'Een van haar heupen heeft het begeven. Ze krijgt een kunstheup.'

'Heeft ze veel pijn?'

'Wat denk je? De dokter heeft gezegd dat ze op een wachtlijst komt en we weten allemaal wat dat betekent. Ze is al dood en begraven voor er ook maar iets van een nieuwe heup in zicht komt.'

'Waarom heb je me gebeld, Terry?' vroeg ze terwijl ze het antwoord maar al te goed wist. De enige keer dat Terry of haar moeder belde, was als ze iets nodig hadden. De laatste keer was om haar te vragen of ze Terry aan een aanbetaling voor een nieuwe auto kon helpen zodat hij een taxibedrijf kon beginnen. Ze had bijna tweeduizend pond afgestaan en, hoe was het mogelijk, het taxibedrijf was nooit van de grond gekomen. Voorheen was het geld geweest voor een nieuw bankstel voor haar moeder. En weer daarvoor moest de wasmachine worden vervangen. Er was altijd een dringende financiële crisis die alleen Sally kon oplossen, en ze wisten dat ze op haar konden vertrouwen door het simpele feit dat ze haar in hun macht hadden. Eigenlijk kwam het erop neer dat ze Terry en haar moeder betaalde om hen weg te houden uit haar leven. Ze waren een slechte herinnering aan de persoon die ze ooit was geweest.

'We dachten dat je zou willen helpen,' zei Terry als antwoord op haar vraag. 'Het gaat tenslotte om onze moeder. Familie is familie.'

'Waarom vraag je het speciaal aan mij, Terry?'

Hij snoof minachtend. 'Echt weer iets voor jou. Je wilt dat we smeken, hè? Ik kan natuurlijk tegen mam zeggen dat ze moet wachten en de pijn moet verdragen omdat jij je te goed voelt om te helpen.'

'Je wilt zeker dat ik een privékliniek voor haar betaal?'

'Tjonge, het is eindelijk tot mevrouw doorgedrongen!'

'Je hoeft niet zo hatelijk te doen, Terry. Hoelang precies moet mam volgens de dokter wachten tot ze via het ziekenfonds geopereerd kan worden?'

'Dat weet ik niet precies. Waarschijnlijk langer dan een jaar. Misschien achttien maanden.'

Met al dat op de bank hangen, televisiekijken en zich volproppen met vette happen was het een wonder dat Kath Wilson nog geen andere gewrichten had versleten. Misschien haar kaak. Sally had geen idee wat een operatie in een privékliniek zou kosten, maar waarschijnlijk meer dan ze voor Dan verborgen kon houden. In het verleden had ze het geld dat ze aan haar familie gaf, gebagatelliseerd, maar dit bedrag zou niet te verbergen zijn en ze dacht even na over hoe ze dat kon opbrengen. Hoe onbeduidend het bedrog ook was, het raakte een gevoelige snaar in haar. Hoe vaak had ze aan haar cliënten uitgelegd dat ze nooit iets voor haar verborgen moesten houden als het op financiën aankwam? De huichelarij gaf haar een onaangenaam gevoel.

'Ik denk dat ik het beter met mam kan bespreken,' zei Sally, ondertussen bedenkend dat haar familie heel goed in staat was om haar een smerige streek te leveren. Ze pakte haar agenda uit haar koffertje en bladerde erin. 'Zeg maar tegen mam dat ik volgend weekend langs kan komen.'

'En als ik toch bezig ben, zal ik de slingers maar ophangen?'

'Doe wat je wilt, het maakt mij niet uit. Hoe gaat het met Janice?' voegde Sally eraan toe in een vergeefse poging om iets als een familieband aan te halen.

'Goed. Hoezo?'

'Dat lijkt me een heel normale vraag. Ze is mijn schoonzus.'

Er was geen sprake van dat Terry de beleefdheid beantwoordde en naar Dan of Marcus informeerde. De laatste keer dat hij het over Dan had, was om te suggereren dat het abnormaal was dat een vent op kosten van zijn vrouw leefde en thuisbleef om voor een kind te zorgen. Het maakte niet uit dat Terry regelmatig van belastingbetalers leefde en thuis op de bank hing voor de televisie.

Het gesprek werd al snel beëindigd. Het was bijna een jaar geleden dat Sally haar moeder voor het laatst had gezien. De bezoeken aan Hull waren niet bepaald gezellig en konden beter tot een minimum beperkt blijven. Haar moeder en Terry hadden alleen maar belangstelling voor de Bank Sally Oliver, een bank die vierentwintig uur per dag open was en nooit rente berekende.

Ze legde haar agenda weg en richtte haar aandacht weer op de laptop.

Sally was zo in beslag genomen door haar werk, dat ze Dan niet hoorde terugkomen. Ze wist pas dat hij thuis was toen hij zei: 'Ik dacht dat je dit weekend niet zou werken?'

Omdat ze haar aandacht niet wilde onderbreken, tikte ze de laatste regel af die ze in haar hoofd had – een heel goede zin volgens haar – en keek toen op. 'Dit telt niet als werk,' zei ze terwijl haar blik weer naar het scherm van haar laptop ging. Misschien was het beter om niet twee keer in opeenvolgende alinea's de term 'maatstaf van gelijkheid' te gebruiken. 'Weet je nog dat ik werd gevraagd om een stuk voor de *Gazette* van de beroepsorganisatie van advocaten te schrijven? Het is...'

'Hoe lang ben je hier al níét aan het werk?' onderbrak hij haar.

Ze hoorde de ongewoon scherpe klank in zijn stem en dwong zich om op te kijken van het scherm naar waar Dan in de deuropening stond te kijken naar de stapel wetboeken op haar bureau. 'Een paar minuten maar,' zei ze.

Hij fronste zijn wenkbrauwen en ze wist dat hij haar niet geloofde.

'Goed, iets langer dan een paar minuten,' gaf ze toe.

Nog steeds zei hij niets. Toen draaide hij zich om en verdween. Ik moet achter hem aan gaan, dacht ze. Maar ze deed het niet. Waarom moest ze zich verontschuldigen voor wat ze deed? Begreep hij dan niet hoe belangrijk het voor haar was? Wist hij niet hoe weinig tijd er overdag was om alles voor elkaar te krijgen? Hij had makkelijk praten, want hij had niets beters te doen dan...

Ze hield zich in.

Een poos later hoorde ze Marcus luid kwaken en toen riep zijn schelle stemmetje: 'Dag, mama!', gevolgd door de achterdeur die dichtviel. Ze ging naar het raam dat uitzag op de voortuin. Dan kwam om het huis heen met Marcus op zijn schouders. Ze zag een plastic zak met oud brood in Marcus' handen. Verdomme! Ze was die roteenden helemaal vergeten.

Ze ging terug naar haar bureau en de laptop. Maar hoe ze het ook probeerde, ze kon zich niet concentreren. Ze was de draad kwijt en haar hoofd bonsde weer met hernieuwde energie. Ze sloeg het document op en sloot de laptop af. Wakker geschud dacht ze na over Dans reactie op haar werk. Ze had liever gewild dat ze na een flinke ruzie hun hart hadden gelucht, maar dat was Dans stijl niet. Hij werd stil. Niet pruilend of mokkend, maar koppig stil. Ze wist dat hij zo was opgevoed. Zij daarentegen was opgegroeid in een omgeving waar het een erekwestie was om je territorium te beschermen, en hoe luider en lawaaieriger, hoe beter. Toen ze uit Hull naar de universiteit in Nottingham was gegaan, had ze beseft dat de straatvechter in haar getemd moest worden. Discrete manipulatie was haar nieuwe modus operandi geworden.

Maar af en toe had de vroegere Sally Wilson – de Sally die onderdrukt was – zin om uit te breken en als een viswijf te schreeuwen. Dit was zo'n moment. Ze wilde tegen Dan gillen dat hij haar nooit, maar dan ook nooit meer de rug toe mocht keren. Ze had bijna haar ware zelf laten zien en zich helemaal laten gaan in de maanden na de geboorte van Marcus.

Postnatale depressie was iets waarmee ze totaal geen rekening had gehouden. Niet toen ze niet echt had geloofd dat zoiets bestond. Ze had er weliswaar over gelezen in tijdschriften en boeken die je op het moederschap moesten voorbereiden, maar ze had door die pagina's gebladerd en ze afgedaan als onbelangrijk en bestemd voor iemand anders. Iemand die niet zo sterk en vindingrijk was als zij. Tenslotte zou zij nooit toegeven aan zo'n slappe houding. Je moest het toch gewoon op eigen kracht zien te redden?

En wat was dat een schok geweest. Sommige dagen kon ze niet eens uit bed komen en lag ze daar in tranen, te moe om zich te bewegen. De zwarte hopeloosheid leek onoverkombaar.

Het was begonnen toen ze Marcus geen borstvoeding bleek te kunnen geven. Ze was niet als die zwangere vrouwen geweest die ze in de kliniek voor aanstaande moeders was tegengekomen, die types die overliepen van evangelisch vuur als het aankwam op borstvoeding. Nee, zij was een van die amateuristische aanstaande moeders geweest die het wel wilden proberen, ondanks dat ze inwendig opzagen tegen de hele toestand. Maar als je dat openlijk toegaf, werd je nog erger behandeld dan een alleenstaande tienermoeder die opbiechtte dat ze opzettelijk rookte om het ongeboren kind klein te houden, zodat de bevalling makkelijker zou zijn.

Misschien was het de wetenschap dat ze zo in iets had gefaald, die de bom deed barsten. Falen was iets wat ze niet kende, maar opeens kon ze er niet meer omheen. Ze vocht er zo lang mogelijk tegen, overtuigd dat er geen reden was waarom een intelligente vrouw als zij niet kon doen wat volgens de natuur kwam. Maar toen kwam Chloe – haar huisarts – in actie. Ze zei dat Marcus niet voldoende aankwam en dat het geen schande was om toe te geven dat het niet lukte. Chloe was zo aardig en behulpzaam geweest, en uiteindelijk had ze Sally op een dag in haar armen genomen en gezegd dat ze een postnatale depressie had en dat het tijd werd om er iets aan te doen. Door het naar buiten te brengen, had Sally gehoopt dat het ergste achter de rug zou zijn. Ze vergiste zich. Het werd nog veel erger voor het weer de goede kant op ging.

Die arme Dan kwam meestal thuis om geconfronteerd te worden met een soort duivel. Als ze zich niet op hem afreageerde – het was immers zijn idee om een kind te krijgen! – jankte ze de ogen uit haar hoofd omdat ze de hele dag had geprobeerd om een lastige Marcus te sussen. Natuurlijk hield het schreeuwen op zodra Dan Marcus uit zijn bedje tilde en tegen zijn schouder legde, en dan viel Marcus uitgeput in slaap. 'Hoe krijg je dat voor elkaar?' wilde Sally dan weten, dankbaar en kwaad tegelijk. 'Laat me zien wat je hebt gedaan!' Ze was er geestelijk zo slecht aan toe dat ze begon te vermoeden dat er een samenzwering was, dat Marcus met opzet zo moeilijk deed om de wereld te laten zien wat een slechte moeder ze was.

Tijdens die weken en maanden vol wanhoop toonde Dan eindeloos geduld en toen hij extra ouderschapsverlof nam om haar te helpen, huilde ze dagen aan een stuk uit schaamte en opluchting. Nu Sally dacht aan hoe goed Dan toen voor haar was, voelde ze zich schuldig dat ze zo kwaad op hem was geweest.

Om het goed te maken besloot ze een lunch te bereiden. Ze zouden een echte lunch eten in de serre, met een fles wijn en servetten. De hele rataplan. Hopelijk zou Dan het als een zoenoffer beschouwen en het haar vergeven.

Haar goede bedoelingen waren voor niets geweest.

Dan en Marcus kwamen terug met vis en patat van de snackbar in het dorp. 'Het was Marcus' idee,' zei Dan. 'Sorry dat we je plannen hebben verpest.'

'Je klinkt niet erg spijtig,' antwoordde Sally. Ze zette het vuur uit onder de pan met water waarin ze de pasta had willen koken, en goot die leeg in de gootsteen.

'Wat bedoel je daarmee?'

'Patat! Patat!' Marcus sprong op en neer en wreef met een brede glimlach over zijn buik.

'Marcus,' zei Sally op scherpe toon, 'ik heb je al eerder gezegd dat je mensen niet in de rede mag vallen.'

'Ik wil mijn patat! Patat, patat, patat! Lekker, lekker, in mijn buik!'

'Marcus, ik ben nu even met papa aan het praten.'

'Zeg, grote jongen, ga jij even je handen wassen voor we de patat gaan eten. Zo hoort dat.'

Toen ze alleen waren kookte Sally van ingehouden woede. 'Je steunt me ook nooit.'

'Dat doe ik wel, alleen merk je het niet.'

'Misschien moet je het meer laten blijken.'

Hij keek haar strak aan. 'Is het ooit bij je opgekomen dat Marcus en ik meer van jou nodig hebben, dat het heel bijzonder voor ons zou zijn om in het weekend het beste van je te krijgen en niet alleen de restjes?'

Marcus koos dat moment uit om terug te komen, met de voorkant van zijn kleren helemaal nat, en de rest van de dag hadden ze geen moment meer voor zichzelf. Maar toen Marcus naar bed ging en het ernaar uitzag dat ze een kans kregen om de lucht te zuiveren, trok Sally zich terug in de werkkamer om aan haar artikel te werken. Ze wist dat zich voor Dan verschuilen niet het antwoord was, maar ze vertrouwde zichzelf niet. Ze wilde niet in woede uitbarsten over die absurde beschuldiging van hem.

Het was bijna middernacht toen ze haar laptop uitzette en naar boven ging. Dan lag al te slapen. Ze had geen idee hoe laat hij naar bed was gegaan. Deze onopgeloste wrevel tussen hen beloofde weinig goeds voor de volgende dag.

Niet nu Dans ouders twee dagen zouden komen.

9

NORMAAL GESPROKEN ZOU Chloe er niet over peinzen om met de auto de korte afstand naar Corner Cottage te overbruggen, maar zoals zo vaak als maandag een vrije dag was, was het warme, droge weer abrupt omgeslagen. Die nacht begon het gestaag te regenen, en het zag er niet naar uit dat de regen zou afnemen. Ze parkeerde de auto achter de Land Rover Discovery van Dans ouders en rende met een fles wijn in haar hand over de oprit naar de voordeur, waar Sally op haar stond te wachten.

'Je ouders zijn er al,' zei Sally terwijl ze naar de twee druipende paraplu's in de portiek wees. 'En ze zijn grandioos. Graham is Dan in de keuken aan het helpen, en Jennifer houdt het gesprek gaande met Ronald en Glynis.'

Chloe lachte. 'Zeg dat niet tegen haar, anders krijgt ze het te hoog in haar bol. Hallo, liefste ventje van de wereld, hoe gaat het?'

Marcus was in de gang opgedoken achter zijn moeder. Met een glimlach stak hij een schaaltje augurken uit naar Chloe. 'Mm, heerlijk,' zei ze terwijl ze er een pakte en tegelijkertijd een kus gaf op Marcus' wang.

'Die vind ik het lekkelst,' zei Marcus terwijl hij er drie tegelijk in zijn mond stopte.

'Het lekkerst,' verbeterde Chloe hem toen hij al naar de keuken rende. Hij gleed uit op zijn sokken en er vloog een augurk uit het schaaltje. Hij raapte hem op en stopte hem in zijn al volle mond.

'Marcus! Wat heb ik gezegd over dingen van de vloer eten?'

Hij draaide zich grinnikend om en duwde de keukendeur open.

'Hij ziet er goed uit,' zei Chloe.

Sally zuchtte. 'Hij is de ondeugendheid in eigen persoon. Hij negeert alles wat ik zeg en slooft zich uit. Zo is hij al sinds gisteren, toen de ouders van Dan kwamen. Ze hebben hem het grootste paasei gegeven dat je je kunt voorstellen, en zodra ze de kans krijgen, moedigen ze hem achter mijn rug aan om ervan te eten. Hij is helemaal high van de suiker. Als er enige gerechtigheid bestaat, geeft hij over boven op hen voor ze weggaan.'

'Hoelang blijven ze?'

'Goddank alleen tot morgenochtend. Kom, dan geef ik je iets te drinken. Ik loop al twee glazen op je voor.'

'Mijn complimenten aan de chef,' zei Chloe's moeder. 'Dit lamsvlees is heerlijk, Dan. Hoe krijg je het zo mals?'

'Heel makkelijk. Ik heb het gewoon een nacht gemarineerd in rode wijn en jeneverbessen.'

Glynis wendde zich tot Sally. 'Je boft maar dat je een man hebt die zo goed kan koken.'

'Dat is zo,' zei Sally zacht terwijl ze een blik wisselde met Chloe. 'Ik zou niet weten wat ik zonder hem moest in de keuken.'

Die blik kende Chloe van vroeger. Ze had veel van dergelijke gelegenheden meegemaakt met Dans ouders, en ze wist dat je het beste kon knikken en glimlachen en er het zwijgen toe doen. Maar het moest gezegd worden dat, hoe irritant Dans ouders ook waren, ze minder erg waren dan die van Sally. Ze had Kath Wilson één keer ontmoet, op de bruiloft van Dan en Sally, maar volgens Chloe was ze een bijzonder onaangenaam mens. Daardoor stelde Chloe haar ouders des te meer op prijs. Zoals Sally al had gezegd, waren ze grandioos. Zonder hen zouden de gesprekken allang zijn vastgelopen.

'Je weet natuurlijk wat ze zeggen,' zei Jennifer terwijl ze de juskom doorgaf aan Glynis. 'Achter elke succesvolle man staat een verbijsterde vrouw.'

Iedereen lachte.

'Maar laten we niet vergeten dat de keuken de veiligste plek is voor een man.'

'Hoezo, pap?' vroeg Chloe aan Graham.

'Omdat geen vrouw ooit een man heeft vermoord als hij de vaat deed!'

Weer lachte iedereen.

'Vroeger wist een kerel wel weg te blijven uit de keuken,' zei Ronald. 'Ik heb ervoor gezorgd dat ik het zo kon houden. Ik zou nog niet eens een ei kunnen koken. En daar ben ik trots op.'

Weer gelach, maar deze keer beleefd en kort. In de stilte die volgde begon Marcus, die links van Chloe zat, opeens en zonder aantoonbare reden te lachen. Met zijn mond wijd open gunde hij iedereen een blik op de resten van een halfgekauwde aardappel.

'Zo is het genoeg, Marcus,' zei Sally.

Marcus negeerde haar. Wiebelend op zijn stoel, met zijn benen schoppend onder de tafel, bleef hij lachen, zijn hoofd achterover en zwaaiend met zijn kleine vork en mes.

'Ik zei dat het zo genoeg is, Marcus.' Sally's stem klonk scherp en luid. 'Dan, laat hem eens ophouden. Ik kan hier net zo goed niet zijn, zoals hij bezig is. Hij luistert totaal niet naar wat ik zeg.'

Chloe hoorde de gespannen klank in de stem van haar vriendin en ze legde een hand op Marcus' schouder. 'Marcus, de basisregels van grappig zijn: de juiste timing en altijd zorgen dat ze meer willen horen. Eet je bord leeg, anders krijg je misschien geen toetje.'

Hij werd meteen stil en liet zijn bestek zakken. Hij keek op naar Chloe, met een schattig ernstig gezicht. Zijn ogen – Sally's zachte, grijze ogen – waren groot en intens. 'Nog meer chocolaatei voor mij?' vroeg hij.

'Straks,' zei Dan, die aan het hoofd van de tafel zat. 'Laten we eerst eens zien of je je bord leeg kunt eten.'

'En dan choco?'

'Ja, maar alleen als je heel lief bent geweest. Kun je dat?'

Met nog grotere ogen knikte Marcus, en hij begon doperwtjes naar binnen te lepelen.

'Marcus...'

'Kan ik iemand nog wat opscheppen?' vroeg Dan, waarmee hij Sally onderbrak.

Nu de ramp tijdig was afgewend, wachtte Chloe tot Dan nog wat vlees voor haar had gesneden. Een machtsstrijd tussen Sally en Marcus zou het toppunt zijn geweest van wat een vreselijke dag zou zijn geworden. Pas nu besefte ze dat Dan en Sally amper enkele woorden hadden gewisseld tijdens de maaltijd. Hadden ze ruzie gehad? Of kwam het door de spanning omdat Glynis en Ronald bij hen logeerden? Wat er ook aan de hand was, ze hoopte dat Marcus niet tussen twee vuren kwam te zitten.

Sinds zijn geboorte was Chloe dol geweest op Marcus. Soms, als ze hem in haar armen hield, had hij de doffe, kloppende pijn verdreven om het kind dat ze had verloren, en andere keren maakte hij de pijn erger. Dan werd ze er wreed aan herinnerd dat haar eigen kind ongeveer dezelfde leeftijd als hij zou hebben gehad. Als de pijn op zijn ergst was, kon ze helemaal meeleven met die arme vrouwen die een baby stalen om aan hun wanhopige verlangen te voldoen.

'Nog steeds geen man in je leven, Chloe?'

O, god, niet weer die flauwe opmerking. 'Nee, Glynis,' zei ze opgewekt. 'Helaas niet. Ik weet dat ik iedereen enorm teleurstel. Ik begin gewoon een oude vrijster te worden.'

'Onzin, schat, en een oude vrijster is trouwens een kostbaar iemand die ze niet hebben kunnen vinden.'

Chloe hief haar glas naar haar altijd bemoedigende vader. 'Bedankt, pap.'

Voor ze hierheen ging, had ze haar ouders, en ook Dan en Sally, laten beloven dat ze het niet over haar lunchafspraak met Seth zouden hebben. Het laatste wat ze wilde was dat Ronald en Glynis haar over hem zouden ondervragen. Helaas hadden zij en Seth sinds die dag geen afspraak meer kunnen maken, omdat hij het druk had tegen Pasen, maar hij had beloofd dat hij vanavond zou bellen. Ze hoopte dat hij het zou doen, want zijn gezelschap was haar goed bevallen. Ze hoopte in elk geval dat hij telefonisch beter was dan Paul. Hij had niet gereageerd op de boodschap die ze op zijn antwoordapparaat had ingesproken, en nu wenste ze dat ze zich die moeite had bespaard. Hij had een lijntje uitgegooid en zij was zo stom geweest om erop te reageren.

'Maar je moet niet te lang wachten,' ratelde Glynis verder. 'Het zou toch jammer zijn om geen gezinnetje te stichten? Maar ja, je hebt natuurlijk altijd je werk nog.'

'Toe, mam, laat Chloe toch met rust.'

'Met rust,' herhaalde Glynis, en ze keek Dan aan alsof hij haar een klap had gegeven. 'Ik weet niet wat je bedoelt, Daniel.'

'Als je het mij vraagt, halen jullie, carrièrevrouwen, het jezelf op de hals. Jammer dat die vent je zo heeft laten zitten. Hoe heet hij ook weer?'

'Hij was een rotzak, Ronald,' zei Jennifer vol overtuiging. 'En we hebben het niet meer over hem. Vooral niet in gezelschap.'

'Rotzak,' herhaalde Marcus, die met een gebogen hoofd zijn bord leeg schraapte met zijn vork. Hij zei het heel duidelijk. Chloe vroeg zich af hoe kinderen het voor elkaar kregen. Hoe vingen ze juist dat ene woord op dat verboden was?

'Sorry,' zei Jennifer met een verontschuldigende blik naar Dan en Sally.

Dan schonk haar glas bij. 'Het geeft niet. Over een poos zal hij nog veel ergere dingen horen. Vertel eens over jullie volgende reis. Jullie gaan toch naar Rome?'

'Hier ook meer wijn graag, Dan,' zei Sally terwijl ze haar glas met een onhandige klap op tafel zette. 'We staan droog. En, Marcus, wil je alsjeblieft ophouden met dat schrapen?'

'Nee, we gaan naar Florence. Vorig jaar hebben we er amper iets van gezien, en Graham heeft via internet een leuk hotelletje gevonden. Ik kan me niet meer voorstellen hoe we het vroeger hebben gedaan zonder internet. Maak jij er vaak gebruik van, Glynis?'

'Mijn hemel, nee!' Aan de uitdrukking vol afschuw op Glynis' gezicht zou je denken dat haar was gevraagd of ze wel eens een vibrator gebruikte.

Het gesprek kabbelde verder. Net als Sally's wijn drinken, merkte Chloe. Toen Sally haar had uitgenodigd om haar te steunen, had Chloe geaarzeld en gezegd dat ze eigenlijk al had geregeld dat haar ouders bij haar zouden komen. 'O, toe,' had Sally gesmeekt. 'Zeg dat je komt. Dan nodig ik je ouders ook uit. Dan kun je hen zien zonder iets te hoeven doen.' Chloe had ingestemd omdat ze haar vriendin al zo lang niet had gezien, maar nu had ze er spijt van. Het ergerde haar dat zij en haar ouders hier waren om als buffer te dienen. Het was natuurlijk niet de eerste keer, maar meestal was de sfeer niet zo gespannen als nu. Meestal was Sally gezelliger. Vandaag was ze nors en in zichzelf gekeerd, en botweg gezegd flink op weg om dronken te worden. Als ze die schatten van een Glynis en Ronald nog een reden wilde geven om de echtgenote die hun zoon had gekozen, af te keuren, dan kon ze hun niet meer reden geven. Wat bezielde haar?

Bang dat het niet Marcus zou zijn die de dag zou eindigen door op zijn grootouders over te geven, besloot Chloe om Sally apart te nemen. Nu iedereen klaar was met eten, schoof Chloe haar stoel achteruit. 'Dan,' zei ze, 'jij hebt gekookt, dus ruimen Sally en ik af.'

Sally dronk haar glas in één teug leeg, en dat deed Chloe denken aan hun eerste jaar op de universiteit, toen Sally zelfs de zwaarste drinkers onder de tafel kon drinken. Toen Chloe zelf op die leeftijd te veel ophad, had ze raar gedaan en gegiecheld, maar afhankelijk van hoeveel ze had gedronken, kon Sally chagrijnig zijn of agressief worden. Toen ze na een feest eens in de vroege uurtjes naar huis zwalkten, was een puberjongen uit de schaduw gesprongen en had geprobeerd hen te beroven. Sally had zich zo fel op hem gestort, dat hij met lege handen was gevlucht.

'Goed idee, Chloe,' mompelde Sally terwijl ze ietwat onvast opstond. 'Ik dacht dat je het nooit zou vragen.'

In de keuken zette Chloe water op voor koffie en liet Sally op een stoel zitten. 'Zo,' zei ze. 'Wat is er aan de hand?'

'Kan ik met iets helpen?'

Het was Glynis, waarschijnlijk op zoek naar bewijs om haar vermoedens te bevestigen dat haar schoondochter – o, wat vreselijk – dronken was.

'Nee, hoor,' zei Chloe luchtig, en ze liep naar de deur om te verhinderen dat ze binnenkwam. 'Ga maar terug naar de anderen. Sally en ik hebben alles onder controle.'

Glynis tuurde over Chloe's schouder en fluisterde dramatisch: 'Gaat het wel met haar? Ze lijkt zichzelf niet.'

'Ze heeft hoofdpijn, dat is alles.'

'Waarom praten jullie over me alsof ik er niet ben?' vroeg Sally.

'Zoals ik al zei,' zei Chloe, 'ga jij maar terug naar de anderen. We komen zo.'

Toen Glynis weg was en de deur was gesloten, maakte Chloe de sterkste kop koffie die mogelijk was, voegde er koud water aan toe en bracht die naar de tafel waar haar vriendin met haar hoofd in haar handen zat. 'Drink op,' zei ze. 'Voorschrift van de dokter.'

'Je bent kwaad op me, hè?' zei Sally even later.

'Nee, dat ben ik niet.'

'Leugenaar. Je vindt het vreselijk hier.'

'Niet zo vreselijk als jij, kennelijk. Wat is er aan de hand? Hebben jij en Dan ruzie gehad?'

'Waarom vraag je dat?'

'Omdat jullie amper een woord hebben gewisseld, en dat is niets voor jullie. Drink je koffie.'

'Maar die is walgelijk.'

'Het is ook walgelijk om op jouw leeftijd dronken te worden.'

Sally kromp ineen. 'Je kunt een poging doen om het wat minder erg te laten klinken.'

'Daar was je toch niet ingetrapt. Wil je me vertellen waar Dan en jij ruzie over hadden?'

'We hebben geen ruzie gehad. Dat is het probleem. Je weet net zo goed als ik dat het bij Dan altijd gaat over wat hij niet zegt. Dan hult hij zich in een stoïcijns stilzwijgen alsof het een harnas is. Daar kom je niet doorheen. En hij ook niet.'

'Wat is het dan wat hij niet zegt?'

'Ik denk dat hij kwaad is over de tijd die ik in mijn werk steek.'

'Je maakt ook lange uren.'

'Begin jij ook niet nog een keer. Het is mijn werk. Het is wie ik ben. Ik kan mijn karakter niet veranderen.'

'Is hij misschien bang dat Marcus je niet vaak genoeg ziet?' informeerde Chloe behoedzaam. 'Denk je dat dat het probleem is?'

'Ik breng zo veel mogelijk tijd door met Marcus,' zei Sally verdedigend.

'Dat weet ik.'

'Je bedoelt toch niet dat Marcus daarom de laatste tijd zo moeilijk tegen me doet?'

'Doet hij dat dan?'

Sally slaakte een diepe zucht. 'Je hebt gezien hoe hij deed. Hij negeert alles wat ik zeg en hij doet alles wat Dan van hem vraagt.' Ze zakte onderuit op haar stoel. 'Als je het echt wilt weten: ik ben het beu dat mij het gevoel wordt gegeven dat ik een slechte moeder ben en dat Dan zo fantastisch is.'

'O, Sally, dat is maar een fase. Kinderen kunnen zo slinks zijn, zelfs schatjes zoals Marcus. Ze weten instinctief hoe ze hun ouders tegen elkaar moeten uitspelen om hun zin te krijgen. Geloof me, jongens zijn hun moeder helemaal toegewijd als ze groot zijn. Over een poos is Dan degene die klaagt dat zijn zoon geen aandacht voor hem heeft. Drink nu die koffie op, dan pak ik het dessert. Dan zei toch dat het in de provisiekast staat?'

Terwijl Chloe door de keuken liep, kwam de gedachte bij haar op dat Sally zoveel had gedronken omdat ze Dan in verlegenheid wilde brengen in het bijzijn van zijn ouders, en om hem uit te dagen tot een ruzie. Chloe hoopte voor hen beiden, en voor Marcus, dat alles werd uitgesproken en dan snel weer over zou zijn.

10

MET DE VOLUMEKNOP bijna op maximum luisterde Seth naar Arcade Fire. Bestond er op dit moment een betere band? Volgens hem niet. Toen 'Intervention' was afgelopen toetste hij de replayknop op de afstandsbediening van de cd-speler in en sloot zijn ogen. Daar was het weer, dat buitengewoon pure, ontzagwekkende geluid. Ongelofelijk. Letterlijk verbijsterend. Als de dood hem nu kwam halen, op dit moment, zou dat geen slechte manier zijn om te sterven. Wat een afscheid!

Toen het nummer weer was afgelopen, deed hij zijn hoofdtelefoon af en zette de muziek uit. Hij ging naar beneden, maakte een kop koffie, en toen hij weer naar de logeerkamer liep die tevens als werkkamer diende, ordende hij zijn gedachten. 'Zo,' zei hij, 'en nu aan de slag.'

Voor Seth maakte het niet uit dat het een vrije dag was. Het was net zo'n drukke dag als alle andere, en hij had deze grotendeels doorgebracht met zich door alle papierwerk te worstelen dat zich in de afgelopen weken had opgestapeld op zijn bureau. Het antwoordapparaat eiste ook zijn aandacht; er stonden twaalf boodschappen op die hij moest afluisteren.

Het probleem met zijn werk was dat hij bijna vierentwintig uur per dag bereikbaar moest zijn. Pas als hij weg was uit Crantsford kreeg hij het gevoel dat hij zich echt kon ontspannen. En zelfs dan moest hij zich dwingen om zijn mobiele telefoon uit te zetten. Hij was gewaarschuwd dat het zo zou zijn en hij had gedacht dat hij er goed op voorbereid was, maar zijn betrokkenheid en werklast waren een openbaring geweest.

Hij was nu zes maanden hier in Crantsford als assistent van Owen, en de tijd was omgevlogen. Helaas was Owen niet een echt behulpzame baas, en Seth was eraan gewend geraakt dat alles wat Owen niet wilde doen, op zijn bordje terechtkwam. Nou ja. Waarom zou hij het niet wat rustiger aan willen doen? Vorig jaar was hij weduwnaar geworden en over een paar jaar ging hij met pensioen, dus hij was er wel aan toe om minder op zijn schouders te nemen. Seth wenste alleen dat hij het wat fatsoenlijker deed. Hij wenste ook dat de man iets enthousiaster was over enkele initiatieven die Seth wilde doorvoeren. Desondanks geloofde hij dat hij toch wat resultaat bereikte. Langzaam maar zeker.

Er gingen twee uren voorbij, en als beloning voor zijn ijver ging Seth weer naar beneden, maar in plaats van nog een kop koffie te nemen, pakte hij een biertje uit de koelkast.

Hij dronk uit het flesje, geleund tegen het aanrecht. Pas toen stond hij zich zijn echte beloning toe: denken aan Chloe. Hij moest strikt paal en perk stellen aan de tijd dat hij aan haar dacht, anders werd hij helemaal afgeleid en zat hij te grijnzen als een idioot. Dat deed hij nu. Maar welke man zou dat niet doen? Ze was prachtig, elke volmaakte, gestroomlijnde centimeter van haar. Omdat hij een expert was op dat gebied, zag hij in een oogwenk of een vrouw de moeite waard was. En met haar lange blonde haar, blauwe ogen en verbazingwekkende benen was Chloe onweerstaanbaar.

Slechts één gedachte was nodig om de idiote grijns van zijn gezicht te halen. Hij had niet echt tegen Chloe gelogen, en hij was ook niet helemaal eerlijk tegen haar geweest. Hij wilde dat ze hem eerst goed leerde kennen voordat haar mening aangetast zou worden door vooroordeel. Vooroordeel kwam je overal tegen, en hij was die vaak in allerlei vormen tegengekomen, dus hij wist dat het af en toe beter was om van tevoren wat schijnbaar onlogische ideeën aan te moedigen.

Hij hoefde alleen maar in te schatten wanneer het juiste moment was gekomen om Chloe de waarheid te vertellen, en hopen dat ze die goed zou opvatten.

Hij keek op zijn horloge: kwart over negen. Tijd voor het beloofde telefoontje.

11

SALLY WERD DE volgende ochtend wakker met het besluit om een
beter humeur te tonen. Ze voelde zich wat wazig, en het deed haar
denken aan hoe ze zich had gevoeld toen ze nog klein was. Het
was de dag waarop Terry had besloten dat ze oud genoeg was om
ingewijd te worden in wat hij het Makkie noemde. Ze hoefde alleen
maar de man achter de kassa af te leiden terwijl Terry een camera
jatte en in de binnenzak van zijn jasje stopte. Toen was ze tien geweest, en doodsbang dat ze betrapt zouden worden. Ook voelde
ze zich vreselijk schuldig. Maar het duurde niet lang of in plaats
van zo bang te zijn dat ze bijna in haar broek plaste, ze genoot van
de opwinding over wat zij en haar broer deden. Een dergelijke opwinding had ze nooit eerder meegemaakt. Toen ze naderhand met
Terry naar huis rende, met hun zakken volgestopt, joelde en lachte
ze omdat ze zo slim en brutaal waren geweest. O, wat genoot ze van
de risico's, en een ander te slim af zijn. Na die eerste keer werd ze
nooit meer geplaagd door haar geweten.

In tegenstelling tot nu.

Ze glipte zachtjes uit bed omdat ze Dan niet wilde storen. In
de rest van het huis was het doodstil. Maar het was dan ook pas
halfzes. Onder de douche hield ze zichzelf voor dat ze zich nergens
schuldig over hoefde te voelen. Ze had niets verkeerds gedaan. Het
was gewoon fout dat ze meer had gedronken dan verstandig was.
Dat kon iedereen overkomen. Ze hoefde zich niet te schamen omdat ze had gezegd dat ze hoofdpijn had en naar bed was gegaan
zodra Chloe en haar ouders waren vertrokken.

Het was waarschijnlijk maar goed dat ze in slaap was gevallen
zodra haar hoofd het kussen raakte, want Dan kon zijn stoïcijnse
houding niet eeuwig volhouden. Als ze wakker was geweest toen
hij naar bed ging, zou hij vast hebben gevraagd wat haar in hemelsnaam mankeerde. Er was geen gevaar dat er een hevige ruzie van kwam nu zijn ouders bij hen logeerden, maar ze was blij

dat hij niet de gelegenheid had gehad om haar ermee te confronteren.

Terwijl iedereen nog sliep, verliet ze zachtjes het huis en reed naar haar werk. Toen ze langs Chloe's huisje kwam, nam ze zich voor om haar vriendin te bellen en zich te verontschuldigen voor haar gedrag van gisteren.

Omdat er nauwelijks verkeer was op de wegen, zat ze al om zeven uur in Manchester achter haar bureau. Dat had het beste geleken, weggaan voordat iedereen op was. Ze moest er niet aan denken Dans ouders aan het ontbijt onder ogen te komen. En daardoor was ze het meest verachtelijke schepsel dat er bestond: een lafaard. Als ze vanavond thuiskwam – en ze zou echt erg haar best doen om niet laat te zijn – waren Glynis en Ronald allang weg en konden zij en Dan om de tafel zitten en praten. Ze zou proberen hem uit te leggen hoe ze zich af en toe voelde door hem, dat hij niet kon blijven doorgaan haar te ondermijnen waar Marcus bij was. Was het een wonder dat ze zoveel tijd met haar werk bezig was als ze thuis met zo weinig respect werd behandeld?

Nu ze alles duidelijk op een rijtje had, zette ze haar computer aan. Ze keek in haar agenda om te zien welke afspraken ze had staan, en zag gretig uit naar de dag die voor haar lag. Opeens leek het leven niet meer zo'n moeizame strijd. Ze had alles weer onder controle.

Om tien voor halftien gonsde het van de activiteiten in het kantoor en dronk Sally haar vierde kop koffie, die haar was gebracht door haar fantastisch efficiënte assistente, Chandra. Ze bladerde door het dossier van een cliënt aan de tafel achter haar bureau, toen er op haar halfopen deur werd geklopt. Ze hoorde de stem van Tom McKenzie. 'Goedemorgen, Sally. Mogen we binnenkomen?'

'Natuurlijk,' zei ze afwezig. 'Je stoort me alleen in mijn nieuwste poging om wettelijke geschiedenis te schrijven, maar dat kan ik wel even uitstellen.' Ze markeerde de pagina in het dossier, draaide haar stoel om en keek op naar Tom, die voor haar bureau stond. Naast hem stond een man die Sally niet kende. Hij was lang, slank en zat strak in het pak. Dat pak droeg alle kenmerken van uren ervaren kleermakerskunst die eraan waren besteed. Zijn witte overhemd, compleet met manchetknopen, benadrukte een jongensachtig knap, gebruind gezicht en haar dat onlangs gebleekt was door de zon. Hij zag er jong uit. Veel te jong om zo'n duur, volwassen pak te dragen.

'Sally,' zei Tom, 'mag ik je voorstellen aan Harry Fox. Harry, wees op je hoede, dit is Sally Oliver. Ze is één brok energie en kent geen genade als het erom gaat de rest van ons in het gareel te houden. Een goed verstaander heeft maar een half woord nodig: wees heel bang voor haar.'

Sally stond op, streek haar rok glad en liep om haar bureau heen. Ze was helemaal vergeten dat de Nieuwe vandaag zou komen. 'Hallo,' zei ze terwijl ze haar hand uitstak. 'Leuk om kennis met je te maken. En geloof geen woord van wat Tom zegt; meestal lijdt hij aan waanvoorstellingen.'

Harry glimlachte en gaf haar een hand. 'Maar voor de zekerheid geloof ik hem op zijn woord en zal ik mijn best doen om me goed te gedragen. Vooral op mijn eerste dag.' Zijn donkere, glinsterende ogen gingen even naar haar benen en toen weer naar haar gezicht. Brutale vent, dacht ze. Daar zullen we je wel van genezen.

'Zo,' zei Tom terwijl hij in zijn handen wreef. 'Dan laat ik jullie verder met rust. Blij dat je er bent, Harry. Als er problemen zijn, weet je me wel te vinden. Hoewel ik zeker weet dat je hier in goede handen bent. Sally heeft vast wel alles voor je geregeld.'

Sally wist niet wat ze hoorde. 'Wat bedoel je, Tom?' zei ze. 'Ik kan je niet volgen. Wat moet ik geregeld hebben?'

Tom keek om zich heen door haar kantoor en draaide zich weer naar haar om. 'O, mijn god, Sally. Er is blijkbaar iets over het hoofd gezien. Wat erg. Helemaal mijn schuld. Ik was vergeten je te vertellen dat Colin deze twee weken met vakantie is, en ik dacht dat Harry in jouw kantoor kon zitten terwijl Colins kantoor wordt opgeknapt.'

Het was een poos geleden dat Sally een kantoor met iemand anders had gedeeld, en ze verkondigde dus meteen wat de grondregels waren. Er werden geen tassen met bezwete fitnesskleding meegebracht. Ook geen radio's of draagbare televisietoestellen, hoe belangrijk de cricket-, rugby- of voetbalwedstrijd ook was. Er werd niets gegeten wat sterk rook, zoals pasteitjes en stukken pizza. En er was al helemaal geen sprake van lichaamsgeurtjes. Ze had door de jaren heen genoeg mannelijke collega's gehad om te weten dat die regels het vaakst werden overtreden in een gedeelde werkomgeving.

'Zijn er regels wat betreft parfum en aftershave?' informeerde Harry terwijl hij een archiefkast op zijn plaats schoof.

O, dus hij nam haar niet serieus? 'Hangt ervan af wat het is,' zei ze terwijl ze naar haar kant van het kantoor ging.

'Ik moet je alleen waarschuwen dat jouw parfum een nogal sterke uitwerking op me heeft.'

Hm... hij was dus een grapjas.

'Crystal Noir van Versace, toch?' zei hij toen ze niet reageerde. 'Ik heb een kennersneus voor die dingen. Het past goed bij je.'

De eigendunk van die vrijpostige knaap was ongelofelijk. 'Je kent me pas een paar uur. Hoe kun jij weten wat bij me past?'

Hij grinnikte. 'Dat is een gave. Ik kan iemand inschatten als ik hem of haar pas een paar seconden heb gezien. Ik zit er nooit naast.'

Ze begon de papieren te rangschikken die uit de stapel waren geraakt toen ze haar bureau verschoof om plaats voor hem te maken. Ze was niet op kantoor geweest toen de sollicitatiegesprekken waren gevoerd om iemand te vinden voor de zich uitbreidende afdeling belastingen. Als ze het zich goed herinnerde, werd Harry Fox een dynamische 'slimme jongeman' genoemd als het aankwam op belastinginspectie en btw-fraude. 'Hoe oud ben je eigenlijk?' vroeg ze.

'Hoe oud denk je?'

Jong genoeg om een draai om je oren te krijgen, knulletje! Waarschijnlijk stonden achter in haar kast schoenen die ouder waren dan hij. 'Vijf-, zesentwintig?' zei ze.

Hij hield op met waar hij mee bezig was, ging zitten en keek naar haar. 'Jij denkt zeker dat ik een onhandige kantoorjongen ben die nog niet droog is achter zijn oren?'

Toen ze zag dat hij echt beledigd was en misschien zijn eerste les van die dag had geleerd, bood ze hem een verzoenende glimlach. 'Die conclusie laat ik over aan jou en je onfeilbare gave.'

Tien minuten later was ze op weg naar een cliënt voor een juridische bijeenkomst. Darren T. Child was een van haar meest op de voorgrond tredende cliënten, een voetballer in de eredivisie die zelden ontbrak op de voorpagina's. De laatste keer dat hij in de roddelbladen was verschenen, was na een opstootje wegens dronkenschap in een nachtclub in Manchester.

De bijeenkomst was al voorbij voor die was begonnen. Haar cliënt had niet de moeite genomen om te komen opdagen. Op geen van de telefoonnummers die ze van hem had, ook niet dat van zijn agent, werd opgenomen. Ze kon alleen maar boodschappen inspreken dat hij haar zo spoedig mogelijk moest terugbellen. Ze ging weer naar kantoor en kocht onderweg iets te eten voor de lunch bij haar favoriete broodjeszaak.

'Iemand boft maar vandaag,' zei Chandra toen Sally even kwam kijken of er nog boodschappen waren binnengekomen terwijl ze weg was.

'Is daar een speciale reden voor?'

'Ga maar kijken.'

En Sally zag het. Op haar bureau stond een prachtig boeket roze rozen. Aan het lint om de stengels was een envelopje bevestigd. Ze zette haar koffertje en de zak met het broodje neer. Dan, dacht ze met een verheugde glimlach. Een beter zoenoffer bestond niet. Ze opende de envelop en haalde het kaartje eruit. '*Sorry dat ik verkeerd ben begonnen. Kunnen we het alsjeblieft opnieuw proberen?*'

Er klonk een klopje op de deur en ze draaide zich om. Harry Fox stond in de deuropening. Hij keek haar ernstig aan en zei: 'Kunnen we doen alsof je vanmorgen mijn verwaande broer hebt ontmoet?'

12

ROSIE WAS EERDER die ochtend intrigerend geheimzinnig geweest aan de telefoon; ze zei dat ze onlangs iemand had ontmoet met wie Dan absoluut kennis moest maken.

Marcus was verrukt geweest met het nieuws dat hij Charlie zou zien, en hij was naar de achterdeur gerend om zijn schoenen te halen. Dan had moeten uitleggen dat ze pas 's middags zouden gaan. Ze hadden vroeg gegeten tussen de middag en Dan had Marcus naar bed gebracht om een uurtje te slapen. Omdat Marcus nog steeds opgewonden was na het bezoek van zijn grootouders en de enorme hoeveelheid chocola die hij had gegeten, wist Dan dat hij nooit door de middag zou komen als hij niet even ging rusten. Het gaf Dan ook een kans om het huis op te ruimen.

Zijn ouders waren net na halftien weggegaan met een uitdrukking op hun gezicht die misselijkmakend veel weg had van medeleven. Zijn moeder had bijna haar zelfbeheersing verloren door een hand op zijn arm te leggen toen ze zei: 'Je zegt het toch wel als we iets kunnen doen?'

'Oprotten, dat kunnen jullie doen!' had hij moeten zeggen, in plaats van het neutrale dankjewel-maar-ik-weet-eigenlijk-niet-wat-je-bedoelt-knikje, waar zijn familie zo goed in was. Met Marcus naast hem zwaaide hij hen uit, woedend dat ze weggingen met hun mening helemaal klaar over zijn huwelijk. Wat hen betrof moest hij spijt hebben van de dag dat hij Sally had ontmoet. Hij meende dat hij niet overdreef als hij dacht dat ze niets liever zouden willen dan een wig tussen hen drijven. Maar ze maakten een grote fout als ze ook maar een moment dachten dat hij dat ooit zou laten gebeuren.

Het werd tijd om aanstalten te maken om naar Rosie te gaan. Dan opende de deur van Marcus' slaapkamer. Hij lag nog te slapen, en Dan sloeg zijn zoon even gade en bedacht, zoals hij vaak deed, hoeveel hij op zijn moeder leek. Niet alleen wat de kleur van zijn ogen of zijn donkere haar betrof, maar hij had ook haar temperament. Hij was heel slim, en Dan twijfelde er niet aan dat hij net zo fel en intelligent zou worden als zijn moeder. Haar ijzeren wil had hij al. Toch had Dan niet gewild dat hij anders zou zijn.

De vraag was, na het rampzalige weekend waar ze zich net doorheen hadden geworsteld, of hij wel had gewild dat Sally anders was? Eerlijk gezegd wel. Hij vond dat ze af en toe voorrang gaf aan de verkeerde dingen, niet zozeer wat hem betrof, maar ten opzichte van Marcus. Maar als de zaken omgedraaid waren en hij degene was die ging werken? Wie kon zeggen of hij niet precies hetzelfde zou doen als Sally? Hij bleef toch ook tot laat op kantoor om nog even iets af te maken, om nog een laatste wijziging aan te brengen in een verslag, of om een gesprek te hebben met nog een belangrijke cliënt?

Hij zuchtte. Misschien was hij niet redelijk geweest tegen Sally. En het was al helemaal niet redelijk om haar te dwingen twee dagen door te brengen met zijn afschuwelijke ouders. Geen wonder dat ze haar toevlucht had gezocht in iets te veel glazen chablis. Wie kon het haar kwalijk nemen? Het was een wonder dat ze niet allemaal dronken waren geworden! Hij zou proberen om het vanavond goed te maken.

Maar terwijl hij op zijn knieën ging zitten om zijn zoon wakker te maken, erkende hij dat hem nog iets dwarszat. Hij had het vreselijke vermoeden dat zijn kritiek op Sally misschien wel voortkwam uit jaloezie. Was er diep in zijn onderbewustzijn misschien iets in hem wat zich verloren voelde in de lange schaduw die Sally's steeds groeiende carrière wierp? Hij hoopte van harte dat het niet zo was. Hij had zijn baan niet opzijgezet om zich over te geven aan bekrompen jaloezie. Hij zou liegen als hij niet toegaf dat hij af en toe de competitie van zijn vroegere leven miste, maar dat was totaal geen reden om spijt te hebben van het offer dat hij had gebracht. Hij wist dat hij het juiste deed door Marcus de best mogelijke start in het leven te geven door bij hem thuis te blijven.

Op haar zo eigen efficiënte manier had Rosie alles in de tuin georganiseerd om Marcus en Charlie bezig te houden terwijl zij op het terras wachtten tot haar vriendin kwam. 'Ik heb vaak gedacht dat veel problemen op de wereld opgelost kunnen worden door de tegenpartijen in een zandbak te zetten met elk een schepje en een plastic theeservies,' merkte Rosie op.

'Maar hoe gauw zouden ze gaan kibbelen over wiens beurt het is om met de theepot te spelen?' vroeg Dan.

'Nou, gelukkig zijn Marcus en Charlie bereid om dat om de beurt te doen.'

Dan moest glimlachen om die diplomatieke opmerking. Ze wisten allebei dat Marcus de dominante van de twee jongens was, en dat Charlie het altijd best vond om de onuitputtelijke instructies van zijn vriendje op te volgen. Nu leken ze op aanwijzing van Marcus zo heftig te graven alsof ze tegen theetijd het middelpunt van de aarde bereikt wilden hebben.

'Aha, dat zal Tatiana zijn,' zei Rosie toen ze in de verte een autoportier dicht hoorden vallen. Terwijl Rosie wegliep om haar vriendin te verwelkomen, stond Dan op, klaar om de persoon te ontmoeten die blijkbaar een interessant voorstel voor hem had.

Toen Rosie terugkwam, nam Dan aan dat er iemand anders was gekomen dan de verwachte gast. Ze leek wel een tiener uit het dorp met haar spijkerbroek en T-shirt, de haren in twee lange vlechten, en met een rood rugzakje over haar schouder. Alleen bewoog ze zich veel eleganter dan welk tienermeisje ook dat Dan ooit had gezien. Ze was tenger gebouwd, en hij vroeg zich af of ze een opleiding tot balletdanseres had gevolgd, zoals ze naar de zandbak leek te glijden of te zweven. Daar aangekomen knielde ze neer naast de twee jongens, tikte Charlies zonnehoed naar achteren en gaf hem een dikke kus op zijn wang. Hij gilde het uit van verrukking. 'En jij bent natuurlijk Marcus,' zei ze terwijl ze haar hoofd omdraaide. 'Ik heb al veel over je gehoord. Jij bent toch Charlies beste vriend?'

'We zijn aan het graven,' zei Marcus gewichtig. Hij wees naar het grote gat dat hij en Charlie hadden gemaakt. 'Naar schatten. We zijn piraten.'

'Asjemenou! Begraven schatten! Mag ik meedoen met die knappe piraten? Ik ben dol op graven.'

Beide jongens straalden, en Marcus bood haar meteen zijn schepje aan. Dan bedacht glimlachend dat kinderen altijd wisten of iemand oprecht belangstellend was. Iedereen die deed alsof, werd met gelijke munt betaald. Op dit moment was Marcus helemaal weg van deze meisjesachtige vreemde.

'Straks,' zei ze. 'Ik moet eerst even met je vader praten, Marcus. Maar zorg dat je een begraven schat hebt die ik kan ontdekken. Ik zou het zo erg vinden als jullie alles vinden voordat ik de kans krijg om het te proberen.'

Met een vloeiende beweging kwam ze overeind en liep naar het terras, waar Dan en Rosie op haar wachtten. 'Hallo,' zei ze tegen Dan. 'Ik ben Tatiana. Wat heb je een leuk zoontje. Hij heeft zo'n aandachtig en intuïtief gezicht.'

Dan voelde zich blozen van vaderlijke trots. 'Ik ben geen expert, maar zo te zien aan dat aandachtige en intuïtieve gezicht denk ik dat je een fan voor het leven hebt gekregen.'

Ze wimpelde het compliment af en ging aan het beschaduwde eind van de tafel zitten. 'Rosie, wat ziet je tuin er mooi uit. Ik wou dat ik zulke groene vingers had als jij.' Ze hield haar bleke, tere handen op als bewijs. 'Zie je wel, geen zweempje groen. Volkomen nutteloos.' Ze lachte even. 'O, is dat een goudvink op die voederplank?'

Ze lijkt wel een vlinder, dacht Dan, zoals ze innemend van het een naar het ander fladdert. Hij had geen idee wat voor voorstel ze voor hem in gedachten had.

Vijf minuten later, toen Rosie naar binnen ging om voor iedereen iets te drinken te halen, begon Dan te denken dat er meer achter Tatiana Haines school dan hij oorspronkelijk had gedacht.

'Heeft Rosie je al iets over me verteld?' vroeg ze terwijl haar schitterende groene ogen zich opeens op hem richtten. Het leek wel of hij gevangen werd door twee felle laserstralen. Ze was opeens verrassend anders.

'Alleen dat ze je onlangs heeft ontmoet tijdens een benefietbijeenkomst,' zei hij.

'Mooi. Ik heb haar gevraagd om niets te zeggen; ik wilde zelf een gooi wagen. Heb je wel eens gehoord van de Kyle Morgan Trust?'

Hij schudde zijn hoofd. 'Nee, sorry.'

'Dat is een stichting voor terminaal zieke kinderen, en ik ben manager fondsenwerving. We zorgen voor verlichting en specialistische zorg in het tehuis voor gezinnen die op adem moeten komen. En dan heb ik het over een paar uur om te kunnen winkelen of wat nodige slaap inhalen. Of zelfs spelen met hun andere kinderen.'

'Hoe ben je er zo bij betrokken geraakt?'

'Kyle Morgan was mijn neefje, het zoontje van mijn zus. Ik zal nu niet in details treden, maar hij werd geboren met een genetische aandoening, en hij stierf voor hij twee was. Na zijn dood hoorden we over een liefdadigheidsinstelling in het zuidwesten, die precies de zorg en steun bood die mijn zus en haar man door de moeilijkste periodes van Kyles korte leventje zouden hebben geholpen. Toen besloten we te proberen om hier in Cheshire iets dergelijks op te zetten.'

'Hoe lang geleden was dat?'

'Vijf jaar geleden. Sindsdien hebben we met onze stichting meer dan tweehonderd gezinnen gesteund, en dat was fantastisch, maar we weten dat er nog veel meer in de regio zijn die we niet kunnen helpen, omdat we daar het geld niet voor hebben. We willen in december een grote actie houden om een heleboel donaties binnen te krijgen. We krijgen geen overheidssubsidie; al het geld komt binnen via manifestaties en rammelende collectebussen.'

'En waar wilde je mij voor benaderen?' Dan kreeg opeens een onaangenaam visioen van zichzelf als collectant buiten de supermarkt van Crantsford.

'Naar wat Rosie me over jou en je werk heeft verteld voor je tijdelijk verlof opnam om voor Marcus te zorgen, denk ik dat je een echte aanwinst zou zijn voor de stichting. Ik hoop dat ik je zover kan krijgen en je kan overhalen om bij ons te komen.'

13

SALLY HIELD ZICH aan haar voornemen en bleef die avond niet overwerken.

Ze deed haar computer uit, ruimde haar bureau op en trok haar jasje aan. Ondertussen wierp ze een blik op de rozen die Harry haar had gegeven. Ze waren net zo opzichtig als de jongen zelf. Moest ze ze mee naar huis nemen? Nee. Dan zou zich misschien afvragen waar ze zo'n opvallend cadeau aan te danken had. De bloemen stonden hier prima in de glazen vaas die Chandra voor haar had gevonden.

In de gang, terwijl ze in gedachten vrede sloot met Dan, botste ze tegen Harry op. Letterlijk. Hij kwam in haar richting met een stapel archiefdozen en kon niets zien. Bij de botsing hing de stapel scheef en de bovenste doos gleed op de vloer en stootte scherp tegen haar enkel. Sally klemde haar kaken opeen, raapte de doos op en legde die weer op de stapel. 'Sorry,' zei hij. 'Gaat het met je voet?'

'Die overleeft het wel,' zei ze, en geërgerd zag dat ze dat er nu een gat in haar panty zat.

'Ik heb vandaag blijkbaar niets anders gedaan dat je ergeren,' zei hij terwijl hij de dozen neerzette. 'Neem je mijn rozen niet mee naar huis?'

'Ik laat ze hier, dan kunnen ze het kantoor opvrolijken. Tot morgen.' Ze wilde langs hem heen lopen.

'Mag ik mijn verontschuldigingen aanvullen door je op een drankje te trakteren?' zei hij. 'Ik ben zowat klaar hier.'

Het was helemaal niet ongehoord bij McKenzie Stuart om na het werk met een collega of zelfs een groep collega's iets te gaan drinken – op sommige afdelingen was het zelfs de *rigueur* – maar dat deed Sally zelden. Ze kon altijd iets bedenken wat ze liever deed dan in een lawaaiige bar hatelijke opmerkingen zitten maken over degenen die er niet bij waren. 'Sorry,' zei ze. 'Ik kan niet.'

'Kan niet of wil niet?' zei hij. Uit zijn ogen straalde iets wat ze alleen maar als uitdagende plagerij kon omschrijven.

'Mijn man zit thuis op me te wachten,' zei ze kortaf. 'En als je doorgaat met dit soort praat, zal ik zorgen dat je er hier uitvliegt voor je de woorden ongewenste intimiteiten kunt uitspreken. Begrepen?'

Hij glimlachte ongegeneerd. 'Je hebt prachtige ogen. Dat was het eerste wat me aan je opviel. En toen zag ik je benen.'

Haar rug verstrakte van woede. 'Heb je me gehoord?'

'Ja, hoor. De vraag is, hoor jij mij? Ik vind je mooi. Waarschijnlijk de mooiste vrouw die ik ooit ben tegengekomen. Ik zou de hele dag naar je kunnen kijken.'

'Heb je soms zoiets als puur primitief bloed door je aderen stromen?'

Hij lachte. 'Weet je, ik denk eigenlijk van wel. Maar het is niet wat je denkt. Iets wat zo goed is, kan niet verboden zijn.' Hij bukte zich en pakte de archiefdozen op. 'Nog een prettige avond. Tot morgen.'

Sally draaide zich abrupt om en beende weg. Woedend nam ze de trap en holde bijna de drie trappen naar beneden af. Ze zou met Tom moeten praten. Die dwaas van een kerel moest weg. Hij was onuitstaanbaar. Om niet te zeggen onuitsprekelijk arrogant. Hoe durfde hij haar als een soort seksobject te behandelen? *Waarschijnlijk de mooiste vrouw die ik ooit ben tegengekomen.* Wat een onzin! *Dat was het eerste wat me aan je opviel.* Nou, ik zal je zeggen wat mij het eerste aan jou opviel, knul. Dat belachelijke opgeblazen ego van je!

Ziedend van woede reed ze sneller naar huis dan ze eigenlijk mocht, en net toen ze langs Chloe's huis kwam, zag ze de auto van haar vriendin op de oprit staan. Ze trapte op de rem en reed met een vaart achteruit.

'Niet te geloven!' zei Chloe lachend. 'Op de eerste dag probeerde hij je al te versieren? Je moet bewondering hebben voor zijn moed. Over *When Harry met Sally* gesproken.'

'Zijn moed bewonderen? Hij is een bedreiging! Een plaag!'

'Zeg niet dat je niet een heel klein beetje gevleid was.'

'Absoluut niet!'

Chloe glimlachte, waardoor Sally zich nog meer ergerde en nog harder begon te ijsberen. Ze was hier gekomen omdat ze medeleven en begrip verwachtte van haar vriendin, en de mogelijkheid om haar kwaadheid te luchten voordat ze naar huis ging, maar in plaats daarvan voelde ze zich op een onbegrijpelijke manier nog erger.

'En daarbij is hij ook zo jong.'

'Is hij knap?'

'Ja,' zei ze. 'Maar op een onwaarschijnlijke manier. En dat weet hij maar al te goed. God weet hoeveel dat pak hem heeft gekost. O, en hij heeft zo'n stem waaraan je al uit de verte hoort dat hij op een particuliere school heeft gezeten.'

'Zoals Dan, bedoel je?'

'Nee! Helemaal niet zoals Dan.'

'Laat me even alles op een rijtje zetten. Je hebt een pas afgestudeerde nieuwkomer op kantoor die jong en knap is en jou mooi vindt. Wat is het probleem?'

'O, Chloe, doe niet zo dom. Mannen horen zich niet zo beledigend te gedragen op het werk. Dat is volkomen verkeerd.'

'Voel je je echt beledigd?'

'Natuurlijk! Hij behandelde me alsof hij me in een bar oppikte. Hij ondermijnt mijn positie.'

'Hm... en die is hoger dan die van hem?'

Sally hield op met ijsberen. Ze dacht zorgvuldig na over Chloe's woorden. Ja, dat was het. Zo zat het in elkaar. Harry Fox had geen respect voor haar getoond. Hij had haar niet serieus genomen. Door haar als een onbelangrijk grietje te behandelen had ze zich gekleineerd en ontkracht gevoeld, in alle opzichten beledigd. Die dwaze knul had geen grotere fout kunnen begaan.

Nu ze precies wist waardoor ze zo kwaad was geworden, draaide Sally zich langzaam om naar haar vriendin. Inmiddels gekalmeerd, zag ze dat Chloe haar fitnesskleding aanhad. 'Sorry,' zei ze. 'Ik hou je maar op.'

'Het geeft niet. Ik ben blij dat je langskwam. Ik was benieuwd hoe alles is gegaan nadat mijn ouders en ik gisteren vertrokken waren. Je was nogal gespannen, hè?'

'Praat me er niet van. Het was een van de ergste weekends die ik sinds tijden heb meegemaakt.'

'Hebben jij en Dan nog de kans gehad om te praten?'

Sally schudde haar hoofd. 'Dat hoopte ik vanavond te doen.' Ze pakte haar tas. 'Ik kan beter gaan. Duim voor me.'

Marcus lag al diep in slaap in zijn bed toen ze thuiskwam. Ze sloop zijn slaapkamer binnen en gaf vluchtig een kus op zijn voorhoofd. Wat ziet hij er vredig uit, dacht ze afgunstig. Helemaal zonder zorgen.

Ze ging zich omkleden, en nadat ze zorgvuldig haar mantelpakje had opgehangen, ging ze naar de keuken. Dan begroette haar met een glas witte wijn. Hij hief zijn eigen glas en klonk. 'Het eten is over tien minuten klaar. Hoe was je dag?'

Ze dacht aan Harry Fox en zei: 'Kon beter. En jij? Zijn je ouders goed en wel vertrokken?'

'Dat vertel ik straks wel. Eerst wil ik me verontschuldigen voor het weekend.'

'Je kunt er niets aan doen dat je zulke ouders hebt,' zei ze met een strak glimlachje.

'Ik verontschuldig me niet voor hen, maar... maar voor mij. Het was verkeerd van me om je te bekritiseren voor de tijd die je aan je werk besteedt. Noem het maar een verkeerde inschatting van me. Het spijt me echt. Wil je het me vergeven?'

Sally wist niet wat ze moest zeggen. Dit was niet het gesprek dat ze zich had voorgesteld. Alles wat ze van plan was te zeggen, verdween nu uit haar gedachten. 'Dat heb je me nooit eerder gevraagd,' mompelde ze.

'Laten we hopen dat ik het nooit meer hoef te doen,' zei hij met een ernstig gezicht. Hij zette zijn glas neer en pakte toen ook dat van haar. Hij legde zijn handen om haar gezicht en kuste haar op de mond.

'Nee,' zei ze terwijl ze hem wegduwde. 'Jij was niet de enige die een fout maakte. Dat heb ik ook gedaan. Ik gedroeg me als een pruilende puber. Het spijt me. Wil je het mij vergeven?'

Hij kuste haar nogmaals. 'Helemaal,' zei hij terwijl zijn handen over haar lichaam gleden. Ze kuste hem terug en drukte zich tegen hem aan; binnen een seconde was haar begeerte gewekt. Opeens wilde ze de sterke, harde warmte van Dan voelen, in de wetenschap dat het zou uitvlakken hoe gefrustreerd en alleen ze zich de afgelopen dagen had gevoeld. 'Zin in een toevoeging aan het menu van vanavond?' fluisterde ze in zijn oor.

Hij glimlachte en trok de ritssluiting van haar broek open; toen tilde hij haar op het aanrecht. Ze kuste hem en ondertussen probeerde ze de knopen van zijn spijkerbroek los te krijgen. 'Ik haat die gulpen met knopen,' zei ze buiten adem. 'Die broeken moet je niet meer aantrekken.'

'Laat mij maar.' Hij had net de laatste van die vervelende knopen opengemaakt, toen ze allebei naar de keukendeur keken. Marcus riep van boven. 'Papa. Mag ik dinken? Papa.'

'Blijf hier,' zei Dan. 'Doe je ogen dicht en blijf zo zitten. Ik ben zo terug.'

Maar Sally bewoog zich wel toen ze alleen was. Wat kon ze anders, nu ze zich zo voor gek voelde zitten op het aanrecht met haar broek rond haar enkels. Seks leek altijd zo'n goed idee als je het deed, maar in het kille daglicht – of in dit geval in het felle schijnsel van een halogeenspotje – leek het maar raar.

Toen Dan terugkwam had ze haar broek weer aan en kondigde de timer van de oven aan dat het eten klaar was. 'Geen kans om de herhalingsknop in te drukken?' zei hij met een spijtige zucht.

'We bewaren het wel voor straks.'

Hij glimlachte en legde even een hand op haar schouder toen hij langs haar heen liep naar de oven. 'Daar hou ik je aan. Ga zitten, dan dien ik op. Het is een vispastei,' voegde hij eraan toe.

Vanaf haar stoel aan de tafel, die al was gedekt met placemats en bestek, keek ze toe hoe hij de hete schaal uit de oven haalde. De pastei zag er verrukkelijk uit en rook ook zo. 'O, ik was vergeten je van het weekend te vertellen,' zei ze, 'aanstaand weekend moet ik naar Hull, naar mijn moeder. Vind je het erg?'

'Maar zaterdag is de herdenkingsdienst voor Derek Lockley. Het staat op de kalender.' Hij knikte naar de kalender aan de muur boven de telefoon.

'Verdorie,' mompelde ze. 'Helemaal vergeten.'

'Kun je het bezoek niet uitstellen tot een ander weekend?'

'Liever niet.'

'Dan zul je Marcus mee moeten nemen.'

Door de vastberaden klank in zijn stem zei ze: 'Of jij kunt hem meenemen.'

'Naar een herdenkingsdienst?'

Ze klakte geërgerd met haar tong, gedwongen om toe te geven dat dit gewoonweg niet mogelijk was. Maar ze kon Marcus niet meenemen naar die vreselijke moeder van haar. Haar zoon mocht dan biologisch afstammen van Kath en Terry Wilson, maar ze peinsde er niet over om hem aan hen bloot te stellen. 'Ik kan vragen of Chloe een dagje wil oppassen,' zei ze ten slotte. 'Dat zal ze vast niet erg vinden.'

Chloe was tot de conclusie gekomen dat ze Seth heel aardig vond. Hij was hartelijk en aardig en maakte haar aan het lachen. Hij was ook intelligent en welbespraakt, en toonde precies voldoende belangstelling voor haar zonder opdringerig te worden. Zijn manieren waren onberispelijk – daar zou haar moeder blij mee zijn – en daarbij leek hij geen overtollige bagage mee te zeulen. Er lag geen ex-echtgenote op de loer in de schaduwen, en ook geen afhankelijke kinderen.

Ze hadden zich gedoucht en verkleed na de fitness, en zaten nu naast elkaar aan een tafeltje in de bar van Cartwright Hall met een groot bord met geroosterde kippenvleugeltjes voor zich. Omdat ze graag wilde bewijzen dat ze meer op haar repertoire had dan bijna-doodervaringen, vertelde ze over een van haar patiënten die vandaag van een jongetje was bevallen en hem Dyson had genoemd. 'Stel je eens voor wat die arme jongen moet doorstaan op school. Hij krijgt vast allerlei vreselijke bijnamen, zoals Zuigmond, of Stoffer.'

'Ik ben onlangs een kind tegengekomen dat Storm heette,' zei Seth.

Chloe kreunde. 'Zeg alsjeblieft dat de achternaam niet Wind was?'

'Gelukkig niet. Maar wat vind je hiervan: een jongen die Boy Young heet? Dat is geen grapje, hij heet echt zo. Vind je dat niet schitterend? Wil jij ooit kinderen?'

Van haar stuk gebracht door de wending van het gesprek, en zonder erom te geven of haar antwoord zelfmoord zou betekenen voor verdere afspraakjes, antwoordde ze: 'Ja. En jij?'

'O ja, absoluut.'

Zijn snelle antwoord verraste haar opnieuw. In gedachten kruiste ze weer een hokje aan: zijn puntentotaal was behoorlijk hoog. Toen kwam de gedachte bij haar op dat hij misschien een dergelijke lijst van haar bijhield. En als dat zo was, dan vroeg ze zich af of zij net zoveel punten had gescoord als hij bij haar.

'Ik heb twee broers en een zus,' vervolgde hij. 'Allemaal getrouwd, en ik heb in totaal zes neefjes en nichtjes.'

'En dus vragen ze zich af wat jou mankeert?'

'Zoiets. Morgen ga ik naar mijn zus in Whitchurch. Het is de laatste dag van de paasvakantie, dus dan kan ik mijn twee nichtjes zien. Heel leuk. Minder leuk is dat mijn zus me zoals gewoonlijk zal onderwerpen aan een kruisverhoor.'

Toen haar te binnen schoot dat hij morgen net als zij een vrije dag had, probeerde Chloe zich niet teleurgesteld te voelen. Het zou leuk zijn geweest om elkaar weer te zien. Toen ze op de loopband aan het rennen was, had ze zichzelf toegestaan om even te dagdromen dat ze gingen wandelen in het Peak District. Maar nu hield ze zichzelf voor dat ze het kalm aan moest doen. Te veel en te snel zou uitlopen op een ramp.

'Als ik niet bang was geweest om een Derde Wereldoorlog te ontketenen, was ik misschien in de verleiding gekomen om nee te zeggen tegen mijn zus,' zei hij.

Toen ze niet antwoordde, vroeg hij: 'Wil je niet weten waarom?'

Chloe keek op, zich bewust dat ze was betrapt; haar gedachten waren van hun wandeling naar White Peak afgedwaald naar hoe hij zou passen bij de mensen die haar het dierbaarst waren. 'Wat?'

'Ik zei, wil je niet weten waarom ik bijna nee durfde te zeggen tegen mijn zus? Want geloof me, bijna niemand is ooit zo dapper om nee te zeggen tegen Rebecca.'

'Ga verder.'

'Ik had je willen vragen of je morgen met mij de dag wilde doorbrengen. Maar toen verloor ik de moed, omdat je misschien zou denken dat ik te hard van stapel liep.'

Ze glimlachte terwijl ze een golf van blijdschap en genegenheid voor hem voelde opkomen. 'Dat zou ik helemaal niet hebben gedacht.'

'Echt niet?'

'Ik was zelfs van plan om te vragen of je zin had om in het Peak District te gaan wandelen. In Castleton is een heel leuke zaak waar ze de lekkerste thee met scones serveren.'

'Hou op!' kreunde hij. 'Dit is echt vreselijk. Dan zit ik morgen alleen maar te denken aan hoe het had kunnen zijn en heb ik spijt dat ik te laf was om nee te zeggen tegen mijn zus.' Hij draaide zich naar haar toe en legde een hand op haar arm. 'Kunnen we het een andere keer doen? Naar Castleton gaan?'

'Ik zou niet weten waarom niet,' zei ze, en ze probeerde om niet te veel achter dat gebaar te zoeken; het was tenslotte niet meer dan een vriendelijke hand op haar arm. 'Maar als ik het me goed herinner, ben jij me een etentje schuldig.'

Hij keek zogenaamd geschokt naar de schaal kippenbotjes voor hen. 'Ik dacht dat dit een etentje was. Bedoel je dat je nog meer wilt?'

'Behalve een lafaard ben je dus ook een krent! Nu leer ik je ware aard kennen.'

Buiten liep hij op de parkeerplaats mee naar haar auto. Ze hadden het riedeltje 'dat hoeft niet, ik weet wel waar ik hem heb geparkeerd' en 'je vindt het misschien ouderwets, maar een man wil altijd zorgen dat een vrouw veilig in haar auto zit' achter de rug, en nu hadden ze het lastige stadium bereikt om de avond af te sluiten.

Zou hij haar kussen? Dat was het brandende vraagstuk. Terwijl Chloe de tijd rekte en deed of ze in haar tas naar haar sleutels zocht, wist ze dat ze zich bedrogen zou voelen als hij het niet deed. Toen ze vond dat ze hem genoeg tijd had gegeven om tot een besluit te komen, keek ze op en zag dat hij met een geamuseerde uitdrukking op zijn gezicht naar haar stond te kijken.

'Klaar?' vroeg hij. Toen kwam hij dichterbij en gaf haar een kus. Eerst een beleefd kusje, en toen een heel, heel lange.

Mmm... dacht ze, dat was het wachten absoluut waard. Hij wist precies hoe hij moest handelen. Zonder enige twijfel.

14

'JE HEBT HET haar toch verteld?'

Seth draaide de kleine schroef nog wat vaster en deed de stekker in het stopcontact. Hij drukte de knop in, duwde de hendel omlaag en binnen enkele seconden voelde hij de hitte opstijgen uit het broodrooster. 'Net wat ik al dacht,' zei hij. 'Het was de zekering. Je moet echt eens leren om die te vervangen. Daar hoef je geen wetenschapper voor te zijn.'

Rebecca wierp hem een ijzige blik toe. 'Daar zijn echtgenoten en broers voor,' zei ze. 'En ik herhaal mijn vraag: je hebt het haar toch verteld?'

Seth negeerde haar weer en legde de schroevendraaier terug in de gereedschapskist van zijn zwager in de trapkast. Peter was in Zambia boeren aan het helpen om hun producten effectiever op de markt te brengen, en heel even wenste Seth dat hij bij hem was. Hij was hier nog geen uur bezig met karweitjes opknappen die tijdens Peters afwezigheid gedaan moesten worden, en zijn zus had al meer uit hem weten te krijgen dan hij had willen loslaten. Ze beweerde dat zijn te ondoorgrondelijke gezicht hem had verraden toen ze vroeg of hij misschien een nieuwe vrouw had ontmoet.

Hij durfde te zweren dat ze het als haar missie beschouwde om hem te laten trouwen voor hij veertig was. Met nog geen jaar te gaan leek ze haar inzet te verhogen. In de afgelopen zes maanden had ze een aantal vrouwen onder zijn aandacht gebracht wanneer hij op bezoek kwam. De laatste was aangenaam gezelschap geweest tijdens het eten, maar een beetje wazig – ze had het net iets te vaak over haar sterrenbeeld en het kind dat ze innerlijk was – en hij had zich niet kunnen voorstellen om meer dan een avond met haar door te brengen, laat staan zijn verdere leven. Hij kon er niet bij dat Rebecca hen bij elkaar vond passen. En toen was Chloe trouwens al in beeld gekomen.

Zodra hij Chloe voor het eerst had gezien op de fitnessclub, wilde hij haar beter leren kennen. Maar hij had met opzet afstand bewaard, om te zien of ze een keer met een partner kwam opdagen. Gelukkig voor hem was ze altijd alleen, en naarmate de dagen verstreken en ze steeds vaker gelijktijdig leken te sporten, besloot hij haar mee uit te vragen. Vroeger zou hij meteen zijn kans hebben gewaagd. Dan was hij bij de eerste de beste gelegenheid naar haar toe gekomen om een afspraakje te maken.

Hij glimlachte bij de gedachte, en bij de herinnering dat hij Chloe de vorige avond had gekust. Hij had gevoeld dat ze wachtte tot hij toenadering zou zoeken op het parkeerterrein, en hij had zich moeten inhouden toen ze in haar tas stond te zoeken. Toen hun lippen elkaar voor het eerst raakten, had hij het kort gehouden en zich ingeprent dat hij kalm aan moest doen. Maar ze was zo dichtbij, zo fantastisch, en zo onweerstaanbaar geweest. Dus had hij haar weer gekust, met een hand op haar rug en de andere tegen haar nek. Naderhand was hij met een brede grijns op zijn gezicht naar huis gereden.

In de keuken stond Rebecca op hem te wachten. Hij kon nog eerder informatie achterhouden voor de geheime politie van Mugabe dan voor zijn zus. 'Nee,' zei hij. 'Ik heb het Chloe niet verteld.'

'En waarom niet?'

'Dat weet je maar al te goed.'

'Vind je het niet beter om eerlijk tegen haar te zijn voor jullie een serieuze relatie krijgen?'

'Ik wacht het juiste moment af. Ik wil dat ze me eerst goed leert kennen voordat ze bevooroordeeld raakt. Dat is maar al te vaak gebeurd in het verleden, zoals je heel goed weet.'

'Alleen omdat je de verkeerde meisjes uitkoos.'

'Ik koos meisjes tot wie ik me aangetrokken voelde. Zo gaat dat nu eenmaal. Misschien ben je dat vergeten, nu je al weet ik veel hoeveel jaren getrouwd bent.'

Ze zwaaide met haar wijsvinger naar hem. 'Broertje, als je vuil spel gaat spelen, roep ik de kinderen naar binnen en laat ik ze op je los.'

Hij lachte. 'Liever dat dan het met jou te stellen hebben als je zo koppig blijft aandringen. Geen wonder dat Peter die baan in Zambia heeft aangenomen. Dat was zijn enige kans om wat rust te krijgen.'

'Denk maar niet dat je me kunt afleiden door opmerkingen te maken over mijn karakter. Je liegt dus tegen Chloe?'

'Ik kan eerlijk zeggen dat ik nooit tegen haar heb gelogen.'

'Hm... je bedoelt dat je de persoon die je bent, gladstrijkt?'

Er viel niets in te brengen tegen deze vervelende waarheid, en Seth was opgelucht toen de keukendeur openvloog en een menselijke tornado aan kwam stormen en zich om hem heen vouwde. 'Oom Seth, kom spelen! Kom spelen! We hebben een hut gebouwd!' Gewillig liet Seth zich door zijn nichtjes van tien en acht meevoeren naar de tuin.

'Mooie bloemen. Ben je jarig?'

Sally begon te wensen dat ze die vervloekte rozen van Harry de vorige avond mee naar huis had genomen. Murray Adamson was de vierde cliënt die dag die er een opmerking over maakte. 'Nee,' zei ze kortaf terwijl hij in de stoel tegenover haar bureau ging zitten en zij de deur sloot.

'Valt er dan iets anders te vieren?'

Ze ging achter haar bureau zitten. 'Het was gewoon een cadeautje.'

Murray Adamson streek met een hand door zijn opvallende zilvergrijze haar. 'Van een dankbare cliënt?'

'Ja,' zei ze, met de conclusie dat de man door dit leugentje wel tot zwijgen zou worden gebracht. Ze wilde ter zake komen.

'In dat geval koop ik rozen én champagne voor je als je goed werk doet voor mij. En nog bonbons erbij ook.'

'Bedankt, maar mijn honorarium zal voldoende zijn.' Ze opende het dossier voor zich, *Adamson versus Adamson*. 'Ik heb een brief van de tegenpartij gekregen waarin om informatie wordt gevraagd over je buitenlandse rekeningen.' Ze schoof de brief naar hem toe. Hij keek er niet eens naar.

'De tegenpartij kan de pot op,' zei hij. 'Julia krijgt die niet in haar graaihandjes.'

'Je weet net zo goed als ik dat het geen zin heeft om informatie over financiën achter te houden, niet als het altijd te achterhalen valt.'

Hij leunde achterover in zijn stoel en glimlachte. 'De vorige keer kwam ik ermee weg. Met dingen die jij niet eens wist. Ik zie niet in waarom ik dat niet weer kan doen.'

Het is gewoon een spelletje voor hem, dacht Sally. 'Als je wettelijke vertegenwoordiger moet ik je waarschuwen om...'

'Ach, hou toch op. Het is míjn zuurverdiende geld en dat zal ik bewaken op de manier die mij goeddunkt. Zo...' – hij legde zijn aktetas op het bureau en haalde er een dikke A4-envelop uit – 'dit is wat ik aan de tegenpartij wens te laten zien. En voordat je je adem verspilt met tegenwerpingen, dit is mijn laatste woord over de zaak.'

'Goed,' zei Sally. 'Maar zorg ervoor dat alles goed onderbouwd is.'

'En dat is zo, geloof me.'

Een uur later was ze alleen. Maar niet lang.

'Is de kust veilig?' Harry tuurde om de deur naar binnen. Toen ze bevestigend knikte, kwam hij binnen met een groot dienblad met het beste kantoorporselein: theepot, kannetje, kopjes en schoteltjes en een schaaltje met kleine chocoladesoesjes.

'Wat moet dit allemaal?' vroeg ze terwijl hij het dienblad naar zijn bureau droeg.

'Een vredesoffer,' antwoordde hij. 'Ik heb me gisteren als een idioot gedragen en ik wil het goedmaken.'

Ze aarzelde. Ze was vanmorgen naar haar werk gekomen, helemaal voorbereid om strijd met hem te leveren, maar ze had alleen een briefje op haar bureau gevonden met de mededeling dat hij pas later zou komen en of ze dan konden praten. Nu de wind haar uit de zeilen was genomen, had ze haar zorgvuldig voorbereide berisping uitgesteld. Was het nu het moment om hem de les te lezen? Of moest ze hem een kans geven om het goed te maken?

'Hoe wil je je thee? Met of zonder melk?'

'Met,' zei ze. 'Alleen een scheutje.'

'Suiker?'

'Nee, dank je.'

Hij overhandigde haar het kop-en-schoteltje. 'Zo,' zei hij. 'Een gesprek zonder dat ik je erger. Het is dus mogelijk.'

Argwanend vroeg ze: 'Waar ben je de hele dag geweest?'

'Ik heb me voor jou verstopt.'

'Dat geloof ik niet.'

Hij glimlachte. 'Ik moest naar een cliënt en daar kwam maar geen eind aan. Het was vreselijk saai.'

'Ik kan je garanderen dat het nooit saaier of irritanter kan zijn geweest dan mijn laatste cliënt.' Ze nam een slokje thee. 'Earl Grey,' zei ze verrast. 'Mijn lievelingsthee.'

'Ik weet het,' zei hij. 'Ik had het aan Chandra gevraagd. Ik weet ook dat je dol bent op chocoladesoesjes.' Hij hield haar het schaaltje voor. 'Klein formaat, dus geen room die over je heen spuit. Vertel eens over die irritante cliënt.'

'O, zo'n spartelende worm aan het vishaakje.'

'En waarschijnlijk niet de reden waarom je jurist bent geworden?'

Ze keek hem aandachtig aan, en ze besefte dat hij haar helemaal ontwapend had. 'Hoe oud ben je eigenlijk?' vroeg ze.

'O, komen we daar weer op terug? Ik dacht dat je nu wel bij personeelszaken was geweest om mijn gegevens te controleren.'

'Daar heb ik geen tijd voor gehad.'

'Ik ben dertig.'

'Je ziet er jonger uit.'

'Dat hoor ik wel vaker. Ik hoop dat het op een dag in mijn voordeel werkt. Nu is het vervelend. Af en toe heb ik er moeite mee als mensen me niet serieus nemen.'

Ze onderdrukte een minachtend gesnuif. Zo naïef kon hij toch niet zijn? 'Dat verbaast me niet, als ik aan gisteren denk.'

Hij keek haar aan. 'Ik meende wat ik zei. Je bent mooi en ik zou echt de hele dag naar je kunnen kijken. Ik drukte het alleen helemaal verkeerd uit. Vanaf nu zal ik mijn best doen om me te gedragen. Nog thee?'

Mijn hemel, wat moest ze met hem?

15

DE DIENST WAS al begonnen toen Dan in een bank achter in de kerk glipte. De aanwezigen waren halverwege een psalm, en nadat hij het overzicht van de dienst had geraadpleegd, vond hij waar ze waren gebleven. Hij herkende niemand om zich heen, maar vooraan waren wat bekende gezichten: Jeremy Williams, David Taylor, Hilary Parr, Howard Bailey, Huw Alsop, Diane Fallows, Sue Halloran, o, en daar was Andy Hope. In veel opzichten leken ze helemaal niet te zijn veranderd, maar natuurlijk waren ze dat wel. Net als hij.

Hij had er bijna voor gekozen om niet te komen, niet vanwege de afstand – het had hem drie uur gekost om Taunton te bereiken en dan nog eens drie kwartier naar het dorpje Odcombe, waar Derek was opgegroeid – maar omdat hij zich voor het eerst niet zeker voelde. Het had hem gehinderd hoe zijn vroegere medeleerlingen uit Durham zouden reageren op het feit dat hij huisman was, een vader die thuisbleef. Uiteindelijk was hij juist daardoor toch in zijn auto gestapt. Hij peinsde er niet over om het idee te krijgen dat hij minder bereikte dan een ander.

Tijdens de rit had hij zich voorgenomen om meer te weten te komen over het voorstel van Tatiana Haines. Toen hij bij Taunton ging tanken, had hij het nummer gebeld dat ze hem had gegeven, en afgesproken om haar weer te spreken in het kantoor van de stichting in Crantsford; hij had benadrukt dat hij geen belangstelling had voor een fulltimebaan, niet nu Marcus nog zo jong was. Ze klonk blij dat hij contact had opgenomen.

Rosie had al aangeboden om zo vaak als nodig was op Marcus te passen, dus dat leek geen probleem te zijn, maar hij moest nog overtuigd worden dat dit echt iets was waarbij hij betrokken wilde zijn. Hoewel Sally duidelijk verbaasd was dat hij zelfs maar nadacht over de baan, had ze er geen bezwaar tegen gehad. Was het inbeelding, of had Sally iets te graag ingestemd met het feit dat hij weer ging werken, al was het parttime? Was ze heimelijk van mening geweest dat het hoog tijd werd dat hij weer iets ging doen wat de moeite waard was? Was een parttimebaan bij een liefdadigheidsinstelling iets waardevols volgens haar?

Een van de dingen die Dan in Sally hadden aangetrokken toen hij haar pas leerde kennen, was haar ongrijpbaarheid. Hij hield van de uitdaging om zich steeds af te vragen wat ze werkelijk van iets vond. Hij zou zich binnen enkele weken stierlijk verveeld hebben met een veilige en voorspelbare partner die al haar gedachten met hem deelde. Maar nu zou hij iets meer openheid van Sally op prijs stellen. Kwam dat echter doordat hij zichzelf minder zeker voelde?

Al die problemen werden veroorzaakt door die vreselijke nachtmerries. Het was heel raar, maar hij was er zo aan gewend geraakt, dat als hij eens geen nachtmerrie had, hij wakker werd met het vreemde gevoel alsof er iets ontbrak of verkeerd was. Misschien had zijn brein nu een soort verwachting opgebouwd, zoals bij Marcus toen die door een fase ging waarbij hij klokslag drie uur 's nachts wakker werd en melk wilde.

Bij de gedachte aan Marcus werd Dan opeens ongerust. Dit was, heel ongelofelijk, de eerste keer sinds hij zijn baan had opgegeven om voor zijn zoon te zorgen, dat hij een hele dag weg was. Hij had zich voorgenomen om zich geen zorgen te maken; Marcus kon niet in betere handen zijn. Chloe was dol op hem en ze zou zorgen dat hem niets overkwam. Maar een sms'je naar Chloe kostte slechts een paar seconden en zou hem rust geven. Hij had zijn hand al in de zak van zijn colbertjasje gestoken toen hij zich van twee dingen bewust werd: hij zat in een kerk en dan kon je niet met goed fatsoen een mobiele telefoon gebruiken, en daarbij beklom Andy Hope nu het trapje naar de preekstoel. Ietwat laat zette hij zijn mobiele telefoon uit en keek hoe Andy de microfoon voor zich in de juiste stand zette en een vel papier openvouwde, waarschijnlijk zijn toespraak. Een vlugge blik op het overzicht van de dienst onthulde dat er in totaal drie toespraken zouden zijn. Dan zette zich schrap. Wat kon iemand voor positiefs zeggen over een man die zelfmoord had gepleegd?

Sally stopte voor het huis. In het piepkleine tuintje stond het gras kniehoog, er lag een omgevallen vuilnisbak en het vuil lag overal verspreid. Achter een bovenraam was de vitrage zo verkreukt dat het leek op een bruidsjurk die was vastgeraakt in de onderbroek van de bruid.

Sally stapte met tegenzin uit de schone, veilige omgeving van haar auto, liep naar de voordeur en belde aan. Haar broer deed open en met een blik over haar schouder merkte hij hatelijk op: 'Een van de nieuwste BMW's, zo te zien. Je bent niet bepaald aan het bezuinigen, hè?'

'Ook leuk om jou te zien, Terry,' mompelde ze terwijl ze naar binnen ging en bedacht dat hij nooit zou veranderen. Hij zou altijd het toonbeeld zijn van een onaangepaste man uit een ellendig verleden. Toen de deur achter haar dichtviel, sloeg de stank van vijftig sigaretten per dag en jaren van smerigheid Sally tegemoet. Ze kon amper door de gang lopen vanwege stapels oude kranten en boodschappentassen die blijkbaar vol rottend afval zaten. Door de stank kwam ze in de verleiding om haar hand voor haar mond te slaan, terug te rennen naar haar auto en weer naar haar mooie, smetteloze huis te rijden. Ze had een keer een aflevering gezien van *Hoe schoon is jouw huis?* en ze had moeten wegzappen; het was een te pijnlijke herinnering aan waarmee ze was opgegroeid.

Kath Wilson hing zoals altijd op de bank voor de televisie. Op de salontafel leek een half opgegeten vlaaitje als asbak te zijn gebruikt; aan weerskanten lagen peuken en as. De vrouw zag er zoals altijd ellendig, walgelijk en vet uit.

'Daar ben je dan,' zei Kath terwijl ze haar blik even losrukte van het scherm, waarop een opgedirkte vrouw met onwaarschijnlijk witte tanden een ketting met saffieren toonde. Een afschuwelijk ding, en Kath kon het aanschaffen voor negenenzestig Engelse ponden en vijftig penny's. 'Terry, haal eens wat te drinken,' zei ze. 'Ik ben uitgedroogd.'

Terry, die achter Sally stond, bood haar niets te drinken aan. En dan nog zou ze hebben gezegd dat ze geen dorst had. Ze at en dronk alleen iets in dit huis als ze het zelf maakte.

'Hoe gaat het, mam?' vroeg ze, en ze ging in de fauteuil met de minste vlekken zitten. 'Wat heeft de dokter gezegd over je heup?'

De vrouw verschoof haar vette lijf en keek naar Sally. 'Hij zei dat die versleten is. Hij moet vervangen worden. En dat zei een van de beste specialisten. Een deskundige.'

'Heb je veel pijn?'

'Zou je dat fijn vinden?'

Ja! wilde Sally terugschreeuwen. Ik haat je omdat je me herinnert aan wie ik vroeger was. 'Natuurlijk niet,' loog ze. 'Hoelang moet je eigenlijk wachten voor je geopereerd kunt worden?'

'Veel te lang. Dat komt door die bezuinigingen. Allemaal leuk en aardig voor mensen als jij, die particulier verzekerd zijn, maar de rest heeft maar te wachten. En nog erger is dat die vervloekte immigranten voorgaan. Het wemelt ervan in Hull. Het stikt hier tegenwoordig van de Polen.'

'Buitenlandse arbeiders krijgen geen voorkeursbehandeling, mam.'

'Allemaal stelende klaplopers.'

'Nee, dat is niet waar.'

'Hoe moet jij dat weten? Jij woont hier niet. Praat maar eens met Joan van verderop. Vorige week is haar tas gejat door een Pool.'

'Hoe weet ze dat de dief een Pool was?'

'Dat is gewoon zo. Ze komen hier met niks, om ons te beroven.'

Sally zuchtte. Het had geen zin om tegen zulke verankerde domme en vooringenomen meningen in te gaan. Tijdens een vorig bezoek was haar moeder tekeergegaan over een homostel dat naast hen was komen wonen, en ze bleef maar beweren dat de hele straat zou doodgaan aan aids. Waarschijnlijk dacht ze dat het door de muren zou binnensijpelen.

De deur ging open en Terry kwam binnen met drie bekers. Sally kreunde inwendig. Nu werd van haar verwacht dat ze uit een beker zou drinken die ze niet zelf had afgewassen. Opeens kwam het beeld in haar op dat ze met Harry Fox Earl Grey dronk uit een porseleinen kopje. Ze huiverde. Wat zou Harry van dit gezellige onderonsje vinden? Ze pakte de beker met onherkenbare vloeistof van Terry aan toen hij er net iets van op de vloerbedekking morste. Ze moest zich inhouden om niet een doekje te gaan halen.

Ze moest ook het opkomende gevoel van spijt en doelloosheid onderdrukken dat ze helemaal naar hier was gekomen. Waarom had ze het gedaan? Waarom verbrak ze niet gewoon alle banden? Laat dit de laatste keer zijn, hield ze zich voor. De allerlaatste keer. Met dat in gedachten schoot haar weer te binnen waarom ze hier was: om te ontdekken in hoeverre haar moeder deze operatie nodig had, en of ze die eigenlijk wel nodig had. Maar hoe moest ze achter eventueel bedrog komen zonder haar moeder met haar dikke kont uit die bank te laten opstaan en te zien hoe goed ze kon lopen? En zelfs dat was geen garantie. Haar moeder kon doen alsof. Ze kon zo goed toneelspelen dat ze overal pijn had, dat ze er met gemak een Oscar mee kon winnen, en Sally zou het nooit kunnen bewijzen. De enige manier om achter de waarheid te komen, was met haar moeder naar de dokter gaan, of nog liever naar de specialist die ze had geraadpleegd, zoals ze beweerde. Als Sally voor haar een operatie in een particuliere kliniek ging betalen, dan was het niet meer dan redelijk dat ze meeging naar de volgende afspraak in het ziekenhuis. Dadelijk zou ze met dat voorstel op de proppen komen. Nu moest ze zich even verontschuldigen.

Er was maar één toilet, en dat was boven. Vergeleken daarbij was een gat in de grond in Marokko nog luxe, en ze ging er zo snel mogelijk weer uit, haar handen afdrogend aan haar spijkerbroek in plaats van aan de smerige handdoek. Op de overloop bleef ze staan voor haar vroegere slaapkamer. De deur stond op een kier. Ze duwde hem open en ging naar binnen. Het zag er allemaal nog erger uit dan de vorige keer. Het verbleekte behang was hier en daar gebladderd en de gordijnrail hing los van de muur. Het bed was bedolven onder vuilniszakken met wie weet wat erin, en tegen de kleerkast stond een opgerold tapijt. Aan de witte kaptafel van spaanplaat, die ze als bureau had gebruikt tijdens de lange uren dat ze had zitten leren, ontbraken twee handvatten, en de spiegel was gebarsten.

Ze was zestien geweest toen ze had besloten om naar de universiteit te gaan en rechten te studeren. Harry had gelijk gehad toen hij zei dat het verdedigen van mannen als Murray Adamson niet de reden was geweest waarom ze voor die carrière had gekozen. Op die jonge leeftijd had de rechtenstudie haar de ultieme manier geleken om zichzelf te bewijzen.

Een leraar op school had Sally's leven gewijzigd, een leraar die iets in haar had gezien waar ze beter gebruik van kon maken. Sally had jarenlang van alles uitgehaald. Ze stond bekend als een losbol en spijbelen was net zo gewoon voor haar als stelen, joyriding, drinken en seks. Ze werd nooit betrapt; daar was ze te slim voor.

In tegenstelling tot Terry. Door de wildebras uit te hangen hield ze haar grootste vijand, verveling, op afstand. Dat was het enige wat ze niet kon bolwerken. Iets ergers bestond niet. Maar geleidelijk kreeg de verveling de overhand en verloor ze het plezier in haar tijdverdrijf. Zelfs de seks begon haar tegen te staan. Ze kon net zo goed dood zijn. Anderen zouden in haar situatie overgaan op drugs, maar dat stond de controlefanaat in haar niet toe. Ze kon overweg met alcohol, maar drugs waren onbekend terrein waar ze zich niet aan wilde wagen.

Toen kwam meneer Atlee als nieuw personeelslid op school. Hij was charismatisch en gedreven, en op zijn eerste dag kondigde hij aan dat hij was gekomen om iedereen een schop onder de kont te geven, en dat degene die daar bezwaar tegen had, er als eerste voor in aanmerking kwam. Zijn benadering grensde aan het psychotische, maar hij boekte resultaat en iets in Sally was daar gevoelig voor. Ze wist dat ze niet dom was – wat haar betrof was het een kwestie van keus – maar ze had altijd vermoed dat ze zich door hem uitgedaagd voelde. 'Je hebt hersens, Sally Wilson,' schreeuwde hij op een dag tegen haar toen ze weer niet de moeite had genomen om haar huiswerk te doen, 'je bent gewoon te bang om ze te gebruiken uit angst dat je je geloofwaardigheid verliest en dat de anderen je niet meer zien staan.' Dus wilde ze bewijzen dat ze allebei kon: haar hersens gebruiken en haar geloofwaardigheid behouden. Een paar weken later, na een discussie in de klas over dierproeven, feliciteerde hij haar omdat ze de discussie voor haar team had gewonnen – die waren voor – en hij zei dat ze gevaarlijk analytisch was. Die beschrijving stond haar meer aan dan wat dan ook sinds lange tijd. Hij had ook gezegd dat hij nooit zou geloven dat ze een carrière als loser zou kiezen. 'Jij bent niet in de wieg gelegd om nummer twee te worden,' had hij eraan toegevoegd.

Die dag was een keerpunt in haar leven geweest. Vanaf toen keerde ze alles de rug toe, en ondanks het ongeloof van haar moeder en de pesterijen van haar broer wijdde ze zich aan een toekomst waar ze voorheen nooit over had durven dromen. Toen ze naar de universiteit ging, was ze al goed op weg om een heel nieuw iemand te worden. Chloe werd daar een belangrijk onderdeel in en toen ze snel carrière maakte, voegde Dan er het laatste toetsje verfijning en klasse aan toe en *voilà*, ze was helemaal herboren. Ze was enorm trots op wat ze had bereikt. Dat had ze helemaal zelf gedaan. En ze was niemand iets verschuldigd.

Ze deed de slaapkamerdeur achter zich dicht en ging weer naar beneden, naar haar moeder en Terry.

Chloe had een fantastische dag. Seth had gebeld om te vragen of ze hem kon meenemen op die wandeling in het Peak District die hij eerst was misgelopen, en toen ze vertelde dat ze op Marcus moest passen, had ze hem uitgenodigd voor de lunch. 'Wat staat er op het menu?' had hij gevraagd.

'Dat heeft Marcus uitgekozen. Worstjes en aardappelpuree en witte bonen in tomatensaus,' had ze gezegd.

'Als er genoeg is voor mij, dan ben ik er binnen een halfuurtje!'

Tot haar verbazing zag ze hem aankomen in een felrode sportauto. Door de luide motor waren zij en Marcus naar het raam komen rennen. Ze had zich afgevraagd hoe comfortabel hij erin kon zitten, omdat hij zo lang was. 'Stijl gaat boven gemak,' had hij gezegd toen ze dat vertelde. 'Je krijgt niets voor niets.' Ze herinnerde zich dat ze de auto op het parkeerterrein had zien staan op de avond dat hij haar kuste, maar toen had ze geen idee gehad dat die van hem was. Hij zag er duur uit.

Terwijl ze de tafel afruimde, keek ze naar Seth en Marcus. Ze vormden een bitterzoet tafereel van het gelukkige gezinnetje dat ze zelf zo graag wilde. Seth lag op de bank met een verband om zijn hoofd terwijl Marcus aandachtig met een stethoscoop naar zijn hartslag luisterde. Toen Sally die ochtend Marcus kwam brengen, had ze een doos met spelletjes meegenomen. Het meeste ervan was niet eens aangeraakt, omdat Marcus altijd wilde spelen met het speelgoed dat Chloe voor hem in huis had, met inbegrip van de oude stethoscoop uit de tijd van haar opleiding, plus een reeks verbanden in verschillende formaten. Hoewel Chloe zichzelf dwong om niet tot de voor de hand liggende conclusie te komen – dat Seth een fantastische vader zou zijn – kon ze zien dat Marcus hem heel leuk vond.

Hij was niet de enige. Chloe begon steeds meer voor Seth te voelen, maar ze was vastbesloten om niet haar hoofd te verliezen en zich te snel in een relatie te storten. Deze keer was er geen sprake van te hard van stapel lopen. Het was echter niet gemakkelijk, nu hij zo volmaakt in haar leven leek te passen. Hoeveel mannen wilden een middag doorbrengen met een peuter die ze nooit eerder hadden gezien? Chloe twijfelde er niet aan dat, hoe meer tijd ze samen doorbrachten, hoe beter ze bij elkaar leken te passen.

Door een klop op de deur sprong Marcus van de bank. 'Papa!'

'Sorry, Marcus,' zei Chloe terwijl ze naar de deur liep. 'Ik denk dat papa er nog niet is.'

Ze had gelijk. Het was haar moeder, met een rieten mand in haar hand terwijl de nieuwsgierigheid van haar af straalde. 'Hallo! Ik ben het maar! Ik was toevallig in de buurt.' Ze strekte haar hals om in de kamer te kunnen kijken, en voegde er op een verbaasde toon – waar Chloe niet in trapte – aan toe: 'O, je hebt bezoek. Sorry dat ik zo binnenval.'

Chloe glimlachte. 'Was de auto op de oprit niet genoeg?'

Jennifer deed vaag. 'Een auto? Staat die op de oprit? Wat dom van me.'

'Ga vooral door met het vergeetachtige oude vrouwtje uithangen, want dan zal ik stappen moeten ondernemen,' zei Chloe zacht. 'Maar nu je er toch bent, kom kennismaken met mijn bezoeker. En wees aardig,' waarschuwde ze. 'Want anders!'

'Ik weet werkelijk niet waar je het over hebt.'

Seth was overeind gekomen. 'Seth, dit is mijn moeder. Mam, dit is Seth. Wil iemand iets drinken?'

'Ja! Sappie voor mij!'

'Goed, Marcus, kom me maar helpen. Seth, probeer je niet te laten ondersneeuwen door mijn moeder.'

'Nou, dat noem ik een man die het waard is om voor thuis te komen,' zei Jennifer terwijl ze haar mand oppakte nadat ze eindelijk had begrepen dat het tijd werd om weg te gaan. 'Heel leuk.'

Chloe wierp een verontruste blik naar de woonkamer, waar Seth en Marcus met Duplo iets aan het bouwen waren. 'Iets harder, mam. Ik denk dat hij je niet heeft gehoord.'

'Onzin. Ik ben de discretie zelve. Maar ik meen het, hij is fantastisch. Neem hem een keer mee naar ons voor een etentje. Doe de groeten aan Dan en Sally. Is alles trouwens goed met die twee?'

'Ja, natuurlijk. Het kwam gewoon door de ouders van Dan. Je weet hoe gespannen ze daarvan worden. Doe de groeten aan pap.'

'Doe ik.'

'En, mam?'

'Ja?'

'Fijn dat je Seth aardig vindt.'

'Het is moeilijk om hem niet aardig te vinden.'

Ondanks dat Marcus liet merken dat hij moe begon te worden, was hij niet van plan om iets te missen door een middagdutje te doen, en dus stelde Chloe voor om even rustig op de bank te gaan zitten. 'Ik zal je voorlezen,' zei ze.

'Mag ik meedoen?' vroeg Seth. 'Ik ben altijd in voor een goed verhaal.'

Op dat punt pakte Marcus het boek uit Chloe's handen en drong aan dat Seth moest voorlezen. 'Vind je het goed?' zei Seth.

Ze knikte instemmend en zette Marcus op haar schoot. Seth bleek heel goed te kunnen voorlezen – kwam er geen eind aan zijn talenten? – en hij boeide Marcus met de verschillende stemmetjes die hij gebruikte voor de verschillende karakters. Het duurde niet lang of Marcus begon te knikkebollen. Toen werd zijn lichaam slap en viel hij in slaap, met zijn hoofd tegen Chloe's schouder.

'Dit heb je eerder gedaan,' fluisterde ze met een glimlach tegen Seth. Ze legde Marcus voorzichtig neer op de bank. 'Rust,' zei ze. 'Kom, dan laten we hem zijn dutje doen.'

Ze waren net in de keuken toen Chloe een hand om haar middel voelde. Ze draaide zich om en merkte dat Seth zijn armen om haar heen had geslagen. Hij keek haar even aan en kuste haar toen. 'Dit heb ik al gewild vanaf het moment dat ik hier kwam.'

'Dat had je moeten zeggen.'

Hij kuste haar weer. Toen hij opkeek lag er een ernstige uitdrukking op zijn gezicht. 'Chloe, ik wil je iets vertellen. Iets belangrijks. Je zult zeggen dat ik dat eerder had moeten vertellen, maar ik had mijn redenen om dat niet te doen, en ik hoop dat je het begrijpt.'

Ze glimlachte. 'Dat klinkt onheilspellend.'

Hij pakte haar handen. 'Wat ik wil zeggen, is...'

Ze schrokken allebei op toen de telefoon ging. Chloe haastte zich om die op te pakken voordat Marcus wakker werd. 'Hallo, Dan,' zei ze op zachte toon. 'Nee, alles is prima. We hebben gegeten en hij doet nu een dutje. Nee, hij was helemaal niet lastig. Echt niet. Hoe was de dienst?'

Ze draaide zich om terwijl ze wilde aangeven dat ze zo zou ophangen, maar tot haar schrik zag ze dat Seth zijn jasje aantrok. Hij wees naar de achterdeur.

'Momentje, Dan,' zei ze, in de war gebracht. Ze legde een hand over de hoorn. 'Je gaat toch niet weg, Seth?'

'Beter van wel. Ik bel je nog. Bedankt voor de lunch. Het was heel gezellig. Doe geen moeite, ik laat mezelf wel uit.' Hij keek alsof hij niet snel genoeg weg kon komen.

Maar waarom? Wat was er gebeurd? Het ene moment waren ze aan het kussen en wilde hij haar iets belangrijks vertellen, en dan... Buiten hoorde ze een autoportier dichtslaan en een motor starten.

Wat bezielde hem opeens? Wat had hij haar willen vertellen? Ze slikte. O, mijn god, nee. Niet dat. O, alsjeblieft niet dát.

Maar zelfs toen ze probeerde er niet aan te denken, wist ze dat dit de logische verklaring was. Seth had op het punt gestaan om toe te geven dat hij al die tijd tegen haar had gelogen. Hij was getrouwd. Dat had hij willen opbiechten. Waarschijnlijk had hij een vrouw en kinderen; daarom kon hij zo goed opschieten met Marcus.

En waarom sloeg hij dan op de vlucht? Werd hij opeens gekweld door zijn geweten? Was dat het?

Ze dacht aan zijn lippen op de hare. Ze veegde met de rug van haar hand over haar mond. De bedrieger! Goed dat hij weg was. Ze hoopte hem nooit meer te hoeven zien.

Een stem uit de vergeten hoorn in haar hand herinnerde haar eraan dat Dan nog aan de telefoon was. 'Ja, Dan,' zei ze. 'Ik ben er nog.'

16

HET WAS MAANDAGOCHTEND. Sally was allang naar haar werk en Dan richtte zich op zijn gewone missie om Marcus bij de peuterspeelzaal af te leveren zonder door de vijandelijke troepen gesignaleerd te worden.

Hij begon het te verleren. Terwijl haar tweeling al vooruitrende om de rest van de kinderen te terroriseren, had Spekkie Pervers hem al in de smiezen. Met haar pen en blocnote in de hand liep ze naar hem toe. 'Daniel! Je bent precies degene die ik zoek.'

'Ik kom zo,' zei Dan terwijl hij Marcus' jack uittrok en aan het haakje hing. Marcus holde weg om Charlie te zoeken. 'Goed,' zei Dan, die aanvoelde dat Spekkie Pervers stijf stond van de energie. 'Wat kan ik voor je doen?'

'Je weet natuurlijk dat eind mei het dorpsfeest is, en we hebben besloten om weer een flessentombola te houden omdat die van vorig jaar zo'n succes was. Ik zoek niet alleen mensen die de nodige flessen inleveren, maar ook vrijwilligers voor de stand. Als genoeg mensen zich aanmelden, hoeft niemand langer dan een kwartier de stand te bemannen.'

Ach, wat maakte het ook uit. 'Geen probleem,' zei Dan. 'Ik wil wel een kwartiertje meedraaien.' Hij liep vlug naar zijn auto voor ze hem voor nog iets anders kon strikken. Hij was er helemaal voor om het dorp en alle activiteiten die erbij kwamen kijken, te steunen, maar hij wilde koste wat kost vermijden om door de Spekkie Perversen betrokken te raken bij allerlei onzin. Toch wist hij dat er heel weinig van de grond zou komen zonder die bazige bemoeials.

Terwijl hij door het dorp reed, vroeg hij zich af hoe de collega's van Tatiana zouden zijn. Nadat hij haar zondag een kopie van zijn cv had ge-e-maild, ging hij nu naar het kantoor van de stichting om kennis te maken met de rest van het team. Het zou een informeel gesprek worden, had Tatiana gezegd, niets om zich zorgen over te maken. Natuurlijk bestond er niet iets als een informeel gesprek.

Hoe informeler het werd genoemd, hoe lastiger het vaak was. Hij had getwijfeld wat hij moest aantrekken. Een pak van Paul Smith, dat hij vroeger naar zijn werk droeg, zou er te chic uitzien en dan leek hij een arrogant baasje dat te veel zijn best deed; maar als hij te nonchalant gekleed was, zouden ze denken dat het hem niets kon schelen of dat hij hen niet serieus nam. Door zijn cv wisten ze ongetwijfeld dat hij meer dan bekwaam was om de rol van manager voor de stichting en de donaties op zich te nemen, maar als hij de baan wilde, zou hij hen moeten overtuigen dat hij bij het team paste. Hij maakte zich zorgen dat de rest van het team een stel goedwillende druktemakers was in zelfgebreide twinsets. In dat geval was er geen sprake van dat hij bij hen zou passen.

Alles bij elkaar genomen wist hij eigenlijk niet eens waar hij tegenwoordig bij zou passen. Door de herdenkingsdienst van Derek was maar al te duidelijk geworden dat hij helemaal uit de toon viel bij de anderen. Toen ze na de dienst bijeengekomen waren in de pub om iets te eten en te drinken, volgde het onvermijdelijke 'en wat doe jij tegenwoordig?' Jeremy en David – allebei getrouwd en met kleine kinderen – hadden gezegd dat hij beter was dan zij omdat ze bij hun eigen kinderen al na tien minuten gek werden. *Ha, ha! Grapje!* Huw, financieel analist bij een grote bank met een huis in Pimlico, vrijgezel en nog steeds met zijn Noord-Engelse accent als een soort ereonderscheiding, had Dan een blik vol medelijden en afschuw toegeworpen en was weggelopen zodra hij de kans kreeg om met iemand anders te praten. Diane en Sue waren vol bewondering geweest en hadden gezegd dat ze hun werkverslaafde echtgenoten zo voor hem wilden ruilen. Dus wat hen betrof geen betuttelend gedoe. En Andy – gescheiden, geen kinderen en uitgezonden naar Hongkong – had Dan een klap op de schouder gegeven en gezegd: 'Bofkont, jij wordt onderhouden! Je bent altijd al een mazzelaar geweest.'

Geen van hen had ook maar laten blijken dat hij net zoiets belangrijks deed als zij. Ze hadden hem net zo goed een klopje op zijn hoofd kunnen geven met de woorden: 'Rustig maar, het is maar een fase'. Wat was het misschien anders geweest als hij had verteld dat hij onlangs uit de gevangenis was ontslagen. Het zou niet belangrijk zijn geweest wat voor misdaad hij had begaan, maar hij zou het middelpunt van alle aandacht zijn geweest. Ze zouden geschokt zijn, maar tegelijkertijd zouden ze aan zijn lippen hebben gehangen. Hij was belangrijk geweest, iemand over wie ze tijdens toekomstige etentjes konden roddelen. Terwijl hij een niemendal was als vader van een jongetje van twee. Helemaal niets. Kregen moeders die thuisbleven om voor hun kinderen te zorgen ook dit gevoel?

De auto voor hem reed zo langzaam als een slak, en na een blik in zijn achteruitkijkspiegel trapte Dan op het gaspedaal en haalde in. Sally merkte vaak op dat hij alleen ongeduldig werd als hij achter het stuur zat.

Sally was na haar dag in Hull thuisgekomen met het gewone slechte humeur dat altijd veroorzaakt werd door haar moeder. Hij had een glas wijn voor haar ingeschonken, haar mee naar boven genomen en het bad voor haar laten vollopen. 'Je moet je even ontspannen,' zei hij. 'Heb je al gegeten?'

Ze schudde haar hoofd.

'Roerei op geroosterd brood?'

'Je bent een schat.'

'Dat weet ik.'

Toen Dan eraan dacht hoe afgetobd Sally er die avond uit had gezien, werd hij kwaad op haar moeder en broer. Hij vermoedde dat haar bezoek betekende dat ze haar weer om geld hadden gevraagd. Hij had er nooit iets over gezegd, maar hij wist dat Sally door de jaren heen regelmatig hun verzoeken had ingewilligd. Deed hij er verkeerd aan als hij wenste dat ze hen voorgoed aan hun lot overliet?

De Kyle Morgan Trust was gehuisvest in een aardige, verbouwde schuur langs de weg naar Crantsford. Hij was er vaak langsgereden maar had er nooit enige aandacht aan gegeven. Voor het gebouw, in de vorm van een hoefijzer en met een bord waarop nog vier bedrijven stonden, was een rotonde met een pijl naar een parkeerterrein aan de achterkant.

Hij stond nog geen twee minuten in de kleine ontvangstruimte, toen Tatiana kwam. Ze was iets formeler gekleed dan toen hij haar bij Rosie had ontmoet, maar ze droeg haar haren nog in twee lange vlechten en ze had nog steeds dezelfde levendigheid toen ze hem een hand gaf en hem meenam door twee klapdeuren. 'Iedereen popelt om je te ontmoeten. Ik denk dat je er wel van uit kunt gaan dat we je willen hebben. We maken ons alleen zorgen dat je ons maar niets vindt met al jouw kundigheid en ervaring. Hoe gaat het met Marcus?' Wat ook de reden was voor haar enthousiasme, Dan voelde dat hij erdoor werd aangestoken. Ik wil deze baan, besloot hij opeens.

Toen haar patiënte van de onderzoektafel was gekomen en naast haar moeder zat, vroeg Chloe: 'Sinds wanneer voel je je moe en misselijk, Chelsea?'

'Die klachten heeft ze sinds twee weken.'

'Mevrouw Savage, ik wil graag dat uw dochter antwoord geeft op mijn vragen. Chelsea?'

Chelsea wierp Chloe een schuinse blik toe. 'Zoals mijn moeder zei, sinds twee weken.'

'Is er een bepaalde tijd dat je je erg misselijk of moe voelt?'

Het meisje ging ongemakkelijk verzitten toen Chloe haar strak aankeek. 'Dat wel,' mompelde ze.

'Ik ben bang dat mijn volgende vraag heel direct en persoonlijk is. Voor ik die stel, heb je liever dat je moeder blijft of ons alleen laat?'

'Hé, wat is er verdomme aan de hand?' Mevrouw Savage stond al bijna overeind. 'Ik ga nergens heen. Chelsea is mijn dochter. Wat u tegen haar zegt, kunt u ook tegen mij zeggen. Wat een gesodemieter!'

'Chelsea?' drong Chloe aan terwijl ze ineenkromp bij de grove taal die mevrouw Savage uitsloeg. 'Vind je dat goed?'

'Natuurlijk! Vertel nu maar wat ze mankeert. Waarschijnlijk een of ander virus. Hoe dan ook, er moet iets aan gedaan worden. We willen niet dat die borstvergroting wordt uitgesteld. Ze is volgende week aan de beurt.'

O ja, die borstvergroting waar mevrouw Savage het geld voor had gevonden ondanks dat het ziekenfonds haar had gezegd om terug te komen als haar dochter ouder was. 'Heb je nu last van pijnlijke borsten, Chelsea?'

Chelsea knikte.

'In dat geval moet ik je vragen of je op seksueel gebied al actief bent.'

'Actief?' wierp mevrouw Savage tegen. 'Natuurlijk niet. Wat denkt u wel dat ze is? Zo'n delletje dat rotzooit?'

'Chelsea, wil je alsjeblieft antwoord geven?'

'En als dat zo is?' Haar antwoord was bijna gefluister.

'Je vertoont alle tekenen van het begin van een zwangerschap. Wanneer ben je voor het laatst ongesteld geweest?'

'Zwanger! Dat kan niet! Absoluut niet. Zo stom is ze niet. Ze wordt fotomodel.'

Er viel een gespannen stilte. Chelsea vertrok haar gezicht en begon te huilen.

Mevrouw Savage zag eruit alsof ze zin had om iets of iemand heel hard te slaan. 'Ze kan het niet houden,' zei ze grimmig. 'Dat moet geregeld worden. En heel gauw.' Ze kneep haar ogen tot spleetjes en er kwam een vastberaden trekje om haar mond.

Chloe negeerde haar, pakte de doos tissues van haar bureau en ging naar Chelsea. Ze knielde neer naast het radeloze meisje, pakte wat tissues uit de doos en gaf die aan haar. 'Je hoeft niet meteen een besluit te nemen,' zei ze. 'Het is van belang dat je eerst goed nadenkt en je laat informeren voordat je een keus maakt. Er zijn meerdere opties, en ik kan je doorverwijzen naar mensen die je kunnen helpen. Maar nu wil ik eerst een urinetest doen om te zien of je echt zwanger bent.'

Chelsea hief haar hoofd op. 'Bedoelt u... bedoelt u dat ik misschien niet zwanger ben?' De hoop in haar stem was hartbrekend.

'We moeten er hoe dan ook zeker van zijn. Als dat gebeurd is, kun je besluiten wat je wilt doen.'

'Dat besluit is al genomen,' zei mevrouw Savage kordaat, en ze stond op. 'Kom, Chelsea, stom kind dat je bent, we gaan naar huis. Jij en ik gaan eens even praten. Om te beginnen mag je me vertellen wie verdomme de vader is.' Ze wees naar Chloe. 'En u houdt uw mond. Als dit bekend wordt in het dorp, dan weet ik wie haar mond voorbij heeft gepraat. Is dat duidelijk?'

'Ik verzeker u, mevrouw Savage, dat alles wat hier in de praktijk wordt besproken, vertrouwelijk is en blijft.'

'Nou, dat is u geraden.'

Het meisje liet zich snotterend meenemen door haar bazige moeder. Chloe deed de deur achter hen dicht en ging aan haar bureau zitten. Vermoeid sloot ze haar ogen en herinnerde zich als de dag van gisteren de symptomen die ze tijdens haar korte zwangerschap had ervaren. Ze was niet misselijk geweest, maar wel doodmoe en huilerig. Zelfs toen ze een maand niet ongesteld was geweest, had ze het toegeschreven aan posttraumatische stress. En net zoals vele artsen die bij zichzelf een diagnose moeten stellen, was ze blind geweest voor wat zich werkelijk afspeelde in haar eigen lichaam.

Ze opende haar ogen en wreef erin. Goddank was Chelsea haar laatste patiënt van vandaag geweest. En wat een dag had ze achter de rug. Ron Tuttle was die ochtend opgenomen wegens uitdroging door een infectie aan de urinewegen, een hysterische moeder had haar zoon binnengebracht met een kleurpotlood in zijn neus, de glazenwasser was van zijn ladder gevallen en had zijn been gebroken, en tijdens de lunchpauze had haar vader gebeld met de mededeling dat Margaret Parr was overleden.

Margaret Parr woonde jaren geleden in het dorp en ze had regelmatig op Chloe en Nick gepast toen ze nog klein waren. Omdat ze zelf geen kinderen had, verwende ze hen zodra ze de kans kreeg, en ze waren altijd blij als ze kwam. De begrafenis was vrijdag in de kerk van St.-Michael in Crantsford, waar Margaret vijf jaar geleden was gaan wonen. Er was geen sprake van dat Chloe niet zou gaan. Ze had al vervanging geregeld voor haar patiënten.

Ze zuchtte, en wenste dat ze naar huis kon. Helaas was er nog een werkvergadering. Ze ging achter haar computer zitten, zocht het dossier van Chelsea op en voegde de gegevens van deze dag toe. Hoewel ze ervan overtuigd was dat het meisje zwanger was, wist ze niet hoe de uitkomst zou zijn. Het was niet zo'n gek idee dat Chelsea de baby zou willen houden. Het zou iemand zijn om van te houden. Iemand die van haar zou houden. Maar in dat geval zou Chelsea het moeten opnemen tegen haar moeder, zoals ze waarschijnlijk nooit eerder had gedaan. Natuurlijk zou het uiteindelijk gemakkelijk zijn om tegen de wens van haar moeder in te gaan. Maar het moeilijkste was om een ouder te zijn.

Chloe sloot het bestand af en voelde voor de zoveelste keer afgunst. Misschien moest ze gewoon de hort op gaan, seks hebben met de eerste de beste kerel die zich aanbood, en zwanger raken. Was dat zo erg? Tegenwoordig was het helemaal niet vreemd als je een ongehuwde moeder was. Tja, in het begin werd er wel geroddeld, maar daar kwam vanzelf wel een eind aan.

Maar hoe graag Chloe ook een kind wilde, dan wilde ze het met alles erop en eraan. Ze wilde de droom beleven van: 'Schat, ik ben thuis!' Sinds zaterdagmiddag had ze de droom opgegeven om het ooit met Seth te proberen. Wat stom van haar dat ze ooit op iets permanents met hem had gehoopt. Ze moest er niet aan denken hoe onnozel ze was geweest, hoe snel ze van hem iemand had gemaakt die hij duidelijk niet was.

Als ze ooit bevestiging had willen krijgen dat hij tegen haar had gelogen, dan had hij die gegeven door haar sinds zaterdag niet meer te bellen. Misschien heette hij niet eens Seth Hawthorne. Misschien was hij een nepfiguur die kwetsbare, alleenstaande vrouwen benaderde om hen uit te buiten. En waar kon je dat beter dan in een fitnesscentrum? Dat was toch de beste plek om iemand van de andere sekse te ontmoeten, de plek waar alle andere zielige alleenstaanden uithingen?

Chloe, geërgerd dat ze zich het etiket zielig en alleenstaand had opgeplakt, vermande zich. Beheers je, meid! We gaan er gewoon tegenaan.

Twee dagen na haar bezoek in Hull probeerde Sally nog steeds haar moeder uit haar gedachten te zetten. Ze reed van haar werk naar huis en elke keer als ze aan zaterdag dacht, moest ze haar voet van het gaspedaal halen. Een boete voor te snel rijden zou echt de laatste druppel zijn geweest. Zou ze dan nooit leren om alles te negeren wat uit die walgelijke mond van Kath Wilson kwam?

Ze had net voorgesteld om met de arts van haar moeder te gaan praten, toen Terry in de aanval ging. 'En waarom?' wilde hij weten. 'Waarom kun je ons niet gewoon het geld geven? Ik bedoel, jij kunt het toch makkelijk betalen?'

Ze had geduldig geprobeerd om uit te leggen dat een operatie in een privékliniek een fortuin zou kosten.

'En dat is mam dus niet waard? Je hebt liever dat ze vreselijke pijn lijdt?'

'Dat zeg ik helemaal niet. Als je naar me zou luisteren, Terry, dan zou je horen dat ik bereid ben om te betalen voor de rekeningen van het ziekenhuis en de toekomstige behandelingen die mam misschien nodig heeft.'

'Maar dat duurt maanden,' protesteerde haar moeder. 'Ik wil het nu.' Vervolgens wierp ze Sally een van haar beruchte, venijnige blikken toe. 'Ik heb altijd al gezegd dat je een hart van steen hebt. En nu weet ik dat ik gelijk heb.'

'Hoe kun je dat zeggen als ik aanbied om je te helpen?'

'O, hou toch op met dat schijnheilige smoel. Je bent helemaal niet van plan om me te helpen. Rot toch op. Ga terug naar die niksnut van een vent van je. Je bent hier niet meer welkom.'

Toen sprong Sally overeind. 'Dan is geen niksnut!'

'O nee? Kan hij je aan? Of loop je over hem heen? Je hebt hem vast helemaal onder de duim.'

'Ik denk dat je Dan verwart met de man met wie jij getrouwd was.'

'Nou, dan zie je maar dat het in de genen zit. Ik raakte verzeild bij een loser, en jij hebt hetzelfde gedaan. Ja, ik dacht al dat je dan niet meer zo zelfingenomen zou kijken.'

Toen had Sally haar tas gepakt. 'We hebben duidelijk uitgesproken wat we ooit tegen elkaar wilden zeggen. Neem alsjeblieft niet meer de moeite om contact met me op te nemen. Jullie krijgen geen geld meer van me.'

Ze was al op straat en opende het portier van haar auto, toen een bevende stem riep: 'Hallo! Ik dacht al dat jij het was. We zien niet vaak zo'n mooie auto hier. Je kwam zeker even op bezoek?'

Het was de buurvrouw van haar moeder, Joan, het slachtoffer van de vermeende Poolse overvallers. Ze hield een verzameling vakantiebrochures in haar armen.

Sally vocht tegen de brok van woede in haar keel en wist uit te brengen: 'Plannen om ergens naartoe te gaan?'

'Dat hoop ik. Je moeder en ik willen met vakantie. We dachten aan Furta... o, ik kan niet op de naam komen. Dat zal de leeftijd wel zijn. Furta en nog wat. Je moeder verheugt zich er zo op. Terry en Janice komen mee.'

'Fuerteventura?'

'Ja! Dat is het. Wat goed van je.'

Ja, wat goed van me, dacht Sally somber toen ze nogmaals besefte dat ze te snel reed. Wat goed dat ik zo'n schat van een moeder heb. Een moeder die verzon dat ze snel een operatie nodig had om haar dochter geld te ontfutselen. Nou, die tijd was voorbij. De Bank Sally Oliver was voortaan officieel dicht.

Hoe kwaad ze ook was over het bedrog van haar moeder, Sally vond het nog het ergste hoe die afschuwelijke vrouw over Dan had gesproken. Hoe durfde dat kreng Dan met haar vader te vergelijken! Een man die met de een of andere slet de hort op was gegaan naar Spanje toen Sally tien jaar was. Een man die nooit meer de moeite had genomen om contact te zoeken met zijn gezin, behalve dat hij een keer een kaart stuurde met de mededeling dat hij wilde hertrouwen en een echtscheiding begon. 'Lafaard!' had Sally's moeder geschreeuwd terwijl ze de kaart tot een regen van kleurige stukjes blauwe hemel en wit zand versnipperde. 'Hij heeft niet eens het lef om me in mijn gezicht te zeggen dat hij wil scheiden.'

In het begin was Sally in de verleiding geweest om op school te vertellen dat haar vader was gestorven, in plaats van toe te geven dat hij hen in de steek had gelaten. Maar toen kwam de woede opzetten en gaf ze de schuld aan haar moeder. Als ze niet zo'n lui, vittend en verbitterd mens was geweest, zou hij niet zijn weggegaan.

Net zoals ze zich had geschaamd om haar vriendinnen op school de waarheid over haar vader te vertellen, kon Sally het niet opbrengen om Dan toe te vertrouwen wat haar moeder over hem had gezegd of hoe zij en Terry hadden geprobeerd om haar te bedriegen. Het was gewoonweg te vernederend om toe te geven dat haar moeder en Terry haar zo verachtten.

Ze verslapte haar krampachtige greep op het stuur en vond dat uit dit bezoek in elk geval iets positiefs was voortgekomen: ze zou deze rit nooit meer hoeven te maken. Al die jaren was ze zo stom geweest om hen af te kopen om uit haar leven te blijven. Het was veel beter geweest om te doen alsof ze niet bestonden. En dat zou ze voortaan doen.

17

CHLOE HAD OP haar werk vaak te maken met de dood, maar ze was zelden naar begrafenissen gegaan – alleen naar die van haar grootouders – en toen ze de kerk van St.-Michael en de Engelen met haar ouders betrad, dacht ze aan de herdenkingsdienst die Dan afgelopen zaterdag had bijgewoond in Somerset. Was het een teken van ouder worden dat dergelijke gelegenheden bijna net zo vaak begonnen voor te komen als het aantal uitnodigingen voor huwelijken die ze ontvingen?

De kerk was bijna vol en een echtpaar op leeftijd moest opschuiven in de kerkbank om plaats te maken voor Chloe en haar ouders. De mensen zaten zachtjes met elkaar te praten terwijl op de achtergrond plechtige orgelmuziek klonk. Haar ouders waren in gesprek geraakt met het echtpaar links van hen en ze hadden het, hoe was het mogelijk, over woekerkruid. Omdat Chloe toch niets te doen had, pakte ze een bijbel op en bladerde erin. Het deed haar denken aan de tijd dat zij en Nick door hun moeder mee naar de kerk werden gesleept en dat ze dan de vieze stukjes uit het Hooglied lazen, al dat *weiden te midden van de leliën... uw borsten zijn als tweeling-jongen van gazellen... ik stond op om mijn geliefde open te doen* maakte hen zo aan het grinniken dat hun ogen traanden.

Hun vader ging nooit mee naar de kerk, en toen ze een opstandige leeftijd bereikt hadden, beweerden Chloe en haar broer dat als hun vader thuis mocht blijven rommelen in zijn werkplaats, zij dat ook mochten. Nick had problemen met vroeg opstaan op zondagochtend; Chloe kon die vreselijke saaiheid niet uitstaan. Ze kon talloze dingen bedenken die ze liever deed, zoals zwemmen, paardrijden, gymnastiek, tennis, hockey en zelfs haar huiswerk maken. Alles liever dan zo'n slaapverwekkende preek. Maar de zondagsschool was nog erger geweest. Al dat uitknippen en aan elkaar plakken en nadoen van Bijbelse scènes. Het enige wat ze in haar herinnering wel leuk had gevonden, was toen ze de leeuw mocht spelen en Daniël in zijn billen beet. Dat mocht natuurlijk niet, maar Martin Jones, die Daniël speelde, kon zo vervelend zijn. Daarna had hij in geen weken een woord tegen haar gezegd.

Heel even hield de organist op met spelen, en vervolgens begon hij aan een luider en schriller stuk. Chloe sloeg de bijbel dicht en zette die op de smalle plank voor haar. Tijd om ter zake te komen. Toen voelde ze zich schuldig omdat ze aan Margaret hoorde te denken. Daar waren begrafenissen tenslotte voor. Om met genegenheid aan de overledene te denken en het leven te vieren dat ze hadden geleid. Nu liepen de dragers langs haar met Margarets kist op hun schouders. Ze voelde een grote droefheid over zich komen. Margaret had zo'n belangrijk deel uitgemaakt van haar jeugd. Ze had talloze malen Kerstmis met hen gevierd in Laurel House, omdat Chloe's ouders niet wilden dat ze met die dagen alleen was. Ze was een keer nogal aangeschoten geweest door de eierpunch die Chloe's vader dan altijd maakte. Nick had haar er naderhand vreselijk mee geplaagd. Jammer dat Nick er vandaag niet bij kon zijn, maar hij zat voor zaken in Boston. Hij had beloofd dat hij bloemen zou laten bezorgen.

De kist was nu neergezet en de dragers hadden plaatsgenomen op een kerkbank. De dominee kwam naar voren en kondigde de eerste psalm aan.

Chloe pakte haar psalmboek, en ze moest toen nog eens kijken. Ze wist niet hoe ze het had. Nee! Dat kon niet! Dat was toch niet mogelijk? Ze bleef ongelovig staren. Als hij het niet was, dan had hij een tweelingbroer. Een identieke tweelingbroer. Naast haar fluisterde haar moeder: 'Is dat niet die knappe vriend van je? Je hebt me nooit verteld dat hij dominee is.' Ze grinnikte. 'Ik hoop dat je geen geestelijke op het verkeerde pad hebt gebracht.'

18

TERWIJL SETH IN de consistoriekamer zijn soutane uittrok, kon hij nauwelijks geloven dat hij de dienst had kunnen voltooien zonder er een puinhoop van te maken.

Hij had veel meegemaakt tijdens diensten – dronken kerels met Kerstmis die hem steeds onderbraken vanaf de achterste bank, een zwangere vrouw die flauwviel, verveelde kinderen die kabaal maakten – maar dit had hem wel heel erg op de proef gesteld. Het was niet zo moeilijk geweest om Chloe's blik te ontwijken – ze keek naar alles behalve naar hem – maar het kwam door de wetenschap wat erna zou volgen. Zijn zus had hem gewaarschuwd dat er iets dergelijks zou gebeuren, maar hij was zo stom geweest om niet te luisteren. Hij had het helemaal aan zichzelf te wijten. Goddank had hij Margaret Parr gekend, al was het maar kort, en dus had hij zijn aandacht op haar kunnen richten. Als het een begrafenis-dienst voor iemand was geweest die hij nooit had ontmoet, had hij het er misschien niet zo goed van afgebracht. Margaret was echter niet alleen een trouwe bezoekster van de St.-Michael geweest, maar een trouwe aanhanger; niemand kon zo snel poetsen als zij, had ze vaak als grapje gezegd. Owen zou eigenlijk de dienst leiden, maar hij had Seth de vorige avond laat gebeld om te zeggen dat hij een hevige buikgriep had, en of Seth het erg vond om het van hem over te nemen. Als Seth had geweten hoe het vandaag zou gaan, zou hij zelf met de smoes zijn gekomen dat hij buikgriep had.

Hij hing zijn soutane en stool over de haak aan de deur van de consistoriekamer, en vroeg zich af wat de band tussen Chloe en Margaret kon zijn geweest. Waarschijnlijk hecht en langdurig, als hij afging op de aanwezigheid van Jennifer Hennessey. En die man naast hen in de kerkbank moest Chloe's vader zijn geweest. Chloe had alle oogcontact met Seth vermeden, maar haar moeder had daar geen enkele poging toe gedaan. Jennifer Hennessey had hem op precies hetzelfde moment als haar dochter in het oog gekregen, en toen hij haar had zien fluisteren tegen Chloe, ging dat duidelijk over hem. Jennifer had meerdere malen tijdens de dienst geamuseerd tegen hem geglimlacht.

Tijdens de begrafenis op het kerkhof was er een verontrustend moment geweest – 'Wij vertrouwen Margarets lichaam toe aan de aarde; uit stof zijt gij ontstaan en tot stof zult gij wederkeren, in hoop en vertrouwen op wederopstanding in het eeuwige leven' – toen hij Chloe's blik opving en bang werd dat ze op hem af zou springen en hem zo in het graf zou duwen. Het had hem grote moeite gekost om niet in een bijna hysterisch lachen uit te barsten. Hij had twee keer moeten zwijgen om zijn zelfbeheersing terug te krijgen. Hij hoopte dat de toehoorders, hoofdzakelijk trouwe bezoekers van de St.-Michael, zouden aannemen dat hij opeens ontroerd was.

Toen alles achter de rug was en iedereen overging tot het ritueel om de bloemen te bekijken, ging hij vlug terug naar de kerk. Een paar flinke slokken communiewijn hadden misschien geholpen om te kalmeren, maar hij zette dat idee uit zijn hoofd uit angst dat iemand het aan zijn adem kon ruiken.

Nu, met het colbert aan zodat zijn domineespak compleet was, keek hij in de spiegel – haar goed, witte boord recht, uitdrukking op zijn gezicht kalm – opende hij de deur en ging op zoek naar vergiffenis.

Chloe zat op een bank in de schaduw van de kastanjeboom. Toen ze zijn voetstappen op het grind hoorde en zich naar hem omdraaide, gaf ze niet de indruk dat ze moordneigingen had. Maar ze zag er wel geërgerd uit.

'Mag ik?' zei hij.

Ze schoof naar de andere kant van de houten bank. 'Moet ik misschien zeggen: "Dat was een mooie dienst, dominee"?'

'Als je dat wilt. Alleen ben ik niet strikt genomen een dominee.'

Er kwam even iets van boosheid op haar gezicht. 'Wat? Ben je dan een bedrieger? Kleed je je in het zwart en begraaf je mensen omdat je er een kick van krijgt?'

Hij glimlachte. 'Ik ben hulppredikant, nog in opleiding.'

'O. Nou, dat komt op hetzelfde neer. Waarom heb je me niet gewoon verteld wat je doet voor de kost? Waarom dat heimelijke gedoe?'

'Zou je met me uit zijn gegaan als ik het je meteen had verteld? En wees eerlijk.'

Ze wierp hem een minachtende blik toe. 'Dat moet jij zeggen.'

Hij haalde diep adem. 'Ik heb nooit tegen je gelogen, Chloe. Dat zou niet te rijmen zijn met waar ik in geloof.'

'Maar echt eerlijk was je ook niet tegen me.'

'Met reden. Ik wist dat je dan anders tegen me zou doen, dat je me niet als normaal zou beschouwen. Dan was ik opeens zo'n onbenaderbare persoon geworden. Zoals je nu tegen me doet. En ik weet waar ik het over heb; het is me al eerder overkomen.'

'Je bedoelt dat je al eerder vrouwen in de maling hebt genomen, zoals mij?'

'Helemaal niet. Maar zodra ze weten dat ik dominee ben, zijn ze ervandoor voor je amen kunt zeggen. Dus met de hand op mijn hart, nu je het weet, verandert het iets?' Hij sloeg haar aandachtig gade, en kon zien dat ze zorgvuldig haar woorden koos. Ze wiebelde met haar voet.

'Waarom ging je er vorige zaterdag zo plotseling vandoor en heb je me van de week niet meer gebeld?'

Hij merkte dat ze geen antwoord had gegeven op zijn vraag, en hij zei: 'Ik stond die middag op het punt om je de waarheid te vertellen, en toen hield ik die voor me. Naderhand wilde ik contact met je opnemen, maar ik wist dat ik dan schoon schip zou moeten maken en dat ik je dan niet meer zou zien. Het was hoe dan ook hopeloos. Je hoeft me niet te vertellen dat ik het helemaal heb verknald, en dat ik dat alleen aan mezelf te wijten heb. Het spijt me.'

Ze schopte tegen het grind onder haar voeten. 'Ik was tot de conclusie gekomen dat je getrouwd was of een zogenaamde kunstenaar.'

'Is een dominee volgens jou net zo erg, of erger?'

'Dat weet ik niet. Het is raar. Ik bedoel... nou ja, we hebben gekust en...'

'Ik ben geen monnik, Chloe,' onderbrak hij haar vriendelijk. 'En ik heb zeker niet gezworen om celibatair te leven.'

Seth zag dat de rouwenden aan de andere kant van het kerkhof tot de conclusie waren gekomen dat het tijd werd om weg te gaan;

groepjes gingen al uiteen. 'In de refter worden broodjes en drankjes aangeboden,' zei hij. 'Kom jij ook?'

'Dat waren mijn ouders en ik wel van plan.'

'Maar nu weet je het nog niet zeker?'

'Ga jij?'

'Ik ben uitgenodigd, maar als het voor jou makkelijker is, zorg ik dat ik meteen weer weg ben. Waar ken jij Margaret van?'

'Ze was een goede vriendin van de familie. Ze paste vroeger op mijn broer en mij.'

'Aha! Daar zijn jullie!'

Ze keken beiden op en zagen Chloe's moeder naar hen toe komen. Ze stonden tegelijkertijd op.

'Een mooie dienst, dominee,' zei Jennifer terwijl ze haar hand uitstak. 'Ik moet zeggen dat je onze kerkbanken vol zou krijgen als je onze dominee was. Je hebt vast een heleboel aanbidsters. Dat krijg je als je zo'n knappe dominee bent.'

'Mam!'

'Prettig om u weer te zien, mevrouw Hennessey. Hoe gaat het met u?'

'Noem me toch Jennifer. Komt u mee naar het theemiddagje? Chloe, waarom kijk je zo vreemd?'

Chloe voelde zich als een nukkige puber op een saai feestje voor volwassenen. Ze was waarschijnlijk een van de jongste aanwezigen, maar dat was niet de reden waarom ze zich zo prikkelbaar en gespannen voelde.

Ze hoefde maar even naar Seth te kijken, of ze wist dat haar moeder gelijk had wat de aanbidsters betrof. In zijn zwarte pak en met zijn donkere krullen zag hij er onvoorstelbaar aantrekkelijk uit in deze omgeving. Ze had hem nooit eerder in een pak gezien en ze moest toegeven dat het niets afdeed aan zijn fysieke kenmerken. Die werden er zelfs nog beter op; hij leek langer en sterker. En de brave vrouwen van de St.-Michael waren duidelijk dol op hem. Ze verdrongen zich om hem heen als bijen om een pot honing. Zodra zijn bord leeg leek te raken, dook een vrouw naast hem op met een schaal verrukkelijke sandwiches. Ze maakten zich zo druk alsof hij niet eens in staat was om zijn eigen veters te strikken. Chloe had medelijden met het arme meisje met wie hij ooit zou trouwen; ze zou de meest gehate vrouw uit het hele christendom zijn.

Een gewijde predikant. Mijn god, ze had een priester van de Angelsaksische kerk gekust! Eigenlijk had ze met een priester van de Angelsaksische kerk zitten vrijen! Nog erger, ze had zelfs gefantaseerd hoe het zou zijn om met hem naar bed te gaan. Dat kreeg je als je afspraakjes maakte met iemand. En dat hadden ze gedaan. Het was niet alleen maar vriendschap geweest, maar een voorzichtige relatie die tot iets zou leiden. Ze wist weliswaar niet zeker waarheen, maar je kon niet een nauwe band met iemand krijgen zonder aan 'de volgende stap' te denken. Wat had het anders voor zin? Dus ja, ze had zich even afgevraagd hoe het zou zijn om helemaal intiem met hem te worden. Om nu te ontdekken dat ze helemaal niets van hem had geweten. En nu ze toch met dat onderwerp bezig was, wat voor geestelijke pikte meisjes op in fitnesscentra, nam ze mee uit, kuste hen en leidde hen om de tuin? Geen wonder dat het zo slecht ging met de Anglicaanse Kerk!

'Gaat het, Chloe?'

Het was haar vader.

'O, best, hoor.'

'Je moeder had het erover dat jij en de dominee bevriend zijn. Hij lijkt een aardige vent. Was hij degene met wie je ging lunchen op de dag dat ik belde? Of vergis ik me?'

'Nee, pap, ík had me vergist.'

19

DE DAGEN WERDEN langer. De zoete geur van gemaaid gras hing in de lucht; rozen klommen over de muren van huisjes, verrukkelijk geurende bloemen hingen aan de takken van seringen, en in Corner Cottage was Dan met de hulp van Marcus flessen in een kruiwagen aan het laden: van tabascosaus, jenever, peri-perimarinade, walnotenolie, ketchup, cider, port, gemberwijn, schuimbad, goedkope bubbelwijn en shampoo van het soort dat vrouwen in vervoering bracht, als je moest afgaan op de televisiereclame.

Het was eind mei en Eastbury bereidde zich voor op de bazaar op de vrije maandag. Het was aanpakken geblazen, zoals Spekkie Pervers steeds zei. Gisteren was ze als een kip zonder kop tekeergegaan toen haar rooster voor de tombola overhoop werd gehaald. Tracey Carter belde op om te zeggen dat haar moeder ziek was geworden en ze niet naar de bazaar kon. In een poging om het rooster op te krikken, had Spekkie Pervers Linda Hughes en Catherine Miller tegen de haren in gestreken door bazig te eisen dat ze zouden invallen voor Tracey, met als resultaat dat beiden wegliepen. Dan had medelijden gekregen met de vrouw en haar onhandige pogingen om alles door te laten gaan, en hij had aangeboden om zelf de kraam te beheren, desnoods de hele middag. Het stelde weinig voor, het was geen echte opoffering.

Vergelijk een middag op een dorpsbazaar met de opofferingen die hij had gezien sinds hij de afgelopen maand voor de Kyle Morgan Trust werkte, dan stelde dat niets voor. Als onderdeel van het zich verdiepen in het werk had hij inmiddels een aantal gezinnen ontmoet die door de stichting werden gesteund. Hoe aangrijpend het leven van deze mensen ook was, hun liefde en toewijding voor hun kinderen – die waarschijnlijk nooit ouder dan achttien zouden worden – was ontzagwekkend. Dan had aan Tatiana gevraagd waar ze de kracht vandaan haalden om zo positief en optimistisch te blijven, en ze had gezegd dat het voor de ouders gewoonweg een manier van leven was waar ze het beste van probeerden te maken.

De meeste kinderen waren geboren met een degeneratieve aandoening en hadden voortdurend hulp nodig. Dat hield in dat de ouders fysiek en geestelijk uitgeput waren, en omdat ze ook nog voor andere kinderen in het gezin moesten zorgen, vond Dan het een wonder dat ze weer een nieuwe dag aankonden. Het belangrijkste werk van de stichting was, deze ouders te laten weten dat ze niet langer alleen stonden in hun strijd om vierentwintig uur per dag voor een kind te moeten zorgen. Een van de dingen die Dan was opgevallen, was dat de meeste aandacht weliswaar heel begrijpelijk was gericht op de ouders en het zieke kind, maar dat er misschien meer gedaan kon worden voor de overige kinderen in de gezinnen. Die gedachte had hij voor zich gehouden omdat hij niet wilde lijken op iemand die het beter wist, en vooral niet omdat hij werd betaald om de financiën op orde te houden. Alle ongerustheid die hij had gevoeld om met een stel fanatieke goeddoeners te moeten werken, verdween zodra hij iedereen had ontmoet. Hij was onder de indruk geweest van hun enthousiasme en harde werk. De krachten bestonden hoofdzakelijk uit vrouwen van eind twintig of in de dertig, die net als Tatiana vrijgezel waren. Toen Dan daar een opmerking over maakte, had Tatiana lachend gezegd dat geen enkele man de lange uren die zij en de anderen werkten, zou accepteren. Hij wilde dat net tegenspreken, toen hij zich zijn eigen rancune herinnerde omdat Sally zulke lange werkdagen maakte.

Terwijl Dan met Marcus naast zich de zware kruiwagen met rammelende inhoud over de weg in de richting van het dorpsplantsoen reed, moest hij toegeven dat er enige waarheid stak in wat Andy Hope had gezegd toen hij hem een mazzelaar had genoemd. Zonder Sally's ambitie en harde werk had hij nooit een bevredigende, waardevolle maar slecht betaalde baan bij de stichting kunnen nemen en ook nog voor Marcus zorgen. Tot dusver had hij veel werk thuis kunnen doen, en hij hoopte dat dit zo kon blijven. Als hij op kantoor moest zijn, paste Rosie op Marcus. Het was een perfecte regeling en alles paste zo goed in elkaar dat het leek alsof het zo had moeten zijn. Hij had nooit in het lot geloofd, maar nu vroeg hij zich toch af of het niet bestond. Als hij en Sally niet betrokken waren geraakt bij de tsunami op tweede kerstdag, zouden ze niet het leven hebben gehad dat ze nu hadden, om het simpele feit dat Marcus er dan niet was geweest. Voordat Sally zwanger was van Marcus, had ze er nooit een geheim van gemaakt dat ze volgens haar geen moedertype was. In het begin was dat een grapje tussen hen geweest, maar naarmate de tijd verstreek begon het een serieus onderwerp te worden en toen Dan onverwacht het vaderschap aantrekkelijk begon te vinden, wist hij dat hij voorzichtig moest zijn. Hij wachtte heimelijk tot Sally's biologische klok begon aan te dringen, maar dat gebeurde niet. Helaas was er een enorme ramp voor nodig om Sally van gedachten te doen veranderen. Dan kon naar waarheid zeggen dat de dag waarop Marcus werd geboren, de mooiste dag van zijn leven was.

Eerlijk gezegd zou hij ook moeten toegeven dat hij net, achteraf bezien, was opgeklommen uit een dieptepunt in zijn leven. Dat kwam, zo geloofde hij nu, doordat Marcus dezelfde leeftijd had als het jongetje dat hij niet had kunnen redden. Maar sinds hij voor de stichting werkte, waren de nachtmerries verdwenen; het leek of er een last van zijn schouders was gevallen. Hij wenste alleen dat hij en Sally meer tijd met elkaar konden doorbrengen. Maar welk getrouwd stel zei dat niet? Nu hij de fout had gemaakt om kritiek op haar te hebben dat haar werk voor haar op de eerste plaats kwam, merkte hij dat hij regelmatig zijn woorden inslikte. Het verontrustte hem steeds meer dat Sally zo weinig tijd met hem en Marcus leek te willen doorbrengen.

Vanuit het keukenraam bij Chloe keek Sally naar haar man, die op het gras tegenover het huis de kraam voor de tombola opzette. Hij droeg een blauwe bermuda, een roomkleurig poloshirt, zijn favoriete oude, bruinleren sportschoenen en een panamahoed. Hij leek zich zo thuis te voelen in het dorp. Meer dan Sally. Het was haar droom geweest om ergens zoals hier te wonen, maar als ze eerlijk was, wist ze niet meer zo zeker of ze hier wel paste.

'Wil je deze champignons voor me snijden, Sally?'

Bij deze vraag van Chloe draaide Sally zich weg van het raam. 'Wanneer komen je ouders?' vroeg ze terwijl ze een mes uit de la pakte.

'Elk moment, hoop ik. Zoals altijd heeft mijn vader de tomatensaus voor de pizza's gemaakt en zonder die saus kunnen we de pizza's niet beleggen.'

Sinds twee jaar was de pizzakraam bij het keukenraam van Chloe's huisje zo'n succes, dat die inmiddels als een gegeven werd beschouwd tijdens het dorpsfeest. Daar werd ook het meeste geld binnengehaald.

'Dan vindt zijn nieuwe baan echt leuk, hè,' zei Chloe terwijl ze opkeek van de plank waarop ze paprika's in reepjes sneed. 'Ik heb hem nog nooit zo enthousiast gezien wat werk betreft.'

'Ja, ik ben heel blij voor hem.' Sally deed haar best om te klinken alsof ze het meende, dat ze deelde in de blijdschap van haar man en de mening van anderen over zijn nieuwe baan. Om kort te gaan vonden ze hem een fantastische kerel, een held omdat hij zijn tijd besteedde aan zo'n belangrijke zaak, terwijl hij met zijn kwalificaties en ervaring zo een veel betere baan kon krijgen.

Het was niet de eerste keer dat Dan zoveel erkenning had gekregen. Toen hij tijdens de tsunami zijn leven had gewaagd om dat kleine meisje en haar broertje te redden, was hij door iedereen daar tot held verklaard. Thuis, hier in het dorp en in de regionale kranten, waren zijn pogingen ook toegejuicht. Zijn collega's waren vol lof geweest en zijn bedrijf, net als dat van haar, doneerde een groot bedrag aan de stichting, die nationaal een ongekende groei doormaakte. De BBC had een programma aan hem willen wijden, maar dat had Dan afgewezen. Ze waren allebei opgelucht toen alle heibel afzwakte en mensen niet meer vroegen naar wat ze hadden meegemaakt. Sally had het vreselijk gevonden om erover te praten, en zelfs nu nog voelde ze zich prikkelbaar als het onderwerp ter sprake kwam. Ze had met opzet nooit naar een programma erover op televisie gekeken. Dat gold ook voor Dan. Ze hadden het zelden over wat ze hadden meegemaakt. Soms leek het of het haar nooit echt was overkomen, dat ze haar ervaringen met de ramp door de lens van een camera had gezien. Als ze niet een grote angst had overgehouden aan de verschrikkingen, had ze zich er bijna van kunnen overtuigen dat dat ook zo was. Beter dat dan dat vreselijke moment herbeleven toen het water de kamer in golfde en ze zeker wist dat ze zou verdrinken.

Toen na een jaar de datum van de ramp naderde en overleven-den over de hele wereld een emotionele reünie wilden houden, had ze zich schuldig gevoeld dat ze dat helemaal niet wilde. Ze had zich iets beter gevoeld toen Dan toegaf dat hij ook geen zin had om terug te gaan naar Phuket, dat hij het te aangrijpend zou vinden. Om de gebeurtenis op een persoonlijke en rustige ma-nier te herdenken, had Chloe hen uitgenodigd voor een lunch op tweede kerstdag – toen hadden ze Marcus al – en ze hadden een hulststruik ter herdenking geplant in haar tuin. Rond die tijd, toen iedereen aan de ramp werd herinnerd, begonnen mensen al-les weer op te rakelen. Hoe voelt het na een jaar? vroegen ze steeds aan Sally en Dan. Sally begon zich af te vragen of ze voorgoed als overlevenden van de tsunami zouden worden beschouwd. Of om preciezer te zijn in haar geval, als de vrouw van een held tijdens de tsunami.

En ja hoor, dacht ze toen ze de ouders van Chloe hoorde komen. Dan werd een held genoemd omdat hij zoiets geweldigs deed. Was het verkeerd van haar dat dit haar dwarszat? Was wat zij deed dan niet waardevol? Werkte zij niet voor een goed doel: voor een dak boven hun hoofd en eten op tafel? Telde dat niet? Maar tegen wie kon ze zulke trouweloze dingen zeggen zonder erop te worden aan-gekeken?

Twee uur achtereen stond er een rij om een stuk pizza te kopen voor een pond en vijftig pence. Nu begon het rustiger te worden en konden Chloe, haar ouders en Sally de balans opmaken. De keu-ken zag eruit alsof er oorlog was gevoerd, en zelf zagen ze er hele-maal afgemat uit. 'Tijd om onszelf te belonen met een glas wijn,' zei Chloe terwijl ze de oven opende om de laatste pizza's eruit te halen.

'Ik ben je al voor,' zei haar moeder terwijl ze een fles witte wijn uit de koelkast pakte.

Chloe zette de pizza's op houten onderzetters op tafel, terwijl Sally telde hoeveel ze tot nu toe verdiend hadden.

'Wat hebben we binnengehaald, Sally?' vroeg Chloe's vader, die de vaatwasmachine laadde alsof een raket van de NASA werd voor-bereid om gelanceerd te worden.

'Tot nu toe vijfenveertig pond meer dan vorig jaar.'

'Dat mogen we dan een succes noemen,' zei Chloe. Ze deed haar ovenhandschoenen uit en pakte een glas wijn aan van haar moeder. 'Goed gedaan, team!'

Een halfuur later, toen de keuken weer een beetje de oude begon te lijken, boden de ouders van Chloe aan om zich tussen de menigte in het plantsoen te begeven en de resterende stukken pizza te verkopen. Dus hadden Chloe en Sally niets anders meer te doen dan buiten op twee stoelen te genieten van de warme middagzon. Met hun glazen bijgevuld zakten ze met een tevreden zucht onderuit. Een orgel draaide en door een krakende geluidsinstallatie kondigde Dave Peach aan dat ze na de show van 'Wie is de beste bastaardhond' konden uitkijken naar de komst van de pas gekroonde meikoningin, nu aan de regering van Chelsea Savage een einde was gekomen. Welke plannen Chelsea ook had gekoesterd om fotomodel te worden, die moesten nu worden uitgesteld. Zeer tegen de wens van haar moeder in had ze besloten om de baby te houden.

Bij de flessentombola zag Chloe Dan praten met Rosie; Marcus en Charlie speelden vlakbij met een paar ballonnen. Ze wilde net kijken waar haar ouders waren, toen ze een meisje naar Dan en Rosie zag lopen. Ze droeg een opvallende roodgebloemde jurk met halterlijn en een bijpassende ceintuur, en haar lange, donkere haar viel in krullen over haar rug. Ze zag er fascinerend uit. Chloe herkende haar niet als iemand uit het dorp, maar wie ze ook was, ze leek Dan en Rosie te kennen, zo te zien aan de manier waarop ze haar begroetten. Misschien was ze iemand van de Kyle Morgan Trust. Chloe had op de praktijk gehoord over de stichting, maar ze had er nooit een gezin naar hoeven verwijzen.

Chloe nam een slokje van haar wijn, en net als Sally legde ze haar hoofd tegen de rugleuning en sloot haar ogen. Ook zonder het dorpsfeest was het een drukke week geweest. Ze was twee nachten achtereen vroeg opgeroepen en ze verheugde zich op deze nacht, omdat ze geen dienst had en ongestoord kon slapen.

'Heb je nog niets gehoord van je sexy dominee?' vroeg Sally.

'Helemaal niets,' antwoordde Chloe. Sinds de begrafenis van Margaret, nu bijna vijf weken geleden, had ze Seth niet gezien en niets van hem gehoord. Tot haar schande was ze niet meer naar het fitnesscentrum gegaan om hem daar niet te hoeven zien. 'En ik had graag dat je hem niet mijn sexy dominee noemt,' zei ze. 'Vooral niet omdat je hem nog nooit hebt gezien.'

Sally lachte. 'Ik ga af op wat je moeder over hem zegt. Ze zei dat hij hét voorbeeld van een knappe man is. Ik herinner me ook dat je nogal onder de indruk was van hem.'

'En dat kan ik blijkbaar nooit meer ongedaan maken,' zei Chloe nijdig.

'Wat, dat je een oogje had op een geestelijke van de Anglicaanse Kerk? Dat vind ik juist hilarisch. Denk je eens in: je had de vrouw van een dominee kunnen worden!'

'Het is al goed, Sally, je hoeft mijn rampzalige liefdesleven niet erger te laten klinken dan het al is.'

'Toe nou, jij de vrouw van een dominee! Herinner jij je trouwens nog die lijst die we hadden gemaakt op de universiteit, die lijst waar we ons op ons erewoord aan zouden houden?'

'Ik wist wel dat je daar vroeg of laat mee voor de dag zou komen.'

Sally lachte. 'Nou, in elk geval heeft een van ons zich daaraan gehouden.'

Chloe herinnerde zich die lijst met onbehagen. Destijds, toen ze studenten waren, had het slim geleken om zo scherpzinnig te zijn, maar nu was het een ongewenste herinnering aan toen ze voor het eerst met Seth had geluncht en ze zich had afgevraagd of hij haar aan het testen was of ze verborgen vooroordelen had. De lijst was een handleiding geweest over mannen met wie ze zich nooit moesten inlaten. Zoals autoverkopers, financieel adviseurs, politici en journalisten, en dat alles gebaseerd op het feit dat ze logen om geld te verdienen. Maar bovenaan, omdat die de grootste leugens vertelden, stonden hoogdravende, schijnheilige, seksloze, verzuurde geestelijken.

Chloe opende haar ogen en nam een slok wijn. Hoe ze ook over Seth dacht, ze kon hem er niet van beschuldigen dat hij seksloos of verzuurd was. Hij had ook niets hoogdravends of schijnheiligs. En dat liegen, dat stond niet vast. Hij had haar om de tuin geleid, dat wist ze wel, en volgens Sally kwam dat neer op liegen. Maar ondanks alles betrapte ze zich er af en toe op dat ze met genegenheid aan hem dacht. Ze miste zijn opgewektheid en vriendelijkheid, maar het meeste miste ze nog hoe ze zich door hem kon voelen. Hij had een zonnestraal in haar leven gebracht. Of kwam het gewoon doordat hij haar hoop had gegeven, hoop dat ze misschien de man van haar dromen had gevonden? Dat gebeurde toch in elke relatie?

Ze wilde niets van dit alles toegeven aan Sally. Zoals ze net had gezegd, vond Sally de hele situatie hilarisch. En dat ergerde Chloe. Het zat haar dwars dat haar vriendin zoveel plezier ontleende aan iets wat voor Chloe belangrijk was geweest. Het leek onnodig wreed. Wreed voor Chloe en wreed ten opzichte van Seth, die zich niet kon verdedigen.

Verbaasd dat ze opeens medelijden met hem kon hebben, dacht Chloe diep na over Seth en de redenen waarom ze had geweigerd hem weer te zien. Ten eerste kon ze zich niet voorstellen dat ze een relatie kreeg met iemand die zo'n religieuze inslag had; een inslag waarvoor ze geen respect kon opbrengen. Het schakelde alle kansen op een langdurige relatie uit. En ten tweede was Seth feitelijk al getrouwd, met de kerk. Zoals Sally heel scherpzinnig had opgemerkt, hield dat in dat Chloe altijd pas op de tweede plaats zou komen.

De wereld van Seth zou helaas nooit haar wereld kunnen worden. Ze waren tegenpolen. Maar hoewel deze belangrijke feiten een romantische relatie tussen hen uitsloten, vroeg Chloe zich nu af of er een reden was waarom ze geen vrienden konden zijn. Die gedachte vrolijkte haar zo op, dat ze het besluit nam om Seth te bellen. Was het te veel gevraagd om te hopen dat hij het zou begrijpen en accepteren dat ze alleen maar vrienden konden zijn? Ze hoopte dat hij het kon, alleen al omdat ze dan weer naar de fitness kon gaan zonder zich zorgen te maken of ze hem zou tegenkomen.

Nu ze een voor haar bevredigend besluit over het onderwerp had genomen – en zich zelfs kon voorstellen dat ze vanavond met Seth zou spreken – draaide ze de rollen om en vroeg aan Sally: 'En hoe gaat het met die nieuwe op kantoor? Doet hij nog steeds zo vervelend?'

Ze kreeg Sally's antwoord niet te horen, want ze hoorde een andere stem. Een stem die ze uit duizenden zou herkennen. 'Hallo, Chloe, ben ik te laat voor een stukje pizza?'

20

CHLOE SPRONG OVEREIND en morste wijn langs de voorkant van haar jurk. 'Paul!'

'Ik meen me te herinneren dat er wijn werd gemorst toen we elkaar voor het eerst zagen,' zei hij. Hij schoof zijn zonnebril omhoog over zijn voorhoofd. 'Hallo, Chloe, hoe gaat het? Je ziet er goed uit. En jij ook, Sally.'

Sally was ook opgestaan en wierp hem een koele blik toe. 'Wat doe jij hier?' vroeg ze. 'Je bent toch niet voor de verlokkingen van een stuk pizza gekomen?' Haar stem was net zo kil als haar blik en ze had de hooghartige uitdrukking op haar gezicht als de geduchte advocaat die Chloe zo goed kende.

Hij glimlachte en keek Chloe aan. 'Ik ben gekomen om te vragen of we kunnen praten. Heb je mijn boodschappen gehoord?'

'Ja, maar die van mij heb je niet beantwoord. Waarom niet?' Vergeleken bij Sally's beheerste stem klonk Chloe gepikeerd en vol kinderachtig verwijt.

'Sorry, maar ik wist niet dat je boodschappen had ingesproken. Er is ingebroken in mijn auto en ik was zo dom om mijn mobiele telefoon erin te laten liggen. Die is gestolen, met mijn laptop.'

'Hoe kwam je trouwens aan Chloe's nummer? En haar adres?' Een verder kruisverhoor van Sally.

'Ik had in Nottingham via via gehoord dat Chloe naar hier was verhuisd en ik heb alleen in het telefoonboek gekeken. Dus hier ben ik.'

Inderdaad, hier ben je, dacht Chloe. Wat was hij zelfverzekerd en ontspannen. Geen greintje spijt. Hij leek net zo vol zelfvertrouwen als altijd. Misschien zelfs nog meer. Met zijn zwarte spijkerbroek en zwart-wit overhemd met korte mouwen was hij nog precies dezelfde knappe, gesoigneerde man die ze zich van vroeger herinnerde. Hij zag er goed uit. 'Nu je toch helemaal naar hier bent gekomen, kun je wel gaan zitten,' zei ze, en het kwam bij haar op dat ze zichzelf in een kwaad daglicht stelde door na al die tijd zo vijandig tegen hem te doen. Door zijn ingesproken boodschappen te beantwoorden had ze toch willen tonen hoe grootmoedig en ruimhartig ze kon zijn? Al was het maar om te bewijzen dat ze een beter mens was dan hij ooit kon worden!

'Dank je,' zei hij.

'In dat geval,' zei Sally terwijl ze haar glas leegdronk en op de vensterbank achter hen zette, 'zal ik jullie alleen laten.'

'Sally zal het me nooit vergeven, denk ik,' zei Paul toen ze alleen waren en hij op de stoel van Sally zat, met zijn lange benen uitgestrekt. Hij had een glas wijn aangenomen en hij leek zich gevaarlijk thuis te voelen.

Door de luidsprekers – in wat wel een andere tijd en een andere plaats leek – kondigde Dave Peach aan dat de wedstrijd voor de beste bastaardhond zou beginnen. 'Verwacht je nu echt dat juist mijn beste vriendin het je zou vergeven?' vroeg Chloe.

'Ik hoop dat ze het ooit kan opbrengen.'

'En ik dan? Verwacht je dat ik vergeet wat je hebt gedaan?'

Hij fronste zijn wenkbrauwen. 'Zo ken ik je weer, meteen tot de kern komen. Zonder omhaal. Geen gedraai.'

'Nou? Heb ik gelijk?' *Zo ken ik je weer!* Hoe durfde hij.

'Ik ben veranderd, Chloe. Nee, ik meen het, ik ben echt veranderd. Toen ik jou in de steek liet was ik een arrogante, egoïstische rotzak. Ik dacht dat ik alles had uitgestippeld. Nu weet ik wel beter.'

'Dus als je geen arrogante, egoïstische rotzak meer bent,' zei ze, met opzet zijn woorden herhalend om de woorden vol genoegen te kunnen uitspreken, 'wat ben je dan? Een toonbeeld van goedheid en oprechte deugdzaamheid?'

'Helemaal niet. Ik maak nog fouten genoeg, maar in elk geval ben ik me daar nu meer van bewust en probeer ik er iets aan te doen.' Hij draaide zich om en keek haar aan. 'Ik ben lifecoach geworden.'

Chloe verslikte zich bijna in haar wijn. 'Lifecoach? Meen je dat?' Ze zou niet zo geschokt zijn geweest als hij had gezegd dat hij manager van het Engelse voetbalteam was geworden.

'Dat meen ik serieus. En ik ben nog nooit zo gelukkig geweest.'
Hij lachte. 'Maar wie zou dat niet zijn als je verlost bent van dat saaie werk in de IT?'

'Van IT-manager naar lifecoach; wat een verandering. Hoe is dat zo gekomen?'

'Ik was de weg kwijt, om het zo te zeggen. Ik dacht dat alles opeens goed zou komen door bij Christine te zijn.'

Dus ze heette Christine? Grappig dat hij nu zonder enige moeite die naam kon uitspreken terwijl hij destijds weigerde die te zeggen toen hij eindelijk opbiechtte dat hij een verhouding had. 'En voelde het allemaal goed met jou en *Christine*?'

Hij schudde zijn hoofd. 'Het voelde al heel gauw veel slechter.'

O, arm zielepietje toch! had Chloe willen sneren.

'We hebben het vijf maanden uitgehouden,' vervolgde hij onverstoorbaar. 'We maakten elkaar gek. Om kort te gaan, waren we niet de mensen die we meenden te zijn. En die we nooit konden worden.'

Vijf maanden, dacht Chloe woedend. Als hij haar niet die vijf verspilde maanden in de steek had gelaten, wie weet wat er dan had kunnen zijn? Haar maag draaide zich om bij het misselijkmakende besef van de realiteit; Paul, de vader van het kind dat ze zo kort had gedragen, zat hier naast haar. Opeens leek het werkelijker en pijnlijker dan lang geleden. Hoe zou hij zich voelen, vroeg ze zich af, als ze hem de waarheid vertelde? O, het was bijna de moeite waard om hem uit die afschuwelijke zelfgenoegzaamheid te rukken.

Hij was weer aan het praten. 'Pas toen ik Liz ontmoette begon ik te begrijpen wat ik verkeerd had gedaan. Liz heeft me zoveel geleerd. Ze heeft mijn ogen geopend, niet alleen voor waar ik van wegliep, maar voor wat ik werkelijk met mijn leven wilde.'

Liz? Wie was Liz nu weer? 'En waar liep je dan voor weg?' vroeg Chloe zo geduldig mogelijk.

'Van mezelf natuurlijk. O jee, ik denk dat je moeder me net in de gaten heeft gekregen.'

Chloe volgde zijn blik en inderdaad beende haar moeder over het gras met een lege pizzaschaal in haar hand. Als ze goed kon mikken, dacht Chloe, was haar moeder in staat om de schaal als een frisbee te gooien en Paul ermee te onthoofden.

'Dus je bent het echt! Nee, maar! Wie had kunnen denken dat je het lef had om dat smoel van je hier te vertonen?'

'Hallo, Jennifer,' zei Paul beleefd terwijl hij opstond en zijn hand uitstak.

'O, hou op met dat geflikflooi. Jij. Adder. Onder. Het. Gras!'

Goed zo! juichte Chloe inwendig. Eindelijk kon haar moeder die woorden uitspreken tegen de man die ze zo verfoeide.

'Je hebt het hart van mijn dochter gebroken,' vervolgde Jennifer kwaad. 'Denk maar niet dat ik je met open armen zal verwelkomen.' En met die woorden hief ze de lege pizzaschaal op en liet die met een bevredigende klap neerkomen op Pauls hoofd.

21

AL IN HET begin van hun relatie had Chloe beseft dat een van de dingen die Paul in haar aantrok, de sterke band met haar familie was. Het was een band die hij in het begin niet begreep of vertrouwde, maar daarna wilde hij er deel van uitmaken. Zijn ouders waren gescheiden toen hij elf was en uit het weinige dat hij haar erover vertelde, bleek duidelijk dat de scheiding heel moeilijk voor hem was geweest. Chloe vermoedde dat zijn ouders hem waarschijnlijk hadden gebruikt als pion in hun strijd, en dat Paul doordat hij niet wist waar hij aan toe was, in verwarring was geraakt en zich niet aan een relatie durfde te wagen. En dat bleek maar al te zeer te kloppen. Toen Chloe hem voor het eerst mee naar huis had genomen, hadden haar ouders hem hartelijk verwelkomd. Naderhand, in de auto, vroeg hij haar of ze altijd zo waren. 'Hoe bedoel je?' had ze gevraagd, bezorgd dat hij kritiek op hen had.

'Ze waren zo gewoon en aardig,' had hij gezegd. 'Ze deden alsof ze me al heel lang kenden. Dat was leuk. Of,' vroeg hij met een argwanende frons, 'deden ze dat speciaal voor mij?'

Opgelucht had ze gezegd: 'O, mijn ouders doen nooit alsof. Ze zijn gewoon zoals ze zijn.'

En zo was het. Als mam minachting voor iemand voelde, dan had ze er geen probleem mee om die te tonen. Met of zonder hulp van een pizzaschaal.

Behalve dat Pauls trots en ego een deuk hadden opgelopen, kon Chloe geen verwondingen op zijn hoofd ontdekken, en dus verklaarde ze dat er verder niets aan de hand was.

'Ik heb blijkbaar het een en ander goed te maken,' zei hij spijtig terwijl ze Jennifer zagen weglopen.

Chloe zei: 'Je had toch niets anders verwacht?' Ze was niet van plan om zich te verontschuldigen voor het gedrag van haar moeder.

'Ik had gehoopt dat na al die tijd iedereen wel gekalmeerd zou zijn.'

'Dan heb je dat verkeerd ingeschat.'

'Bedoel je dat jij ook van plan bent om me een mep te verkopen?'

'Daar heb ik nog geen beslissing over genomen.'

De uitdrukking op zijn gezicht verzachtte. 'Kun je tot een besluit komen als we met ons tweeën uit eten gaan?'

'Uit eten?'

'Ik ben gekomen om alles tussen ons op te klaren. Ik kan geen betere manier bedenken dan je mee uit eten te nemen.'

'En wat zou Liz daarvan vinden?'

Zonder aarzelen zei hij: 'Ze zou zeggen dat dit precies was wat ik moest doen.'

Sally was eraan gewend om Dan met andere vrouwen te zien. Als standaardgrap zeiden ze tegen elkaar dat hij op een dag zou weglopen met een van de moeders van de peuterspeelzaal. Vrouwen voelden zich altijd op hun gemak bij hem, en omgekeerd had Dan geen enkele moeite met hun aanwezigheid. Sally had zich nooit zorgen gemaakt dat hun huwelijk in gevaar kon komen door iets van buiten, namelijk een vrouw die het op Dan had voorzien. Zelfs de hechte vriendschap tussen Dan en Rosie had haar nooit reden tot bezorgdheid gegeven. Maar nu ze dit tengere persoontje gadesloeg dat Dan zojuist aan haar had voorgesteld, met haar heldere, geanimeerde gezicht, haar onvoorstelbaar smalle taille, haar prachtige haren en opvallende jurk, voelde Sally iets van verontrusting. Dit parmantige meisje voorspelde moeilijkheden. Ze had iets wat haar innerlijke kracht leek uit te stralen, en tegelijkertijd leek ze kwetsbaar. Ze was zo'n meisje dat mannen instinctief wilden beschermen, maar ook in hun bed wilden.

Zonder te luisteren naar waar Dan, Tatiana en Rosie het over hadden, ging Sally in gedachten de gesprekken na die zij en Dan over de stichting hadden gevoerd. Ze kon zich niet herinneren dat hij meer dan een terloopse opmerking over Tatiana had gemaakt, alleen dat haar enthousiasme aanstekelijk was. Was dat een typisch mannelijk understatement of iets waar meer achter zat? Een berekenende stap om iets voor haar verborgen te houden?

Toe nou! zei ze tegen zichzelf terwijl ze opzij ging toen Charlie en Marcus gillend rondjes begonnen te rennen. Het was niets voor

Dan om haar in geuren en kleuren te vertellen over iemand met wie hij werkte. 'O, en trouwens, ze ziet er onweerstaanbaar en fantastisch uit, maar je hoeft je nergens zorgen over te maken.'

Maar de jurist in haar was van mening dat het venijn in de details school. Dus vaak ging het niet om wat mensen zeiden, maar om wat ze niet zeiden. En in dit geval had Dan amper iets gezegd over Tatiana, die vervloekte elfenkoningin. Vergeleken bij zijn opmerkingen over de vrouwen met wie hij regelmatig in contact kwam, was dit een opvallend toegeven van... van wat eigenlijk? Schuldgevoel?

Terwijl Sally probeerde om het gesprek weer op te pakken, sloeg ze heimelijk gade hoe haar man met Tatiana omging. Hij glimlachte en hield oogcontact en hij zag eruit of hij zich amuseerde – zijn lach klonk luider dan anders, zijn lichaamstaal leek meer overdreven – maar was hij dan schuldig aan iets gevaarlijkers dan een echte man zijn die een meisje gewoon leuk vond?

Tatiana zelf was helemaal niet aan het flirten en ze deed ook niets bijzonders om Dans aandacht te trekken – ze schudde haar haren niet achterover, knipperde niet met haar ogen en ging niet te dicht bij hem staan – maar dat hoefde ook niet. Ze zou er waarschijnlijk nog steeds schattig uitzien met ongewassen haar en in een afgedragen ochtendjas met een vlek Marmite aan de voorkant.

Sally kon zich herinneren dat jaren geleden luisteraars van een radioprogramma werd gevraagd met wie ze graag een afspraakje zouden willen: met Madonna, Victoria Beckham of Kylie Minogue. Alle mannen zeiden dat ze voor Kylie kozen. Ze was typisch het leuke buurmeisje, de gezonde mix van frisse onschuld en zal-ze-of-zal-ze-niet-aantrekkelijkheid. Sommige meisjes hadden dat, en andere niet. Tatiana had het onmiskenbaar. Wat 'het' dan ook mocht zijn, het had iets te maken met haar tengere postuur. En daar kon Sally niet aan tippen; met haar een meter vijfenzeventig kon je niet zeggen dat ze klein en tenger was.

Maar wat haar lengte ook mocht zijn, Dan hield van haar. Zo was het toch?

Sally had het niet meer en ze kon het gesprek helemaal niet meer volgen; Dan was een klant aan het bedienen en Rosie en Tatiana hadden het over de disco die later op de avond in het dorpshuis zou worden gehouden. Ze smoorde een geeuw en, denkend aan het werk dat ze thuis zou kunnen doen, vroeg ze zich af of iemand het zou merken als ze wegging. Dorpsfeesten waren niets voor haar. Ze voelde zich er nooit thuis; daarom had ze ervoor gekozen om Chloe te helpen met de pizzakraam. In de keuken van Chloe kon ze zich verschuilen en toch gezien worden terwijl ze haar aandeel leverde. Het was belangrijk om mee te doen in het dorp. Als je liet blijken dat je je onttrok, dan was je nog niet jarig.

De man van Rosie kondigde via de luidspreker aan dat de pas gekroonde meikoningin in aantocht was. Alsof Charlie aanvoelde dat er iets opwindends ging gebeuren, bleef hij opeens staan, en Marcus botste tegen zijn rug. Beide jongens vielen; Marcus liet zijn ballon los en begon te huilen toen hij die in de lucht zag vliegen. Sally ging naar hem toe, maar hij was ontroostbaar. Hij zag alleen maar zijn ballon die in de verte verdween. Hij duwde haar weg, krabbelde overeind en jammerde luidkeels met uitgestrekte armen, en zijn hoofd zo ver achterover dat hij weer dreigde te vallen.

Toen kalmeerde hij als bij toverslag.

Tatiana knielde in het gras voor hem. In haar handen had ze een andere ballon, die ze opblies. Toen die beetje bij beetje vorm kreeg, kwam er een glimlach op Marcus' gezicht. Toen de ballon helemaal was opgeblazen en Tatiana hem had dichtgebonden – ze had zelfs een lintje uit haar tas gehaald – straalde Marcus van blijdschap en sprong hij opgewonden op en neer. Hij had niet met meer aanbidding naar haar kunnen kijken.

Sally voelde een steek van haat. Eerst haar man en nu haar zoon?

'Wat is er in godsnaam met jou aan de hand?' vroeg Dan.

Het feest was meer dan een uur geleden afgelopen en nadat hij had helpen opruimen en een uitgeputte Marcus in de kruiwagen naar huis had gereden, zag hij tot zijn stomme verbazing dat Sally in haar werkkamer achter haar laptop zat.

Toen ze geen antwoord gaf en doorging met typen, zei hij: 'Eerst was je er en toen was je opeens verdwenen. Ik dacht dat je weer naar Chloe was gegaan.'

Ze keek op van haar laptop en staarde hem aan. 'Het verbaast me dat je hebt gemerkt dat ik er niet was.'

'Wat bedoel je daarmee?'

Ze haalde haar schouders op. 'Zeg jij het maar. Wanneer begon je me eigenlijk te missen?'

Hij schudde fronsend zijn hoofd. 'Ik weet niet wat dit moet voorstellen, Sally, maar het zou leuk zijn geweest om een keer steun van je te krijgen. Je had me kunnen helpen bij de tombola nadat jullie pizza's waren uitverkocht. Was het te veel gevraagd om je gezicht even te laten zien?'

'Laat me alles op een rijtje zetten. Je wilt mijn steun? Dat is een goeie! Ik werk me kapot om jou en Marcus te ondersteunen en dat is blijkbaar niet genoeg?'

'Ik werk ook, hoor! En Marcus kan niet voor zichzelf zorgen, alsof je dat niet weet.'

'Nee, jij hebt toch dat aanbiddelijke groepje vrouwen om je te helpen?'

Hij moest lachen. 'Sinds wanneer is Rosie een aanbiddelijk vrouwtje?'

'Lach me niet uit, Dan. Wat je ook doet, waag het niet om me belachelijk te maken.'

'Maar het is onzin! En het klinkt verdacht veel naar jaloezie. Waar haal je dat vandaan?'

'Ik heb het niet over Rosie, zoals je heel goed weet.'

'Over wie dan? Chloe?'

'Doe niet zo raar. Je weet heel goed over wie ik het heb. Tatiana Haines.'

'Tatiana? Je bent gek. Ik ken haar amper.'

'Je werkt met haar; natuurlijk ken je haar.'

'Ze is een collega, meer niet.'

'Waarom was ze dan hier op het dorpsfeest?'

'Ze is een vriendin van Rosie.'

'Vorig jaar was ze er niet. Wat is deze keer dan de belangrijke reden?'

Uit ergernis zei hij met stemverheffing: 'Rosie kent haar nog maar pas!' Toen, oprecht verbijsterd waar Sally hem van beschuldigde, dacht Dan even na over wat hij vervolgens zou zeggen. 'Je meent het, hè? Je denkt echt dat ik in staat ben om jou ontrouw te zijn?'

'Dat zie ik elke dag op mijn werk, Dan. Niemand is onfeilbaar.'

'Wat grappig, want sommige buitenstaanders denken misschien dat jíj degene kan zijn die een verhouding begint. Je hebt er in elk geval meer gelegenheid voor dan ik, maar die gedachte is nooit bij me opgekomen. Ik vertrouw je, Sally. En ik geloof in ons huwelijk.'

Hij wilde zijn woorden kracht bijzetten door naar zijn vrouw te gaan en haar te omhelzen om te laten zien dat hij van haar hield, maar hij kon het niet. Hij was een en al ongeloof. En teleurstelling. Ze had hem net zo goed een klap in zijn gezicht kunnen geven. 'Ga maar weer aan je werk,' zei hij. 'Marcus moet eten. Kan ik iets voor je maken?'

Ze schudde haar hoofd.

Wat is er in godsnaam met jou aan de hand? had Dan gevraagd, en nu stelde Sally zich dezelfde vraag. Wat had ze zojuist gedaan? Had ze geen subtielere manier kunnen bedenken om haar bezorgdheid uit te spreken? Waarom was ze zo tegen hem tekeergegaan?

Ik geloof in ons huwelijk, had hij gezegd. Maar wat betekende dat eigenlijk? Ze kon zich niet herinneren wanneer ze voor het laatst de liefde hadden bedreven of iets hartstochtelijker hadden gedaan dan een vluchtige kus op de wang. Alles was absoluut veel erger geworden sinds hij voor die stichting was gaan werken. Dans tijd was nog meer verdeeld dan ooit, en als ze voorheen thuiskwam van haar werk had hij haar verwelkomd met een glas wijn of iets lekkers om te eten, maar nu zat hij vaak aan de keukentafel met papieren voor zich, en verontschuldigde hij zich dat het eten nog niet klaar was.

Ze wist dat ze zich jammerlijk aanstelde, dat ze klonk als een echtgenoot uit de jaren vijftig die na een zware dag op kantoor bij terugkomst een onberispelijk huis wilde zien, met de kinderen in bed, en die verwachtte dat zijn pijp en pantoffels werden gebracht. Dat beeld leek even grappig en ze voelde iets van de spanning van zich afglijden.

Maar toen dacht ze aan Tatiana, en hoe moeiteloos ze Marcus had weten te troosten. Sally had zo veel haat gevoeld dat ze de ballon wel uit haar handen had willen rukken en laten klappen, maar met een geforceerde glimlach op haar gezicht had ze haar beleefd bedankt met de woorden: 'Wat een geluk dat je een extra ballon bij je had.'

Tatiana had lachend een hele zak ballonnen uit haar tas gehaald en gezegd: 'Je weet niet hoe vaak deze dingen me hebben gered in mijn werk. Iets beters bestaat niet om huilbuien te stoppen.'

Echt een Mary Poppins, had Sally venijnig gedacht.

Even later, toen iedereen de kroning van de nieuwe meikoningin ging toejuichen, ook Dan met Marcus op zijn schouders, was Sally stilletjes weggeglipt. Ze was hier niet nodig.

De vraag was: was ze echt nodig in Corner Cottage? Dan en Marcus hadden zo'n hechte band dat ze af en toe het gevoel kreeg dat ze er met geweld tussen moest komen.

22

'DUS EIGENLIJK ZEG je dat je er een zootje van hebt gemaakt? Ik zei toch dat zoiets zou gebeuren?'

'Bedankt, ik wist wel dat je me kon opbeuren.'

'Mijn god, je wilt toch niet zeggen dat je me hebt gebeld om medelijden te krijgen?'

'Ik geloof in veel dingen, Becks, maar niet dat ik ooit een woord van medelijden of begrip van jou te horen zal krijgen.'

'Goed zo. Vertel nu eens wat er precies is gebeurd. Heeft ze toevallig je soutane gezien en aangenomen dat je je graag verkleedt als vrouw?'

Seth ging verzitten in de krakende oude rieten stoel en keek op naar de schemerige lucht. Ergens in de buurt blafte een hond. Links van hem kon hij het nieuws van tien uur horen op de televisie van zijn tweeëntachtigjarige buurman. Aan de andere kant van de schutting hoorde hij muziek. Hij wist niet wie of wat het was, maar de bastoon leek onder de schutting de tuin van Seth in te vluchten. 'Misschien had ik meer kans gemaakt als ik me als travestiet had verkleed,' zei hij terwijl hij het bier pakte dat op de tafel voor hem stond.

'Wacht eens even, dat klinkt vreselijk naar zelfmedelijden. En daar heb je helemaal geen recht op. Je weet heel goed dat je je verdiende loon hebt gekregen omdat je het vanaf het begin verkeerd hebt aangepakt.'

Seth glimlachte. 'Ga door,' zei hij. 'Ik daag je uit om te zeggen dat ik zelf moet doen wat ik anderen opdraag, of dat ik zal oogsten wat ik heb gezaaid.'

'Daar verlaag ik me niet toe. Vertel wat er is gebeurd.'

Seth vertelde zijn zus over de begrafenisdienst en dat hij Chloe niet meer had gehoord of gezien in de weken erna, dat hij niet eens meer naar fitness ging uit angst om haar tegen te komen en haar in verlegenheid te brengen.

'Je denkt toch niet dat je haar op het verkeerde been hebt gezet?' zei Rebecca toen hij was uitgesproken. 'Als je haar een keer had gebeld, al was het maar om je excuses aan te bieden, dan had ze je misschien nog een kans gegeven. Door dat niet te doen heb je haar juist een reden gegeven om je niet meer te zien zitten.'

'Maar het heeft geen zin. Ze heeft duidelijk haar mening gegeven. Ze kan alleen door een wonder van gedachten veranderen.'

'Wat raar. Ik had kunnen zweren dat in jouw contract staat dat je in wonderen moet geloven. Maar ja, wat weet ik ervan als officiële ongelovige?'

'Je kunt ook te ver gaan, Becks.'

'Ja, en tot wie moet je je dan richten voor advies? En aangezien ik denk dat je meer dan alleen maar belangstelling hebt voor deze Chloe, vind ik dat je contact met haar moet opnemen. En snel. Morgenochtend. Wat heb je tenslotte te verliezen?'

Het was dinsdagochtend en Sally was alleen in haar kantoor. Harry was een paar weken geleden naar een eigen kantoor verhuisd, maar vandaag merkte ze dat ze zijn aanwezigheid miste.

Ondanks de verkeerde manier waarop ze van start waren gegaan, was ze zijn gezelschap op prijs gaan stellen. Nu hij zich normaal gedroeg – hij was opgehouden met die absurde verliefdheidsonzin – had ze respect gekregen voor zijn scherpe verstand en onbeschaamd ambitieuze werkethiek. Af en toe plaagde hij haar en dan deed hij de manier na waarop ze zei: 'O, doe niet zo absurd!' Ze had geen idee dat ze het zo vaak zei, tot hij haar erop wees. Hij had een bedrieglijk charmante manier om haar op te beuren en haar aan het lachen te maken wanneer ze het totaal niet verwachtte.

Nu kon ze het wel gebruiken om eens flink te lachen.

Wat gebeurde er met haar en Dan? Gisteren was een regelrechte ramp geweest. Nadat Dan Marcus naar bed had gebracht, hadden ze in bijna volledig stilzwijgen hun avondmaaltijd gegeten en daarna naar een programma op televisie gekeken dat ze zich niet kon herinneren. Het was een opluchting geweest om naar bed te gaan en zich geen zorgen te maken dat ze iets zou zeggen waar ze later spijt van zou krijgen.

Vanochtend was ze wakker geworden met het besef dat er maar één woord van haar nodig was geweest – sorry – en zij en Dan hadden niet met de rug naar elkaar toe geslapen. Sorry, en alles zou in orde zijn geweest. Sorry, en ze zou niet wakker zijn geworden met het gevoel dat alles haar ontglipte. Of om precies te zijn, dat ze het wegduwde, zoals Marcus haar handen had weggeduwd tijdens het dorpsfeest gisteren.

Maar had ze wel spijt?

Eigenlijk niet. Een vrouw weet wanneer een andere vrouw een bedreiging vormt en Sally voelde in elke vezel van haar lijf dat Tatiana in staat was om problemen te veroorzaken. Had ze dat niet al gedaan?

Ze zette haar eigen huwelijk uit haar gedachten, pakte het bovenste cliëntendossier van de stapel op haar bureau en sloeg het open. Het was een smerige zaak waarbij beide partijen met hand en tand vochten om hun aandeel van de activa die voor het grijpen waren. Twintig minuten later besefte ze dat ze de tel kwijt was hoe vaak ze dezelfde pagina had gelezen en dat de betekenis nog steeds niet tot haar was doorgedrongen. Ze kon zich niet concentreren. En dat was niets voor haar. Normaal gesproken liet ze zich door niets afleiden. Cafeïne. Dat had ze nodig. Een heleboel.

Ze had Chandra kunnen vragen haar een kop koffie te brengen, maar omdat ze aan de telefoon was, ging Sally naar de keuken om het zelf te doen. Er was niemand, en ze was blij dat ze niet over ditjes en datjes hoefde te praten. Of nog erger, luisteren naar de kruiperige stagiairs die opschepten over hoe ze zich de vorige avond hadden uitgesloofd. Terwijl ze wachtte tot het water kookte, bladerde ze door een oud exemplaar van het tijdschrift *Heat*. Gaven mensen al dat geld uit aan het lezen van deze rommel?

Ze was onderweg terug naar haar kantoor, toen de deuren van de lift opengingen en Harry naar buiten stapte. 'Aha!' riep hij gretig. 'Precies degene die ik zoek.' Met zijn hand op de knop van de liftdeur, zei hij: 'Heb je even?'

'Heel even dan.'

'Prima. Er is iets in mijn kantoor wat ik je wil laten zien.' En voor ze wist wat hij deed, had hij haar bij de arm gepakt en in de lift getrokken en gingen de deuren dicht.

'Nee!' riep ze uit. Ze morste koffie en drukte op de knoppen. Maar het was te laat; de lift bewoog al.

Goed, dacht ze, kalm blijven.

Geen reden voor paniek.

Het was twee verdiepingen naar Harry's kantoor. Dat was alles. Het stelde niets voor.

Harry keek haar bevreemd aan. Langzaam drong tot haar door dat hij tegen haar praatte, dat hij haar iets had gevraagd. Tot haar opluchting kwam de lift schuddend tot stilstand. Zo. Ze had het gehaald.

Ze keek naar de deuren, wachtend tot die opengingen, als een hazewind op het punt om uit het starthok losgelaten te worden.

Maar de deuren gingen niet open. Ze drukte op de knop.

En nog eens. Paniek kwam in haar op.

'Niet te geloven,' zei Harry. 'Het ziet ernaar uit dat we vastzitten.'

'Dat kan niet,' zei ze. Haar stem klonk zacht en ver weg. De knoop van paniek in haar maag werd strakker en ze voelde hoe de lucht uit haar borst werd gezogen. Wanhopig drukte ze nog eens op de knop. De lampjes begonnen te flikkeren.

'Ik denk niet dat dat zal helpen,' zei Harry, alsof het de normaalste zaak van de wereld was dat dit hen overkwam. De lampjes flikkerden weer en gingen toen uit.

'Dit is allemaal jouw schuld!' riep ze wanhopig. 'Als jij me niet naar binnen had getrokken, zat ik hier niet vast. Hoe kon je me dat aandoen?'

'Sally,' zei hij. Alleen klonk hij niet als Harry. Hij klonk serieus. Gezaghebbend. En in het donker voelde ze dat de vergeten kop koffie uit haar handen werd gepakt. 'Luister naar me,' zei hij. Hij had haar handen nu in de zijne genomen en hield ze stevig vast. 'We zijn hier uit voor je het weet. Goed?'

Ze deed haar best om te praten, maar ze kon het niet. Boven hun hoofden ging een klein lampje aan en in het vage licht zag ze dat Harry op de rode noodknop drukte. De lift schudde en ze slaakte geschrokken een kreet. 'Waarom deed je dat?' Ze deinsde achteruit. 'Toe,' bracht ze uit. 'Ik moet hier weg!' Ze bedekte haar hoofd met haar handen en gleed langs de spiegelwand van de lift naar beneden tot ze gehurkt op de vloer zat. Ze kneep haar ogen dicht en probeerde zich op haar ademhaling te concentreren.

In.

Uit.

In.

Uit.

Het hielp niet. Ze zou stikken. Dat wist ze. Heel ver weg, bijna overstemd door het dreunende geluid in haar oren, kon ze Harry met iemand horen praten. Maar dat klopte niet. Ze waren hier met hun tweeën. Ze schrok op door een hand op haar arm. Ze opende haar ogen. Het was Harry. Hij had zijn jasje uitgedaan en trok haar in zijn armen. 'Er is hulp onderweg,' zei hij. 'Hou vol, Sally. Nog vijf, hooguit tien minuten.'

'Ik kan niet... ik kan niet ademen,' bracht ze schor uit. Een snik bleef in haar keel steken. Het kon haar niets meer schelen. Ze wilde in elkaar kruipen en sterven. Laat het voorbij zijn.

Hij draaide haar gezicht naar zich toe en hield het zo stevig vast dat ze hem wel moest aankijken. 'Doe precies zoals ik,' zei hij. 'Stel je elke ademhaling voor als een stap hieruit.' Hij ademde diep in en langzaam weer uit. 'Kom, Sally, probeer het. Doe het voor mij. Kijk me aan. Laat me zien dat je het kunt.'

Zijn woorden begonnen door haar paniek en het oorverdovende dreunen in haar oren te dringen, maar ze voelde zich nu zo licht in haar hoofd dat ze geen controle over haar longen had. Haar hele lichaam was klam en beefde hevig. Ze kon amper haar handen voelen; die waren verdoofd doordat ze sliepen.

'Sally, wat voor kleur hebben mijn ogen?'

Ogen? Ze was aan het stikken! Wat kon het iemand schelen welke kleur zijn ogen hadden?

'Mijn ogen, Sally. Zeg welke kleur ze hebben.'

Zijn stem klonk zo dringend, dat ze zich afvroeg of het belangrijk was. Ze richtte haar ogen op de zijne en terwijl ze de bevende angst inslikte, zei ze: 'Bruin. Ze zijn bruin.'

'Wat voor soort bruin? Kijk goed. Zijn ze lichtbruin of donkerbruin? Of een andere tint bruin? Wat zie je?'

'Donker... bruin,' zei ze haperend. 'Donker, zoals... chocola.'

Hij glimlachte. 'Goed zo.' Hij liet haar los en streek haar haren uit haar gezicht. 'Haal nu even adem en bedenk hoe ze op chocola lijken en hoe heerlijk het zou zijn om dat te eten als we hier weg zijn. Mooi zo, langzaam inademen. En uit. En nog eens. Je doet het fantastisch. Sally, ik ben zo trots op je.' Hij streek over haar wang. Ze voelde zich verdwaasd maar kalmer, en stond toe dat hij haar hoofd op zijn schouder legde. Hij sloeg een arm om haar heen en ze kon zijn warme, stevige lijf door zijn overhemd voelen. Het voelde goed. Geruststellend. Hij zorgde dat ze zich veilig voelde. Ze beefde nu niet meer. 'Het spijt me,' zei ze met een diepe, bevende zucht.

'Voor wat?' vroeg hij.

'Voor dit. Dat je me zo moet zien.'

'Het is mijn schuld. Ik had geen idee dat je last had van claustrofobie. Ik voel me zo stom dat ik je dit heb aangedaan. Ik zal het goedmaken, dat beloof ik. Adem je nog?'

Ze knikte vermoeid. 'Het lijkt wel een film, hè?'

'Zeg dat niet, anders moet ik mijn Bruce Willis-vest aantrekken en ons naar buiten vechten. Wacht eens, ik hoor stemmen. Het lijkt erop dat de hulptroepen er zijn.'

Hij maakte aanstalten om op te staan, maar toen de lampjes flikkerden klampte ze zich aan hem vast en greep zijn hand. 'Alsjeblieft,' zei ze. 'Laat me niet alleen.'

Hij bleef bij haar op de vloer.

Een stem riep naar hen van ergens in de liftschacht. De stem verklaarde dat hij van de hulpdienst was en vroeg of alles in orde was.

'Niets aan de hand!' riep Harry terug. 'Wat is het probleem volgens u?'

'Een elektriciteitsstoring. Het lampje dat bij u brandt is verbonden met de noodgenerator. Die heeft een beperkte capaciteit, maar we hebben u er wel uit voor die op is. Met hoeveel bent u?'

'Met twee.'

'Geen verwondingen?'

'Nee.'

'Mooi. Blijf kalm, dan ben ik zo terug.'

Harry draaide zich om naar Sally. 'We moeten iets doen om het te vieren als we weer buiten zijn. Waar heb je zin in?'

Ze negeerde zijn vraag en zei: 'Je zegt toch tegen niemand iets hierover? Ik kan de schande niet verdragen als iedereen weet hoe stom ik ben geweest.'

Hij kneep in haar hand. 'Natuurlijk niet.'

'Vroeger had ik nooit claustrofobie.'

'Wanneer is het begonnen?'

'Herinner jij je de tsunami op tweede kerstdag?'

'Wie zou die kunnen vergeten? Mijn god, je hebt die meegemaakt!'

Ze knikte. 'Ik raakte in de val en... en sindsdien kan ik er niet tegen om in een kleine ruimte te zijn.' Er kwamen tranen in haar ogen en haar borst voelde strak aan. Ze haatte deze uitputtende zwakheid waar ze sinds die afschuwelijke dag mee was opgezadeld. Het leek wel een vloek. En ze verachtte zichzelf dat ze toestond dat die sterker was dan zij, dat ze zich er zo meelijwekkend hulpeloos en kwetsbaar door liet voelen.

'Vergeleken bij jou voel ik me zo nep,' zei Harry. 'De angstigste situatie die ik ooit heb meegemaakt, was op de dag dat ik jou ontmoette. Na één blik op je wist ik dat mijn leven nooit meer hetzelfde zou zijn. Je benam me de adem. Dat doe je nog steeds.'

Langzaam draaide ze haar gezicht naar hem toe. Hun blikken ontmoetten elkaar. En hielden elkaar vast. 'Je ogen zijn echt zo donker als chocola,' mompelde ze. Hij kwam dichterbij. En nog dichterbij. Tot zijn lippen de hare raakten en ze elkaar kusten. Na al die jaren was het een openbaring om andere lippen dan die van Dan op de hare te voelen. 'Dat was waarschijnlijk een fout,' zei ze toen ze zich terugtrok.

'Zeg dat niet.' Hij kuste haar weer en ze stribbelde niet tegen.

Pas toen de lampjes flikkerden en weer fel gingen branden en een gejuich opsteeg aan de andere kant van de liftdeuren, hielden ze op. Toen de deuren open waren gegleden, stonden ze overeind, volkomen beheerst en op een kuise dertig centimeter van elkaar vandaan.

23

CHLOE WAS ZENUWACHTIG voor haar etentje met Paul. Ze kon niet besluiten wat haar het meest ongerust maakte. Zouden al haar pijn en woede eindelijk opborrelen waardoor ze zich publiekelijk te schande zou maken? Of zou er iets nog veel ergers gebeuren? Zou ze weer helemaal voor hem vallen?

Paul was niet lang blijven hangen op het feest gisteren – net lang genoeg om haar te laten instemmen dat ze met hem zou gaan eten – en sindsdien had ze afwisselend de telefoon willen pakken om het af te zeggen, en de tijd voorbij willen dwingen opdat ze haar moment zou krijgen en Paul precies kon vertellen wat ze van hem vond.

Ze was een kwartier te laat toen ze het restaurant binnen stapte. De vroegere Paul zou nadrukkelijk op zijn horloge hebben gekeken – hij was altijd heel punctueel geweest – maar de nieuwe Paul stond alleen op en boog zich naar haar toe om haar een kus te geven.

'Je ziet er prachtig uit,' zei hij. De kus – hoe plichtmatig ook op beide wangen – zat haar dwars. Het leek aanmatigend, alsof hij aannam dat ze het hem had vergeven en dat ze vanaf nu hun leven lang de beste vrienden zouden zijn.

'Drukke dag?' vroeg hij toen ze plaatsnam aan tafel.

'Heel druk. Het is altijd hetzelfde na een vrije maandag, dan komt er een stormloop op de praktijk. Ik had ook een afspraak met twee nieuwe artsenbezoekers.'

'En volle dag, dus. Wat wil je drinken?'

Zijn ontspannen en heel beheerste houding ergerde haar nog meer. Had hij geen last van zenuwen? Waar bleef het berouw? Tegen de tijd dat ze hun drankjes en eten hadden besteld, popelde Chloe om Paul ter verantwoording te roepen. Het kwam door die kus; hij had haar aangeraakt alsof hij daar het volste recht toe had.

Een van de dingen die haar bevielen aan het volwassen zijn, was dat ze vrij was om zelf beslissingen te nemen. Maar probeer dat eens aan haar moeder te vertellen! Mam was ontzet geweest toen

Chloe haar vertelde dat ze met Paul uit eten ging. Haar advies was om iets dodelijks in zijn eten te doen als hij niet keek. 'En wat je ook doet, bega niet de fout om een compromis met hem te sluiten,' had ze opgedragen. 'Dan verlaag je je en kan hij opklimmen naar jouw niveau.' Als laatste advies had ze gezegd dat fysiek geweld nooit iets oploste, maar het voelde zo heerlijk om het te doen, dus waarom zou ze het niet proberen? Waarop Chloe had geantwoord: 'Mam, ik ga niet jouw voorbeeld volgen en Paul een mep verkopen.'

'O lieverd,' had haar moeder gezegd, 'zet die kroon van eigendunk toch eens af, die past echt niet bij je. En vergeet niet wat ik heb gezegd over iets dodelijks in zijn eten doen.'

'Wat is er zo grappig?' vroeg Paul toen de ober hun drankjes had gebracht.

Zich niet bewust dat ze had geglimlacht, zei Chloe: 'Ik dacht aan iets wat mijn moeder tegen me had gezegd.'

'Aha. En had dat met mij te maken?'

'Niet alles draait om jou, Paul.' Hoewel het daar irritant genoeg wel op leek.

De ober kwam terug met een mandje brood. Hij verschoof de bloemenvaas en peper-en-zoutmolens om plaats te maken voor het mandje en liet hen toen weer alleen.

'Dat kwam er vol gevoel uit,' merkte Paul op terwijl hij haar een broodje aanbood. 'Maar ik begrijp hoe je je voelt. Ik weet dat je diep vanbinnen echt de behoefte moet hebben gehad om een soort van wraak op me te nemen.'

'Je vleit jezelf dat ik zoveel aan je heb gedacht.'

'Was dat dan niet zo? Is dat niet zo?'

Zijn verwaandheid was niet te geloven. Nog erger was dat hij gelijk had. Op de een of andere manier dacht ze meer aan hem dan goed voor haar was. 'Wraak gaat over controle krijgen nadat we ons machteloos hebben gevoeld,' zei ze, vastbesloten om het gesprek niet te laten verlopen zoals hij het wilde. 'Het is een behoefte om orde en evenwicht in ons leven te scheppen. Als iemand ons onrecht heeft aangedaan, hebben we een elementaire wens om het diegene betaald te zetten. Zo zit de mens in elkaar.'

'Dat is zo,' zei hij. 'En wat wilde jij in dat geval om het mij betaald te zetten?'

'Ik wenste je dood,' zei ze nuchter.

Hij staarde haar aan. 'Figuurlijk of echt?'

'Heel erg echt.'

'Dat is nogal een serieuze wraak,' zei hij met een frons.

'Je hebt me een rotstreek geleverd. De ene minuut dacht ik dat je me ten huwelijk wilde vragen, en de volgende laat je me in de steek voor een ander. Door zoiets kan een mens van streek raken, weet je.'

'Maar om me dood te wensen, is nogal wat.'

'Het was een brute manier om uit elkaar te gaan. Ik was gekwetst. En heel kwaad. Daarbij had je wel een beter moment kunnen kiezen.'

'En ben je nog kwaad?'

'Zou jij dat niet zijn?'

'Ik heb nooit gezegd dat we zouden trouwen. Hoe kon je in godsnaam denken dat ik je ten huwelijk zou vragen?'

Chloe wist dat het eerlijke antwoord was dat het wat haar betrof een chronisch wensdenken was. Maar ze kon het niet opbrengen om dat toe te geven. 'Het leek een natuurlijke gang van zaken,' zei ze. 'Omdat we zo lang bij elkaar waren. Maar blijkbaar was de natuurlijke gang van zaken voor jou dat je er twee vrouwen tegelijk op na hield.'

'Dat was een onvergeeflijke fout van me. Ik zei gisteren al dat het allemaal te maken had met een deel van me dat vluchtte voor mezelf. Ik verwarde mijn onvrede met mezelf met onze relatie. Met als gevolg dat ik me heel slecht naar jou toe heb gedragen.'

'En wanneer begon je geweten te spreken?' Chloe was benieuwd.

'Toen ik Liz ontmoette.'

Aha, Liz. 'En is zij je nieuwste vriendin?'

Hij trok zijn wenkbrauwen op en lachte. 'Helemaal niet. Liz is mijn zakenpartner. We runnen Forward Thinking, een bedrijf in lifecoaching. Door Liz is mijn leven helemaal veranderd.'

Chloe kwam in de verleiding om ook te lachen. Het idee dat iemand toestemming had om Pauls leven te veranderen, vergde te veel van je fantasie.

'Dankzij Liz kan ik alles nu duidelijk inzien.' Hij glimlachte. 'Ik ben tegenwoordig een veel aardiger persoon.'

En zo nederig en bescheiden, dacht ze toen het voorgerecht werd opgediend. Ze vroeg hem of hij nog in Nottingham woonde.

Hij schudde zijn hoofd. 'Begin dit jaar ben ik verhuisd naar Cheshire, naar een dorp dat Lymm heet.'

Ze keek abrupt op.

'Ken je het?'

'Ik ben geboren en getogen in Cheshire; natuurlijk ken ik het. Waarom ben je naar Lymm verhuisd?'

Hij haalde zijn schouders op. 'Liz en ik besloten ons bedrijf in Alderley Edge op te zetten, en toen ik iets zocht om te gaan wonen, vond ik een heel leuk huisje in Lymm. Je moet eens komen kijken. Ik hoor graag je mening over wat ik er tot nu toe aan gedaan heb. Hoe is je avocado?'

'Keihard en smakeloos, als je de waarheid wilt weten.'

Hij reikte over de tafel en prikte een blokje op met zijn vork. Weer zo'n bekend gebaar dat haar ergerde. Wat was er mis met zeggen: 'Mag ik?' Meteen schoot haar te binnen dat Seth dat tegen haar had gezegd. Hij was zo beleefd en bescheiden geweest. Toen ze aan hem dacht, herinnerde ze zich dat ze hem niet had gebeld, zoals ze zich had voorgenomen. Maar door Pauls plotselinge verschijning in het dorp gisteren waren de meeste dingen haar ontschoten.

'Je hebt gelijk,' zei Paul. 'Het is vreselijk. Veel te bitter.' Hij draaide zich om en trok meteen de aandacht van de ober. Hij pakte Chloe's bord van het onderbord en overhandigde het aan de ober. 'Wilt u aan de kok vragen of hij een avocado kan opdienen die te eten is? Dank u.'

'Je had kunnen vragen of ik een andere wilde,' zei Chloe gepikeerd.

'Maar hij was niet te eten,' zei hij. 'Je doet jezelf tekort als je er niet over klaagt. Weet wat je wilt in het leven, Chloe. Stel jezelf doelen en wees nooit bang om nee te zeggen. Dat zijn de fundamentele keuzes in het leven die je moet maken als je werkelijk de zelfbewuste persoon wilt zijn die je hoort te zijn.'

'Goed,' zei ze, niet wetend wat ze anders moest zeggen.

'Door lifecoach te worden heb ik geleerd om nooit iets voor lief te nemen wat ik niet wil. Zelfbewustzijn komt door zelfverzekerdheid en daardoor krijg je werkelijk een positieve instelling. Dan krijgen we een positief aura waardoor we gelijkgestemde mensen aantrekken.'

Chloe vermoedde dat dit soort praat erin ging als zoete koek in de champagne drinkende kliek in de wijnbars van Alderley Edge.

'Opeens kan het niet op,' vervolgde Paul opgewekt. 'Alles is mogelijk. Positieve energie, daar gaat het allemaal om.'

Er was niets intrinsiek mis met wat hij zei, maar het riekte naar een recente bekering. Toen hun ober terugkwam met een strak glimlachje op zijn gezicht en een nieuw voorgerecht voor Chloe neerzette, vreesde ze dat de kok er waarschijnlijk iets vreselijks aan had toegevoegd. Ze wilde de ober volgen om te zeggen dat zij niet degene was geweest die er zo'n heisa over had gemaakt, en dat als er met een gerecht geknoeid moest worden, het dat van Paul moest zijn.

'Hoe smaakt het nu?' vroeg Paul toen ze een hap had genomen.

'Helemaal goed,' zei ze vlug. Iets minder dan dat, en hij zou weer zijn spieren van zelfvertrouwen laten rollen.

'Weet je het zeker?' Weer kwam zijn vork over de tafel en prikte hij in een stukje avocado. Hij kauwde aandachtig. 'Je hebt gelijk. Nou, was het niet de moeite waard om te klagen? Je bent geen deurmat, Chloe. Als je een slachtofferrol aanneemt, maken ze misbruik van je. Het gaat erom dat anderen je grenzen leren respecteren. Je moet eens naar een van de workshops komen die Liz en ik in Griekenland geven tijdens de zomer. Daar kun je zoveel uit putten.'

Ze staarde hem met onverholen ongeloof aan. Had hij enig idee hoe beledigend hij was? Ze legde haar mes en vork neer. 'Paul, ik zou het erg op prijs stellen als je mijn intelligentie niet langer beledigt door te verwachten dat ik nog langer naar je onzinnige wervingsstrategieën luister. En nu je er toch over bent begonnen, de enige persoon die ooit misbruik van me heeft gemaakt ben jij!'

Hij zweeg even en zei toen: 'Ik kan me voorstellen waarom je denkt dat ik misbruik van je heb gemaakt, maar dat was niet zo. Het komt erop neer dat ik als een lafaard uit onze relatie ben gevlucht omdat ik niet goed nadacht. Ik begon me zorgen te maken dat we uit elkaar aan het groeien waren, in twee verschillende richtingen, en dat maakte me bang.'

'Wat voor verschillende richtingen?' vroeg ze.

'Jouw wens om kinderen te krijgen.'

'Maar daar heb ik nooit moeilijk over gedaan. Mijn hemel, ik liep op mijn tenen om het onderwerp heen, bang dat jij zou denken dat ik je met het ouderschap wilde opzadelen.'

'Dat weet ik, maar toen was ik een idioot.'

'En nu niet?'

Hij glimlachte en keek haar aan. 'Ik ben veranderd, Chloe. En ik wil je graag bewijzen dat het de waarheid is.'

'En hoe dacht je dat te doen?'

'Door meer tijd met je door te brengen.' Zijn blik werd intenser. 'Ik weet dat het veel gevraagd is, maar denk je dat je het me kunt vergeven, opdat we eraan kunnen werken om alles weer goed te maken tussen ons? Ik heb het vreselijk verknald en ik wil het goedmaken. Ik moet er steeds aan denken hoe fijn we het hadden.' Hij schudde zijn hoofd. 'Een van de grote ironieën van het leven is, dat we pas beseffen hoe dierbaar iets was als we het verliezen. En je wás me dierbaar, Chloe. Echt waar. Wat ontzettend stom van me dat ik je niet naar waarde wist te schatten toen ik de kans had. Het zal wel vreemd klinken, maar de afgelopen zes maanden had ik zo'n enorme behoefte om alles aan je op te biechten.'

Chloe slikte. Hier was dan het berouw dat ze had gewild, de verontschuldiging die ze al die tijd had gewild. Waarom voelde ze zich dan zo belazerd? Waarom voelde het als een anticlimax? Wat had ze eigenlijk verwacht te voelen? Overwinning? Was dat het? In de lucht slaan en radslagen maken? In dat geval was ze helemaal op een dwaalspoor gebracht. Dit was een overwinning die niets voorstelde. Nog erger, het was een pyrrusoverwinning. De woorden 'het spijt me' zouden nooit teruggeven wat ze was kwijtgeraakt.

Nu ze naar Paul keek, voelde ze een pijnlijke steek van verdriet. Bijna overmand door de wens om zelf alles aan hem op te biechten, voelde ze de tranen in haar ogen komen. Ze wendde haar gezicht af en knipperde met haar ogen, in de hoop dat hij het niet had gemerkt.

Maar dat had hij wel. 'Het spijt me dat het na al die tijd nog steeds pijn doet, Chloe,' zei hij. 'Je weet niet hoe rot ik me daardoor voel.'

Zijn woordkeuze ergerde haar dermate, dat ze zich wist te beheersen. Waarom ging het altijd over hem en zijn gevoelens? Ze nam een flinke slok wijn en zei: 'O, voel je alsjeblieft niet rot omwille van mij.'

Hij hoorde de klank in haar stem en keek gekwetst. 'Vertel eens wat jij allemaal hebt gedaan? Is er een nieuwe man in je leven?'

'Ja,' loog ze. Ze was te trots om iets anders te zeggen.

'En?'

'En wat?'

'Is het serieus?'

'Gaat jou dat iets aan?'

'Je hebt gelijk,' zei hij. 'Maar het is maar dat je het weet, ik heb op dit moment niemand.'

24

SALLY HAD EEN keer met Chloe een aflevering gezien van *Voetbal-vrouwen*. Het was een van hun zeldzame avondjes samen, met een fles wijn, een afhaalmaaltijd en een gek programma op de televisie. De luxe levensstijl die in de aflevering werd getoond, leek volslagen onwerkelijk, en toch was Sally hier bij Darren T. Child, en kon ze getuigen dat wat ze op de televisie had gezien, geen vergezochte fantasie van een scriptschrijver was.

Door Darren T. Childs kundigheid op de grasmat kon hij zich een enorm huis veroorloven in het gewilde Prestbury, met als buren een verzameling beroemde topvoetballers. Het huis met zeven slaapkamers en vijf badkamers was een ordinair wanproduct, uitgerust met een binnenzwembad, een biljartkamer, een fitnessruimte, een filmzaal en een garage voor vijf auto's. Bij haar komst had Sally drie dure auto's van Darren gezien, twee Humvees en een Ferrari, die een wasbeurt kregen van een man in een grijze broek en een hemd met opgerolde mouwen. Alles aan het huis wees op een man van vijfentwintig die meer geld had dan goed voor hem was.

Het interieur was niet helemaal onbekend; Sally had het in een aflevering van *OK!* gezien bij de kapper. Er had een artikel in gestaan over het fantastische leven van Darren T. Child. Er waren talloze foto's van hem en zijn vrouw, liggend op hemelbedden, verstrengeld in kniediepe pluistapijten, champagne drinkend in de jacuzzi, knuffelend op de achterste rij in de filmzaal, en vozend in het zwembad op een manier waardoor ze zo uit het openbare zwembad in het nabijgelegen Macclesfield zouden zijn gestuurd.

Sally werd naar een enorme zitkamer gebracht die met de onvermijdelijke slechte smaak was ingericht. Het was een toonbeeld van tienerchic: roze leren banken, roze tapijten, donzige roze kussens, roze behang. Alleen een stapel kleren op de vloer en posters van popidolen aan de muur ontbraken. De inrichting was duidelijk overgelaten aan mevrouw Child. Aan haar of aan de kitschwinkel.

Alleen al op grond van deze kamer had Darren alle recht om te willen scheiden.

De vrouw die de deur voor Sally had geopend, misschien een huishoudster, had haar meegedeeld dat Darren in het zwembad was en zo zou komen. Dat was twintig minuten geleden.

Met Darren in zijn eigen huis af te spreken, was de enige manier geweest waarop Sally zeker wist dat ze haar cliënt zou aantreffen. Hij had geweigerd om naar het kantoor in Manchester te komen, met de bewering dat hij dan lastiggevallen zou worden door fans. Sally had geen idee of dit waar was, of dat hij gewoon een opgeblazen beeld van zijn status had, maar een zonnebril en een baseballpetje waren toch genoeg om je te vermommen? Of zo'n sweater met een capuchon? Ze had gedacht dat hij, gezien zijn achtergrond, thuis ook met zo'n ding aan zou lopen.

Meteen berispte ze zichzelf, geschokt door haar snobisme. Haar achtergrond en die van Darren verschilden niet veel van elkaar, dus waarom mocht zij wel opklimmen maar stoorde ze zich eraan dat Darren hetzelfde had gedaan? Wat maakte het uit dat hij zo opvallend leefde? Het was zijn eigen geld; hij kon ermee doen wat hij wilde. Als zijn advocaat was het haar taak om hem te verdedigen, om zijn belangen te behartigen. Met zijn privéleven had ze niets te maken, tenzij het een directe invloed had op de scheidingsregeling. Als hij elke avond in een club wilde doorbrengen of zijn lijf wilde misbruiken met alcohol en drugs en het gezelschap zocht van half ontklede meisjes die alleen maar uit waren op zijn bekendheid, dan moest hij dat helemaal zelf weten. 'Ik word niet betaald om een oordeel over je te vellen, Darren,' had ze ooit tegen hem gezegd. 'Je betaalt me om je bezit te beschermen en dat ben ik dan ook van plan.' Hij had erom gelachen en gezegd: 'Ik betaal je een vermogen om dat te doen, en vergis je niet.' Ze had vermoed dat hij op iets anders doelde dan op zijn financiële vermogen. Ze was in de verleiding geweest om David Swann van kantoor mee te nemen – hij hoorde bij het team dat de zaak van Darren in behandeling had – maar omdat ze wist hoe hij onder de indruk zou zijn een van de huidige beste spelers van het land te ontmoeten, was ze alleen gegaan. Bovendien kon ze figuren als Darren met een hand op haar rug gebonden nog aan.

Het geluid van meisjesachtig gegiechel vertelde Sally dat er waarschijnlijk binnenkort een einde aan het wachten zou komen. Wat voor lichamelijke oefeningen Darren ook had gedaan, daar hoorde beslist geen baantjes trekken bij. Het geluid van een klap – een hand op een kontje? – werd gevolgd door: 'En nu wegwezen, want ik heb zaken te regelen.'

Reken daar maar op, dacht Sally. Ze stond op en streek de rok van haar mantelpakje glad.

Darren, gekleed in een sneeuwwitte badjas en een handdoek om zijn hals, drentelde naar binnen. Het enige wat nog ontbrak was de soundtrack van 'Eye of the Tiger'. 'Ha, die Sally. Hoe gaat ie?'

'Heel goed, Darren. En hoe gaat het met jou?'

'Goed hoor, meid. Verdikkeme! Wat heb je met die tafel gedaan?' Hij keek vol afschuw naar de papieren die ze over een grote glazen salontafel had uitgespreid.

'Dat is belangrijk papierwerk dat we moeten doornemen,' zei ze.

'Wat? Maar daar betaal ik jou voor. Ik doe geen papierwerk.'

'We moeten het samen doornemen, Darren. Zo werkt dat. We moeten een team vormen. Een voetballer kan ook niet in zijn eentje een wedstrijd winnen,' voegde ze er met een glimlach aan toe, in de hoop dat hij de vergelijking zou snappen. 'Ik heb je hulp nodig. Ik kan dit niet alleen doen.'

Darren was niet de slimste – onlangs vroeg hij tijdens een interview door Jonathan Ross wie Tony Blair was – en Sally wist dat ze voorzichtig moest zijn. Mensen konden hem wel voor gek zetten, maar ze probeerde altijd te onthouden dat het onderwijssysteem het wat hem betreft helemaal had laten afweten.

'Neem je me in de maling of zo?' Darren duwde zijn kaak naar voren en stak zijn handen diep in de zakken van zijn badjas. De badjas viel aan de bovenkant open en onthulde een gladde, onbehaarde borst. Sally's blik gleed naar zijn benen. Was David Beckham of Frank Lampard de aanleiding geweest dat ze allemaal hun lichaam begonnen te scheren? Zijn voeten zaten vol eelt en zagen er vreselijk onaantrekkelijk uit. Hij was nu vijfentwintig en aan de top van zijn carrière, maar hoelang nog voor hij artritis kreeg? Of welke aandoeningen dan ook die voetballers op latere leeftijd kregen. Hoewel die Gary Linekar niet bepaald op krukken liep.

'Ik zei, neem je me in de maling of zo?'

Sally schrok op. Toen hervond ze haar concentratie. 'Nee, Darren,' zei ze. 'Ik probeerde je er alleen op te wijzen dat ik je hulp nodig heb. Laten we even gaan zitten en kijken naar wat ik voor je heb meegebracht.'

Hij ging in de grote, roze leren fauteuil zitten naast de bank waar zij had gezeten. Hij klapte de armleuning omhoog en een knoppenpaneel kwam in zicht, wat Sally deed denken aan de stoel waar Jimmy Savile altijd in zat voor *Jim'll Fix It*. Darren drukte op een knop en de stoelleuning ging naar achteren terwijl de voetsteun omhoogkwam. 'Zo,' zei ze toen hij comfortabel leek te zitten, 'het eerste document dat ik met je wil doornemen, is...'

'Mag ik iets zeggen, meid?'

'Natuurlijk, Darren.' Waarom zei hij steeds 'meid' tegen haar? Ze wist dat het een trucje van hem was, maar had hij dan echt geen idee hoe irritant het was? Hij had al 'meid' tegen haar gezegd toen ze elkaar voor het eerst ontmoetten. 'Hoe gaat het, meid?' had hij gezegd. Het was net zo erg als al die andere woorden en uitdrukkingen waar ze niet goed van werd. Je kon niemand vragen hoe het ermee ging, of ze zeiden: 'Ik ben goed.' Nee! kon ze wel schreeuwen. Er wordt gevraagd naar je gezondheid, niet naar je gedrag. 'Zeg maar' leek ook in de mond bestorven te liggen. En sinds wanneer was 'ja' vervangen door 'absoluut' of 'zeker weten'? Wat mankeerde de mensen tegenwoordig? Konden ze niet meer normaal praten? Pingu, de favoriete pinguïn van Marcus, had nog een uitgebreidere woordenschat dan de helft van die domkoppen op radio en televisie dezer dagen. Hm... dacht ze. Ook zij maakte zich er wel eens schuldig aan. Door dat toe te geven, gingen haar gedachten naar die streng verboden gevarenzone: Harry. Ze dacht aan hoe hij haar had geplaagd omdat ze altijd het woord 'absurd' gebruikte. Hij had gezegd dat hij genoot als ze zei: 'O, doe toch niet zo absurd, Harry.' Hij zei dat hij moest lachen omdat ze dan zo preuts klonk. Hij zei dat hij haar dan wilde overladen met kussen.

Ze dwong haar gedachten terug uit dat mijnenveld, herinnerde zich waar ze was en wat ze hoorde te doen, en zei: 'Goed, Darren, zullen we doorgaan?'

Hij fronste zijn wenkbrauwen. 'Je hebt helemaal niks gehoord van wat ik zei, hè?'

Had hij iets gezegd? O, god, wat was er met haar aan de hand? Waarom concentreerde ze zich niet? 'Sorry,' verontschuldigde ze zich. 'Het was een drukke week en ik heb veel aan mijn hoofd gehad.'

Hij wierp haar een doordringende blik toe. 'Maar goed ook dat je geen voetballer bent; je zou het nog geen twee minuten volhouden.' Hij drukte een stompe vinger tegen zijn slaap en tikte ertegen. 'Het eerste wat je leert is: scherp blijven, altijd de bal in de gaten houden. Als je dat niet doet, kun je het vergeten.'

Sally kon haar oren niet geloven. Haar werd een lesje geleerd door uitgerekend Darren T. Child!

'En ik probeerde je te zeggen dat je eruitziet of je wel wat R en O kunt gebruiken.'

'R en O,' herhaalde ze verward. Waar had hij het over? De een of andere drug?

'Rust en Ontspanning,' zei hij. 'Weet je dan helemaal niks?'

'Niets,' verbeterde ze hem zonder na te denken.

Weer wierp hij haar een doordringende blik toe, terwijl hij met zijn stompe vingers op de armleuning van de leren stoel trommelde. 'Jij vindt mij maar uitschot, hè?'

'Natuurlijk niet. Doe niet zo absurd.' Ze kromp ineen. Bedankt, Harry! 'Maar je hebt gelijk. Het was verkeerd van me om je te verbeteren. Ik ben het alleen zo gewend bij mijn zoon dat het er gewoon uitkwam.' Ze pakte een stapel papieren op terwijl ze weer de controle in handen probeerde te krijgen.

'Hoe oud is je zoon?'

'Tweeënhalf. Net iets ouder, eigenlijk.'

Darren snoof minachtend. 'Tweeënhalf. En je verbetert hem nog ook? Dat zal hij leuk vinden.'

Sally werd nijdig. Ze was niet van plan om mededelingen te doen over hoe ze Marcus opvoedde. Toch kon ze het niet laten om te zeggen: 'Hoe moet hij het anders leren als ik hem niet de juiste woorden bijbreng?'

Darren haalde zijn schouders op. 'Juiste woorden, verkeerde woorden. Dat betekent niks. Het joch zal praten zoals hij wil en daar kun jij helemaal niks tegen doen.' Hij glimlachte. 'Maar dit weet ik wel, meid.' Hij gebaarde om zich heen. 'Ik heb dit alles niet gekregen door te praten zoals jij. Hoeveel poen verdien jij?'

'Darren, ik vind niet...'

'Honderdduizend per jaar? Tweehonderd?'

'Het gaat je niets aan wat ik verdien.'

'Wat dan ook, ik durf te wedden dat ik dat al verdien als ik 's morgens opsta. Dus als je de volgende keer je kind verbetert, denk dan maar aan mij.'

'Niet iedereen is gezegend met jouw speciale talent.'

'Ja, maar wie weet wat voor speciaal talent jouw kind heeft als je zijn zelfvertrouwen steeds afbreekt? Mijn ouders hadden het niet beter kunnen doen dan te scheiden en me bij mijn grootmoeder te dumpen. Ze was een juweel van een vrouw. Nog steeds. Ze liet me precies doen wat ik wou. En dat, dat heb je wel in de roddelbladen gelezen, was spijbelen en de hele dag voetballen. Hoe zou het geweest zijn als ze me had gedwongen om naar school te gaan? Nou? Dan zat ik hier niet en jij ook niet, meid. Dan had je vast nooit zo'n lekker groot bedrag van me gekregen. Ben ik je rijkste cliënt?'

Sally had meer dan genoeg van Darrens opgeblazen ego en eigendunk. Het werd tijd om die tot de juiste proporties terug te brengen. 'Nee,' zei ze naar waarheid. Ze zag de overduidelijke teleurstelling op zijn gezicht. Haal niet dat soort geintjes met mij uit, *ventje*! 'En tenzij je volledig meewerkt...' – ze gebaarde naar de papieren op tafel – '...zal je vrouw je platwalsen en eindig je als een van mijn armste cliënten. Dus kunnen we nu aan de slag gaan?'

Er was een uitputtend en frustrerend uur verstreken toen uit de zak van Darrens badjas het vreemde geluid van een juichende menigte kwam. Hij pakte er een mobiele telefoon uit en kwam meteen overeind. Hij begon door de kamer te ijsberen. 'Dat meen je niet, joh!... Nee toch!... Waanzinnig!... Ja, echt helemaal waanzinnig!... Ja, jij ook, joh... Onwijs goed, man.' Hij verbrak de verbinding en wierp Sally een brede grijns toe. 'Raad eens wie dat was?'

'Geen idee.'

'Mijn manager met goed nieuws.'

'Toch geen transfer?' Sally ging in gedachten vlug na in hoeverre ze door een enorm bedrag voor een transfer wat honorarium betrof weer terug bij af zou zijn.

'Welnee. Ik ben een boek aan het schrijven. Een echt boek. Mijn auto... auto en nog wat.'

'Je autobiografie. Gefeliciteerd.'

'Ja, hartstikke leuk. Mijn oma zal trots zijn.'

'Heb je een ghostwriter?'

'Ja, zoiets. En het mooiste is dat ze me minstens een miljoen betalen. Het leven wordt steeds leuker!'

'Er is zeker geen kans dat deze literaire triomf kan worden uitgesteld tot na alles is geregeld voor de scheiding?'

'Wat voor triomf?'

'Het schrijven van je autobiografie.'

Hij wees met een vinger naar haar. 'Dat, meid, hangt af van hoe lang je erover doet om me te verlossen van die uitzuiger van een del. Ik weet alleen dat ze willen dat ik ongeveer volgende week een contract teken.'

Hetgeen inhield dat de schikking van *Child versus Child* definitief aangepast moest worden. Mevrouw Child zou ongetwijfeld een portie van de literaire inkomsten willen, vooral omdat ze er waarschijnlijk in zou voorkomen. Wie weet, misschien zou het meisje zelfs proberen om de publicatie tegen te houden. Hoe dan ook, *Child versus Child* leek als een echte soap nog jaren te kunnen duren.

Naderhand, toen Sally de nu overbodige papieren rangschikte en aanstalten maakte om weg te gaan, zei Darren: 'Weet je, meid, en ik wil je niet stressen of zo, maar je ziet er echt uit of je wel aan een vakantie toe bent. Je mag mijn villa in Marbella wel lenen als je wil. Je zoon zal het zwembad prachtig vinden.'

Ze reed met een heel ontevreden gevoel terug naar kantoor. Ze had een cliënt beledigd, een dure cliënt die waarschijnlijk vaak zou terugkeren en daardoor zoet moest worden gehouden. Niet alleen dat, maar ze had bijna beroepszelfmoord gepleegd. En daarbij had Darren haar ook nog eens zijn vakantiehuis te leen aangeboden. Hoewel ze zijn aanbod nooit zou aannemen, voelde ze zich klein en bekrompen door zijn ruimhartigheid. Daardoor kreeg ze nog meer negatieve gevoelens dan ze al had. Hoe ze die ook van zich af probeerde te zetten, ze had steeds op alles in haar omgeving iets aan te merken, en soms ook op zichzelf. Ze begreep niet waarom uitgerekend Darren aardig tegen haar was geweest.

Of waarom Harry beweerde dat hij verliefd op haar was geworden. 'O, doe niet zo absurd,' had ze na die verklaring gezegd. Die was gekomen vlak nadat ze samen in de lift vast kwamen te zitten. Ze was letterlijk naar haar kantoor gerend om zich te verstoppen tot de ergste schuldgevoelens in haar hoofd wat tot bedaren waren gekomen. Ze kon nog steeds niet geloven dat ze Harry had gekust. Een kus die op geen enkele manier omschreven kon worden als een voorzichtig kusje op de wang, een onschuldig gebaar dat niets in-hield. O nee, het was een kus vol seksuele inhoud geweest, een kus die er geen twijfel over liet bestaan dat ze er maar wat gewillig aan had meegedaan. Harry had haar niet gedwongen. Hij had haar niet in de val gelokt. Het was net zo natuurlijk geweest alsof ze samen ademden.

Ze kon alleen tot haar verdediging zeggen dat, hoe natuurlijk het verlangen om hem te kussen ook was geweest, het alleen maar was gebeurd door de volslagen onnatuurlijke situatie. Het was een ex-treme situatie geweest, waardoor ze op haar beurt iets had gedaan wat totaal niet bij haar paste. Maar ondanks al het achteraf berede-neren wist ze dat Harry kussen haar zo diep had geraakt, dat er een groot risico bestond dat het nogmaals zou gebeuren.

Toen ze eindelijk uit de lift waren bevrijd en iedereen had ge-vraagd of alles goed met hen was, was Harry haar gevolgd naar haar kantoor. Hij had Chandra koffie laten zetten, Sally op een stoel laten zitten en gevraagd hoe ze zich werkelijk voelde. 'Je ziet er nog steeds heel bleek uit,' zei hij.

'Dat komt door de schok. Om wat we hebben gedaan.'

'Ik kan me wel verontschuldigen, maar dat maakt het niet min-der echt.'

'Dat weet ik, maar voor onze gemoedsrust moeten we doorgaan alsof het nooit is gebeurd.'

'En als ik dat nu eens niet van plan ben? Als ik eens tegen je zei dat er een serieuze kans is dat ik verliefd op je word?'

'O, doe niet zo absurd, Harry.'

Hij had geglimlacht en toen vertelde hij haar hoe verleidelijk hij haar vond als ze zo preuts deed.

'Plaag me alsjeblieft niet,' had ze gezegd. 'En maak geen grapjes over wat we hebben gedaan. Ik moet aan mijn man denken.'

'Dacht je aan hem toen ik je in mijn armen hield?'

God nog toe, dat had ze niet gedaan. 'Je gaat het toch niet moeilijk voor me maken?' had ze gezegd, meer als een mededeling dan als een vraag.

'Moeilijk?' had hij herhaald. 'Ben je bang dat ik nu achter je aan ga jagen door kantoor of je ga bombarderen met seksueel getinte e-mails?' Hij deed een stap naar haar toe. 'Ik geef om je, Sally. Waarom zou ik je iets aan willen doen dat je ook maar een beetje zou kwetsen?'

Hij stond gevaarlijk dicht bij haar. Zo dichtbij dat ze een hand om zijn nek had kunnen leggen en hem naar zich toe kon trekken om hem weer te kussen. Maar dat had ze niet gedaan. 'Dank je,' had ze gemompeld, biddend dat hij niet nog dichterbij zou komen. Dat ze – dat zíj – niet iets doms zou doen.

'Voor wat?' vroeg hij.

'Dat je zoveel begrip toont.'

Daar moest hij om glimlachen. Maar het was geen blije glimlach.

'Het spijt me,' had ze gezegd. 'Dat kwam er anders uit dan ik bedoelde.'

Hij had een hand op die van haar gelegd. Niet doen, had ze gedacht. Alsjeblieft niet. Maar ze had haar hand niet weggetrokken. 'Ik verdien je niet,' had hij gezegd. 'Maar voor nu is het genoeg als ik in je buurt kan zijn. Neem me dat alsjeblieft niet af.'

Sally's hart sprong op in haar borst toen ze aan zijn woorden en de uitdrukking op zijn gezicht dacht. Hoe had ze zich deze toestand op de hals kunnen halen en Harry toegestaan om haar dit aan te doen? Hoe had hij zo vat op haar kunnen krijgen dat ze in paniek raakte en alle zelfbeheersing verloor als ze aan hem dacht? Door hem was ze alle concentratie kwijt, en dat was iets wat ze zich niet kon veroorloven. Nog meer onprofessioneel gedrag als zonet bij Darren, en ze zou alle geloofwaardigheid verliezen.

Het was een geluk dat Harry nu in Londen bezig was met een grote zaak van belastingfraude. Nu hij weg was, kon ze misschien deze waanzin achter zich laten. Het was drie dagen geleden dat ze elkaar hadden gekust, en na nog een paar dagen zou ze vast wel over het ergste heen zijn en haar evenwicht hebben teruggevonden.

Om Harry uit haar gedachten te zetten belde ze naar huis via de handsfree telefoon op haar dashboard. Opeens wilde ze Dans stem horen.

Toen de voicemail klonk, herinnerde ze zich dat Dan vandaag niet thuis was; hij was aan het werk bij de stichting. Ze overwoog even om naar zijn mobiele telefoon te bellen, maar bedacht zich. Hij zou het wel druk hebben.

Ze wist dat ze het recht niet had om Dan te verdenken als het om zijn werkrelatie met de onmogelijk volmaakte Tatiana Haines ging, maar ze voelde altijd enige verbittering als ze aan die twee samen dacht.

Sinds dat korte moment op het feest had Sally opgemerkt dat Tatiana alles was wat zij niet was. Ze was zorgeloos, open en ongedwongen, en ze straalde uitbundigheid en enthousiasme uit. Zoals verwacht hadden ze het nooit meer gehad over Sally's beschuldiging dat Dan zich aangetrokken voelde tot Tatiana, en Sally kromp ineen als ze dacht aan die afschuwelijke scène in haar werkkamer. Ze kromp ook in elkaar als ze dacht aan Dans woorden dat zij meer gelegenheid had om ontrouw te zijn dan hij.

Ze greep het stuurwiel stevig beet. Stel dat Dan haar beter kende dan zijzelf?

25

HET WAS ME de vrije dag wel voor Seth.

Alles bij elkaar genomen bleek het de soort week te zijn waar de studie theologie je voor waarschuwt maar je op geen enkele manier op voorbereidt. Alles wat maar kon, zat tegen zodra Owen was vertrokken voor een twee weken durende trektocht in Oostenrijk. De hel was losgebroken in de parochie.

Het was begonnen toen twee leden van de jeugdgroep van de kerk, Ricky Young en Jez Lucas, op heterdaad waren betrapt toen ze onderweg naar huis van een feest nummerplaten van auto's slootten. Uiteraard hadden ze gedronken. De politie had besloten om hard op te treden en ze hadden de twee vijftienjarige jongens meegenomen naar het bureau van Crantsford om nadere uitleg te geven. De ouders werden gebeld en de moeder van Jez, die Jez en zijn broer in haar eentje opvoedde, had Seth om een uur in de ochtend gebeld met het verzoek om een goed woordje voor de twee jongens te doen. Seth had gewillig meegewerkt. Het waren geen slechte jongens, ze hadden de boel alleen verkeerd ingeschat onder de invloed van het bier. Hij had op hun leeftijd veel ergere dingen uitgehaald. Hij had een keer met een vriend een verlaten caravan in brand gestoken. Dat was niet hun bedoeling geweest; ze hadden binnen lopen klieren, een bus haarlak in brand gestoken en gekeken of die zou ontploffen. Nou, en of die ontplofte! Ze hadden geluk dat ze de caravan uit konden komen met alleen wat verschroeid haar.

Ricky en Jez, met beschaamde gezichten zoals het hoorde, mochten uiteindelijk naar huis na een figuurlijke oorvijg te hebben gekregen. Seth liet hen ook beloven dat ze persoonlijk hun verontschuldigingen zouden aanbieden aan de eigenaars van de auto's, en voorstellen om twee weekenden achtereen hun auto's te wassen.

De volgende dag moest hij drie begrafenissen voorbereiden. Het moeilijkst vond hij de bezoeken aan huis. De tranen kon hij wel aan. Maar de boosheid – de behoefte van de nabestaanden om uiting te geven aan de schok en het verdriet – was moeilijker om mee om te gaan. Dat en al die koppen thee.

Tijdens Owens afwezigheid had de telefoon roodgloeiend gestaan, meestal over kleine ruzies tussen de parochianen die Seth moest oplossen. Zorgwekkender was het telefoontje van de plaatselijke krant gisteren, die te weten was gekomen dat Owen had geweigerd om een jong echtpaar in de kerk in de echt te verbinden. De journalist wilde weten of het tegenwoordig de gewoonte van de Anglicaanse Kerk was om zelf uit te maken welke huwelijken ze wel of niet wilde voltrekken. Hoewel Seth wist dat Owen strengere opvattingen over dit bijzonder netelige onderwerp had dan hij, had hij zijn best gedaan om de boel te sussen, en uitgelegd dat Owen aan het betreffende paar had gezegd – of wat hij hoopte dat Owen had gezegd – dat ze meer dan welkom waren om in de St.-Michael te trouwen, zoals ze ook welkom waren om daar de diensten bij te wonen. Vervolgens had hij heel beleefd en vastberaden het gesprek beëindigd, want hij wist maar al te goed dat hoe minder je tegen een journalist zei, hoe beter het was. Persoonlijk vond Seth het beter om niemand uit te sluiten en een kerk vol mensen te hebben die het huwelijk van twee jonge, verliefde mensen vierden, dan om degenen in de kaart te spelen die beweerden dat de kerk te elitair en kortzichtig was en liever de deuren dicht hield voor ongelovigen.

Het erge was dat hij door het telefoontje te laat bij het bejaardentehuis Meadow Hill was, waardoor hij ook weer te laat was voor een bisdombijeenkomst in Chester. Toen hij thuiskwam stond Arnold Gosling op de stoep te wachten. Hij wilde weten waarom hij niet had teruggebeld en wat hij ging doen aan de hangjongeren op het kerkhof 's avonds laat.

Deze ochtend werd hij gewekt door de telefoon. Het was slecht nieuws: Kenneth Garside, al jaren lid van de St.-Michael, was in het ziekenhuis opgenomen en zou de avond waarschijnlijk niet meer halen. Seth had vlug zijn soutane aangetrokken, maar toen hij in het ziekenhuis kwam, herkende de stervende man niet meer wie er voor hem bad. Tien minuten later overleed hij.

'Is hij dood?' zei een stem toen Seth het gordijn wegtrok om Margery, de weduwe van Kenneth, alleen te laten met de man met wie ze meer dan vijftig jaar getrouwd was geweest.

'Ja,' had Seth zachtjes gezegd tegen de man in het bed ertegenover, en hij had eraan toe willen voegen: als het jou iets aangaat.

'Nou, blijf hier dan niet hangen, anders wordt de rest van ons onrustig. Jullie zijn nog erger dan de man met de zeis.'

Ook nog een fijne dag, dacht Seth terwijl hij op zoek ging naar een koffiemachine. Veel van zijn medepredikanten van de universiteit zouden goedmoedig hebben geglimlacht naar die vervelende oude vent, een stoel bij zijn bed hebben getrokken en met graagte hebben geprobeerd om het evangelie met hem te bespreken. Maar op dat moment had Seth daar geen zin in. De grote fout die mensen over geestelijken maakten, was aannemen dat ze niet zoals iedereen dezelfde krachten, zwakheden en emoties ervoeren. Seth had vaak de neiging gevoeld om een vuistslag te geven in het zelfvoldane gezicht van iemand die hem dwarszat, al was het alleen maar om hem af te brengen van het idee dat hij een gedweeë, zoetsappige wereldverbeteraar zonder ruggengraat was.

Hij reed van het ziekenhuis naar huis toen hij blauwe zwaailichten in zijn achteruitkijkspiegel zag, en hij wist dat zijn dag nu nog erger was geworden.

Uiteraard vonden de twee agenten alles heel grappig. 'Onderweg naar thee met taart met andere dominees?' vroeg de langste van de twee. Hij zag er niet ouder uit dan negentien, en was zo mager als een lat.

O, wat grappig, die kende ik nog niet.

'Hoe komt het dat een dominee in zo'n mooie auto rijdt? Het is toch een TVR?'

Seth liet het voor wat het was en antwoordde: 'Inderdaad.'

Magere Knul floot. 'Jullie dominees verdienen blijkbaar meer dan ik had gedacht. Of hebt u uw hand in de collectezak gestoken?'

De twee mannen lachten. Seth deed beleefd mee en wenste dat ze gewoon een bon uitschreven zodat hij naar huis kon. Het was tenslotte zijn vrije dag. Hij wist dat ze hem nooit zouden laten gaan; een geestelijke een boete geven voor te hard rijden was iets wat ze zich niet lieten ontzeggen. Hij zag al voor zich hoe ze naderhand op het bureau de grap aan hun collega's vertelden. Het zou hem niet verbazen als het werd gelekt naar de plaatselijke pers. Net wat de St.-Michael kon gebruiken na het verhaal over het jonge paar dat door Owen was afgewezen. En niet te vergeten die stunt van Ricky en Jez van de vorige avond, die misschien ook openbaar zou worden gemaakt. Seth zag de koppen al voor zich: VOORINGENOMEN EN WETSOVERTREDENDE DOMINEES... GEEN WONDER DAT DE JONGEREN IN HUN KUDDE NIET TE HANDHAVEN ZIJN!

De verleiding om aan deze hachelijke situatie te ontsnappen was zo groot, dat Seth overwoog om iets te doen wat hij had gezworen nooit te zullen doen: zijn vroegere leven gebruiken om uit een netelige situatie te komen. Een paar woorden, en deze twee agenten zouden niets liever doen dan hem wuivend weg laten gaan.

'Goed, vriend,' zei Magere Knul. 'U treft het vandaag. We laten u gaan. Maar nog even een advies: nooit meer denken dat u Lewis Hamilton bent, afgesproken?'

'Dank u. Hartelijk dank.'

Verbijsterd en opgelucht reed Seth verder naar huis met twee kilometer per uur onder de maximale snelheid. Zijn auto was een van de weinige bezittingen die hij nog had uit wat hij zijn vroegere leven noemde, en zolang hij zich deze kon veroorloven, was hij niet van plan hem weg te doen. De oudere dames uit de parochie vonden het trouwens prachtig als hij hun een lift gaf. De uitdrukking op hun gezicht als hij hen na een dienst naar huis reed, was onbetaalbaar, vooral als hij met de kap omlaag reed. 'O!' kirden ze dan. 'Dit is veel leuker dan in die roestige bak van Owen.'

Thuis stond zijn antwoordapparaat vol boodschappen, bijna allemaal met de vraag of hij had gehoord dat Kenneth die ochtend was overleden. Hij luisterde elke boodschap af, zoals elke dag hopend dat er iets van Chloe zou zijn. Maar dat was er niet. De stem van zijn zus galmde na in zijn oren: bel haar, geef haar de kans om haar mening over je te herzien.

Waarom niet? Als zijn dag nog slechter werd doordat ze niet met hem wilde praten, dan zij het zo.

Hij ging aan zijn bureau zitten, pakte de telefoon en zocht in zijn adresboek naar Chloe's nummer. Wat was het ergste dat ze kon doen? De verbinding verbreken? De politie bellen en hem laten arresteren voor stalken?

Hij toetste het nummer van haar vaste telefoon in. Misschien was ze wel thuis, aangezien het ook haar vrije dag was. Hij liet bijna de telefoon vallen toen hij haar stem hoorde nadat de telefoon pas één keer was overgegaan. En het was ook niet haar stem op het antwoordapparaat.

'Hallo,' herhaalde ze toen hij nog niets had gezegd.

'Chloe, met mij, Seth.'

'O,' zei ze.

'Hang alsjeblieft niet op.'

'Dat was ik ook niet van plan.' Hij kon de verontwaardiging in haar stem horen, alsof hij haar ervan had beschuldigd dat het haar aan moed ontbrak.

'Nee?'

'Je hoeft niet zo verbaasd te klinken. Hoe gaat het?'

Dit was mooi. Ze was bereid om te praten. Om te vragen hoe het met hem ging. 'Goed,' zei hij. 'Nou ja, eigenlijk niet. Ik heb een shitweek achter de rug en vandaag was het niet beter.'

Het bleef even stil aan de andere kant van de lijn, en toen: 'Mag je wel vloeken?'

'Heb ik dan gevloekt?'

'Je zei shit.'

'En wie vloekt er nu?'

Ze lachte.

Dit was echt goed. Ze klonk nu meer ontspannen. 'En hoe gaat het met jou?' vroeg hij.

'Ik heb een rare week achter de rug. Paul, mijn vroegere vriend, kwam onverwacht opdagen.'

O, fantastisch. Precies wat hij wilde horen. 'Wat wilde hij?' wist Seth op neutrale toon uit te brengen.

'Heel vreemd, maar hij wilde dat ik het hem zou vergeven.'

'En heb je dat gedaan?'

'Niet echt. Al zou jij natuurlijk tegen me zeggen dat ik dat zou moeten omdat ik anders naar de hel ga of zoiets.'

'Weet je, Chloe, ik moet echt zorgen dat je die stereotiepe ideeën over mijn beroep kwijtraakt.'

'Ik heb nooit gehoord dat het een beroep is. Ik dacht dat het een roeping was.'

Hij ging er verder niet op in en zweeg even. Haalde diep adem. En waagde de sprong. 'Neem ik veel risico als ik vraag of je iets met me wilt gaan drinken? Ik beloof dat ik je niet in verlegenheid zal brengen door met een priesterboordje of in soutane te komen.'

De stilte aan de lijn was zo diep dat Seth zijn eigen polsslag kon horen. Niets zeggen, hield hij zichzelf voor. Dwing haar niet.

'Alleen iets drinken?' vroeg ze ten slotte.

Hij voelde dat ze zijn voorstel op de proef stelde. Of er geen voorwaarden aan verbonden waren. 'Misschien ook nog wat praten,' voegde hij eraan toe.

'Iets drinken en wat praten. Verder nog wat?'

'Maak je geen zorgen, Chloe, we zijn gewoon twee vrienden die iets gaan drinken en bijpraten.' Om haar gerust te stellen, speelde hij open kaart. 'Ik beloof dat ik niet zal proberen om je weer een kus te geven. Ik accepteer waar ik aan toe ben wat jou betreft. Denk je dat je vrienden kunt zijn met een geestelijke?'

Dan had een uitzonderlijk goede bui. Zijn idee om een nieuwe dimensie te geven aan het werk voor de stichting was verrassend goed ontvangen. 'Ik wil niet overkomen als een verwaande nieuwkomer,' had hij tactvol uitgelegd aan Tatiana voordat hij zijn ideeën naar buiten bracht. 'Ik weet dat ik hier ben vanwege mijn inzicht in financiën, niet om grote ideeën aan te dragen.'

'Je moet meer vertrouwen hebben in je inbreng,' zei ze nadat ze naar zijn woorden had geluisterd. 'Ik vind je voorstel uitstekend. Het probleem is alleen dat onze inkomsten beperkt zijn, dus moeten we prioriteiten stellen, en de zorg voor broers en zussen wordt vaak onderschat. Zoek een manier om er geld voor te krijgen, Dan, dan doen we het.'

Terwijl hij nu de arboriorijst afwoog voor de preirisotto die hij ging maken, wist Dan precies waar hij het geld vandaan wilde halen dat de stichting nodig zou hebben. Om te beginnen zou hij zijn vroegere firma in Manchester benaderen, en daarna zijn oude studievrienden met hun connecties met grote bedrijven. En omdat hij zo in de zaak geloofde, zou hij ook nog heel brutaal zijn. Hij zou ze door elkaar schudden tot het geld uit hun zakken vloog. En zou blijven vliegen.

Hij was prei aan het snijden toen hij Sally via de voordeur hoorde binnenkomen. Hij wierp een blik op de klok: het was kwart voor negen. Hij riep naar haar, maar ze gaf geen antwoord. Meteen voelde hij zijn goede humeur vervliegen. Sally en hij waren al te lang bezig om zich aan elkaar te ergeren. Hij had geen idee waar ze die rare beschuldiging vandaan haalde dat hij en Tatiana meer hadden dan een werkrelatie, maar hij had besloten om er niet meer op in te gaan. Het zou wel komen door problemen op haar werk. Ze leek deze week vreemd prikkelbaar en gespannen, en als dat door het werk kwam, had ze niets aan nog meer tegenstand thuis.

Het was ook wel het laatste wat Marcus kon gebruiken. Kinderen pikten spanningen net zo snel op als een kou. Ze hadden antennes die alles opvingen wat niet in orde was. Ouders hoorden de beschermende factor in het leven van een kind te zijn, en Dan zou ervoor zorgen dat daar geen verandering in kwam. Daarom krikte hij zichzelf op en legde een opgewekte glimlach op zijn gezicht. 'Hallo,' zei hij vrolijk toen Sally de keuken binnen kwam. 'Goede dag gehad?'

'Niet slecht,' zei ze.

De moed zonk Sally in de schoenen. Waarom moest hij er altijd zo opgewekt uitzien? Ze keek toe terwijl Dan zijn aandacht weer op de prei op het hakbord richtte. Ze had met Kerstmis het mes voor hem gekocht als onderdeel van een misdadig dure set. 'Precies wat ik wilde,' had hij gezegd toen hij het cadeau openmaakte. Ze had hem geplaagd dat hij zo snel blij was met iets.

Voor hun huwelijk hadden ze vaak het spel gedaan dat heette: Als dit de laatste dag van je leven was, wat zou je dan doen? In het begin draaiden hun antwoorden altijd om de hele dag in bed blijven liggen en de liefde bedrijven. Daarna kwamen ze met de regel die hen dwong om fantasierijker te worden. Door deze regel liet Dan een kant van hem zien die Sally voorheen niet kende. Hij zei dat hij wel eens een gewapende overval op een bank wilde plegen, alleen maar om te weten hoe het was om vol adrenaline te zitten. Een andere keer had hij gezegd dat hij wilde zien of hij op ski's een lawine voor kon blijven.

Nu Sally haar man gadesloeg, die bouillon in een pan met rijst lepelde, vroeg ze zich af wat zijn antwoord zou zijn als ze hem nu deze vraag stelde. Zou het zijn wens zijn om de volmaakte risotto te maken?

Opeens draaide hij zich om en keek haar aan. Ze wilde dat hij de lepel zou neerleggen. Omhels me, dacht ze. Gewoon één omhelzing om me te laten geloven dat alles goed is tussen ons.

'Ik ben bang dat het een latertje wordt vanavond,' zei hij. 'Het duurt nog even voor het eten klaar is. Ga jij eerst lekker in bad.'

Sally ging naar boven met het idee dat ze was weggestuurd. In het leven van Dan leek geen plaats voor haar te zijn; hij had zijn handen vol aan Marcus, het huis en nu het liefdadigheidsfonds.

Hij was zo bezig met zijn eigen wereld dat hij geen idee had van het gevaar dat hen bedreigde.

26

GEMMA CAWSTON WAS zeventien. In januari, toen ze het verplichte praatje hield over veilige seks, had Chloe Gemma de minipil voorgeschreven. Afgaande op de verlegen houding van het meisje, had Chloe aangenomen dat ze liever niet had dat haar ouders dit te weten kwamen.

Chloe kende Gemma's ouders – ze waren allebei patiënt van haar – en ze wist dat het typisch mensen waren die geschokt en vol afkeuring zouden zijn als ze wisten dat hun puberdochter seksueel actief was. Gemma was hun enig kind en ze hadden haar pas op latere leeftijd gekregen – de baby die ze niet meer hadden verwacht – en ze waren heel beschermend ten opzichte van haar. Volgens Chloe waren ze ook veel te ambitieus. Je kon geen gesprek met hen voeren zonder dat een van hen niet begon over hoe goed Gemma het deed op school, of het nu ging om een tien voor een proefwerk of een perfect uitgevoerde recital op de piano of de fluit. Natuurlijk mocht je trots zijn als ouders, maar te veel trots kon averechts werken.

Zo te zien aan Gemma kreeg Chloe het sterke vermoeden dat het meisje gebukt ging onder de verwachtingen van haar ouders. Door iets in haar houding besloot Chloe verder te gaan dan alleen een routineonderzoek en een nieuw recept voor de minipil. Het vermoeide, bleke gezicht, de neergeslagen oogleden, de vingers die afwezig plukten aan haar mouwen, die bijna tot over haar handen reikten, verontrustten haar.

'Heb je problemen gekregen sinds je de pil hebt?' vroeg Chloe.

Gemma schudde haar hoofd.

'Geen onregelmatige bloedingen? Geen misselijkheid of hoofdpijn?'

Weer schudde Gemma haar hoofd.

'Laten we in dat geval even je bloeddruk controleren.' Chloe rolde haar stoel om het bureau heen tot ze naast haar patiënt zat.

Gemma schoof haar rechtermouw omhoog. 'Hoe gaat het op school?' informeerde Chloe terwijl ze de nylon manchet strak om de bovenarm van het meisje bevestigde.

'Best.'

Chloe begon de manchet op te pompen. Toen liet ze er een beetje lucht uit en luisterde naar Gemma's polsslag. Ze beëindigde de test met een glimlach. 'Prima. Dus geen bijzonderheden op school?'

Gemma trok haar mouw omlaag en haalde haar schouders op. 'Gewoon, zoals altijd.'

'In de herfst ga je toch naar de universiteit? Weet je al wat je wilt studeren?'

'Engels. Geschiedenis. Ik weet het niet. Ik kan geen besluit nemen. Misschien wacht ik er een jaar mee. Als ik mijn ouders zover kan krijgen dat ze het goedvinden.'

'Nou ja, er is nog tijd genoeg om een besluit te nemen. Rol je mouw op, dan controleer ik je bloeddruk ook op je andere arm.'

Gemma keek Chloe geschrokken aan. Dit was de eerste keer dat ze haar aankeek. 'Waarom? U zei toch dat mijn bloeddruk goed was?'

Chloe zei op luchtige toon: 'Het kan geen kwaad om twee keer te controleren. Je weet niet hoe vaak ik verschil heb gemerkt tussen de rechter- en linkerarm.'

'En als ik geen tweede controle wil?'

Nog steeds op luchtige toon zei Chloe: 'Dan moet ik je vragen waarom niet.'

Gemma slikte en beet verontrust op haar onderlip. Door die nerveuze aarzeling wist Chloe meteen dat ze gelijk had gehad om op haar instinct af te gaan. Ze bleef glimlachen en stak de manchet uit om die om de arm van het meisje te bevestigen. Heel langzaam, terwijl ze Chloe's blik vermeed, trok Gemma haar mouw op. Haar arm zat onder de ontsierende, elkaar kruisende krassen. De meeste littekens waren verbleekt of roze, maar er waren ook verse. De afschuwelijke littekens pasten totaal niet bij het knappe uiterlijk van het meisje.

Chloe legde de manchet van de bloeddrukmeter neer. 'Hoelang doe je dit al, Gemma?' Ze pakte de arm van het meisje en trok voorzichtig de mouw verder omhoog. Over de biceps van het meisje zat een onlangs aangebrachte pleister.

'Sinds februari,' mompelde Gemma.

'En weet je waarom je het doet?'

'Om... om te ontsnappen.'

'Ontsnappen van wat?'

'Van alles.'

'En waar komt die behoefte om te ontsnappen vandaan?'

'Als ik het gevoel heb dat het de enige manier is om mijn leven zelf onder controle te krijgen.'

Chloe knikte. Zelfverminking kwam heel vaak voor bij goed presterende meisjes zoals Gemma. 'En je ouders hebben hier zeker geen idee van?'

Gemma sloeg haar ogen ten hemel. 'Wat denkt u? Ze denken alleen maar aan mijn cijfers en dat ik naar de universiteit van Cambridge ga. Ze zeggen zelfs al tegen anderen voor welke studie ik me ga opgeven. Het komt niet eens bij ze op dat ik misschien niet wil.'

'Heb je geprobeerd het met hen te bespreken?'

'Zodra ik probeer aan te geven dat ik misschien niet intelligent genoeg ben voor Cambridge, lachen ze en dan zeggen ze dat ik niet zo gek moet doen want dat ik natuurlijk intelligent genoeg ben.'

'Het is nooit een kwestie van intelligentie, maar daar gaat het niet om.' Chloe trok Gemma's mouw omlaag. 'Ik zal je steriele verbandjes en een ontsmettend middel meegeven. Het is van belang dat je het gevaar voor infectie tot een minimum beperkt.'

Gemma's ogen werden groot. 'U gaat me dus niet vertellen dat ik het niet meer mag doen?'

'Zou je ermee ophouden als ik dat deed?'

'Waarschijnlijk niet.'

'Dan ga ik mijn adem niet verspillen. Maar ik wil je wel in contact brengen met iemand met wie je kunt praten.'

'Een psycholoog? Een consulent?'

'Zoiets, ja.'

Gemma leek het voorstel te overwegen. 'Dan komen mijn ouders er natuurlijk achter, toch?'

'Dat hoeft niet. Maar aan de andere kant kun je naar mij toe komen wanneer je wilt.'

Weer zweeg Gemma terwijl ze nadacht over Chloe's voorstel. 'Bedankt,' zei ze. 'Maar het gaat wel.'

Toen ze op het punt stond om weg te gaan met het recept dat Chloe voor haar had geprint, zei ze: 'U hebt mijn bloeddruk niet voor de tweede keer gemeten. Kwam dat omdat u het eigenlijk niet nodig vond?'

'Dat klopt. Hoewel ik het in sommige gevallen wel heb gedaan. Ik heb niet tegen je gelogen. Er kunnen verschillen zijn.'

'Dus u vermoedde dat ik mezelf sneed en u wilde het zeker weten?'

Chloe knikte.

'Waardoor heb ik mezelf verraden?'

Door alles, wilde Chloe zeggen. Maar ze zei alleen: 'Ik ben arts. Wees voorzichtig. Ik weet dat het makkelijker gezegd dan gedaan is, maar probeer je niet door alles te laten meeslepen. En vergeet niet wat ik heb gezegd: kom naar me toe wanneer je maar wilt. Ook al is het maar om iets te vertellen wat er op school is gebeurd.'

Er kwam iets van een glimlach op het knappe gezicht van het meisje. 'U zou een fantastische moeder zijn, weet u dat?'

Chloe slikte. 'Dat valt nog te bezien.'

Door een vergadering op de praktijk kon Chloe pas laat naar huis en toen ze onderweg was – na in Laurel House de tomatenplanten te controleren omdat haar ouders in Florence waren – rammelde ze van de honger. Op de een of andere manier was er niets gekomen van een lunch, en toen ze over het pad om haar huis heen naar de achterkant liep, probeerde ze te bedenken wat ze nog in de koelkast had liggen.

Ze bleef abrupt staan toen ze een groot boeket bloemen zag liggen voor de achterdeur. Ze ging naar binnen, legde haar koffertje en jasje op een stoel en ging weer naar buiten om de bloemen te pakken. Wie kon haar in hemelsnaam zo'n groot boeket hebben gestuurd?

Ze legde de bloemen op de tafel in de serre en pakte het kaartje dat op een stokje achter een lelie gluurde, een bloem waar ze eerlijk gezegd een hekel aan had; ze vond de weeïge zoete geur te doordringend. Haar keel begon erdoor te prikkelen.

Lieve Chloe,
Dank je dat je me een tweede kans wilt geven. Met liefs en ik
betreur het heel erg.
Paul

Chloe staarde naar het kaartje. *Ik betreur het heel erg.* Wat bedoelde hij daarmee? Het klonk meer als iets wat je stuurde naar een nabestaande. En dat liefs, was dat gewoon een groet of bedoelde hij er iets meer mee? Of was het belachelijk om zijn boodschap zo uit te pluizen? Toen ze uit het restaurant waren weggegaan, had hij gezegd dat hij haar graag weer wilde zien. Zij had gezegd dat ze erover zou nadenken.

Maar waarom zou ze niet weer met hem afspreken? Hij had zijn excuses aangeboden voor wat hij haar had aangedaan, en toegegeven dat hij zich slecht had gedragen; waarom zou ze het hem niet vergeven en hem nog een kans geven? Tenslotte was hij niet meer de man van vroeger, zoals hij zelf had gezegd. Hij was veranderd. Stel dat ze niet alleen konden aanwakkeren wat ze ooit hadden gehad, maar het konden ontwikkelen tot iets wat nog veel beter was? Iets wat zou blijven en misschien kon leiden tot een huwelijk en samen kinderen krijgen?

Ze hield haar adem in. Wat bezielde haar? Hoe kon ze ooit op zo'n idee komen? Verlangde ze zo wanhopig naar een kind dat ze het risico wilde nemen om weer iets met Paul te beginnen?

Hoe schandelijk ook, zo wanhopig was ze. *U zou een fantastische moeder zijn,* had die arme Gemma gezegd, zonder te weten hoe leeg en eenzaam Chloe zich door die onschuldige woorden zou voelen.

Woedend op zichzelf gooide ze het kaartje op de tafel naast de bloemen, en ging naar boven om zich te verkleden. Even later was ze in een spijkerbroek en een T-shirt terug in de keuken. Ze maakte een fles wijn open, zette een cd op – 'Sam's Town' van The Killers – draaide de volumeknop hoger en begon aardappels te schillen voor het eten. Bij elke schil hielp ze zichzelf herinneren hoe idioot Paul in het restaurant had geklonken, met al die onzin over positief denken en zelfbewustzijn. Nou, ze zou hem wel even laten zien wat positief denken was!

Hoe durfde hij aan te nemen dat ze hem een tweede kans gaf?

Hoe durfde hij te denken dat hij zo weer in haar leven kon komen?

Hoe durfde hij haar bloemen te sturen en te denken dat die stinkende lelies alles weer goed zouden maken tussen hen?

Ze was zo opgefokt dat ze naar de serre holde, het boeket pakte en het meenam naar de tuin. Ze smeet het op de grond en stampte op de bloemen. En bleef stampen.

Over eigenwaarde gesproken!

27

HET WAS HALF juni en de zon scheen hoog en heet aan een wolkeloze blauwe hemel.

Dan was met Marcus en Charlie in de tuin super-heroes aan het spelen, toen Rosie terugkwam van haar afspraak op de huisartsenpraktijk. Hij brak het spel af en bood aan om een lunch voor iedereen te maken. De stad van kartonnen dozen die ze van een dreigende ramp hadden proberen te redden, was meteen vergeten en de jongens holden achter Dan aan en wilden iets te drinken. Dan negeerde hen. 'Rosie,' zei hij terwijl hij zijn hoofd schuin hield, 'is het verbeelding, of hoor ik iets piepen?' Hij keek overdreven lang om zich heen. 'Het lijkt wel van beneden te komen.' Hij keek naar de twee jongens, die zich meteen aan zijn benen vastklampten. 'Aha!' zei hij. 'Jullie zijn het. Nou, ik kan jullie niets te drinken geven als jullie niet je maskers en onzichtbaarheidsmantels afdoen, want dan kan ik jullie niet zien.' De jongens gilden het uit van het lachen en trokken de maskers af die Dan van een lege havermoutdoos had gemaakt.

Charlie en Marcus aten hun lunch op een kleed onder de appelboom en Dan en Rosie gingen aan de smeedijzeren tafel zitten. Terwijl Dan het laatste stuk stokbrood sneed en de stukken aan Rosie aanbood, viel hem op dat ze weinig trek leek te hebben. Ze had niets van de paté of brie genomen, en alleen wat stukjes stokbrood gegeten. Dan wilde niet vissen, maar ook niet doen of het hem niets kon schelen, dus vroeg hij aan Rosie hoe het bij de huisarts was geweest. Ze glimlachte. 'Chloe bevestigde wat Dave en ik al vermoedden. Ik ben zwanger.'

'Zo, dat is fantastisch! Gefeliciteerd! Wanneer verwacht je het?'

'In januari. En voordat je ernaar vraagt, we willen niet weten of het een jongen of een meisje is. Dat hebben we met Charlie niet gedaan en we zien geen reden om het nu anders te doen. Het klinkt misschien raar, maar we willen het lot niet tarten. We hebben een gezond kind gekregen, en ergens ben ik bang dat we deze keer misschien niet zoveel geluk hebben.'

Dan begreep precies wat Rosie bedoelde. Hij had hetzelfde gedacht als hij overwoog of hij en Sally niet een tweede kind zouden nemen. Konden ze echt twee keer achtereen zoveel geluk hebben? Maar omdat Dan als enig kind was opgegroeid, had hij liever dat Marcus een broertje of zusje zou hebben om mee te spelen; iemand met wie hij tijdens zijn jeugd ruzie kon maken, maar naderhand een hechte band mee kon hebben. Hij overwoog al een poos om het daar eens met Sally over te hebben. 'Hebben jullie Charlie al iets verteld?' vroeg hij aan Rosie.

'We hebben besloten om dat nog even uit te stellen. Tot hij merkt dat ik er anders uit ga zien.'

Dan lachte. 'Vergeet niet dat hij een jongetje is. Hij merkt misschien pas iets als je met de baby in je armen terugkomt uit het ziekenhuis.'

Die avond gingen Dan en Sally vroeg naar bed. Maar ze sliepen niet; Sally maakte aantekeningen voor een nieuw artikel in de *Gazette*, het blad van de beroepsorganisatie van advocaten. Haar eerste artikel was zo goed ontvangen, dat haar was gevraagd om er nog een te schrijven. En Dan was een rapport aan het samenstellen voor de stichting. De cijfers waren indrukwekkend. In slechts twee weken bleken zijn pogingen om geld in te zamelen voor zijn project een groot succes te zijn. Tatiana had gezegd dat hij volgens haar nu voldoende financiële steun kon aantonen bij het bestuur, dat ze er iets mee konden doen. De grote hindernis was het bestuur ervan te overtuigen dat wat hij in werking had gezet, uitvoerbaar was. Maar dat gold voor alle inzamelingen voor de stichting, voor zover Dan het kon bekijken. Je kon alleen maar hopen.

Toen hij vond dat hij alle informatie had ingevoerd die hij nodig had voor de presentatie morgen, deed hij zijn laptop dicht, legde die op de vloer naast zijn bed en draaide zich om naar Sally. Ze leek in gedachten verzonken en staarde naar de muur tegenover het bed. 'Hoe gaat het?' vroeg hij.

Het duurde even voor ze antwoord gaf, en ze wendde met moeite haar blik van die plek naar hem. 'Wacht even,' zei ze. 'Ik weet wat ik wil zeggen, maar ik kan blijkbaar niet de juiste woorden vinden.'

'Wil je iets drinken? Zal ik thee zetten?'

Ze klikte haar balpen in, sloeg haar blocnote dicht en geeuwde. 'Nee, dank je,' zei ze. 'Laten we maar gaan slapen.'

Ze deden de lampen uit. Sally ging op haar zij liggen en Dan deed hetzelfde. Met hun rug naar elkaar toe. Het was een warme, zwoele nacht en door het open raam hoorde Dan een auto voorbijrijden. 'Dat was ik vergeten te zeggen,' zei hij. 'Rosie en Dave krijgen er een tweede kind bij.'

'O ja? Hadden ze dat gepland?'

Dan draaide zich op zijn rug. Hij schopte zijn kant van het dekbed van zich af. 'Rosie heeft verder niets gezegd, dus ik neem aan van wel. Het verschil in leeftijd tussen Charlie en de baby zal goed zijn.'

'Waarom denk je dat?'

'Het lijkt me logisch. Charlie vereist minder tijd en hij zal beter begrijpen wat er gebeurt.'

'Denk je niet dat hij dan de leeftijd heeft om helemaal van slag te raken en jaloers te worden? Hij heeft al die tijd alle aandacht gekregen en opeens is hij niet meer nummer één.'

'De meeste kinderen maken dat mee, en die komen het wel te boven.'

Nu ging Sally ook op haar rug liggen. 'Bedoel je dat je dat met Marcus wilt riskeren?'

'Ja.' Dan besloot eerlijk te zijn. 'Hoewel het over het geheel genomen toch niet zo bezwaarlijk is? Een paar maanden jaloezie misschien, en dan is het voorbij.' Hij draaide zijn hoofd om en keek naar Sally. 'Ik weet dat het lastig zal zijn, maar is het zo onoverkomelijk om te overwegen nog een kind te krijgen?'

Sally keek hem in de schemering met grote ogen aan. 'Dat meen je toch niet?'

Pas op dit moment besefte Dan hoezeer hij het meende. Door het nieuws van Rosie was naar voren gekomen wat al vaag in zijn gedachten was. 'Ik heb nooit gewild dat Marcus een enig kind zou blijven,' zei hij. 'Als we nog een baby willen, dan moeten we het overwegen voordat...'

'Voordat wat?' viel ze hem in de rede. 'Voordat ik te afgetakeld ben? Wilde je dat zeggen?' Ze ging zitten. 'En dat is alles wat ik nu voor je ben? Een machine die baby's voortbrengt? Sinds wanneer? Sinds wanneer ben ik van de vrouw met wie je wilde vrijen, een menselijke broedmachine geworden?' Ze stond nu naast het bed en trok haar zijden peignoir aan.

'Misschien sinds je zo onbereikbaar bent geworden,' zei Dan zacht. 'Sinds de dag dat je zo prikkelbaar was dat ik op elk woord moest letten en moest zorgen dat ik niets deed, om je niet kwaad te maken.'

'Ik ben niet prikkelbaar!'

'O nee? Nou, waarom maken we nu dan ruzie? Ik heb alleen maar voorgesteld om nog een kind te krijgen.'

'Ja hoor, doe maar alsof ik degene ben die onredelijk is! Je raakt me in geen tijden aan en opeens wil je seks om me zwanger te maken. Niet te geloven!'

'Als we de laatste tijd geen seks hebben gehad, dan komt dat doordat we het allebei zo druk hadden. Vooral jij.'

'Ja, doe maar weer alsof het mijn schuld is.'

'Sally, dit gaat niet om schuld. Het gaat om ons gezin.'

'Maar waarom? We hebben Marcus. Is dat niet genoeg voor je? Waarom wil je riskeren dat we een baby krijgen die misschien... die misschien net zo zal worden als de kinderen voor wie die dierbare stichting van je zorgt?' Ze knoopte de ceintuur van haar peignoir met een heftige ruk dicht. 'Of zou dat je goed uitkomen voor je heldencomplex? Die goeie, onzelfzuchtige Dan! Wat er ook op zijn pad komt, hij kan het aan. Hij redt het leven van een kind, blijft thuis om voor zijn eigen kind te zorgen, en tegelijkertijd wijdt hij zich aan de nood van de minderbedeelden. Straks kun je nog over water lopen!'

Dan staarde haar verbijsterd aan. 'Denk je zo over mij?'

Ze keek hem heel strak aan. 'Ja. Heb jij enig idee hoe het is om met een held te moeten leven?'

Dan stond geschokt op. Hij zei niets, omdat hij zichzelf niet meer vertrouwde. Anders zouden ze misschien dingen zeggen waar ze later spijt van kregen. Hij liep zwijgend de deur uit en ging naar beneden.

Toen hij bijna een halfuur aan de tafel in de keuken had gezeten, kwam hij tot de conclusie dat Sally niet naar beneden zou komen. Misschien was ze zo verstandig geweest om te bedenken dat ze allebei tijd nodig hadden om af te koelen. Hij wreef over zijn gezicht. Hoe had dit kunnen gebeuren? Hoe hadden ze tot dit vreselijke punt kunnen komen waarop ze zulke dingen tegen elkaar konden zeggen?

Hij maakte zich nog het meeste zorgen over hoe ze in vredesnaam de weg terug konden vinden naar hoe het ooit tussen hen was geweest.

En wat bedoelde ze eigenlijk met heldencomplex?

28

'OOM SETH, OOM Seth, ga je met Chloe trouwen?'

Seth pakte de twee gillende meisjes op onder beide armen, liet hen boven het zwembad bungelen en dreigde hen erin te gooien. Na veel gespartel en hysterisch gelach zette hij de meisjes neer. Meteen probeerden ze hem mee te trekken naar de rand van het zwembad. 'Vertel, anders duwen we je erin!' riepen ze. 'Vertel, vertel! Ga je met Chloe trouwen?'

'Bemoei je met je eigen zaken,' zei Seth, en toen pakte hij zijn krijsende nichtjes op en sprong met hen in het zwembad.

Chloe keek geamuseerd toe vanaf haar ligbed. Ze was blij dat ze de uitnodiging van Seth had aangenomen om de dag met hem door te brengen in het huis van zijn zus in Shropshire, een verbouwde molen compleet met beekje, zwembad en prachtig uitzicht op de heuvelachtige omgeving. Rebecca was naar Leamington Spa om de bruiloft van een vriendin bij te wonen, en ze werd die avond laat pas terugverwacht. Haar laatste woorden voor haar vertrek vlak na de aankomst van Seth en Chloe, waren een waarschuwing aan Chloe dat ze geen onzin moest accepteren van haar broer of haar dochters, Phoebe en Isabella.

Sinds ze de aard van hun relatie opnieuw hadden vastgesteld, stelde Chloe de aanwezigheid van Seth in haar leven echt op prijs. Hij was leuk gezelschap en ze verheugde zich er altijd op om hem te zien, of het nu op fitness was, of dat ze uit eten gingen of samen naar een dvd keken. Eerlijk gezegd was ze bang geweest dat hij hun vriendschap zou beschouwen als een manier om haar over te halen tot een heel andere relatie. Maar hij had zich aan zijn woord gehouden en gaf nooit enig blijk dat hij meer van haar wilde. Als dat al zo was. En hoewel ze wist dat ze hem van streek had gemaakt door hem zo te laten vallen, leek hij het haar te hebben vergeven en accepteerde hij de situatie zoals die was. Waarschijnlijk had hij de waarheid onder ogen gezien, dat het geen zin had om haar als vaste vriendin te willen, want dan zou hij het onderwerp van kritiek worden. De mensen zouden zeggen dat, als hij haar niet eens kon bekeren, wie kon hij dan wel bekeren? Dat daargelaten was het fijn om zo'n leuke vriend te hebben. Dan en Sally waren fantastisch, maar ze hadden het druk met hun eigen leven en ze hadden er geen behoefte aan dat zij steeds kwam aanwaaien.

Het was vreemd, maar door Seth voelde ze zich onafhankelijk en bevrijd. Ze kon zichzelf zijn. Het was niet nodig om indruk op hem te maken of te doen alsof ze iets was wat ze niet was. Dat had ze te vaak gedaan toen ze zich van de ene relatie in de andere stortte en wanhopig een plaatsvervanger zocht voor Paul. De gedachte aan de persoon die ze zichzelf had laten worden was een vernederend pijnlijke herinnering. Hoe had ze zichzelf kunnen toestaan om zich af te vragen, hoe kort ook, of zij en Paul er weer iets van konden maken? Hoe wanhopig kon je zijn?

Hij had haar de volgende avond gebeld, vlak voordat ze weg zou gaan om voor de eerste keer met Seth als goede vrienden iets te gaan drinken. 'Heb je mijn bloemen gekregen?' had hij gevraagd.

Ze dacht aan hoe ze nog steeds geplet en verlept in de tuin lagen, en had geantwoord: 'Ja, dank je.'

'Ik meende wat ik op het kaartje schreef,' vervolgde hij. 'Ik hoop echt...'

Ze was hem midden in zijn zin in de rede gevallen. 'Paul, ik weet niet precies wat je van me wilt, maar denk alsjeblieft niet dat een bos bloemen en een etentje me kunnen laten vergeten wat je hebt gedaan. Ik wens je het beste, maar ik wil echt liever geen contact meer met je.'

'Ik begrijp het,' had hij gezegd. 'Het feit dat ik weer kwam opdagen is nog te rauw en te pijnlijk voor je. Misschien dat als ik terugkom van de zomercursus in Griekenland met Liz, we elkaar weer kunnen zien. Ik wil je echt graag helpen om verder te gaan en...'

'Stil! Dat is het hele probleem, Paul: je begrijpt het werkelijk niet. En nu moet ik ophangen, want ik ben al laat.' Ze legde de telefoon neer, niet met een dramatische klap, maar heel langzaam en heel zeker. Zo. Paul was afgehandeld.

Hij had niets meer van zich laten horen en ze hoopte dat als hij terugkwam uit Griekenland, hij geen zin meer zou hebben om haar lastig te vallen.

'Zin in een rondje zwemmen, dokter Hennessey?' Seth hing op zijn ellebogen aan de rand van het zwembad terwijl hij zich gedeeltelijk ophees. Zijn krullende zwarte haar was glad en nat van zijn voorhoofd naar achteren gestreken. Hij leek meer op een mannelijk fotomodel die voor de camera poseerde, dan op een oom die op zijn nichtjes paste.

Chloe keek naar het zwembad. Phoebe en Isabella waren in het ondiepe gedeelte een ingewikkeld spelletje aan het spelen waarbij de een een prinses was en de ander deed of ze een aanbidder was en naar haar kroon dook. 'Dominee Hawthorne, ik denk dat ik daar inderdaad wel zin in heb.'

Hij stak glimlachend een hand uit.

'O nee,' zei ze. 'Ik heb gezien wat je met arme, weerloze meisjes hebt gedaan.' In plaats daarvan dook ze op een paar meter van hem vandaan het water in. Toen ze aan de andere kant van het zwembad boven water kwam en achteromkeek, was hij verdwenen. Toen kwam hij vlak achter haar boven water.

'Je vindt het toch niet te saai?' vroeg hij terwijl hij het water uit zijn gezicht veegde.

'Ik kan me geen betere manier voorstellen om een warme zomerdag door te brengen.'

'Echt waar? Je vindt het niet erg om samen met mij de meisjes bezig te houden?' Hij knikte naar het ondiepe gedeelte van het zwembad; de prinses werd nu nijdig en eiste op schrille toon dat er ook een halsketting gevonden moest worden.

Chloe lachte. 'Wat bezighouden betreft ben ik eigenlijk overbodig. Je kunt het zelf heel goed. Ze zijn dol op je, hè?'

'Dat zou ik niet durven beweren. En het spijt me wat ze zo-even zeiden, je weet wel, of ik met je ging trouwen. Dat is gewoon ondeugendheid. Zo zijn ze altijd.'

Ze kon de verleiding niet weerstaan om hem te plagen. 'Bedoel je dat ze dat over iedere vriendin van je zeggen die ze ontmoeten?'

'O ja, zonder mankeren. Ze zijn erger dan bepaalde leden van mijn parochie die me voortdurend vragen wanneer ik een leuk meisje ga zoeken en een geregeld leven ga leiden.'

Dit was de eerste keer dat Chloe Seth rechtstreeks over zijn parochie hoorde praten, en het herinnerde haar eraan dat ondanks de avonden die ze samen doorbrachten, het onderwerp dat Seth altijd vermeed, zijn werk was. De paar keer dat ze er iets over had gevraagd, had hij er met slechts één woord antwoord op gegeven en was meteen op een ander onderwerp overgegaan. Misschien durfde hij er niet meer over te zeggen omdat ze dan misschien de kans zag om een aanval te openen op zijn geloof. Maar nu ze voelde dat hun vriendschap vastere grond kreeg, kreeg ze de behoefte om er verder naar te vragen. 'Seth,' zei ze terwijl ze dichter naar hem toe zwom, 'mag ik je iets vragen?'

'Natuurlijk.'

'Hoe ben je ertoe gekomen om geestelijke te worden?'

'O, dat is een lang verhaal. Vroeger was ik bij de politie.'

'Bij de politie? Dat meen je toch niet?'

Hij legde een hand boven zijn ogen tegen het felle zonlicht en keek haar aan. 'Mensen zijn altijd verbaasd als ze dat horen. Maar het zit in de familie. Mijn vader zat bij de Londense politie en is net met pensioen en zijn vader was daar ook in dienst.'

'Dus jij werd het zwarte schaap van de familie. Waarom ben je er weggegaan?'

Hij boog zich achterover zodat zijn hoofd tot zijn voorhoofd onder water lag. Toen kwam hij overeind en streek met een hand door zijn haar. 'Ik werkte bij de zedenpolitie,' zei hij. 'Dag in, dag uit had ik te maken met zaken waardoor ik wanhoopte aan de wereld waarin we leven. Door een videobewijs dat ik moest bekijken, nam ik een besluit. Vooral omdat er kinderen bij betrokken waren.' Zijn blik gleed naar waar Phoebe en Isabella nog steeds luidruchtig aan het spelen waren. 'Je mag me een slappeling noemen, maar ik kon het niet aan. Enkele oudere collega's waren immuun geworden voor de verschrikkingen van het werk, maar zover wilde ik het niet laten komen. Ik wilde nooit een video kunnen bekijken waarin een jongetje van twee jaar werd gemarteld zonder dat het me iets deed.'

'Dus besloot je dat je liever de zielen van die monsters wilde redden in plaats van ze naar de gevangenis te sturen?'

Hij fronste zijn wenkbrauwen. 'Is dat zo verkeerd?'

'Sorry, dat had ik beter kunnen verwoorden.'

'Hoe je het ook wilt zeggen, je vindt zeker dat ik een verblinde idealist ben?'

'Nee, helemaal niet. Als arts heb ik mishandelde kinderen gezien en ik weet net zo goed als jij dat er altijd een reden voor is dat er geen einde aan komt, dat de misbruiker vaak vroeger zelf misbruikt is. Maar om op mijn vraag terug te komen: waarom juist geestelijke? Waarom geen maatschappelijk werk bijvoorbeeld? Of waarom ging je niet naar een andere afdeling bij de politie?'

'Het simpele antwoord is dat ik echt een roeping voelde.'

'Hoe dan? Op welke manier?'

'Dat... dat is een lang verhaal.' Hij bleef even stil. 'Wil je het echt weten?'

Ze knikte.

'Goed, maar zeg het wanneer je het te overdreven vindt worden.'

Weer knikte ze.

'Nou, ik kan eerlijk zeggen, met de hand op mijn hart, dat ik werd aangetrokken door de gedachte aan al die Shloer.'

'Shloer?'

'Sorry, dat is een grap van de opleiding theologie.' Hij zei met een hoog stemmetje: 'Kan ik u nog een glas alcoholvrij druivensap aanbieden, dominee?'

Chloe glimlachte.

'Dat is beter,' zei hij. 'Je keek veel te serieus.'

'Betekent dit dat ik geen antwoord op mijn vraag krijg?'

'Nu kan ik alleen zeggen dat ik begreep dat een leven zonder geloof zou inhouden dat het alleen maar ging om de rotzooi. Kom, laten we gaan zwemmen voor de meisjes me opdragen dat ik de barbecue moet aansteken voor de lunch. De eerste die vier baantjes zwemt, hoeft niet af te wassen.'

'Afgesproken!'

'Oom Seth, heb je Chloe opzettelijk laten winnen?'

'Natuurlijk, Phoebe. Dat hoort een heer altijd te doen.'

'Geloof hem maar niet, Phoebe,' zei Chloe terwijl ze bij de meisjes aan de houten tafel ging zitten. 'Hij had me nog niet kunnen verslaan als mijn armen op mijn rug waren gebonden.'

Seth zag geamuseerd dat Phoebe aandachtig naar Chloe keek. 'Je kunt toch niet zwemmen met je armen op je rug gebonden?' vroeg ze.

'Vissen hebben geen armen,' mengde Isabella zich in het gesprek. 'En die kunnen heel goed zwemmen.'

'Die hebben vinnen, sufferd. Ik heb toch gelijk, oom Seth? Vinnen zijn toch net als armen? Mama zegt dat we heel vroeger vissen waren en dat betekent dat we vinnen hadden. Mama heeft toch gelijk, oom Seth?'

'Alleen een dom iemand zou het niet eens zijn met je moeder, Phoebe. Zo, wie wil er een hamburger, een kippenboutje of een lamskarbonade?'

'Ik alles!'

'Ik acht hamburgers!'

Seth lachte en zette een enorme schaal met geroosterd vlees op tafel. 'Jullie manieren!' riep hij toen zijn nichtjes met hun vork in het vlees begonnen te prikken. 'Gasten hebben de eerste keus. Chloe?'

Toen ze hadden opgeschept – terwijl Seth streng zei: 'Bij een portie vlees hoort een portie salade', – en Phoebe iets te drinken had ingeschonken en Isabella servetten had uitgedeeld, gaf hij toestemming om te eten.

'Maar, oom Seth, ga je niet eerst bidden?' Isabella wendde zich tot Chloe. 'Dat doet oom Seth altijd als mama er niet is. Maar niet het gewone gebedje. Hij zegt altijd iets raars. Het leukste vind ik: smakkerdesmak, bedankt voor deze prak.'

'Misschien kunnen we dat vandaag beter overslaan,' zei Seth terwijl hij Chloe aankeek.

Beide meisjes keken naar Chloe. 'Je wilt toch wel een raar gebedje horen van oom Seth?'

Chloe glimlachte naar Seth. 'Niets liever.'

'Goed dan,' zei hij. Hij boog zijn hoofd. 'Voor wat deze twee jonge schurken dadelijk ontvangen,' zei hij op zalvende toon, 'moge

God voorkomen dat ze gaan overgeven op het tapijt, de bank, de televisie en zichzelf. In elk geval tot Chloe en ik allang weg zijn. Amen.'

Het was bijna elf uur toen Rebecca thuiskwam, en pas na middernacht reed Seth Chloe terug naar Eastbury. Rebecca had hen aangeboden om te blijven logeren, maar Seth had de volgende dag om acht uur al een dienst, gevolgd door een familiedienst om halfelf.

'Ben je erg moe?' vroeg hij aan Chloe. 'Vijf opeenvolgende spelletjes twister is een record, moet ik zeggen. Phoebe en Isabella hebben je nu vast helemaal goedgekeurd en zijn vol bewondering.'

'Ik heb een fantastische dag gehad,' zei ze. 'Bedankt dat je me hebt uitgenodigd. En als je ooit sneller wilt leren zwemmen, bel me maar.'

Hij glimlachte. 'Je kent mijn principe wat dat betreft. Een heer weet hoe hij zich moet gedragen.'

'Ja, maar dat zou een echte heer nooit toegeven.'

'Die zit.'

Terwijl Seth zijn blik op de weg gericht hield, probeerde hij zich niet zo blij te voelen dat alles zo goed was gegaan vandaag. Het enige nadeel was dat hij zich steeds moest inhouden als hij bij Chloe was. Talloze malen had hij instinctief een arm om haar heen willen slaan. Hij had zich voorgenomen dat hij het kon opbrengen om alleen maar bevriend met haar te zijn, maar hij had er niet op gerekend hoeveel moeite het hem kostte om afstand te bewaren, zowel fysiek als geestelijk.

Ze hadden al meerdere kilometers gereden toen Chloe zei: 'Seth, heb je er moeite mee dat ik niet naar de kerk ga of niet in God geloof?'

'Vraag je me dat omdat je bang bent dat ik zal proberen je te bekeren?'

'Dat denk ik niet.'

'Of komt het omdat je door mijn geloof het gevoel hebt dat jij je moet verdedigen omdat je niet gelooft, iets waar je tot nu toe nooit over hebt hoeven nadenken?'

In de stilte die volgde, vroeg Seth zich af of hij te ver was gegaan. Waar was hij mee bezig? Een leuke dag verpesten?

'Nee,' zei ze ten slotte. 'Ik ben een wetenschapper en dus benader ik de dingen anders dan jij. Jij lijkt alle antwoorden te hebben op iets wat niet bewezen kan worden. Daardoor reageert de wetenschapper in me met argwaan en achterdocht.'

'Chloe, als er iets is wat je van me moet begrijpen: ik werk voortdurend binnen de grenzen van mijn onvermogen. Ik heb niet alle antwoorden. Ik kan bijvoorbeeld geen verklaring geven voor lijden. Wat ik wel weet, is dat we beter af zijn met de kracht van bevrijdende liefde dan zonder.' Hij zweeg even en wierp zijdelings een blik op haar. 'En nu klink ik helemaal verdedigend.'

'Sorry, het was niet mijn bedoeling om je het gevoel te geven dat je je moest verdedigen.'

Hij glimlachte. 'Maak je geen zorgen. Ik ben eraan gewend. Zoals je ongetwijfeld hebt begrepen, deelt mijn zus mijn opvattingen niet. En dat geldt ook voor de rest van mijn familie.'

'Heeft je familie je anders behandeld toen je wegging bij de politie om dominee te worden?'

'Zeker weten! Mijn ouders hebben van alles geprobeerd om me van mening te doen veranderen. Ze dachten dat ik een soort inzinking had.'

'Hebben ze het nu geaccepteerd?'

'Ze doen hun best. Ze denken dat ik de een of andere kwezel ben en ze doen gekke dingen als ik op bezoek kom, zoals de fles wijn verstoppen die ze net hebben geopend, of zich verontschuldigen als mijn vader in mijn bijzijn vloekt. Dan zeg ik dat ze moeten ophouden met die onzin en me een glas wijn moeten geven voor ik sterf van de dorst.'

'Mag ik je nog iets vragen?'

'Ga je gang.'

'Geloof je alles wat in de Bijbel staat?'

'Absoluut niet. Neem Exodus 35, vers twee, waarin staat dat iedereen die op de rustdag werkt, ter dood gebracht hoort te worden. Zo'n bevel hoort meteen al die fanatiekelingen het zwijgen op te leggen, vind je niet? De Bijbel, of welk geloofsboek ook, mag niet als wapen worden gebruikt. Ik geloof in uitdagen en op de proef stellen, niet in stompzinnige retoriek.'

Er gingen enkele minuten voorbij en toen zei Seth: 'Ik ben niet van steen, Chloe. Als je in me snijdt, bloed ik net als jij. Alleen omdat ik een stuk wit plastic om mijn hals draag, betekent dat niet dat ik veilig ben voor mijn primaire gevoelens. Ik ben net zo onvolmaakt als jij of wie dan ook.' Hij glimlachte. 'Wat betekent dat je maar moet uitkijken als je me weer uitdaagt voor de een of andere wedstrijd.'

Ze lachte. 'Droom maar lekker verder, dominee Hawthorne.'

O, en vaak, dacht hij. En hoe!

29

HET WAS AUGUSTUS, en om haar verjaardag te vieren hadden Chloe's ouders haar uitgenodigd voor de lunch, samen met Dan en Marcus. Seth was ook uitgenodigd. 'Zoek er niets achter,' had Chloe haar moeder gewaarschuwd. 'Hij is gewoon een vriend.' 'Natuurlijk, lieverd,' had haar moeder gezegd. 'Dat had ik de eerste keer al begrepen toen je dat zei. En de tweede. En alle andere keren sindsdien.'

Maar Chloe vertrouwde haar moeder niet en ze had haar vader gesmeekt om haar vandaag goed in de gaten te houden. 'Ik zal mijn best doen,' had hij gezegd. 'Maar als Jennifer eenmaal iets in haar hoofd heeft, kan niets ter wereld haar ervan afbrengen.'

Het was jammer dat Sally niet kon komen. Ze moest onverwacht naar Hull voor een of ander noodgeval met haar moeder. Het was Chloe een raadsel waarom haar vriendin – een van de meest assertieve mensen die ze kende – Kath Wilson nooit op haar nummer kon zetten. 'Zeg dat ze kan barsten,' had Chloe de vorige avond door de telefoon tegen Sally gezegd. 'Zeg haar dat het de verjaardag van je beste vriendin is.' Sally had alleen gezegd: 'Dat zal ik een dezer dagen doen. Maar in elk geval een fijne dag en doe je ouders de groeten.'

'Zo, Seth,' zei Jennifer toen ze allemaal aan tafel zaten en Chloe's vader aandrong dat ze moesten toetasten. Er was gepocheerde zalm, op mediterrane wijze geroosterde paprika's en aubergines met couscous, en nieuwe aardappeltjes met knoflookboter. 'En wat vind jij van die bisschop die de recente uitbarstingen van natuurrampen toewijst aan de toorn van God vanwege homohuwelijken?'

'Die man is getikt,' antwoordde Seth. 'En waarschijnlijk rijp voor het gekkenhuis.'

'Goed zo!' riep Jennifer verrukt. 'Zo denk ik er ook over. Hoe minder mannen zoals hij aan het hoofd van de Kerk, hoe beter. En wat vind jij van vrouwelijke priesters?'

'Mam, Seth heeft vast geen zin om over zijn werk te praten.'

'Als dat zo is, Chloe, dan weet ik zeker dat Seth dat heel goed zelf tegen me kan zeggen.'

'Daar is hij veel te beleefd voor.'

Jennifer keek Seth aan over de tafel heen. 'Lieve help! Is dat zo? Ben je te beleefd om tegen me te zeggen dat ik mijn mond moet houden?'

Seth glimlachte. 'Helemaal niet. Maar nu Marcus naast me zit, hou ik me in omdat ik hem een goed voorbeeld wil geven.'

Alsof Marcus nu pas het gesprek had kunnen volgen, prikte hij met zijn vork in de lucht en zei: 'Wat betekent getikt?'

Marcus, die over een maand drie zou worden, was opeens met sprongen beter gaan praten. Hij kletste zo veel dat Chloe moeite had om af en toe tot hem door te dringen. 'Dat is een manier om te zeggen dat iemand vreselijk dom is,' legde ze uit.

'Hoe dom? Zo dom als een baby?'

'Waarom denk je dat baby's dom zijn?'

Marcus keek haar alwetend aan. 'Dat zegt Charlie. Zijn moeder krijgt een baby. Die gaat de hele tijd huilen en kotsen.' Hij draaide zich om naar Dan. 'Papa? Moeten wij ook een baby krijgen, zoals Charlie?'

'Het is geen kwestie van moeten,' zei Dan. 'Denk je dat je liever een broertje of een zusje zou willen?'

Daar dacht Marcus even over na. 'Ik heb liever een hond,' zei hij toen langzaam.

Iedereen lachte. Iedereen behalve Dan, merkte Chloe. Ze had wel een idee wat de reden was. Sally had haar toevertrouwd dat Dan er bij haar op aandrong nog een kind te nemen. Bof jij even! had Chloe willen zeggen. Overal om haar heen werden vrouwen zwanger of kregen kinderen, en ze moest zich inhouden om het niet af en toe uit te schreeuwen van afgunst en frustratie. Ik wil zelf een baby! had ze willen gillen als weer een hoogzwangere vrouw de praktijk in kwam waggelen. Was het dan haar lot, dat haar voor altijd het enige zou worden ontzegd wat een doel in haar leven kon betekenen?

Als een goede vriendin had ze geluisterd terwijl Sally mopperde dat Dan geobsedeerd was om Marcus een broertje of zusje te geven, maar ze had geen medeleven kunnen opbrengen. Begreep Sally niet hoe ze bofte? Ze had een fantastische man, een schat van een zoontje, de carrière die ze altijd had gewild, en de kans om haar gezin compleet te maken. Waar zat ze in vredesnaam over te klagen?

Door de jaren heen had Chloe af en toe afgunst gevoeld over Sally en haar huwelijk, en nu meer dan ooit. Ze was niet jaloers dat Sally met Dan was getrouwd, maar wel op het feit dat ze met iemand was getrouwd die zoveel om haar gaf. Toen Chloe bedacht dat ze er alles voor over zou hebben om in Sally's schoenen te staan, voelde ze opeens zo scherp de pijn van haar verlangen, dat ze erdoor werd overstelpt. Bang dat ze zou gaan huilen, nam ze een slok wijn. Dat was een vergissing. Ze had een brok in haar keel en ze kon niet slikken. Ze dwong haar keel om te ontspannen, maar daardoor stiet ze juist een gesmoord geluid uit. Omdat iedereen bezig was om Marcus iets te laten eten, was Seth de enige die het merkte. Omdat hij naast haar zat, boog hij zich naar haar toe. 'Gaat het?' vroeg hij zacht. Ze bracht haar servet naar haar mond en knikte flauwtjes. Hij legde een hand op haar rug. 'Weet je het zeker?' Door zijn aanraking, en als bij toverslag, verdween het strakke gevoel in haar keel en kon ze slikken.

'Niets is erger dan je verslikken in een slok wijn,' zei hij met zijn hand nog op haar rug.

'En vooral in zulk beleefd gezelschap,' wist ze uit te brengen.

'Nog wat zalm, Seth? En wat bedoelde je met beleefd gezelschap, Chloe?'

'Niets, mam.'

Terwijl Chloe toekeek hoe haar moeder weer een portie opschepte voor Seth en uiteraard grapte dat een grote kerel als hij goed moest eten, probeerde ze weer in een goede stemming te komen. Het was tenslotte haar verjaardag. En het maakte niet uit dat ze weer een jaar dichter bij de gevreesde vier-nul was. Het maakte niet uit dat er weer een jaar voorbij was gegaan en ze nog geen moeder werd. Ze moest positief zijn. Ze had een goede baan, een mooi huis, ouders die alles voor haar zouden doen, en goede vrienden. Onder wie Seth. Zoals in het verleden rukte ze zich geestelijk uit haar zelfmedelijden door zich voor te houden dat, vergeleken bij andere mensen, zij alles had. Ze hoefde maar te denken aan degenen die alles kwijt waren geraakt tijdens de tsunami, en meteen schaamde ze zich omdat ze zo met zichzelf bezig was.

Terecht berispt luisterde ze naar het gesprek tussen Dan en Seth. Zo te horen had Dan een medefan van de *Simpsons* gevonden. Chloe voelde zich opgewekter. Het was fijn om te zien hoe goed Seth met haar ouders en Dan kon opschieten. Opeens betrapte ze zich erop dat ze het ondenkbare dacht: dat Seth de perfecte vader zou zijn voor het kind dat ze zo graag wilde. Hij was intelligent, grappig, medelevend, en ontegenzeggelijk leuk om te zien. Ongetwijfeld zou een kind van hem, of het nu een meisje of een jongen was, heel mooi zijn.

Geschokt door haar gedachten zette ze dat beeld uit haar hoofd. Ze had zichzelf toch beloofd dat ze een potentiële echtgenoot nooit meer zou beoordelen op zijn genen?

Wat mankeerde haar, dat ze zo grillig en wanhopig kon zijn? Kon ze niet met een man omgaan zonder de mogelijkheid te overwegen om hem van zijn sperma te beroven en aldus haar problemen op te lossen?

Chloe wierp een zijdelingse blik op Seth – hij maakte Marcus aan het lachen door een stemmetje uit een kinderserie op televisie na te doen – en ze waarschuwde zichzelf dat ze heel voorzichtig moest zijn. Hij beantwoordde zo goed aan alles wat ze wilde. Maar om de verkeerde redenen.

Het was een schokkende waarheid, maar in haar huidige staat – een staat die met elke verjaardag waarschijnlijk erger zou worden – kon ze zichzelf niet vertrouwen wat mannen betrof. Haar verstand kon wel zeggen dat ze kalm aan moest doen, maar haar lichaam schreeuwde om de eerste de beste man te grijpen en mee naar bed te sleuren. Ze was een gevaar voor zichzelf. En waarschijnlijk ook voor Seth. Als ze nu de verkeerde signalen gaf, wie weet wat er dan zou gebeuren? Hun vriendschap bederven was wel het laatste wat ze wilde. Het was een vriendschap die haar heel dierbaar was geworden, en die wilde ze koste wat kost beschermen.

Nooit eerder had ze de behoefte gevoeld om iemand te beschermen. Maar nu wel wat Seth betrof. Vooral als Sally dingen zei zoals: 'En al een zonde begaan met Broeder Tuck?' Of: 'Heb je al een goddelijke tussenkomst beleefd?' Sinds Chloe aan Sally had verteld dat ze het Seth had vergeven dat hij niet vanaf het begin eerlijk tegen haar was geweest, had Sally geen goed woord meer voor hem over. Chloe ergerde zich aan haar opmerkingen, en niet alleen omdat het precies de opmerkingen waren die zijzelf zou hebben gemaakt als de situatie omgekeerd was geweest. Nee, Sally's bondige opmerkingen herinnerden Chloe er voortdurend aan hoe oppervlakkig en onwaardig ze eigenlijk was. Alle schimpscheuten van Sally toonden aan hoe hypocriet Chloe was. Ja, ze wilde Seth graag als vriend, maar van meer was geen sprake. En hoe slecht het ook was om toe te geven, zelfs aan zichzelf, en hoe ze ook op Seth gesteld was, ze geneerde zich voor zijn werk. Hoe ze ook haar best deed, ze kon het niet opbrengen om zijn werk te bezien zoals ze wist dat Seth zou willen. En door deze gêne te erkennen voelde ze zich schuldig en wilde ze hem in bescherming nemen. Ze kon het niet hebben als iemand iets op hem aan te merken had. Tenslotte deed ze dat zelf al. En daardoor had ze weinig bewondering voor zichzelf.

Had Seth maar een gewone baan, of was hij maar bij de politie gebleven, dan had alles misschien anders kunnen zijn tussen hen.

Maar toen ze naar iedereen aan tafel keek – Dan, Marcus, Seth en haar ouders die gezellig zaten te praten – leek zij de enige die moeite had met wat Seth deed voor de kost.

Waarom maakte ze daar zo'n probleem van? Waarom kon ze het niet gewoon accepteren zoals iedereen?

30

'IK WEET PRECIES wat er gaat gebeuren als we hier weggaan.'

Met Harry's arm om haar heen en haar hoofd tegen zijn schouder, zei Sally: 'O ja?'

Hij streek over haar haren. 'Je zult je schuldig voelen en spijt hebben over wat we hebben gedaan. Al voor je thuis bent zit je te bedenken dat je tegen me gaat zeggen dat het voorbij is. Je zult me eraan herinneren dat je getrouwd bent en dat je een zoontje hebt en dat je moet doen wat juist is.'

Ze maakte zich van hem los en keek hem peinzend aan, zich verliezend in de diepte van zijn zwoele, donkere ogen. Ze kon zich levendig voor de geest halen hoe hij haar had gekalmeerd toen ze die dag in de lift vast hadden gezeten, toen hij haar dwong om zich te concentreren op de kleur van zijn ogen. Op die dag was het allemaal begonnen, toen ze voor het eerst in de verleiding kwam om een verhouding te beginnen. 'Wil je dat ik dat doe?' vroeg ze. 'Er nu een einde aan maken?' Terwijl ze dat zei, voelde ze een steek in haar hart, alsof ze het verlies al voelde.

Hij trok haar tegen zich aan. 'Ik wil dat het nooit voorbijgaat. Ik hou van je. Ik hou van je zoals ik nog nooit van iemand heb gehouden.' Zijn stem klonk zacht en intens. 'Ik weet niet wat ik zou doen als je zegt dat het voorbij is.'

'Denk er dan niet aan. Laten we genieten van de tijd die we hier nog hebben.' Ze draaiden zich allebei om en keken op de klok op het nachtkastje.

'Zes uur en een kwartier voor we weg moeten,' mompelde Harry. 'Mm... kun jij iets bedenken waarmee we de tijd kunnen doden?' Nu glimlachte hij, haar verblindend met wat ze zijn charmeursglimlach noemde. Hij liet een hand over haar rug glijden en met zijn andere hand trok hij haar gezicht naar dat van hem.

Ze kuste hem en hij kuste haar terug met een felheid die haar de adem benam. Haar lichaam deed pijn van de vele keren dat ze al hadden gevrijd, maar hij wist haar zonder enige moeite weer op te winden en ze verwelkomde zijn aanraking, beantwoordde de sterke zelfverzekerdheid van zijn handen op haar huid. Hij raakte haar aan alsof hij al van tevoren wist wat ze prettig vond. Hij was of een heel ervaren minnaar, of hij wist instinctief wat een vrouw fijn vond. 'Doe je ogen dicht,' zei hij. Ze gehoorzaamde en voelde zijn handen om haar middel. Langzaam gingen ze omhoog naar haar borsten. Haar ogen gingen knipperend open. 'Doe ze dicht,' zei hij. 'Anders hou ik op met spelen.' Ze gehoorzaamde zonder te aarzelen, wetend hoe het spel zou eindigen.

Naderhand lieten ze het bad vollopen en stapten er samen in. Harry had er zo veel badschuim in gedaan dat alleen hun hoofden boven de belletjes uitkwamen. Hij maakte haar aan het lachen door een van haar voeten te masseren. 'Je bent zo mooi als je lacht,' zei hij.

'Doe niet zo absurd,' antwoordde ze.

Hij kneep in haar grote teen. 'Doe niet zo absurd,' deed hij haar na.

Ze gooide een handvol schuim naar hem toe, maar die miste doel. 'Je maakt me altijd belachelijk.'

'En wat vind je dat leuk! De andere voet.'

Ze hield haar rechtervoet op en voor de zoveelste keer bedacht ze hoe jong hij leek. Toen ze zich de vorige avond inschreven in het hotel, wist ze zeker dat de receptionist het verschil in leeftijd had gezien en erom had zitten grinniken met een collega zodra ze weg waren. 'Harry,' zei ze. 'Denk jij wel eens aan het leeftijdsverschil tussen ons?'

'Nooit. Hoezo? Jij wel?'

'Af en toe.'

'Acht jaar is niets. Je zou trouwens vaker in de spiegel moeten kijken. Je lijkt niet ouder dan dertig.'

'Maar jij lijkt twintig, dus zijn we terug bij af.'

'Je maakt je te druk.'

'Dat is helemaal niet waar. Als ik me te druk maakte, zou ik hier niet bij jou zijn.'

Hij glimlachte. 'Die zit.' Hij hield op met haar voet te wassen en deed zijn ogen dicht.

Toen Harry haar vroeg om een nacht met hem door te brengen, had Sally heel duidelijk gezegd dat ze nooit een verhouding met hem zou beginnen. 'Maar die heb je al,' had hij tegengeworpen. 'In gedachten ben je al met me naar bed geweest. Geestelijk ben je al klaargekomen in mijn armen.'

'Doe niet zo absurd,' had ze streng gezegd. En dat had hem natuurlijk alleen maar aan het lachen gemaakt. Ze waren toen in haar kantoor, met de deur dicht. Hij was achter haar komen staan, had haar nek gekust en in haar oor gefluisterd hoe graag hij met haar wilde vrijen.

'Het gaat gebeuren, Sally,' had hij gezegd terwijl zijn handen naar haar borsten gleden. 'Ik geef het niet op. Maar ik zal je niet haasten. Kom naar me toe als je het zeker weet. Als je er klaar voor bent.'

Een poos overtuigde ze zich ervan dat ze haar gevoelens voor Harry in de hand kon houden door af en toe te dagdromen dat ze met hem ging vrijen. Dat was de basis: een dierlijke drang om seks te hebben met een aantrekkelijk iemand die haar ook aantrekkelijk leek te vinden. Na een week of twee zou het wel over zijn, hield ze zich voor.

Het ging niet over. In plaats daarvan werd de aantrekkingskracht steeds groter tot ze bijna aan niets anders meer kon denken. Ze was elke dag bang dat ze Harry in zijn kantoor beet zou pakken en zich ter plekke zou bevredigen; om zich voor eens en altijd te bevrijden van de verlammende begeerte die ze voor hem voelde.

Ze zei niet met zoveel woorden: 'Harry, ik ben er klaar voor', maar zoals hij altijd leek te weten wat ze dacht of wat ze wilde zeggen, wist hij wanneer ze klaar was voor de volgende stap. Afgelopen maandag had hij op de deur van haar kantoor geklopt, was naar binnen gekomen en had gezegd dat hij voor vrijdagavond een kamer had geboekt in een hotel.

'Waar?' was het enige dat ze had gezegd.

'Kilometers hiervandaan. Maar maak je geen zorgen dat iemand ons zal zien,' had hij eraan toegevoegd met die charmante glimlach. 'Bij aankomst worden je kleren in beslag genomen. Ik laat je niet meer buiten de vier muren van onze kamer.'

Die avond had ze tegen Dan gezegd dat ze het weekend naar Hull moest om een probleem op te lossen dat haar moeder met de verzekering had over een kleed dat verpest was. Hij had een wenkbrauw opgetrokken toen ze zei dat ze vrijdagavond na haar werk zou vertrekken, een hotel zou nemen en de volgende dag zou zien wat ze kon doen. 'Ik dacht dat je had gezegd dat je genoeg had van je moeder en niet meer meteen klaar zou staan voor haar,' had hij gezegd.

'Ze is mijn moeder, Dan. Ik kan niet doen alsof ze niet bestaat. Hoe graag ik dat ook zou willen.'

Nadat ze zich in het hotel hadden ingeschreven en naar hun kamer waren gebracht, had Harry de fles champagne geopend die in een ijsemmer op hen wachtte. Heel even gedroeg ze zich onhandig, alsof ze vreemden waren. Ze nipten van de champagne, zeiden hoe lekker en droog die was, en inspecteerden de kamer. Net toen ze dacht dat ze het niet langer kon volhouden, pakte hij het glas uit haar hand en zette het op de kaptafel. Hij stond voor haar, opeens heel stil. Hij leek bijna zijn adem in te houden. 'Nu ga ik je kussen,' zei hij ten slotte. 'En dan ga ik je uitkleden en met je vrijen.'

Hij kuste haar lang en hard, alsof het de laatste kans was die hij kreeg. Toen, terwijl hij langzaam en zorgvuldig haar kleren uittrok, bleef hij oogcontact met haar houden. Het leek wel of hij een intens erotisch spel met haar speelde. Ze voelde hoe hij genoot van zijn controle over haar. Ze voelde ook de roekeloze opwinding tussen hen.

Terwijl ze nu naar Harry keek die aan de andere kant van het bad zat, met zijn hoofd achterover en zijn ogen gesloten, dacht ze hoeveel ze op elkaar leken. Of liever gezegd, hoe Harry leek op haar zoals ze vroeger was. Harry was onstuimig, impulsief en roekeloos, en door bij hem te zijn ontdekte ze weer de wilde Sally van vroeger, de Sally Wilson die niets liever wilde dan risico en opwinding, de Sally Wilson die voor haar eigen bestwil was weggestopt. Maar dankzij Harry was die Sally terug. En was het leven veel beter! Nog nooit had ze zich zo vrij en euforisch gevoeld. Het enige wat haar interesseerde, was wanneer zij en Harry nog eens vierentwintig uur zoals deze konden bemachtigen. Hoe moeilijk het ook zou zijn, ze zou een manier vinden. Ze had dit vaker nodig. Meer van Harry. Veel meer. Ze maakte zichzelf niet wijs dat ze van hem hield, maar ze hield wel van de manier waarop ze zich door hem voelde: een en al leven en vol energie.

Vergeleken bij hem maakte Dan haar depressief en zoog hij de levendigheid uit haar weg. Hij gaf haar het gevoel alsof ze altijd alles verkeerd deed, alsof ze altijd op een bepaalde manier faalde. Ze kon gewoonweg de onrealistische verwachtingen die hij van haar had, niet waarmaken. Harry daarentegen had nooit iets op haar aan te merken. Ze hoefde nooit verantwoording af te leggen over wat ze zei of deed. Hij zei steeds dat hij haar nodig had. Wanneer had Dan dat voor het laatst tegen haar gezegd?

'Waar denk je aan?'

Harry had zijn ogen nu open en keek haar strak aan.

'Aan jou,' antwoordde ze.

'Echt waar? Dacht je niet aan Dan?'

'Waarom vraag je dat?'

'Ik zou het je niet kwalijk nemen als het zo was.' Hij schepte een handvol water en liet het tussen zijn vingers door druppelen. 'Mag ik je iets vragen? Het gaat over je relatie met je man.'

Ze knikte argwanend.

'Voldoet het wel, een man te hebben die thuis voor jullie zoon zorgt, en dat jij de kostwinner bent?'

'Voldoen?' herhaalde ze. 'Hoezo?'

'Je hebt toch graag alles in eigen handen? En zoals het nu is, loop je geen risico dat je man je onder de duim heeft en het heft in handen heeft. Jij beslist. Jij bent degene die bepaalt.'

Toen ze geen antwoord gaf, boog hij zich naar voren en tilde haar op zodat ze schrijlings op hem zat. 'Maar ik denk dat je af en toe wel zou willen dat iemand anders eens de touwtjes in handen neemt. Heb ik gelijk?'

Sally deed haar mond open om te antwoorden, maar Harry legde een vinger tegen haar mond. 'Draai je om, dan zal ik je rug wassen.'

Ze deed wat hij had gezegd, en toen zijn handen vol schuim langzaam en opzettelijk rondjes draaiden over haar schouders, slaakte Sally een zucht en deed haar ogen dicht. Toen ze dat deed, kwam opeens weer bij haar op hoe Harry de liefde met haar bedreef, hoe hij die aanspoorde, hoe hij het verloop bepaalde, en hoe dat haar begeerte aanwakkerde en haar genot intenser maakte. Wat vreemd, dacht ze, dat ze Harry had toegestaan om de leiding te nemen in bijna alles wat ze deden, terwijl ze nu besefte dat ze dat Dan maar zo zelden had toegestaan. Zowel in als buiten de slaapkamer.

Was dat een van de redenen waarom er nu zo'n onoverbrugbare kloof tussen hen was? Had ze, door haar vastberadenheid om altijd haar eigen leven te bepalen, van Dan een man gemaakt tot wie ze zich nooit seksueel aangetrokken zou voelen? En als dat zo was, had ze daarom alle respect voor hem verloren?

31

OMDAT CHLOE'S OUDERS kaartjes voor een openluchtvoorstelling van *Een Midzomernachtsdroom* hadden besproken, werd het feest op uitnodiging van Dan verplaatst van Laurel House naar Corner Cottage.

Het was al negen uur geweest. Seth was net naar huis om de laatste hand te leggen aan zijn preek voor de volgende ochtend, en Marcus lag boven in bed te slapen. Dan haalde nog een fles wijn uit de keuken en ging bij Chloe in de tuin zitten. Hij nam plaats op de houten bank waar Seth eerst had gezeten. Het was nog niet helemaal donker, en boven hun hoofden scheerden zwaluwen door de nog warme lucht. Het was een volmaakte avond om een volmaakte dag te beëindigen.

In zijn heerlijke, licht beschonken toestand besloot Dan dat het zo'n prettige dag was geweest, dat die de afgelopen serie slechte dagen had goedgemaakt. Als het al geen weken waren geweest. Marcus had dan niet erg geboft met zijn grootouders, maar Chloe's ouders waren prima plaatsvervangers; ze namen alle tijd voor hem zonder hem te verwennen. Seth had zich ook geliefd gemaakt bij Marcus door hem wat goocheltrucs te laten zien. 'Nog eens, nog eens!' had Marcus geroepen terwijl hij op zijn stoel zat te wippen toen Seth een munt van tien pence uit Marcus' hand liet verdwijnen en achter Chloe's oor tevoorschijn toverde. Dan had Seth vandaag voor het eerst ontmoet en hoewel hij wist hoe Chloe over hem dacht – dat het een strikt platonische vriendschap was, hoe vaak moet ik dat nog zeggen? – wist hij bijna zeker dat er niets platonisch was aan hoe Seth over Chloe dacht. Het was hem duidelijk dat Seth haar als veel meer dan gewoon een vriendin beschouwde.

Hij keek naar Chloe. Ze was een van de aantrekkelijkste vrouwen die hij kende; een klassieke blondine met blauwe ogen en een lichaam waar de meeste vrouwen jaloers op zouden zijn. Ze leek bijna te glimlachen terwijl ze in gedachten naar de schemerige avondlucht keek. Ze zag er gelukkiger uit dan hij haar in lange tijd had gezien. Kwam dat door Seth? Hij merkte dat ze afwezig over de zilveren armband streek waarmee Seth haar na de lunch had verrast. 'Chloe?' zei hij.

'Mmm?'

'Mag ik je iets vragen?'

'Nee.' Ze keek nog steeds naar de lucht.

'Waarom niet?'

'Omdat ik weet wat je wilt vragen.'

'Is dat zo?'

Ze keerde zich naar hem. 'Je wilt me toch iets over Seth vragen?'

'Ik wilde eigenlijk vragen of je een leuke verjaardag hebt gehad.'

Ze glimlachte. 'Leugenaar.'

Hij glimlachte ook en sloeg een arm om haar heen. 'Wat ken je me toch goed.'

'Nou, voor de dag ermee. Vraag maar.'

'Goed. En val me niet in de rede en vlieg me niet aan, maar volgens mij is Seth een fantastische vent en...'

'Dat zeg je alleen maar omdat hij de *Simpsons* ook zo leuk vindt.'

'Ik had toch gezegd: niet in de rede vallen? Maar even serieus, wat zou je doen als Seth zei dat hij meer dan vriendschap van je wil?'

Ze schudde haar hoofd. 'Dat gebeurt niet.'

'Maar als het wel zo is?' drong Dan aan. 'Als hij wel op je valt?'

'Doe niet zo raar, Dan, dat zou hetzelfde zijn als wanneer jij op me zou vallen.'

'Denk je dat echt? Denk je dat Seth en ik hetzelfde voor je voelen?'

'Ja.'

'Maar je zei dat alles heel anders was toen jullie elkaar pas hadden ontmoet. Je zei dat hij je had gekust.'

'Dat was toen,' zei ze schouderophalend. 'En dit is nu. We hebben alles opnieuw afgestemd.'

Dan snoof ongelovig. 'Nou, dan heb ik nieuws voor je. Seth en ik bezien je met heel verschillende ogen. Begrijp me niet verkeerd, je bent een heel aantrekkelijke vrouw, maar na al die jaren ben je net een zus van me. En dat ben je voor Seth niet. Nee nee, laat me uitspreken. Ik ben een man; ik weet waar ik het over heb. Geloof me, als hij naar je kijkt, ziet hij een lekker stuk.'

'Dan! Je hebt te veel gedronken. En nu moet je ophouden, anders word ik kwaad.'

'Word maar kwaad, maar dat verandert niets. Ik denk dat Seth heel duidelijk zou hebben gezegd wat hij voor je voelt, als hij niet zo bang was om je helemaal te verliezen.'

Ze fronste haar wenkbrauwen en aarzelde even voor ze zei: 'Hij heeft helemaal geen aanwijzingen gegeven in die richting.'

'Mag ik nog wat zeggen?'

'Zou het iets uitmaken als ik nee zei?'

'Helemaal niets. Ik denk dat ik weet wat je tegenhoudt, maar omdat Seth misschien niet aan het ideaalbeeld lijkt te beantwoorden, wil dat niet zeggen dat hij niet heel erg de moeite waard is. Ik mag hem echt, en ik zou het erg vinden als je hem geen kans wilt geven omdat hij een man met principes is en gelovig is.'

Chloe draaide zich om in zijn arm en keek hem aan. 'Dit is de laatste keer dat ik het zeg, dus luister goed. Ik ben erg gesteld op Seth, maar er is geen sprake van een relatie met hem. Behalve de duidelijke verschillen tussen ons zou het gewoonweg te gek voor woorden zijn. Ik bedoel, gezien zijn principes en geloof, zoals je het noemt, zouden we niet eens seks kunnen hebben voordat we getrouwd zijn. Wat voor volwassen relatie is dat nou?'

Dan zuchtte. 'Het klinkt precies als een huwelijk met Sally!' Hij kreeg meteen spijt van zijn woorden. 'Vergeet dat ik dat heb gezegd,' mompelde hij en hij dronk zijn glas in één teug leeg. Hij voelde dat Chloe naar hem keek. 'Ik zei, vergeet het.'

Ze bleef naar hem kijken. O, wat maakt het ook uit, dacht hij. Hij haalde zijn arm van haar schouder en schonk nog wat wijn in. Misschien wist zij wel iets. Misschien had Sally iets tegen haar gezegd. Hij hield Chloe de fles voor. Ze schudde haar hoofd. 'Het zal wel een fase zijn,' zei hij. 'Je weet wel, te hard werken, uitgeput in bed vallen en meteen slapen. Dat gebeurt toch?'

'Dat kan zeker gebeuren. Maar over wie heb je het? Over jou of Sally? Of over jullie beiden?'

'Over Sally. Heeft ze nooit iets tegen je gezegd? Je weet wel, in vertrouwen?'

Chloe glimlachte. 'Als het in vertrouwen was zou ik je toch niets kunnen vertellen?'

'Tenzij het iets ernstigs is. Dan zou je het me toch wel vertellen? Je zou toch niet iets belangrijks voor me verzwijgen? Ik weet dat jullie hartsvriendinnen zijn en zo, maar jij en ik kennen elkaar ook een hele tijd. Dat moet toch meetellen?'

De glimlach verdween van Chloe's gezicht. 'Waar maak je je zorgen over, Dan?'

Hij knipperde met zijn oogleden. 'Ik... ik denk dat Sally een verhouding heeft.'

'Dat meen je niet!'

'Verdomme, Chloe! Waarom zou ik zoiets verzinnen!'

'Maar waarom? Waarom denk je dat?'

Hij zette zijn glas op de houten tafel en sloeg zijn handen voor zijn gezicht. Toen hij opkeek zei hij: 'Ze doet de laatste tijd zo vreemd. Ze werkt tot heel laat en als ze thuis is, is ze er fysiek wel, maar in gedachten niet. Het lijkt wel alsof er een onzichtbare muur tussen ons is. Ik kan haar niet benaderen. Soms lijkt ze wel in een heel eigen wereld te zijn. Ik kan me niet herinneren wanneer we voor het laatst gevrijd hebben. Als ik ook maar een poging doe om haar aan te raken, zegt ze dat ze de volgende dag vroeg op moet. In de weekends heeft ze altijd hoofdpijn. Denk je dat ze misschien in het geheim iets heeft met iemand op haar werk?'

Chloe legde een hand op zijn arm. 'Ik denk dat ik weet wat het probleem is,' zei ze. 'En wees niet kwaad dat Sally me dit heeft verteld, maar ze zei dat je graag nog een kind wilt.'

Hij knikte. 'Dat is zo.'

'Nou, ik durf te wedden dat ze daar moeite mee heeft. Ze weet niet of ze die stap moet nemen en ze denkt dat je alleen maar voor dat doel seks met haar wilt hebben. Niet erg opwindend, hè? De klassieke manier om het libido van een vrouw weg te nemen. En dat van een man. Ik heb veel patiënten meegemaakt met hetzelfde probleem.'

'Heeft ze dat zo aan jou verteld?'

'Nee, maar je hoeft geen professor te zijn om een en ander aan elkaar te koppelen.'

'Is dat je mening als deskundige?'

Ze glimlachte. 'Als deskundige en als beste vriendin. Probeer er eens met haar over te praten.'

'Over nog een kind krijgen?'

'Over alles wat jullie dwarszit. Neem de tijd om samen te zijn en echt te praten. Ga een weekend weg. Als ik geen dienst heb, kan ik wel op Marcus passen.'

Hij glimlachte berouwvol. 'Ik klink wel erg paranoïde en mee-lijwekkend, hè? Ik was ervan overtuigd dat Sally niet meer van me hield. In mei, tijdens het dorpsfeest, beschuldigde ze me er zelfs van dat ik iets had met Tatiana, van de stichting. En dat was niet zo, voor de duidelijkheid.'

'Hoe kwam ze op dat idee?'

'Ik zou het niet weten. Maar niet lang daarna vroeg ze of ik wist hoe moeilijk het was om met een held te leven.'

'Zei ze dat? Maar waarom?'

'Dat weet ik niet. Ik vertelde alleen dat Rosie weer in verwach-ting was en toen liep alles uit de hand en opeens beschuldigde ze me ervan dat ik een heldencomplex had sinds we terug waren uit Phuket. Vind jij dat ook?'

'O, Dan, geen moment. Wat je in Phuket hebt gedaan was held-haftig, maar je beroept je er niet op. Ik kan me niet eens herinneren wanneer je het er voor het laatst over hebt gehad. Ik weet dat je dat liever niet wilt.'

Het was nu donker. Het enige licht kwam uit de openslaande deuren achter hen. Ze keken beiden naar de met sterren bezaaide hemel. Dan zei: 'In het begin van dit jaar was er een periode dat ik vreselijke nachtmerries had over de tsunami. Droom jij ooit over wat er is gebeurd?'

'Niet in het bijzonder over de tsunami.'

'Over iets anders wat ermee te maken heeft?'

'Iets wat erna gebeurde.'

'Paul?'

'Zo ongeveer.'

Dan wilde Chloe net vragen wat ze hiermee bedoelde, toen hij een auto op de oprit voor het huis hoorde. 'Sally,' zei hij. 'Ze is terug. Waarschijnlijk in een vreselijk humeur na al die tijd bij haar moeder.'

Chloe bleef niet lang meer. Na alles wat zij en Dan hadden besproken, voelde ze zich niet op haar gemak bij haar vrienden. Ze zou anders beslist op alle lichaamstaal en woorden letten om de situatie tussen hen in te schatten, en dat wilde ze niet.

Ze liep naar huis en dacht na over wat Dan haar had verteld. Sally kon gewoonweg geen verhouding hebben. Hoe zou ze dat kunnen terwijl ze dagelijks te maken had met de gevolgen van overspel? Waarom zou zij dezelfde fout maken terwijl ze beter dan wie ook wist wat er op het spel stond? Nee, dat bestond niet. Dan was tot een onredelijke conclusie gekomen.

Maar wat betekende al die onzin dat Dan een heldencomplex had? Hatelijke en vlijmscherpe opmerkingen waren Sally eigen, maar waar ze Dan van beschuldigde sloeg nergens op. Hoe kwam het dat ze zo'n gemene opmerking had gemaakt?

Ze was bij haar huis en wilde net de sleutel in het slot steken, toen haar iets te binnen schoot. Die gedachte was zo sterk dat ze even niets kon doen. *Denk je dat ze misschien in het geheim iets heeft met iemand op haar werk?* had Dan aan Chloe gevraagd. Stel dat Sally's nieuwkomer en bewonderaar had aangedrongen en ze voor hem was gevallen? Stel dat...

In huis ging de telefoon en Chloe haastte zich naar binnen.

Het was Seth. 'Ik vond dat ik je nog een keer moest feliciteren met je verjaardag, dokter Hennessey,' zei hij.

Meteen opgevrolijkt door zijn stem en de formele manier waarop hij haar aansprak als niemand anders het kon horen, begon ze te lachen. 'Dominee Hawthorne, ik dacht dat je een preek moest afmaken.'

'Al gebeurd.'

'En het onderwerp?'

'Geduld. Ik heb besloten om het geduld van de kerkgangers op de proef te stellen door een extra lange preek, dus als je volgende week in de krant leest dat een dominee in Crantsford vroegtijdig is gestorven, dan weet je dat ze het geduld niet konden opbrengen.'

'In dat geval zal ik de kranten aandachtig lezen.'

'En zorg dat ze me een mooie begrafenis geven. Ik wil dat "Intervention" van Arcade Fire wordt gespeeld. O, en iedereen moet chic gekleed komen.'

'Heb je al een thema?'

'Domme vraag. De *Simpsons* natuurlijk.'

Chloe kreunde. 'Vandaag ben ik twee vreemde dingen over je te weten gekomen. Je bent geobsedeerd door een stripfiguur, en je laat dingen verdwijnen.'

'Dat vat ik op als een teken dat ik moet ophangen en je met rust moet laten. Welterusten, Chloe.'

'Jij ook welterusten. O, en nogmaals bedankt voor je cadeau. Ik vind het echt heel mooi.'

'En ik vond het leuk om het voor je uit te kiezen. Welterusten.'

'Welterusten.' Chloe hing op en raakte de zilveren armband om haar pols aan. Hij was prachtig, en waarschijnlijk heel duur. Ze dacht aan wat Dan die avond over Seth had gezegd, en ze vroeg zich af of hij gelijk had. Beschouwde Seth haar als meer dan een vriendin? Was dit een cadeau van een man die zijn ware gevoelens voor haar verborg?

De telefoon ging weer.

'Voor het onwaarschijnlijke geval dat ik de preek van morgen overleef, bestaat dan de kans dat ik je 's middags in het fitnesscentrum zie?'

Ze glimlachte. 'Daar is alle kans op.'

'Prima. Slaap lekker.'

'Jij ook. En succes morgenochtend.'

'Dank je.'

O, Seth, dacht ze met een mengeling van blijdschap en droefheid toen ze de verbinding verbrak. Waarom ben je in mijn leven gekomen om het zo ingewikkeld te maken? Ik ben helemaal niet de juiste vrouw voor je. Ik wou dat ik het was, maar ik ben het niet.

32

'SETH?'

'Ja?'

'Ben je soms homo of zo?'

Een kakofonie van gegrinnik brak uit in de minibus, begeleid door oorverdovend gefluit en wellustig gejuich. Op de passagiersstoel naast Seth wierp Patricia O'Connor – moeder van de veertienjarige Abigail, die zoals altijd had gekozen om van de bowlingbaan terug te rijden in de andere minibus, die werd bestuurd door Owen – een blik op hem. De arme vrouw zag rood van schaamte. Maar Seth voelde zich veel meer geamuseerd dan opgelaten. Hij was al zo gewend aan de streken van de jongerengroep, vooral tijdens hun maandelijkse avondje uit.

Toen het kabaal eindelijk was weggestorven, keek hij in de achteruitkijkspiegel naar Jez Lucas en zei: 'Wat bedoel je met die vraag, Jez? Heb je het over mijn seksualiteit of vraag je of ik een zielige loser ben?'

Jez werd rood. Zijn vriend Ricky gaf hem een klap op zijn hoofd. 'Hij wil weten of je een nicht bent, Seth.'

'En waarom wil je dat weten?'

'Omdat hij er een is en wil weten of je met hem uit wil,' riep iemand van de achterbank.

Iedereen lachte. Patricia draaide zich vlug om in haar stoel. 'Zo is het genoeg, jullie! Natuurlijk is Seth geen homo. Dan zou hij toch geen predikant zijn? De Bijbel is heel duidelijk over dat onderwerp.'

Seth reageerde niet op die opmerking omdat hij haar onbuigzame mening kende – homoseksualiteit was iets verfoeilijks in de ogen van God, blabla – en richtte zich weer tot Jez via de achteruitkijkspiegel. 'Waarom denk je dat ik homo ben, Jez?'

De jongen haalde zijn schouders op. 'Je bent niet getrouwd en we zien je nooit met een vrouw, dus ik dacht dat je misschien op de andere kant viel.'

Ricky lachte. 'Jij hebt ook geen vriendin, Jez. Ben je daarom homo?'

'Let maar niet op ze, Seth,' zei Patricia toen Jez weer het mikpunt werd van luidruchtige, honende plagerijen. 'Ze hebben te veel ongezonde kost op. Niemand gelooft ook maar een moment dat je homoseksueel bent. Het idee alleen al is belachelijk.' Haar toon, hoewel die zo zacht klonk dat alleen hij haar kon horen, was ergerlijk opbeurend.

'O ja?' zei hij. 'Ik vind het idee lang zo belachelijk niet. Ik wil zelfs zover gaan om te zeggen dat ik helemaal in het beeld pas. Ik ben vrijgezel, ik doe aan fitness, ik kook graag, ik hou zelfs van musicals.' Dat laatste was een complete leugen, en ondanks dat Seth wist dat hij met vuur speelde, kon hij zich niet inhouden. Hij had een hekel aan vooroordelen en volgens hem waren er daar veel te veel van in de parochie. Hij kende persoonlijk meerdere hooggeplaatste vrouwelijke en mannelijke geestelijken die homoseksueel waren, en hij zou het tegen eenieder opnemen die het waagde hen ervan te beschuldigen dat ze dat werk niet hoorden te doen. Het waren onbetwistbaar gelovige mannen en vrouwen, net als hij.

Toen hij voor de verkeerslichten stopte, zag hij dat Patricia hem een twijfelende blik toewierp. Meteen had hij spijt van wat hij had gezegd. O, verdikkeme, hoelang zou het duren voor de parochie een borrelend vat van roddels over zijn seksualiteit was?

Twee dagen later kwam zijn voorspelling uit. Hij was alleen in de St.-Michael, waar hij net in de klokkentoren een paar losse vloerplanken had vastgespijkerd nadat de klokkenluiders hem er de vorige avond tijdens de vergadering op hadden gewezen, en hij speelde nu met veel plezier 'Intervention' op het orgel. Hij was geen echte musicus, maar hij kon goed genoeg spelen om zich te amuseren. Hij was bijna aan het eind van het lied en liet zich helemaal gaan; het klonk zo luid dat de glas-in-loodramen in hun sponningen trilden en hij zong net luidkeels mee *working for the Church while your life falls apart* toen hij Owen door het schip van de kerk zag lopen. Er lag een heel geagiteerde uitdrukking op zijn gezicht en Seth stopte meteen met spelen. Hij stond op van de kruk achter het orgel en liep naar de man toe.

'Kan ik je even spreken, Seth?' vroeg Owen.

'Natuurlijk.'

'Misschien beter in de consistoriekamer.'

Owen ging hem voor. Hij stond erop dat Seth achter het bureau ging zitten dat ze deelden, terwijl hij van de ene glazen boekenkast naar de andere ijsbeerde over het versleten kleed. 'Het is niet gemakkelijk om dit te zeggen, Seth,' zei hij, 'maar ik vind het mijn plicht om het onder je aandacht te brengen voor je het uit een andere bron hoort.'

Seth zette zijn ellebogen op de armleuningen van de stoel en zei: 'Juist, ik denk dat ik al weet waar dit over gaat.'

Owen wierp hem een scherpe blik toe van onder zijn borstelige wenkbrauwen. 'O ja? Betekent dat dan dat het gerucht op enige waarheid berust?'

'Waarheid,' herhaalde Seth met een vreugdeloze glimlach. 'Een vreemde woordkeus. Vraag je me of het waar is dat ik homo ben?'

'Bedoel je dat je dat bent?'

'Dat heb ik niet gezegd.'

Owen bleef voor het bureau staan. 'Seth, als mijn waarnemend parochiehoofd is jouw welzijn mijn verantwoordelijkheid. Maar ik moet ook denken aan het welzijn van de parochie.'

'Maar mijn privéleven is blijkbaar niet belangrijk. Dat is mijn zorg.'

'Ik vrees dat dit een te simplistische benadering is. Als je privéleven niet strookt met de... met de belangen van de parochie, om het nog maar niet te hebben over de leer van de Kerk, dan is dat mijn zorg.'

'Bedoel je dat mijn seksuele voorkeur mijn werk hier in Crantsford kan beïnvloeden? Heb je daar bewijs voor?'

'In zoverre dat mensen over je praten, Seth. Ja.'

Seth leunde achterover in de krakende leren stoel. Hij deed zijn best om niet driftig te worden. 'En vond je het niet je plicht, je chrístelijke plicht,' zei hij langzaam en nadrukkelijk, 'om je afkeur uit te spreken over de roddelaars?'

Voor het eerst keek Owen alsof hij niet meer zo zeker was van zijn zaak. 'Natuurlijk wel,' snoefde hij.

'Mooi, je hebt dus gezegd dat er categorisch en onmiskenbaar niets waar was van de geruchten. Je hebt met zoveel woorden gezegd dat ik net zo heteroseksueel ben als jij.' Seth was het niet van plan, maar hij begon opeens te lachen. Hij kwam overeind en stond op. 'Prima,' zei hij. 'Ik ben blij dat het helemaal geregeld is.'

Owen wekte met zijn frons niet de indruk dat er iets geregeld was.

Seth kreeg bijna medelijden met hem. Misschien had hij de man verkeerd bejegend. Was het niet beter geweest om gewoon te ontkennen en ervan af te zijn, in plaats van te proberen iets te bewijzen? Zoals de zaken nu stonden, zou de arme man zich altijd afvragen in welke richting Seths voorkeur lag. In een kort moment van spijt besloot hij dat Owen weliswaar net een oud wijf kon zijn, ergerlijk behoudend en met vastgeroeste opvattingen, en daarbij nog vreselijk lastig ook, maar hij droeg hem geen kwaad hart toe en het minste wat hij kon doen, was hem uit zijn ellende verlossen. Hij legde een hand op Owens schouder. 'Hoor eens, als jij en de parochie je daar beter door voelen, dan zal ik mijn vriendin meenemen naar het boerenbal.'

Owens borstelige wenkbrauwen gingen omhoog. 'Je hebt een vriendin? Waarom zei je dat niet?'

'Zoals ik al eerder zei, is mijn privéleven mijn zorg. Het laatste wat ik wil is dat mensen over me roddelen. Om welke reden dan ook.'

Seth liet een zichtbaar opgeluchte Owen achter in de consisto-riekamer en liep de kerk in. Hij knielde bij de houten leuning om het altaar en bad. Hij bad of God hem wilde vergeven voor de leugen die hij net aan Owen had verteld.

Vriendin? Welke vriendin?

En waarom had hij in vredesnaam zoiets gezegd?

Omdat hij het graag wilde?

33

ER WAREN TWEE weken verstreken sinds hun nacht in het hotel en ze namen steeds meer risico; ze grepen elkaar in hun kantoren, stalen korte momenten van genot wanneer en hoe ze maar konden achter gesloten deuren. Sally kon zich niet beheersen. Nog nooit had ze zich zo vol leven en opwinding gevoeld, of zo naar seks verlangd. Door Harry voelde ze zich sterker en mondiger dan ooit. Hij was haar zelfverkozen drug en ze kon geen dag zonder hem. Ze vond het heerlijk om te weten dat hij, als ze niet bij elkaar waren, koortsachtig fantaseerde over wat hij met haar zou doen als ze de volgende keer samen weg zouden gaan.

Harry had het helemaal mis toen hij bang was dat ze meteen spijt zou krijgen van hun nacht in het hotel. Ze kon maar aan één ding denken toen ze die dag naar huis was gereden, en dat was hoe ze kon voorkomen dat ze er niet uit zou flappen hoe anders ze zich voelde.

Ze had medelijden met eenieder die nog geen fractie had ervaren van wat zij voelde. Op de vreemdste momenten betrapte ze zichzelf erop dat ze naar mensen om zich heen keek – tijdens een vergadering, in een winkel – en zich afvroeg hoe ze hun veilige, saaie leventjes konden verdragen.

Ze draaide zich om van het raam dat uitkeek op Deansgate, toen er op de deur werd geklopt. 'Ja,' zei ze terwijl ze niet hoopvol probeerde te klinken dat het Harry was.

Het was Harry niet. Het was Marion Brooke, een van de efficiëntere en capabeler leden van haar team. 'Heb je dit gezien?' vroeg Marion. Ze legde een roddelblad op Sally's bureau. Sally ging zitten om het te bekijken. Een grijnzende Darren T. Child keek naar haar terug. Met een zwembad op de achtergrond had hij zijn armen om een blond meisje dat alleen de onderste helft van een bikini droeg. Uit fatsoen waren de opgevulde borsten van het meisje gedeeltelijk verborgen door een van Darrens stevige, met tatoeages bedekte armen. De foto zelf verbaasde Sally niet – Darren werd vaak gezien met een mooie blondine aan zijn arm – maar de kop was andere koek: DARREN EN TINA WEER SAMEN! Sally las verder, en na alle voetbalwoordspelingen te hebben doorgeworsteld – *Darren scoort weer met echtgenote! – Darren en Tina gaan in de verlenging!... Darren is aan het winnen!... Darren terug in competitie met Tina!* – was de strekking duidelijk: de scheiding tussen meneer en mevrouw Child was van de baan. Nou ja, pech gehad.

'Zal ik zijn agent of manager bellen om te laten bevestigen dat de procedures worden stopgezet?' vroeg Marion.

'Ja, doe dat maar.'

Marions blik bleef op de foto rusten. 'Ze zien er wel verrassend gelukkig uit, vind je niet?'

Sally snoof minachtend. 'Ik geef ze hooguit vier maanden, dan vliegen ze elkaar weer naar de keel.'

'Wat klinkt dat cynisch.'

Sally vouwde het roddelblad op en schoof het weg. 'Wanneer we de bevestiging krijgen, komen wij met onze rekening.'

Toen Sally weer alleen was, zette ze Darren uit haar hoofd en vroeg ze zich af wat Harry deed, of wat hij dacht. Het zou zo gemakkelijk zijn om hem een e-mail te sturen. Maar dat zou ze niet doen. Harry wilde het liefst dat ze op die manier contact zouden houden, maar dat had ze geweigerd. E-mails op kantoor waren te gevaarlijk. Wie weet wie erbij kon? Dat gold ook voor sms'jes. Die verboden vruchten hoorden voor Sally bij het spel: dan bleef Harry enthousiast. Ze glimlachte. Seks en macht, bestond er een sterkere combinatie?

'Ze is er!' schreeuwde Marcus. 'Tatty is er!' Hij stond op de middelste lat van het houten hek waar hij al tien minuten geduldig wachtte terwijl Dan de heg aan het snoeien was, en hij zwaaide uitbundig naar de donkergrijze Honda die stopte. 'Hallo, Tatty,' riep hij opgewonden naar Tatiana toen ze uitstapte.

'Goed, vriend,' zei Dan. 'Kom van dat hek, dan kan ik onze gast binnenlaten.'

Marcus gehoorzaamde, maar zijn aandacht werd getrokken door een ritselend geluid toen Tatiana haar hand in haar tas stak.

Ze bukte zich zodat ze hem recht in de ogen kon kijken, en gaf hem een zakje chocola.

'Dank je,' zei hij plechtig. Toen sloeg hij zijn armen om haar hals en omhelsde haar. 'Je ruikt lekker. Wil je naar mijn slaapkamer komen kijken? Papa heeft me geholpen om hem op te ruimen.' Hij liet haar los en pakte nu haar hand.

'Wat een verleidelijk aanbod van zo'n charmant jongetje.' Ze glimlachte naar Dan. 'Ik zal niet zeggen dat hij duidelijk op zijn vader lijkt.'

'O, jammer, ik kan wel wat complimentjes gebruiken. Kom mee naar achteren, dan schenk ik iets te drinken in. Wat wil je?'

'Thee, graag.'

Terwijl Dan binnen wachtte tot het water kookte, sloeg hij zijn zoon gade. In de tuin zat Marcus op Tatiana's schoot en kletste honderduit tegen haar. Liefde op het eerste gezicht, dacht Dan. Marcus had het zwaar te pakken. En wie kon het hem kwalijk nemen?

Tatty, zoals Marcus haar was gaan noemen nadat hij haar de vorige week weer bij Rosie had gezien, had inderdaad iets bijzonders. Je moest je wel prettig voelen in haar gezelschap. Alleen al door in dezelfde kamer te zijn als zij, voelde je je opgewekter. De kinderen van de stichting waren dol op haar; hun ogen lichtten op als ze haar zagen. De ouders waren ook dol op haar, en niet alleen de vaders. Dan had haar onlangs op het werk geplaagd en haar Sint Tatiana genoemd. Ze had geantwoord dat hij het zelf ook niet gek deed als heilige, gezien zijn bijdrage aan de stichting, Broers en Zussen met Plezier, die de volgende maand van start zou gaan.

Hij nam het dienblad mee naar de tuin. Marcus speelde nu met Tatiana's lange, donkere haren, die ze vandaag los droeg. Ze zagen er glad en glanzend uit in de heldere middagzon. 'Hij is toch niet te brutaal?' vroeg Dan terwijl hij een beker thee voor haar neerzette.

'Helemaal niet.'

Toen Dan zat en hij Marcus toestemming had gegeven om zijn zakje chocola te openen, hief Tatiana haar beker. 'Op jou, Dan. Je bent de held van iedereen door al het geld dat je persoonlijk hebt weten binnen te halen.'

Hij trok een gezicht. 'Welnee.'

'Onderschat niet wat je hebt gedaan. Je hebt enorm veel bereikt. Je zou heel trots moeten zijn op jezelf. Maar ik merk dat ik je in verlegenheid breng, dus ik zal niet meer zeggen hoe blij iedereen is dat je bij ons bent gekomen. Ik zal je alleen maar de papieren geven waar ik het vanmorgen over had aan de telefoon. Marcus,' zei ze terwijl ze haar aandacht weer op hem richtte, 'mogen je papa en ik even praten? Als we klaar zijn wil ik graag je slaapkamer zien.'

Hij klom van haar schoot en ging met een blije glimlach op zijn tractor zitten, waar een aanhanger met plastic bloempotten aan bevestigd was.

'Wat een versiertruc van mijn zoon,' zei Dan. 'Kom naar mijn slaapkamer kijken!'

Tatiana lachte. 'Zoals ik al zei, hij is echt een charmant jongetje. Hij praat een stuk beter, hè? Wat moet het leuk zijn om hem om je heen te hebben. Al plannen om het voorbeeld van Rosie en Dave te volgen en nog een kind te nemen?'

Dan haalde zo nonchalant mogelijk zijn schouders op. 'Nog niet meteen,' zei hij. *Nooit* was het eerlijke antwoord geweest. Tenzij Sally een soort onbevlekte ontvangenis zou krijgen. Van seks was nu helemaal geen sprake meer. Misschien lag dat gedeeltelijk aan hem. Hij was zo kwaad geworden door haar afwijzing, dat hij er niet meer op door was gegaan. Hij had geprobeerd om met Sally te praten, zoals Chloe had geopperd, en duidelijk gemaakt dat zijn wens om haar aan te raken niets te maken had met haar zwanger maken, maar ze keek hem zo ironisch aan met haar lichtgrijze, onderzoekende ogen, dat hij er niet aan twijfelde dat ze hem niet geloofde. Ondanks dat Chloe beweerde dat het te gek voor woorden was om te denken dat Sally een verhouding had, vreesde hij oprecht het ergste. Het idee dat een andere man Sally aanraakte, dat een andere man haar kuste, maakte hem misselijk. Het vervulde hem met een woede die hij nooit eerder had gekend. Het maakte hem bang om Sally te confronteren. Stel dat hij het deed en ze zijn vermoedens bevestigde? Wat dan? Hoe zou hij reageren?

Was het verkeerd van hem om niets te doen, zijn kop in het zand te steken in de hoop dat, als ze ontrouw was, hij beter kon wachten tot het voorbij was en ze naar hem terug zou komen? Was dat niet het ware en ultieme kenmerk van zijn liefde voor Sally, dat hij bereid was om het haar te vergeven?

Of was dat het ultieme kenmerk van een lafaard? Zou een echte vent dit pikken? Zou een echte vent actie ondernemen en zeggen: 'Goed, Sally, en nu voor de dag ermee. Heb je een verhouding of niet?' Een echte vent zou zich toch niet in deze hel laten meeslepen? Waar Dan het meeste bang voor was, was dat hij niet langer de uitputtende houding kon aannemen alsof er niets aan de hand was. Slechts twee dingen zorgden ervoor dat hij niet instortte: de gedachte aan hoe zijn ouders zich zouden verkneukelen als ze wisten dat Sally hem ontrouw was, en, natuurlijk nog belangrijker, zijn instinct om zijn zoon te beschermen.

Hij keek naar Marcus. Die stuurde geconcentreerd zijn tractor tussen allerlei speelgoed door op het gazon, terwijl hij brommende motorgeluiden maakte met zijn lippen. De pure onschuld deed Dan pijn. Hoe kon hij iets doen wat dat geluk zou verstoren?

'Dan? Wat is er?'

Tatiana's stem klonk zo zacht en meelevend dat Dan haar bijna niet hoorde. Maar toen besefte hij dat hij tranen in zijn ogen had. Hij slikte, woedend op zichzelf. 'Sorry,' mompelde hij en hij stond op. 'Hooikoorts. Ik ben zo terug.'

Een poos later, terwijl hij papieren zakdoeken in zijn zak stopte tegen een verdere dreiging van stuifmeel, zei hij: 'Zullen we eens naar die papieren kijken?'

Tatiana keek hem aan. Hij zag de bezorgdheid op haar gezicht. Eén angstig moment dacht hij dat ze iets zou zeggen. Hij wist dat hij dan zijn zelfbeheersing zou verliezen. Maar ze deed het niet. In plaats daarvan glimlachte ze opgewekt en schoof een dossier over de tafel naar hem toe.

Het was geen bijzonder gebaar, maar het betekende zoveel. Hij wou dat hij haar kon bedanken, maar dat ging niet. Waarschijnlijk zou hij nooit in staat zijn om haar te bedanken.

34

CHLOE MOEST TOEGEVEN dat Seth er zelfs in een oud T-shirt en slordige spijkerbroek die bij de knieën was afgeknipt, fantastisch uitzag.

Ze had vorig weekend gezegd dat ze deze week haar vrije dag zou besteden aan het opknappen van haar slaapkamer, en hij had meteen zijn hulp aangeboden. Gisteravond laat was hij gekomen om de grootste meubelstukken te helpen verschuiven – ze hadden het bed naar het midden van de kamer geschoven – en waar nodig wat te schuren. Vanmorgen om halfnegen was hij gekomen, klaar om aan de slag te gaan. Ze waren nu al drie uur aan het schilderen. Seth had het plafond en de muren voor zijn rekening genomen, en zij bracht glansverf aan op de raamsponningen, vensterbanken en plinten. 'Zullen we vroeg iets eten?' stelde ze voor.

'Uitstekend idee,' zei hij, terwijl hij de verfroller weer in de bak doopte die op de bovenste tree van de ladder stond. 'Nog even dit stukje in de hoek, dan ben ik hier klaar.'

Ze sloeg hem goedkeurend gade. Hij werkte methodisch en met aandacht voor detail. Net als zij. Ze was bang geweest dat hij achteloos en slordig te werk zou gaan en overal druppels verf zou morsen. Het lag op het puntje van haar tong om te zeggen: 'We vormen een goed team, hè?' maar ze slikte haar woorden in. Stel dat hij dacht dat ze het over iets anders had dan klussen? Stel dat er ook maar iets waar was van wat Dan tegen haar had gezegd op de avond van haar verjaardag? Zou zo'n opmerking hem reden geven om te denken dat er iets tussen hen was veranderd?

Maar als ze eerlijk was, was er dan niet iets veranderd?

Ze kon niet voor Seth spreken, maar haar gevoelens hadden een enorme verandering ondergaan. Ze kon niemand bedenken bij wie ze liever was. Sinds haar verjaardag betrapte ze zich erop dat ze vaak aan Seth dacht, zich afvroeg waar hij was, wat hij deed, bij wie hij was. Als hij opeens uit haar leven zou verdwijnen, zou ze hem vreselijk missen. Ze wilde er niet aan denken hoe ze zich zou voelen als hij een ander tegenkwam. Een 'ander' die net zo gelovig was als hij. Een 'ander' die niet zulke bekrompen vooroordelen had als zij. Iedereen vond Seth aardig – nou ja, in elk geval haar ouders, Dan en Marcus; Sally had hem nog niet ontmoet – dus wat was het probleem eigenlijk? Waarom bleef ze zo aarzelen, en deed ze zo moeilijk over iets wat helemaal niet moeilijk was? Hij was predikant. Een geestelijke. Een man van de Kerk. Was hij daardoor minder man? Hou toch op! Niet van waar ze nu stond, met een mooi zicht op zijn benen en hun sterke spieren, dat was zeker!

Chloe had zichzelf altijd zelfbewust gevonden, intelligent genoeg om een eigen mening te vormen. Nooit had ze zich, voor zover ze wist, laten beïnvloeden door de mening van een ander, maar wat Seth betrof deed ze dat wel. Ze wilde dat het niet zo was, maar ze vond het belangrijk wat Sally van Seth vond. Dat ging terug tot toen ze nog studeerden, toen cruciaal was dat een beste vriendin een vriendje, of zelfs een potentiële vriend, goedkeurde, welke domme meningsverschillen ze ook konden hebben.

Een paar keer had Chloe overwogen om Sally te bellen om eens af te spreken, zodat ze met Seth kon kennismaken, maar verder dan overwegen was ze niet gekomen. Ze moest er niet aan denken dat Sally Seth zou ontmoeten en nog steeds negatief over hem zou denken.

Dan was er nog iets zorgwekkends: Dans vermoeden dat Sally een verhouding had. Sinds Dan haar over die angst had verteld, had Chloe vermeden om met Sally te praten. Ze wilde zo graag geloven dat haar vriendin nooit zoiets zou doen, maar als ze zich eens vergiste? Het zaadje van de twijfel was geplant. Chloe had niet kunnen voorkomen dat het groeide, en ze wist dat ze Sally rechtstreeks zou vragen of ze een ander had als ze haar zag. En als Sally dan toegaf dat ze een verhouding had en dat Chloe moest zweren dat ze het geheim zou houden? Zou ze dat echt kunnen? Kon ze iets dergelijks geheimhouden voor Dan? Het antwoord was nee. Hij was haar te lief om hem zo wreed voor de gek te houden.

Nu klom Seth de ladder af. Toen hij beneden was en opkeek naar het resultaat van zijn werk, zei Chloe: 'Je hebt het heel mooi gedaan. Je bent echt een perfectionist.'

'Dank je,' zei hij.

'We kunnen goed samenwerken, hè?' Zo, ze had het gezegd. Laat hem maar denken wat hij wilde.

'Goed genoeg om een zaak in woninginrichting te beginnen?' antwoordde hij terwijl hij zich glimlachend naar haar omdraaide. 'Dat lijkt me iets te ver gaan. Bier en een broodje met spek voor de lunch?'

Ze aten in de tuin, zittend op een oude sprei die Chloe's moeder de vorige zomer had gegeven.

Het was zo'n mooie dag; zonde om die binnen met verven te verspillen. Toen Chloe dit zei, en dat ze zich schuldig voelde dat ze Seth een aangenamere dag ontzegde, zei hij: 'Je hebt me niet ge-dwongen, Chloe. Ik heb aangeboden om je te helpen. Ik vind het trouwens leuk. Ik schep graag orde uit chaos.'

'Kijk uit, vriend. Dat klinkt heel erg alsof je mijn slaapkamer een chaos vond voordat je die onder handen ging nemen.'

Hij lachte en ging met zijn handen achter zijn hoofd op de sprei liggen. 'Geloof me, zo dom ben ik niet.'

'Nou, als ik iets voor je kan doen, zeg je het maar.'

Hij keek naar haar op met een blik die zacht en overredend werd. 'Meen je dat echt?'

Terwijl Chloe hem uitgestrekt voor zich zag liggen, was ze zich sterk bewust van zijn fysieke aanwezigheid, zijn mannelijkheid. Ze was gewend om naast hem te rennen in het fitnesscentrum, om dicht naast hem te zitten en met hem te zwemmen, maar nu hij naast haar lag, leek zijn lichaam veel intiemer. En uitnodigend. Het zou haar weinig moeite kosten om hem te kussen. Helemaal geen moeite. 'Natuurlijk meen ik dat,' mompelde ze, en ze dacht aan die ene keer dat ze elkaar gekust hadden en hoe ze zich toen voelde. 'Waarom zou ik het niet menen?'

'Als je het echt meent,' zei hij terwijl hij op zijn ellebogen ging leunen, 'dan kun je iets voor me doen. Heb je aanstaande zaterdag-avond al iets op je agenda?'

35

WEER BEVOND SETH zich boven op een ladder.
Het boerenbal van St. Michael was een legendarisch gebeuren,
zo kreeg Seth steeds te horen. Het was het hoogtepunt van maanden voorbereiding door een comité van hardwerkende enthousi-
astelingen. Na tien jaar organiseren hadden ze alles piekfijn onder
controle. De band en de presentator waren vorig jaar al besproken,
de feesttent was opgezet, de barbecue en drankjes waren geregeld,
de kaartjes waren verkocht, de prijzen voor de loterij ingeslagen, en
nu hoefde alleen de feesttent nog versierd te worden.
Daar kwam Seth aan te pas. Hij had heel specifieke instructies
gekregen over waar en hoe al het groen moest komen te hangen dat
die ochtend was afgeleverd. De instructies waren gegeven, en werden nog steeds gegeven, door Barbara Hicks, een gepensioneerde
schooldirectrice die de ergerlijke gewoonte had om iedereen te behandelen als een kind van vijf dat nog door een volwassene naar
het toilet moest worden gebracht. Ze had wel honderd keer tegen
Seth gezegd hoe hij het podium moest versieren voor de band en
de presentator. En toch vertrouwde ze het hem niet toe om de klus
zonder hulp te klaren. Ze bleef onder aan de ladder staan, wees
elk aanbod voor hulp af van het legioen helpers, en hield elke beweging van hem in de gaten, tegelijkertijd commentaar leverend.
'Iets naar rechts, Seth, nee, niet zover! Goed zo, daar, ja. Hm... misschien iets hoger. Zo. Perfect.'
Hoe hij nu ook in de gaten werd gehouden, Seth wist dat het die
avond nog veel erger zou worden. Hij hoopte maar dat Chloe was
voorbereid op de belangstelling die haar aanwezigheid zou oproe-
pen als ze samen naar binnen liepen.
Toen hij haar had uitgelegd wat die gunst zou inhouden en
wat de redenen waren, was ze in lachen uitgebarsten. 'Dat meen
je niet!' had ze gezegd. 'Hoe kan iemand ook maar denken dat je
geen hetero bent?' Toen was haar lach van haar gezicht verdwe-

nen. 'Dit is dus wat ik niet kan uitstaan van de gevestigde religie,' had ze fel gezegd. 'De kerken zitten vol hypocriete, bevooroordeelde idioten.'

'Dat ben ik helemaal met je eens,' zei hij.

'Dus hoe kun je een van hen zijn?'

Hij had haar er bijna op gewezen dat zij ook bevooroordeeld was geweest op de begrafenis van Margaret, maar hij zei: 'We zijn op onze eigen manier allemaal hypocriet en bevooroordeeld. We zijn allemaal idioten als het erop aankomt.'

'Maar kom je dan niet in de verleiding om Owen en die roddelaars te negeren? Laat ze zich maar afvragen of je homo bent of niet. Daar hebben ze niets mee te maken. Wacht eens, je bent toch geen homohater?'

'Helemaal niet. Maar als mensen denken dat ik homo ben en de roddels mijn werk in de parochie beïnvloeden, dan moet ik de feiten op een rijtje zetten.'

'Dus door een dansje met mij komt er een einde aan het geroddel? Gaat het daarover?'

Hij had geknikt. 'Ik kan me heel goed voorstellen dat je het niet wilt. Het was maar een idee. Misschien is een boerenbal wel het laatste wat je op een zaterdagavond zou willen. Ik kan niet zeggen dat het ook hoog op mijn verlanglijstje staat.'

Langzaam was de glimlach teruggekeerd op haar gezicht. 'Je moet weten dat mijn broer en ik, dankzij mijn ouders, kampioen zijn wat boerenbals betreft. Ik zou voor Engeland naar de Olympische Spelen kunnen met volksdansen.'

'Ik heb geen idee of dat goed is, omdat ik niets van volksdansen weet. Nu ga je de aandacht vestigen op mijn twee linkervoeten.'

'Ik dacht dat je je zorgen maakte over je seksualiteit, niet je voeten. Maar wees niet bang, tegen het einde van de avond twijfelt niemand er meer aan dat je hetero bent. We zullen die roddelaars eens wat laten zien!'

Hij had gekreund. 'Is er een kans dat ik de avond kan beëindigen met nog iets heel van mijn goede reputatie?'

'Dat hangt af van hoe goed je danst!'

Hij had Chloe graag willen vragen of ze alleen uit plichtsgevoel had toegestemd om vanavond mee te gaan – omdat de ene dienst de andere waard was – of dat ze de uitnodiging ook had aanvaard als hij die niet als een gunst had bestempeld.

Ze brachten tegenwoordig zo veel tijd met elkaar door, dat hij bijna geneigd was om zijn zus te geloven; dat Chloe's houding ten opzichte van hem veranderde. Durfde hij te denken dat ze hem misschien als meer dan een vriend beschouwde? Die hoop was zo fragiel dat hij zichzelf zelden toestond om eraan te denken. Hij was gewoon blij met Chloe's gezelschap. Soms wist hij zichzelf te overtuigen dat een hechte vriendschap altijd voldoende zou zijn voor hem, maar in zijn hart wist hij dat het niet waar was. Hij hoefde zich haar alleen maar voor te stellen met een andere man – de dreiging dat de vroegere vriend weer zou opdagen was nooit ver weg – en hij besefte maar al te goed dat als hij haar niet kon krijgen, hij haar al helemaal niet in de armen van een ander wilde zien. Ware liefde hoorde onbaatzuchtig te zijn, maar wat hij voor Chloe voelde was verre van dat. Hij wilde haar met zijn hele wezen. Hij wilde haar helemaal voor zichzelf. Tot nu toe leek hij er goed in te slagen om zijn gevoelens voor haar te verbergen, maar binnenkort zou hij zichzelf verraden. En als hij vanavond niet op zijn hoede was? Wat dan?

Hij slaakte een diepe zucht. Waarom zou hij zich zorgen maken als na vanavond alle kans bestond dat Chloe haar grootste vrees wat hem en zijn werk betrof, bevestigd zag, dat de twee onlosmakelijk verbonden waren en ze niet wist hoe ze daar ooit bij kon passen. Waarschijnlijk was ze hem in de afgelopen maand gaan beschouwen als de gewone Seth van voorheen. Maar na vanavond viel niet te ontkennen dat hij met de Kerk getrouwd was en dat niets dat zou veranderen.

'Mijn hemel, Seth! Wat doe je met die sneeuwballen?' De stem van Barbara Hicks rukte hem uit zijn overpeinzing. Opeens zag hij in gedachten dat de vrouw was overleden, bij de hemelpoort kwam en eiste dat alles veranderd moest worden. Seth had eigenlijk geen idee hoe de hemel eruit zou zien – iedere geestelijke die beweerde dat hij het wel wist, beschouwde hij op zijn best als verdacht en op zijn ergst als een charlatan – maar hij had wel een idee hoe het in de hel moest zijn. De hel was boven op een ladder staan terwijl Barbara Hicks hem liep te commanderen.

Chloe was nerveus.

Wat had ze gedacht toen ze Seth op de begrafenis van Margaret omringd zag door de fans uit zijn parochie? Ze had medelijden gehad met het arme meisje dat ooit met hem zou trouwen, omdat zij het meest gehate meisje van het hele christendom zou zijn. Niet dat Seth haar meenam naar het boerenbal als zijn vrouw of zelfs als een toekomstige echtgenote – gewoon als vriendin die deed alsof ze een relatie hadden – maar toch zou ze een soort doelwit worden. Ze hoopte maar dat ze haar deel van de overeenkomst kon nakomen. Het leek zo oneerlijk dat Seth in die positie was gebracht door bepaalde personen uit de parochie. De kleingeestige kwezels! Ze zou hun eens wat laten zien! Hoe konden ze zich zo tegen Seth hebben gekeerd? Het ene moment zwermden ze om hem heen als bijen om een pot honing, en het volgende keerden ze zich tegen hem. De hypocrieten!

Ze was bijna bij het huis van Seth – ze hadden daar afgesproken en ze zouden naar het feestterrein lopen – toen haar handsfree telefoon op het dashboard ging. Ze zag dat het Sally was. 'Hallo, vreemdeling,' zei Chloe. 'Lang niet gesproken.'

'Dat zat ik zelf ook te bedenken,' zei Sally. 'Vandaar dit telefoontje.'

Chloe probeerde niet te denken aan haar gesprek met Dan, en ze zei: 'Waar ben jij allemaal mee bezig geweest? Waar heb je het zo druk mee dat je niet eens de telefoon beantwoordt?'

'O, gewoon, met werk.'

'Daar heb ik je al eerder voor gewaarschuwd. Door al dat werk wordt Sally een saaie meid. Ze is nooit meer in voor een leuk avondje.'

'Ja, ja, ik weet het. Maar misschien helpt het als ik zeg dat ik onderweg naar huis ben van kantoor.'

'Ben je vandaag op kantoor geweest? Het is zaterdag!'

'Geen preek alsjeblieft. Wat ben jij aan het doen?'

'Ik ben onderweg naar Seth.'

'O ja? Hij zit toch niet nog steeds achter je aan?'

Met haar stekels meteen overeind zei Chloe: 'Helemaal niet.'

'Nou, als jij het zegt. Waar neemt hij je vanavond mee naartoe? Naar een gezellige godsdienstige bijeenkomst?'

'We gaan naar een boerenbal.'

'Een boerenbal! Wat grappig. Straks ga je nog zeggen dat je op een brei- of puzzelclub gaat.'

Chloe wachtte tot haar vriendin klaar was met lachen. 'Sally?' zei ze strak.

'Ja?'

'Waarom heb je zo'n hekel aan Seth?'

'Ik heb geen hekel aan hem. Ik denk alleen dat jij niet geschikt bent voor een relatie met iemand als hij.'

'We hebben geen relatie. We zijn gewoon bevriend. En hoe moet jij trouwens weten wat hij voor iemand is? Je hebt hem nog nooit ontmoet. Dan wel, en hij vindt hem aardig. En mijn ouders ook.'

'Oei. Ik heb je blijkbaar op stang gejaagd. Je klinkt zo kwaad en afwerend.'

'Dat ben ik ook. Sinds ik Seth ken, heb je niets anders gedaan dan hem afkraken.'

'Dat moet jij zeggen. Als ik me goed herinner heb jij niets anders gedaan dan hem afkraken toen je besefte dat hij tegen je had gelogen.'

'Hij heeft niet gelogen. En ik heb er nu spijt van dat ik zo heb gedaan. Ik had het mis en ik heb me als een idioot gedragen.' Opeens hoorde Chloe in gedachten Seth zeggen dat iedereen een idioot was op zijn manier, en hypocriet en bevooroordeeld. Ze voelde een blos op haar wangen komen. Wat had hij gemakkelijk kunnen zeggen dat zij schuldig was aan hetzelfde waar ze anderen van wilde beschuldigen. Maar dat had hij niet gedaan. Hij had het laten rusten. 'Dus waar heb je het zo druk mee op je werk?' vroeg ze aan Sally om van onderwerp te veranderen.

'O, je weet wel. Alles stapelt zich op.'

Niet doen, waarschuwde Chloe zichzelf. Niets zeggen. Maar ze kon het niet laten. Ze wilde het haar vriendin nu betaald zetten, hoe kinderachtig het ook was, en dit was de enige manier die ze wist te bedenken. 'Hoe gaat het met die jonge bewonderaar van je?'

'Welke jonge bewonderaar?'

'Van wie je zei dat hij zich schuldig maakte aan ongewenste intimiteiten.'

'O, die. Dat was ik al vergeten. Gelukkig gedraagt hij zich onberispelijk. Er was alleen een flinke uitbrander voor nodig en hij liep weer in het gareel.'

Verbeeldde Chloe het zich, of klonk Sally net iets te nonchalant? 'En hoe gaat het met die moeder van je?' vervolgde Chloe. 'Ik heb het je nog steeds niet vergeven dat je mijn verjaardag voor haar hebt overgeslagen.'

'Ja, dat spijt me. Maar het ziet ernaar uit dat ik er binnenkort weer heen moet.'

'Waarom?'

'Ze heeft zich in de schulden gewerkt. Ik probeer een en ander voor haar op een rijtje te zetten. Maar zeg er in godsnaam niets over tegen Dan. Je weet dat hij vindt dat het weggegooid geld is.'

Chloe kon nog veel meer zeggen over dit onderwerp, maar daar was geen tijd voor. 'Ik moet ophangen, Sally,' zei ze. 'Ik ben bij Seth. Zullen we voor morgen afspreken?' voegde ze eraan toe, omdat ze alles tussen hen goed wilde hebben.

'Ik zou graag willen, maar Dan heeft toegezegd dat we bij Dave en Rosie gaan barbecueën. Ik heb er helemaal geen zin in. Rosie zal wel opscheppen over haar zwangerschap en dan begint Dan weer te zeuren dat we er een kind bij moeten nemen.'

Weer kon Chloe hier veel meer op antwoorden, maar ze deed het niet. 'Het zal wel meevallen. Doe de groeten aan Dan en Marcus. Dag.'

Ze stopte de mobiele telefoon in haar tas en deed de auto op slot. Het was de eerste keer dat ze bij Seth op bezoek kwam, en ze was benieuwd hoe zijn huis er binnen uit zou zien. Van buiten was het een klassiek victoriaans rijtjeshuis met een erker, een betegelde portiek en een voordeur met glas-in-lood.

Er werd niet opengedaan toen ze aanbelde, dus belde ze nogmaals. De auto van Seth stond niet voor de deur geparkeerd, en ze vermoedde dat hij die veilig had weggezet in een straat achter de rij huizen. Het leek geen slechte buurt, maar een dergelijke auto zou meer dan gemiddelde aandacht trekken.

De deur ging open en daar stond Seth. Hij was duidelijk laat, want hij had alleen een handdoek om zijn middel en het water droop van zijn natte haren op zijn nek en schouders. 'Sorry,' zei hij.

'Ik was in de douche. Kom binnen. Ik zal je iets te drinken geven en dan ga ik me aankleden. Wat wil je? Ik heb een geopende fles witte wijn in de koelkast staan. En er is rood in het wijnrek. Of wil je een gin-tonic?' Hij ging haar voor naar de keuken en pakte een glas uit een kastje. Zijn woorden en bewegingen waren krampachtig, en Chloe kon zien dat hij niet zichzelf was.

'Ik pak zelf wel wat,' zei ze. 'Ga jij je maar aankleden.'

Hij streek met een zucht door zijn natte haren. 'Het spijt me echt,' zei hij. 'Ik wilde een uur geleden gaan douchen toen de telefoon ging. Het was de vrouw van een stel dat over twee weken zou trouwen. Ze was in tranen. De bruidegom had blijkbaar koudwatervrees gekregen. Je ziet er trouwens mooi uit. Je haar zit anders. Staat je goed. Je ziet er... O, verdorie! Ik sta te zwetsen. Zeker de zenuwen. Sorry. Het spijt me echt.'

Ze glimlachte. 'Ik heb helemaal geen bezwaar tegen een gezwetst compliment. Je ziet er zelf ook niet slecht uit.' Ze keek naar zijn sexy, glinsterende borst. *Nee! Hoe kwam ze daar opeens bij? Sexy, glinsterende borst?* Opgelaten wendde ze haar blik af en keek uit het raam naar de kleine tuin. Ongepast gedrag! waarschuwde ze zichzelf. Nog twee missers en je ligt eruit!

'Dat zeg je vast tegen alle halfnaakte mannen die je ziet, dokter Hennessey,' zei hij luchtig. 'Geef me tien minuten, dan kom ik mezelf een glas moed indrinken.'

Toen ze alleen was, schonk ze een glas wijn in. Ze keek zonder iets te zien uit het keukenraam, terwijl haar gedachten afdwaalden naar het beeld van Seth, net uit de douche. Uit haar evenwicht gebracht door haar reactie – een onmiskenbare opwelling van pure begeerte – nam ze een flinke slok wijn, maar meteen riep ze zichzelf tot de orde. Rustig aan, niet te veel drinken. De zogenaamde relatie van de dominee kan het niet laten afweten door aangeschoten te verschijnen.

Goed, zei Seth tegen zichzelf. Kalm aan. Niet nodig om hier een drama van te maken. Het is gewoon een parochiefeestje. Wat dansen. Een bord geroosterd varkensvlees en een gepofte aardappel. Een paar biertjes. En een prachtige vriendin om mee te pronken. Stelt niets voor. Een fluitje van een cent.

Maar was het eerlijk om Chloe deze schertsvertoning op te dringen? Waarom was hij niet gewoon eerlijk geweest tegen Owen? Hij had toch gewoon kunnen zeggen: ik ben geen homo en het lukt gewoonweg niet om een relatie te krijgen met een vrouw, maar ik heb het wel geprobeerd.

Het kwam natuurlijk door zijn ijdelheid. Hij was te ijdel en te trots geweest om eerlijk te zijn tegen Owen.

Hij haalde diep adem en nam Chloe mee naar de achterkant van het mooie zwart-witte vakwerkhuis van Max en Stella Wainbridge. Max en Stella stelden al jaren hun huis en tuin beschikbaar voor het boerenbal van de kerk. Ze waren allebei met pensioen en als leden van de kerk hadden ze een sleutelrol in het besturen van de St.-Michael. Ze waren uitzonderingen in de Anglicaanse Kerk: traditioneel, maar ze stonden open voor mogelijke veranderingen. Seth mocht hen meteen toen hij met hen kennismaakte; ze hadden hem hartelijk verwelkomd in de parochie.

Stella was de eerste die Seth zag. Ze droeg een spijkerbroek, geruite bloes en een cowboyhoed, en ze zwaaide enthousiast en kwam naar hem toe. 'Zet je schrap, Chloe,' zei Seth. 'De show gaat beginnen.'

Tot zijn volslagen verrassing voelde hij Chloe's hand in de zijne glijden.

36

HET BEGON TE schemeren toen de band het podium betrad. Er waren een gitarist, een accordeonist, een meisje in een tuinbroek met een viool onder haar kin, en een oudere man met een baard die met een banjo op een hooibaal zat. Het kostte de presentator geen enkele moeite om mensen op te roepen voor de eerste dans; ze haastten zich om een kring te vormen en Seth en Chloe bleven opeens alleen achter aan hun tafel. 'Er zit niets anders op,' zei Chloe terwijl ze haar glas neerzette en dat van Seth uit zijn hand pakte. 'Tijd om je in te wijden.'

'Ik waarschuw je, als je één keer een grap durft te maken over dat ik mijn maagdelijkheid verlies, dan sta ik niet voor mezelf in.'

Ze lachte en trok hem overeind. Mensen glimlachten toen ze zich bij de kring voegden, en Chloe zag de goedkeuring op hun gezichten. Voor zover ze zich bewust was, had ze tot nu toe niets verkeerds gedaan in haar rol als de vriendin van de predikant, en ze had ieders vragen zonder aarzelen beantwoord en zonder haar toevlucht te nemen tot leugens. Ze hadden elkaar in de lente ontmoet... in het fitnesscentrum... ze woonde in Eastbury... ze was huisarts... net als haar vader... ja, Seth was fantastisch... ja, hij was uitstekend gezelschap... ja, heel hartelijk, heel zorgzaam.

De vragen die haar niet waren gesteld, en waar ze bang voor was, hadden alles te maken met of ze naar de kerk ging. Seth had erop gestaan dat hij niet wilde dat ze omwille van hem zou liegen. 'Zeg gewoon de waarheid,' had hij gezegd. Ze had bijna haar toevlucht genomen tot een leugen toen iemand zei: 'Jullie kerk in Eastbury heeft een prachtig koepeldak. Het is toch halverwege de negentiende eeuw vervangen na een brand?' Ondanks dat ze als kind naar de St.-Andrew was gegaan en als familietraditie op kerstavond naar de nachtmis met kerstgezangen ging, kon Chloe zich totaal niet herinneren hoe het dak eruitzag – wat haar betrof bestond het uit spaanplaat of was het zuurstokroze geverfd – en dus had ze alleen geglimlacht en ingestemd dat het inderdaad een prachtig dak was.

De presentator leidde hen door een dans die de Lucky Seven heette, een tamelijk makkelijke dans om mee te beginnen. Seth keek haar verontrust aan en ze kneep in zijn hand. 'Het lukt wel; volg gewoon de anderen.'

'Het lukt alleen als ik vlak bij jou kan blijven.'

'Sorry, nadat ik het eerste deel met jou heb gedanst, moet ik naar de volgende en met hem een deel dansen.'

'Dat lijkt me niet erg leuk voor mij.'

'Dat had je gedacht,' fluisterde ze in zijn oor. 'De vrouwen hier staan te popelen om je in hun handen te krijgen.'

'Ik maak me meer zorgen om de mannen en jou.'

'Denk je dat ze het wagen om de vriendin van de predikant aan te raken? Hé, daar gaan we.'

Na de eerste reeks zwaaide Chloe Seth gedag en liep verder. Haar volgende partner was Max Wainbridge, een krasse man met wit haar die een veelkleurig gilet droeg. Hij was sterker dan hij eruitzag en hij greep haar stevig beet. 'Als ik me niet vergis heb je dit eerder gedaan,' zei hij.

'Een vergooide jeugd,' gaf ze toe.

'Bestaat er dan een andere?' Hij lachte luid. 'Maar serieus, Stella en ik zijn zo blij dat Seth zo'n charmante metgezellin heeft. En niet alleen omdat een stel idioten gemene, om niet te zeggen boosaardige dingen over hem rondstrooide. Als het aan mij lag zou ik ze bij naam noemen en ze de stad uit gooien.' Hij lachte weer. 'Maar vertel dat niet door. Zulke dingen hoor je niet te zeggen. Nee, Seth boft dat hij jou heeft. Dominee zijn is soms zwaar en eenzaam werk. Het is niet het luizenbaantje dat mensen vaak denken.'

Toen Chloe naar haar volgende partner ging, en de volgende en weer de volgende, volgde een soortgelijk gesprek. Alleen Max had openlijk gesproken over de geruchten over Seth, maar over het algemeen vond men dat Seth maar stiekem had gedaan door haar zo verborgen te houden. Toen ze de kring bijna rond was, danste ze met de baas van Seth, Owen. Seth had hen aan elkaar voorgesteld en Chloe mocht hem meteen al niet. Maar weer was ze bevooroordeeld; ze minachtte hem omdat hij niet steviger in zijn schoenen had gestaan wat zijn roddelende congregatie betrof. Hij leek een vermoeide, slappe, afstandelijke en incapabele man, een man die gemakkelijk kon worden overgehaald. Zelfs de manier waarop hij haar vasthield was slap en weifelend. Ook beviel zijn kleding haar niet; hij droeg zijn formele werkkleren: een grijs pak en wit boordje. Stond hij op zijn strepen ten opzichte van Seth door geen vrijetijdskleding te dragen?

Ze keek naar Seth en bedacht hoe levendig en energiek hij eruitzag vergeleken bij Owen. Hij droeg een verbleekte spijkerbroek en een blauw met wit overhemd, en hij was beslist de aantrekkelijkste man hier. Hij viel duidelijk op in de menigte. Ze merkte dat hij ook naar haar keek. Hun blikken ontmoetten elkaar en ze voelde zich trots en blij dat ze vanavond hier met hem was. Hij schonk haar een verblindende glimlach, en toen ze teruglachte voelde ze een vreemde rust over zich komen, een soort acceptatie. Waarom had ze zo lang haar gevoelens voor Seth onderdrukt? Waarom was ze zo dom geweest? Ze wist het antwoord niet, maar door deze vreugdevolle ontdekking kon het haar niet schelen.

Alsof ze zweefde, voelde ze dat Owen haar liet wegdraaien naar de laatste van de kring, en langzaam maar onherroepelijk ging ze naar Seth. Hij nam haar in zijn armen. 'Ik denk dat ik het nu onder de knie heb,' zei hij met een vrolijke glimlach.

'Ik ook,' mompelde ze.

Het was al na middernacht toen ze door de stille straten van Crantsford terugliepen naar het huis van Seth. Deze avond was er iets bijzonders gebeurd met Chloe. Haar gevoelens waren volledig omgedraaid en dat maakte haar bang terwijl ze het tegelijkertijd opwindend vond.

Hij nodigde haar uit om nog iets te drinken. Daar was ze blij om; ze was er nog niet aan toe om de avond te beëindigen. En hij blijkbaar ook niet.

Lachend en grapjes makend deden ze een dansje door de keuken terwijl ze koffie maakten. 'Je vond het vanavond leuker dan je had verwacht, hè?' zei ze toen ze in de woonkamer waren. Ze ging op de bank zitten en na een korte aarzeling nam hij plaats in de stoel die het verst bij haar vandaan stond.

'Wat kan ik zeggen?' zei hij. 'Ik ben helemaal bekeerd. En jij? Vond je het heel erg?'

'Helemaal niet. Denk je dat we iedereen voor de gek hebben gehouden?'

'In welk opzicht?'

'Dat ik je vaste vriendin ben.'

Opeens werd zijn gezicht ernstig. Alle sporen van zorgeloos lachen en grappen maken waren verdwenen. 'Daar twijfelde niemand aan,' zei hij op vlakke toon. 'Je hebt je rol heel overtuigend gespeeld. Bedankt.'

Verontrust door de plotselinge verandering in hem zei ze: 'Seth, wat is er?'

'Niets,' zei hij. Zijn blik was verwarrend ondoorgrondelijk.

Nog ongeruster deed Chloe weer een poging. 'Dat geloof ik niet. Zeg alsjeblieft wat er aan de hand is.' Ze verlangde ernaar om haar armen om hem heen te slaan, en die vreselijke uitdrukking van ellende van zijn gezicht te laten verdwijnen.

Het bleef stil

'Goed,' zei hij ten slotte. 'Er is inderdaad iets. Ik dacht dat ik dit kon. Maar ik kan het niet.'

'Wat niet?' vroeg ze zacht.

Hij keek haar recht in de ogen. 'Ik dacht dat ik kon accepteren om gewoon je vriend te zijn. Meer niet.' Hij boog zich voorover en leunde met zijn ellebogen op zijn knieën terwijl hij zijn gezicht bedekte met zijn handen. 'Maar ik kan niet langer doen alsof. Dat kan ik gewoon niet.'

Ze zette haar beker koffie neer en stond zachtjes op.

'Ik begrijp het helemaal,' zei hij mistroostig, met zijn hoofd nog steeds gebogen. 'Je hebt me heel duidelijk gemaakt dat we nooit meer dan vrienden kunnen zijn. Je hebt me nooit enige reden gegeven om op meer te hopen, dus ik verwijt je helemaal niets. Het is mijn schuld. Ik heb mezelf voor de gek gehouden. Ik was zo arrogant om te denken dat ik je voor me zou kunnen winnen door stilzwijgend aan te houden. Ik heb me vergist.'

Chloe knielde voor hem neer. Ze raakte een van zijn handen aan die hij voor zijn gezicht hield. Geschrokken keek hij op. Ze kuste hem even op zijn mond, en ze wilde hem weer kussen, toen hij haar wegduwde. 'Niet doen, alsjeblieft,' zei hij hees. 'Kus me niet uit medelijden. Dat kan ik niet verdragen.'

Ze had zo met hem te doen. 'Dat doe ik niet. Echt niet. Ik...' Ze zag de pijn in zijn ogen en haar stem brak. Ze vond het vreselijk dat zij hem dit had aangedaan. Dat hij al die tijd zo had geleden. 'Vanavond heb ik een heel belangrijke ontdekking gedaan,' zei ze. 'Het werd me duidelijk wat ik echt voor je voel. Als je me wilt hebben, dan wil ik graag van je zogenaamde vriendin je echte vaste vriendin worden.'

Hij staarde haar aan en slikte. Hij opende zijn mond, maar zei niets.

'Zeg iets,' zei ze ongerust.

'Dat kan ik niet,' zei hij met gesmoorde stem.

Ze keken elkaar een hele tijd zwijgend aan. Langzaam trok de pijn weg uit zijn gezicht en zag ze in het intense blauw van zijn ogen hoe diep zijn gevoelens voor haar waren. Hij legde een hand tegen haar wang en toen hij haar kuste, was het vol tederheid en hartstocht. Zijn armen gingen om haar heen en hij tilde haar op zijn schoot terwijl hij haar nog steeds kuste. In zijn omhelzing, zich voegend naar zijn houding, voelde ze hoe goed hun lichamen bij elkaar pasten.

37

CHLOE WERD WAKKER met een warm, heerlijk gevoel vanbinnen. Ze draaide zich op haar zij en keek op de wekker: kwart voor negen. Zou ze een douche durven nemen? Nee, ze wilde niet riskeren dat ze een telefoontje van Seth zou mislopen. Hij had beloofd haar tussen twee kerkdiensten in te bellen; nu leidde hij de vroege ochtenddienst en om halfelf de familiedienst. Ze had hem voor de lunch uitgenodigd, maar helaas moest hij helpen om alles van de vorige avond op te ruimen. Dat was zo jammer, want ze kreeg opeens de rare behoefte om alle potten en pannen uit de kast te halen en voor hem te koken.

Ze staarde naar het plafond, het plafond dat Seth zo netjes had geverfd. Ze glimlachte. Was er iets wat hij niet goed deed? 'Ik ben niet volmaakt, Chloe,' had hij een keer tegen haar gezegd. 'Je moet nooit denken dat een wit boordje me ervan weerhoudt om egoïstisch, heetgebakerd of ruw in de mond te zijn.' Ze had nog niets van die eigenschappen meegemaakt, maar ze wist wel dat hij haar gelukkig maakte. O, en hoe hij kon kussen...

De vorige avond, toen ze met tegenzin had geopperd dat ze beter naar huis kon gaan, had hij haar weer gekust, zodat ze helemaal slap werd. 'Ga nog niet,' zei hij.

'Maar je moet vroeg op.'

'Wie zegt dat ik naar bed ga?'

'Ik,' zei ze vastberaden. 'Ik wil niet te horen krijgen dat je tijdens de vroege dienst bent weggedoezeld.'

Toen hij uiteindelijk instemde om haar te laten gaan, hadden ze elkaar een eeuwigheid in de gang staan kussen als een stel tieners. 'Stuur een sms'je als je thuis bent,' had hij gezegd. Dat had ze gedaan, en ze kreeg een bericht terug dat ze had moeten blijven omdat hij nu toch niet kon slapen.

De telefoon naast haar bed ging. Chloe stortte zich er bijna op. 'Hallo,' zei ze met haar zwoelste stem.

Het bleef even stil, en toen klonk een opgelaten maar heel bekend kuchje aan de andere kant van de lijn. 'Pap!'

'O, dus je bent het wél, Chloe. Ik dacht dat ik misschien het verkeerde nummer had ingetoetst. Mag ik vragen wie je dacht dat er belde?'

'Nee!'

Op de achtergrond hoorde Chloe haar moeder iets tegen haar vader zeggen, en toen legde haar vader, zonder succes, zijn hand over het mondstuk en antwoordde: 'Ze dacht dat ik iemand anders was. Ik weet niet wie. Dat heb ik haar zonet gevraagd.'

Met een ongeruste blik op de wekker – stel dat Seth haar probeerde te bereiken? – riep Chloe door de telefoon tegen haar vader: 'Pap, hou op met praten tegen mam en zeg waarom je me belt!'

'Je hoeft niet te schreeuwen, Chloe,' zei haar vader. 'Ik ben niet doof. Nog niet, in elk geval. Ben je volgend weekend in de buurt?'

'Natuurlijk. Waar zou ik anders zijn?'

'O, doe toch niet zo.'

'Waar gaan mam en jij dan heen?'

'Naar Stratford. Zou jij zoals gewoonlijk de bloemen en de tomatenplanten water willen geven?'

'Afgesproken. Hoelang blijven jullie weg?'

'Vier dagen.'

'Geen probleem. Sorry, pap, ik moet ophangen, er is iemand aan de deur.'

'Op dit tijdstip? Het is nog niet eens negen uur. De mensen weten niet meer hoe het hoort tegenwoordig. Dag, lieverd. Tot gauw.'

Er was niemand aan de deur, maar het was de enige manier die Chloe kon bedenken om snel een einde te maken aan het gesprek met haar vader. Ze voelde zich nog steeds schuldig toen vijf minuten later de telefoon ging. Weer ging ze liggen en zei op zwoele toon: 'Hallo, dominee Hawthorne.'

'Ben jij dat, Chloe?'

'Mam? Waarom bel je?'

'Beter gezegd, waarom klink jij alsof je zo'n rare sekslijn bemant?'

'Wat weet jij van rare sekslijnen?'

Haar moeder negeerde haar vraag en zei: 'Ik neem aan dat er enige vorderingen zijn met die aantrekkelijke predikant? Sinds wanneer? En hang niet op, want dan bel ik meteen terug en hou ik de lijn bezet zodat de arme man je niet kan bereiken.'

Chloe en haar broer hadden vaak als grapje gezegd dat het geen zin had om tegen hun moeder in te gaan. 'Goed,' gaf ze toe. 'Je hebt gelijk, er zijn vorderingen tussen ons. Maar pas sinds gisteravond. Tevreden?'

'Aha! Ik wist het wel! Zodra ik hem zag. Neem van mij aan dat hij een goeie is, Chloe.'

'En mag ik nu ophangen na jouw goedkeuring? Of belde je me nog ergens anders voor?'

Zodra de verbinding was verbroken, ging de telefoon weer. 'Hallo,' zei Chloe, nu zonder een poging te doen om verleidelijk te klinken.

'Hallo, jij. Word je altijd zo vaak gebeld op zondagochtend?'

Ze glimlachte en leunde weer achterover. 'Dat waren mijn ouders die liepen te vervelen. Hoe gaat het?'

'Ik verheug me erop om je weer te zien, met een beetje geluk. Geldt je aanbod voor de lunch nog? Ik heb kwijtschelding gekregen. Na gisteravond ben je zo populair dat me werd opgedragen dat ik de middag met jou moest doorbrengen. Max en Stella beweerden dat mijn hulp niet nodig was om alles op te ruimen.'

Was er ooit iemand doodgegaan van verveling? vroeg Sally zich af. Ze draaide zich om, op zoek naar nog iets te drinken, en liep Dave Peach tegen het lijf. Hij hield haar een kan met Pimm's voor waarin een veel te grote hoeveelheid fruit dobberde, meer dan genoeg om aan vijf porties per dag te komen. 'Je ziet eruit of je wel weer een glaasje kunt gebruiken,' zei hij, met een knikje naar haar lege glas.

'Graag,' zei ze.

'Amuseer je je wel?'

'Ja,' loog ze. 'Uitstekend weer voor een barbecue,' zei ze, omdat die banale opmerking het eerste in haar opkwam, en vervolgens liep ze vlug door voordat ze iets zou zeggen wat ze echt meende.

Ze had gedacht dat de barbecue alleen bedoeld was voor haar en Dan, Dave en Rosie en hun kinderen, en de moed was haar in de schoenen gezonken toen ze bij aankomst een groot, om niet te zeggen luidruchtig gezelschap aantrof, allemaal met kinderen. Maar een groot gezelschap was zo erg nog niet. Dan kon ze zich verschuilen en niet Rosie hoeven aan te horen over haar zwangerschap of gedwongen te worden om echo's van de baby te bekijken.

Ze huiverde bij de gedachte, en ze liep naar de achterkant van de tuin waar nu voor even geen kinderen waren. Het was haar opgevallen dat Chloe niet was uitgenodigd, maar dat kwam misschien omdat ze geen kinderen had.

Vervolgens dacht Sally terug aan de vorige avond, toen Chloe had gezegd dat Seth haar zou meenemen naar een boerenbal. Wat bezielde Chloe? Verlangde ze zo wanhopig naar een man dat ze bereid was om zo weinig te eisen? En waarom verdedigde ze hem zo? Ze was beslist prikkelbaar geweest. Ze had zelfs op een bepaald punt tegen Sally gesnauwd. Waarschijnlijk had het er allemaal mee te maken dat Chloe zo graag een baby wilde. Chloe had het er zelden over, maar Sally wist hoe graag ze zelf een kind wilde.

Ze keek op toen gelach opklonk van het terras. Een luidruchtig groepje had zich verzameld rond de pas geïnstalleerde jacuzzi van Dave en Rosie. Sally was niet van plan om zich uit te kleden en zich onder te dompelen in die tobbe vol chemicaliën zoals vele anderen al hadden gedaan. Joost mocht weten hoeveel kinderen erin hadden geplast.

Aan de andere kant van de tuin zette Dave de gasbarbecue aan, gadegeslagen door een kring van mannen met blikjes bier in hun handen; Dan stond erbij met Marcus op zijn heup gehesen. Vlakbij waren Rosie en een stel andere vrouwen, meest moeders uit het dorp, schalen met eten op twee grote tafels aan het zetten. Terwijl Sally hun onderlinge verstandhouding, hun gelach en gezellig gepraat gadesloeg, wist ze hoe het voelde om een buitenstaander te zijn. Dit was haar wereld niet, de gezellige wereld van papa's en mama's. Het was allemaal zo triviaal en afgezaagd. Niets verveelde haar meer dan het gezelschap van mensen met wie ze geen enkele band had. Zo had ze zich altijd gevoeld, met dit verschil dat het haar steeds moeilijker viel om haar ware gevoelens te verbergen.

Een andere gast die verrassend genoeg ontbrak, was Tatiana, de feeënkoningin. Maar misschien kwam dat ook doordat ze geen kinderen had. Sally verdacht Dan er niet langer van dat hij een verhouding met Tatiana had; ze was tot de conclusie gekomen dat hij zijn onberispelijke imago niet in gevaar durfde te brengen.

Ze plukte de stukjes fruit uit haar glas, gooide die over haar schouder en dronk de Pimm's in één teug op. Mijn god, wat verveelde ze zich. Ze verveelde zich dood. Ze verveelde zich zo, dat ze in staat was om iets geks te doen. Bijvoorbeeld om haar principe te doorbreken en Harry een sms'je te sturen. Hij wist nog niet hoe wilskrachtig ze eigenlijk was.

Hij plaagde haar vaak dat hij het slechte meisje in haar had losgemaakt en haar in staat had gesteld om zich helemaal te laten gaan. Hoe kon hij weten dat ze dat slechte meisje in haar maar al te goed kende? O, wat zou ze nu graag bij Harry zijn. Terwijl ze om zich heen keek naar de aanwezigen met hun saaie leventjes, deed het haar plezier dat ze een dubbelleven leidde. Wisten deze mensen dat ze zichzelf langzaam verstikten met hun saaie vertoon van eerzaamheid en huiselijkheid?

Toen zij en Dan met Chloe en Paul na de tsunami uit Bangkok naar huis waren gevlogen, hadden vele passagiers gezworen dat ze vanaf dat moment alles zouden halen uit het leven dat ze nog voor zich hadden. Door dat voornemen vroeg ze zich af wat ze hier eigenlijk in godsnaam deed op de barbecue van Dave en Rosie Peach. Waarom lag ze niet in bed te vrijen met haar minnaar?

Minnaar. Ze proefde het woord op haar tong. Harry, haar *minnaar.* Hoe anders zou het volgende weekend zijn, vergeleken bij dit. Volgende week ging ze haar moeder weer helpen. En dat hield in dat ze volgende week op dit tijdstip in bed zou liggen met Harry.

Seth lag op zijn zij naast Chloe, met een schaal frambozen tussen hen in. Haar ogen waren gesloten in het zonlicht dat naar binnen viel, maar haar lippen waren verleidelijk geopend. 'Je hebt een heel erotische mond,' zei hij.

Ze deed lui een oog open. 'Mag je wel zoiets gewaagds zeggen op een zondag?'

Hij stak een rijpe framboos tussen zijn lippen, boog zijn hoofd en liet de framboos tussen haar lippen glijden met een kus. 'Ik mag zeggen wat ik wil,' zei hij. Toen ze de framboos had doorgeslikt, schoof hij de schaal uit de weg en kuste haar weer. Haar zachte, zoet smakende lippen gingen van elkaar en hij verloor zichzelf in de kus. Nooit eerder had hij zich zo gevoeld als wanneer hij Chloe kuste. Nooit eerder had iemand hem dit gevoel gegeven.

Tijdens het boerenbal gisteren hadden mensen tegen hem gezegd dat hij maar bofte met zo'n lieve vriendin. Een paar hadden zelfs gevraagd wanneer de kerkklokken zouden luiden voor de bruiloft. Hij had zo'n hekel gehad aan zijn dubbelhartigheid. Was hij werkelijk zo diep gezonken? Toen wist hij dat hij de schijn niet langer op kon houden. Hij moest Chloe de waarheid vertellen.

Terwijl hij nu dacht aan hoe hij alles op het spel had gezet met zijn bekentenis en hoe ze had gereageerd, trok hij haar naar zich toe en liet een hand onder haar topje glijden. Haar huid was zijdezacht en langzaam bracht hij zijn hand naar boven. Toen die zich om haar borst sloot, slaakte ze een zachte maar onmiskenbare zucht van genot. Door haar reactie nam zijn begeerte toe, en hij bracht zijn hand naar haar rug om haar beha los te maken. Ze hief haar lichaam naar hem op en hij kuste haar hals terwijl hij zijn tanden langs haar huid liet glijden. Hij kuste het kuiltje onder aan haar hals, schoof haar topje omhoog en kuste haar borst. Ze legde haar handen op zijn schouders. Maar opeens werd de druk van haar handen groter en duwde ze hem weg.

Hij kwam overeind en ze schoof onder hem vandaan. 'Wat is er?' vroeg hij verontrust.

Ze trok haar topje naar beneden en zei, zonder naar hem te kijken: 'Het... het voelt niet goed.'

'Bedoel je dat ik het niet goed doe?'

Ze slikte. 'Mijn god, nee! Je doet het eigenlijk veel te goed.'

'Wat is dan het probleem?' Hoewel hij al wel wist wat er door haar gedachten ging.

Nu keek ze hem aan. 'Ik laat je toch iets doen wat je niet mag? Ik... ik breng je in opspraak.'

Hij wist al dat dit weer een horde was die ze moesten nemen. 'Je maakt je zorgen over mijn spirituele integriteit?' vroeg hij terwijl hij ernstig probeerde te kijken. 'Je denkt dat wat we doen, mijn roeping geweld aandoet?'

'Nou, dat is toch zo?' Ze deed haar handen achter haar rug en probeerde haar beha vast te maken.

'Ik was niet van plan om echt seks met je te hebben, Chloe, als je je daar zorgen over maakt. Ik weet wanneer ik moet stoppen. Draai je om, dan doe ik het wel.'

Toen hij haar beha had vastgemaakt, draaide hij haar gezicht naar zich toe. Ze fronste. 'Nu voel ik me stom,' zei ze. 'Over sfeer verpesten gesproken.'

Hij pakte haar handen. 'Ik denk dat we zeker moeten zijn van een paar regels. Jij wilt weten hoe ik sta tegenover seks voor het huwelijk.'

Ze knikte, en hij zag de gêne op haar gezicht.

'Ik vind seks binnen de grenzen van een liefdevolle en toegewijde relatie belangrijk. Iets anders zou nooit zo bevredigend voelen. Het moet echt zijn, of anders niet.'

'Maar hoe weet je zeker dat een relatie voorgoed is?'

Hij streek met een glimlach over haar wang. 'Dat is juist de helft van het plezier, als je ziet hoe de mens in elkaar steekt.'

Ze pakte zijn hand en drukte zijn handpalm tegen haar lippen. 'Sorry,' mompelde ze.

'Waarvoor?'

'Omdat ik aan je twijfelde. Ik had beter moeten weten dan te denken dat je dit niet allang voor jezelf had uitgemaakt. Ik wil alleen niet op een ochtend wakker worden met het idee dat ik je iets heb laten doen waar je naderhand spijt van krijgt. Dat ik je op het slechte pad heb gebracht.'

Hij lachte hardop en trok haar in zijn armen. 'Toen ik een grapje maakte over een maagd die ingewijd moest worden, dacht je toch niet dat ik iets anders bedoelde dan dat dansen?'

Toen ze geen antwoord gaf, zei hij: 'Voor de eerlijkheid, de vroegere ik zou bij het tweede afspraakje al je broekje omlaag hebben getrokken. Dan had ik je naam op mijn lijst gezet en dan had ik je de volgende dag niet eens teruggebeld.'

Ze draaide zich om in zijn armen. 'Dat geloof ik niet.'

'Dacht je dat ik over zoiets tegen je zou liegen?'

Ze keek hem aan. 'Hoeveel? Met hoeveel vrouwen ben je naar bed geweest, dominee Seth Hawthorne?'

'Dat zeg ik niet. Daar ben ik te veel heer voor, zoals ik al heb gezegd.'

'Meer dan twintig?'

'Dat zeg ik niet.'

'Meer dan veertig?'

'Ik zeg nog steeds niets.' Hij deed alsof hij een ritssluiting over zijn mond dichttrok.

'Mijn god, Seth, was je seksverslaafd of zo?'

'Natuurlijk, Russell Brand en ik zaten samen in een afkickcentrum. Moet je horen, ik ben er niet trots op, maar destijds was ik echt een klootzak. En jij? Hoeveel partners heb jij gehad?'

'Ik? Vergeleken bij jou was ik bijna een kuise non.'

'Liever kwaliteit dan kwantiteit?'

'Dat niet.'

'Waren ze allemaal goed? Dat vraag ik gewoon uit belangstelling.' Ze trok glimlachend een wenkbrauw op. 'Hoezo, ben je bang dat je er niet aan kunt tippen?'

'Vergeet het maar.' Hij legde een hand in haar nek, trok haar gezicht naar dat van hem en kuste haar.

Toen hij haar losliet, zei ze: 'Je hebt al eerder mijn vraag ontweken, maar deze keer wil ik antwoord. Waarom ben je bij de politie weggegaan en heb je je bij de Kerk aangesloten?'

'Weet je zeker dat ik je niet kan afleiden met nog een kus?'

Ze ging zitten en schudde haar hoofd. 'De waarheid.'

'Goed,' zei hij. Hij legde zijn handen onder zijn hoofd en ging makkelijker liggen. 'Herinner jij je nog die treinramp bij Hill House in 2001?'

Ze knikte. 'Dat was de trein die in de sneeuw ontspoorde. Waarbij meer dan twintig mensen omkwamen. Daar was jij toch zeker niet bij?'

'Ik was een van de gelukkigen die zo konden weglopen met een paar schaafwonden en blauwe plekken. Ik was waarschijnlijk niet langer dan een minuut buiten bewustzijn, en toen ik bijkwam, was het chaos om me heen. Mensen kropen op handen en knieen door de wrakstukken in de sneeuw terwijl het bloed uit hen stroomde. In de verte hoorde ik een meisje schreeuwen. Ik ging op het geluid af. Toen ik haar vond, was ze er slecht aan toe. Ze verloor veel bloed. Een van haar benen was bij de knie afgerukt, en haar buik...'

Hij zweeg even toen hij aan de schokkende beelden van die slachting dacht. Hij had bijna moeten overgeven bij de aanblik van dat arme meisje. Dat beeld probeerde hij zich zo weinig mogelijk voor de geest te halen. Tijdens zijn werk bij de politie, voordat hij naar de zedenpolitie werd overgeplaatst, had hij talloze beelden van auto-ongelukken gezien, en vaak had hij de nasleep van de werkelijkheid meegemaakt, maar nooit eerder had hij zoiets vreselijks aanschouwd.

'Toen ze besefte dat ik er was,' vervolgde hij, 'dat ze niet meer alleen was, vroeg ze me of ze zou sterven. Het had geen zin om tegen haar te liegen. Ze vroeg of ik haar wilde vasthouden. "Tot het einde", fluisterde ze terwijl ik haar vasthield. "Helemaal tot het einde. Ik wil niet alleen sterven." Haar laatste woorden waren of ik voor haar wilde bidden. Ik, bidden? Dat had ik niet meer gedaan sinds ik acht was en een nieuwe fiets wilde met Kerstmis! Maar ik deed wat ze vroeg. Ik wist niet wat ik anders moest doen. Maar toen ik eenmaal begon, voelde ik me niet meer zo machteloos en alleen. Ze stierf in mijn armen. Een volslagen vreemde. Naderhand hoorde ik dat ze pas eenentwintig was. Haar familie nam contact met me op. Ze wilden me bedanken voor wat ik had gedaan. Toen ik zei dat ik eigenlijk niets had gedaan, zeiden ze dat uit de kleinste dingen in het leven juist het grootste goed voortkwam. Ze zeiden dat ze nooit zouden vergeten hoe ik hun dochter had bijgestaan. Ik had me nog nooit zo nederig gevoeld, en nooit eerder zo de behoefte gehad om mijn leven te veranderen. Het duurde een poos voor ik me bekeerde, maar twee jaar later nam ik ontslag bij de politie en ging ik theologie studeren.'

Hij wendde zijn blik af van de lichte hemel tussen de wapperende bladeren van de boom boven hen, en keek naar de aandachtige uitdrukking op Chloe's gezicht. Hij kon zien dat ze nadacht over wat hij had gezegd. Hij wist bijna zeker wat haar antwoord zou zijn.

'Maar hoe kon je nadien overtuigd zijn dat er een god was?' vroeg ze zacht. Hij had gelijk. 'Dan zou je er toch heel anders over denken. Zo'n nutteloze ramp. Al die pijn en verdriet. Al die angst.'

Hij streek met zijn vingers door haar haren. 'Door de oneindige goedheid te zien van vreemden die medepassagiers te hulp schoten die stierven of zwaargewond waren, werd ik overtuigd dat, of we het wel of niet beseffen, ieder van ons een kracht heeft om elke minuut van de dag en in de meest onwaarschijnlijke situaties iets goeds te doen.'

Ze ging met haar hoofd tegen hem aan liggen. 'Zou het erg grof van me zijn als ik zeg dat ik blij ben dat jij die dag tot de gelukkigen behoorde?'

Hij gaf een kus op haar voorhoofd. 'Ik ben ook blij dat ik dat geluk had.'

38

HET WAS SEPTEMBER, en twee dagen na hun terugkeer uit Cornwall stond Dan in de keuken ballonnen op te blazen.

Marcus was jarig. Waren er echt al drie jaar verstreken sinds die dag in de verloskamer, toen Marcus op de wereld was gekomen? De jaren waren misschien in een oogwenk voorbijgegaan, maar daarentegen moest er een tijd zijn geweest voordat hij was geboren. Had de wereld echt bestaan voor zijn geboorte? Het was moeilijk om je de dagen te herinneren toen hij er nog niet was, toen ze op vakantie gingen wanneer het hen uitkwam, voor een paar zonovergoten weken in Griekenland of het Caraïbisch gebied.

De vakantie dit jaar – een traditionele familievakantie in Cornwall – deed Dan denken aan zijn eigen jeugd, toen hij en zijn ouders elk jaar naar hetzelfde huisje in Devon gingen. Kinderen hielden van regelmaat, en Dan zag al voor zich hoe Marcus zich verheugde om volgend jaar weer naar St.-Ives terug te gaan. Maar daar was Dan nog niet zo zeker van, wat Sally betrof.

Voor hun vakantie had ze zich opmerkelijk wisselvallig gedragen; de ene dag was ze vrolijk en de volgende neerslachtig. Hoe haar stemming ook was, hij deed zijn best. Als ze stil en zo teruggetrokken was dat ze bijna niets zei, liet hij haar met rust. Als ze geamuseerd was door iets wat op haar werk was voorgevallen en dat aan hem wilde vertellen, luisterde hij aandachtig. Als ze moe en gefrustreerd was door een vervelende cliënt of door onzinnige ideeën op kantoor, streek hij de ruwe kantjes glad. Om kort te gaan, hij speelde elke rol die nodig was om haar terug te krijgen. Talloze keren had hij haar willen zeggen dat hij haar miste. Hij wilde zijn vrouw terug. Hij was het beu om met deze misleidster te leven.

Het ging zelfs zover dat hij bijna opzag tegen hun weekje weg. Hij was bang geweest dat de spanning voor een van hen te groot zou worden als ze zeven dagen zo op elkaars lip zaten. Maar de vakantie was beter verlopen dan hij had gehoopt. Sally leek zich te vermaken; ze speelde met Marcus op het strand, bouwde zandkastelen en zocht in plassen naar krabbetjes met hem. Ze waren halverwege de vakantie toen, nadat ze samen anderhalve fles wijn hadden gedronken bij het avondeten, hij het waagde om haar in bed aan te raken. Tot zijn verbazing schoof ze niet van hem weg. Als hij eerlijk was, had hij het niet al te best gedaan – doordat het zo lang geleden was, was alles al voorbij voordat het goed en wel was begonnen – maar aangemoedigd deed hij de volgende avond weer een poging, en tot zijn opluchting was hij weer helemaal in vorm. Het kwam door de zeelucht of door de hoeveelheid wijn die ze dronken, maar sindsdien bedreven ze elke avond de liefde. Hij wist dat ze op vastere grond waren toen op de laatste avond in het huisje Sally het initiatief nam. Als ze een verhouding had, zou ze dat dan echt doen? Het was alle aanmoediging die hij nodig had om te geloven dat ze over het ergste heen waren.

Hij werd ook aangemoedigd door haar besluit om haar mobiele telefoon en laptop thuis te laten. 'Ik wil niet dat mijn moeder me lastigvalt als we weg zijn, of dat iemand van mijn werk me kan bereiken,' had ze gezegd toen ze de spullen in de auto laadden. Dit was nooit eerder gebeurd. Ze had nooit eerder zo resoluut de band met haar werk verbroken. En als er al een minnaar was, zou ze dan niet de zekerheid willen dat ze contact met hem kon hebben?

Dan moest nu beschaamd toegeven dat hij zich had vergist. Hij was paranoïde geweest om zich in te beelden dat Sally achter zijn rug om iets met een ander had. Hij had zich zonder echte reden door een hel laten gaan. Nu zag hij in dat het probleem alleen was dat Sally te hard werkte. En dat niet alleen; ze had ook nog te stellen met die vreselijke moeder van haar. Ze had het nodig om er even uit te zijn. Wat dom dat hij dat niet eerder had beseft.

Dan was aan de laatste ballon bezig; hij blies nog een keer en vloekte toen de ballon in zijn gezicht klapte. Nou ja, ze hadden er meer dan genoeg. Hoeveel ballonnen hadden twee kleine kinderen trouwens nodig?

Hoewel Marcus vandaag jarig was, zou hij pas in het weekend zijn feestje krijgen. Vandaag kwamen alleen wat naaste vrienden. Chloe en Seth hadden allebei een vrije dag, dus zij zouden komen, en Jennifer en Graham, en Tatiana en Rosie met Charlie. Zaterdag was Charlie jarig, en hij en Marcus hadden dan samen een feest in het dorpshuis, waar een gewapende groep gillende peuters, verkleed als piraten, bijeen zou komen en de hel waarschijnlijk zou losbarsten. Hopelijk zou het feestje deze middag veel rustiger en makkelijker verlopen.

Sally had beloofd dat ze haar best zou doen om op tijd terug te zijn, maar omdat Dan wist dat ze de onvermijdelijke stapel werk had in te halen van de vorige week, rekende hij er niet op.

Hij deed de deur van de koelkast open en schonk een beker appelsap in, voor als hij Marcus beneden zou brengen. Over een uurtje zouden de gasten komen, dus was het tijd om hem wakker te maken uit zijn dutje. Toen Dan de deur sloot, viel zijn blik op het laatste kunstwerk dat Marcus op de peuterspeelzaal had gemaakt. Het was een tekening van Marcus met Dan in de tuin. Heel in de verte, rechtsboven, was Sally, alleen en opgesloten in een groot, scheef gebouw. Dan, wetend hoe Sally misschien zou reageren, had geaarzeld om de tekening op te hangen, maar Marcus had hem zelf met plakgum op de koelkastdeur bevestigd.

Marcus was al wakker toen Dan zijn slaapkamerdeur opende. Met verwarde haren die op zijn hoofd plakten, en één rode wang, lag hij aandachtig te kijken in een van de vele boeken van de plank boven zijn bed. Hij bewoog zijn vinger langs de woorden en maakte aldus een overtuigende indruk dat hij het boek voorlas aan zijn knuffelbeesten. Als Dan niet had geweten dat Marcus het boek uit zijn hoofd kende, zou hij hebben geloofd dat zijn zoon een wonderkind was. Maar zoals alle ouders had hij dat al heel lang geleden aangenomen. Natuurlijk was Marcus een genie. Hij was de slimste jongen die ooit had bestaan!

'Papa!' Marcus gooide het boek opzij en krabbelde overeind, en alsof hij zich opeens herinnerde dat hij jarig was, zei hij: 'Is het tijd voor mijn feestje?'

Dan ging naar het bed. 'Bijna. Eerst moeten we je verkleden.'

Marcus klapte in zijn handen. 'Is Charlie er?'

'Nog niet.'

'Is Tatty er?'

'Die komt straks.' Dan droeg Marcus naar de klok die boven de ladekast hing. 'Iedereen komt als de grote wijzer op nummer twaalf staat en de kleine op nummer drie. En dat betekent dat we nog precies vijfenvijftig minuten hebben om je op te frissen. Wil je nog steeds de kleren aan die je zo-even hebt uitgekozen?'

Marcus knikte heftig, wurmde zich los en gleed op de grond. Hij begon aan zijn gekreukte short en T-shirt te trekken. 'Helpen, papa. Helpen.' Was een kind ooit zo opgewonden geweest over zijn eigen verjaardagsfeestje? dacht Dan met een glimlach.

'Ik moet weg,' zei Sally.

Harry, die achter haar stond met een hand in haar bloes, zei: 'Vijf minuten langer kan geen kwaad.'

'Harry, nee,' zei ze.

Hij lachte. 'Dat meen je niet.'

God, hij had gelijk. Ze zou hier graag de rest van de dag in zijn kantoor zijn gebleven als ze dacht dat niemand het zou merken. Hij hield haar stevig vast en ze voelde zijn hardheid tegen haar drukken. Waarschijnlijk zou het maar vijf minuten duren. Zeker als je bedacht dat het maandag was. Nog geen paar minuten nadat ze van haar week vakantie terug was op kantoor, had Harry haar samen met hem in zijn kantoor opgesloten en gedaan wat hij had gedreigd te doen sinds ze hun verhouding waren begonnen. 'Ik heb je gemist,' zei hij toen hij zich naderhand tegen haar aan liet vallen. 'Ga nooit meer zomaar weg.'

'Maar moet je zien hoe de afstand je verlangen naar me groter heeft gemaakt,' had ze geantwoord, genietend van zijn begeerte naar haar.

Op haar laatste dag op het werk voor ze met vakantie ging, had hij haar gesmeekt of hij haar mocht bellen of sms'en als ze in Cornwall was, maar ze was vastberaden geweest. Bang dat hij zou proberen om haar te e-mailen, had ze duidelijk gemaakt dat ze haar laptop niet zou meenemen. Doordat ze totaal geen contact met Harry kon hebben, was haar verlangen naar hem alleen maar aangewakkerd, en ze had zelfs seks met Dan gehad opdat ze haar ogen dicht kon doen en fantaseren dat ze in bed lag met Harry. De eerste keer had ze zich een beetje schuldig gevoeld, maar de volgende avond bedacht ze dat Dan er blij mee was, dus waarom zou ze zich zorgen maken?

Ze maakte zich los uit Harry's armen en zei: 'Ik moet echt weg. Ik ben al laat.'

'Nog één kus, dan laat ik je gaan.'

Chloe was nijdig. Waar was Sally mee bezig? Soms vond ze dat haar vriendin Dan en Marcus niet verdiende. Ze kon toch wel tijd vrijmaken om bij haar zoon te zijn op zijn verjaardag? Dan had nu twee keer aan Marcus moeten uitleggen dat ze de kaarsjes op zijn taart pas konden aansteken als mama er was. Als het aan Chloe lag, had ze de kaarsjes aangestoken en ze door Marcus laten uitblazen, dan was zijn moeder er maar niet bij op het grote moment. Het werd hoog tijd dat die vrouw haar prioriteiten stelde.

Behalve dat Sally haar zoon teleurstelde, voelde Chloe zich ook persoonlijk gekleineerd. Vandaag zou Sally eindelijk kennismaken met Seth. Ze wierp een blik door de keuken en keek met bezitterige trots toe hoe Seth met haar vader zat te praten. Terwijl ze hem bleef gadeslaan, voelde ze zijn inmiddels bekende fysieke aantrekkingskracht. Haar tijdsbesef verdween even en ze voelde een warmte, een innerlijk licht. Liefde? Waarschijnlijk wel. Het bracht haar tot rust en het was tegelijkertijd opwindend. Maar zijn fysieke aantrekkingskracht was nu slechts een deel van hem; het inzicht van zijn innerlijk dat hij haar had gegeven, had pas echt het vermogen om haar te ontroeren.

Ze wist dat hij op een bovennatuurlijke manier kon aanvoelen dat ze naar hem keek, en het verbaasde haar niet toen hij over de schouder van haar vader keek en haar blik opving. Hij keek haar aan en hij plooide zijn lippen in een van zijn smeltende glimlachjes. Toen keek hij weer naar haar vader en schonk hem opnieuw zijn volledige aandacht.

Het viel haar moeilijk om de Seth die ze kende, te vergelijken met de vrouwenjager die hij had beschreven, en ze kon het niet laten om hem ermee te plagen. Hij onderging haar opmerkingen vriendelijk en weerde ze af door te dreigen dat hij de eerstvolgende keer dat ze uitgingen, zijn soutane zou aantrekken. In een ernstiger bui had hij haar gevraagd of ze moeite had met zijn verleden. Het eerlijke antwoord was nee. Ze kon zelfs niets bedenken wat haar in hem stoorde. Behalve natuurlijk wat voor de hand lag: dat ze binnenkort zou bezwijken onder de seksuele frustratie. Bij Seth zijn was als een zwaard met twee kanten: hoe meer tijd ze bij hem doorbracht, hoe meer ze naar hem verlangde.

'Hoe vaak heb ik je toen je klein was niet gezegd dat het onbeleefd is om naar iemand te staren, Chloe?'

Chloe pakte het glas wijn aan dat haar moeder had meegebracht.

'Ik moet zeggen dat ik het je niet kwalijk kan nemen. Hij is fantastisch. Een onaardse schoonheid. Waardoor ben je van gedachten veranderd wat hem betreft?'

'Hoe bedoel je?'

'Van vriendschap tot iets meer.'

'Bemoei je met je eigen zaken, mam.'

'Je past toch wel op?'

Chloe keek haar moeder aan. 'Waarom zeg je dat?'

Jennifer nam een slokje wijn. 'Heb geduld met hem. Hij hoort zich aan andere regels te houden dan wij.'

'Dat weet ik, mam.'

'Mooi. En vertel nu eens iets over dat knappe meisje van wie Marcus en Charlie hun ogen niet af kunnen houden.'

'Ze heet Tatiana en ze werkt met Dan bij de liefdadigheidsstichting. Rosie heeft hen aan elkaar voorgesteld.'

'En?'

'En wat?'

'Is ze getrouwd? Heeft ze een vriend?'

'Dat denk ik niet.'

'Hm... Het gaat niet goed in Corner Cottage, hè?'

'Hou op, mam.'

'Waar blijft Sally?'

Goede vraag, dacht Chloe.

Sally deed haar auto op slot, legde een gejaagde uitdrukking op haar gezicht en ging naar binnen. 'Sorry, iedereen!' riep ze terwijl ze deed of ze buiten adem was, alsof ze helemaal uit Manchester naar hier was komen rennen. 'Het wordt steeds gekker op de weg. Ik stond drie kwartier vast op de M56. Hallo, Marcus, heb je een leuke dag? Mag ik een gin-tonic, Dan? Daar ben ik echt aan toe.'

Sally feliciteerde zichzelf met deze perfecte binnenkomst, trok haar jasje uit en ging iedereen langs. Ze zei de gebruikelijke flauwekul tegen Rosie – alles goed met de zwangerschap, blabla – en gaf Graham Hennessey een kus. Ja, heel fijne vakantie in Cornwall... ja, fantastisch weer... we hebben geboft... en ze zette haar omgeving vlug uit haar gedachten. Saai, saai, saai! Wanneer zou er ooit een einde aan komen? Wat zou ze hen graag opschrikken uit hun zelfvoldane kleingeestigheid. Maar waarom keek Chloe zo naar haar? En wat deed Tatiana hier, de koningin van die vervloekte feeën? Maar moest je die goddelijke vent met die krullen zien die naast Chloe stond! Verrek! Dat was toch niet die dominee van haar? Nou, wie had dat kunnen denken.

Met een groot en welkom glas gin-tonic in haar hand en een uitdagende uitdrukking op haar gezicht liep Sally naar hen toe. Tijd om het lontje aan te steken en wat pret te hebben!

Ze gaf Chloe een kus op haar wang. 'En jij bent natuurlijk de onbereikbare, sexy predikant van Chloe, Seth Hawthorne,' zei ze terwijl ze haar hand uitstak. 'Ik heb al heel veel over je gehoord.'

'Ik heb ook heel veel over jou gehoord. Leuk om je eindelijk te ontmoeten.'

'Maar je stelt me wel teleur. Je hebt Chloe nog weinig goedgedaan. Volgens mij is ze nog steeds dezelfde zondaar als vroeger. Of valt ze niet meer te redden?'

'Je wordt bedankt, Sally!'

'Kijk niet zo chagrijnig, Chloe. Ik maak maar een grapje. Dat weet Seth heus wel. Ja toch, Seth?'

'Sally,' riep Dan. 'Marcus wil nu de kaarsjes op zijn taart uitblazen. Kom je?'

Chloe was woedend. Sally had niet onbeleefder of neerbuigender kunnen doen. Of toch wel, want nu, met een tweede gin-tonic in haar hand, zei ze tegen Seth dat hij er heel anders uitzag dan ze had verwacht.

'Hoe dacht je dan dat ik eruit zou zien?' vroeg Seth met een glimlach.

'Nou ja, je weet wel, als een slome duikelaar, nietszeggend.'

Chloe smoorde een kreet van ergernis. Maar Seth zei: 'En waar baseer je dat op? Op Chloe's vroegere vriendjes?'

Sally lachte. 'O, god, nee! Als je ergens op kunt vertrouwen, dan is het op Chloe's uitstekende keus wat knappe mannen betreft.'

Chloe stond op het punt om Sally het zwijgen op te leggen, toen ze voelde dat Seth haar hand pakte en er zachtjes in kneep. Ze vatte het op als een hint om niet te reageren. 'Je hebt me nieuwsgierig gemaakt,' zei hij vlotjes. 'Waarom dacht je dat ik een nietszeggende slome duikelaar zou zijn?'

Sally draaide de ijsblokjes in haar glas rond, zodat ze tinkelden. 'Dat is gebaseerd op zo ongeveer elke religieuze fanaticus die ik ben tegengekomen.'

Chloe had er genoeg van. 'Sally, ik weet niet wat je mankeert, maar kan het een toontje lager, graag.'

'Het geeft niet, Chloe,' zei Seth terwijl hij weer in haar hand kneep. 'Sally heeft recht op een eigen mening.'

'En zo is dat! Zeg, heeft Chloe je wel eens verteld over die lijst die we vroeger bijhielden?'

'Niet dat ik me kan herinneren,' antwoordde Seth op effen toon.

Chloe wierp haar zogenaamde vriendin een dreigende blik toe. 'Dat hoeft hij niet te weten.'

Sally lachte. 'Ik zou niet weten waarom niet. Niet dat het iets voorstelt. Tenslotte waren we jong en meestal aangeschoten toen we die samenstelden.'

'Sally, wil je alsjeblieft je mond houden?'

'Wat ik wilde zeggen,' vervolgde Sally met glinsterende ogen, Chloe's verzoek negerend, 'was dat een dominee wel de laatste man zou zijn met wie we wilden uitgaan. Destijds zou je zo helemaal onder aan de lijst staan, dat je alleen maar onze minachting kon krijgen. Grappig hoe dingen kunnen veranderen, vind je niet?'

Chloe stiet een gesmoorde kreet van kwaadheid en ongeloof uit. Maar Seth legde rustig zijn hand op Chloe's schouder en zei, een en al waardigheid: 'Dan mag ik mezelf heel gelukkig prijzen.'

Zijn beleefdheid na zo'n grove belediging was meer dan Chloe kon verdragen. Ze boog zich naar voren om iets in Sally's oor te fluisteren, en goot toen de inhoud van haar glas over Sally's bloes.

39

'MISSCHIEN HELPT HET als ik het zeg, maar ik voelde me niet beledigd door wat Sally zei. Ik heb veel ergere beledigingen naar mijn hoofd gekregen, en ik heb door schade en schande geleerd die te negeren. Ik maakte me meer zorgen dat ze jou van streek bracht. En dat heeft ze duidelijk gedaan. Wat heb je in haar oor gefluisterd?'

'Dat wil je niet weten.'

Thuis reageerde Chloe haar woede af door koffie te zetten. Ze deed het met veel kabaal en bruuske bewegingen, maar het hielp niet. Ze wilde niets liever dan Sally beetpakken en haar ronduit zeggen dat ze een goor kreng was. Nee, eigenlijk wilde ze haar gewoon een flinke mep in haar gezicht geven.

Zij en Seth waren weggegaan toen Sally boven haar met wijn doorweekte bloes uittrok. Dan vond het jammer dat ze zo vroeg weggingen – hij had verwacht dat ze bleven eten – maar Chloe had verzonnen dat ze hoofdpijn had. Ze kon zich niet herinneren dat ze ooit eerder tegen Dan had gelogen. Toen ze naar huis liepen, had Seth gevraagd of ze liever alleen wilde zijn als ze zich niet lekker voelde, en weer had ze gelogen en gezegd dat ze zich opeens veel beter voelde. Ze had dan wel geen hoofdpijn, maar ze zat vol haat ten opzichte van Sally.

'Zal ik het doen?' opperde Seth met een uitdrukking van geamuseerde verbazing op zijn gezicht toen ze de cafetière onder handen nam. 'In deze bui breng je de koffie nog in een baan om de aarde.' Hij pakte de glazen kan uit haar handen en ze keek toe terwijl hij voorzichtig de zeef naar beneden drukte.

'Sorry,' zei ze. 'Sorry dat ik zo'n kreng van een vriendin heb. Ze deed vreselijk tegen je. Ik denk niet dat ik het haar ooit zal vergeven.'

Hij hield op met wat hij deed. 'Zeg dat niet. Niets kan ooit zo erg zijn.'

'Je gaat toch geen preek tegen me houden?'

Met een glimlach schonk hij koffie in hun bekers. 'Zie ik er zo dom uit?' Hij deed er melk bij. Hij wist precies hoeveel ze lekker vond. 'Maar ik zou graag weten waar je vriendin echt problemen mee heeft. Ze gaf de indruk dat ze ruzie zocht. Mensen die dat doen, proberen meestal ruzie met zichzelf te ontlopen.'

'Nou, die krijgt ze met mij als ze geen orde op zaken stelt.'

'Kom,' zei hij. 'Dan gaan we buiten zitten. En als ik denk dat de kust veilig is, dan zal ik het wagen om je een kus te geven om je op te vrolijken.'

Ondanks haar slechte humeur door Sally, moest Chloe lachen. 'Je mag me nu kussen als je wilt.'

Hij zette de bekers neer en kwam naar haar toe. Hij legde zijn handen om haar middel en boog zich voorover om haar zacht en lang te kussen. 'Beter?' vroeg hij toen hij zich terugtrok.

'Bijna,' zei ze.

Hij klakte met zijn tong. 'Bijna is niet goed genoeg.' Hij kuste haar weer, deze keer met zijn handen om haar gezicht. Het duurde niet lang of haar lichaam snakte naar zijn aanraking. Ze moest zich inhouden om niet de kleren van zijn lijf te rukken. Nog nooit had ze zo naar een man verlangd als naar Seth. Abrupt hield hij op met kussen en omhelsde haar opeens met een huivering. Ze kon zijn hart tekeer horen gaan in zijn borst. 'Denk jij, in je hoedanigheid van arts,' zei hij, 'of je kunt sterven aan onthouding?'

'Zoals ik me voel, lijkt me dat heel waarschijnlijk.'

Hij hief zijn hoofd op en keek op haar neer. Zijn pupillen waren groot, het blauw van zijn irissen heel donker. Hij haalde diep adem en ademde toen langzaam uit. Ze kon zien dat hij opeens nerveus was. Dat hij aanstalten maakte om iets te zeggen. Iets belangrijks. 'Ik had niets willen zeggen,' zei hij zacht, 'niet nu al. Maar hoe ik het ook bekijk, er zit niets anders op. Ik hou van je, Chloe. Ik hou van je zoals ik nog nooit van iemand heb gehouden. Ik denk de hele tijd aan je.' Hij glimlachte aarzelend. 'En niet alleen aan hoe graag ik met je wil vrijen, want dat doe ik maar drieëntwintig uur per dag.'

'En waar denk je in dat andere uur aan?' vroeg ze.

De glimlach werd breder. 'Goed, ik geef het toe, ik heb gelogen. Ik fantaseer vierentwintig uur per dag over jou naakt naast me in bed. Niet dat ik klaag, hoor. Er zijn ergere dingen om over te fantaseren.'

Chloe legde haar handpalmen tegen zijn borst. Door de zachte, warme stof van zijn overhemd kon ze zijn gespannen spieren en het nog steeds te snelle kloppen van zijn hart voelen. Haar eigen hart ging ook tekeer. 'Kunnen we het gesprek even terugdraaien?' vroeg ze.

'Tot welk punt?'

'Tot toen je zei dat je van me hield.'

'Dat klinkt onheilspellend.' Er kwam een verontruste frons op zijn gezicht. 'Ik wist wel dat ik beter niets had kunnen zeggen.'

Ze legde een vinger tegen zijn lippen. 'Sst... Nu is het mijn beurt. Toen je zei dat je van me hield, gaf je me geen kans om te antwoorden. Ik wil dat je weet dat ik van jou hou. Niemand heeft me ooit zo gelukkig gemaakt als jij.' Ze haalde haar vinger weg en kuste hem. Ze voelde hem huiveren en ze bleef hem kussen. En dat was ze blijven doen als zijn mobiele telefoon niet was gegaan.

'Moet je niet opnemen?' vroeg ze toen hij zich niet bewoog.

'Het kan wel wachten.'

'Misschien is het belangrijk.'

'Niets is belangrijker dan jou nu kussen.'

Ze glimlachte en maakte zich los uit zijn armen. Ze pakte zijn telefoon van het aanrecht en reikte hem die aan.

Uit Seths houding bleek algauw dat het geen belangrijk telefoontje was; zo te zien en te horen gewoon een vervelende parochiaan. Hij knikte vaak en sloeg zijn ogen ten hemel. Chloe sloeg hem geamuseerd gade. En met liefde. O, ja, ze hield van Seth. Ze hield van alles aan hem. De manier waarop zijn krullen bewogen als hij lachte of als hij aan het rennen was op de loopband in het fitnesscentrum. Ze hield van de zachte, sensuele manier waarop hij haar kuste. Ze hield van de manier waarop hij zei dat ze mooi was. Ze hield van zijn integriteit. Ze hield zelfs van zijn obsessie voor Arcade Fire. Maar het meest hield ze nog van het gevoel dat hij haar gaf, zo licht en gekoesterd.

Zou ze het lot tarten als ze dacht dat, heel misschien, Seth en zij voorbestemd waren voor elkaar? Dat er een echte en blijvende toekomst voor hen was weggelegd? Of was ze, zoals altijd, op alles aan het vooruitlopen?

Toen Marcus eindelijk in bed lag met een nieuw knuffelbeest – een cadeau van Chloe en Seth – toegevoegd aan zijn leger knuffelbeesten, ging Dan op zoek naar Sally. Zoals hij al wist, was ze beneden in de werkkamer. Ze keek op van haar laptop. 'Ik ben zo klaar,' zei ze afwezig.

'Goed, haast je maar niet. Ik ga aan het eten beginnen.'

'Eigenlijk heb ik niet zo'n trek. Een broodje is genoeg. Kun je het eten tot morgen bewaren?'

'Dan kan ik het waarschijnlijk beter invriezen. Ik heb veel gemaakt, want ik verwachtte dat Chloe en Seth tot vanavond zouden blijven. Wat vond je van Seth?'

'Wel aardig, leek me. Hoewel, als ik heel eerlijk ben, ik het moeilijk vond om hem serieus te nemen.'

Verbaasd zei Dan: 'Hoezo?'

'Toe nou, Dan, de man gelooft in onbevlekte ontvangenis en dat de doden zullen opstaan. Hoe kan iemand met een beetje hersens hem serieus nemen?'

'Chloe blijkbaar wel.'

'Ja, nou ja, op dit moment is hij interessant, omdat ze hem niet kan krijgen.'

'Denk je echt dat ze daarom in hem is geïnteresseerd?'

'Dat durf ik te wedden. Het is de nieuwigheid. Zodra die de glans heeft verloren, zal ze hem dumpen.'

'Nou, ik kan me vergissen, maar ik denk niet dat je gelijk hebt. Ik denk dat ze heel erg op hem gesteld is, en hij op haar. Daarbij zouden ze een prima stel zijn, zoals ik het bekijk.'

Ze haalde haar schouders op. 'Als jij het zegt.' Ze richtte haar aandacht weer op haar laptop.

Dan draaide zich om. Maar hij aarzelde. 'Sally,' zei hij, 'is alles goed op je werk?'

Ze hief abrupt haar hoofd op. 'Hoe bedoel je?'

'Je zegt het toch wel als het je te veel wordt? Je werkt zo hard.'

Ze keek hem aan zonder iets te zeggen, met een starre blik in haar beangstigend lichte ogen. Hij was bang dat hij te ver was gegaan en zijn vinger op een zere plek had gelegd die ze liever wilde negeren. 'Ik wil alleen dat je weet dat ik alles waardeer wat je doet,' voegde hij eraan toe.

Hij deed de deur achter zich dicht en probeerde zich te herinneren sinds wanneer hij op zijn tenen was gaan lopen wat Sally betrof.

40

WAT VERGADERINGEN ONDER partners betrof was dit het zoveelste spelletje van aanvallen en verdedigen. Het was zo voorspelbaar als dag en nacht, en Sally zou het zelfs slapend kunnen doen. En dat was maar goed ook, want ze was met haar gedachten niet bij wat die vette Duncan Patterson voor de zoveelste keer zat uit te kramen. Hij kon zoveel smoesjes oprispen uit zijn dikke lijf als hij wilde, en niemand zou de moeite nemen om naar hem te luisteren. Word wakker, Duncan; het interesseert niemand ook maar een bal. Je bent niets meer dan een egocentrische windbuil die je cliënten niet eens op tijd een rekening kan sturen!

Terwijl ze afwezig op een blocnote zat te krabbelen, had Sally wel iets belangrijkers aan haar hoofd dan wat Duncan Patterson ook had te melden. 'Hoe gaat het met Harry?' had Chloe gisteren in haar oor gefluisterd. En wat ze ook wist, of meende te weten, hoe kwam ze eraan? Chloe kon hen nooit samen hebben gezien. Of een gesprek hebben afgeluisterd. Toch leek haar vriendin iets te vermoeden en ze had het gebruikt om wraak te nemen op Sally. Ze was zelfs zo kinderachtig geweest om haar wijn over Sally's bloes te gooien. Wat kleingeestig en zielig. En waarom? Omdat Sally de waarheid had durven zeggen over Chloe's nieuwe vriend?

Goed, hij was knap, dat moest ze hem nageven, maar hij was helemaal Chloe's type niet. Kon Chloe zichzelf echt zien als de echtgenote van een dominee? Al die saaie preken die je moest aanhoren. Al die zure schijnheiligheid en geestdodende lariekoek die je had te slikken. Het was gewoonweg absurd. Chloe maakte een enorme fout, om niet te zeggen dat ze zichzelf voor schut zette. Ze zou zelfs nog geloven dat Pete Doherty een ideale echtgenoot zou zijn, alleen maar omdat ze dan een baby kon krijgen.

Maar die hormonale stommiteit van Chloe daargelaten, hoe was ze tot die conclusie gekomen over Sally en Harry? En als Chloe het doorhad, hoe zat het dan met Dan? Hadden die twee het er achter haar rug over gehad? Maar waar was dat dan op gebaseerd? Zij en Harry waren zo voorzichtig geweest. Geen e-mails. Geen sms'jes. Geen telefoontjes als ze thuis was. Niets wat een ander per ongeluk kon ontdekken. Dat was de voorwaarde geweest. Ondanks Harry's smeekbedes. En goddank had Harry die regel nooit overtreden en haar iets gestuurd om een antwoord van haar los te krijgen.

Hoe gaat het met Harry?

Misschien was het alleen een gemene slag in de lucht geweest om wraak te nemen op Sally. En nog een lafhartige ook. Toen Sally weer naar beneden kwam toen ze zich had verkleed, waren Chloe en Seth vertrokken. Chloe had hoofdpijn, had Dan gezegd. Ja, hoor! Maar waarom had Chloe uit alle hatelijke opmerkingen die ze had kunnen maken, uitgerekend Harry gekozen en gesuggereerd dat Sally iets met hem had? De vorige avond in bed had Sally alle combinaties van die woorden nagelopen om te zien of ze een andere betekenis konden hebben. Iets onschuldigs dat ze verkeerd had verstaan en geïnterpreteerd. Maar wat ze ook probeerde, ze kon niets overtuigends bedenken. Het enige was nog: *Hoezo die herrie?* Dat kon, gezien het feit dat Chloe echt kwaad op haar was. En misschien was dat met die wijn wel een ongelukje geweest dat goed uitkwam, ook al had Chloe's excuus nogal onsamenhangend geklonken.

Zodra Sally vanochtend op haar werk was, had ze zich naar Harry's kantoor gehaast, maar tot haar ergernis was hij die dag bezig met een fraudezaak in Burnley. Voor het eerst kwam ze in de verleiding om het nummer te bellen dat hij haar had gegeven.

Eindelijk! Doppen werden op pennen gedraaid, blocnotes en dossiers werden dichtgeslagen; de vergadering was eindelijk afgelopen. Sally stond al overeind, verzamelde vlug haar spullen en liep ongeduldig naar de deur.

'Kan ik je even spreken, Sally?' Tom McKenzie, die zojuist de vergadering had voorgezeten, legde een hand op haar arm.

'Natuurlijk,' zei ze opgewekt, terwijl ze haar ergernis omdat ze werd opgehouden, probeerde te verbergen.

'Laten we naar mijn kantoor gaan,' zei Tom, en hij ging haar al voor.

In een glazen hokje buiten Toms kantoor zat Fern Elliot, de assistente van Tom. Heel lang geleden, in de tijd van schrijfmachines en typekamers, was ze afgestudeerd als secretaresse, zo'n opleiding die vuurspuwende draken produceerde die beige panty's en degelijke schoenen droegen. Ze werd de Iron Lady genoemd en ze bewaakte Tom met een bezitterigheid waardoor hij zich soms niet op zijn gemak voelde, zo wist Sally. Toch deinsde hij er niet voor terug om haar slaafse toewijding te misbruiken door haar zijn kleren van de stomerij te laten halen, of cadeautjes voor zijn bejaarde moeder bij Kendals, en voor zijn vrouw bij Harvey Nichols. Ferns belangrijkste verdienste was – behalve dat ze de grond onder Toms voeten aanbad – dat ze degenen verachtte die lager in rang waren dan zij. En daar hoorde Sally ook bij. Sally schonk haar een opgewekte, geforceerde glimlach toen ze achter Tom aan zijn kantoor binnen liep.

Tom bood haar een stoel aan, maar in plaats van zelf te gaan zitten, liep hij naar het raam dat uitzicht bood op de straat. Hij frommelde aan de jaloezieën, alsof hij zich afvroeg of de aluminium stroken twee millimeter schuiner moesten. Hij leek niet op zijn gemak. Waarom niet?

'Gaat het, Tom?' vroeg ze, omdat ze tot de conclusie was gekomen dat hij iets persoonlijks met haar wilde bespreken. Of misschien was het iets wat hij niet tijdens de vergadering had willen zeggen. Misschien wilde hij haar polsen over hoe ze sommige medewerkers van de firma moesten lozen. Zoals Duncan Patterson, om te beginnen.

Hij draaide zich om. 'Dat was precies de vraag die ik jou wilde stellen, Sally. Hoe gaat het met jóú?'

Van slag gebracht zei ze: 'Goed, natuurlijk. Waarom niet?'

Hij schraapte zijn keel en trok zijn al kaarsrechte das recht. Hij liep naar zijn bureau en zakte neer op zijn stoel. 'Ik wil dat je weet dat je het me moet zeggen als je problemen hebt of er even tussenuit wilt, of als je met iemand wilt praten.'

Sally keek hem vragend aan. 'Problemen?' herhaalde ze. 'Wat denk je dat ik voor problemen heb?'

Tom vouwde een paperclip open en zei: 'Behalve dat je een sleutelfiguur en een gewaardeerd lid van de firma bent, heb ik altijd alle respect voor je gehad. Dat weet je toch?'

Ze knikte langzaam. Het stond haar niet aan waar dit gesprek heenvoerde. 'Ik voel dat er een "maar" aankomt,' zei ze strak.

'Je moet weten dat ik dit alleen ga zeggen omdat ik om je geef. Ik heb liever dat je het van mij hoort dan van iemand anders.' Tom zweeg even. 'De kwestie is...' Weer schraapte hij zijn keel. 'De kwestie is dat bepaalde mensen op kantoor blijkbaar denken dat jij... dat jij en Harry... meer zijn dan alleen collega's.'

Sally bleef neutraal kijken. Toen, terwijl ze ongeloof voorwendde, barstte ze in lachen uit. 'Wat moet dit voorstellen, Tom, een late 1-aprilgrap?' Ze keek overdreven om zich heen. 'Moet ik nu op zoek naar een verborgen camera?'

De uitdrukking op Toms gezicht was een en al opgelatenheid en verwarring. Maar hij zei niets.

Sally hield op met lachen. 'Mijn god, je meent het. Dit is geen grap, hè?'

'Het zou een vreemde grap zijn, Sally.'

'Maar je denkt toch niet echt dat Harry en ik... Toe nou, hij is een jongen! Hij is jaren jonger dan ik. Wat zou ik in hem moeten zien? Of hij in mij? Tom, dit is echt te absurd voor woorden. Ik ben getrouwd. En heel gelukkig. En wanneer moet ik trouwens tijd hebben voor een clandestiene kantoorverhouding met Harry Fox?'

Er kwam opluchting op Toms gezicht. 'Ik wist dat het eigenlijk niet mogelijk was,' zei hij. 'Maar ik vond dat je moest weten wat er over je gezegd wordt. Ik zal uiteraard mijn best doen om die geruchten de kop in te drukken, maar je weet net zo goed als ik dat dingen op kantoor een eigen leven leiden.'

'Dank je. Dat stel ik op prijs. En niet dat het er iets toe doet, maar omdat ik nieuwsgierig ben, wie heeft dit bizarre, om niet te zeggen boosaardige verzinsel onder je aandacht gebracht?'

Weer sloeg Tom zijn ogen neer. En toen wist Sally alles wat ze hoefde te weten. De Iron Lady. Dat kon niet anders. Tom zou nooit zo loyaal zijn als het iemand anders betrof.

'Wie het ook is,' zei ze koel, 'ik zou dankbaar zijn als je hem of haar flink de waarheid zegt. Het is oppervlakkig gezien misschien grappig, en ik ben bereid om het verder zo te laten, maar als die geruchten niet ophouden, zal ik zelf stappen ondernemen. Tenslotte gaat het niet alleen om mijn reputatie, maar ook om die van Harry.

Als er verder niets meer te bespreken valt, dan ga ik me concentreren op een vergadering voor twee uur vanmiddag.'

In haar kantoor leunde Sally tegen de gesloten deur. Dat was op het nippertje. Heel erg op het nippertje. Maar wat had ze het goed gespeeld! De adrenaline schoot door haar heen, en ze stootte glimlachend met een vuist in de lucht. Ja, wat had ze het goed gespeeld. Ze liep naar haar bureau en ging zitten. Nog steeds glimlachend draaide ze haar bureaustoel rond, en ze moest zich inhouden om niet hardop te lachen.

41

DIE OCHTEND WAS er een heel andere sfeer op het werk. Gewoonlijk ging iedereen opgewekt aan de slag, en was het druk bij het kopieerapparaat, werden er grapjes gemaakt bij de koffiemachine, maar vandaag was iedereen ongewoon stil en terneergeslagen.

De stichting had een van de populairste kinderen verloren. De vorige avond was Jordan Kemp gestorven door nierfalen. Met zijn vijf jaar was hij het troetelkind van de stichting geweest, en stond hij bekend door zijn nieuwsgierige ogen, zijn ondeugende glimlach en zijn aanstekelijke lach. Iedereen wist dat zijn levensverwachting heel beperkt was, maar zijn dood, zo plotseling en onverwacht, was een hele klap voor iedereen. Vooral voor Tatiana.

Tatiana was de eerste die het nieuws te horen had gekregen, en Dan wist dat ze een speciale band had gehad met Jordan. Dan had het gezin pas enkele weken geleden leren kennen, maar ook hij was geraakt door de dood van het kind. Hij vermoedde echter dat het bij hem ook ging om het ondenkbare: hoe hij zou moeten omgaan met de dood van zijn eigen zoon. Als hij op de televisie de vreselijke beelden zag van ouders van een vermoord kind die een hartstochtelijk beroep op de moordenaar deden om zich te melden, of van ouders van vermiste kinderen die in tranen de verantwoordelijken smeekten om hun kind veilig terug te brengen, dan schoot steeds dezelfde gedachte door Dans hoofd: hoe konden ouders zo kalm zijn? Waarom schreeuwden ze niet tegen de camera: 'Breng mijn zoon terug, jij zieke, waanzinnige klootzak van een psychopaat! Anders spoor ik je op en dan maak ik je af!' Dan zou nooit zo kalm een beroep kunnen doen via de televisie. Tenzij hij zo veel kalmerende middelen had gekregen dat zelfs een dolle stier er rustig van zou worden.

Hij dacht aan het verschil tussen vandaag en zaterdag, toen Marcus en Charlie samen hun verjaardag hadden gevierd. Het was een feest geweest met veel te veel suiker en een heleboel gegil. En dat waren de ouders nog maar, zo had hij vanmorgen als grapje tegen Tatiana gezegd voordat het nieuws over Jordan kwam. Tatiana had niet naar het feest kunnen komen, en Rosie had op aandringen van Charlie en Marcus een stuk taart aan Dan gegeven om mee te nemen naar zijn werk.

Terwijl de printer het rapport afdrukte waar hij aan had gewerkt, ging Dan koffie halen. De keuken van het kantoor, een soort veredelde bezemkast, bevond zich aan het eind van een gang met vloerbedekking; de wanden hingen vol ingelijste foto's van gezinnen die de stichting had gesteund. Hij deed de keukendeur open en zag Tatiana. Ze wierp geschrokken een blik over haar schouder en hij zag dat ze huilde. Ze zag er ongelofelijk triest uit. Hij deed de deur dicht, en omdat hij dat het normaalste gebaar van de wereld vond, ging hij naar haar toe en sloeg zijn armen om haar heen. Ze legde haar hoofd tegen zijn borst en snikte hulpeloos; haar tranen drongen nat en warm door de stof van zijn overhemd. Ze was zo tenger, maar de pijn van haar verdriet was enorm. Hij voelde die door haar heen beven terwijl ze zich aan hem vastklampte.

Uiteindelijk hief ze haar hoofd op. 'Sorry,' bracht ze uit. 'Ik had mezelf voorgenomen om me niet te laten gaan door Jordan. In elk geval niet tot ik thuis zou zijn.' Ze veegde eerst haar ene oog af met de rug van haar hand, en toen het andere. Haar mascara had de tranen niet doorstaan, maar op de een of andere manier benadrukten de vegen de kleur van haar ogen, en gaven die een diepte en intensiteit die hem nooit eerder waren opgevallen. Maar hij was ook nooit eerder zo dicht bij haar geweest. Nog steeds met zijn armen om haar heen keek ze op en hun blikken ontmoetten elkaar. En ze bleven elkaar aankijken. Opeens kreeg hij het gevoel alsof hij van een rots moest springen. Hij wist dat hij haar moest loslaten. Maar dat deed hij niet. In plaats daarvan boog hij zijn hoofd en streek met zijn lippen over haar mond. Het was amper een kus, maar het benam hem bijna de adem. En daardoor wilde hij haar echt kussen. Dat deed hij, en ze kuste hem terug op een manier die iets in hem losmaakte. Geschrokken deed hij een stap achteruit. 'Het spijt me,' zei hij. 'Dat had ik niet moeten doen.'

Ze keek hem aan zonder iets te zeggen.

Hij dwong zich om weg te gaan, maar hij kon het niet. 'Het spijt me,' herhaalde hij, hoewel hij verbijsterd besefte dat het hem helemaal niet speet.

'Dat hoeft niet,' zei ze ten slotte. 'Je deed het uit vriendelijkheid. Het was gewoon een kus om me te troosten. Dat was alles.'

Hij schudde langzaam zijn hoofd. 'Dat denk ik niet. Ik denk dat ik het al een hele tijd wilde doen, maar dat ik dat nu pas weet.'

Haar ogen werden groot. 'Dat wilde ik ook al een hele tijd,' zei ze zacht.

'Ja? Dat heb ik nooit gemerkt.'

'Ik kon moeilijk uitroepen wat ik voor je voelde. Gezien je omstandigheden. En nu we onszelf er allebei aan hebben herinnerd dat je getrouwd bent, ga ik weer aan het werk en doe ik of de afgelopen vijf minuten nooit zijn gebeurd.'

Dat kun jij misschien, dacht Dan toen hij alleen was en uit het raam keek, precies zoals hij Tatiana had gevonden. Hij legde een hand op zijn borst, waar haar tranen een koele, vochtige plek op zijn overhemd hadden achtergelaten, en hij hield zijn hand daar, verbaasd. Gewoon verbaasd.

Die avond was Sally in een vreemde, nerveuze bui. Ze had amper iets gegeten en ze schoof heen en weer op haar stoel en lachte overdreven om dingen op de televisie waar ze normaal gesproken minachtend naar zou hebben gekeken. Nu las ze de regionale krant en sloeg luidruchtig de pagina's om.

Of vergiste Dan zich? Was hij degene die zich vreemd gedroeg en te veel aandacht schonk aan Sally's manier van doen? Hij had in elk geval meer aan zijn hoofd dan anders. Schuldgevoel bijvoorbeeld. Hij kon maar niet uit zijn hoofd zetten wat een bevrijding hij had gevoeld toen hij Tatiana kuste. Heel even leek alles op zijn plaats te vallen.

Nu leek natuurlijk niets meer te kloppen. Wat hij had gedaan, was waarschijnlijk niets vergeleken bij wat een heleboel andere mensen uithaalden, maar voor hem was het heel wat en hij schaamde zich. Hij had eigenlijk zijn vrouw bedrogen en daar walgde hij van. Wat hem het meest dwarszat was niet de fysieke kant van zijn bedrog, maar de wetenschap dat hij emotioneel gezien zijn vrouw had bedrogen. Hoe vluchtig het moment ook was geweest, toen hun lippen elkaar raakten had hij zich meer verbonden gevoeld met Tatiana, dan sinds heel lang met Sally. Hij was weggegaan toen iedereen aan het lunchen was, zonder Tatiana nog te spreken. Al voordat hij bij Rosie was om Marcus op te halen, had hij spijt van zijn besluit. Hij had met Tatiana moeten praten voor hij wegging. Hij had zijn spijt moeten betuigen en haar – en zichzelf – verzekeren dat het nooit zijn bedoeling was geweest om haar in opspraak te brengen. Hij had te veel respect voor haar om dat te doen.

Terwijl hij aan het zappen was om iets op televisie te vinden wat hem kon afleiden, wierp hij een blik op Sally en vroeg hij zich af hoe ze nu nog zou denken dat hij over water kon lopen. Opeens kwaad over de herinnering aan haar kwetsende opmerking, kwam hij in de verleiding om het gebeurde van vandaag eruit te gooien. *En denk je nu nog steeds dat ik zo volmaakt ben?*

'O ja, dat was ik vergeten te zeggen,' zei Sally terwijl ze de gekreukte krant opzij gooide. Die gleed van de bank en viel op de vloer. Ze deed geen poging om hem op te rapen. 'Ik moet weer naar mijn moeder. Ik heb op de kalender gekeken. Dit weekend hebben we geen afspraken, dus ik dacht om dan maar te gaan. Oké?'

'Is dat een vraag of een mededeling?'

'Doe niet zo raar.' Ze lachte.

Wat stelde al dat lachen voor? En waarom had ze de krant niet opgeraapt? Voor iemand die appels altijd als een perfecte piramide in de fruitschaal stapelde en van wie de hoeken van handdoeken altijd kaarsrecht boven elkaar in de kast moesten liggen, was dit heel vreemd, net als wanneer Paris Hilton zou beweren dat ze vanavond thuisbleef om haar haren te wassen.

'Niet helemaal zonder afspraak,' verbeterde hij haar. 'Zondag is het oogstfeest, en de groep van Marcus' speelzaal doet mee.'

'O, maar dat kun je ook wel af zonder mij.'

'Maar misschien wil Marcus wel dat je erbij bent,' drong hij aan. En omdat hij wist dat Tatiana Charlie had beloofd dat ze er niet over peinsde om het moment te missen dat hij met zijn oogstkistje naar de kerk kwam, had Dan zijn eigen reden dat hij Sally die dag erbij wilde hebben. Hij wilde het om er zeker van te zijn dat hij niets zou doen of zeggen waar hij later spijt van zou krijgen.

'Volgens mij merkt Marcus niet eens of ik er ben,' zei Sally. Ze stond opeens op. 'Weet je wat, ik denk dat ik even naar Chloe ga.' 'Maar het is bijna tien uur. Misschien ligt ze al in bed. Je kunt haar toch bellen?' Sally lachte weer. 'Wie weet, misschien betrap ik haar wel in bed met haar vrome dominee. Zou dat even een giller zijn.' Dan hoorde de voordeur dichtvallen en schudde zijn hoofd. Net als voorheen dacht hij aan de bedriegster die zich uitgaf voor zijn vrouw. De vroegere Sally zou nooit zoiets gezegd hebben. Een giller? Als ze haar vriendin in bed aantrof met een man voor wie ze duidelijk meer dan vriendschap voelde. Waarom was dat een giller?

Met een fles wijn in haar hand liep Sally vastberaden door het schemerige, door lantaarns verlichte dorp. Ze oefende in gedachten wat ze tegen Chloe zou zeggen. Om te beginnen zou ze de wijn geven als zoenoffer en zich verontschuldigen voor haar opmerkingen tegen Seth, ook al zou ze die niet terugnemen. Ze kende haar vriendin, en Chloe zou niet lang kwaad op haar blijven. Een verontschuldiging hier en daar en dan waren ze weer de beste vriendinnen. Daarna, als ze het goed hadden gemaakt en een paar glazen wijn hadden gedronken, zou ze afwachten of Chloe weer zou terugkomen op Harry. Sally was niet van plan om ook maar een moment zijn naam te noemen. Dan was het schuld bekennen, toegeven dat Chloe op het juiste spoor zat. Nee, ze moest doen alsof ze niet had gehoord wat Chloe in haar oor had gefluisterd.

Toen Harry vanmiddag was teruggekomen van zijn cliënt in Burnley, had ze Chandra gevraagd om hem te bellen en te vragen of hij naar haar wilde komen omdat ze iets over belastingen wilde bespreken wat de scheiding van Murray Adamson betrof. Zodra ze alleen waren – met de deur dicht en Chandra weggestuurd om iets te halen – had ze alle voorwendsels laten varen en hem verteld wat Tom had gezegd over dat ze een verhouding zouden hebben. Ze had hem verteld over haar ontkenning en dat ze een mooi staaltje toneelspel had geleverd. Zijn gezicht betrok. 'Je bedoelt dat het afgelopen is tussen ons?' had hij gevraagd.

'Afgelopen?' Ze had gelachen, hem bij zijn stropdas gepakt en hem naar zich toe getrokken. 'Hoe verzin je het! Geef me maar een pluim! Ik wil mijn niet te evenaren toneelspel vieren door dit weekend samen weg te gaan!'

Hij had ook gelachen en haar gekust. 'Nou, inderdaad een pluim,' had hij gezegd. 'Dat vind ik zo leuk aan je; hoe groter het risico, hoe groter de opwinding. Je bent niet te geloven!'

Zeg dat wel, dacht Sally.

Er brandde licht in het huisje van Chloe, maar er stond geen tweede auto op de oprit. En dat gaf aan dat Chloe alleen thuis was. Dus geen belemmering door iets tussen de lakens. In zichzelf glimlachend belde ze aan.

'O, ben jij het,' zei Chloe toen ze opendeed.

'Je klinkt niet erg blij om me te zien.'

'Ik zou niet weten waarom wel. Jij?'

Met een passend spijtige uitdrukking op haar gezicht zei Sally: 'Daarom ben ik hier. Ik wil spijt betuigen over wat ik heb gezegd. Mag ik binnenkomen?'

'Het is nogal laat. Ik wilde net gaan douchen en naar bed gaan.'

Sally bood haar de fles wijn aan. 'Een zoenoffer. Ik heb me vreselijk gedragen gisteren en ik wil dat alles weer goed wordt tussen ons. Alsjeblieft?'

'Goed dan,' zei Chloe, niet erg dankbaar volgens Sally. 'Maar je moet wel met goede verontschuldigingen komen.'

Chloe pakte de fles wijn van Sally aan en ging haar voor naar de keuken. Ze was niet van plan om nu nog wijn te drinken, en ze zette de fles met een ongastvrije klap op het aanrecht. Ze had een zware dag achter de rug op de praktijk, en het laatste waar ze behoefte aan had was Sally die vergiffenis van haar verwachtte bij een paar glazen wijn. Ze was nooit iemand geweest die wrok koesterde, behalve naar Paul toe, maar ze was bereid om in Sally's geval nog een uitzondering te maken. 'Goed,' zei ze zonder omwegen. 'Je was gisteren werkelijk ontzettend gemeen tegen Seth.' Ze sloeg haar armen over elkaar. 'En wil je uitleggen waarom?'

'Noem het maar een moment van onbezonnenheid.'

'Dan kan ik nog wel een ander woord bedenken. Je wist precies wat je deed. Het was een gerichte aanval op de man van wie ik hou.'

'De man van wie je houdt? Dat meen je niet.' Er kwam een on-plezierig sarcastische uitdrukking op Sally's gezicht.

Chloe werd nijdig, kwaad dat ze zoiets persoonlijks had verteld terwijl ze zo woedend was. 'Dat meen ik wel,' antwoordde ze. 'En daarbij houdt Seth ook van mij.' Verdorie! Waarom klonk ze zo verdedigend, alsof ze zichzelf probeerde te overtuigen dat Seth van haar hield?

'Allemachtig! Gaat dit niet een beetje snel? Dadelijk ga je me nog vertellen dat jullie willen trouwen!'

'En wat is daar voor ergs aan?'

'Ben je al met hem naar bed geweest?'

Chloe aarzelde. 'Dat gaat je niets aan.'

De uitdrukking van minachting op Sally's gezicht werd nog gro-ter. 'Nou, als het wel zo is, wat zegt dat dan over de vrome dominee Hawthorne? En als het niet zo is, wat zegt het dan over jou? Wat heeft hij met je gedaan, Chloe? Je veranderd in een meelijwekken-de, opgedroogde non?'

'Dat heet respect, Sally. Iets waar jij niets van weet, gezien je ge-drag de laatste tijd.'

'Onzin! Ik wil uit respect voor jou je ogen openen voor waar jij mee bezig bent. De enige reden waarom je zo snel overtuigd bent dat je verliefd bent op Seth, is omdat je niet kunt wachten tot een man je zwanger maakt. En dan is elke man welkom. Zelfs een man die gelooft in vroom gezwets en engeltjes die achter in de tuin wachten.'

'Nu is het genoeg. Ik wens hier niet meer naar te luisteren. Mijn huis uit. Nu.'

'O, toe nou. Ik ben alleen maar eerlijk. Zing eens een toontje lager en zie de feiten onder ogen. Je snakt naar een baby en je grijpt de eerste de beste vent die beweert dat hij verliefd op je is.'

'Eerlijk! Wil jij het over eerlijkheid hebben? Nou, waarom zeg jij niet eens tegen Dan wat een leugenachtig, bedrieglijk kreng je bent?'

'En wat moet dat betekenen?'

'Dat betekent dat ik weet over jou en je verhouding.'

'Verhouding? Welke verhouding?'

'Toe nou toch, Sally. Ik heb gehoord hoe je je adem inhield toen ik gistermiddag de naam Harry in je oor fluisterde.'

'O, dus dát fluisterde je. Ik vroeg me al af wat het was.'

'Mij hou je niet voor de gek, Sally. En maak nu dat je wegkomt en ga terug naar je man en je kind. En als je even tijd hebt, kijk dan eens in de spiegel en vraag je af of je de persoon die terugkijkt, wel aardig vindt. Want op dit moment wil ik niets te maken hebben met de persoon die je bent geworden. En ik betwijfel of veel andere mensen dat nog wel willen.'

42

NA EEN SLAPELOZE nacht besloot Dan dat er niets anders op zat. Hij moest Tatiana spreken, en wel voor het oogstfeest. Hij moest er niet aan denken dat ze zich niet op haar gemak zou voelen bij hem, en hij wilde niets liever dan alles in het reine brengen. Na het ontbijt had hij Rosie gebeld en gevraagd of ze een paar uur op Marcus wilde passen. In de namiddag had ze een afspraak met Chloe voor een zwangerschapsonderzoek, maar het was geen probleem als hij maar op tijd terug was.

Hij was nerveus toen hij naar Crantsford reed. Nerveus omdat hij niet had voorbereid wat hij wilde zeggen. De afgelopen nacht had hij bijna aan niets anders kunnen denken dan aan toen hij Tatiana in zijn armen had gehouden en haar had gekust. En elke keer als hij eraan dacht, raakte hij nog meer in verwarring.

Hij was toch een man met een gelukkig huwelijk? En mannen met een gelukkig huwelijk kusten geen collega's. Mannen met een gelukkig huwelijk voelden niet wat hij had gevoeld toen hij Tatiana kuste. En mannen met een gelukkig huwelijk zochten geen ruzie met hun vrouw als ze om zes uur in de ochtend uit de douche kwamen. En dat was precies wat hij deze ochtend had gedaan. Sally had alleen opgemerkt dat haar favoriete douchegel bijna op was. Normaal gesproken zou hij hebben gezegd dat hij het op het boodschappenlijstje op het krijtbord in de keuken zou schrijven. Maar vandaag niet. 'Waarom koop je die niet tijdens je lunchpauze?' had hij gezegd. Ze had hem zo'n kille blik toegeworpen, dat hij uiting gaf aan al zijn opgekropte wrok. 'Ik werk ook, hoor,' had hij gemelijk gezegd. 'Niet dat je me daar ooit iets complimenteus over hebt gezegd.'

'Waar heb je opeens problemen mee?' had ze gevraagd.

'Met jou,' had hij fel geantwoord. 'Alles draait toch om jou? Als het om iets onbelangrijks is zoals douchegel of om iets belangrijks zoals Marcus. Jij wilt gewoon je zin hebben. Als je liever naar dat kreng van een moeder van je wilt gaan in plaats van er te zijn voor je zoon, dan is dat prima. Wij moeten ons maar gewoon aanpassen. Is het ooit bij je opgekomen hoe je Marcus en mij verwaarloost?'

'Op dit moment,' had ze gezegd terwijl ze de metalen band van haar horloge om haar pols klikte, 'weet ik alleen dat ik door jou te laat op mijn werk kom.'

'En daar gaat het om. Voor Sally Oliver gaat werk boven alles.'

'O, leef dat sarcasme uit op iemand anders, Dan! Gisteren was Chloe kwaad op me en nu jij weer. Dan is het toch logisch dat ik liever naar mijn werk ga?'

'Heb je ruzie gehad met Chloe? Waarover?'

'Ze was kwaad over iets wat ik heb gezegd. Maar als je het mij vraagt, heeft die nieuwe vriend een verkeerde invloed op haar. Ze is veranderd sinds ze hem heeft leren kennen. En als je het niet erg vindt, jij hebt misschien tijd om ruzie te maken, maar ik niet.'

Dan parkeerde de auto aan de achterkant van het kantoor van de stichting, zette de motor uit en maakte zijn veiligheidsriem los. Hij dacht aan hoe Sally die ochtend had gedaan. Ze werd steeds botter, bijna onvoorstelbaar. Kon hij echt met de hand op zijn hart zeggen dat hij nog steeds hetzelfde voor haar voelde als vroeger? Hoe vaak had hij in de afgelopen maanden excuses moeten maken voor haar gedrag? Met tegenzin dacht hij aan de keren dat ze zo afstandelijk was geweest tegen hem. En toen ze hem bekritiseerde dat hij zo moeilijk was om mee te leven, dat hij een heldencomplex had. Had hij dat echt allemaal op zijn beloop gelaten omdat hij van haar hield?

Maar als hij van Sally hield, zou hij dan al die negatieve gedachten over haar hebben bijgehouden? Zou hij dan zoveel tijd besteden aan het analyseren van elk woord en gebaar van haar? En hoe zat het met zijn vermoeden dat ze een verhouding had? Hoe kon hij dat zo makkelijk uit zijn gedachten hebben gezet?

Omdat hij een lafaard was, daarom. De gevolgen van een confrontatie met haar waren te erg om over na te denken.

Hij drukte zijn handpalmen tegen zijn gesloten ogen en haalde diep adem. Wanneer was het zo ontzettend verkeerd gegaan?

Maar hij wist precies wanneer. En het was zijn schuld. Het was die avond in Thailand, toen hij haar zwanger had gemaakt. Nog geen week nadat ze naar huis waren gevlogen, had ze hem opgeschrikt door toe te geven dat ze toch eigenlijk geen kind wilde. Zes weken later kondigde een onschuldig blauw streepje op een zwangerschapstest een heel nieuw leven aan. Hij zou waarschijnlijk dankbaar moeten zijn dat ze niet achter zijn rug om een abortus had laten plegen.

Hij haalde zijn handen van zijn gezicht, opende zijn ogen en kromp ineen bij die gedachte. Nu was hij echt aan het overdrijven door Sally van zoiets ergs te betichten. Dat had ze nooit gedaan.

Hij keek door de voorruit naar het gebouw voor hem alsof hij het voor het eerst zag, en vroeg zich af wat hij hier deed. Toen herinnerde hij het zich: Tatiana. Opeens betwijfelde hij of het wel verstandig van hem was geweest om naar hier te komen en met haar te praten. In zijn huidige toestand zou het gevaarlijk makkelijk zijn om iets heel verkeerds te doen. Maar ze heeft recht op een verontschuldiging, redeneerde hij. Ze moet weten dat er niets tussen ons is veranderd.

Het was een overtuigend argument en daardoor opende hij het portier.

Het was nog steeds overtuigend toen hij langs de receptie kwam en glimlachte naar Emma, die aan de telefoon was.

En hij was nog steeds helemaal, voor honderd procent, overtuigd tot hij op Tatiana's deur klopte en die opende.

Maar toen viel alles weg. Na één blik op haar achter haar bureau, wist hij dat hij thuis had moeten blijven.

Ze legde haar pen neer en glimlachte onzeker naar hem. 'Ik wist niet dat je vandaag zou komen.'

'Nee,' zei hij.

'Maar je bent er toch. Kom je binnen, of blijf je in de deuropening staan?'

Hij deed een stap naar binnen, toen nog een, en sloot toen de deur achter zich.

Nog een verkeerd besluit. Hou de deur open, dan zou hij niets doen waar hij later spijt van kreeg. Hoe gevaarlijk dicht stond hij bij een stap te ver? 'Ik wilde je spreken,' zei hij.

'Dat dacht ik al. Ga toch zitten.'

Hij schudde zijn hoofd en ging naast de archiefkasten staan, leunend tegen de laatste, alsof die hem ervan zou weerhouden om dichterbij te komen. Afstand was van vitaal belang. 'Hoe voel je je?' vroeg hij.

'Een beetje onzeker, als je de waarheid wilt horen.'

Hij besefte dat ze hem verkeerd begreep, en zei: 'Nee, ik bedoelde, hoe voel je je nu wat Jordan betreft?'

'O, ik snap het. Veel beter. Bedankt. Weet je zeker dat je niet wilt gaan zitten? Wil je koffie?'

'Ik wil niet dat je onzeker bent of je niet op je gemak voelt door mij,' flapte hij eruit terwijl hij haar vragen negeerde.

Ze keek hem ernstig aan. 'Ik denk niet dat ik daar gehoor aan kan geven. Nog niet.'

'Maar ik wil dat je je voelt zoals vroeger.'

Er kwam een lichte blos op haar wangen en hij besefte zijn blunder. 'Sorry,' zei hij. 'Dat was stom van me.'

Ze leunde achterover in haar stoel en zuchtte. 'Het spijt mij ook, Dan. Ik had nooit moeten zeggen wat ik voor je voelde. Ik heb alles verpest. Nu zal het nooit meer zoals voorheen zijn tussen ons.'

'Nee!' zei hij terwijl hij naar haar bureau liep en alles vergat over afstand bewaren. 'Dat mag je niet denken. Het komt door mij. Ik heb jóú gekust.'

'Ik had je kunnen tegenhouden. Maar dat heb ik niet gedaan.' Ze slikte. 'En tot mijn schande zou ik je waarschijnlijk niet tegenhouden als je het weer deed. Zie je hoe slecht ik ben? Ik heb het in me om een huwelijk kapot te maken, Dan. Ik kan het zelf nauwelijks geloven. Ter verdediging kan ik alleen maar zeggen dat ik nooit van plan ben geweest om verliefd op je te worden.'

Hij staarde haar diep geschokt aan. 'Hou je van me?'

'Hoe zou ik dat niet kunnen?' Ze keek hem met grote, trieste ogen aan. 'Nu weet je het; de geest is uit de fles. Het spijt me.'

'Hou alsjeblieft op met je te verontschuldigen. En noem jezelf niet slecht. Je bent de minst slechte persoon die ik ken.'

'Die mening zal je vrouw waarschijnlijk niet delen.'

'De laatste tijd deelt mijn vrouw heel weinig met me.' De bekentenis was eruit voor hij het wist. Er gingen seconden voorbij terwijl de bittere waarheid van zijn woorden tussen hen bleef hangen. Hij dwong zich om te zeggen wat juist was. 'Daarom was het geen goed idee van me om naar hier te komen. Ik wilde me verontschuldigen voor gisteren, maar diep vanbinnen hield ik mezelf voor de gek. Ik wilde je zien, om te kijken... nou ja, laat ik alleen zeggen dat, gezien hoe het thuis is tussen Sally en mij, het heel gemakkelijk voor me zou zijn om een verhouding met je te beginnen. Maar dat zal ik niet doen. Ik geef te veel om je om die fout te maken. Je verdient beter.'

Zonder te weten hoe hij daar was gekomen, stond hij opeens naast haar. Hij knielde naast haar neer zodat hij haar kon aankijken. 'Ik wou dat het anders was, Tatiana. Dat meen ik.'

'Ik begrijp het.' Ze raakte met een hand zijn gezicht aan. 'Je bent een goed mens, Dan. Dat wist ik zodra ik je voor het eerst zag.' Haar ogen waren donker en keken hartbrekend wanhopig. De uitdrukking erin ging hem aan het hart.

'Ik kan beter gaan,' zei hij.

'Ja,' mompelde ze. 'Dat is inderdaad beter.'

Maar hij verroerde zich niet. Alleen één kus zoals gisteren, dacht hij. Een kus om in zijn hart te sluiten. Hij bracht zijn gezicht iets dichter bij het hare. Als ze niet wil, hou ik op, dacht hij.

Zijn lippen hadden de hare net aangeraakt, toen hij met een ruk zijn hoofd terugtrok. Wat bezielde hem? Hoe kon hij zo egoïstisch zijn? Hoe kon hij nemen wat hij wilde om zijn eigen verlangens te bevredigen? 'Sorry,' mompelde hij, een en al wroeging. 'Ik wil het, maar ik kan het niet. Vergeef het me, alsjeblieft.'

Ze knikte triest.

'Kom je zondag naar de dienst voor het oogstfeest?' vroeg hij terwijl hij opstond.

'Ik heb Charlie beloofd dat ik er zou zijn. Ik wil hem niet teleurstellen.'

'En dat moet je ook niet doen.'

'Komt je vrouw ook?'

Hij schudde zijn hoofd. 'Die heeft andere afspraken.'

43

DE LUCHT WAS helder en blinkend, en door een bijtende kou kondigde het weer onmiskenbaar aan dat de herfst in aantocht was.

De St.-Andrew was vol geweest met drukke kinderen en volwassenen die niet gewend waren om naar een kerk te gaan. Nu stond iedereen in groepjes buiten, en de kinderen bliezen stoom af door rond de grafstenen te rennen. Veel mensen moesten lachen om de twee zoons van Spekkie Pervers, die ruzie aan het maken waren nadat een van hen de ander had laten struikelen toen ze naar de voorkant van de kerk waren gelopen met hun overdreven volle dozen oogstproducten. Potjes pesto, blikken cannelloni en borlottibonen en keurig geschrapte wortels uit de supermarkt waren alle kanten uit gerold.

Dan had een brok in zijn keel gekregen toen Marcus voorzichtig over het gangpad liep met zijn lading fruit en groente.

Met de hulp van Marcus had Dan de vorige middag een kartonnen doos versierd met bruin papier en stro en die gevuld met appels, pruimen, snijbonen en tomaten, allemaal afkomstig uit de tuin van Chloe's ouders. Jennifer en Graham konden niet bij de dienst aanwezig zijn, maar Chloe was naast hen komen zitten in de kerkbank. Hoewel door haar aanwezigheid de nadruk op het feit dat Sally er niet was, nog groter werd, had Dan het gevoel gekregen dat hij nu niet iets ongepasts zou doen of zeggen tegen Tatiana, die in de bank voor hem zat met Rosie en Dave. Hij had naar Tatiana's hoofd en schouders gekeken en probeerde niet te denken aan de uitdrukking op haar gezicht toen hij haar de laatste keer had gezien.

'Oké, iedereen? Klaar om mee naar ons te komen voor de lunch? Jij bent ook uitgenodigd, Chloe.'

Chloe onderbrak haar gesprek met Tatiana en zei: 'Ik zou het graag willen, Dave, maar ik kan niet. Sorry.'

Dave grinnikte. 'Je hebt zeker een leukere uitnodiging van je vriend.'

'Zoiets,' zei Chloe met een blije glimlach.

'Het geeft niet. We zien je een andere keer wel.' Rosie had Dan de vorige avond gebeld met het voorstel om samen te lunchen na de dienst. 'Niets bijzonders,' had ze uitgelegd, 'gewoon van alles wat er nog in de koelkast ligt. Tatiana heeft al gezegd dat ze zou komen.' Hij had zich moeten verontschuldigen en zeggen dat hij en Marcus niet konden, maar dat had hij niet gedaan. In plaats daarvan vroeg hij of hij iets kon meebrengen.

Hij nam afscheid van Chloe en ging Marcus en Charlie halen. Toen hij beiden aan de hand had, draaide hij zich om en zag Tatiana wachten. De jongens rukten zich gillend los en renden naar haar toe, waarbij ze haar bijna omvergooiden. 'Je vindt het toch niet erg?' vroeg ze toen ze hen onder controle had.

'Zolang jij het niet erg vindt,' zei hij.

Ze knikte.

Ik doe niets verkeerd, hield Dan zichzelf voor terwijl ze op weg gingen met Rosie en Dave. Het is gewoon een lunch. Lunch met een mooi meisje dat had gezegd dat ze van hem hield. Lunch met een meisje dat hij had gekust en misschien weer zou kussen als hij zijn voornemen liet varen. Wat kon daar verkeerd aan zijn?

Harry was in een serieuze bui. En dat wilde Sally helemaal niet. Seks, heerlijke seks, dat wilde ze. Als ze een saai, serieus gesprek wilde, dan had ze net zo goed thuis kunnen blijven en met Dan praten.

Ze pakte de fles champagne van het nachtkastje en schonk die leeg in hun glazen. 'Drink op,' zei ze. 'Misschien kom je dan in een betere stemming.'

'Dat heb ik niet nodig,' zei hij terwijl hij het glas afwimpelde.

'O, doe niet zo saai.'

'Ik meen het, Sally.'

'Ik ook. Pak aan, anders gooi ik het over je heen en moet ik het oplikken.' Ze hield een van de glazen schuin en morste wat op zijn borst.

Hij schudde glimlachend zijn hoofd. 'Je bent gek,' zei hij terwijl hij het glas aanpakte.

'Nee, dat ben ik niet,' zei ze terwijl ze haar lippen aflikte en toen hem. 'Ik heb me in geen tijden zo gezond van geest gevoeld.'

'Ik vind nog steeds dat we voorzichtig moeten zijn,' zei hij.

'Wat? Alleen omdat de Iron Lady de boel aan het opruien is?'

'Van wat je vertelde over je gesprek met Tom, lijkt het of het om meer personen gaat. Als dat zo is, moeten we het een poos rustig aan doen.'

'Maar dat wil ik niet. Ik wil jou, Harry. Elke minuut van de dag. En dat is ook nu.'

'En ik wil jou, Sally. Maar ik wil ook mijn carrière. Ik stel alleen voor om geen risico meer te nemen op het werk. Is dat zo erg?'

Ja, dacht Sally. Juist het risico is zo opwindend.

Hoe doe ik het? had Dan aan iedereen willen vragen. Zie ik eruit als een rotvent? Zie ik eruit als een echtgenoot die niet kan ophouden met denken aan het bedriegen van zijn vrouw?

Nog tien minuten, en dan zou hij Marcus meesleuren en naar huis gaan. Hij keek door de open deuren van de serre, waar ze koffie aan het drinken waren, naar de tuin waar Marcus en Charlie speelden op het nieuwe houten klimrek dat Charlie voor zijn verjaardag had gekregen. Het was een ontzagwekkend geheel; een groot, ingewikkeld klimtuig dat heel goed in een plantsoen zou passen. Het domineerde de tuin van Dave en Rosie en de twee jongetjes vonden het prachtig. Dan vond het een vervelend idee om hier te moeten weggaan terwijl Marcus daar helemaal geen zin in had.

'Het is echt een heel mooi klimrek, Rosie,' zei Tatiana alsof ze Dans gedachten had geraden.

Rosie lachte. Ze draaide zich om naar haar man. 'Zal ik vertellen hoelang je erover hebt gedaan om het in elkaar te zetten?'

Dave sloeg zijn ogen ten hemel. 'Doe geen moeite. Het heeft me twee dagen gekost om dat ding in elkaar te zetten. En ik ben aannemer. Ik heb medelijden met iemand zonder ervaring die dat moet proberen! Iemand nog wijn?'

Tatiana schudde haar hoofd. 'Ik moet rijden.'

'Dan?'

Dan wilde er zeker van zijn dat hij helder bleef, en zei: 'Dat kan ik beter niet doen, want ik moest straks nog wat werken.' Hij wilde net aankondigen dat het tijd werd om naar huis te gaan, toen hij Marcus naar hem hoorde roepen. 'Kijk eens, papa!'

Met zijn haar uitstaand als een donkere pluis van een paardenbloem en met zwaaiende armen hing Marcus ondersteboven aan het hoogste punt van het klimrek, met zijn benen over een houten lat. Verdikkeme! Wanneer had hij dat geleerd? Dan onderdrukte de opwelling om naar hem toe te rennen en hem eraf te trekken, en hij riep terug: 'Voorzichtig, Marcus.'

'Ik ben de koning,' zong Marcus vrolijk. 'En jij bent de schurk!' Door wat er toen gebeurde, stolde het bloed in Dans aderen. Een wesp verscheen en begon Marcus aan te vallen. Sinds hij onlangs was gestoken, was hij er bang voor geworden. Charlie, die niet begreep hoe ernstig de situatie was, sprong op en neer en lachte zijn vriendje uit, die nu met zijn armen om zijn hoofd sloeg.

Het leek wel een eeuwigheid te duren voor Dan overeind was en tegen Marcus schreeuwde dat hij zich stil moest houden. Maar Marcus luisterde niet. Hij gilde en sloeg wild om zich heen om de wesp weg te jagen. Toen, alsof het onvermijdelijke in slow motion gebeurde, moest Dan machteloos toezien hoe de spanning uit Marcus' lijf wegtrok en zijn benen een voor een werden gestrekt.

Met een misselijkmakende klap kwam hij op het gras onder hem terecht.

44

DAN KNIELDE NEER bij zijn zoon. Zijn zoon, die niet bewoog. Zijn zoon, die niet huilde.

'Marcus,' zei hij. Hij draaide hem zo voorzichtig mogelijk om. Was dat verkeerd? Dan wist het niet. Maar hij moest iets doen. Hij moest zijn zoon vasthouden. Hij moest weten dat alles in orde was. 'Marcus,' zei hij weer, zich nu bewust dat iedereen naar hem toe was gekomen en om hem heen stond.

Marcus' ogen waren gesloten, zijn gezicht zag lijkbleek en de enige kleur kwam door het bloed om zijn mond. Het was zo veel bloed dat je niet goed kon zien waar het vandaan kwam.

'Marcus,' probeerde Dan weer terwijl hij hem voorzichtig vasthield. Het stille, slappe gewicht van zijn zoon deed Dan denken aan alle keren dat hij hem slapend uit de auto het huis in droeg. Aan de keren dat hij hem naar boven had gedragen en in zijn bed legde. Maar het deed hem ook denken aan een andere keer. Aan de jongen die uit zijn armen was gerukt en werd meegevoerd naar zee. De jongen die hij niet had kunnen redden.

Een ijzige angst nam bezit van Dans hart, en hij klemde Marcus tegen zich aan. Tot zijn verbijstering gingen de ogen van zijn zoon toen open en kwam zijn lichaam tot leven. Hij hoestte en proestte, en het bloed spatte op Dans overhemd. Hij begon te huilen. Nog nooit was Dan zo blij geweest om zijn zoon te horen huilen.

Marcus had bijna door zijn onderlip gebeten en het was duidelijk dat hij gehecht moest worden. Tatiana bood aan om hen naar het ziekenhuis te rijden, en terwijl Dan naast Marcus op de achterbank zat – ze hadden Charlies stoeltje uit de auto van Rosie overgeplaatst – belde hij naar Chloe. Als er één arts was die hij volledig vertrouwde, dan was het Chloe. Ze zei dat ze op hen zou wachten bij de Eerste Hulp.

Vervolgens probeerde hij Sally te bellen, maar haar mobiele telefoon stond uit.

Tatiana zette hen bij de ingang van het ziekenhuis af en ging de auto parkeren. Wonder boven wonder was het een rustige middag bij de Eerste Hulp, en toen Tatiana kwam, werden ze al in een door gordijnen afgesloten hokje gebracht. Een man van ongeveer Dans leeftijd stelde zich voor als dokter Flannigan, en Dan deed zijn best om zo goed mogelijk antwoord te geven op zijn vragen, terwijl hij probeerde om niet te klinken als een onoplettende ouder. Een vader die toestond dat zijn zoon zichzelf bijna dodelijk verwondde. De arts was kordaat en openhartig en luisterde onaangedaan. Hij had het waarschijnlijk allemaal al eerder gehoord. Vader laat kind met lucifers spelen. Vader laat kind weglopen. Vader laat kind alleen in zwembadje spelen. Dan zag dat Marcus wit wegtrok. De arts zag het ook, en hij pakte vlug een kom. Dan kon niets aanmerken op zijn reactie. Hij wist alles op te vangen. 'Hersenschudding', zei de arts nuchter. 'We kunnen voor de zekerheid beter even een foto maken.'

Toen het eindelijk voorbij was en Dan naar Tatiana ging, die in de wachtkamer zat, zag hij dat ze niet alleen was. Chloe en Seth waren bij haar. Marcus zag hen het eerst. Hij zwaaide naar Chloe en wees trots op de gaasjes en pleisters die zijn gezwollen, gehechte kin bijna geheel bedekten.
'Het gaat dus wel met hem?' zei Chloe. De opluchting in haar stem kwam overeen met die van Dan.
'Het komt wel in orde', zei Dan. 'Er is een kans dat hij weer misselijk wordt of zich een beetje duizelig voelt, maar hij mag mee naar huis. Sorry dat ik jullie middag heb bedorven.' Dit zei hij meer tegen Seth.
'Geen probleem. Echt niet.'
'Welke dokter hadden jullie?'
'Flannigan.'
'Goed, dan ga ik even met hem praten. En dan gaan we.'

Weer zat Dan met Marcus op de achterbank van Tatiana's auto. Weer probeerde hij Sally te bellen. 'Nog steeds geen antwoord? vroeg Tatiana terwijl ze in de achteruitkijkspiegel naar hem keek.
Dan schudde zijn hoofd.
'Misschien is ze niet bereikbaar.'

Dat is een manier om Sally te beschrijven, dacht Dan en on-dertussen keek hij hoe Marcus voorzichtig speelde met een van de stickers die hij had gekregen, en die hij eerst op de ene en dan op de andere vinger plakte.

'Gaat het?'

Dan keek op en zijn blik ontmoette die van Tatiana in de spiegel.

'Ja.'

'Weet je het zeker?'

Hij knipperde met zijn ogen. 'Ik had bij hem moeten blijven in de tuin. Hij is drie. Wat heeft me bezield?'

'Wind je niet zo op. We hielden allemaal een oogje op Marcus en Charlie. En zelfs als we bij hen waren geweest in de tuin, had Marcus nog kunnen vallen.'

'Maar hij is mijn zoon. Ik ben verantwoordelijk voor hem. Ik heb hem in de steek gelaten.'

'Dat is niet waar. Dat mag je nooit denken. Je bent een fantasti-sche vader voor hem. De beste die ik ooit heb meegemaakt.'

Hij glimlachte dankbaar naar haar. 'Dank je,' zei hij. 'En ook be-dankt dat je ons wilde rijden. Dat had ik eerder moeten zeggen.'

'Je had veel belangrijker dingen aan je hoofd.'

Hij keek uit het portierraam. Pas geoogste akkers waren bezaaid met keurig gebonden balen, die wachtten om te worden wegge-haald. Hij zag een grote vogel met brede vleugels cirkelen boven de grond. Wilde die een arm veldmuisje verschalken?

Dan keek weer naar het interieur van de auto. Vooral naar Tatia-na's achterhoofd. Ze had een sierlijke, slanke nek. Die was prachtig. Zelfs als ze reed zag ze er beheerst uit. Hij herinnerde zich iets van de eerste keer dat hij haar had ontmoet. 'Heb je ooit een balletop-leiding gevolgd, Tatiana?' vroeg hij.

Ze wierp hem een bevreemde blik toe in de spiegel, zichtbaar verrast door zijn vraag. 'Ja,' zei ze. 'Ik heb vijf jaar op een ballet-school gezeten. Waarom vraag je dat?'

'Omdat ik het dacht,' zei hij schouderophalend.

Ze reden zwijgend verder, gevolgd door de TVR van Seth.

Tatiana parkeerde voor Corner Cottage. Dan tilde Marcus uit de auto en Tatiana zei: 'Ik bel je morgen wel om te vragen hoe het met hem gaat.'

'Kom je niet mee naar binnen?'

Ze stonden nu op de stoep. 'Beter van niet,' zei ze terwijl ze over Marcus' wang aaide. Hij glimlachte slaperig naar haar.

'Zelfs niet voor een kop thee of koffie?'

'Dat lijkt me niet juist,' zei ze zacht. 'Niet nu. Wees voorzichtig, ventje,' zei ze en ze gaf Marcus een kus op zijn hoofd. 'Laat ons niet nog eens zo schrikken. Afgesproken?'

Dan wilde niet dat ze wegging. Maar hij wist dat hij haar moest laten gaan.

Terwijl Seth iets te drinken voor hen maakte, keek Dan toe hoe Chloe Marcus op de keukentafel zette en bijna hetzelfde deed als dokter Flannigan eerder. Dan vond het altijd vreemd om Chloe bezig te zien als arts. Hoewel ze lang niet zo kordaat of onaangedaan was als Flannigan, handelde ze grondig, geconcentreerd en heel geruststellend. Toen ze klaar was zei ze dat Marcus er goed aan toe was. 'Het zal je verbazen hoe gauw die zwelling afneemt,' zei ze. 'Kinderen genezen gelukkig heel snel.' Tegen Marcus zei ze: 'Lieverd, laat een wesp de volgende keer gewoon om je heen ruiken omdat hij nieuwsgierig is, dan gaat hij vanzelf weg.'

'Maar hij wou me sjteken.'

Chloe moest glimlachen omdat Marcus nu sliste, en ze zette hem op de grond. 'Een steek was beter geweest dan ons allemaal zo te laten schrikken.'

Hij schudde twijfelend zijn hoofd en keek naar Dan. 'Mak ik nu dinken, papa? Met een rietsje, dat sjei de dokter.'

'Natuurlijk. En dan moeten we die vieze kleren uittrekken. Wil je misschien in bad?'

Marcus keek ongerust naar de bloedvlekken op zijn T-shirt en broek. 'Wordt mama niet boosj?'

'Natuurlijk niet,' zei Dan, en het drong tot hem door dat Marcus het nu pas over zijn moeder had. 'Dat is waar ook, ik moet weer proberen om haar te bellen.' Hij pakte zijn mobiele telefoon en drukte de herhalingstoets in. 'Nog steeds niets,' zei hij even later geërgerd.

Het was nu niet dringend om Sally te bereiken, vooral omdat ze straks thuis zou komen, maar het zat Dan dwars dat ze niet bereikbaar was geweest terwijl je nooit kon weten wat de gevolgen van Marcus' val hadden kunnen zijn. Hij wilde haar duidelijk maken dat ze er niet voor haar zoon was geweest toen hij gewond raakte. Seth en Chloe hielden een oogje op Marcus. Dan liep naar de werkkamer en opende de la waarin Sally haar adresboek bewaarde. Hij sloeg de bladzij op met de letter w. Het was lang geleden dat hij zijn schoonmoeder had willen spreken, maar als hij Sally iets duidelijk wilde maken, dan moest dat maar via Kath Wilson.

Toen de telefoon eindelijk werd opgenomen in Hull, hoorde Dan het lawaai van de televisie op de achtergrond. 'Mevrouw Wilson?' zei hij. Hij kende haar niet goed genoeg om haar bij haar voornaam aan te spreken, en daar had hij ook nooit de behoefte toe gevoeld.

'Ja. Met wie?'

'Met Dan.'

'Dan wie? Terry, zet die televisie eens wat zachter. Met wie spreek ik?'

'Met Dan Oliver. De man van Sally.'

'Waarom zei je dat niet meteen? Terry! Ik zei: zet dat ding zachter! Wat wil je, Dan?'

'Ik moet Sally spreken. Is ze nog bij jullie of is ze al weg? Marcus had vanmiddag een ongelukje, en...'

'Waarom denk je dat ze hier is? Ze is al in geen maanden geweest. En dat zal zo gauw ook niet gebeuren.'

De deur ging open en Dan zag dat Chloe een beker thee voor hem bracht. Ze moest iets op zijn gezicht hebben gezien, want ze keek opeens bezorgd.

'Sorry,' zei hij door de telefoon. 'De lijn is slecht. Ik heb u vast niet goed verstaan. Wat zei u?'

'Ik zei dat we in geen maanden iets van haar hebben gehoord of gezien. Ze heeft het tegenwoordig te hoog in haar bol om haar eigen familie te zien. En dat zal wel door jou komen.'

'In dat geval spijt het me dat ik u heb lastiggevallen, mevrouw Wilson,' zei Dan. 'Goedemiddag.' Hij verbrak de verbinding.

'Wat is er, Dan?' vroeg Chloe. 'Wat is er gebeurd?'

Hij slikte. Nee, het kwam niet door de schok. Aanvaarding. Hij had immers al die tijd de waarheid geweten?

'Sally zou het weekend bij haar moeder zijn,' zei hij zacht. 'Om haar schulden en leningen op een rijtje te zetten, zei ze. Dat heeft ze nu al een paar weekends gedaan. Alleen beweert Kath Wilson dat Sally er in geen maanden meer is geweest. En zeker dit weekend niet.'

Chloe zette de beker thee op het bureau. 'Zeg eens eerlijk,' zei hij. 'Wist je het?'

'Wat?'

'Dat ze een verhouding heeft?'

'Dat weet je niet. Niet zeker. Misschien is er een heel redelijke verklaring voor dat ze niet...'

'Niet doen, Chloe,' onderbrak hij haar. 'Probeer het niet steeds goed te praten. Daar is het te laat voor. Ze heeft een verhouding. Dat weet ik.'

Weer zag hij de uitdrukking op Chloe's gezicht veranderen. Hij reageerde meteen. 'Je weet iets, hè?' zei hij.

'Niet zeker,' antwoordde ze, niet op haar gemak. 'Pas nadat jij me op dat idee had gebracht, begon ik argwaan te krijgen. Het kwam door haar gedrag. Ze was niet meer de oude Sally. Maar ik wist het niet zeker. En laten we eerlijk zijn, we weten het nog steeds niet zeker. Er kan een heel andere reden zijn waarom ze deed of ze ergens was waar ze niet is geweest.'

'Zeg je dat omdat ze je oudste en beste vriendin is?'

'Ze is misschien mijn oudste vriendin, maar nu is ze bepaald niet mijn beste vriendin. Ze heeft zich onlangs vreselijk misdragen tegen me. Vooral wat Seth betreft. Als ze iets met iemand heeft, dan denk ik dat het iemand van haar werk is.'

Dan liet zich in de stoel zakken. 'Ik heb er genoeg van, Chloe,' zei hij. 'Ik heb alles geprobeerd. Omwille van Marcus heb ik mijn uiterste best gedaan. Maar nu niet meer. Ze is te ver gegaan.'

'Wat ga je doen? Ga je de confrontatie aan als ze vanavond terugkomt?'

'Ja.'

'Wil je dat Marcus vannacht bij mij logeert?'

Hij schudde zijn hoofd. 'Na wat hij vandaag heeft doorgemaakt, wil ik liever dat hij in zijn eigen bed slaapt. Maak je geen zorgen, er komt echt geen vreselijke scène. Ik zal het heel netjes houden. Zo doen wij, Olivers, dat,' voegde hij er op spottende toon aan toe.

287

Het was al negen uur geweest toen Dan Sally's auto op de oprit hoorde. Hij had in de keuken op haar gewacht sinds hij Marcus naar bed had gebracht. Hij had niet gegeten, zelfs niet het restje tomatensoep dat hij voor Marcus had opgewarmd. Evenmin had hij alcohol gedronken. Hij wilde niets wat zijn oordeel zou beïnvloeden of zijn kwaadheid zou aanwakkeren.

'Hoe ging het met je moeder?' vroeg hij langs zijn neus weg toen Sally in de keuken kwam.

'Mijn god, dat wil je niet weten. Dat mens wordt steeds erger. Ik weet echt niet waarom ik al die moeite doe om haar te helpen. En ze toont geen greintje dankbaarheid.'

'Dat gevoel ken ik,' zei hij zacht. Hij vouwde de krant op die hij aan het lezen was, en schoof die weg.

'Hoe was jouw weekend?' vroeg ze.

Hij stond op. 'O, zoals gewoonlijk. Ik kreeg een brok in mijn keel van trots toen Marcus zijn aandeel leverde tijdens de oogstdienst vanmorgen. Stom, ik weet het. Maar ik ben nu eenmaal zo sentimenteel. Naderhand hebben we geluncht bij Dave en Rosie, en toen werd de dag heel anders. Marcus kreeg een ongeluk. Hij viel uit Charlies nieuwe klimrek. Ik moest met hem naar de Eerste Hulp. Hij kreeg negen hechtingen, maar maak je geen zorgen, alles is verder in orde. Hij ligt boven te slapen.'

'Waarom heb je me niet gebeld?'

'Dat heb ik gedaan.' Hij keek haar strak aan. 'Ik heb het meerdere malen geprobeerd. Maar je mobiel stond niet aan.'

Het deed hem geen genoegen, maar Sally begon heel nerveus te kijken. 'O, verdikkeme!' zei ze met een handgebaar. 'Je hebt gelijk. Ik zag pas dat die uit stond toen ik onderweg naar huis was.'

'Maar omdat ik je toch wilde laten weten wat er was gebeurd,' vervolgde hij op een zo veel mogelijk neutrale toon, 'en omdat ik wist hoe bezorgd je zou zijn, heb ik gedaan wat iedereen in mijn plaats zou hebben gedaan: ik heb naar je moeder gebeld.'

Sally verstijfde.

'Tenslotte is dat toch het nummer dat ik moet bellen als er een noodgeval is? En raad eens wat ze tegen me zei. Ze zei dat je daar niet was. En ook nog dat ze je in geen maanden had gezien. Waar was je, Sally? Of beter gezegd, bij wie was je?'

45

DENK NA, SALLY, denk na!
Maar dat kon ze niet. Voor het eerst in haar leven wist ze niet wat ze moest zeggen. Om tijd te rekken, zei ze: 'Ik ga boven bij Marcus kijken.' Ze draaide zich om.
'Laat dat,' zei hij. 'Waag het niet, niet voordat je me de waarheid hebt verteld.' Zijn stem klonk scherp.
'Goed,' zei ze terwijl ze hem aankeek. 'Je wilt de waarheid?'
'Ja,' antwoordde hij. 'Die ben je me op zijn minst schuldig.'
'O, toe,' zei ze terwijl ze vermoeid haar schouders ophaalde. 'Laten we hier geen clichédrama van maken.'
'Ik maak er niets meer van dan het al is, Sally. Je hebt een verhouding en je bent betrapt. Volgens mij is het dat wel zo ongeveer. Tenzij je natuurlijk iets meer weet te bedenken?'
'Een verhouding? Ben je gek? Wanneer zou ik tijd moeten hebben voor een verhouding?' Weer, om tijd te winnen, zette ze water op voor koffie. Tot nu toe had ze niet aan de gevolgen gedacht voor als ze betrapt zou worden. Ze was er zo zeker van geweest dat het niet zou gebeuren. Zelfs na Chloe's minachtende opmerkingen had ze zich niet echt zorgen gemaakt. Ze had er helemaal op vertrouwd dat Chloe niets concreters had dan een vermoeden, gebaseerd op een gesprek dat ze ooit hadden gehad. Chloe had geen bewijs, en als gevolg daarvan was Sally ervan overtuigd geweest dat ze welke beschuldiging dan ook weg kon bluffen, net als toen bij Tom op kantoor.
Maar nu ze geconfronteerd werd met Dans onverzettelijke zekerheid, werd de grond steeds onvaster onder haar voeten. Kon ze ermee wegkomen door te zeggen dat haar moeder begon te dementeren? Of dat het mens met opzet wraakzuchtig deed? Of dat ze haar moeder geheimhouding had afgedwongen, omdat ze zeker wist dat Dan het niet zou goedkeuren dat Sally haar hielp om haar schulden af te betalen?
Meteen greep ze die laatste mogelijkheid beet.

Mijn god! dacht ze. Ze kon het! Ze kon het echt. Ze moest bijna glimlachen om haar sluwheid.

Ze trok een berouwvol gezicht en terwijl ze zich naar Dan omdraaide, zei ze op haar oprechtste en meest spijtige toon: 'Je zult het niet leuk vinden, Dan, maar je hebt inderdaad gelijk; ik heb tegen je gelogen. Ik ben al een poos bezig om de schulden van mijn moeder af te betalen, en de reden waarom ze beweerde dat ik er dit weekend niet was, is omdat ik haar had laten beloven dat ze het geheim moest houden. Ik had haar gezegd dat je uit je vel zou springen als je erachter kwam wat ik deed, dat je het niet erg vond dat ik haar hielp om uit de financiële rotzooi te komen, maar wel als je wist dat ik haar geld gaf. Dus toen je haar belde, nam ze die geheimhouding blijkbaar iets te letterlijk.' Sally liet met een zucht haar schouders zakken. 'Het spijt me. Ik had zoiets belangrijks niet voor je verborgen moeten houden.' *Mijn god, wat was ze goed! Echt goed!*

Dan keek haar aan en ze wachtte op zijn verontschuldiging, dat hij zou zeggen dat hij een vreselijke vergissing had begaan door zo aan haar te twijfelen. En kon ze het hem ooit vergeven? Ja, zou ze zeggen. Want ze wilde hoe dan ook niet dat er iets tussen hen zou veranderen. Ze had Dan nodig.

Net zoals ze Harry nodig had.

Harry was haar beste drug, maar Dan was haar rots in de branding, haar anker. Hij gaf haar evenwicht en standvastigheid en hij bood haar een gevoel van bestendigheid, waardoor ze in staat was om haar werk te doen.

'Het spijt me dat ik tegen je heb gelogen, Dan,' zei ze toen hij bleef zwijgen. 'Dat was verkeerd van me.'

Naast haar begon het water te koken. De waterkoker sloeg af. En toen deed Dan iets wat haar verbijsterde. Hij begon te applaudisseren.

'Bravo,' zei hij. 'Ik wist dat je iets zou weten te bedenken, maar dit was wel heel bijzonder, Sally.' Hij hield op met klappen. 'Ik ben bijna onder de indruk.'

'Dit begrijp ik niet,' zei ze. 'Ik vertel je de waarheid en je doet alleen maar sarcastisch. Waarom?'

'Goed,' zei hij. 'Als dat de waarheid is, laat me je bankafschriften dan maar zien. Laat me die betalingen zien die je hebt gedaan om de schulden van je moeder af te lossen.'

Weer voelde Sally de grond onder haar voeten wegzakken. 'Wat bezielt je in godsnaam, Dan? Wat voor huwelijk hebben we dat je me nu om bewijzen begint te vragen?'

'Je kunt het niet, hè?' zei hij, haar vraag negerend. 'Je hebt geen bankafschriften waar die betalingen op staan. Je liegt. Dat weet ik.'

Sally wilde het nog niet opgeven. 'Als je echt van me hield,' probeerde ze, 'dan zou je niet zoiets ergs zeggen. Vertrouw je me niet?'

'Nee,' zei hij alleen.

Dat schokte haar. Dat had ze echt niet zien aankomen. 'Hou je niet van me?'

'Hou jij van mij? Denk je eraan hoeveel je van me houdt als je in bed ligt met je minnaar?'

Sally kon geen vragen meer bedenken, en ze zei: 'Doe niet zo absurd, Dan. Ik heb geen minnaar.' Zelfs in haar eigen oren ontbrak alle geloofwaardigheid aan deze ontkenning.

'Die heb je wel,' zei hij. 'Dat weet ik. Ik heb mezelf lang genoeg vernederd door te doen alsof je geen ander had, maar vandaag heb ik mijn grens bereikt. Het spel is voorbij, Sally. Het wordt tijd om te accepteren dat het niet allemaal kan gaan zoals jij wilt. Misschien wil je minnaar jou met een ander delen, maar ik niet.'

Zijn gelaten toon stoorde haar. Hij sprak tegen haar alsof ze een kind was. Wie dacht hij verdomme wel dat hij was? 'Je moet jezelf eens horen, Dan,' wierp ze hem kwaad voor de voeten. Nu was het menens. 'Je staat daar vol zelfingenomen eigendunk. Is het een wonder dat ik ergens anders opwinding zoek? Heb je enig idee hoe afgestompt ons huwelijk is geworden?'

'Zo, eindelijk begin je eerlijk te worden. En bedankt voor je openhartigheid. Hij is zeker iemand van je werk?'

'Maakt het jou iets uit wie het is?'

'Is het serieus?'

Ze lachte, omdat ze Dan nog steeds een reactie wilde ontlokken. 'Het is helemaal niet serieus.'

'Wat moet dat betekenen?'

'Het is gewoon plezier, Dan. Opwinding. Vrijheid. Levendigheid. En hoe. Wat voor opwindends put jij tegenwoordig uit je leven? Waardoor voel jij je blij? Wat is ervoor nodig om jou je zelfbeheersing te laten verliezen?'

'Je zegt dus dat ik saai ben?'

'Ja, saai en voorspelbaar. En het spijt me, maar dat is niet genoeg voor mij. Ik heb meer nodig.'

'Dan hoop ik dat je dat bij die andere man vindt. Want tussen ons is het voorbij. Ik weet niet hoe we alles zullen regelen, maar ik wil niet langer met je getrouwd zijn. Ik wil absoluut toegeven dat het egoïstisch van me is, maar ik wil graag dat je nu weggaat. Al is het maar voor een paar dagen. Ik wil je een poos niet zien of spreken.'

'Echt iets voor jou om zo rationeel te zijn.'

'Had je dan liever een enorme ruzie? Met stemverheffing? Dat er met borden werd gegooid? Sorry, maar dat wil ik onze zoon niet aandoen. Hij verdient beter. En beslist een betere moeder dan jij.'

Sally keek hem woedend aan. 'Ik vroeg me al af wanneer je met zo'n opmerking zou komen. Ik verwachtte alleen niet dat je het zo vol haat zou zeggen.'

'Ik ben niet van plan om het terug te nemen. Of me ervoor te verontschuldigen.'

'Goed hoor, meneer de volmaaktheid in eigen persoon! O, wat zal iedereen je nu een held vinden. Een alleenstaande vader die zijn zoon in zijn eentje grootbrengt omdat die slechte echtgenote van hem zo gemeen was om een verhouding te hebben.'

'Ik hoop dat de man het waard is. Je zet wel heel veel opzij voor hem.'

'Nou, en of hij het waard is! Maak jij je daar maar geen zorgen om.'

De volgende ochtend versliep Sally zich en ze werd wakker met een enorme kater. Ze bleef heel stil liggen, zich afvragend hoe ze in een vreemd bed terecht was gekomen. Alleen.

Ze had de nacht niet doorgebracht zoals ze had verwacht. Met een haastig ingepakte koffer in de achterbak was ze weggegaan van Corner Cottage en ze had naar het nummer van Harry's mobiele telefoon gebeld.

Alleen had Harry niet opgenomen. Ze kreeg zijn voicemail. Ze had ingesproken met de vraag of hij haar meteen wilde terugbellen, en pas toen schoot haar te binnen dat ze zijn adres niet eens wist. Ze wist alleen dat hij een nieuwbouwappartement ergens in Altrincham huurde. Uiteindelijk had ze in het centrum van Manchester in het Hilton een kamer gehuurd. Dan was ze de volgende ochtend in elk geval vlak bij haar werk.

Maar nu dacht ze helemaal niet aan werk. Ze had de vorige avond van alles uit de minibar gepakt, en gecombineerd met een fles wijn van de roomservice. Daar moest ze nu voor boeten. Met een wazige blik en niet al te fris ruikend sleepte ze zich naar de douche en liet tien minuten lang de sterke stralen op haar lijf regenen.

Toen ze aangekleed was, maakte ze een kop koffie en keek op haar mobiele telefoon. Niets. Nada. Noppes. Harry had geen poging gedaan om haar terug te bellen of een sms'je te sturen.

Ze liet zich uitschrijven en reed de korte afstand naar kantoor. Een gewone maandagochtend, hield ze zichzelf voor toen ze snel langs de receptiebalie liep en even knikte naar de twee receptionisten.

Ze wist opgewekt 'hallo' te zeggen tegen Chandra, sloot de deur van haar kantoor en liet zich op haar bureaustoel vallen. Ze pakte de telefoon en toetste Harry's nummer. Nadat de telefoon drie keer was overgegaan, nam hij op. 'Waar heb jij uitgehangen?' wilde ze weten.

'Sorry, maar ik heb een cliënt. Kan ik je terugbellen?'

'Hoelang duurt dat nog?'

'Eh... een uurtje. Dag.'

Goed, dacht ze. Een uur om tot zichzelf te komen. Ze trok een la open en zocht erin tot ze het spiegeltje vond dat ze daar bewaarde. Wat ze erin zag, bevestigde wat ze al vermoedde. Ze zag er vreselijk uit. Precies een vrouw die te veel flesjes uit de minibar achterover had geslagen. Er lagen donkere kringen onder haar bloeddoorlopen ogen en haar huid was ziekelijk bleek. De gewone make-up van Clinique was niet voldoende. Ze had meer nodig. Veel meer.

Ze zuchtte. Het was niet de bedoeling geweest dat het zo zou lopen. Ze had echt geloofd dat alles kon blijven gaan zoals het ging met Dan en Harry, zolang ze maar voorzichtig was.

Misschien kon dat nog steeds.

Laat Dan maar een paar dagen in zijn sop gaarkoken, dan zou hij wel bijdraaien. Ze zou de berouwvolle echtgenote moeten spelen, en omdat ze het er de laatste tijd zo goed af had weten te brengen, twijfelde ze er niet aan dat het haar zou lukken.

Maar Dan zou eisen dat ze Harry opgaf. Kon ze dat echt?

Nee. Dat kon ze niet. En dat zou ze ook niet doen. Ze zou hem blijven zien, hoe ze ook zou moeten liegen. Zelfs als ze nu aan Harry dacht – hoe hij naar haar keek, hoe hij haar aanraakte – voelde ze dat haar hart sneller ging kloppen.

Dan kon er niets aan doen, maar dat effect had hij nooit op haar gehad.

Met een iets optimistischer gevoel en wetend dat ze Harry over een klein uurtje zou zien, sloeg ze haar agenda open en zag tot haar ontzetting dat Murray Adamson over vijfendertig minuten een afspraak had. Verdomme! Ze zou hem nooit binnen een halfuur kunnen lozen.

Om haar nog meer te frustreren, was die rotvent nog te laat ook. 'Sorry,' zei hij, maar het klonk helemaal niet alsof het hem speet. 'Ik stond in de file. Gaat het? Je ziet er nogal pips uit. Je hebt toch niets besmettelijks?'

'Bedankt voor je bezorgdheid, maar het gaat prima,' loog ze. Ze voelde zich helemaal niet prima. Ze voelde zich afschuwelijk; misselijk en klam. 'Zo,' zei ze terwijl ze een dik dossier over het bureau naar hem schoof. 'Zoals ik je vorige week al door de telefoon heb verteld, stel ik dit voor...'

Wat Sally had willen zeggen, was haar helemaal ontgaan. 'Eh... wil je me even excuseren? Er schoot me iets te binnen.'

Ze was net op tijd bij de toiletten. Terwijl ze over de toiletpot hing, hoorde ze de buitendeur open- en dichtgaan. Verdomme! Publiek. Net wat ze nodig had. Het was onmogelijk om discreet te kotsen, en nadat ze het bewijs van de overmatigheid van de vorige avond had doorgetrokken, riep een stem: 'Gaat het?'

Ja hoor, de Iron Lady! Sally peinsde er niet over om te antwoorden; ze gunde dat nieuwsgierige ouwe mens niet dat ze wist wie haar ingewanden er zowat uitkotste. Met haar rug tegen de deur bleef ze zwijgend en met gesloten ogen staan.

'Sally? Jij bent het toch? Kan ik iets voor je doen?'

'Nee hoor, dank je,' moest Sally wel antwoorden.

'Heb je iets verkeerds gegeten?'

'Daar lijkt het wel erg op,' mompelde Sally zwakjes. O, god, daar gaan we weer. Ze boog zich over de toiletpot. Toe, welke wraakzuchtige god er ook is daarboven, laat dat mens weggaan, bad ze.

Weer doortrekken, weer even een iets beter gevoel. Nu was het toch wel over? Ze dacht aan haar cliënt en bedacht een manier om af te komen van de Iron Lady. 'Fern,' zei ze zo lief als ze maar kon opbrengen, 'wil je me een grote gunst bewijzen en Chandra vragen of ze mijn cliënt een kop koffie wil brengen? O, en laat haar zeggen dat ik over vijf minuten terug ben.'

'Mijn hemel! Ik wist niet dat je een cliënt had. Had dat gezegd! Dit is niet professioneel.'

O, domme ik, dacht Sally toen ze de deur dicht hoorde gaan. Misschien had je liever gehad dat ik over mijn cliënt had gekotst!

Nu de kust veilig was, kwam Sally het toilet uit om haar gezicht en handen te wassen. Ze durfde amper in de spiegel boven de wastafel te kijken, maar dat was onontkoombaar. Ze kreunde toen ze haar spiegelbeeld zag. Ze zag er vreselijk uit. Ze zou eigenlijk naar huis moeten gaan. Het was niet eerlijk om iemand hiermee op te zadelen.

Huis. Dat woord schokte haar. Had ze nog wel een huis? Natuurlijk, snauwde de advocaat in haar. Corner Cottage was net zo goed van haar als van Dan.

Huis. Ergens waar ze haar vermoeide hoofd kon neerleggen en in haar eentje misselijk kon zijn. Dat ging nu niet. Dan zou haar echt niet verwelkomen en haar naar bed brengen, wat hij voorheen misschien wel zou hebben gedaan.

Voor gisteravond.

Opeens voelde ze een hevig verlangen naar Dans liefhebbende zorg. Wat zou het fijn zijn om in bed te worden gestopt met een vertroostende kop thee, met de gordijnen dicht en Dan die over haar rug wreef of haar haren uit haar gezicht streek als ze moest overgeven. Die lieve, betrouwbare Dan.

Nee! Nee, nee. NEE!

Ze sloeg met haar vuist op de wastafel. Lief en betrouwbaar was niet wat ze nodig had. Ze had Harry nodig. De wilde, onvoorspelbare Harry.

Toen ze zich ertoe in staat voelde, ging ze terug naar haar kantoor. Chandra was nergens te bekennen, maar de Iron Lady was ergerlijk dicht in de buurt. 'Ik heb mijn best gedaan om hem bezig te houden,' zei ze op zachte toon. Ze trok een gezicht en wees naar

Sally's revers, waar iets onuitspreekbaars op kleefde alsof het een broche was. 'Dat kun je misschien beter weghalen.'

'Sorry dat ik je zo lang heb laten wachten,' zei Sally toen ze de deur achter zich dichtdeed.

'Voel je je wat beter?' Murray keek haar meelevend aan.

'Beter?' herhaalde ze.

'De vrouw die me koffie gaf, zei dat je misselijk was. Niet erg professioneel van haar, als je het mij vraagt. Ze had een beter excuus kunnen bedenken.'

Sally glimlachte wrang. 'Je hebt gelijk, dat had ze kunnen doen.'

'Wil je liever dat we dit morgen doen? Of een andere keer, als je je beter voelt?'

'Zou je dat erg vinden?'

Hij zette zijn lege koffiekopje op het bureau. 'Helemaal niet.' Hij grinnikte. 'Ik zie je liever als je er weer net zo fantastisch uitziet als altijd.'

Ze kon het niet opbrengen om hem terecht te wijzen. 'Hoe laat morgen?' zei ze terwijl ze in haar agenda keek. 'O, sorry, morgen kan ik niet, dan zit ik al vol. Overmorgen?'

Hij pakte een kleine zwartleren agenda uit de zak van zijn colbertjasje. 'Ja,' zei hij. 'Prima. Vlak voor de lunch? Dan kan ik je meenemen om een hapje te eten.' Hij glimlachte naar haar. 'Dat ben je me tenslotte wel verschuldigd.'

'Een heel korte lunch dan,' gaf ze toe, en bij de gedachte aan eten draaide haar maag weer om. 'Ik heb daarna een drukke middag voor de boeg.'

'Ik ook.'

Ze stonden tegelijkertijd op. 'Sorry van vandaag,' zei ze toen ze bij de deur waren.

'Het is je vergeven. Je hebt waarschijnlijk last van ochtendmisselijkheid?'

Ze verslikte zich bijna in haar antwoord. 'Mijn god, nee!'

Vijf minuten later liep ze langzaam de trap op naar Harry's kantoor. Haar hoofd bonsde. Ze had nooit zoveel moeten drinken. Maar als ze niet dronken kon worden als ze het helemaal had gehad, wanneer dan wel?

Harry was te laag in rang dat iemand zijn deur bewaakte, en dus klopte ze aan en wachtte tot hij antwoordde. Ze zou zich stukken beter voelen als ze zijn armen weer om zich heen voelde. Daarbij zou hij haar de sleutels van zijn appartement geven, en kon ze de rest van de dag slapen. Als hij thuiskwam van zijn werk zou ze zich op wonderbaarlijke wijze helemaal beter voelen en konden ze de avond doorbrengen met fantastische seks.

Toen er niet werd gereageerd, klopte ze nog eens en liep toen naar binnen.

Maar Harry was er niet. Zijn kantoor was leeg.

Ze ging naar zijn bureau en keek in zijn agenda. In zijn keurige, schuine handschrift stond dat hij de rest van de dag weg zou zijn.

Ze kreunde.

Geen Harry.

Geen bed.

Kon het nog erger worden?

46

OMDAT DAN MARCUS niet uit het oog wilde verliezen, had hij hem niet zoals gewoonlijk naar de peuterspeelzaal gebracht, en bleef hij thuis werken.

Dat werk had tot dusver bestaan uit een hele dvd van *Thomas de locomotief* kijken met zijn zoon, en voorlezen uit boeken: *Spot de hond, Beertje Paddington* en eindeloze verhalen over de bijzonder geordende levens van *Topsy en Tim.* Dan durfde te wedden dat er geen boek bestond met de titel *De mama van Topsy en Tim heeft een verhouding.*

Nu was hij bezig met de lunch. Voor Marcus stond er weer soep op het menu. Net als gisteravond had Dan geen trek.

Voor Sally had het misschien geleken of hij alles onder controle had, maar de werkelijkheid was heel anders geweest; hij had op het punt van instorten gestaan. De inspanning om zo koel en afstandelijk te blijven, was verdwenen zodra Sally was weggereden, en toen had hij toegegeven aan zijn woede. Hij was in het donker naar de tuin gegaan om zijn woede te koelen. Hij had een bijl uit de schuur gepakt en ermee ingehakt op de oude pruimenboom die zo ziek was dat hij al in geen jaren vruchten had gedragen. Bij elke slag had hij aan de zelfingenomenheid in Sally's stem gedacht.

Door zijn woede hakte hij met de botte bijl zo diep in het knoestige hout tot zijn schouders pijn deden en de boom het kreunend had begeven en over het gazon was gevallen, waarbij de takken een bloembed verpletterden. Toen had hij nog een poos op de stam ingehakt, tot zijn woede eindelijk plaatsmaakte voor uitputting en verdriet.

Nog nooit had hij zich zo ellendig gevoeld. Hij was als een wrak naar bed gegaan. Maar ondanks zijn uitputting had hij slechts met tussenpozen geslapen. Hij lag in het donker en probeerde tot een vergelijk te komen met wat hij had gedaan; hij was de confrontatie aangegaan met Sally en als resultaat was hun huwelijk bijna ten einde. Precies waar hij bang voor was geweest.

Elke keer als hij bijna de vergetelheid naderde, rukte zijn brein hem wakker door zich Sally voor te stellen met de onbekende man die hun huwelijk kapot had gemaakt. In gedachten zag hij hoe Sally werd uitgekleed, hoe ze haar hoofd in de nek wierp in een moment van extase, hoe ze de naam van een andere man riep. De argwaan was nog draaglijk geweest, maar de wetenschap was veel erger. Het was een pijn die hem verscheurde. Steeds weer. En niet te stoppen. Hij kon zich niet voorstellen dat die ooit zou afnemen. Het leek wel of Sally hem met een ongeneeslijke ziekte had opgezadeld. Misschien was het een gebroken hart.

Hij deed het gas uit. 'De soep is klaar,' riep hij naar Marcus. De regels waren verslapt en Marcus droeg, net als Dan, nog steeds zijn pyjama en badjas. Marcus liet zijn groene knuffelkikker, een kleurboek en een rood plastic emmertje vol kleurpotloden op de tafel vallen, naast de resten van het ontbijt die Dan nog niet had opgeruimd.

Dan schonk geen aandacht aan de rommel en zette Marcus in zijn stoel, de stoel die hij sinds lang tot die van hem had verklaard, tegenover de stoel waar Sally altijd had gezeten. Bij de gedachte aan die lege stoel vroeg Dan zich weer af of hij er wel goed aan had gedaan de vorige avond. Had hij omwille van Marcus niet beter tegen Sally kunnen zeggen dat hij het haar zou vergeven als ze beloofde dat ze een eind zou maken aan de verhouding?

Hij schepte de soep op. Tijd om de feiten onder ogen te zien, Danny, hield hij zichzelf voor. Dat was niet beter geweest. Je bent gewoon een man zoals alle andere. Als iemand je kwetst, dan wil je die persoon ook kwetsen. Instinct betekent dat je jezelf op alle mogelijke manieren wilt beschermen tegen pijn. En als dat inhoudt dat je de vrouw wegstuurt van wie je ooit met heel je wezen hebt gehouden, dan zij het zo.

Hij slikte toen hij eraan dacht hoeveel hij vroeger van Sally had gehouden. Ze was alles voor hem geweest. Hij zou alles voor haar gedaan hebben. Maar dan ook alles.

Nu kon hij het niet eens opbrengen om haar te zien, laat staan het haar te vergeven. Hoe kon hij, nu ze was veranderd in een menselijke sloopkogel en totaal onaangedaan leek door de gevolgen van haar daden?

Maar een deel van hem kon de gedachte niet van zich afschudden dat hij misschien ook schuld had. Of misschien zelfs heel veel schuld. Ze had hem saai genoemd. Was hij dat? Was hij veranderd sinds hij thuis was gebleven om voor Marcus te zorgen? En was er een andere reden waarom ze een verhouding was begonnen? Kwam het doordat ze vermoedde dat hij iets met Tatiana had? Was ze jaloers en onzeker geworden door dat vermoeden, en voelde ze zich daardoor gedwongen om elders bevestiging te zoeken?

Maar zijn eigen vermoedens dan? Zou een betere echtgenoot niet de waarheid eruit hebben getrokken voor alles zo uit de hand liep? Maar wie zou slapende honden wakker maken als je een beetje verstand had?

Hij zat net aan tafel toen er op de achterdeur werd geklopt. Dat betekende dat het iemand was die hen kende, een vriend of vriendin.

Dan negeerde het kloppen, want hij had geen zin in gezelschap. Maar dat kon hij niet volhouden met Marcus naast zich. 'Deur, papa,' zei hij behulpzaam, met zijn hoofd schuin op de manier die Dans hart altijd verzachtte. 'Er isj iemand.'

Toen de persoon, wie het ook was, weer klopte, en deze keer harder, ging Dan met tegenzin kijken wie het was.

Chloe hoefde maar een blik op Dan te werpen – slordig en ongeschoren – en ze wenste dat ze eerder was gekomen.

Gisteravond laat had ze uit haar slaapkamerraam Sally het dorp uit zien rijden. Twee keer had ze de telefoon gepakt om Dan te bellen, en twee keer had ze zich bedacht, bang dat hij haar een bemoeial zou vinden. Hij weet me te vinden als hij me nodig heeft, had ze zichzelf voorgehouden toen ze naar bed ging. Tijdens de ochtendpraktijk was er geen gelegenheid geweest om hem te spreken, maar ze had haar lunchpauze gebruikt om naar hem toe te gaan. En daar was ze blij om. Zo te zien aan Dan bleek haar grootste vrees waarheid te zijn.

Zonder iets te zeggen stapte ze over de drempel en sloeg haar armen om hem heen. Hij leunde op haar en ze wankelde onder zijn gewicht. Met haar armen om hem heen zei ze: 'Ik vind het zo erg, Dan. Zo erg. Vertel me wat er is gebeurd. Wat heeft ze gezegd?'

Sally's dag was in een waas van misselijkheid voorbijgegaan. Het was nu zes uur en het enige wat ze binnen had kunnen houden was sterke, zwarte koffie en paracetamol.

Marion, Chandra en Tom hadden aangedrongen dat ze naar huis moest gaan – het gerucht ging dat ze iets verkeerds had gegeten – maar ze had hun advies in de wind geslagen en was gebleven. 'Alleen slappelingen melden zich ziek,' had ze zwakjes als grapje gezegd.

Chandra had tien minuten geleden haar computer uitgezet en was naar huis gegaan, nadat ze Sally had aangespoord om dat ook te doen. Met haar vierentwintig jaar woonde Chandra nog thuis bij haar ouders en twee jongere zussen. Sally overdacht hoe ze thuiskwam in Rusholme, door haar familie werd begroet en een gezellige, zorgeloze avond doorbracht voor de televisie. Toen Chandra pas voor Sally werkte, had ze haar verteld dat haar naam uit het Sanskriet kwam en 'de maan' betekende. Ze was een opgewekt, probleemloos meisje dat zich nooit ergens zorgen over leek te maken. Opeens was Sally jaloers op de blije ongecompliceerdheid van haar leven; ze woonde nog thuis, had geen echte verantwoordelijkheden, en geen zorgen die haar 's nachts wakker hielden.

Op haar bureau ging haar mobiele telefoon, en ze schrok op. Harry! Eindelijk. Ze draaide zich om in haar stoel en keek of haar deur dicht was. 'Harry!' riep ze. 'Waar was je de hele dag?'

'Ik zat urenlang vast bij een cliënt.' Hij lachte. 'Natuurlijk niet letterlijk. Dat soort spelletjes wil ik maar met één persoon spelen, en dat is geen kalende, dikke man van vijfenvijftig met een adem die best verantwoordelijk kan zijn voor de opwarming van de aarde.' Hij lachte weer.

Sally probeerde mee te doen met zijn vrolijkheid, maar het lukte haar niet. 'Heb je mijn berichten niet gekregen?' Ze had er drie ingesproken. En elke keer met het verzoek om haar terug te bellen. Maar zonder de reden te vermelden.

'Nu pas. Wat is er? Je klinkt zo somber.'

'Ik ben weg bij Dan,' zei ze.

'Wat?'

'Ik ben bij hem weg,' herhaalde ze. Was de lijn zo slecht, of wilde Harry het niet horen?

'Maar waarom? Waarom heb je dat gedaan?'

Dat was niet de reactie die ze had verwacht. 'We zijn de fout in gegaan,' zei ze. Ze vertelde dat Marcus naar het ziekenhuis moest en dat Dan haar niet had kunnen bereiken op haar mobiele telefoon.

'Shit!'

'Dat lijkt me een juiste uitdrukking.'

'En is alles goed met je zoon?'

'Blijkbaar wel. Ik kreeg niet de kans om hem te zien. Hij sliep al toen ik terugkwam, en toen alles naar buiten kwam, wilde Dan dat ik wegging. Toen ik je niet kon bereiken, heb ik een kamer in het Hilton hier in Manchester genomen. Waar ben je, Harry? Waarom heb je me niet teruggebeld?'

'Heb je gisteravond geprobeerd om me te bellen? Sorry, dat wist ik niet. Ik ben met iemand iets gaan drinken toen ik thuiskwam.'

Iets gaan drinken? Met iemand? Sally kon niet geloven dat hij zo blasé was. 'Nou, check de volgende keer dan je voicemail,' snauwde ze.

'Hoor eens even,' zei hij. 'Ik moet ophangen. Mijn kalende dikke cliënt staat erop om me vanavond mee uit eten te nemen. Een avond met stinkende adem in mijn gezicht. Alsof ik niets anders kan gebruiken.'

'Harry, je kunt me niet zo achterlaten! Ik heb je nodig. Hoe laat ben je thuis?'

'Dat weet ik nu nog niet.'

'Wat bedoel je daarmee?'

'Ik blijf hier logeren. Met een beetje geluk heb ik morgenmiddag de voorbereidingen voor de zaak op een rijtje.'

'Maar ik heb je nú nodig. Waar moet ik vanavond naartoe?'

Weer een stilte.

'Sorry, Sally. Het spijt me echt, maar je kunt beter naar huis gaan, naar Dan. Je moet aan je zoon denken. Ik spreek je wel weer als ik terug ben.'

En de verbinding werd verbroken.

Sally staarde ongelovig naar het kleine apparaat. Toen smeet ze het door haar kantoor. Het kaatste tegen de muur, viel op de vloer en barstte open in twee keurige stukken.

Ze nam weer een kamer in het Hilton. Weer liet ze roomservice komen. Deze keer bestelde ze een broodje biefstuk en patat bij de fles rode wijn. Ze dronk gestadig en nijdig. Hoe meer ze dronk, hoe duidelijker de situatie werd. Glashelder zelfs.

Somber. Hij had gezegd dat ze somber klonk. Hoe moest ze verdomme anders klinken?

Hoe durfde hij tegen haar te zeggen dat ze moest teruggaan naar Dan! Alsof ze een onwetende tiener was die in een hormonale oprisping van huis was weggelopen.

Juist Harry was de oorzaak dat ze nu in deze ellende zat.

Het was allemaal zijn schuld.

Als hij haar niet zo had lopen versieren, dan zou ze nooit iets met hem zijn begonnen.

Hij had zijn pleziertje gehad met haar en nu het serieus begon te worden, liet hij het afweten. Ze was alleen maar een afleiding voor hem geweest.

Klootzak!

Hier zou hij voor boeten. En hoe!

Ze had zin om hem aan te klagen voor seksuele intimidatie.

Ja! Dat zou ze doen. Dat zou hem leren.

Zie jezelf daar maar eens uit te draaien, Harry Fox!

47

SALLY WERD DE tweede achtereenvolgende ochtend wakker met een barstende hoofdpijn, en een smaak in haar mond alsof die vol modder en fijn grind zat. Duizelig en vreselijk misselijk kreunde ze toen ze aan de rode wijn en wodka's dacht. O nee, niet weer. Waarom had ze het gedaan? Wat had haar bezield? Ze had te veel zitten denken, dat was het. Ze had te overdreven gereageerd. Harry had dat allemaal alleen gezegd omdat hij het beste voor haar wilde. Hij wilde niet degene zijn die haar huwelijk kapotmaakte. Dat was begrijpelijk. Ze hoefde hem er alleen maar van te overtuigen dat haar huwelijk haar verantwoordelijkheid was, niet die van hem.

Het sierde hem, dacht ze toen ze eenmaal had gedoucht, zich had aangekleed en een laag make-up had aangebracht, dat hij niet in gejuich was uitgebarsten dat ze nu vrij was. Pas toen ze haar horloge omdeed zag ze hoe laat het was. Al na tien uur. Ze was nooit eerder zo laat op haar werk gekomen. Woedend op zichzelf ging ze afrekenen en ze snauwde de receptioniste af die niet leek te begrijpen dat ze haast had. Het was al kwart voor elf toen ze de trap op liep naar haar kantoor. Haar hoofd bonsde weer en haar maag draaide onheilspellend.

'Ik dacht dat je vandaag niet zou komen,' zei Chandra toen ze haar zag, en ze voegde eraan toe: 'Hoor je niet in bed te liggen? Je ziet er nog steeds niet goed uit.'

'Te veel werk,' zei Sally afwerend terwijl ze vlug naar de veiligheid van haar kantoor liep. 'Is er nog voor me gebeld?' Nu ze geen mobiele telefoon meer had, was het mogelijk dat Harry haar hier had willen bereiken.

'Nee. Alleen een boodschap van Tom. Hij zei dat hij je dringend wilde spreken als je vandaag niet kon komen. Zal ik hem zeggen dat je er bent? Of wil je liever eerst koffie?'

Sally glimlachte dankbaar. 'Koffie lijkt me heerlijk. Wat moet ik zonder jou, Chandra?'

Ze had net een paar slokjes koffie genomen toen op haar deur werd geklopt en Tom binnenkwam. Hij keek heel ernstig en bezorgd. Het leek wel of hij naar een begrafenis ging. 'Wat is er?' vroeg ze. Hij pakte een stoel en ging zitten. Ze zag iets in zijn hand wat op een A4'tje leek. 'Tom?' herhaalde ze.

'Ik ben bang dat ik geen goed nieuws heb, Sally,' zei hij.

'Dat zie ik. Wat is er?'

Hij slikte. 'Het gaat om Harry Fox. Hij beschuldigt je formeel van seksuele intimidatie.' Hij zwaaide met het papier. 'Het staat hier allemaal in een e-mail die hij me vanmorgen heeft gestuurd. Hij heeft ook een kopie naar de andere partners gestuurd. Hij beweert dat je hem achterna hebt gezeten vanaf het moment dat hij hier kwam werken. Hij zegt dat je misbruik hebt gemaakt van je positie door te zeggen dat je zijn kansen op promotie zou verijdelen als hij niet deed wat jij wilde.'

Sally's hoofd begon te tollen. 'Maar hij... dat kan hij niet hebben gezegd,' stamelde ze. 'Dat is gewoon niet waar. Zeg alsjeblieft dat je er geen woord van gelooft, Tom.'

Tom schudde grimmig zijn hoofd. 'Ik weet niet wat ik moet geloven, Sally.' Hij vouwde het papier open. 'Hij is heel grondig geweest, heeft datums gegeven waarop jij per se een weekend met hem wilde doorbrengen. Hij zegt dat het hem afgelopen weekend uiteindelijk te veel werd toen je zei dat je bij je man weg was om bij hem te zijn. Hij beweert dat je jezelf hebt voorgespiegeld dat hij iets voor je voelde. Hij heeft in deze e-mail niet gezegd wie hij in de arm heeft genomen, maar hij gaf wel de hint dat het een firma in Manchester is.'

Sally snakte naar adem. Toen rende ze haar kantoor uit om over te geven.

Tegen de middag was Sally het onderwerp van gesprek. Sally en Harry. E-mails deden de ronde, de meeste met als onderwerp *When Sally met Harry*. Sally kwam dit alleen te weten omdat Chandra had aangeboden om haar op de hoogte te houden. Sally was geroerd door haar loyaliteit. 'Ik weet dat je nooit die dingen kan hebben gedaan waarvan je wordt beschuldigd,' had het jonge meisje gezegd. 'Zo'n vrouw ben je niet.'

Sally kon wel huilen. Wat wist Chandra van haar? Wat wist iemand van de echte Sally Oliver?

Tom had aangeraden dat ze naar huis ging en daar zou blijven tot hij en de andere partners hadden besloten wat ze moesten doen. Harry hield zich blijkbaar gedeisd. Vanaf vandaag had hij twee weken vakantie genomen.

Maar Sally wilde helemaal niet naar huis. Ze zat in een soort shock in haar kantoor. Van het ene moment op het andere zou haar reputatie naar de maan zijn. Niet alleen hier bij McKenzie Stuart, maar in heel Manchester. Ze zou de risee zijn. Iemand die werd uitgelachen.

Hoe kon ze terugvechten? Hoe kon ze nog enig respect ophouden?

En hoe had Harry haar dit aan kunnen doen? En, nog belangrijker, waarom? Waarom had hij zich zo tegen haar gekeerd?

Om niet al haar energie te verspillen aan huilen, vermande ze zich. Met zelfmedelijden bereikte ze niets. Ze moest een plan maken. Ze moest ook schone kleren hebben; ze droeg al twee dagen achtereen hetzelfde mantelpakje. Er zat niets anders op dan naar huis te gaan.

Ze zou het uitzingen met Dan, hield ze zichzelf voor toen ze tegen Chandra zei dat ze toch maar naar huis ging. Er was trouwens geen enkele reden om niet gewoon terug te gaan. Het was net zo goed haar huis als dat van Dan. Zij betaalde trouwens de hypotheek; nou, dan was het wel aan haar om uit te maken hoe het zou gaan!

Toen ze naar het dorp reed, was ze niet meer zo zeker van zichzelf. Teruggaan was toegeven dat Harry haar niet wilde. Het was verdomme een dubbele vloek. Dan wilde haar niet meer, en Harry nu ook niet.

Dans auto stond op de oprit; ze parkeerde haar auto erachter. Ze keek op naar het huis, en dacht aan de dag dat zij en Dan er voor het eerst naar gingen kijken. Corner Cottage had zoveel voor hen betekend. Het was het symbool voor de eerstvolgende belangrijke stap in hun leven; het bevestigde dat ze alles goed deden. Ze sloegen de juiste richting in. Ze gingen vooruit. Niets kon hen tegenhouden.

Ze stak haar sleutel in het slot van de voordeur, en heel even ging het door haar heen dat Dan misschien de sloten had laten veranderen. Maar de sleutel draaide gewoon om en ze ging naar binnen.

Ze deed de voordeur achter zich dicht en bleef heel stil op de mat staan, luisterend of ze Dan en Marcus kon horen. Niets. Het was doodstil in huis. Dat had ze niet verwacht. Ze wist niet of ze opgelucht of teleurgesteld moest zijn. Uit gewoonte zette ze haar koffertje onder aan de trap en ging naar de keuken. Het leek wel of daar een bom was ontploft. Overal op het aanrecht stonden borden, kommen, bekers, plastic bekers en pannen. De tafel was bezaaid met boeken, kranten en speelgoed, tussen verpakkingen van snoep en koekjes en een omgevallen doos ontbijtgranen. De granen lagen zelfs op de vloer.

Ze ging naar boven, een spoor van speelgoed en kleren volgend. De vloerbedekking in Marcus' slaapkamer was verdwenen onder een laag Duplo, auto's, treintjes, spoorrails, puzzels en knuffelbeesten. Zijn bed was niet opgemaakt en het tafeltje en de stoel waar hij altijd zo graag zat, lagen omver.

Nooit eerder had ze het huis zo gezien. Ze bukte zich om Marcus' pyjama op te rapen. De katoenen stof was zacht en glad door het vele wassen. Ze kon de geur van haar zoon ruiken. Zijn warme jongetjesgeur als hij had geslapen.

Ze liep naar de slaapkamer van haar en Dan. Ook hier was het bed niet opgemaakt, en hoewel de kamer lang niet zo rommelig was als die van Marcus, leek die helemaal niet op de nette kamer van voorheen. Haar blik viel op de kaptafel; de in zilver ingelijste foto van haar en Dan op hun trouwdag was weg. Uit nieuwsgierigheid trok ze de bovenste la open. En ja, daar was de foto, omgekeerd. Ze deed de la dicht en ging op het bed zitten. Opeens voelde ze zich doodmoe. Wat was het verleidelijk om het dekbed over zich heen te trekken en weg te doezelen.

Maar wat loste dat op?

Wat alles kon oplossen, was Dan haar verontschuldigingen aanbieden. *Het spijt me, Dan.* Zou dat zo moeilijk zijn? Niet als het inhield dat alles weer zoals vroeger zou worden. Pas de vorige avond, toen Dan haar had betrapt, had ze begrepen hoe ze onbewust had gesteund op zijn kalme, betrouwbare karakter dat de wilde karaktertrek in haar had weten in te tomen. Maar misschien was het onvermijdelijk geweest dat de vroegere Sally Wilson ooit zou losbreken uit de beperking van zijn onwrikbare liefde.

Maar stel dat ze Dan om vergiffenis zou smeken? Zou hij dat doen? En als haar huwelijk zo standvastig leek, zouden Tom en de andere partners Harry's beschuldigingen kunnen afwimpelen? Zou hij dan gedwongen worden om zijn beweringen terug te draaien? Zelfs als dat zo was, dan was haar reputatie bezoedeld. Maar Sally vreesde nog meer dat haar zou worden gevraagd om ontslag te nemen. Een van hen zou moeten vertrekken, dat wist ze. Het was zij of Harry. Ze had zo het idee dat Tom het voor haar zou opnemen, maar ze was niet zeker van de andere partners. Misschien had ze vanmorgen beter open kaart kunnen spelen naar Tom. Ze had hem moeten vertellen dat zij en Harry een verhouding hadden gehad, maar dat het van twee kanten was gekomen. Dat er geen intimidatie of dwang van haar kant was geweest. Achteraf bezien zou eerlijkheid haar op de lange duur misschien meer steun van Tom hebben opgeleverd. Nu zag ze in dat het waarschijnlijk verkeerd was geweest om alles te ontkennen.

Ze kon alleen maar hopen dat Harry zou besluiten dat hij ver genoeg was gegaan met zijn bewering, dat hij zijn doel had bereikt, wat dat ook mocht zijn, en dat hij het hierbij zou laten.

Waarom deed Harry haar dit aan? Hoe kon hij zo gemeen zijn terwijl hij zei dat hij geen dag zonder haar kon? Had hij ook maar iets gemeend van wat hij had gezegd of gedaan?

Een traan gleed over haar wang. Ze veegde die weg, vastbesloten dat ze niet zou toegeven aan zelfmedelijden. Toen ze autoportieren hoorde dichtslaan, stond ze op en keek uit het raam. Dan en Marcus stonden op straat naast een Honda Civic. Ze waren niet alleen. Die vervloekte feeënkoningin Tatiana stond naast hen. Marcus sloeg zijn armen om haar heen om haar een kus te geven en Dan... Wat deed Dan eigenlijk? Wachten op zijn beurt tot hij een kus kreeg?

Toen Sally keek wat er vervolgens gebeurde – dat Dan zijn armen om Tatiana sloeg en haar tegen zich aan hield – voelde ze een golf van woede opkomen. De vorige avond was Dan zo vol eigendunk geweest, en had hij de rol van de bedrogen echtgenoot gespeeld terwijl hij helemaal niet zo onschuldig was. Ze vermoedde in mei al dat ze meer hadden dan een werkrelatie; en nu wist ze dat ze gelijk had.

Woedend dat hij haar zo voor de gek had gehouden, keek ze toe terwijl Tatiana weer in haar auto stapte en wegreed. Toen trok ze de deuren van de kledingkast open en begon kleren op het bed te gooien.

Beneden hoorde ze stemmen. 'Ik denk dat mama thuis is,' hoorde ze Dan zeggen. Gevolgd door: 'Beneden is ze niet, zullen we boven gaan kijken?'

Voetstappen naderden, de ene licht en struikelend, de andere zwaar en welbewust.

Ze had geen idee wat Dan aan Marcus had verteld waarom ze de afgelopen nachten niet thuis was geweest, maar ze besloot het heft in handen te nemen. 'Hallo, Marcus,' zei ze opgewekt toen ze binnenkwamen. 'Laat me je kin eens zien. Ik heb gehoord dat je heel wat hebt uitgehaald toen ik weg was. Om zo van Charlies klimrek te vallen! Hoeveel hechtingen moest je hebben?'

'Negen.'

'Mijn hemel! En ben je heel flink geweest toen het gebeurde?'

Marcus wierp een blik op de deur, waar Dan als bevroren op de drempel stond. 'Ik wasj toch flink, papa?'

'Je was heel flink, Marcus. Veel flinker dan ik zou zijn geweest.' Dan keek naar Sally. 'We zijn net terug van controle bij de huisartsenpost. Volgens de assistente gaat alles goed. De hechtingen in zijn mond lossen binnenkort op en als de zwelling afneemt slist hij niet meer.'

'En laat me eens raden,' zei Sally. 'Je bent toevallig je vriendinnetje tegengekomen na het doktersbezoek?'

Dan verstrakte. 'Doe dit niet, Sally. Doe dit niet.'

'Dat zeg je nogal vaak tegen me de laatste tijd. Ik vraag me af waarom. Speelt je geweten op?'

'Ik heb niets op mijn geweten. Kun jij dat ook zeggen? Marcus, ga jij beneden vast een dvd uitkiezen die we straks kunnen zien.'

'Tomasj, Tomasj, Tomasj,' zong Marcus terwijl hij verheugd naar beneden rende.

'Wat heb je tegen hem gezegd?' wilde Sally weten.

'O, gewoon, dat zijn moeder het druk heeft met werk. Hoe gaat het?'

Als Sally niet zojuist dat ontroerende tafereeltje buiten had gezien, was ze misschien in de verleiding gekomen om Dan de waarheid te vertellen. Je moest hem nageven dat hij altijd goed kon luisteren. 'Best, hoor,' zei ze.

'Zo zie je er niet uit, als ik het mag zeggen.'

'Je wordt bedankt. Maar dat geldt ook voor jou.' En dat was zo. Dan zag er vreselijk uit. Hij had zich niet geschoren en het leek of hij de afgelopen achtenveertig uur amper had geslapen.

Ze wilde net haar best doen om de vijandigheid tussen hen af te zwakken, toen Dan zei: 'En hoe gaat het met de nieuwe man in je leven? Het zal wel knus zijn. Jullie werken samen en zijn dan ook nog de hele avond en nacht samen.'

'Je stelt me teleur, Dan. Ik dacht dat je dit op een meer volwassen manier zou aanpakken. Goedkope opmerkingen doen daar geen goed aan.'

Hij deed de deur dicht, waarschijnlijk opdat Marcus hen niet kon horen, en liep naar haar toe. 'Ik zal je zeggen wat er geen goed aan doet,' zei hij. 'En dat is dat jij doet alsof er niets aan de hand is. Jij hebt misschien elke dag te maken met echtscheidingen, maar voor mij is dit het einde van de wereld. Dus als je het niet erg vindt, is een goedkope opmerking van mij een manier om met iets ondenkbaars om te gaan.'

'Een echtscheiding? Wie heeft gezegd dat we gaan scheiden?'

'Dat is toch het onvermijdelijke gevolg als je niet meer van me houdt en op iemand anders verliefd wordt?'

Sally knipperde met haar ogen. 'Ik heb nooit gezegd dat ik niet meer van je hou.'

'Dat hoefde ook niet. Dat hebben je handelingen wel gedaan. En heel eerlijk gezegd hou ik ook niet meer van jou. In elk geval niet van de vrouw die je bent geworden. Ik had verwacht dat de situatie daardoor draaglijker zou worden. Maar dat is niet zo.' Hij keek naar de kleren die ze op het bed had gegooid. 'Ik zal je maar laten inpakken. Kun je me een adres geven waar ik je kan bereiken als er een noodgeval is?'

Geschokt door zijn vastberaden woorden zei Sally: 'Mijn werk. Je kunt me op mijn werk bereiken. En natuurlijk via mijn mobiele telefoon...' Ze zweeg toen ze zich herinnerde dat die kapot was. 'Mijn mobiele telefoon doet het niet meer,' zei ze. 'Ik laat je wel weten wanneer ik een andere heb.'

'Mama moet weer weg,' zei Sally.

Marcus, zijn blik strak gericht op het televisiescherm, knikte vaag.

Sally ging zo staan dat ze het zicht blokkeerde op wat Thomas en zijn wagons ook uithaalden. Toen ze zeker wist dat ze zijn volledige aandacht had, zei ze: 'Ik wil dat je weet dat ik elke avond zal proberen te bellen voor je naar bed gaat. Goed?'

Hij knikte en stak zijn nek uit zodat hij de televisie weer kon zien. Hij keek met een stralend gezicht naar het scherm. 'Kijk,' zei hij terwijl hij wees. 'Persjy zit vasjt in de tunnel.'

Dan hielp Sally haar bagage in de auto te laden. Het leek wel of hij niet kon wachten tot hij van haar verlost was. Ze had niet gedacht dat hij zo gereserveerd en afstandelijk kon zijn. Ze zette de motor aan, en toen ze opkeek nadat ze haar veiligheidsriem had vastgemaakt, was Dan nergens te zien. Hij was terug in huis; de voordeur was dicht.

Ze reed achteruit de oprit af en draaide de weg op. Ze was pas bij het dorpsplantsoen toen ze stopte en in tranen uitbarstte. Waar was ze mee bezig? Waarom had ze Dan de waarheid niet verteld, dat Harry haar niet wilde en dat ze nergens heen kon? Dat wat ze ook met Harry had gehad, voorbij was.

Ga terug en zeg het tegen hem, zei ze tegen zichzelf. Ga terug en zeg hem dat het allemaal een vreselijke vergissing is geweest. Smeek om vergiffenis. Wat het ook kost.

Maar dat stond haar trots niet toe. Ze kon niet toegeven dat ze er zo'n knoeiboel van had gemaakt.

Ze legde haar hoofd op het stuur en huilde nog harder, luid en snotterend.

Een tikje tegen het portierraam deed haar hevig schrikken.

Om haar vernedering nog groter te maken, keek Chloe's vriend door het raam naar haar.

48

SETH WAS VERBAASD over hoe Chloe tegen haar vriendin deed. Hij kende niet alle details, maar hij wist dat hun laatste ontmoeting heel slecht was verlopen en dat Sally sindsdien had toegegeven dat ze een verhouding had en dat Chloe van streek was door het effect dat dit op Dan had.

Toen hij bij Chloe's huisje was gekomen om de avond met haar door te brengen, had hij Sally herkend in haar auto aan de overkant van de straat. Ze hing over het stuur en er was duidelijk iets aan de hand. Bezorgd was hij naar haar toe gegaan om te zien of hij ergens mee kon helpen. Hij kon haar net zomin de rug toe draaien als wanneer hij een huilende peuter in zijn eentje op straat had gezien. Ze was zo hevig aan het snikken, dat hij erop had gestaan om haar uit de auto te helpen en mee naar Chloe's huis te nemen.

Maar nu behandelde Chloe haar met harde minachting. Ongevoelig voor de toestand van haar vriendin zei ze met de armen over elkaar geslagen tegen Sally dat ze alles aan zichzelf te wijten had, dat ze het kon vergeten als ze dacht dat een paar tranen haar enig medelijden konden opleveren. 'Je had meer aan de gevolgen moeten denken van wat je hebt gedaan,' zei Chloe fel. 'Heb je enig idee wat je Dan hebt aangedaan? Je hebt hem kapotgemaakt. Dat zal ik je nooit vergeven.'

Sally pakte een tissue uit de doos die Seth voor haar had gezet. Ze snoot luid haar neus. 'Hij zag er niet bepaald kapot uit toen ik hem net zag,' mompelde ze.

'Hij houdt zich natuurlijk goed voor Marcus. Heb je nooit aan Marcus gedacht toen je Dan bedroog?'

Sally begon weer te huilen.

'Ja hoor, als niets anders helpt, draai je de kraan maar open. In plaats van onder ogen te zien wat je hebt gedaan.'

'Chloe,' zei Seth kalm, 'ik denk niet dat dit helpt.'

Chloe wierp hem een nijdige blik toe. 'Wat dan wel? Zeggen dat ze niets verkeerds heeft gedaan en dat alles wel zal loslopen?' Chloe draaide zich weer om naar Sally. 'Ik heb genoeg van je krokodillentranen. Ga maar troost zoeken in de armen van de man die kennelijk zoveel voor je betekent.'

Sally begon te jammeren. 'Ik... dat kan ik niet,' stamelde ze. 'Het is voorbij. Hij... hij heeft geen belangstelling meer voor me. Ik denk dat hij die nooit heeft gehad... En nu kan ik nergens heen.' Ze stopte haar gezicht in een nieuwe tissue.

'Wie zei dat slechte mensen niet krijgen wat ze verdienen, had het mis. Tjonge, Seth, ik zou bijna in die god van je geloven door deze gebeurtenis. Noem je dat nu Bijbelse gerechtigheid?'

Seth was voorheen verbijsterd, maar nu was hij geschokt. En ontzet. Hij kon niet geloven dat Chloe zich zo gedroeg. 'Kan ik je even spreken?' vroeg hij met een knikje naar de woonkamer. Toen hij alleen met haar was, zei hij: 'Chloe, je hebt Sally gezegd waar het op stond, kun je nu niet een beetje medeleven tonen?'

Chloe keek hem verbaasd aan. 'Medeleven?' herhaalde ze. 'Jij hebt Dan niet gezien. Je hebt niet gezien wat ze hem heeft aangedaan. O nee, als je het niet erg vindt, bewaar ik mijn medeleven voor mensen die het verdienen.'

Hij legde een hand op haar arm. 'Chloe, ze heeft het helemaal verknald. En dat weet ze. Maak het niet nog moeilijker voor haar.'

'Dadelijk zeg je nog dat ik moet aanbieden dat ze mag blijven slapen.'

'Zou dat zo onmogelijk zijn?'

'Je meent het nog ook, hè. Vergeet het maar. Zo trouweloos kan ik niet zijn ten opzichte van Dan.'

'Betekent loyaliteit ten opzichte van een vriendin dan niets?'

'Ze is mijn vriendin niet meer. Ze is te ver gegaan, en ik kan geen waarde meer hechten aan wat we vroeger hadden.'

Hij fronste zijn wenkbrauwen. 'Dat meen je toch niet?'

'Als je de vreselijke dingen had gehoord die ze over mij zei, en over jou, dan zou je er ook zo over denken. De laatste keer dat ik haar zag deed ze haar best om ons uit elkaar te drijven.'

'Maar je zei zelf dat ze al een poos zichzelf niet was.'

'Dat geeft haar nog niet het recht om jou te bekritiseren en bela- chelijk te maken. Of om mij ervan te beschuldigen dat ik alleen in je geïnteresseerd ben omdat ik zo graag een baby wil. Als je me nu laat gaan, ga ik haar zeggen dat ze weg moet.'

'Doe dat alsjeblieft niet,' zei hij terwijl hij haar losliet. 'Ze kan nergens heen.'

'Dat is mijn probleem niet,' zei Chloe met nadruk.

Teleurgesteld volgde Seth Chloe terug naar de keuken, waar Sally, die een handvol tissues vasthield, vol verwachting naar hen keek.

'Het wordt tijd om een einde te maken aan je toneelspel,' zei Chloe kortaf. 'Ik wil dat je nu weggaat.'

Sally stond op met gebogen schouders. Seth zag dat haar handen beefden. Ze probeerde ze stil te krijgen door haar tas beet te pak- ken. Bij de deur draaide ze zich om en zei: 'Het spijt me, Chloe. Dat meen ik echt.' Er kwamen weer tranen in haar bloeddoorlopen ogen.

'Mij ook,' zei Chloe achteloos.

Toen Sally de deur achter zich had dichtgedaan, duurde het twee seconden voordat Seth een besluit nam waar hij hoopte geen spijt van te krijgen.

Chloe kon het niet geloven. Hoe kon Seth het voor Sally hebben opgenomen in plaats van voor haar?

'Ik kan niet toekijken zonder iets te doen om te helpen,' had hij gezegd toen Chloe probeerde hem tegen te houden. Hij had zijn sleutels gepakt en was Sally haastig achternagegaan. 'Ik bel je straks wel,' had hij over zijn schouder geroepen.

'Doe geen moeite!' had ze hem nageschreeuwd. 'Ik wil niet dat je daar de tijd voor neemt terwijl dat manipulerende kreng op je schouder uithuilt!'

Weer alleen, en nu de avond waar zij en Seth zich op hadden ver- heugd, bedorven was, deed Chloe de lamskarbonaden die ze had willen bakken, terug in de koelkast. Ze ijsbeerde door de keuken, niet wetend hoe ze die felle verontwaardiging kwijt kon raken.

Ze wist niet op wie ze kwader was: op Seth omdat hij zo superi- eur had gedaan en zich had bemoeid met iets wat hem niet aanging, of op Sally omdat ze hem beetnam. Hoe kon hij zich zo in de maling laten nemen? Hij zou wel anders piepen als hij degene was geweest die had moeten proberen om Dan te troosten. Maar er was nog een reden voor haar boosheid. Dat was de opmerking die ze had laten vallen dat ze zo graag een baby wilde. Zou Seth zich nu afvragen of dat zo was? Juist dat had ze hem nooit willen vertellen. Niets stootte een man meer af dan de gedachte dat hij overhaast tot het vaderschap werd overgehaald. Maar dat leek nu allemaal een hypothese. Wilde ze echt een relatie met een man die zo makkelijk haar mening kon wegwuiven en Sally's gevoelens belangrijker vond? Wilde ze iets te maken hebben met een man die zijn best deed om haar te kleineren waardoor zij de schurk leek? Wie dacht hij wel dat hij was, de een of andere vrome kruisridder?

Waarschijnlijk genoot Sally van dit alles. Niet tevreden nadat ze haar eigen huwelijk kapot had gemaakt, probeerde ze nu Chloe's relatie met Seth stuk te maken.

Sally, nu gekalmeerd en beheerster, keek om zich heen.

De slaapkamer waar Seth haar naartoe had gebracht, zou door een makelaar als compact worden beschreven. Seth had het een hok genoemd en zich meerdere malen verontschuldigd dat hij haar geen grotere logeerkamer kon bieden. Zo te zien deed het kamertje ook dienst als zijn werkkamer. In de kleine ruimte stond een eenpersoonsbed en een goedkoop grenenhouten bureau met een computer en een printer erop, plus een bureaulamp, twee zwarte plastic bakken met 'in' en 'uit' erop boven op elkaar, een klokje en een ingelijste foto. De foto was van Chloe. Aan de muur boven het bureau waren twee lange boekenplanken met een verzameling theologische boeken en Bijbelverklaringen. Naast het bureau was een archiefkast en onder het raam stond een boekenkast waarin nog meer zwaarwichtige theologieboeken stonden en twee woordenboeken, een Hebreeuws en de andere Grieks.

Sally richtte haar aandacht op de foto van Chloe, pakte die op en keek ernaar. De enige echte vriendin die ze ooit had gehad, haatte haar nu. Haar ogen vulden zich met tranen. Nog meer tranen. Sinds haar postnatale depressie had ze niet zoveel gehuild.

Ze zette de foto terug, ging op het bed zitten en dacht aan het totaal onverwachte aanbod van Seth om bij hem te logeren tot ze een oplossing had gevonden, wat die ook zou worden. Haar onderdak was dan niet bijzonder, maar het was altijd beter dat weer zo'n zielloze nacht vol dronkenschap in het Hilton. Met een geestelijke als gastheer twijfelde ze er sterk aan dat ze morgenochtend met weer een kater wakker zou worden. Dat moest wel een voordeel zijn.

Haar onverwachte gastheer was beneden iets te eten voor hen aan het maken. Ze kon gebakken uien ruiken en muziek horen. Die combinatie had iets troostrijks.

Maar waarom? Waarom deed hij dit voor haar? Ze was bijna een vreemde voor hem. Christelijk plichtsgevoel, vermoedde ze. Het was een te goede gelegenheid voor hem om die voorbij te laten gaan, de gelegenheid om de barmhartige samaritaan uit te hangen. Waarschijnlijk zou hij zondag in de kerk opscheppen over zijn goede daad.

Ze kromp ineen bij de gedachte. Wie had kunnen denken dat ze zo laag zou zinken dat ze liefdadigheid moest accepteren? Hij moest niet denken dat ze zat te wachten op een zedenpreek. Zodra ze daar maar iets van merkte, was ze meteen terug in het Hilton.

49

NA EEN GOEDE nachtrust en zonder een druppel alcohol te hebben gedronken, zat Sally aan het bureau in haar kantoor, en ze voelde zich iets meer de oude. Wat dat eigenlijk betekende, wist ze niet. Wanneer had ze zich voor het laatst helemaal zichzelf gevoeld? En wie was ze trouwens? Was ze Sally Oliver, echtgenote en moeder en een gerespecteerde topadvocaat wat echtscheidingen betrof? Of was ze Sally Wilson, roekeloze mafkees die uit was op zelfvernietiging? In de stilte van haar kantoor had ze het idee dat ze een lange periode van waanzin had doorgemaakt. Ze voelde zich uitgeput en vreemd los van alles. Het was bijna onmogelijk om te weten wat echt was en wat niet. Voelden schizofrene patiënten zich zo? Wat wel echt voelde, was de zekerheid dat er geen terugweg was. Zoals Dan na de tsunami al had gezegd, kon het leven nooit meer hetzelfde zijn.

Toen ze op haar werk kwam, bleek duidelijk dat niemand haar had verwacht na Harry's beschuldiging. Met een vertoon van lef die zelfs haar verbaasde, had ze de opgetrokken wenkbrauwen en gefluisterde opmerkingen het hoofd geboden. Maar die moeite begon zijn tol te eisen. Elke keer als de telefoon ging, schrok ze, bang dat het nog meer slecht nieuws zou zijn. Over het algemeen liet iedereen haar echter met rust. Ze vermoedde dat het kwam doordat ze de paria van het kantoor was geworden. Het voordeel was dat ze rustig door kon gaan met haar werk. Goddank was werk altijd haar toevlucht geweest. Zonder werk zou ze verloren zijn.

Ze was die ochtend vroeg wakker geworden en omdat ze niet weer te laat op haar werk wilde zijn, had ze een douche overgeslagen, zich vlug aangekleed en was ze naar beneden gegaan. Seth was haar voor. Ze werd verwelkomd door de geur van gebakken spek en verse koffie. 'Er gaat niets boven een boterham met spek om de dag te beginnen,' zei hij terwijl hij met een vork onder de grill prikte. Zijn haar was nat van het douchen en hij droeg een zwarte broek, een zwart domineeshemd en een wit boordje. Hij bood een onlogische, om niet te zeggen verwarrende aanblik. Hij leek ook groter. Imposanter. Deed de wapenrusting van God dat voor hem? vroeg ze zich cynisch af.

Ze hadden in de keuken gegeten, waar ze de vorige avond ook hadden gegeten. En net als gisteravond was zijn tact bewonderenswaardig. Ze had hem meteen gezegd dat ze het niet over haar huwelijk wilde hebben, en tot haar opluchting had hij haar wens gerespecteerd. Hij had geen zedenpreek gegeven, alleen herhaald dat ze zo lang bij hem kon logeren als nodig was. Ze wist werkelijk niet wat ze van zijn ruimhartigheid moest denken.

'Heb je Chloe nog kunnen spreken?' had ze hem gevraagd. Ze wist dat hij de vorige avond meerdere malen had geprobeerd te bellen.

'Nee,' zei hij. 'Ze heeft haar voicemail aan staan. Ik denk... ik denk dat ze kwaad op me is.'

Terwijl Sally op de komst van Murray Adamson wachtte, dacht ze weer aan de aarzeling in Seths antwoord en voelde ze iets van schuld. Ze dacht aan de foto op zijn bureau, en ze hoopte dat ze geen onenigheid tussen hen had veroorzaakt. Zo kwaad zou Chloe toch niet zijn? Maar al terwijl ze zich dit afvroeg, wist ze dat ze Chloe nog nooit zo kwaad had gezien. Nog nooit.

Murray Adamson kwam zoals gewoonlijk tien minuten te laat. Misschien was hij opgehouden door dat onberispelijke pak van hem met een stoomstrijkijzer te bewerken en zich te doordrenken met aftershave. 'Laten we de zaken tijdens de lunch bespreken,' zei hij. 'Ik heb een tafel besproken bij Heathcote.'

Sally sprak niet tegen. Ze was blij dat ze weg kon uit het kantoor.

Het was niet druk in het restaurant en ze konden een tafel kiezen. Zodra ze zaten en hun bestelling was genoteerd – Murray stond erop dat er twee glazen champagne zouden komen – pakte Sally haar koffertje. 'Zet dat weg,' zei hij.

'Maar je zei toch dat we tijdens de lunch zaken zouden bespreken?'

Hij schonk haar een van zijn ik-krijg-altijd-mijn-zin-glimlachjes. 'Ik zeg zoveel, en dat meen ik niet allemaal. Ontspan je en geniet van het eten. Of probeer het in elk geval. Ik heb je nog nooit zo doorgedraaid gezien. Wat is er met je aan de hand?'

'Niets,' antwoordde ze geërgerd. 'Alleen vind ik het vervelend dat je me met een soes hebt overgehaald om met je te lunchen.'

'En daar verontschuldig ik me niet voor.' Hij hief zijn glas en wachtte tot zij dat ook deed. 'Proost,' zei hij toen. 'Op de toekomst en een gunstig verloop van mijn scheiding.' Hij zette zijn glas aan zijn mond en nam een flinke teug. 'Ik hoop van harte dat je niet zult proberen om me dronken te krijgen en me iets laat doen waar we morgen allebei spijt van krijgen.'

'Ik verzeker je dat daar geen kans op is.'

'Maar serieus, ik zou het erg vinden als je helemaal uit mijn leven verdwijnt als de scheiding erdoor is.'

'Dat valt te bezien,' zei ze. 'Als je hertrouwt en iemand anders dan je vrouw onweerstaanbaar vindt, dan heb je mijn diensten misschien een derde keer nodig.'

Hij lachte. 'Dat gebeurt niet, neem dat maar van me aan. Ik ben van plan om de juiste vrouw te vinden die mijn derde echtgenote wordt. Ik heb het gehad met een mooi uiterlijk en alleen watten tussen de oren. Ik wil een vrouw met hersens. Een vrouw die gecompliceerd is en die me fascineert. Een vrouw die me niet verveelt. Iemand zoals jij, bijvoorbeeld.'

Sally zette haar glas neer. 'Hou op, Murray. Ik ben echt niet in de stemming om naar deze onzin te luisteren. Als je niet verstandiger wordt, stel ik voor dat we deze lunch overslaan, terug naar kantoor gaan en de punten doornemen die ik met je wil bespreken.'

Hij stak een hand uit en raakte even haar pols aan. 'Sorry,' zei hij. 'Vergeef het me alsjeblieft. Het is alleen zo dat...' Zijn stem stierf weg.

Ze keek naar zijn gebruinde vingers en gemanicuurde nagels, en toen naar zijn gezicht. 'Wat?'

'Ik mag je graag. Heel graag. Dat moet je toch beseft hebben? Maar ik respecteer het feit dat je gelukkig getrouwd bent. Daarom heb ik me nooit opgedrongen. Je bent toch gelukkig getrouwd, Sally? Sally? O, mijn god, ik heb je aan het huilen gemaakt. Het spijt me zo.'

Je kunt uit twee dingen kiezen, zei Sally tegen zichzelf toen ze besefte dat ze zich niet langer op het damestoilet kon verschuilen. Ze kon liegen tegen Murray en zeggen dat ze zich niet lekker voelde, of ze kon zich erdoorheen slaan en eisen dat ze hun privéleven voor zich hielden en het alleen over zaken zouden hebben. Ze zou het natuurlijk tactvol moeten doen. Ze kon het zich niet veroorloven om een cliënt als Murray Adamson te beledigen, niet nu hij de firma zoveel werk verschafte. Maar omdat het er steeds slechter voor haar uitzag, was een cliënt te vriend houden wel het laatste wat haar bezighield. Als Harry zijn dreigement ten uitvoer bracht en haar aanklaagde wegens ongewenste intimiteiten, mocht ze van geluk spreken als ze nog een baan had.

Het was een vergissing om aan Harry te denken. De pijn over zijn bedrog schoot door haar heen. Wat zou ze hem graag bellen en precies zeggen hoe ze over hem dacht. Maar nee. Dat moest ze niet doen. Ze mocht geen enkel contact met hem zoeken.

Ze rukte de deur open, liep terug naar de tafel waar Murray op haar wachtte, en besloot tot de tweede keus. Maar door de bezorgde uitdrukking op zijn gezicht toen hij opstond om haar stoel naar achteren te schuiven, kreeg ze een brok in haar keel en ze liet zich op haar stoel vallen, helemaal niet zeker of ze ooit weer op kon staan. Ze kreeg een visioen van de *Titanic* die langzaam maar onverbiddelijk naar de bodem van de oceaan zonk.

Hij ging zitten, schoof zijn stoel naar haar toe en legde een hand op haar schouder. 'Sally, mag ik iets zeggen?'

Ze knikte. Of dacht dat ze dat deed. Maar eerlijk gezegd was alles mogelijk. Dit kon een soort nachtmerrie zijn en dan kon ze elk moment wakker worden in het Hilton met een gigantische kater. Of nog beter, ze zou wakker worden en die noodlottige dag waarop Tom haar aan Harry had voorgesteld, was er nooit geweest.

'Als iemand die om je geeft,' zei Murray op zachte toon, 'wil ik dat je weet dat je met me kunt praten als met een vriend. Alles wat je zegt blijft tussen ons. Dat meen ik.'

'Er valt niets te zeggen,' wist ze uit te brengen.

'Gaat het om je man? Heb je ontdekt dat hij een verhouding heeft? Is het dat?'

Ze deed haar ogen dicht bij die absurde opmerking.

'Die man is een dwaas,' vervolgde hij. 'Hij beseft niet hoe hij boft dat hij jou heeft.'

Ze deed haar ogen open. 'Murray, alsjeblieft, dit helpt niet.'

'Het spijt me. Wil je weg? We kunnen naar een bar, ergens waar we beter kunnen praten.'

Juist op dat moment kwam de serveerster het voorgerecht opdienen. In haar bijna perfecte Engels verontschuldigde ze zich voor het lange wachten en ging weer weg.

Murray keek naar Sally. 'Zeg het maar. Blijven we of gaan we weg?'

'Laten we maar blijven,' mompelde ze.

'Komt dat doordat je bang bent om ergens rustig te praten?'

'Er is meer voor nodig om me bang te maken,' zei ze iets krachtiger.

Hij glimlachte. 'Dat is beter. Een glimp van de vroegere Sally Oliver die ik ken en zo graag mag. Peper?'

Ze zaten een poos zwijgend te eten en toen zei Murray: 'Ik blijf bij wat ik heb gezegd. Je man is een dwaas. Als ik met jou getrouwd was, zou ik nooit...'

'Hij is het niet,' zei Sally. 'Ik ben het. Ik ben degene die een verhouding had. Die is nu voorbij.' Ze keek Murray aan. 'En om de zaak duidelijk te maken, ik ga geen andere verhouding beginnen. Vooral niet met een cliënt.' Ze schudde haar hoofd. 'En ik weet niet waarom ik je dit heb verteld. Ik ken je amper.'

Murray legde zijn mes en vork neer en veegde zorgvuldig zijn mond af met zijn servet. 'Naar mijn ervaring is het meestal makkelijker om iemand buiten de vriendenkring in vertrouwen te nemen. Wat is er gebeurd?'

'Wat bedoel je met: wat is er gebeurd?'

'Toe, Sally, doe niet zo dom. Ik vraag je waarom je een verhouding had. Werd je verwaarloosd door je man?'

'Je klinkt alsof je alle schuld bij mijn man wilt leggen. Ik kan onder ogen zien dat ik, en ik alleen, verantwoordelijk ben voor wat ik heb gedaan, hoor.'

'Daar twijfel ik geen moment aan. Maar wat gaf je minnaar je wat je man je niet gaf? Dat is de hamvraag. Ging het om jezelf? Opwinding? Fantastische seks? Of, zoals ik vermoed, vond je het opwindend om risico's te nemen en het volgens andere regels te spelen?'

Ondanks alles moest Sally glimlachen. 'Ik had nooit gedacht dat je zo scherpzinnig was. Of zo'n expert wat relaties betreft.'

'Wat moet ik zeggen? Ik heb genoeg stommiteiten begaan om er iets van te leren.'

Het was de vrije dag van Seth en Chloe. Hij had talloze malen ingesproken of ze hem terug wilde bellen, maar hij had helemaal niets van haar gehoord. Hoe hij het ook bekeek, het zag er niet goed uit.

Hij parkeerde voor haar huisje, en met de motor nog aan en terwijl de ruitenwissers de regen van de voorruit veegden, keek hij naar haar auto op de oprit, en herhaalde hij in gedachten wat hij zou zeggen. In zijn hoofd klopte alles, maar hij wist dat, zodra hij tegenover Chloe stond, hij alles zou vergeten en waarschijnlijk iets heel verkeerds zou zeggen.

Hij stapte uit, drukte op de bel en wachtte.

Het bleef stil.

Hij probeerde het weer, gaf het toen op en liep naar de achterkant van het huis. Hij vond haar in de tuin, waar ze ondanks de regen energiek in een van de bloembedden aan het spitten was. Ze was blijkbaar de verminkte stomp van de een of andere struik aan het uitgraven. Zo te zien had de stomp geen schijn van kans.

'Heb je hulp nodig?' riep hij.

Ze draaide zich vliegensvlug om. 'O, ben jij het. Wat wil je?' Ze stak de schop weer in de vochtige aarde en drukte er hard op met haar voet.

'Ik wil met je praten. Waarom heb je niet gereageerd op mijn boodschappen?'

'Dat lijkt me overduidelijk.'

Hij kwam naar haar toe Misschien riskant, gezien dat dodelijke wapen in haar handen. 'Kunnen we misschien naar binnen gaan om te praten?'

'Nee, ik wil deze laurier eruit hebben.'

'Is het een laurier? Je had er een paar takken aan moeten laten, dan had je meer houvast om hem eruit te tillen.'

'O, dus nu ben je ook nog tuinexpert, behalve huwelijksconsulent?'

Hij negeerde haar sarcasme. 'Geef me de schop en laat mij het voor je doen.'

'Nee.'

Hij stak een hand uit naar de schop. 'Doe niet zo lelijk.'

'Donder op! En als ik het mag zeggen, je hebt wel lef om hier te komen en me te zeggen wat ik moet doen.'

Het regende nu harder. Ze werden beiden doorweekt. Geen van hen droeg een jas. Hou je aan je plan, hielp Seth zichzelf herinneren terwijl Chloe woedend naar hem keek. 'Als het over Sally gaat,' zei hij, 'dan moet je begrijpen dat ik andere mensen niet hun zonden onder de neus wrijf. Ik keur niet goed wat ze heeft gedaan en ik veroordeel haar ook niet. Ik probeer haar alleen maar te helpen om een weg te vinden uit de puinhoop die ze ervan heeft gemaakt.'

'O, wat goed van je.'

'Chloe, toe. Laat zoiets onbelangrijks niet tussen ons komen.'

'Misschien is het voor jou onbelangrijk, maar voor mij niet. Jij hebt een keus gemaakt en met die keus kan ik niet leven.'

'Dus dat is het? Het is voorbij tussen ons omdat ik Sally probeer te helpen?'

'Daar ziet het naar uit.' Ze zuchtte. 'Laten we het onder ogen zien, Seth, het zou nooit standhouden tussen ons. We zijn te verschillend. En als je heel eerlijk bent, dan zou je erkennen dat ik nooit zou kunnen beantwoorden aan de hoge eisen die je aan me stelt.'

Geschokt omdat ze zo onverbiddelijk klonk, veegde hij de regen uit zijn gezicht. 'Dat geloof je toch niet echt?'

'Toch wel. Ik heb begrepen dat ik nooit goed genoeg kan zijn in jouw ogen.' Haar gezicht, net zo nat als dat van hem, leek wel van marmer te zijn geworden.

'Ik geloof je niet.'

'Noem je me nu een leugenaar?' Weer die kille, harde uitdrukking.

Opeens kon Seth het niet meer aan. Woede kwam in hem op. Hij rukte de schop uit haar handen en smeet die met alle kracht weg. De schop vloog door de lucht en belandde met een enorme klap tegen de schutting aan het uiteinde van de tuin. 'Ik ga niet weg voor je van gedachten bent veranderd!' schreeuwde hij.

Ze deed een stapje achteruit. 'Dat zal nooit gebeuren,' zei ze. 'Om de eenvoudige reden dat we verschillen als dag en nacht. Onze kijk op het leven zou nooit dezelfde zijn geworden. Een van ons zou een compromis moeten sluiten, en het spijt me, maar ik ben niet bereid om dat te doen. Jij hebt jouw principes, en ik de mijne.'

'Je zit er helemaal naast, Chloe.'

'Zie je wel! Dat is het probleem tussen ons. Je bent me altijd aan het veroordelen. Ik kan niets doen zonder dat je zegt dat ik het verkeerd heb.'

'Ik heb je nooit veroordeeld!' schreeuwde hij weer. 'Niet één keer. Waag het niet om me daarvan te beschuldigen.'

'Je doet het de hele tijd. Alleen besef je het niet.'

'Allemachtig, Chloe, dit is te gek voor woorden. Voor zover ik het kan bekijken, is de enige persoon die jou veroordeelt, jijzelf. Misschien moet je je eens afvragen waarom.'

Terwijl de regen genadeloos neerkletterde, wendde ze zich langzaam van hem af. Vol woedend ongeloof zag hij dat ze kalm wegliep om de schop te halen.

Zou het enig verschil maken als hij zijn armen om haar heen sloeg en zei hoeveel hij van haar hield? Als aan de grond genageld opende hij zijn mond om haar te roepen, maar hij kon niets uitbrengen. Hij knipperde met zijn ogen terwijl de regen hem bleef doorweken, en toen liep hij vlug weg, terwijl zijn voetstappen zuigende geluiden maakten in het kletsnatte gras.

Chloe draaide zich om en keek hem na. Door de regen en haar tranen heen bedwong ze de behoefte om naar hem te roepen. Kom terug! Laat me niet alleen!

50

'HEB JE HET uitgemaakt met Seth? Maar waarom?'

Zeer tegen haar wil was Chloe terug in Corner Cottage. Tien minuten geleden had ze Dan gebeld om te vragen hoe het ging, en toen hij vroeg of alles met haar in orde was, was ze zo dom, o, zo dom geweest om in tranen uit te barsten. Dan had er toen op gestaan dat ze kwam om te praten, maar ze zei dat ze het niet wilde. 'Als je hier niet binnen tien minuten bent, haal ik Marcus uit bed en kom ik naar jou,' had hij zo vastberaden gezegd dat ze niet kon weigeren. Niet nu het zo laat was en het stortregende. Het leek wel een moesson, en de wind was aangewakkerd. Dus nu was ze hier om haar hart uit te storten bij een dierbare vriend die zelf meer dan genoeg aan zijn hoofd had.

Ze deed haar uiterste best om zich te beheersen, en ze zei: 'Dan, je hebt belangrijker zaken om aan te denken dan die onnozele problemen van mij.'

'Maar Seth was het beste wat je in tijden is overkomen. Jullie pasten zo goed bij elkaar. Ik heb je sinds lang niet zo gelukkig gezien. Ik kan niet geloven dat je het hebt uitgemaakt vanwege Sally.'

Ze schudde heftig haar hoofd. 'Het gaat niet alleen om Sally. Het is omdat we niet bij elkaar passen. Niet echt. Er zou nooit een goede toekomst voor ons zijn geweest. Het kwam door dat werk van hem. Laten we het toegeven: de Kerk is niets voor iemand als ik.'

Dan keek haar strak aan. 'Heb je dat tegen Seth gezegd?'

'Zo goed als. Maar dat was niet nodig. Eigenlijk wist hij het zelf ook. Hij heeft het misschien nooit willen toegeven, maar het zou altijd een probleem tussen ons zijn geweest. Ik kan die wereld van hem niet delen.'

'Had dat dan gemoeten?'

'Ik denk dat hij dat uiteindelijk wel had gewild.'

'Dat weet ik nog zo net niet. Voor zover ik heb begrepen, zou Seth nooit onrealistische verwachtingen van je hebben, of je hebben gedwongen dat je je gedroeg op een manier die je niet wilde. Daar is hij te pragmatisch voor. Ik denk ook dat hij te veel om je gaf om iets te doen waardoor hij je misschien kwijt zou raken.' Chloe wendde zich af. Ze had nooit moeten instemmen om hier te komen. Het was een vergissing om hem te bellen. Ze had geen zin om hem Seth te horen ophemelen. Daardoor voelde ze zich alleen maar nog erger. Als dat al mogelijk was.

Voor zover ik het kan bekijken, is de enige persoon die jou veroordeelt, jijzelf. De waarheid van Seths woorden had doel getroffen zoals niets anders had kunnen doen. Die paar woorden schokten haar meer dan zelfs zijn woede toen hij de schop uit haar handen had gerukt. Maar het had haar gesterkt in haar overtuiging dat ze gelijk had gehad om het uit te maken. Beter zij dan voordat hij zich tegen haar keerde. Als ze iets had geleerd van haar breuk met Paul, dan was het wel om zelf de touwtjes in handen te houden.

Maar wat had haar bezield? Dacht ze dat ze met een man als Seth kon leven terwijl het een leugen was? Hij kon nu wel beweren dat hij haar niet beoordeelde, maar als hij er ooit achter kwam waar ze toe in staat was, dan zou hij haar beslist met andere ogen bekijken. En hij had toch zijn oordeel over haar gegeven wat Sally betrof? Hij had haar beschuldigd dat ze geen medeleven toonde. Toen hij achter Sally aan was gegaan, werd de realiteit van hun relatie haar duidelijk, en wat eraan ontbrak. Als hij haar kon beoordelen en afkeuren dat ze het voor Dan opnam, waar kon hij haar dan nog meer voor veroordelen?

In een laatste poging om Dan te overtuigen dat ze juist had gehandeld, draaide ze zich naar hem om. 'Ik weet dat je probeert te helpen,' zei ze, 'maar mijn reactie op het feit dat Seth Sally hielp, is een bewijs van het verschil tussen ons. Als hij niet kan begrijpen dat Sally te ver is gegaan naar mij toe en dat mijn loyaliteit ten opzichte van jou op de eerste plaats komt, dan begrijpt hij niet hoe de echte wereld in elkaar zit. Ik kan niet met iemand leven die zo naïef is. En daarbij heeft hij door zich uit te sloven als de barmhartige samaritaan, geen rekening gehouden met mijn gevoelens. Zeg jij mij eens of dat echt een man is met wie ik een relatie zou willen?'

Vlak nadat Chloe weg was, ging Dan uitgeput naar bed. De eindeloze pogingen om de schijn van zelfvertrouwen op te houden, begonnen hun tol te eisen, en hij voelde alleen nog maar een koude leegheid vanbinnen.

Hij lag op zijn rug in het donker, met zijn ogen gesloten, wachtend tot de slaap zou komen. Maar hij wist dat het nog een poos zou duren. En omdat de nachtmerries, waarvan hij had gedacht dat ze verdwenen waren, waren teruggekeerd, hield de slaap in, als die kwam, dat hij weer in de bekende hel terechtkwam, de meedogenloze nachtmerrie van te hebben gefaald. Dat hij niet het leven van dat jongetje had kunnen redden. Dat hij zijn huwelijk niet had kunnen redden.

Hij dacht aan Sally. Alsof er een steen in het water was gegooid, breidden de gevolgen van haar daden zich steeds verder uit. Door haar had Chloe het uitgemaakt met Seth. Kwam er dan geen einde aan de ellende die ze kon veroorzaken?

Sally's daden zouden levenslange gevolgen hebben. Vooral voor Marcus. Binnenkort zou hij gaan vragen waarom mama niet thuis was en als de tijd kwam om het hem uit te leggen, wat dan? Hoe zou hij reageren? En nog belangrijker, hoe zou hij reageren als hij ouder was en de situatie echt begreep? De gedachte aan de komende jaren beangstigde Dan. Hij was niet bang om Marcus alleen op te voeden, maar hoe zat het met die vreselijke statistieken die regelmatig werden aangehaald in kranten en op radio en televisie, dat kinderen uit gebroken gezinnen niet goed konden functioneren, te weinig zelfvertrouwen en zelfrespect hadden? Had Sally daar ooit aan gedacht toen ze zich in de armen van een ander wierp? Had ze aan iemand anders gedacht behalve aan zichzelf?

Of zou Sally zeggen dat het haar niets had gedaan dat ze uit een eenoudergezin kwam? Ze had zelfvertrouwen en ze had toch genoeg bereikt? Misschien zou ze zelfs beweren dat ze juist doordat haar vader hen in de steek had gelaten, had gestreefd om te komen waar ze nu was. Dat ze bewondering verdiende voor haar wilskracht en vastberadenheid.

Alles goed en wel wat die vastberadenheid betrof, en Dan had die inderdaad bewonderd, maar was ze daardoor juist niet meer in staat om aan een ander te denken behalve zichzelf?

Hij gaf het op om te proberen Sally te begrijpen. Hij was er al door schade en schande achter gekomen dat denken aan haar alleen maar afmattende woede wekte. Hij dwong zich om aan praktischer zaken te denken. Werk. Daar zou hij veranderingen in moeten aanbrengen. Als hij voor Marcus wilde zorgen zoals hij wilde, dan zou hij fulltime moeten werken. En niet voor de stichting. Ze zouden het salaris niet kunnen betalen dat hij nu nodig had. Morgen zou hij Tatiana bellen. Waarschijnlijk had ze al geraden dat dit de volgende logische stap zou zijn.

Gistermiddag, toen hij met Marcus uit de praktijk kwam, had hij haar auto door het dorp zien rijden. Op weg naar een nieuw gezin dat door de stichting geholpen zou worden, was ze gestopt en had ze hem en Marcus een lift naar huis aangeboden. Ze had de geschokte blik in haar ogen niet kunnen verbergen toen ze zag hoe hij eraan toe was, en in zo weinig mogelijk woorden en zo zacht mogelijk opdat Marcus het niet zou horen, had hij uitgelegd waarom hij er zo vreselijk uitzag. Toen ze thuis waren had hij haar omhelsd. Een grote vergissing. Het had goed aangevoeld. Veel te goed. Het was ook gezien door Sally, iets wat hem speet. Als hij normaal had nagedacht, had hij Sally's auto op de oprit kunnen zien staan.

Hij dacht vlug verder. Hou je bij je leest, sprak hij zichzelf streng toe. Werk. Een andere, fulltimebaan zoeken. Hetgeen inhield dat er een goede oppas nodig was voor Marcus. Rosie was de eerste die in beeld kwam. Maar zou ze het doen? Nu ze in verwachting was van haar tweede kind, zou ze die verplichting aan willen gaan?

Hij voegde het toe aan het lijstje in zijn hoofd van wat hij morgen moest doen. Bovenaan stond dat hij een wettelijke vertegenwoordiger moest zoeken. Zou hij een firma in Manchester zoeken, of iets dichter bij huis?

Hij opende zijn ogen. *Een wettelijke vertegenwoordiger.* Waarom deed hij zo moeilijk? Hij had een echtscheidingsadvocaat nodig, dus waarom zei hij dat niet gewoon? Waarom de woorden verhullen in een zielige poging om de klap te verzachten? Deed hij het om zichzelf voor de gek te houden dat dit niet echt gebeurde? Of dat het nog niet te laat was om iets tegen te houden wat onstuitbaar leek?

Net als eerder vroeg hij zich af wat hij werkelijk wilde. Wilde hij een scheiding? Wilde hij degene zijn die een einde aan hun huwelijk in werking bracht? Als Sally en hij eens gingen praten? Als ze de dingen konden omdraaien? Het was mogelijk. Het gebeurde vaker dat een huwelijk hersteld kon worden na zoiets.

Omwille van Marcus kon hij zich bijna indenken dat hij het zou proberen. Het zou zijn zoon zoveel verdriet en verwarring besparen. Het zou hem de stabiliteit van een gezin geven, zoals hij verdiende.

Maar zou het genoeg zijn voor Dan? Zou hij gelukkig zijn? Of zou hij zichzelf gek maken door zich steeds af te vragen of Sally hem weer ontrouw was?

Ze had hem saai genoemd. Betrouwbaar en voorspelbaar. Was hij dat? Chloe had gezegd dat Sally onzin uitkraamde toen hij haar iets had verteld van wat ze had gezegd. Maar misschien had Sally gelijk. Misschien was hij niet opwindend genoeg. En dan zou dat altijd het geval zijn. Hij was wie hij was. En zo was Sally ook wie ze was.

Een auto reed langs in de straat beneden; de banden suisden door de plassen op het wegdek. Dan wierp een blik op de wekker op het nachtkasje. Hij kon nog net aan de verlichte wijzers zien dat het tien voor halftwee was. Het zou een lange nacht worden.

Aan de andere kant van het dorp lag Chloe in bed te luisteren naar het water dat uit de goot boven haar raam stroomde. Seth had pas nog aangeboden om de bladeren eruit te halen.

Zou het voortaan zo gaan? Dat alle kleine dingen aan hem herinnerden?

Alleen als je het toestaat, hield ze zichzelf voor. Alleen als je bereid bent om te zwelgen in zelfmedelijden en zelfverwijt. Alleen als je er spijt van krijgt dat je de waarheid erkent. En die is dat je altijd in je hart hebt geweten dat je niet goed genoeg was voor Seth, en dat je ruzie met hem hebt gezocht om op een makkelijke manier een einde te maken aan de relatie, zodat hij nooit te weten zou komen waar je toe in staat bent.

Ze draaide zich om en stopte haar gezicht in het kussen.

Maar de stem in haar hoofd wilde niet zwijgen.

Voor zover ik het kan bekijken, is de enige die jou veroordeelt, jijzelf. Misschien moet je je eens afvragen waarom.

51

HET WAS DONDERDAGOCHTEND, en Sally zat in haar kantoor in een staat van dof ongeloof.

Ze had zojuist te horen gekregen dat ze geschorst was. Geschorst voor een onbekende periode. Zodra ze haar spullen had gepakt, zou ze meteen moeten vertrekken. Daarbij had Tom niet eens de moed gehad om het haar zelf te vertellen. Bill had haar het besluit van de firma meegedeeld. 'We hebben geen keus,' had hij gezegd terwijl hij haar blik vermeed. 'We hebben Harry ook geschorst, maar hij heeft ontslag genomen.'

Het besluit had haar niet mogen verbazen. Tenslotte was dat een standaardprocedure in dergelijke gevallen. Toch kwam het als een schok. Op de een of andere manier had ze zichzelf overtuigd dat het zover niet zou komen.

Ze schrok op toen er op de deur werd geklopt. 'Ja!'

Het was Chandra. 'Ik heb opdracht gekregen om geen telefoontjes door te verbinden,' zei ze nerveus. 'Maar Murray Adamson wil je beslist spreken. Wat zal ik doen?'

'Verbind hem maar door,' zei Sally met een zucht. 'En maak je geen zorgen, ik neem de schuld wel op me als iemand het te weten komt.'

'Wat is er in godsnaam aan de hand?' wilde Murray weten toen Chandra had gedaan wat Sally had gevraagd. 'Ik kreeg te horen dat je niet bereikbaar was en dat dit voorlopig zo zou blijven.'

'Ik ben geschorst.'

'Waarvoor in vredesnaam?'

'Dat hoef jij niet te weten.'

'Sally, ik meende wat ik gisteren zei. Wat je me ook vertelt, het blijft tussen ons. Wat is er gebeurd?'

Ze aarzelde. En dacht toen: ach, wat kan mij het ook schelen! 'Ik heb je gisteren niet verteld dat de man met wie ik een verhouding had, een collega was, en nu beschuldigt hij me van seksuele intimidatie.'

'De rotzak! Is hij ook geschorst?'

'Ja. Maar blijkbaar heeft hij de eer al aan zichzelf gehouden door ontslag te nemen.'

'En wat heb je aan Tom en Bill verteld?'

'Ik heb niets toegegeven.'

'Niets?'

'In zoverre dat ik de beschuldigingen categorisch heb ontkend.'

'Weet iemand op kantoor zeker dat je een verhouding had met die man?'

'In geen geval. Ik heb me misschien roekeloos gedragen, maar ik was niet helemaal de weg kwijt. Ik ben steeds voorzichtig geweest.'

Murray zweeg. Heel ongewoon voor hem. 'In dat geval,' zei hij ten slotte, 'nu je opeens wat tijd hebt, zullen we ergens koffie gaan drinken?'

'Ik zou nee moeten zeggen.'

'Maar dat doe je niet. Klopt dat?'

'Ik zit al genoeg in de problemen. Misschien wordt het nog erger voor me als ik met jou afspreek.'

'Het heeft geen zin om iets half te doen. Kom naar de brasserie in Harvey Nichols. Dan kun je me het hele verhaal vertellen en dan zullen we zien of we er iets op kunnen verzinnen. Tot over twintig minuten.'

Hij verbrak de verbinding voor Sally de kans had om wel of niet in te stemmen.

Ze pakte haar spullen en ging afscheid nemen van Chandra. Het arme meisje zag er verslagen uit. 'Je komt toch wel terug?' zei ze tegen Sally. 'Ik wil niet voor iemand anders werken.'

Om haar zich beter te laten voelen, zei Sally: 'Natuurlijk kom ik terug. Maak je geen zorgen. Het waait wel over.'

Haar woorden hadden Chandra misschien gerustgesteld, maar Sally voelde zich er niet beter door, en toen ze in de motregen de straat overstak en naar Harvey Nichols liep, waarbij ze het leger verkopers van *Big Issue* ontweek, wist ze dat ze diep in de problemen zat.

Hoe kon ze zich verdedigen tegen Harry's beschuldigingen? Hoe kon ze bewijzen dat hun verhouding met beider instemming was ontstaan, dat er geen sprake was van enige dwang van haar kant?

Het was haar woord tegen het zijne. Zo simpel was het. Maar god-dank had ze nooit aan hem toegegeven en veelzeggende sms'jes of e-mails gewisseld. De enige boodschappen die ze hem had ge-stuurd, waren die waarin ze hem vroeg haar te bellen nadat de bom was gebarsten. Hoeveel had ze er eigenlijk gestuurd? Twee? Drie? Ze kon het zich niet herinneren. Als het een rechtszaak werd, zou het mobiele netwerk waarschijnlijk opdracht krijgen om de nodige details af te staan, maar een paar boodschappen in dat late stadium bewezen niets. En al helemaal niet dat ze Harry dwong om iets te-gen zijn zin te doen. Nu ze erover nadacht, kon ze altijd beweren dat ze die had gestuurd door wat Tom haar had verteld. Ze kon zeggen dat ze zich zorgen maakte en er met Harry over had willen praten.

Ze wist nog steeds niet of haar beste kans om goed uit deze el-lende te komen, toegeven was dat ze een verhouding had gehad. Maar als ze bleef zwijgen, hoe kon Harry dan bewijzen dat het wel zo was? Hij kon verwijzen naar het hotel waar ze twee keer hadden overnacht, maar omdat ze haar echte naam niet had gebruikt toen ze incheckten, had hij daar weinig aan. Toch was het een risico om het te ontkennen, vooral als ze iets over het hoofd had gezien en Harry echt bewijs van hun verhouding kon tonen. In dat geval zou alles wat ze zei of ontkende, in twijfel worden getrokken.

Dus misschien deed ze er beter aan om de verhouding op te biechten. Ze kon haar baan niet kwijtraken omdat ze seks met Har-ry had gehad, maar wel als ze niet kon aantonen dat het wederzijds was geweest. Maar hoe moest ze dat in godsnaam bewijzen?

Murray wachtte op haar aan een tafel, waar hij de *Financial Times* zat te lezen. Hij stond op en gaf haar een kus op beide wangen. 'Zo,' zei hij toen ze zaten en twee kopjes koffie waren gebracht. 'Vertel me het hele verhaal. Laat niets weg. Ik denk dat ik iets heb bedacht wat je kan helpen.'

Ze fronste haar wenkbrauwen. 'Wat bedoel je in vredesnaam?'

'Dat zal ik dadelijk uitleggen. Maar ik wil eerst alle details weten en wat je precies tegen Tom en alle anderen op kantoor hebt gezegd.'

Sally had geen idee waarom ze zou doen wat hij had gezegd, maar door de oprechte uitdrukking op zijn gezicht liet ze zich overhalen. Toen ze uitgesproken was, voelde ze opluchting. Het was fijn om aan iemand de waarheid te vertellen. Zelfs toen ze in Chloe's keuken had zitten snikken, had ze zichzelf er niet toe kunnen brengen om toe te geven dat Harry zich zo wreed tegen haar had gekeerd. En helemaal niet tegen Seth. Niet nu ze wist dat hij het aan Chloe zou vertellen en Chloe op haar beurt aan Dan. Maar ze had Seth eigenlijk niet meer gezien sinds ze gisterochtend na het ontbijt het huis had verlaten. Gisteravond was hij de hele avond weggebleven, waarschijnlijk bij Chloe. Ze was vroeg naar bed gegaan en had hem niet horen terugkomen. Toen ze zich vanmorgen had aangekleed en naar beneden was gegaan, lag er een briefje met de verontschuldiging dat hij er niet was, maar dat ze tijdens zijn afwezigheid maar moest doen of ze thuis was.

Murray bestelde nog twee kopjes koffie, leunde met zijn ellebogen op tafel en zei: 'Dus zo staan de zaken nu. Je hebt niets toegegeven aan Tom en Bill. Je hebt nooit toegegeven dat er ook maar een greintje waarheid stak in de beschuldigingen. Je hebt alles ontkend. Klopt dat?'

Ze knikte. 'En ik weet dat ik daardoor een leugenaar ben.'

Murray lachte. 'Doe me een lol, alle advocaten zijn leugenaars. Nu moet je goed luisteren. We gaan het volgende doen. En ik denk dat je dit een van de beste ideeën vindt. Wij gaan samen die Harry Fox een lesje leren. Tegen de tijd dat we klaar zijn met hem, zal iedereen hem beschouwen als het knulletje van de poster voor geboorteberperking.'

Nu de twee volgende dagen in beslag werden genomen door een oecumenische conferentie in York, werkte Seth thuis en probeerde hij tien uur extra in zijn dag te proppen.

Hij bad ook om inspiratie. Aanstaande zondag was het zijn beurt om de familiedienst te leiden, en het thema van zijn preek – zoals hij eerder van de week had besloten – was vergiffenis. Zijn eerste zin was: 'De onvergeeflijke zonde is weigeren om een ander vergiffenis te schenken.' Behalve de openingszin was het ook zijn enige zin. Hij zat vast.

De afgelopen anderhalf uur zat hij in de keuken, zijn tijdelijke kantoor nu Sally in zijn logeerkamer bivakkeerde. Hij staarde naar het scherm van zijn laptop en probeerde iets te bedenken wat inzicht en inspiratie gaf. Maar zijn hersens vertikten het om te functioneren. Ze deden niets meer, door zijn onvermogen om Chloe's kilheid jegens hem te vergeven. En ja, met eenieder die in de verleiding kwam om op de ironie ervan te wijzen, zou hij korte metten maken. Hij kon niet begrijpen dat ze hem zo had behandeld. Niet alleen dat, maar ook hoe ze haar vriendin zo harteloos de rug had toegekeerd. Sally had weliswaar een enorme vergissing begaan door een verhouding te beginnen, maar had Chloe dan nooit een fout gemaakt? Hij in elk geval wel.

Tijdens zijn eerste jaar bij de zedenpolitie had hij zich aangetrokken gevoeld tot een collega. Die aantrekkingskracht was wederzijds, en ze waren een verhouding begonnen. Het feit dat ze getrouwd was had geen van beiden tegengehouden. Hij had hun relatie goedgepraat door zichzelf wijs te maken dat niemand gekwetst zou worden, zolang ze maar voorzichtig waren. Haar man niet en haar dochtertje van drie niet. En toen maakte hij die treinbotsing mee en begon hij na te denken over zijn leven. Toen hij de verhouding had beëindigd, had ze dat goed opgevat. Beter dan hij had verwacht. Misschien had ook zij bedenkingen gekregen. Volgens de laatste berichten was ze nog steeds met dezelfde man getrouwd.

Dus ja, hij wist hoe makkelijk je in een situatie terecht kon komen die aan alle kanten verkeerd was. Overspel was geen exclusieve club met een beperkte toegang; iedereen mocht lid worden. Hoe meer, hoe beter.

Hij had nooit gedacht dat Chloe een van die mensen was die daar een ander om zou veroordelen, maar toch had ze juist dat gedaan. Het ergste vond hij nog haar opmerkingen dat ze niet kon beantwoorden aan de hoge eisen die hij stelde, en dat ze in zijn ogen nooit goed genoeg zou zijn. Ze had hem vaak geplaagd dat hij zo volmaakt was – iets wat hij altijd meteen had tegengesproken – maar nu had hij het sterke gevoel dat er altijd meer achter haar opmerkingen had gescholen.

Was het rancune?

Het was inderdaad niet ongewoon dat mannelijke en vrouwelijke geestelijken te maken kregen met rancune. Hij kende drie predikanten die op straat waren aangevallen, alleen omdat de belagers hen op hun plaats wilden zetten. Ze waren niet beroofd; ze kregen alleen te verstaan door schoppen en stompen dat ze het recht niet hadden om te doen alsof ze beter waren dan een ander.

In zijn huidige stemming zou hij het tegen iedereen op straat opnemen die het op hem had voorzien. Hij zou beslist niet de andere wang toekeren. 'Vergiffenis,' zei hij hardop, om zichzelf aan zijn taak te herinneren. Maar het hielp niet. Het onderwerp vergiffenis was van zijn radar verdwenen. Hij stond op en liep naar het raam. Het regende weer, net als gisteren. Hij dacht aan hoe hij zijn geduld had verloren bij Chloe, en daar was hij niet trots op. Maar in elk geval was het een bewijs dat hij net zo menselijk was als zij, dat hij niet de heilige van gips was waar ze hem voor hield.

Hij zuchtte en vroeg zich af hoelang Sally hier zou blijven logeren. Hij had gehoopt dat ze haar hart zou luchten, maar tot dusver had ze nergens over gesproken. Tot nu toe werd er niet geroddeld in de parochie over het feit dat hij een vrouwelijke gast had, maar het zou niet lang duren voor het gerucht de ronde deed. Waarschijnlijk zou iedereen de conclusie trekken dat het Chloe was. En dat hield in dat Owen het weer als zijn taak zag om Seth aan een van zijn vermoeiende opwekkende praatjes te onderwerpen.

Misschien was het verkeerd geweest om Sally uit te nodigen, maar als een dergelijke situatie zich weer voordeed, zou hij precies hetzelfde doen. Laat de mensen maar conclusies trekken. Wat kon het hem schelen? Hij was de vrouw kwijt van wie hij hield. De vrouw met wie hij echt de rest van zijn leven dacht door te brengen. En zo voelde hij zich nog steeds, zelfs na alles wat ze had gezegd en gedaan.

De pijn over deze erkenning werd te groot, en hij nam een besluit. Hij zou moeten vertrekken uit Crantsford. Anders zou hij langzaam maar zeker gek worden. In december was hij officieel klaar met zijn opleiding en dan kon hij op zoek gaan naar een eigen parochie. En dan zou hij zo ver mogelijk weggaan van Chloe als maar mogelijk was. Hij was niet sterk genoeg om hier te blijven en te riskeren dat hij haar tegenkwam in het fitnesscentrum of waar dan ook. Er moest afstand tussen hen komen.

'Wat vind je?'

'Ik denk dat je gek bent. Gewoonweg stapelgek. Dat lukt nooit.'
Murray lachte. 'Maar het idee staat je toch wel aan? Geef het toe.'
Sally wist niet wat ze moest denken van de man tegenover haar.
Ze had lang genoeg voor hem gewerkt om te weten dat hij risico's
nam en niets leuker vond dan een tegenstander de baas te worden.
Maar wat hij nu voorstelde, was adembenemend brutaal. 'Je meent
het toch niet echt?' zei ze.

'Reken maar van wel.'

'Maar waarom? Waarom zou je zo ver willen gaan voor mij?'

'Harry Fox heeft een lesje nodig.'

'En jij beschouwt jezelf als de man die dat moet doen? Ik wil nog
steeds weten waarom.'

Met een ervaren gebaar, zo vermoedde ze, stak hij zijn hand uit
en raakte die van haar aan. 'Ik denk dat je wel weet waarom.'

Met hetzelfde gemak trok Sally haar hand terug. 'Je verwacht er
toch niets voor terug? Want ik waarschuw je nu alvast dat het niet
zal gebeuren.'

Hij glimlachte. 'Ik wil alleen dat de beste advocaat van de stad
mijn scheiding regelt. Iemand anders vertrouw ik niet. Is dat afgesproken? Kan ik met Tom gaan praten, hem overtuigen dat Harry
geen poot heeft om op te staan en dat jij per direct weer aan het
werk zou moeten?'

'Zo makkelijk zal dat misschien niet gaan.'

'Daar zorg ik wel voor. Als ze niet doen wat ik zeg, zal ik meede-
len dat ik een ander advocatenkantoor ga zoeken.'

Sally beet twijfelend op haar lip. 'Zeg nog eens hoe het zal gaan.'

'Heel simpel. Ik zal zeggen dat jij en ik sinds april een verhouding hebben. En dan komt Harry, en die probeert je te versieren.
Je zegt dat hij moet ophouden, maar dat doet hij niet. Hij begint je
lastig te vallen, komt achter onze geheime verhouding, probeert je
te dwingen om iets met hem te beginnen, en zegt dat hij je meerde-
ren over ons zal vertellen als je het niet doet. Als je blijft weigeren,
wordt hij gemeen en stuurt die e-mail naar Tom en de overige partners, waarin hij jou beschuldigt van seksuele intimidatie.'

'En de reden waarom ik nooit aan Tom heb verteld waar Harry
mee bezig was?'

'Je zat tussen wal en schip. Je was ongerust over hoe de firma zou reageren als ze hoorden dat je een verhouding had met een van hun beste cliënten.'

'En de boodschappen die ik op zijn voicemail heb ingesproken toen ik mijn gouden regel verbrak en hem probeerde te bereiken?'

'Je besloot dat je er genoeg van had en je wilde met hem praten over zijn gedrag, anders zou je naar Tom en de andere partners gaan.'

'En de datums die hij noemde, dat hij en ik samen weg waren?'

'We zeggen dat hij niet goed bij zijn hoofd is, omdat je die weekends bij mij was.'

'Maar als Harry er toch een rechtszaak van maakt? Ik kan geen meineed plegen. Dan kan ik mijn loopbaan echt vergeten.'

'Vertrouw me, er komt geen rechtszaak van. Harry Fox zal eieren voor zijn geld kiezen. Ik ken zijn soort. Hij is zo laag dat hij zelfs in het achterste van een slang kan kijken. Denk je echt dat hij voor een jury wil verschijnen en beweren dat hij niet mans genoeg was om het tegen een vrouw op te nemen? Nee, zijn spel is duidelijk. Om de een of andere reden wil hij je te pakken nemen, misschien uit wraak. Heb jij enig idee waarom hij dat zou willen?'

Sally schudde haar hoofd. 'Daar heb ik steeds over nagedacht, maar ik kan niets bedenken.'

'Denk nog eens goed na. Ik herinner me dat je tijdens mijn eerste scheiding zei dat het altijd een voordeel is om te weten hoe de tegenpartij denkt en wat hun motivatie is.'

'Denk je echt dat Tom en de anderen onze versie van de gebeurtenissen zullen geloven?'

'Helemaal. Ik ben een van de beste cliënten van de firma; ze zullen me niet tegenspreken, uit angst dat ik overstap naar een ander kantoor. En zoals ik zo-even al zei, ik ben degene die naar hen gaat met het verhaal. Jij hoeft er niet bij te zijn. Op die manier ben ik degene die liegt, niet jij. Nou, wanneer wil je dat ik Tom onze onthullingen doe?'

'Ik heb nog geen ja gezegd.'

'Maar dat ga je wel doen. Omdat je weet dat het je beste optie is.' Hij schoof zijn mouw terug. 'Laten we gaan lunchen.'

'Werk jij ooit?'

'Daar is straks tijd genoeg voor.'

52

DE VOLGENDE DAG had Sally geen reden om vroeg op te staan, en dus lag ze in bed te luisteren terwijl Seth zijn gang ging.

Een van de dingen die haar het meest verbaasde over zijn werk, was dat de telefoon voortdurend leek te gaan. De eerste avond dat ze hier was, leek hij als een jojo op en neer te rennen met al die telefoontjes. 'Gaat het altijd zo?' had ze gevraagd toen hij weer iets probeerde te eten van wat hij voor hen had gekookt.

'Zo ongeveer,' had hij geantwoord. 'Maar omdat ik een paar dagen weg moet, kan het een beetje oplopen.'

Hij had haar verteld over de conferentie in York, en haar gezegd dat ze tijdens zijn afwezigheid zijn huis als het hare kon beschouwen. 'Dank je,' zei ze. 'Maar ik denk dat het tijd wordt dat ik iets anders regel.'

'Heb je al iets in gedachten?' had hij gevraagd. Hij was ongelofelijk diplomatiek. Hij moest wel popelen dat ze zou vertrekken.

De telefoon had haar een antwoord bespaard. Toen hij terugkwam had hij de koude restanten op zijn bord in de vuilnisemmer gegooid, en gezegd dat het hem speet dat hij zulk slecht gezelschap was, maar dat hij weg moest.

'Ga je naar Chloe?' had ze gevraagd, opeens afgunstig bij de gedachte dat hij zich zou amuseren en zij hier in haar eentje zich zorgen moest maken over haar toekomst.

Zijn gezicht verstrakte, en terwijl hij zijn sleutels van het aanrecht pakte, zei hij: 'Je mag het wel weten. Ik betwijfel of ik Chloe ooit nog zal zien.'

'Maar waarom? Wat is er gebeurd?'

'Chloe is tot de conclusie gekomen dat het niet zal gaan tussen ons, en ze heeft het uitgemaakt.' En voordat Sally de kans kreeg om verder te vragen, was hij weg. Ze had geen idee hoe laat hij terug was gekomen, maar het moest na elf uur zijn geweest, omdat ze toen het licht had uitgedaan en was gaan slapen.

Ze hoorde Seth in de badkamer naast haar kamer in de douche. Ze vroeg zich af waarom een man als hij dominee was geworden. Hij leek zo doodnormaal. En hoe vervelend ze het ook vond om het toe te geven, ze begon te begrijpen wat Chloe in hem had gezien. Hij was helemaal niet zo erg als ze had gedacht. Hij was totaal niet schijnvroom of slap. Maar ze was er inmiddels achter dat ze onlangs nog heel slecht karakters had beoordeeld. Ze had zich heel erg vergist in Harry. En in mindere mate in Murray. Wie had kunnen denken dat hij bereid zou zijn haar te helpen op de manier die hij had aangeboden?

Was het laf van haar om zijn aanbod aan te nemen? Als dat zo was, dan kon het haar niets schelen. Haar carrière was te belangrijk om te vergooien voor zo'n rotzak als Harry. Het had gisteren de hele lunch geduurd voordat Murray haar wist te overtuigen dat zijn wens om haar te helpen niet alleen zou werken, maar dat er geen enkele voorwaarde aan was verbonden, behalve dat ze moest doorgaan om zijn scheiding te regelen.

Maar zou hun verhaal aanslaan? Murray was er zeker van dat hij Tom kon overtuigen dat Harry's beschuldigingen nergens op gebaseerd waren. Het was beslist in haar voordeel dat ze nooit iemand iets had verteld over haar verhouding met Harry. De enige die een idee had van de waarheid was Chloe, maar omdat Sally Chloe's vermoedens nooit had bevestigd – zelfs niet toen ze in haar keuken zat te snikken – had Murray dat afgedaan als iets waar ze zich geen zorgen over hoefde te maken. Het maakte ook niet uit als Chloe haar vermoeden aan Dan had verteld, want het bleef niet meer dan een vermoeden en giswerk.

Sally kon horen dat Seth aan de andere kant van de muur nu uit de douche was. Ze dacht aan hem en Chloe. Was het echt haar schuld dat ze uit elkaar waren? Had Chloe Seth gedumpt omdat ze kwaad was dat hij Sally had uitgenodigd om bij hem te logeren? Het waait wel over, zei ze tegen zichzelf, net zoals ze tegen Chandra had gezegd.

Ze draaide haar hoofd om en keek naar de foto van Chloe op het bureau van Seth. Chloe's glimlachende gezicht keek verwijtend terug.

Het waait wel over, herhaalde ze tegen zichzelf terwijl ze vlug haar blik afwendde van de foto en besloot dat ze vandaag woonruimte moest zoeken. Maar waar? Waar zou ze in vredesnaam terechtkomen? Moest ze een flat dichter bij kantoor zoeken, of iets in de buurt van Eastbury zodat ze Marcus makkelijker kon opzoeken?

Misschien had het helemaal geen zin om dichter bij kantoor te wonen, dacht ze bitter. Als Murrays gesprek met Tom vandaag geen succes was, zou ze waarschijnlijk ander werk moeten zoeken. En dat zou bijna zeker niet in Manchester zijn.

Ze dacht aan Corner Cottage en voelde iets van woede. Corner Cottage was net zo goed haar huis als dat van Dan. Waarom zou ze niet teruggaan? Ze was vertrokken om hem een plezier te doen, om hem de ruimte te geven die hij nodig had. Nou, misschien werd het tijd dat ze op haar eigen rechten stond. Zij had ook dingen nodig, net als Dan. Waarom moest hij in alles zijn zin krijgen?

Maar toen herinnerde ze zich waarom ze niet terug had gewild; ze kon niet aan Dan toegeven dat ze aan de kant was gezet door haar minnaar. Het was anders geweest om het aan Murray te vertellen, omdat ze zeker wist dat hij het haar niet voor de voeten zou gooien, maar bij Dan zou dat een te grote vernedering zijn.

Toen ze aan Dan dacht, besefte ze dat ze de afgelopen vierentwintig uur amper aan hem had gedacht. Al haar gedachten hadden om haar werk gedraaid, misschien een teken van wat belangrijk voor haar was. Maar waarom ook niet? Ze had hard gewerkt om te komen waar ze nu was. Wat ze bij McKenzie Stuart had bereikt, was net zo cruciaal voor haar identiteit als welk deel van haar DNA dan ook. Zo was ze nu eenmaal. Moest ze zich daarvoor verontschuldigen? Dat was absurd. Alsof je verwachtte dat iemand zich verontschuldigde voor de kleur van zijn ogen.

Dus waarom praatte ze juist tegen zichzelf goed hoe ze was?

Omdat ze een moeder was? Moeders hoorden niet te denken of zich te gedragen zoals zij. Moeders hoorden zich schuldig te voelen als ze niet volgens het boekje tijd doorbrachten met hun kinderen.

Ze wierp het dekbed van zich af en ging zitten. Vanaf het bureau van Seth keek Chloe weer naar haar terug, nog steeds glimlachend, nog steeds verwijtend. Ja, dacht Sally verdedigend, jij zou immers een veel betere moeder zijn? Jij zou nooit je carrière voor je kind stellen. Maar we zijn verschillend, Chloe. Jij hebt nooit hoeven ploeteren zoals ik. Als je dezelfde achtergrond had als ik, dan garandeer ik je dat je geen carrière opzij zou zetten en thuisblijven om luiers te verschonen en steeds kots op te ruimen.

Dit hield niet in dat Marcus niet belangrijk was voor Sally. Dat was hij wel. Haar wereld draaide alleen niet om hem, en dat was bij Dan wel het geval. In het geheim had ze de hoop gekoesterd dat ze op een dag, als Marcus ouder was, een heel andere relatie zouden hebben. Ze wilde geloven dat ze dan meer gemeen zouden hebben en dat hij de persoon begreep die ze was en misschien respect voor haar kon opbrengen.

Er werd op de deur geklopt, en ze stond vlug op, deed haar ochtendjas aan en opende de deur.

'Sorry dat ik je nu al stoor,' zei Seth. 'Ik wilde alleen even zeggen dat ik nu wegga.' Hij droeg een spijkerbroek en een T-shirt met een overhemd erover dat niet was dichtgeknoopt. De mouwen waren opgerold tot zijn ellebogen en aan zijn voeten stond een rugzak. Hij gaf haar een papiertje. 'Het nummer van mijn mobiele telefoon, voor het geval je het nodig hebt.'

'Dank je. Kan ik iets doen als je weg bent?' vroeg ze. 'Boodschappen of zo?' Ze voelde Chloe's verwijtende blik in haar rug. 'Of misschien...' Ze zweeg even en veranderde van gedachten.

'Misschien wat?' vroeg hij met een lichte frons.

Weer veranderde ze van gedachten. 'Hoor eens, het zijn mijn zaken niet, maar ik vroeg me af, en het slaat misschien nergens op, maar wil je dat ik met Chloe ga praten, als ze me tenminste wil spreken? Je weet wel, over hoe ze het heeft uitgemaakt.'

Hij pakte zijn rugzak van de vloer en hees die over zijn schouder. 'Dat is heel aardig van je, maar ik denk dat Chloe haar beslissing heeft genomen en dat ik me daarbij moet neerleggen.'

'Komt het door mij?'

Ze zag dat hij zijn woorden zorgvuldig koos. 'Zo lijkt het misschien,' zei hij langzaam, 'maar in wezen heeft Chloe een probleem met mij, en ik denk niet dat je dat kunt oplossen.' Hij liep naar de trap, maar keek nog even achterom. 'Zal het wel gaan, hier alleen?'

'Ja. En wie weet, met een beetje geluk ben ik misschien weg als je terugkomt.'

Met zijn hand op de trapleuning zei hij: 'Ik hoop dat alles helemaal goed komt voor je, Sally. Als je met iemand wilt praten, dan weet je me te vinden.'

Chloe's eerste patiënt van die dag was een man van tweeënzestig die een nieuwe knie moest hebben. Chloe had hem al vijftien maanden aangespoord om zich te laten opereren, en nu de pijn te erg werd, had hij besloten het te doen. Ze zei dat ze hem zou doorverwijzen, en plaagde hem dat ze hem na de operatie zou uitdagen om een rondje door het dorp te rennen. 'De laatste die terug is, trakteert op een drankje,' zei ze toen ze hem uitliet.

Ze wist niet hoe ze kon glimlachen en grapjes maken. Ze voelde zich vreselijk. De vorige avond had ze de ogen uit haar hoofd gehuild. Het was zo erg dat haar ogen nu pijnlijk en zanderig aanvoelden.

Haar volgende patiënt was Chelsea Savage. Ze was nu hoogzwanger en ze zag er moe uit. Ze was het beu. Haar moeder voerde weer het woord en kwam steeds tussenbeide. 'Horen haar enkels zo te zijn? Ze zijn helemaal opgezwollen. Ik kan me niet herinneren dat ik zulke enkels had toen ik zwanger was.'

'Dat is heel gewoon in dit stadium. Is de zwelling 's avonds erger, Chelsea?'

'Soms. Het hangt ervan af.'

'Probeer zo veel mogelijk je voeten hoger te leggen. Neem je dat foliumzuur en de staaltabletten nog in die ik je heb voorgeschreven?'

'Ja. Als ik het niet vergeet.'

Tijdens Chelsea's zwangerschap had Chloe de emoties van het meisje radicaal zien veranderen. Het ene moment verheugde ze zich op het moederschap en vertelde ze Chloe honderduit over de kinderwagen die ze had besteld, en het volgende sprak ze wrokkig dat ze niet meer uit kon gaan met haar vriendinnen als de baby er was. Het was natuurlijk angst voor het onbekende, maar vandaag werd Chloe kwaad om de onverschillige houding van het meisje, en kon ze haar wel door elkaar schudden. Wist ze wel hoe belangrijk het voor de baby was om goed voor zichzelf te zorgen? Besefte ze wel hoe ze bofte dat dit kostbare nieuwe leven in haar groeide?

Wist ze dan niet dat duizenden vrouwen er alles voor over hadden gehad om in haar schoenen te staan? Vrouwen zoals Chloe?

Chloe bedwong haar woede en zei: 'En hoe gaat het met de constipatie waar je de vorige keer last van had?'

'Praat me er niet van! Ze zit uren op de wc!'

'Mam!'

'Dus je hebt nog steeds problemen? Nou, probeer je te houden aan de lijst met aan te raden producten die ik je heb gegeven. Geen vet eten, en meer vers fruit en groente. Je hebt vezelrijk eten nodig. Ga maar achter het scherm op de onderzoektafel liggen, dan zal ik kijken hoe het allemaal gaat.'

Toen Chelsea en haar moeder weg waren – niet voordat mevrouw Savage behulpzaam had opgemerkt dat Chloe net een uitgewrongen vaatdoek leek – maakte ze haar aantekeningen over Chelsea en drukte toen de zoemer in om de volgende patiënt binnen te laten.

Ze wist precies wie de volgende zou zijn, maar elke keer als de deur openging, had ze half gehoopt en half gevreesd dat in plaats van een patiënt Seth naar binnen zou komen om haar van gedachten te doen veranderen. Ze wist niet wat ze zou doen als hij onverwacht in haar spreekkamer verscheen. Maar ze werd zo gedeprimeerd bij de gedachte dat het echt voorbij was tussen hen, dat ze niet meer wist wat ze eigenlijk wilde.

De afgelopen nacht had ze over hem gedroomd. Hij had dat stervende meisje van het treinongeluk in zijn armen. Hij bad voor haar. Toen was het opeens geen vreemde meer in zijn armen, maar Chloe, en hij hield haar zo liefdevol en teder vast. Ze was wakker geworden met een gevoel van intens verlies. Dat voelde ze nu nog.

Sinds woensdag twijfelde ze of ze de juiste beslissing had genomen of dat ze er spijt van had. Als ze voelde dat ze zwichtte – vooral als ze dacht aan hoe ze in de regen hadden gestaan, en de diepbedroefde uitdrukking op Seths gezicht – moest ze zichzelf herinneren aan alle redenen waarom het nooit goed kon gaan tussen hen.

Toen dat niet hielp, moest ze met zwaar geschut komen en zichzelf voorhouden hoe aanmatigend hij was geweest. Het was een echo van hoe Paul haar altijd behandelde, en ze vertikte het om dat ooit nog eens mee te maken.

De deur ging open en haar volgende patiënt kwam binnen. Het was niet Seth.

Seth had al genoeg oecumenische conferenties bijgewoond om te weten dat die allemaal één ding gemeen hadden: ze waren een broeikas van roddels. Daardoor waren ze juist de moeite waard om bij te wonen.

Tegen lunchtijd, na twee plenaire sessies over hulpverlening in de binnensteden, kreeg hij spijt dat hij was gekomen. Hij had zich erop verheugd om medepredikanten te zien met wie hij had gestudeerd, maar nu wou hij dat hij in Crantsford was gebleven. De oecumenische tamtam moest onlangs veel gebruikt zijn, want er werd herhaaldelijk gevraagd naar zijn nieuwe vriendin. 'O, dat is oud nieuws,' zei hij steeds zo nonchalant mogelijk.

Hij ging in de rij voor de lunch staan met pastoor Jim O'Brien, een schurkachtige zeventiger uit Waterford die, zoals hij zelf zei, ondanks dat hij al meer dan dertig jaar in Engeland woonde als vluchteling, niets had verloren van zijn humor of zangerige Ierse accent. Hij was een van de sprekers op de conferentie, en Seth had hem altijd bewonderd omdat hij zei waar het op stond. En om zijn humor. Hij was eens een conferentie begonnen met een toespraak waarin hij stelde dat hij helemaal achter andere genootschappen stond omdat die het tuig uit de katholieke kerk zouden houden.

'Wat is er aan de hand, Seth? Ik hoorde dat de parochie niet alleen je vriendin heeft goedgekeurd, maar dat ze ook uitnodigingen voor de bruiloft verwachten.'

Seth schoof zijn dienblad over het rek tot het een blad voor hem raakte. 'Het is nogal ingewikkeld,' zei hij ontwijkend.

'Dat zijn dat soort dingen meestal. Komt het door je werk? Was ze het niet eens met je toewijding? Die kan een relatie de kop kosten.'

'Gedeeltelijk.'

'Daar valt weinig aan te doen. Hou vol, jongen. Heb je iemand met wie je kunt praten? Ik kan me niet voorstellen dat je veel aan Owen hebt tegenwoordig. Ze zeggen...' – Jim boog zich naar Seth toe en liet zijn stem dalen – '...dat Owen er genoeg van heeft en zo snel mogelijk weg wil. Hij is niet gelukkig met de wollige liberalen die nu binnendringen in de Anglicaanse Kerk. En je weet wat dat betekent. Vooral omdat je in december tot priester wordt gewijd.'

Een week geleden zou hij inwendig gejuicht hebben bij Jims woorden, ook al waren die gebaseerd op geruchten. Toen had hij niets liever gewild dan St.-Michael overnemen. Maar nu niet meer. Hij moest verder. En niet alleen in gedachten.

'Je kijkt alsof ik net iets voor je heb verpest, Seth. Ik dacht dat je blij zou zijn.'

'Is het mogelijk dat je geruchten kant noch wal raken? Of dat je ze verkeerd hebt begrepen?'

Jim glimlachte. 'Ga toch weg! Ik mag dan op leeftijd zijn, maar ik weet nog precies wat er gaande is.'

Seth forceerde een glimlach en zei: 'Dat geloof ik. Maar uit nieuwsgierigheid, van wie heb je het gehoord?'

Jim lachte. 'Als voormalig politieman weet je wel beter dan te vragen wie mijn informant is. Zou het je gebroken hart helpen als ik wat ga koppelen? Ik ken een knap predikantje in Matlock die je misschien wat kan opbeuren. Ze heet Eleanor.'

Sally, die het afgelopen uur helemaal in spanning zat, greep haar nieuwe mobiele telefoon zodra die ging. Het was Murray, zoals ze al had gehoopt. 'Hoe is het gegaan?' vroeg ze.

'Kun je misschien meteen naar de stad komen?' antwoordde hij ernstig.

Iedereen van de stichting reageerde verdrietig en teleurgesteld op het nieuws dat Dan weg zou gaan.

'Je hebt hier veel indruk gemaakt,' zei Tatiana toen hij haar aanbod voor een kop koffie aannam. 'We vinden het allemaal heel erg dat je weggaat.'

Ze waren in haar kantoor; de sfeer tussen hen was gespannen. Hij verlangde terug naar de dagen dat alles zo gemakkelijk en ongedwongen was.

Hij was van plan geweest om zijn nieuws telefonisch mee te delen, gevolgd door een formele ontslagbrief, maar hij was van gedachten veranderd toen hij die ochtend wakker werd. Hij nam een douche, schoor zich en trok schone kleren aan, bracht Marcus naar de peuterspeelzaal en was toen meteen hierheen gereden. De stichting verdiende beter dan een telefoontje. Daarbij moest hij orde op zaken stellen en ophouden met zelfmedelijden. Niemand had er iets aan als hij thuis bleef zwelgen in chagrijn en ellende. Marcus al helemaal niet.

'Dank je,' zei hij. 'Ik zal hier blijven werken zolang het kan. Wie weet wanneer ik een fulltimebaan krijg. Het spijt me als ik jullie teleurstel.'

'Je moet je niet verontschuldigen, Dan. Je hebt andere prioriteiten; dat begrijpen we. Hoe gaat het met Marcus?'

'Goed. Zijn mond geneest goed. Hij zal er een mooi litteken aan overhouden om indruk te maken op de meisjes als hij ouder is.'

Dan wist dat Tatiana het niet alleen over het ongeluk van zijn zoon had, maar hij wilde haar niet vertellen dat Marcus de afwezigheid van zijn moeder amper leek op te merken.

'En met jou?'

Hij haalde zijn schouders op. 'Niet slecht. Het raakt me meer dan ik had verwacht. Het is op en af. Ik vermoedde al een poos dat het niet goed zat, en in het begin was ik opgelucht toen ik de waarheid had gehoord. Maar die opluchting duurde niet lang. Nu ben ik kwaad, en moet ik er steeds aan denken wat een negatieve invloed dit uiteindelijk op Marcus zal hebben.'

'Geef er niet aan toe, Dan. Mijn ouders zijn gescheiden toen ik vijf was. Maar ik vind dat het toch wel goed is gekomen met me.'

'Meer dan dat, lijkt me. Je bent een van de meest opgewekte en optimistische mensen die ik ken.'

Ze glimlachte. 'Nou, zie je wel. Het komt wel goed met Marcus. Hoe kan dat anders met zo'n fantastische vader als jij?'

'Zo fantastisch was ik de laatste tijd niet.'

Ze keek hem bezorgd aan over de rand van haar beker. 'Waarom ben je zo hard voor jezelf?'

'Ben ik dat? Dat wist ik niet.'

'Ja, dat ben je.'

Hij ging ongemakkelijk verzitten onder haar onderzoekende blik. 'Misschien omdat ik mezelf de schuld geef. Als ik een betere echtgenoot was geweest, had Sally niet elders vertier hoeven zoeken. Ze zei dat ik saai was en dat ons huwelijk afstompend was. Ik had geen idee dat ze zich zo voelde. Dus wat blijft er van me over? Behalve de saaiheid in eigen persoon die er de balen verstand van heeft?'

'Je bent nu vrij om een nieuw leven te beginnen, Dan,' zei ze zacht.

Ze keken elkaar zwijgend aan. Dan dacht aan hun laatste gesprek in deze kamer. 'Ik wou dat de dingen anders waren,' had hij toen gezegd. Die wens was dan wel uitgekomen, en op een manier die hij nooit voor mogelijk had gehouden, maar hij wist dat het verkeerd zou zijn om verder te gaan met Tatiana. Misschien kon het nooit iets tussen hen worden omdat ze altijd bang zouden zijn dat een relatie tussen hen gebaseerd was op de ergste reden die er bestond: dat hij direct troost bij haar zocht.

Maar ze had gelijk. Hij moest een nieuw leven beginnen.

53

OP EEN IJSKOUDE ochtend in december, onder een bleke lucht, reed Chloe naar Crantsford. Ze parkeerde haar auto achter de bibliotheek en keek op haar horloge. Ze had nog een uur om boodschappen te doen voor haar lunchafspraak.

Ze had bijna gezegd dat ze niet kon komen, maar toen had ze besloten dat het tijd was om het verleden te laten rusten. Ze zou hem in elk geval de kans geven om uit te leggen wat hij haar zo graag wilde vertellen, iets wat hij niet door de telefoon had willen zeggen.

Als eerste poging om inkopen voor Kerstmis te doen, ging ze naar de nieuwe vestiging van Waterstone. Dat was niet haar voorkeur om haar kostbare vrije dag te beginnen, maar het was beter dan je op een zaterdag in de drukke winkels te wagen. Een halfuur later stond ze weer buiten en ging naar de speelgoedwinkel waar ze een cadeau voor Marcus hoopte te vinden. Ze trok haar das strakker om haar hals tegen de bittere kou en toen ze de hoek omsloeg, liep ze bijna tegen een echtpaar op. Ze mompelde een verontschuldiging en liep vlug door. Maar ze keek om toen ze haar naam hoorde roepen. 'Jij bent toch Chloe?'

Ze keek naar de man met zijn chique wollen jas, vilthoed en leren handschoenen. Het was niet altijd makkelijk om patiënten te herkennen buiten de praktijk. Ze keek naar de vrouw naast hem. Ze zag er bekend uit.

'Max en Stella Wainbridge,' zei de man behulpzaam. 'Hoe gaat het?'

'O,' zei ze opgelaten. 'Goed, dank je. En met jullie?'

'Niet slecht,' antwoordde Max. 'Vorige week hadden we een koutje, maar dat is weer over.'

Zijn vrouw boog zich naar voren. 'We vinden het jammer dat het niet goed is gegaan tussen jou en Seth. Jullie leken zo gelukkig samen, en we...'

Max legde haar gegeneerd het zwijgen op. 'Kom, schat, dat zijn onze zaken niet. Dat soort dingen gebeuren.'

'Maar dat zei je zelf onlangs nog. Je zei dat het zo jammer was dat Seth zo hard werkt en dat dat nieuwe meisje niet...'

Een jonge moeder met een kinderwagen probeerde hen te passeren. Ze gingen opzij en toen beëindigde Max hun onhandige gesprek. 'Het was leuk je weer te zien,' zei hij, en meteen trok hij zijn vrouw mee. 'Een fijne kerst.'

Seth had niet lang gewacht om een vervanging voor haar te zoeken, dacht Chloe terwijl ze doorliep naar de speelgoedwinkel. Wees blij voor hem, zei ze tegen zichzelf.

Met een cadeau voor Marcus – wat aanvullingen voor het piratenschip dat Dan voor hem zou kopen – bij de kerstinkopen die ze al had gedaan, keek ze op haar horloge. Het was een uur.

Ze liep vlug de straat door. Toen ze de deur opende van Café Gigi, zijn keus, en de warmte haar tegemoetkwam, voelde ze haar maag omdraaiden van de zenuwen. Verleden tijd, hielp ze zichzelf weer herinneren terwijl ze een blik wierp over de tafels. Wees aardig. Geen verbittering. Geen rancune. Het is allemaal verleden tijd.

Ze zag hem aan een tafel aan de andere kant van het café. Hij stond op en zwaaide. Ze ging naar hem toe. Hij hielp haar uit haar jas en das. 'Goed om je te zien, Chloe,' zei hij zonder een poging te doen om haar een kus te geven.

'Dank je,' zei ze. 'En moet je zien. Je hebt je baard laten staan.'

'Vind je het leuk?'

'Ja,' loog ze uit beleefdheid. Het was zo'n baardje waarvan ze vermoedde dat het veel tijd kostte om bij te houden. 'En wat heb je allemaal gedaan sinds de laatste keer dat ik je heb gezien?' vroeg ze.

Hij glimlachte. Een verlegen glimlach, waardoor hij opeens jongensachtig leek, alsof hij een groot geheim had dat hij graag wilde vertellen. 'Het zijn bijzondere maanden geweest,' zei hij. 'Maar laten we eerst bestellen, en dan zal ik je alles vertellen. Het is echt zo goed om je weer te zien,' voegde hij er verheugd aan toe.

Zijn vrolijkheid irriteerde haar. Waarom kon hij zich niet ellendig voelen, net als zij? Als er niets was om te glimlachen, wat was er dan erger dan lunchen met meneer de vrolijkheid in eigen persoon?

De ober nam hun bestelling op en toen hij terugkwam met een fles water en twee glazen rode wijn, zei Chloe: 'Nou, vertel eens waarom je er zo blij uitziet.'

De jongensachtige gretigheid was terug. 'Ik ga trouwen.'

'Trouwen!' flapte ze eruit.

'Ik weet wat je denkt. Dat het wel heel plotseling is. Ik kan het zelf nauwelijks geloven. Maar als je weet dat iets goed is, dan doet het er niet toe hoelang je iemand kent. Niet lachen, maar het was liefde op het eerste gezicht. Ik zag haar en ik wist het.'

'Gefeliciteerd,' wist Chloe uit te brengen.

'Meen je dat? Ik had gehoopt dat je blij voor me zou zijn. Maar dat wist ik niet zeker.' Hij fronste zijn wenkbrauwen. 'Jij en ik zijn niet goed uit elkaar gegaan en ik... nou ja, laat ik zeggen dat ik niets liever wil dan dat we vrienden kunnen blijven.'

Met een zwaar gevoel in haar hand hief ze haar glas. 'Gefeliciteerd,' herhaalde ze. 'Ik vind het heel fijn dat je de vrouw hebt gevonden met wie je je verdere leven wilt doorbrengen. Veel geluk allebei.'

Hij boog zich over de tafel en klonk met haar. 'Dank je. Je weet niet hoeveel dat voor me betekent.' Hij had net een slokje genomen, of de mobiele telefoon naast zijn elleboog ging. 'Sorry,' verontschuldigde hij zich. Toen, met een belachelijke grijns op zijn gezicht toen hij besefte wie het was, vormde hij met zijn mond: 'Zij is het, Anna. Ik ben zo terug.'

Chloe keek hem na toen hij wegliep en bij de bar het telefoontje beantwoordde. Ze mocht dankbaar zijn dat hij het fatsoen had om haar niet mee te laten genieten van zijn tedere woordjes aan het nieuwe liefje.

Ze zuchtte. Wie had dit kunnen denken?

Dat Paul ging trouwen.

Dus dat was wat hij zo graag wilde vertellen toen hij vorige week belde. Hij was kennelijk zo uitgelaten omdat hij verliefd was, dat hij het wel tegen de hele wereld had kunnen uitschreeuwen. Nou ja, ze wenste hem het beste. Hem en die stomme baard van hem.

Hij leek net een kind met een nieuw stuk speelgoed toen hij terugkwam, samen met de ober en hun maaltijd. 'Ik moet er niet aan denken hoe hoog de rekening van mijn mobiele telefoon zal zijn,' zei hij op een toon alsof het hem totaal niets kon schelen. 'We bellen elkaar voortdurend.'

'Waar woont Anna?'

'Op Skyros.'

'In Griekenland?'

'Ik heb haar ontmoet toen Liz en ik die zomercursus gaven. Haar familie heeft een taverne in de buurt. Zodra ik hier de boel heb geregeld, ga ik daar een eigen bedrijf in lifecoaching beginnen. Anna gaat me helpen. We zijn van plan om in februari te trouwen. Maar ik heb je het mooiste nog niet verteld. Anna is zwanger! Ik word vader. Wie had ooit kunnen denken dat mijn leven zo'n wending zou nemen?'

Chloe verstijfde. Langzaam legde ze haar mes en vork neer. Verleden tijd, waarschuwde ze zichzelf. Geen rancune. 'Een baby,' mompelde ze. 'Wat mooi.' Maar vanbinnen schreeuwde ze: *het is niet eerlijk, het is niet eerlijk!*

'Haar familie is niet erg blij dat het niet volgens het geijkte patroon gaat. Ze zijn nogal traditioneel, maar...'

Paul bleef maar kletsen, zich totaal niet bewust van de pijn die hij haar aandeed. Ze kon het niet langer verdragen. Ze moest hem het zwijgen opleggen, anders zou ze met haar mes die belachelijke baard van zijn zelfingenomen smoel scheren.

'Chloe? Gaat het?'

'Wij zouden een kind krijgen,' zei ze op vlakke toon.

Hij knipperde met zijn ogen. 'Wat zei je?'

'Je hebt me gehoord. En als je me niet zo in de steek had gelaten, zou ons kind nu bijna drieënhalf zijn.'

Hij staarde haar aan. En bleef staren. 'Wat bedoel je, Chloe?'

'Ik was zwanger.'

'Waarom heb je me dat niet verteld?'

'Zou je dan zijn gebleven?'

Hij fronste zijn wenkbrauwen toen hij de verbittering in haar stem hoorde. Hij bleef even stil, en toen zei hij: 'Zeg je wat ik denk dat je bedoelt? Heb je een abortus laten doen?'

'En wat dan nog? Wat had het jou kunnen schelen? Je wist niet hoe snel je me moest lozen toen we terugkwamen uit Phuket. En wat dan nog dat ik zwanger was? En wat dan nog als ik jouw kind niet wilde en het loosde op dezelfde achteloze manier als waarop je mij hebt gedumpt?'

'Heb je ons kind vermoord? Dat kan ik niet geloven. Ik kan niet geloven dat je het mij niet hebt verteld.' Hij deed zijn best om zijn stem te beheersen.

'Zoals ik al zei, zou het enig verschil hebben gemaakt?'

Hij schudde zijn hoofd. 'Dat weet ik niet. Ik weet niet wat ik moet voelen. Dit is een schok.'

'Nou, doe geen moeite om erachter te komen. Dat is het niet waard. Ik heb er al die tijd mee moeten leven en zelfs ik weet nog niet wat ik ermee aan moet.'

'Heb je er spijt van?'

'Ik... ik heb spijt van alles.' Tot haar ontzetting begon ze te huilen. Ze pakte haar servet en begroef haar gezicht erin. Toen ze haar hoofd ophief, keek Paul naar haar op een manier die ze nooit eerder bij hem had gezien. Hij keek werkelijk bezorgd. 'Sorry,' zei ze. 'Ik had het je nooit willen zeggen. Het was zelfs niet de bedoeling om het ooit aan iemand te vertellen. Ik schaam me zo voor wat ik heb gedaan. En nu lijkt het erop dat ik niet voorbestemd ben om ooit een kind te krijgen.'

Paul stak zijn handen uit en pakte haar hand. Hij was nu kalmer en zag er minder kwaad uit. 'Vertel het,' zei hij. 'Vertel me alles.'

Ze snoof en haalde diep adem. 'Meen je dat?'

'Ja.'

Toen ze was uitgesproken zei hij: 'En dit heb je nooit aan iemand verteld? Zelfs niet aan Dan en Sally?'

'Dat kon ik niet. Niet toen Sally zwanger raakte en Dan zich er zo op verheugde om vader te worden. Wat hadden ze wel niet van me moeten denken? Toen Marcus werd geboren kon ik niet aan mezelf toegeven wat ik had gedaan. Hij was zo'n mooie baby. Zo volmaakt.'

Er kwamen weer tranen in haar ogen. 'Zo,' zei ze. 'Nu weet je alles.'

Hij keek haar met een trieste blik aan. 'Het spijt me zo erg, Chloe. Geen wonder dat je me zo haatte.'

'Ik haatte mezelf meer. Nog steeds.'

54

SALLY WAS ER niet helemaal zeker van geweest of het een goed idee was om hier naar Antigua te komen, maar nu was ze blij dat ze het had gedaan. Het was heerlijk om de ijzige temperatuur van de winter en de kerstwaanzin in te ruilen voor de zon en een constante zesentwintig graden. Nog beter, en voor het eerst, was het een opluchting om het werk achter zich te laten.

Zoals Murray had voorspeld, hadden Tom en de andere partners, toen ze werden geconfronteerd met wat hij te zeggen had, meteen ingebonden en haar in ere hersteld. Ze hadden haar wel onder handen genomen omdat ze een verhouding was begonnen met een cliënt, maar ook hadden ze gezegd dat ze het gezien de omstandigheden over het hoofd zouden zien. 'Dat is ruimhartig van hen,' had Murray tegen Sally gezegd toen ze alleen waren. 'Aangezien de omstandigheden waren dat ik direct een ander advocatenkantoor had genomen als ze niet hadden gedaan wat ik vroeg.'

Wat er vervolgens gebeurde, had hen allemaal verrast. Nu Harry's beweringen waren afgedaan als boosaardige jaloezie, had Tom zelf wat speurwerk verricht, met verbazingwekkende resultaten. Harry Fox was niet degene zoals hij zich voordeed. Zijn cv was heel creatief samengesteld. Hij was wel afgestudeerd in rechten, maar niet cum laude, zoals hij had beweerd, en hij had evenmin de uitzonderlijke examencijfers die hij had opgegeven. Een conrector van zijn vroegere school gaf met tegenzin toe dat hij twee keer was geschorst, een keer wegens stelen en een andere keer omdat hij een ongedekte cheque op het postkantoor in de buurt probeerde te innen. Zijn talent lag blijkbaar in het zichzelf zo indrukwekkend voordoen, dat het nooit bij iemand opkwam om zijn cv te controleren, en daardoor kreeg hij met gemak toegang tot banen die hij anders nooit zou hebben gekregen met zijn middelmatige kwalificaties.

Omdat hij de juiste prestatiedrang had, leek hij in staat om alles te doen wat hij wilde. En wat niemand hem kon ontzeggen – dat gaf zelfs Tom toe – was dat hij zijn werk bijzonder goed had gedaan. De ironie dat een fraudeur aan belangrijke belastingfraudezaken werkte, ging niet aan de firma voorbij.

Niemand had van Harry gehoord sinds zijn verleden bekend was geworden, en Sally kon bijna bewondering opbrengen voor zijn bravoure. Hij was zo overtuigend geweest; hij had zijn truc perfect uitgevoerd. Maar haar bewondering verdween al snel toen ze eraan dacht hoe hij had geprobeerd om haar carrière en reputatie te verpesten. Ze dacht vaak aan de dynamiek van hun verhouding. Vooral de seksuele dynamiek. Zoals hij haar duidelijk had gemaakt, had ze af en toe de nieuwigheid prettig gevonden om de controle aan hem over te laten. Ze begreep nog niet helemaal waarom ze dat bij Harry wel had gedaan, maar nooit bij Dan.

Haar huwelijk was zonder twijfel voorbij. 'Je bent beter af zonder mij,' had ze tegen Dan gezegd tijdens een van hun gesprekken over de toekomst.

'Ik misschien wel,' had hij met nadruk gezegd, terwijl hij haar amper kon aankijken. 'Maar wat Marcus betreft ben ik daar niet zo zeker van. Kinderen kunnen beter beide ouders hebben.'

'Het spijt me,' had ze gezegd, en ze meende het. 'Maar ik ben niet zoals andere vrouwen. Of andere moeders. En ik kan me niet voordoen als iemand die ik niet ben.'

Sally wist dat Dan haar het gebrek aan moederinstinct kwalijk nam, maar wat kon zij eraan doen? Ze deed haar best om Marcus zo vaak mogelijk te zien, maar dat was niet makkelijk met haar werkdruk. Hij had het hele afgelopen weekend bij haar doorgebracht in haar huurflat in Didsbury – een tijdelijke maatregel tot ze had besloten waar ze een huis wilde kopen – en alles was veel beter gegaan dan ze had verwacht. Nadat ze enkele van de vele dvd's hadden gekeken die ze had ingeslagen, voerden ze een interessant en amusant gesprek over Marcus' theorie dat schaduwen bang waren voor de zon. Ze had geen idee hoe hij aan die theorie kwam, maar ze was onder de indruk dat hij zo overtuigend wist te argumenteren, en ze voelde zelfs trots.

Ze was uitgeput toen ze hem zondagmiddag naar Corner Cottage bracht. Ze had zich met nieuw respect afgevraagd hoe Dan dat fulltime kon doen.

Dan werkte nu in Manchester – weer voor zijn vroegere firma – en ze moest het hem nageven: hij deed niet moeilijk of onredelijk over de scheiding. Chloe daarentegen, deed heel erg moeilijk en onredelijk. Ze had vierkant geweigerd om iets met Sally te maken te hebben. Het maakte Sally van streek dat ze de enige vriendschap kwijt was die ooit belangrijk voor haar was geweest. Maar wat kon ze eraan doen als Chloe niet met haar wilde praten, als Chloe haar ervoor verantwoordelijk hield dat haar relatie met Seth voorbij was? Sally wist van Dan dat Seth en Chloe niet meer terug bij elkaar waren. En dat zat haar dwars. Heel erg.

Ze legde het boek neer dat ze probeerde te lezen, en keek naar de man die heen en weer zwom in de kleine baai. Ze bleef naar hem kijken tot hij uiteindelijk uit het onmogelijk blauwe water kwam. Voor een man van zijn leeftijd was hij goed in vorm. Niet bepaald Daniel Craig in die beroemde strakke, blauwe zwembroek, maar helemaal niet slecht. Hij kneep zijn ogen samen tegen het felle zonlicht, streek zijn zilvergrijze haar van zijn voorhoofd en liep het strand op naar waar Sally in de schaduw van een rieten parasol lag. Toen hij vlak voor haar stond, schoof ze haar zonnebril omlaag en zei: 'Lekker gezwommen?'

'Heerlijk,' zei hij. Hij bukte zich en legde zijn koude, natte handen om haar enkels. 'Heb ik al gezegd dat je de meest sexy benen hebt die ik ooit heb mogen aanschouwen?'

Ze glimlachte en probeerde hem weg te schoppen. 'Ik meen me te herinneren dat je het er een keer over hebt gehad.'

'Mooi, want ik zou het vreselijk vinden als je niet wist hoe ik elk stukje van je verrukkelijke lichaam bewonder.' Hij schoof zijn handen hoger, masseerde haar kuiten en toen haar dijen met een stevige, sensuele aanraking.

'Ik waarschuw je, Murray,' zei ze. 'Gedraag je, of anders...'

'Anders wat?'

'Anders bel ik de beveiliging van het hotel en laat ik je er uitgooien.'

Hij lachte. 'Dat zou je nog doen ook, geloof ik.'

Hij ging op het zonnebed naast haar liggen en pakte haar hand, terwijl hij zijn vingers door de hare vlocht. 'Ik weet dat we pas gisteravond hier zijn gekomen, maar heb je spijt dat je bent meegegaan?'

'Het is misschien raar, maar helemaal niet.'

'Ik ben zo blij dat je mee wilde. Ik zou het vreselijk hebben gevonden om de uitspraak helemaal in mijn eentje te vieren.'

'Ik betwijfel of je lang alleen zou zijn gebleven.'

Hij liet haar hand los, leunde op een elleboog en keek naar haar. 'Ik heb je al eerder gezegd dat ik niet geïnteresseerd ben in onbenulligheden. Ik wil wat echt is. Ik wil bij iemand zijn voor wie ik respect en bewondering kan hebben.' Hij boog zich naar haar toe en zette haar zonnebril af. 'We vormen een goed team, jij en ik.' Hij kuste haar lang en intens.

Ze hadden een aparte kamer geboekt voor Sally, maar die nacht sliep ze niet in haar eigen bed. Ze bracht de nacht door bij Murray in zijn privévilla die bij het hotel hoorde. Ze wisten allebei dat ze het zou doen. Het was alleen een kwestie van wanneer. De snelheid waarmee ze van de ene verhouding overging naar de andere, bezorgde haar enig schuldgevoel, maar Murray liet zich er niet door uit het veld slaan. 'Denk er niet over na, Sally,' zei hij. 'Dat doe ik al helemaal niet.'

De volgende ochtend werd het ontbijt gebracht op een groot, houten dienblad en op de veranda gezet die uitkeek over zee. 'Vers fruit en een glas champagne; hoe moeten we anders de dag beginnen?' zei Murray.

'Het is in elk geval veel beter dan naar dat natte saaie Manchester rijden,' zei Sally terwijl ze keek hoe een kolibrie nectar at uit een hibiscusbloem in het weelderige struikgewas. De lucht was warm en geurde heerlijk, en de enige geluiden waren het gezang van vogels en het ruisen van de oceaan. 'Het werk lijkt wel duizenden kilometers ver weg,' voegde ze eraan toe.

Hij reikte haar een bord met schijven watermeloen en ananas aan. 'Nu je het onderwerp hebt aangeroerd, ik wilde iets met je bespreken over McKenzie Stuart. Hoe zou je het vinden om daar weg te gaan en voor mij te komen werken?'

Verbaasd zei ze: 'Ik dacht dat juist jij zaken en privé gescheiden zou willen houden.'

'Zoals ik gisteren zei, vormen we een goed team. Denk erover na. Neem niet overhaast een beslissing.'

'Dat zal ik niet doen, niet als ik nog niet weet wat voor baan je me aanbiedt.'

'Ik dacht aan een eigen jurist, iemand die ik volledig kan vertrouwen. Je zou een grote aanwinst zijn in mijn bedrijf.'

'Maar ik ben gespecialiseerd in familierecht.'

Zijn ogen tintelden van plezier. 'Wil je zeggen dat je het niet aandurft om je vaardigheden uit te breiden?'

'Doe dat nooit, Murray. Suggereer nooit, maar dan ook nooit dat ik het werk niet aankan.'

Hij hief zijn glas champagne. 'Dan vat ik dat op als een ja.'

'Dat ik over je aanbod zal nadenken. Niet meer en niet minder.'

'Dat lijkt me eerlijk.'

Halverwege de vakantie had Sally een besluit genomen. In de afgelopen dagen had ze Murray ondervraagd over zijn motieven, en had ze over die van zichzelf nagedacht. Ze stond in tweestrijd. Gedeeltelijk was het een mooie stap omhoog – het salaris was aanlokkelijk genoeg – maar ze kon zich verder niet voorstellen om niet meer bij een advocatenkantoor te werken. En als haar verhouding met Murray op niets uitliep? Ze was niet van plan om zijn derde echtgenote te worden, en dat had ze ook tegen hem gezegd. 'Dat zeg je nu,' zei hij. 'Maar ik heb het gevoel dat je me steeds aardiger gaat vinden.' De man was werkelijk onverbeterlijk.

Haar blik viel op een achtergelaten roddelblad van twee dagen geleden op het ligbed naast haar. Ze kon het niet laten om er even in te kijken. Op de binnenste pagina's stond een reeks foto's van Darren T. Child, die met wazige blik een nachtclub verliet om drie uur in de ochtend. Aan zijn arm hing een blond meisje dat bijna barstte uit een jurk van chiffon die maar net tot de onderkant van haar achterwerk reikte. Volgens het onderschrift was ze lid van een meisjesband waar Sally nog nooit van had gehoord. De grote kop luidde: 'Daar gaat Darren weer!' In het artikel werd gespeculeerd over zijn huwelijk en dat hij al vier avonden achtereen met verschillende meisjes uit was geweest. Een goede vriendin van mevrouw Child – een vriendin die ongetwijfeld commentaar had geleverd na een aanzienlijk bedrag te hebben gekregen – zou hebben gezegd dat Darrens laatste fratsen de druppel waren die de emmer deed overlopen, en dat mevrouw Child definitief wilde scheiden.

Daar gaan we inderdaad weer, dacht Sally; de draaimolen van echtelijke tweedracht. Wilde ze dat de rest van haar leven blijven doen? Idioten zoals Darren vertegenwoordigen?

Ze voelde opeens een steek toen de realiteit tot haar doordrong; ze moest wel erkennen dat ook zij nu tot de mensen behoorde die ze zo verafschuwde. Wat zou een roddelblad schrijven over haar recente gedrag?

Ze ging zitten. Bij de waterkant was Murray in zijn mobiele telefoon aan het praten. Voor hem werken zou een enorm risico zijn. Ze moest goed afwegen of ze zich werkelijk in een positie wilde plaatsen waarin ze afhankelijk van hem was. Maar had ze dat al niet gedaan door mee te werken aan zijn leugens over Harry's beschuldigingen?

Ze had al zoveel geriskeerd omwille van haar carrière. Wat maakte een risico meer of minder uit? Een leven zonder risico was trouwens het leven niet waard. Kwam het niet door haar veilige, risicoloze huwelijk dat ze een verhouding met Harry was begonnen?

Ze stond vastberaden op en liep naar Murray toe. Ze had geen idee hoe het tussen hen zou gaan, maar dit wist ze wel: ze waren hetzelfde. Nu ze hier met hem was en hem beter had leren kennen, had ze gemerkt dat hij heel goed begreep waardoor ze de persoon was geworden die ze was. Ze had zichzelf op een avond verbaasd door, toen ze langs het strand wandelden, hem te vertellen over wie ze was tijdens haar jeugd, en hoe hard ze had gewerkt om zichzelf te veranderen. Ze had hem al dingen toevertrouwd die ze nooit aan Dan had durven vertellen.

Dus Murray had inderdaad gelijk; ze begon hem steeds aardiger te vinden.

Toen ze bij hem was aan de waterkant, draaide hij zich met een glimlach om. Terwijl hij nog steeds aan het bellen was, sloeg hij een arm om haar heen. Ze bracht haar mond naar zijn vrije oor en fluisterde er iets in.

Hij zei meteen tegen degene aan de andere kant van de lijn dat hij later zou terugbellen.

'Ik kan pas over een paar maanden beginnen,' zei ze.

'Het kan me niet schelen hoelang ik moet wachten,' zei hij.

Ze had het idee dat hij het niet alleen over het werk had. Hij pakte haar hand en ze keken naar de zee en de wazige horizon. Het water, sprankelend in het verblindende zonlicht, was kalm en welwillend. Het was uitzonderlijk mooi.

Hoe kon het zo anders zijn dan de bedreigende zee die bijna vier jaar geleden al die levens had geëist, toen de woeste kracht Sally had overtuigd dat ze doodsbang en alleen in haar hotelkamer zou sterven? Ondanks de warmte huiverde ze.

Vier jaar. Hoe was het mogelijk dat er al zoveel tijd was verstreken. Of dat haar leven zo dramatisch was veranderd. Ze dacht aan Dan in Corner Cottage, met Marcus. Na deze vakantie zou ze naar Dan gaan. Ze zou proberen om hem uit te leggen hoeveel het haar speet. Opeens leek het belangrijk dat hij zou begrijpen dat hij geen enkele schuld had aan wat er ook was gebeurd.

55

DE PANIEK IN de ogen van Spekkie Pervers was duidelijk zichtbaar. Ze zag eruit als een vrouw die een zenuwinzinking nabij was.

Welke chaos haar ook wachtte, Dan vond dat ze het verdiende. Dat krijg je als je zo aanmatigend deed, wilde hij zeggen. Dat krijg je als je zoveel mensen dwarsboomt door alle controle te willen hebben over het kerstspel en de kerstmarkt. Dat krijg je als je geen respect hebt voor de gevoelens van anderen.

Natuurlijk had zijn mening niets te maken met het feit dat Spekkie Pervers Marcus onlangs naar huis had gestuurd met de strenge instructies dat hij vandaag een schone theedoek om zijn hoofd moest dragen. Zijn houding had niets te maken met het feit dat ze een briefje had geschreven waarin ze liet doorschemeren dat ze Marcus in geen geval bij de St.-Andrew wenste te zien met de smoezelige theedoek die hij tijdens de generale repetitie had gedragen.

Hoe verleidelijk het ook was om tegen de orders van Spekkie in te gaan, Dan had toegegeven en Marcus van het juiste hoofddeksel en een schone blauwe badjas voorzien.

'Ik weet hoe moeilijk het nu voor je moet zijn, Daniel,' had Spekkie gezegd toen hij en Marcus waren gekomen met Rosie, Dave en Charlie, 'maar we kunnen niet afwijken van de regels omdat er thuis privéproblemen zijn. Daar heeft Marcus uiteindelijk niets aan.' Het neerbuigende kreng!

Haar laatdunkendheid leek op die van Dans moeder. Hij had zo lang mogelijk het nieuws dat hij en Sally uit elkaar gingen, voor zich gehouden, maar toen hij er niet langer omheen kon, was ze precies zo onuitstaanbaar geweest als hij had verwacht.

'Ik kan niet zeggen dat het me verbaast,' had zijn moeder strak gezegd, zonder enige schrik of teleurstelling in haar stem. 'Ik heb haar nooit iemand gevonden die een loyale en toegewijde echtgenote kan zijn. Je bent beter af zonder haar, Daniel. Let op mijn woorden, binnenkort vind je iemand die veel beter bij je past. Kom het weekend hier met Marcus, dan organiseer ik wat. Dat meisje Irving-Miller is nog steeds niet getrouwd.'

'Dat verbaast me niets,' had hij gesnauwd. 'Ze is zo aantrekkelijk als een bedorven vis. Wat zouden wij in godsnaam gemeen hebben volgens jou?'

'Je hoeft niet zo'n toon aan te slaan. Ik probeer alleen maar te helpen.'

'Is dat helpen, als je me al aan iemand wilt koppelen terwijl ik nog niet eens gescheiden ben?'

'Het leven gaat door, Daniel. Marcus heeft er niets aan als je alleen bent en je ellendig voelt. Zal ze de voogdij opeisen?' Dan merkte dat Sally was gereduceerd tot 'ze'.

'Dat betwijfel ik.'

'Dat houdt zeker in dat je nu een normale baan hebt?'

'Precies, mam, goed geraden. Geen rondhangen in huis voor de televisie de hele dag.'

'Ik moet zeggen dat al die ophef een nadelige uitwerking heeft op je manieren. Je zou de moeite kunnen nemen om beleefd te zijn. Heb je een kostschool overwogen?'

'Vind je me daar niet een beetje te oud voor?'

'Niet voor jou! Voor Marcus. Kostschool over een paar jaar zou ideaal voor hem zijn. Het is een prima omgeving om hem het broodnodige evenwicht te geven, om niet te zeggen de beste start in het leven. Dan ben jij ook vrij om de juiste vrouw te vinden.'

'En ik zou het niet overleven. De groeten aan pap.' Toen had Dan opgehangen, buiten adem van woede.

Hij ging in de kerkbank zitten bij Rosie en Dave en de ouders van Chloe en wilde juist zijn mobiele telefoon uitzetten, toen die ging. Hij haastte zich naar buiten om op te nemen. Hij hoopte dat het niet iemand van zijn werk was. Hij had specifieke instructies gegeven dat hij vanmiddag niet gestoord wilde worden.

Het was niet probleemloos gegaan om terug te keren in de wereld die hij achter zich had gelaten om voor Marcus te zorgen. Het werk op zich was prima, en hij vond het niet eens erg om als nieuweling beschouwd te worden door enkele collega's die jonger waren dan hij. Hij had er ook geen moeite mee om te accepteren dat hij niet meteen zijn vroegere rol terugkreeg, dat hij moest nemen wat hem werd aangeboden.

Hij had wel problemen met zijn schuldgevoel. Hij voelde zich schuldig dat hij niet alleen weinig tijd doorbracht met zijn zoon, maar ook dat hij zo afhankelijk was van Rosie. Het maakte niet uit hoe vaak ze benadrukte dat Charlie makkelijker te hanteren was met Marcus erbij, maar toch wilde hij haar niet tot last zijn. Met tegenzin had ze geaccepteerd dat hij het gangbare salaris voor kinderoppas zou betalen, en nu kon de regeling niet beter lopen. Maar niemand wist wat er zou gebeuren als Rosies baby werd geboren.

Het was niet iemand van zijn werk die belde, maar Simon Frinley van Frinley and Baker, het makelaarskantoor in Crantsford. 'Goed nieuws, Dan,' zei hij enthousiast. 'Ik heb net een bod voor de volle vraagprijs gekregen van meneer en mevrouw Hughes, het echtpaar dat je van het weekend een rondleiding in je huis hebt gegeven. Je weet waarschijnlijk nog wel dat ze op het moment huren en geld op de bank hebben, dus de koop kan zo doorgaan. Het klinkt allemaal prima. Wat zal ik tegen ze zeggen?'

Dan hoefde niet na te denken of het aanbod ter overweging door te geven aan Sally, nu ze op vakantie was. Ze zou beslist geen bezwaar hebben dat ze de volle vraagprijs kregen. 'Zeg maar tegen meneer en mevrouw Hughes dat ik het bod accepteer,' zei hij.

'Groot gelijk. Ik zal de papieren in orde maken en dan neem ik morgen weer contact met je op.'

Dan draaide zich om en wilde weer de kerk binnen lopen, maar hij werd afgeleid door een glimp van rood dat de straat overstak en naar het hek kwam. Het was Tatiana, opvallend gekleed in een enkellange rode jas in kozakkenstijl. Ze droeg een zwarte baret schuin op haar hoofd. Het leek wel of ze zo uit een advertentie van Smirnoff was gestapt. Rosie had niet gezegd dat ze zou komen, maar toen Dan naar Tatiana zwaaide en op het grindpad op haar wachtte, kon hij niet ontkennen hoe blij hij was om haar weer te zien. Het was nu vijf weken geleden dat hij was gestopt met zijn werk voor de stichting. Vijf weken geleden dat hij Tatiana voor het laatst had gezien. Hij had haar gemist.

Ze glimlachte aarzelend naar hem. 'Hallo, Dan. Hoe gaat het?'

Hij wilde zeggen *beter nu ik jou zie*, maar hij zei: 'Het gaat wel. Je ziet er mooi uit. Leuke jas.'

'De beste van de kringloop,' zei ze met een lachje. 'Ik heb hem al jaren. Het is mijn kerstjas.'

'Staat je goed.'

'Dank je. Je ziet er chic uit.'

Hij keek naar zijn donkere wollen jas en pak van Hugo Boss. 'Werkkleding,' zei hij. 'Ik kom net van kantoor en ik had geen tijd om me te verkleden.'

'En bevalt je nieuwe baan?'

'Af en toe lijkt het of ik nooit weg ben geweest.'

'Mooi.'

'Dat denk ik wel. Hoe gaat het met iedereen bij de stichting?'

'Het is een drukke tijd, met feesten organiseren voor de gezinnen.'

Heel even, terwijl hun adem als wolkjes in de ijskoude lucht vervloog, leek het of ze niets meer wisten te zeggen. Toen zei Tatiana, blozend van opgelatenheid: 'We kunnen maar beter naar binnen gaan, anders missen we het grote optreden van Charlie en Marcus, en dat kan natuurlijk niet.'

Er werd luid en enthousiast geapplaudisseerd.

Het toneelstuk was vrijwel helemaal vlot verlopen. Spekkie Pervers keek duidelijk opgelucht. Alleen twee scènes waren niet helemaal gegaan zoals het moest. Een van de engelen begon te huilen – een angstig meisje dat, zo beweerde Marcus stellig, altijd huilde – en een van de drie wijzen struikelde en liet zijn houten kist met goud vallen. Marcus en Charlie stonden elkaar de hele tijd aan te stoten en onnozel naar het publiek te grijnzen. Ze leken wel broertjes, en Dan hoopte dat ze hun leven lang vrienden zouden blijven.

Na veelvuldige gesprekken over het onderwerp leek Marcus te hebben begrepen dat ze gingen verhuizen, en het enige waar hij zich zorgen om maakte – behalve dat iets van zijn speelgoed kwijt zou raken – was dat ze niet te ver weg van Charlie gingen wonen. En dat hield in dat ze een huis in het dorp moesten zoeken. Chloe had aangeboden dat ze bij haar konden logeren als ze niet meteen iets vonden, net als haar ouders, maar het lot had hem vorige week toegelachen in de vorm van een halfvrijstaand huisje met drie slaapkamers, dat net te koop stond. Het was slechts een fractie van Corner Cottage en moest helemaal opgeknapt worden, maar de sfeer erin voelde goed en er was een flinke tuin waarin Marcus en Charlie konden spelen. Het was binnen loopafstand van Rosie, en Dave had het huis al geïnspecteerd voor Dan en verklaard dat het heel degelijk was. Hij had ook aangeboden om het op te knappen zoals Dan het in gedachten had.

Er was geen haast geweest om Corner Cottage op de markt te zetten, maar hij wilde alles zo snel mogelijk achter de rug hebben. Niet vanwege de financiën, maar omdat hij geen zin meer had om dingen uit te stellen. Dat had hij steeds weer gedaan met Sally; herhaaldelijk had hij zich voorgenomen om geen confrontatie met haar aan te gaan. Daar paste hij voortaan voor. Vanaf nu zou hij snel en gedecideerd handelen.

Dat hielp hij zichzelf herinneren toen hij twee plastic bekertjes glühwein kocht op de kerstmarkt in het drukke dorpshuis. Hij had Marcus en Charlie achtergelaten bij Tatiana, en ze moedigde hen aan om flink te graven in de grabbelton. Er lag een alarmerende hoeveelheid stukjes schuimplastic om de ton toen hij terugkwam.

Hij gaf een van de bekertjes aan Tatiana. 'Op de kerst,' zei hij terwijl hij zijn stem verhief om boven het lawaai uit te komen, zoals dat van Roy Wood, die wenste dat het elke dag Kerstmis kon zijn.

'Op de kerst,' antwoordde ze.

Hij kwam naar haar toe om haar beter te kunnen verstaan. 'Ben je hier tijdens de vakantie?' vroeg hij.

'Grotendeels wel.'

'Wat doe je op eerste kerstdag?'

'Ik heb nog geen echte plannen. Dat komt bij mij altijd op het laatste moment.'

'Heb je in dat geval zin om naar mij en Marcus te komen? Chloe en haar ouders komen ook. Het wordt een rustige dag. Wat denk je? Kun je het aan?'

'Weet je zeker dat je dat graag wilt?'

Hij wist wat ze bedoelde. 'Ik heb je gemist, Tatiana,' zei hij. 'Als je bereid bent om alles kalm aan te doen, dan zou ik je graag veel vaker willen zien.'

Ze schonk hem een lief glimlachje.

'Dus, wil je komen?' vroeg hij.

'Ja, heel graag.'

Kerstmis en de voorbereidingen vormden de drukste tijd van het jaar voor Seth. Maar het was een zegen om het zo druk te hebben. Het betekende dat hij geen tijd had om zichzelf te kwellen met gedachten aan Chloe. Hij probeerde haar uit zijn hoofd te zetten, maar de herinneringen aan haar lieten zich niet verdringen. Net als in dat stomme liedje was ze altijd in zijn gedachten. In een betrekkelijk korte tijd was ze een fundamenteel deel van zijn leven geworden en niets leek de leegte te kunnen vullen die ze had achtergelaten.

Hij miste haar lange telefoontjes, vooral die van 's avonds laat. Hij miste de mogelijkheid om de drukte en de spanning van zijn werk te kunnen delen. Hij miste haar humor en aanmoediging. Hij miste haar kussen. En hoe sexy ze was. Hij droomde voortdurend over haar. Vaak was het dezelfde droom. Ze lagen op een plaid in haar tuin en hij was met haar aan het vrijen. De droom hield altijd op als hij op het punt stond om klaar te komen.

Hij verwachtte steeds dat zijn gevoelens voor haar zouden veranderen, maar dat gebeurde niet. Elke dag bad hij om een soort verlossing, maar God liet zich niet uit over het onderwerp.

Dus wat kon hij anders doen dan zich op zijn werk storten, dat nu zelfs nog meer van hem eiste?

Of moest hij proberen om haar door een ander te vervangen?

Hij had vader O'Brien aan zijn belofte gehouden om hem aan het 'knappe predikantje' uit Matlock voor te stellen. Eleanor was leuk gezelschap en ze hadden gezellige avondjes uit gehad, maar hij wist vanaf het begin dat het niets tussen hen zou worden. Ze was te serieus en gedreven voor hem. Ze had niets luchtigs.

Hij had haar een keer gekust, hoofdzakelijk omdat het van hem verwacht leek te worden, maar ook omdat hij wilde weten of hij iemand anders kon kussen zonder aan Chloe te denken. Maar hij had niets voor haar gevoeld. Er was geen vonk, geen verwantschap tussen hen. En ja, door de kus moest hij aan Chloe denken.

Vlak daarna had hij de afstand tussen Crantsford en Matlock en hun drukke werkzaamheden gebruikt als excuus om er een einde aan te maken met Eleanor. Ze kon haar teleurstelling niet verbergen, maar toen had ze haar schouders opgehaald en hem het beste gewenst. Vanmorgen had hij een kerstkaart van haar gekregen en dat vatte hij op als een teken dat ze het hem niet kwalijk nam.

Hij wou dat hij hetzelfde over Chloe kon zeggen. Ze was duidelijk niet van plan om het hem te vergeven dat hij Sally had geholpen. Hij wist niet of hij haar nu wel of niet een kerstkaart moest sturen. Het juiste was natuurlijk – vanwege de kerstgedachte – om haar ruimhartig een kaart te sturen. Maar daar was hij bang voor. Als ze het gebaar eens niet zou beantwoorden? Weer een afwijzing kon hij niet aan.

Chloe had haar huisbezoeken bijna afgerond. Als een van de laatste zou ze langsgaan bij Chelsea Savage. Haar baby was drie dagen geleden gekomen en ze was alweer thuis uit het ziekenhuis. Chloe parkeerde op straat voor het huis. Het begon al te schemeren, en de voorkant van het huis was versierd met opzichtig gekleurde kerstlampjes. Ze kon bloemen en kaarten in de vensterbank van de woonkamer zien toen ze over het pad naar de voordeur liep.

Mevrouw Savage deed open. Achter haar klonk het geluid van een feest dat in volle gang was. 'Kom binnen, kom binnen!' riep de vrouw. 'Doe gezellig mee. We zijn al bezig sinds Chelsea gisteravond thuiskwam. Vrienden en buren blijven maar komen om de baby te zien. En wat een schat dat het is! Ze is echt prachtig. Kom zelf maar kijken.'

Het was heel anders dan Chloe had verwacht. Omdat ze wist hoe mevrouw Savage de zwangerschap van haar dochter had afgekeurd, was dit een hele verandering. Maar ja, het gebeurde zo vaak dat zelfs het hart van de grootste tegenstander kon smelten bij het zien van een pasgeboren baby.

Bij de eerste blik op de drie dagen oude baby van Chelsea voelde Chloe haar eigen hart smelten. Het was een verbazingwekkend mooi kindje. Gekleed in een bleekroze babypakje sliep ze vredig in Chelsea's armen, een klein handje rustte tegen haar moeders borst. Perfecter kon het niet zijn. Chloe zou haar zo wel uit de armen van Chelsea willen grissen en ermee wegrennen. Hoe was het mogelijk dat zo'n perfecte baby was gemaakt op zo'n gewone, liefdeloze en zorgeloze manier?

Wat Chelsea en haar moeder in de afgelopen negen maanden ook hadden doorgemaakt, Melody-Joy – zoals Chelsea trots de naam van haar baby vermeldde – was nu het middelpunt van hun wereld geworden.

Nadat Chloe moeder en kind had onderzocht en beleefd een glas prikwijn om op de baby te proosten had geweigerd, reed Chloe naar haar laatste adres van die dag. Ze had Melody-Joy maar heel even in haar armen gehad, en toch kon ze de zoete melkgeur ruiken en het warme gewicht in haar armen voelen.

Sinds haar lunch met Paul had Chloe vaak willen doen wat hij had aangeraden. 'Je moet erover praten met iemand die je vertrouwt en die je echt mag,' had hij gezegd. 'Je kon altijd zo goed met Dan opschieten. Waarom neem je hem niet in vertrouwen?'

Maar elke keer als ze overwoog om het aan Dan te vertellen, werd ze misselijk van angst. Ze wilde niet dat hij anders over haar zou denken, want dat zou gebeuren. Als vader zou hij het onbegrijpelijk vinden. Had Paul niet vol afgrijzen naar haar gekeken toen ze het hem vertelde? Hij had het niet gezegd, maar het woord 'moordenares' moest op het puntje van zijn tong hebben gelegen. Wilde ze dat Dan zo over haar zou denken? Ze was Sally kwijt; kon ze het verdragen om ook Dan kwijt te raken?

De enige die je veroordeelt, ben je zelf. Wat had Seth gelijk gehad. Maar dat kwam alleen omdat niemand anders iets over de abortus wist.

Nu wist Paul het wel, en hoewel hij haar die dag niet had veroordeeld tijdens de lunch, zou hij dat wel doen als zijn zoon of dochter het volgende jaar werd geboren. En daarbij zou in zijn verdere leven zijn onderbewustzijn hetzelfde proces doormaken als dat van haar; het zou jaren afbakenen, stilzwijgend verjaardagen noteren die er hadden moeten zijn. Haar veroordelen? Beoordelen? Natuurlijk. Hij zou niet anders kunnen.

Voor Seth zou dat ook hebben gegolden. Hoe zou hij haar niet hebben kunnen veroordelen? Hoe kon iemand als hij haar niet schuldig verklaren omdat ze een einde had gemaakt aan het leven van een kind dat ze zelf had helpen ontstaan? Hij had Sally haar overspel kunnen vergeven, maar dat van Chloe was een ander verhaal. Zij had een leven beëindigd.

Als arts zou Chloe de eerste zijn om aan te geven wat overduidelijk was: dat ze ethisch gezien niets verkeerds had gedaan. Daarbij zou ze zeggen dat ze niet goed had nagedacht toen ze zich anoniem aanmeldde bij de kliniek om haar zwangerschap te beëindigen, dat ze veel stress had gehad doordat ze bijna was omgekomen tijdens de tsunami en doordat ze daarna in de steek was gelaten door Paul.

Maar dat hielp niet. Het maakte het zelfs nog erger. Ze had nooit zo'n belangrijk besluit moeten nemen toen ze daar helemaal niet toe in staat was. Ze had destijds alleen maar gedacht dat ze bevrijd wilde zijn van Pauls kind. Ze had het gedaan om wraak te nemen. Kijk, Paul, dat krijg je ervan als je me dumpt!

O ja, ze had een kind gewild, maar niet het kind van een man die haar zo wreed kon behandelen. Ze had niet willen leven met zo'n vreselijke, voortdurende herinnering aan hem.

Wat zou Seth daarvan zeggen? We oogsten wat we zaaien?

O, Seth, dacht ze opeens vol verlangen. Wat had het anders kunnen zijn voor ons. Had ik maar niet... Was jij maar niet...

Maar wat had het voor zin om zo te denken? Met als en maar kwam je nergens.

Haar kwaadheid jegens Seth was allang verdwenen. Ze had geaccepteerd dat hij nu eenmaal was wie hij was en dat hij zijn geloof had. Zij was degene die in de fout was gegaan. Ze had al die tijd geweten dat er geen toekomst voor hen was. Vanaf het moment dat ze hem had herkend in de St.-Michael tijdens de begrafenisdienst van Margaret. Daarom had ze geweigerd om hem nog te zien. Zijn werk hield in dat hij een levensvisie had waardoor hij iemand zoals zij zou verachten.

Hoe kon ze bij hem zijn als hij haar liet voelen hoe schuldig ze was? Maar ze was toch voor hem gevallen en ze was zo gelukkig geweest, dat ze zich had voorgehouden dat het kon lukken. En ze was er weer eens in geslaagd om de herinnering aan wat ze had gedaan uit haar hoofd te zetten, en ze had zichzelf toegestaan om te dromen van een gelukkige toekomst met Seth.

Maar het was allemaal vreselijk verkeerd gegaan. Seth had kritiek op haar geleverd omdat ze geen medelijden met Sally had. Zelfs nu deed dat nog pijn. Omdat ze haar ware karakter had getoond. Uiteindelijk was ze geen aardig mens. En wie wil een dergelijke waarheid horen?

Nu ze wist hoe en waarom het verkeerd was gegaan met Seth, werd de pijn om het verlies niet minder. Juist erger, nu ze besefte wat ze eigenlijk kwijt was. Op die regenachtige dag in haar tuin, toen Seth haar was komen opzoeken, was ze wreed en rancuneus geweest. Ze had geprobeerd zichzelf te beschermen, hem weg te duwen. En dat was haar gelukt. Ze had de liefde van een goed mens verworpen.

Overstelpt door verdriet dwong ze zichzelf om aan iets anders te denken. Ze dacht aan Melody-Joy in haar armen. En toen dacht ze aan Paul, en hoe blij hij had gekeken toen hij zei dat hij vader werd.

Toen ze in Lark Lane voor het huisje van Ron Tuttle parkeerde, wist Chloe dat ze niet goed in staat was om nog een patiënt te bezoeken. Ze kon Seth, Paul en de baby van Chelsea niet uit haar hoofd zetten. Die bleven maar door haar hoofd malen, zodat ze zich duizelig en wanhopig voelde.

Ze zette de motor af en dacht aan Sally, toen die in haar keuken zat te huilen. Dat was de laatste keer dat ze haar had gezien. In al die jaren dat ze elkaar kenden, had Chloe haar nog nooit zo van streek gezien, behalve dan tijdens de postnatale depressie. Ze herinnerde zich hoe ze had genoten van de tranen van haar vriendin. Ze had zelfs tegen Seth gezegd dat het gerechtigheid was. Ze knipperde tranen van spijt weg bij de herinnering. Wat was ze meedogenloos geweest.

Was het gerechtigheid dat ze zich nu zo verlaten en alleen voelde?

Ze probeerde zich te vermannen. Na dit laatste huisbezoek zou ze naar huis gaan en zich even ontspannen voordat ze naar de avondpraktijk ging. Ze was gewoon moe. Uitgeput en doorgedraaid. Dat kreeg je in deze tijd van het jaar; iedereen was ziek. Ze hadden een kou, griep, bronchitis, noem maar op, maar iedereen had het. Laat Kerstmis maar komen, dan kon ze kalm aan doen.

'Je ziet er afgepeigerd uit, meid,' zei Ron Tuttle ter begroeting. 'Volgens mij zie ik er beter uit dan jij, en dat zegt wel iets. Ga zitten, dan zet ik thee. Als je het mij vraagt, kun je er ook wel een scheutje van iets sterkers in gebruiken.'

Ze probeerde tegen te sputteren, maar ze kon niet op tegen zijn vriendelijkheid. 'Geen tijd,' zei ze, haar stem strak van de ellende.

'Onzin, meisje. Je gaat hier niet weg voordat je een kop thee hebt gedronken. En wat dacht je van een zoet pasteitje erbij?'

'Ron, toe, ik...'

Hij legde haar met een strenge blik het zwijgen op. 'Ik denk dat je wilt zeggen: alsjeblieft, Ron, dat lijkt me lekker. Doe wat ik heb gezegd en ga zitten. En terwijl ik theezet, wat heb ik allemaal gehoord, dat je een relatie had met een predikant van de zomer? Ik ken je sinds je een peuter was, dus hoe komt het dat ik de laatste ben die dit te horen kreeg?'

Het had geen zin, ze was op. Ze had niets meer om zich te verdedigen.

56

ER VERANDERT NIETS, dacht Dan toen hij Sally's auto op de oprit hoorde. Kerstavond, en weer is ze te laat. 'Mama is er,' zei hij tegen Marcus, die aan de keukentafel zat te eten terwijl hij een puzzel in elkaar probeerde te passen.

Marcus keek op, met een verontruste frons. 'Ik wil vanavond niet naar mama. Dan weet de Kerstman niet dat ik bij haar ben. Ze heeft geen schoorsteen.' Hij schudde weer zijn hoofd om zijn ongerustheid te benadrukken.

'Maak je geen zorgen, Marcus, je gaat nergens naartoe vanavond. Mama wil je gewoon hier opzoeken.'

Hij ging naar de gang om Sally binnen te laten. Ze had nog steeds haar eigen sleutels, maar ze was zo tactvol geweest om ze al heel lang niet te gebruiken.

'Fijne vakantie gehad?' vroeg hij terwijl ze haar jas uittrok en die aan de trappaal hing. Haar gezicht was bruin. Ze zag er goed uit. Hij herinnerde zich dat ze altijd zo'n gloed op haar huid had na een poos in de zon.

'Ja,' zei ze zonder verder uit te weiden. Meer tact, veronderstelde hij. 'Waar zal ik de cadeaus voor Marcus leggen?' vroeg ze vervolgens fluisterend.

'Ik zal ze voorlopig in de trapkast leggen,' antwoordde hij, ook op fluistertoon.

Toen hij de tassen had aangepakt, zei hij: 'Kom binnen. Marcus is bijna klaar met eten. Wil jij iets?'

'Nee, dank je. Iets te drinken wel, graag. Maar kunnen we eerst even praten?' Ze leek opeens niet op haar gemak. 'Ik wil je iets vertellen.'

'Kan dat wachten tot Marcus naar bed is? Hij zal ons waarschijnlijk weinig tijd gunnen voor het zover is.'

Ze keek op haar horloge. Dan voelde iets van ergernis. Waarom kwam Marcus altijd op de tweede plaats in haar wereld? 'Als je tenminste tijd hebt,' zei hij met nadruk; het kon hem niet schelen hoe haar reactie zou zijn.

'Natuurlijk heb ik tijd,' zei ze vlug.

Dan geloofde haar niet. Hoe kon hij tegenwoordig iets geloven van wat ze zei?

Terwijl Sally boven Marcus naar bed bracht, ruimde Dan de keuken op. Er was weinig kans dat Marcus over een uur of zo al ging slapen. Voor het eerst kon hij zich echt verheugen op Kerstmis, en volgens Rosie waren hij en Charlie door het dolle heen geweest vandaag. Ze had hen meegenomen naar het tuincentrum, waar de Kerstman in zijn grot zat. De jongens hadden allebei een zak snoep gekregen en een legpuzzel – de puzzel waar Marcus mee bezig was geweest tijdens het eten – en toen Dan hem kwam halen, had hij hem opgewonden alles willen vertellen over de grot van de Kerstman. Hij beschreef de twinkelende lichtjes, de muziek, de sneeuw – hoewel het niet echt koud was – en de elf die naar pepermunt rook en hun kaartjes in ontvangst had genomen en had gevraagd of ze braaf waren geweest, want de Kerstman gaf alleen maar cadeautjes aan brave kinderen. Niets was aan Marcus' aandacht ontsnapt. Het speet Dan dat hij er niet bij had kunnen zijn. Maar hij zat in een vergadering en keek steeds op de klok wanneer hij kon ontsnappen. Alle anderen van zijn team waren naar een pub in Manchester gegaan om het kerstfeest in te luiden, maar hij had zich verontschuldigd, iedereen een fijne kerst gewenst en was vlug teruggereden.

Nadat hij de laatste vuile borden in de vaatwasser had gezet, schonk hij twee glazen chablis in en wachtte op Sally. Net als vroeger, dacht hij wrang.

Ze gingen aan de keukentafel zitten en toen hij Sally's strakke gezicht zag, bereidde hij zich voor op het slechte nieuws dat ze nu weer te melden had.

'Ik wil mijn excuses aanbieden,' zei ze. 'Ik ben tot de conclusie gekomen dat ik verschrikkelijk tegen je ben geweest. Dat had je helemaal niet verdiend. Ik heb vreselijke dingen tegen je gezegd, en ik wou dat ik dat niet had gedaan. Ik kan het niet terugnemen, maar ik wil dat je weet dat het me spijt, Dan. Het spijt me echt.'

'Ik weet niet wat ik moet zeggen,' mompelde hij, van zijn stuk gebracht. Een berouwvolle Sally was wel het laatste wat hij had verwacht.

'Zeg dan maar niets. Ik wil je nog iets zeggen. Misschien geloof je me niet, maar ik hou echt van Marcus. Alleen niet zoals jij. Daar kan ik niets aan doen. Ik wou dat ik meer kon zijn zoals jij, liefdevol en zorgzaam, maar dat zit gewoon niet in me. Ik heb het geprobeerd. En ik zal het blijven proberen. Maar ik kon het niet verkroppen dat ik elke dag wist dat ik tekortschoot. Hoe ik ook heb geprobeerd om een betere moeder te zijn, de moeder die Marcus volgens jou verdient, hoe meer ik begreep dat het nooit zo zou zijn. De trieste waarheid is, Dan, dat ik het nooit tegen je kan opnemen.'

Hij deed zijn best om tot zich te laten doordringen wat ze zei. 'Ouderschap gaat niet om competitie, Sally. Het kan niet duidelijker zijn. Het gaat om liefde en alles willen doen om je kind gelukkig te maken.'

'Dat kan misschien voor jou duidelijk zijn, maar je moet toch weten dat voor mij het leven één grote strijd is. Het is niet genoeg om aan de wedstrijd deel te nemen, ik moet gewoon winnen. Dat hebben Chloe en ik altijd gemeen gehad, die competitie. Daardoor zijn we vriendinnen geworden. Maar jij hebt me wat Marcus betreft helemaal verslagen. Zonder enige moeite, en ik schaam me om het te zeggen, maar ik begon je er bijna om te haten.'

'Je doet net alsof ik het met opzet heb gedaan.'

'Was dat af en toe niet zo? Kun je op je erewoord zeggen dat je je niet hechter voelde naar Marcus toe, omdat je wist dat hij zich altijd uitstekend gedroeg bij jou maar niet bij mij?'

Tot zijn spijt moest Dan erkennen dat er enige waarheid school in wat ze zei. 'Dat spijt me,' zei hij.

'Maak je niet druk, Dan. Ik heb Marcus weliswaar op de wereld gezet, maar hij is altijd jouw zoon geweest. In alle opzichten.'

'Dat had niet zo hoeven zijn.'

'Dat zullen we nooit weten. Maar ik weet wel dat je een beter mens bent dan ik. En sterker. Alleen al omdat je het al die tijd met me hebt uitgehouden. Dat zal ik altijd respecteren.' Ze glimlachte. 'Zal ik je eens wat zeggen: je bent echt een superheld.'

Hij kromp ineen. 'Zeg dat alsjeblieft niet.'

'Te laat, ik heb het al gezegd.' Ze nam een slokje wijn.

'Ik ben geen held,' zei hij terwijl hij naar de tafel staarde. 'Helemaal niet zelfs. Ik ben een van de grootste, miskende lafaards die er bestaan. Ik heb je dit nooit eerder verteld, maar ik heb nog steeds nachtmerries over die tsunami. Zo nu en dan, maar de droom is eigenlijk altijd hetzelfde. Ik probeer steeds weer dat jongetje te redden en dan verandert hij in Marcus, en dan kan ik hem ook niet redden.'

Sally liet haar glas zakken. 'Waarom heb je me dat nooit verteld?'

Hij keek haar aan. 'Hoe kon ik dat, terwijl jij bewees hoe makkelijk het was om dat alles achter je te laten? Ik wilde net zo sterk zijn als jij, maar dat was ik niet. Ik dacht dat je me zou minachten om mijn zwakheid.'

'Dat zou ik nooit hebben gedaan.'

'Maar dat deed je wel. Zo goed als. Je beschuldigde me ervan dat ik zo betrouwbaar en voorspelbaar was. Misschien zeg je nu dat ik sterker ben dan jij, maar destijds vond je me toch maar een slappeling?'

'Ik heb al gezegd dat het me spijt wat ik tegen je zei. Ik was niet goed bij mijn hoofd. Denk je dat je het me ooit kunt vergeven?'

Hij merkte dat ze geen antwoord had gegeven op zijn vraag, en hij zuchtte. 'Dat denk ik wel. Maar nu nog niet. Verwacht dat niet van me.'

'Dank je,' zei ze zacht.

Er viel een diepe stilte. Boven hoorden ze Marcus 'Jingle Bells' zingen, de versie van de Batman Smells. Dan glimlachte toen hij zich herinnerde dat hij Marcus de woorden had geleerd, en dat Marcus niet meer bijkwam van het lachen op de achterbank. Hij keek naar Sally, die ook glimlachte.

'Weet je,' zei hij. 'Voor twee intelligente mensen hebben we er een zootje van gemaakt. We hebben een van de grootste natuurrampen overleefd en we konden niet eens onze eigen problemen aan. Dat is toch niet te rijmen?'

Ze knikte.

Sally reed het dorp uit, blij dat ze alles had gezegd wat ze tegen Dan had willen zeggen. Hoewel ze wist dat het vroeg dag was, hoopte ze dat het uiteindelijk zou helpen om het bij te leggen. Ze wilde niet dat Dan haar zou haten, al had hij daar alle reden toe.

Natuurlijk had ze Dan niet alles verteld. Hij wist van Harry's be-schuldigingen – geen wonder, omdat hij alle roddels en geruchten had gehoord toen hij weer op zijn werk was – en hij wist dat Harry spoorloos was verdwenen. Hij wist ook, of meende te weten, net als iedereen, dat ze al die tijd een verhouding had gehad met Mur-ray Adamson. Niet met Harry. Om het verhaal aan te dikken had Sally moeten zeggen dat Murray een einde aan de verhouding had gemaakt toen ze hem had verteld dat ze weg was bij Dan; vandaar haar huilbui bij Chloe en dat ze nergens naartoe kon. Om het ver-haal af te maken had ze Dan verteld dat Murray van gedachten was veranderd en had gezegd dat hij hun verhouding toch wilde voort-zetten. Niet alleen dat, hij wilde ook dat ze voor hem ging werken.

Dat hoort er allemaal bij, hield ze zichzelf voor als ze dacht dat ze te veel aan het knoeien was. Het hoort er allemaal bij.

Murray noemde het vechten tegen de bierkaai. Het was niet te doen; je moest gewoon jezelf goed in de hand houden.

Tijdens hun terugvlucht van Antigua, toen hij onverwacht in-formeerde naar hun huwelijk, had Murray gezegd dat volgens zijn ervaring alles verkeerd ging in een relatie als mensen niet eerlijk tegen elkaar waren over kleine ergernissen. 'En voor je het weet,' had hij gezegd, 'escaleren die kleine ergernissen tot ze niet meer te overzien lijken. Je moet me zeggen wanneer je je aan mij begint te ergeren,' had hij eraan toegevoegd.

'Wat bedoel je met wannéér ik me aan jou begin te ergeren?' had ze met een glimlach geantwoord.

Wat Murray had gezegd was niet echt relevant, het had meer ge-leken op gezond verstand. Maar ondanks al haar professionele er-varing met alle huiselijke ergernissen, had ze dezelfde fout gemaakt als al haar cliënten. Ze had er niets aan gedaan. Zou ze zich anders hebben gedragen als iemand haar een spiegel had voorgehouden en haar had laten zien wat er eigenlijk aan de hand was?

Ze wilde stoppen om te tanken, en toen ging haar mobiele tele-foon op het dashboard. Eerst dacht ze dat het Murray was, om te zien of ze onderweg was.

Maar ze herkende het nummer niet, daarom nam ze voorzichtig op.

'Ben jij dat, Sally?'

Ze reed bijna van de weg af door de schok. *Harry!*

'Ik vat die verbijsterde stilte op als een ja,' zei hij. 'Hoe gaat het?'

'Je hebt wel lef om me te bellen.'

'Dat noem ik geestkracht. Of gotspe. Iets wat jij ook hebt. Daarom hebben we het samen zo goed gehad.'

'We hebben het nooit goed gehad, klootzak die je bent!'

'O, doe niet zo. Je wilt toch niet zeggen dat ik niets voor je heb betekend? Zeg dat niet, niet na al die heerlijke momenten die we hebben gehad. En dat was toch zo? Mijn god, wat heb ik van je genoten. Wat heb je naar me verlangd. Zodra ik me even inhield, lag je al op je knieën te smeken.'

Opeens bang dat Harry dit gesprek opnam, werd Sally op haar hoede. Waarom zou ze niet gewoon ophangen? Nee, dat kon ze niet. Ze moest iets weten, iets wat alleen Harry haar kon vertellen. Ze draaide af van de snelweg en parkeerde op een vluchtstrook. 'Waarom heb je het gedaan?" vroeg ze.

'Wat? Gebeld om je een fijne kerst te wensen?'

'Dat je mijn carrière wilde verknallen.'

'O, dat,' zei hij luchtig. 'Nou, dat zal ik je vertellen, Sally. Ik deed het om je een lesje te leren.'

'Maar waarom? Wat heb ik jou ooit aangedaan?'

'Alleen deze vraag stelt me al teleur. Denk aan mijn eerste dag bij McKenzie Stuart, en dan aan de manier waarop je me hebt behandeld. Alsof ik een vod was, alsof ik je aandacht niet waard was. Je dacht dat je me wel even op mijn plaats kon zetten, hè?'

Sally dacht aan die noodlottige dag. Ze had hem niet als vuil behandeld, maar ze had inderdaad geprobeerd om hem op zijn plaats te zetten. Ze had er zelfs over opgeschept tegen Chloe. Maar hij had het echt verdiend. 'Ik weet niet waar je het over hebt,' mompelde ze. En terwijl ze zorgvuldig haar woorden koos, voor het geval dat hij het gesprek opnam, zei ze: 'Ik dacht dat we dat misverstand als verleden tijd beschouwden.'

'Jij misschien. Ik niet. Vanaf het moment dat je me niet serieus nam, wist ik hoe ik je een lesje moest leren dat je nooit zou vergeten.'

'Je bedoelt, gebaseerd op het feit dat ik geen kantoordelletje wilde zijn, dat je me wilde vernietigen? Wat zielig van je, Harry.'

Hij lachte. 'Besef je niet, Sally, dat juist de kleinste dingen de grootste problemen veroorzaken in het leven? Leuk gedaan trouwens, om Murray Adamson erbij te betrekken. Goede ruil: seks voor een paar leugens. Knap, hoor. Je bent echt heel goed, Sally.'

'Dag, Harry. Ik hoop dat ik je nooit meer hoef te zien.'

'Dat zal waarschijnlijk ook niet gebeuren. Ik heb de advocatuur achter me gelaten en ik ga naar Frankrijk.'

'Nog één vraag,' zei ze. 'Waarom heb je me eigenlijk gebeld?'

'Omdat dit de tijd is dat je iedereen het beste wenst, en omdat ik wist dat je popelde om te weten waarom ik heb gedaan wat ik deed. Dus wilde ik je uit je lijden verlossen. Beschouw het maar als een kerstcadeautje. *Au revoir!*'

De verbinding werd verbroken.

Sally dacht na over wat hij had gezegd. Je hebt me niet gebeld om me uit mijn lijden te verlossen, Harry, je belde om op te scheppen over wat je hebt gedaan. Je wilde pochen over hoe slim je denkt te zijn.

Ze nam zich voor om na Kerstmis een ander mobiel nummer te nemen, en ze reed naar Prestbury, waar Murray op haar wachtte.

57

'HOE KOMT HET dat ik op kerstavond altijd het idee krijg dat ik een jaar of tien ben?'

Chloe lachte en gooide een handvol zeepschuim naar haar broer. Ze was zo blij dat hij had besloten om met Kerstmis naar huis te komen met Madeleine, zijn nieuwste vriendin.

'Kan het iets te maken hebben met het feit dat we allebei in onze vroegere slaapkamers slapen en naar de keuken zijn verbannen om af te wassen, net zoals vroeger?' zei ze.

'Met het vooruitzicht dat we morgenochtend geen cadeautjes krijgen als we het niet goed doen. Of nog erger, geen kerstpudding.'

'Je hebt je altijd juist op dat laatste deel van de maaltijd verheugd, hè?'

'Zoetigheid voor degenen die lief zijn, zeg ik altijd.'

Ze snoof minachtend. 'Neem me niet kwalijk als ik in stilte even moet lachen.'

'Ga je gang, zusje. Drijf de spot maar met me. Maar je weet dat ik er niets aan kan doen dat ik zo onweerstaanbaar ben. Vraag het maar aan Madeleine.'

Omdat Madeleine te gast was, hoefde zij niet af te wassen en was ze boven nog wat cadeautjes aan het inpakken. 'Niet dat je mijn goedkeuring nodig hebt,' zei Chloe, maar ik vind Madeleine echt aardig. Denk je dat jullie een langdurige relatie krijgen?' Nick stond erom bekend dat hij op de vlucht sloeg als de zaken te serieus werden. Hij hield van zijn vrijheid en was graag op zichzelf.

'Misschien,' zei Nick achteloos. Toen glimlachte hij. 'Ik hoop het.'

Chloe glimlachte ook. 'Zorg dan dat je aardig voor haar bent.'

'Dat ben ik ook van plan. En nu we toch zo'n vertrouwelijk gesprek hebben, waarom is het verkeerd gegaan tussen die man met wie je van de zomer was? Ik kreeg van mam en pap de indruk dat alles juist zo goed ging. Hij viel in elk geval helemaal in de smaak bij hen. Vooral bij mam. Kon je dat kerkelijke gedoe niet aan?'

Ze zocht in de afwasteil naar het laatste zilveren bestek dat niet in de vaatwasser mocht. Het zou zo makkelijk zijn om ja te zeggen tegen haar broer en het daarbij te laten. Maar sinds ze was ingestort bij Ron Tuttle, had ze haar hart willen luchten. Ze wilde zo graag aan iemand vertellen hoeveel ze nog van Seth hield en dat ze wenste dat ze nooit zo wreed tegen hem had gedaan. Ze had zich voorgenomen dat, als hij haar een kerstkaart zou sturen, ze contact met hem zou opnemen om te proberen haar gedrag uit te leggen. Niet dat ze dacht dat hij haar terug zou willen, maar omdat ze hem een excuus verschuldigd was. En misschien zou het genezingsproces voor haar beginnen als ze hem persoonlijk kon zeggen hoe het haar speet.

Maar hij had geen kaart gestuurd, dus had ze haar verontschuldiging voor zich gehouden, en was ze tot de conclusie gekomen dat hij was doorgegaan met zijn leven. Tenslotte had hij die nieuwe vriendin, over wie Max en Stella het hadden gehad. Het was niet nodig om haar hart te luchten bij een man met wie ze niets meer had. Of die ze waarschijnlijk nooit meer zou zien. In november was haar lidmaatschap van de fitnessclub afgelopen en ze had besloten het niet meer te verlengen. Ze kwam zo zelden in Crantsford, dat het risico dat ze hem tegen het lijf zou lopen minimaal was.

Toen ze zich herinnerde hoe ze was ingestort bij Ron, vroeg ze zich af of ze ooit helemaal zou herstellen. Was Ron die dag maar niet zo aardig geweest tegen haar. 'Je hoort niet bij onhandige figuren zoals ik te zijn,' had hij bars gezegd. 'Ik steek altijd overal mijn neus in. Dat zei mijn vrouw altijd. "Ron," zei ze dan, "je bent een bemoeial. Laat andere mensen met rust." Zal ik een scheutje whisky in die thee doen? Daar knap je van op.' Ze had zijn aanbod weten af te slaan en ze was dankbaar geweest dat hij haar liet gaan zonder te willen weten waarom ze huilde.

'Houston, we hebben een probleem. De lichten zijn aan, maar er is niemand thuis.'

'Sorry, Nick,' zei ze. 'Het zal de leeftijd wel zijn, dat mijn gedachten afdwalen zonder antwoord te geven op een vraag.'

Hij keek onderzoekend. 'Dat is het, of ik heb gevraagd naar iets wat je niet wilt horen. Moet ik doorgaan en aandringen, of loop ik dan het risico dat je zegt dat ik me met mijn eigen zaken moet bemoeien?'

'Het geeft niet. Ik wil het je best vertellen. Het ging niet om iets wat Seth had gedaan; het was mijn schuld. Ik heb me als een monster gedragen.'

Nick hield op met de grote schaal afdrogen en leunde tegen het aanrecht. 'Dat vind ik moeilijk te geloven.'

'Het is zo, geloof me. Ik was vreselijk tegen hem.'

'Maar waarom dan?'

Chloe had altijd een hechte band gehad met haar broer; als kinderen hadden ze bijna geen geheimen voor elkaar gehad. Toen ze op de lagere school problemen kreeg omdat ze had gevloekt, was Nick degene die ze in vertrouwen nam. Toen ze zestien was en in de splinternieuwe auto van haar vader zat, de motor aanzette en tegen de deur van de garage botste en de bumper beschadigde, had ze het aan Nick opgebiecht. Nick had het zelfs voor haar opgenomen. Hij had tegen zijn ouders gezegd dat hij de garagedeur vanaf de binnenkant had geopend en er niet aan had gedacht dat de auto op de oprit geparkeerd was. Hij had voor haar gelogen omdat hun ouders woedend zouden zijn geweest als ze wisten dat zij had zitten klieren in de oogappel van hun vader, terwijl Nick in een goed blaadje stond omdat hij net met prachtige cijfers geslaagd was. Ook had Chloe de week ervoor hem een alibi gegeven voor iets. Ze kon zich nu niet meer herinneren wat het was geweest, maar daar ging het niet om. Het punt was dat ze er altijd voor elkaar waren geweest.

Dus was Nick de persoon aan wie ze alles kon opbiechten? Kon ze het risico nemen om hem alles te vertellen? 'Als ik je vertel wat ik ooit heb gedaan, iets waar ik spijt van heb, beloof je me dat je niet slecht over me zult denken?' vroeg ze.

'Ik zou nooit slecht over je kunnen denken, Chloe.'

'Beloof het. Alsjeblieft.'

Met een frons zei hij: 'Goed, ik beloof het.'

Ze liep weg van het aanrecht, droogde haar handen af en haalde diep adem. Toen vertelde ze hem alles.

Toen Chloe was uitgesproken, zei Nick: 'Je had niet harder voor jezelf kunnen zijn. Denk je niet dat we je allemaal gesteund zouden hebben, welk besluit je ook had genomen?'

Ze pakte een tissue en snoot haar neus. 'Ik dacht dat mam zo graag oma wilde worden, dat ze me misschien zou overhalen om de baby te houden.'

'Dat betwijfel ik ten zeerste. Mis je hem?'

'Wie? Paul?'

'Nee, Seth. Denk je nog aan hem en wou je dat je de klok kon terugdraaien?'

'Ik probeer niet te vaak aan hem te denken. Inmiddels is het nog maar om de minuut.'

'Lijkt het je niet de moeite waard om hem te vertellen wat je mij net hebt verteld? Hij zal het vast wel begrijpen.' Nick aarzelde. 'Hij is toch geen fanatieke tegenstander van abortus?'

Ze haalde haar schouders op. 'Daar ben ik juist bang voor. Ik weet dat hij graag kinderen wil. Daar hebben we het in het begin van onze relatie over gehad.'

Nick zweeg. 'Toch vind ik dat je het moet riskeren om het hem te vertellen,' zei hij ten slotte. 'Als hij zelf doet wat hij anderen opdraagt, dan moet hij het je kunnen vergeven. En wat heb je trouwens te verliezen?'

'Zelfs als hij het me vergeeft, denk ik dat het toch niets meer tussen ons kan worden. Ik heb pas gehoord dat hij iemand anders heeft.'

'Een typische reactie,' zei Nick smalend. 'Dat stelt niets voor.'

'Daar zou ik niet op rekenen.'

'Toe nou, Chloe, waar is mijn flinke zus gebleven die ooit dreigde dat ze de arm van een van mijn vrienden zou breken toen hij kwam logeren?'

Ze kromp ineen. 'Dat kwam doordat hij probeerde te gluren toen ik in bad zat.'

'Wie gluurde naar wie in bad? En wie heeft zin in een borrel voor we naar de nachtmis gaan?'

Het was hun vader. Hij stond op de drempel, gewapend met een fles pruimenbrandewijn. Die ochtend waren ze allemaal laat wakker geworden met een kater, omdat ze een fles van hun vaders eigengemaakte likeur hadden gedronken. 'Ik sla even over als je het niet erg vindt, pap,' zei Chloe.

Dat was maar goed ook, want toen ze hun jassen, handschoenen en dassen pakten om naar de St.-Andrewkerk te gaan, nam Chloe op het laatste moment een besluit. 'Ik ga niet mee,' zei ze.

'Maar je gaat altijd mee,' zei haar moeder.

'Zonder jou is het niet hetzelfde,' zei haar vader. 'Wie moet er dan vals zingen met me?'

'Je kunt niet in je eentje thuisblijven,' zei Nick terwijl hij Madeleine in haar jas hielp. 'Dat mag niet. Eerst geen pruimenbrandewijn en nu dit. Straks weiger je nog charade met ons te spelen morgen.'

'Ik beloof dat ik dat nooit zal doen,' zei Chloe met een glimlach. 'Niet omdat ik altijd de beste ben met charades.'

'Maar wat ga je dan doen?' vroeg haar moeder.

'Ik bedenk heus wel wat. Ga nu maar, anders komen jullie te laat.'

Een halfuur later haastte Chloe zich over het pad naar de kerk. Uit alle ramen scheen licht, en ze hoorde luid gezang.

Ze was nerveus. Doodsbang was een beter woord. Dit kon de ergste avond van alle erge avonden voor haar worden. Maar ze moest het doen. Nick had gelijk. Ze moest het risico nemen.

De mogelijkheid bestond natuurlijk dat hij er niet was.

Ze duwde de zware deur open en stapte de portiek binnen. Ze pakte een gezangenboek en een blad waarop de indeling van de dienst was beschreven, en ze duwde een tweede deur open. Verwelkomd door een felverlicht interieur en een stampvolle kerk zag ze achteraan een lege plek naast een ouder echtpaar. Achter haar stond een hoge kerstboom; het rook naar dennennaalden. Net toen ze zat, was het lied afgelopen en gingen de kerkgangers zitten. Ze was zo nerveus dat haar handen beefden, en ze liet haar gezangenboek met een klap vallen. Mensen in haar buurt draaiden zich naar haar om, maar ze kon hun gezichten niet zien omdat ze zich bukte om haar boek op te rapen. Toen ze overeind kwam, keek ze naar voren om te zien of Seth er was.

O, god, daar was hij! Haar hart bonsde tegen haar ribben. Ze zakte onderuit om geen ongewenste aandacht te trekken of Seth uit het oog te verliezen. Hij zag er goed uit in zijn soutane met een geborduurde stool over zijn schouders. Wat zei ze? Hij zag er fantastisch uit, zoals altijd. Zijn haar was langer dan toen ze hem voor het laatst had gezien, misschien vond zijn nieuwe vriendin dat leuk. Maar bij nader inzien zag hij er eigenlijk wat moe uit. Wie niet, in deze tijd van het jaar?

Ze was zo bezig met hem te bestuderen, dat ze niet had gemerkt dat de dienst was afgelopen en iedereen was gaan staan. Een rij koorknapen en -meisjes kwam over het middenpad lopen. Achter hen kwamen de oudere koorleden en toen... toen volgde Seth hen. Hij glimlachte en schudde kerkgangers de hand en wenste hen een gelukkig kerstfeest.

Hij was nog maar enkele kerkbanken van haar verwijderd.

Chloe's knieën werden slap.

Nog vier banken.

Haar mond was droog en ze begon te beven.

Nog drie banken.

Haar knieën begonnen het te begeven.

Nog twee banken.

O, god, dadelijk kreeg ze een hartstilstand.

Nog één bank.

Ze hoopte dat ze hier een defibrillator hadden.

Was er een kans dat hij haar niet zou herkennen, met haar jas aan en das om? Was er een kans dat hij voorbij zou lopen zonder haar ook maar te zien?

Hij draaide zich om, zijn hand al uitgestrekt, zijn warme glimlach op haar gericht.

Hij bleef stokstijf staan. De glimlach verdween. Er kwam een geschokte uitdrukking op zijn gezicht. En verwarring. Beeldde ze het zich in, of lag er iets van spijt in die blauwe ogen?

Eindelijk raakte zijn hand de hare. 'Gelukkig kerstfeest,' mompelde hij. Met gloeiende wangen bleef ze hem aankijken.

En toen was hij weg, meegevoerd door een stroom enthousiaste kerkgangers die hem een goede kerst wensten.

Ze bleef bevend achter in de kerkbank. Ze was van plan geweest om te wachten tot Seth iedereen een hand had gegeven in de portiek, en hem vervolgens in een hinderlaag te lokken. Thuis leek dat heel haalbaar toen ze op het idee kwam, toen ze opeens bedacht hoe goed het zou voelen – en symbolisch – als ze op eerste kerstdag wakker werd in de wetenschap dat ze de moed had gevonden om met Seth te praten.

Maar nu kon ze alleen maar bedenken hoe gedeprimeerd ze zich morgenochtend zou voelen als hij weigerde met haar te praten.

Een groep mannen en vrouwen was de kerkbanken aan het opruimen, gezangenboeken en bijbels aan het verzamelen en knielbankjes aan het rechtzetten. 'Gaat het?' vroeg een vrouw die een kleine dennenappel als versiering op haar revers droeg. 'We gaan dadelijk afsluiten.'

'Ik ga zo weg,' zei Chloe, alsof ze nog even iets uit een winkel nodig had. De vrouw glimlachte en liep verder, net toen Chloe Max en Stella naar de portiek zag lopen om zich bij de vertrekkende rij aan te sluiten.

Toen Chloe zeker wist dat Max en Stella weg waren, stond ze op. Om haar zenuwen te bedaren liep ze over een zijpad en ging naar de stal kijken. De figuren waren er allemaal, met serene gezichten vol nederige aanbidding. Rond de stal en de beelden stonden potten met kerststerren en eigengemaakte kerstkaarten. Ze pakte er een op. In een bibberig kinderhandschrift stond geschreven: *Gefeliciteerd dominee Seth, liefs van Tabitha (zes jaar) en William (drie jaar).*

Op een andere, met glittertjes versierde kaart stond in een netter handschrift: *Gefeliciteerd dominee Seth, u bent gaaf! Groetjes van Tess.*

Ze zette de kaarten terug en vroeg zich af waarmee Seth werd gefeliciteerd. Toen drong het tot haar door. Hij was verloofd! Hij ging trouwen!

Geen wonder dat hij zo naar haar had gekeken. Misschien was zijn vriendin – verloofde – er ook.

O, wat had haar bezield om hier te komen? Maar hoe kon ze ontsnappen zonder hem in verlegenheid te brengen?

Achter haar klonk het geluid van de laatste mensen die afscheid namen.

Toen hoorde ze een zware deur dichtgaan.

De grote lampen werden uitgedaan.

In paniek wilde ze zich achter de dichtstbijzijnde pilaar verschuilen.

En tot haar eigen verbijstering deed ze dat nog ook.

58

'CHLOE?'

Chloe's hart sprong op toen ze Seths stem in de lege kerk hoorde.

'Chloe?' herhaalde hij terwijl zijn voetstappen haar naderden. 'Waar ben je?'

Hij kwam dichterbij. Eindelijk kreeg haar verstand de overhand en omdat ze niet nog dwazer wilde lijken dan ze al was, kwam ze tevoorschijn uit haar schuilplaats.

'Daar ben je,' zei hij. 'Ik begon al te denken dat ik me had verbeeld dat ik je zag.'

'Zou je dat prettiger hebben gevonden?'

Hij fronste zijn wenkbrauwen en keek haar aan alsof hij haar niet begreep. 'Zullen we gaan zitten?' zei hij. Hij wees naar de voorste bank aan de zijkant. 'Of voel je je niet op je gemak hier? Wil je liever dat we ergens anders...'

'Toe,' onderbrak ze hem. "Doe niet zo attent. Ik denk niet dat ik dat aankan.'

Ze gingen naast elkaar zitten terwijl ze allebei recht voor zich uit keken. Ze zette haar hoed af en maakte haar das los. Opeens kreeg ze het warm van de zenuwen. 'Het spijt me dat ik het grootste gedeelte van de dienst heb gemist,' zei ze. 'Ik nam op het laatste moment het besluit om te komen. Is Owen er niet?'

'Hij is weg. Een paar weken geleden is hij met pensioen gegaan. St.-Michael is officieel mijn eerste parochie, waarvoor ik in mijn eentje verantwoordelijk ben. Vorige week hadden we hier een feest om mijn aanstelling te vieren.'

Was dat een verklaring voor de kaarten? vroeg Chloe zich af. 'Gefeliciteerd,' zei ze.

'Waarom ben je gekomen?' vroeg hij.

Ze draaide zich om bij die vraag en keek recht in zijn felblauwe ogen. Haar hart begon sneller te kloppen. 'Puur uit egoïsme,' zei ze. 'Ik wilde je zien, je iets vertellen. Het zal niet ongedaan maken wat ik heb gezegd of gedaan, maar ik hoop dat je dan misschien begrijpt waarom ik me zo heb gedragen. Weet je die dag nog dat je naar me toe kwam, de laatste keer dat we elkaar hebben gesproken? Je zei dat de enige die mij veroordeelde, ikzelf was. Weet je nog dat je dat hebt gezegd?'

Hij knikte.

'Je had gelijk.'

'Het spijt me. Niemand hoort graag een betweter aan.'

'Het is juist de waarheid die we niet willen horen, en ik deed mijn best om die voor je verborgen te houden. Het was mijn reactie op je opmerking dat ik wat medeleven moest opbrengen voor Sally, waardoor ik zo doordraaide. Ik weet dat je het waarschijnlijk niet meende, maar het klonk alsof je me veroordeelde, en toen wist ik dat ik niet aan je hoge verwachtingen kon voldoen. Ik had ook het gevoel dat als je me veroordeelde voor zoiets, hoe zou je me voor andere dingen veroordelen?'

Er kwam een diepe frons op zijn voorhoofd. 'Waar ben je dan zo bang voor?'

'Toen Paul me in de steek liet, ontdekte ik dat ik zwanger was. Ik haatte hem zo dat hij op die manier wegging, dat ik zijn kind niet wilde houden en in het geheim een abortus heb laten doen. Het zal jou vast niet verbazen, maar algauw haatte ik mezelf meer dan Paul. Het leek een wrede gril van het noodlot dat ik heb laten weghalen wat ik het liefste wilde: een kind.'

'Bij wie heb je hulp en steun gezocht?'

'Bij niemand. Niet bij mijn ouders, Dan of Sally. En al helemaal niet bij Paul. Ik had hun niet verteld dat ik zwanger was. Onlangs pas. Ik heb eindelijk aan Paul opgebiecht wat ik heb gedaan. En vanavond heb ik het aan mijn broer verteld.'

'Heeft een van hen je veroordeeld?'

Ze schudde haar hoofd.

'Maar je dacht dat ik het wel zou doen? Vanwege dit?' Hij gebaarde naar zijn soutane. 'Denk je dat ik zo volmaakt ben dat het mij het recht geeft om anderen te beoordelen op hun fouten? Je kende me helemaal niet, hè?'

'Ik was bang om je kwijt te raken. Ik weet dat ik nogal op de zaak vooruit ben gelopen, maar jij was alles wat ik zocht in een partner. Ik zag een toekomst voor ons samen. Alleen wist ik diep vanbinnen dat het niet mogelijk was door wat ik voor je verborgen hield.'

'Dus in plaats van me hier iets over te vertellen, heb je die toekomst vernietigd?'

'Ik wilde niet dat je me zou verachten. Niet omdat ik zoveel om je gaf.'

'Dus was het beter om mij af te wijzen?' Er klonk een bittere droefheid in zijn stem.

Er viel een lange stilte tussen hen. Chloe verbrak die door op te staan. 'Ik heb gedaan waarvoor ik ben gekomen. Ik wilde je laten weten dat het niet kwam door iets wat jij had gezegd of gedaan; het was helemaal mijn schuld. Ik heb onze relatie verpest. Ik wens je geluk met je nieuwe vriendin. Ik hoop dat zij je veel beter behandelt dan ik heb gedaan.'

Hij staarde haar aan met zijn hoofd schuin; zijn ogen waren heel donker. Ze vond dat hij er nog nooit zo knap uit had gezien. Die herinnering wilde ze aan hem bewaren, als een foto om te koesteren. Maar die bedierf ze door zich hem voor te stellen terwijl hij zijn nieuwe vriendin kuste, hoe hij voor haar zorgde zoals hij voor haar had gezorgd. Haar hart sloeg over.

'Welke nieuwe vriendin?' vroeg hij. Hij stond nu ook op.

'Over wie Max en Stella me vertelden toen ik hen een paar weken geleden tegenkwam. Zoals ik al zei, ik wens je het beste.' Ze liep weg. Vlug. Het idee van Seth met een ander was haar te veel. Ze kreeg het vreselijke gevoel dat ze zou instorten als ze niet vlug maakte dat ze wegkwam.

Ze was halverwege het middenschip toen ze een hand op haar arm voelde. 'Chloe,' zei hij. 'Ga alsjeblieft niet weg. In elk geval niet voor ik een kans heb gehad om iets te zeggen.'

'Het is laat,' bracht ze schor uit. 'Je moet naar huis.'

'Vertel me niet wat ik moet, Chloe. Niet als ik mezelf zo goed ken.' Met een vlug gebaar dat haar verraste, trok hij haar in zijn armen en kuste haar. Hij kuste met zo'n hartstocht dat ze wankelde in zijn omhelzing. 'Ik ben vast aan het hallucineren,' mompelde ze, verdwaasd en buiten adem. 'Het bestaat niet dat ik in een kerk word gekust door een predikant.'

'Toch is het zo,' antwoordde hij. 'En voor je het vraagt, er is geen nieuwe vriendin. Ik ben een paar keer uit geweest met iemand, maar daar zou nooit iets van kunnen komen. Om de eenvoudige reden dat ik je niet uit mijn gedachten kon zetten. Ik hou nog steeds van je, Chloe.'

'Hoe kan dat, na alles wat ik heb gezegd?'

'God mag het weten!' Hij lachte even. 'Maar het feit dat het zo is, toont aan wat ik voor je voel.'

'Ik weet niet wat ik moet zeggen. Ik had nooit durven dromen dat je er nog steeds zo over denkt.'

'Zeg dan dat je me een paar minuten geeft om me te verkleden en af te sluiten, en kom dan mee om iets te drinken.'

'Maar alles is al dicht. Het is na middernacht. En moet je morgen niet vroeg op?'

'Ik betwijfel of ik vannacht veel zal slapen. Ga met me mee naar huis, Chloe.'

Het was kerstochtend en Seth werd laat wakker, iets na negen uur.

Nadat hij zich ervan had vergewist dat gisteravond geen droom was geweest, stond hij zich een glimlachje toe. Een glimlach die algauw overging in een brede grijns van euforie. Hij voelde zich alsof hij het mooiste kerstcadeau van zijn leven had gekregen. Het was een cadeau dat hij zich nooit meer zou laten ontglippen. Er zouden geen geheimen meer tussen hen zijn. Geen onuitgesproken verontrusting of misverstanden. Geen destructieve, misplaatste schuldgevoelens.

Hij had moeten weten dat er meer achter hun breuk school dan alleen dat gedoe met Sally. Maar een abortus. En een waar ze zoveel spijt van had. Hij had het nooit kunnen raden. Het maakte hem verdrietig dat ze zo lang onder zo'n last gebukt was gegaan en dat ze er zo onder had geleden. Hij hoopte dat hij haar had overtuigd dat hij haar nooit zou veroordelen voor wat ze had gedaan. Welk mens met enig verstand zou dat ooit doen?

Wat was hij blij dat Chloe hem gisteravond was komen opzoeken! Wat een moed had dat vereist. Hij was ook blij dat zijn verzoek om te worden overgeplaatst naar een parochie die zo ver mogelijk weg lag van Crantsford, was afgewezen. Vorige maand had hij de bisschop tijdens een seminarie in Chester benaderd, en hij had te horen gekregen dat ze al plannen voor hem hadden. Vader Jim O'Briens voorspelling, gebaseerd op geruchten, was helemaal uitgekomen. Owen wilde inderdaad met pensioen, en dat betekende dat Seth de ideale persoon was om het van hem over te nemen.

Maar de zaak werd beklonken door iets anders wat de bisschop voor Seth in gedachten had. Een nieuw plan dat door de kerk werd gesteund, zou in het nieuwe jaar van start gaan; ze wilden jonge overtreders helpen, en gezien Seths achtergrond was hij de ideale kandidaat om daar een actieve rol in te spelen. Hij zou half januari contactpersoon worden voor het politiebureau in Crantsford, en hij verheugde zich op de uitdaging.

Hij bleef nog tien minuten zo stil mogelijk naar het plafond liggen kijken, en gaf toen toe aan de verleiding. Welke man zou dat niet doen?

Hij draaide zich om, streek Chloe's haar zachtjes uit haar gezicht en kuste haar. Toen haar ogen opengingen en ze slaperig naar hem glimlachte, kuste hij haar weer. 'Vrolijk kerstfeest,' zei hij.

'Jij ook een vrolijk kerstfeest.' Ze zuchtte, rekte zich lui uit, en legde toen een hand tegen zijn borst. 'Gaat het? Geen spijt?'

Hij bracht haar hand naar zijn lippen. 'Helemaal niet. Jij?'

'Alleen dat ik wou dat ik een cadeau voor je had,' zei ze.

'Je hebt me meer gegeven dan ik ooit had verwacht. Hoewel er nog één ding is dat je me kunt geven.'

'Zeg het maar.'

'Schenk me je vertrouwen,' zei hij terwijl hij nog steeds haar hand vasthield. 'Vertrouw me en geloof me als ik zeg dat ik, zolang ik leef, je niet anders zou wensen dan hoe je bent, dat jouw geluk belangrijker voor me is dan mijn eigen geluk. Kun je dat?'

'Dat heb ik al gedaan,' zei ze.

'Mooi.' Hij streelde haar wang. 'Maar hoe graag ik hier ook de hele dag met je zou willen vrijen, ik ben bang dat ik nu moet gaan douchen. Over minder dan een uur is de familiedienst.'

'Zou je het fijn vinden als ik meega?'

'Onder de douche? Je bent meer dan welkom.'

'Naar de kerk, suffie.'

Hij glimlachte. 'Alleen als jij het wilt.'

'Dat wil ik.'

'In dat geval moeten we ons haasten. Max en Stella zullen blij zijn je te zien.'

Max en Stella waren niet de enigen die blij waren om Chloe in de St.-Michael te zien. Voor ze de korte afstand naar de kerk aflegde, belde Chloe haar ouders om te vertellen dat ze die ochtend later thuis zou zijn. Ze had hen de vorige avond laat gebeld om hen gerust te stellen dat ze niet was ontvoerd door een stoute Kerstman, en haar moeder was belachelijk blij geweest met de nieuwste ontwikkeling. 'Neem hem morgen mee,' had ze gezegd, alsof Seth een nieuw stuk speelgoed was dat Chloe voor Kerstmis had gekregen. 'Dan zal het niet erg vinden als er een extra iemand komt eten. We kunnen altijd zelf wat eten meenemen.'

Ze zat op de tweede rij naast Max en Stella. Ze hadden haar hartelijk begroet en erop gestaan dat ze bij hen kwam zitten. Ze keek trots en blij toe terwijl Seth de dienst leidde. Het was duidelijk dat hij genoot van zijn werk en dat hij er goed in was. Het was ook duidelijk dat zijn congregatie op hem gesteld was en veel respect voor hem had. Zou hun mening over hem veranderen als ze wisten dat hij de afgelopen nacht niet alleen had geslapen?

Het was niet nodig, maar Seth legde toch uit dat ze discreet moesten zijn. Hij zei dat hij het niet erg vond als mensen hun eigen conclusies trokken over wat ze wel of niet deden; tenslotte kenden de meesten zijn opvattingen over seks. Het was van belang dat het plaatsvond in een vaste relatie. Het was echter een ander verhaal om overduidelijk te laten blijken dat ze bij elkaar sliepen. Misschien zou de bisschop zich geroepen voelen om er iets van te zeggen als het onder zijn aandacht werd gebracht.

Niet zo lang geleden zou Chloe zich ook geroepen hebben gevoeld om er iets over te zeggen. Zoals dat dit een klassiek voorbeeld was van de schijnheiligheid van de Anglicaanse Kerk. Maar omwille van Seth zou ze haar mond houden.

Ze keek en luisterde terwijl hij zijn preek hield, die hij kort en pijnloos zou houden, zoals hij iedereen verzekerde. Hij maakte geen gebruik van de preekstoel of van aantekeningen. In plaats daarvan liep hij heen en weer voor in de kerk, met een ontspannen en uitdrukkingsvolle houding en een geanimeerd gezicht. Het kostte Chloe echter moeite om zich te concentreren op wat hij zei. Haar gedachten dwaalden af naar hoe ze de liefde had bedreven met dominee Seth Hawthorne van de parochie St.-Michael.

Het zou tijd kosten om te wennen aan Seth de man van God naast Seth de minnaar. Toen ze dat onder de douche tegen hem had gezegd, had hij gelachen en gezegd dat er maar één manier was om aan dat idee te wennen, en dat was zo veel mogelijk seks met hem hebben. Daar had ze sinds gisteravond totaal geen probleem mee!

Hij had haar gevraagd om hem te vertrouwen, en dat deed ze. Helemaal. Haar liefde voor hem was zo groot, en ze wist dat ze haar hart aan hem had geschonken op een manier die ze nooit eerder had toegestaan. Hij had alleen maar vriendelijkheid en begrip getoond toen ze hem de abortus had opgebiecht. Geen veroordeling. Geen kritiek. Geen woord van afkeuring. Alleen liefde en aanvaarding.

Ze voelde aan dat Seth zijn preek afrondde. Ze ging rechter zitten en schonk meer aandacht aan wat er gebeurde.

De St.-Michael zat niet zo vol als de vorige avond, maar er waren toch veel mensen. Iedereen was netjes gekleed, zelfs de kinderen. Ze zagen eruit alsof ze helemaal waren schoongeboend en hun best deden om niet te veel te wiebelen. Allemaal hadden ze een ingepakt cadeautje op hun schoot. De betekenis ervan werd duidelijk toen Seth de kinderen naar voren riep en uitlegde dat ze de cadeautjes aan iedereen in de kerk moesten uitdelen, samen met de cadeaus uit de zak die hij vasthield.

Ze begonnen ordelijk, maar algauw werd het druk toen de cadeautjes werden uitgepakt en de leden van de congregatie uiting gaven aan hun verrassing en blijdschap. Er klonk gelach toen Max opstond om een grappige bril te laten zien, compleet met borstelige wenkbrauwen en ruitenwissertjes. Stella kreeg een boek met moppen, waar ze meteen in begon te bladeren, en het echtpaar in de bank achter hen kreeg een doos bonbons en een beker.

Net toen Chloe bedacht dat zij de enige was die niets had gekregen om uit te pakken, gaf een klein, donkerharig meisje een envelop aan haar. Geroerd dat ze niet werd overgeslagen, opende ze de envelop en haalde er een kaart uit; het was een kopie van een aquarel van de St.-Michael in de sneeuw.

'Wat heb jij?' vroeg Stella terwijl ze zich naar haar toe boog om te kijken.

'Ja,' zei Max. 'Niet voor jezelf houden!'

Chloe opende de kaart en deed hem toen meteen weer dicht. Maar niet voordat Stella had gelezen wat er stond en even haar adem inhield.

Met bonzend hart keek Chloe op en zag Seth voor in de kerk. Omringd door lachende, blije kinderen keek hij haar recht aan. Hij zag er ondraaglijk verontrust uit, als iemand die bang is voor slecht nieuws. Hoe kon hij denken dat ze nee zou zeggen? Ze glimlachte naar hem en knikte, heel langzaam maar heel zeker. Zijn knappe gezicht veranderde meteen van uitdrukking en hij glimlachte terug.

De rest van de dienst verliep in een waas.

Naderhand, toen ze alleen waren in de consistoriekamer en Seth zijn soutane uittrok, gaf hij toe dat hij het ook zo had ervaren.

'Ik kan me geen woord herinneren van wat ik tijdens de rest van de dienst heb gezegd,' zei hij. Hij kwam naar haar toe en sloeg zijn armen om haar heen. 'Heb ik aan het einde gezegd dat ze in vrede moesten gaan en de Heer dienen? Of heb ik er uitgeflapt dat ik niet kon blijven hangen omdat ik een dringende afspraak had in bed met de vrouw die net had ingestemd om met me te trouwen?'

'O, absoluut het laatste. Daarom waren ze allemaal zo aan het glimlachen.'

59

TWEEDE KERSTDAG.

Dan had alles gepland. Of dat hoopte hij tenminste. Het had weinig moeite of overredingskracht gekost, en daardoor was hij ervan overtuigd dat hij het juiste deed.

Het idee was de vorige middag bij hem opgekomen. Hij was gaan nadenken toen hij de deur opendeed voor Chloe en haar familie, en Seth achter hen zag staan. Als de ene verzoening mogelijk was, waarom dan niet een andere?

Seth had zich verontschuldigd dat hij zonder aankondiging was meegekomen, maar Chloe had het als verrassing bedoeld. Graham en Jennifer hadden voor de zekerheid extra eten meegebracht, maar hij had meer dan genoeg gekookt voor iedereen, omdat hij het menu al had aangepast toen hij hoorde dat Nick en zijn vriendin ook kwamen.

Het mooiste moment van de dag was toen Chloe met een blozend gezicht met haar mes tegen haar glas tikte en aankondigde dat ze iets belangrijks wilde vertellen. 'Vanmorgen heeft Seth me ten huwelijk gevraagd,' zei ze terwijl haar blos dieper werd en een steeds bredere glimlach op haar gezicht kwam. 'En ik heb ja gezegd.' Daarna gingen ze uit hun dak. Er werd gejuicht, gekust en omhelsd. Er werd nog een fles champagne opengetrokken en tijdens alle toespraken en kabaal zat Marcus bij Tatiana op schoot en vroeg waarom iedereen zo'n lawaai maakte.

Het was een van de fijnste kerstdagen die Dan zich kon herinneren. Daarom was hij vastbesloten om van vandaag een dag te maken die ook nooit vergeten mocht worden. Na wat ze nu precies vier jaar geleden hadden overleefd, konden ze dit wel gebruiken. Als ze iets van die ervaring hadden geleerd, dan was het toch wel dat het leven te kort en te kostbaar was om iets anders te doen?

Sally was perplex. Toen Dan die ochtend had gebeld en haar had uitgenodigd om iets te drinken in Corner Cottage, had ze toegestemd omdat het onbeleefd zou zijn als ze het niet deed.

Het had vreemd geleken om eerste kerstdag niet bij Dan en Marcus te zijn, maar het was aangenaam om die kalm door te brengen met Murray. Ze hadden samen gekookt voor de lunch – iets wat zij en Dan in geen jaren hadden gedaan – en het verbaasde haar dat ze zo van de dag had genoten.

In haar achterhoofd was de zorgwekkende gedachte dat Dan een motief had om haar uit te nodigen in Corner Cottage. Stel dat hij hoopte op een uitkomst die, zoals ze wist, onmogelijk was? Hij had vreemd uitgelaten geklonken door de telefoon, en ze hoopte echt dat ze hem niet teleur hoefde te stellen. De verstandhouding tussen hen was de laatste tijd goed en ze wilde die niet door iets in gevaar laten brengen.

Ze wist dat ze door haar handelwijze de rol van ongevoelig kreng had gekregen jegens Dan, maar al helemaal jegens Chloe, en als ze Dans hoop op een verzoening stuk moest slaan, dan zou ze altijd dat etiket dragen. Maar hoe kon ze hem op een vriendelijke manier afwijzen? Had ze hem niet genoeg gekwetst? Waarom wilde hij zich nog meer ellende op de hals halen?

Dan en Marcus deden open. Marcus droeg een rendiergewei met lampjes en de nieuwe kleren die ze voor hem had gekocht bij Gap. Waarschijnlijk was het een tactisch gebaar van Dan om Marcus de nieuwe kleren aan te trekken voor haar bezoek.

Met zijn gewone enthousiasme greep Marcus haar hand en zei: 'Mama, mama, we hebben een verrassing voor je. Kom kijken! Kom kijken!'

Ze keek naar Dan. Was het verbeelding, of keek hij ongerust? Mijn god, hij zou haar toch in het bijzijn van Marcus niet vragen om terug te komen? Dat zou hij haar toch niet aandoen?

Ze liet zich meetrekken naar de woonkamer. Marcus draaide zich opeens om bij de gesloten deur en zei heel plechtig: 'Doe je ogen dicht, mama, dan is de verrassing nog leuker.'

Ze gehoorzaamde en liet zich naar binnen leiden terwijl ze zichzelf dwong om koste wat kost te blijven glimlachen.

'Tada!' zong Marcus nadat ze hem de deurkruk hoorde omdraaien.

Ze opende haar ogen en... en daar was Chloe. 'Een gelukkig kerstfeest, Sally,' zei ze. 'Dan vond het hoog tijd dat we onze onenigheid zouden bijleggen. Ik vind dat hij gelijk heeft, jij ook?' Ze glimlachte. 'Tenslotte kent hij ons beter dan wie ook en wist hij dat we onze koppigheid nooit zonder hulp zouden afleggen.'

Verbijsterd keek Sally naar Dan, die in de deuropening was blijven staan. Hij zag er nog steeds ongerust uit. Maar nu begreep ze de oorzaak. Het ontroerde haar diep dat hij dit voor haar en Chloe had willen doen. Overstelpt door emotie en met een gesmoorde stem zei ze: 'Ik weet niet wie ik het eerst moet omhelzen.'

'Maar, papa, waarom huilen ze?' vroeg Marcus met een gefronst voorhoofd. 'Vinden ze onze verrassing niet leuk?'

In de keuken knielde Dan neer voor zijn zoon. Hij wist dat Marcus de reden niet helemaal begreep waarom hij Sally en Chloe op deze manier bijeen had gebracht, dus hij kon alleen zeggen: 'Ze vonden het prachtig. Daarom huilen ze. Dat doen grote mensen. Als er iets heel leuks gebeurt, gaan we soms huilen.'

Marcus keek niet overtuigd. 'Dat klinkt raar.'

Dan sloeg zijn armen om Marcus heen en hield hem stevig vast. 'Op een dag begrijp je het wel,' zei hij. 'Op een dag besef je hoe raar we eigenlijk zijn. En het raarste is dat we het soms zo verkeerd doen, dat we vergeten wat we goed doen.' Hij hief zijn hoofd op zodat hij het gezicht van zijn zoon kon zien. Hij trok Marcus' rendiergewei recht en zei: 'En het beste wat ik ooit heb gedaan, is jou krijgen.'

Marcus fronste zijn wenkbrauwen. 'Nu ben jij aan het huilen, papa.'

'Omdat ik blij ben.'

'Echt waar?'

'Ja, echt waar.'

Dankwoord

Ik ben veel mensen dankbaar die geduldig mijn talloze vragen hebben beantwoord, vooral Howard en Michelle Stringer.

Dank aan mijn buren, die regelmatig binnenkomen om op mijn vreemdste vragen antwoord te geven.

Een speciaal woord van dank aan de altijd creatieve Sara en haar dochter Sophie; ik wist dat die imitatie van Donald Duck op een dag van pas zou komen!

Ten slotte dank aan Jane Atkinson en alle anderen van de Jessie May Trust die in mijn boek de Kyle Morgan Trust is geworden.

Lees ook van Erica James:

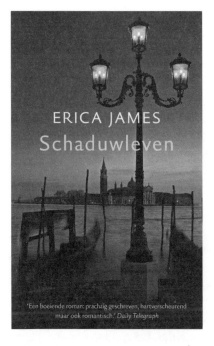

Lydia woont al jaren in Venetië. Het is de plek waar ze rust heeft gevonden en waar ze zich thuis voelt. Op een dag wordt ze totaal van haar stuk gebracht door een gezicht in de menigte. Het gezicht van deze man brengt het afschuwelijke geheim weer naar boven waarvan ze geloofde dat ze het diep begraven had...

Na de dood van hun ouders werden Lydia en haar kleine zusje Valerie op jonge leeftijd ondergebracht bij hun grootouders, die ze voordien nooit hadden ontmoet. Ze komen terecht in een strenggelovig, liefdeloos huis. Lydia leert voor zichzelf te zorgen, geheimen te bewaren en ze kan maar weinig mensen vertrouwen.

Nu, meer dan twintig jaar later, moet Lydia uit de schaduwen van haar beschutte leven in Italië komen en in Engeland haar verleden onder ogen zien.

Paperback, 464 blz.
ISBN 978 90 325 1168 5

Lees ook van Erica James:

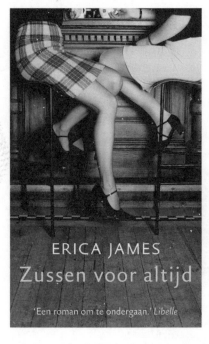

Harriet Swift heeft haar leventje in Londen perfect op orde: ze is 32, heeft een goede baan, een leuke flat en een nieuwe vriend. Dat verandert in één klap als haar enige zus, Felicity, omkomt bij een afschuwelijk ongeluk.

Als voogd van Felicity's twee jonge kinderen voelt Harriet zich genoodzaakt haar geordende, stadse leventje achter zich te laten. Ze keert terug naar haar ouderlijk dorp om de hulp van haar ouders in te schakelen. Wanneer Harriet Felicity's computer opschoont, komt ze erachter dat haar dierbare zus meer geheimen had dan ze kon vermoeden.

De nieuwe overbuurman van Harriet, Will Hart, lijkt zijn leven ook voor elkaar te hebben. Hij heeft een glansrijke carrière als advocaat opgegeven om zich op zijn passie als antiquair te storten en hij heeft twee spontane tienerdochters. Maar door een onthutsende bekentenis spat ook zijn leven uiteen.

Harriet en Will hebben beiden geen keus. Ze zullen hun leven weer op de rit moeten krijgen, maar zal ze dat ook lukken?

Paperback, 528 blz.
ISBN 978 90 325 1138 8

Lees ook van Erica James:

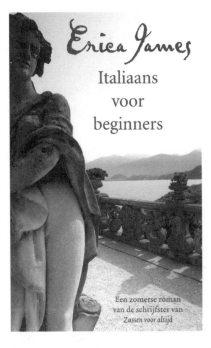

De reisbrochure belooft een bezoek aan de meest prachtige tuinen rond het Comomeer in Italië. Voor Lucy, die werkt bij het tuincentrum, is dit de kans van haar leven: behalve de tuinen kan ze ook haar vader bezoeken, die al jaren in die omgeving woont.

De pasgetrouwde Helen en haar steenrijke man zijn net verhuisd naar het landgoed The Old Rectory. Haar man is zelden thuis en Helen stort zich op de tuin. Ze is nieuw bij de tuinclub en ze besluit ook mee op reis te gaan.

Conrad heeft niets met tuinieren. Vijf jaar geleden verloor hij zijn vrouw, en zijn leven draait nu om zijn werk en de zorg voor zijn chagrijnige oom Mac, die graag de reis naar Italië wil maken, maar alleen als Conrad meegaat. Onder het mom 'Alles voor de lieve vrede' stemt Conrad in.

Maar voor geen van de reisgenoten zal de reis zonder gevolgen blijven…

Paperback, 464 blz.
ISBN 978 90 325 1209 5